HEYNE <

David Drake: Lt. Leary

Erster Roman: Mission auf Kostroma
Zweiter Roman: Das Cinnabar-Kommando
Dritter Roman: Geheimbasis Gehenna

DAVID DRAKE

GEHEIMBASIS GEHENNA

Ein Lt.-Leary-Roman

Deutsche Erstausgabe

WILHELM HEYNE VERLAG
MÜNCHEN

Titel der amerikanischen Originalausgabe
THE FAR SIDE OF THE STARS
Deutsche Übersetzung von Heinz Zwack

FSC
Mix
Produktgruppe aus vorbildlich
bewirtschafteten Wäldern und
anderen kontrollierten Herkünften

Zert.-Nr. SGS-COC-1940
www.fsc.org
© 1996 Forest Stewardship Council

Verlagsgruppe Random House
FSC-DEU-0100
Das für dieses Buch verwendete
FSC-zertifizierte Papier *Holmen Book Cream*
liefert Holmen Paper, Hallstavik, Schweden.

Deutsche Erstausgabe 4/2008
Redaktion: Werner Bauer

Printed in Germany 2008
Umschlagbild: Dirk Schulz
Umschlaggestaltung: Nele Schütz Design, München
Satz: KompetenzCenter, Mönchengladbach
Druck und Bindung: GGP Media GmbH, Pößneck
ISBN: 978-3-453-52266-4

http://www.heyne.de

Für Tristan David Drake

Die vorangegangenen vier Generationen der Familie waren unersättliche Leser, und deshalb hoffe ich, dass er die Tradition fortführen wird.

Hinweis des Autors

Wenn man über die Vergangenheit oder über die Zukunft schreibt, hat man immer das Problem, wie viel man »übersetzen« soll. Damit meine ich nicht nur die Sprache; es gibt einen ganzen Komplex von Dingen, die die Menschen innerhalb einer bestimmten Gesellschaft als selbstverständlich ansehen, die aber von einer Gesellschaft zur anderen ganz unterschiedlich sind. (Aber auch Sprache: Jemand hat sich beklagt, dass in meinem Buch *The Dragon Lord* die Soldaten von König Artus wie moderne Soldaten geredet haben. Meine Antwort darauf war, dass ich den Dialog der Soldaten auch in Latein schreiben könnte, aber dann würde der Beschwerdeführer ihn nicht lesen können, und wenn ich ihn schon ins Englische übersetze, warum in aller Welt dann nicht in die *Art* von Englisch, wie es solche Männer heute sprechen?)

Maße und Gewichte sind ein besonderes Problem. Ich nehme nicht an, dass die Welt der fernen Zukunft die heutigen Maße und Gewichte verwenden wird, aber ich bin ganz sicher, dass es für meine Geschichte in keiner Weise wünschenswert wäre, wenn ich neue Systeme erfände. (Es gibt Menschen, die es glücklich macht, ein Glossar erfundener oder fremdartiger Wörter vorzufinden. Ich gehöre nicht zu ihnen, obwohl ich zugeben muss, dass ich gelegentlich im Selbstgespräch »*Tarzan bundolo!*« murmle.)

In dieser Serie habe ich mich für das metrische System entschieden, weil ich mir vorstellen könnte, dass es auch dann noch existiert, wenn die Menschheit sich in der Milchstraße ausgebreitet hat. (Nun, ich hoffe, dass sie das tun wird, wenn ich auch nicht behaupten kann, dass ich im Augenblick unsere Chancen dafür besonders optimistisch beurteile.)

Die Kommunikationsprotokolle basieren grob auf denen meiner Einheit (2nd Squadron, 11th Armored Cavalry, zu der Zeit, als ich unter dem Kommando von Oberstleutnant Grayle Brookshier stand). Über die diversen Offiziere damals gibt es eine Menge Geschichten. Alle, die sich mit der Schlacht Nummer Sechs befassen, waren positiv.

Ich sollte vielleicht auch etwas zum Hintergrund dieses Romans sagen. Heutzutage ist Reisen leichter als je zuvor, und darüber hinaus bringt uns das Fernsehen buchstäblich überallhin, wo wir wollen. Die Welt ist im Allgemeinen für die meisten Leute zugänglich und wird demzufolge immer stärker homogenisiert. Ich bestehe nicht darauf, dass das etwas Schlechtes ist, aber es ist jedenfalls eine völlig andere Situation, als sie noch vor einer Generation herrschte, geschweige denn vor hundert Jahren.

Als ich *Geheimbasis Gehenna* schrieb, habe ich mir unter anderem vorgenommen, das Gefühl jener Vergangenheit zu vermitteln, einer Zeit, in der Reisen ein riskantes Abenteuer war, das sich nur wenige leisten konnten. Es freut mich zwar, dass viele – darunter auch ich – heute an den Wundern der Welt teilhaben können, aber ich bedauere es, dass die Romantik der Vergangenheit dahin ist und dass es auf den heutigen Landkarten keine weißen Flecken mehr gibt, in denen *Terra Incognita* steht.

Dave Drake
www.david-drake.com

1

Adele Mundy trug zum ersten Mal ihre weiße Galauniform der Marine der Republik Cinnabar. An den Ärmeln glänzten die Streifen eines Deckoffiziers, der Blitzstrahl eines Signaloffiziers, darüber hatte sie einen schwarzen Trauerflor gestreift. Sie blieb kurz vor dem Spiegel im Eingang ihrer Stadtvilla stehen, um ihr Aussehen zu begutachten.

Drei Generationen von Mundys hatten in Chatsworth Minor gelebt, nämlich seit die Familie politisch so prominent geworden war, dass Adeles Großvater es für richtig gehalten hatte, die bis dahin bewohnte Stadtvilla in Xenos gegen dieses beeindruckende Gebäude aus massivem Feldstein, Ziegel und kunstvollem Schnitzwerk zu vertauschen. Adele war hier aufgewachsen, war aber *off-planet* gewesen, um ihre Studien als Archivarin abzuschließen, als in einer Nacht vor sechzehn Jahren die Drei-Kreise-Verschwörung aufgeflogen war und Häscherbanden den Rest der Familie zur Hinrichtung weggeschleppt hatten.

Sie hatte niemals damit gerechnet, Chatsworth Minor – ja Cinnabar – wiederzusehen. Als sie erfahren hatte, dass man die Köpfe nicht etwa nur ihrer Eltern, sondern auch ihrer zehnjährigen Schwester Agatha auf dem Speaker's Rock zur Schau gestellt hatte, hatte sie mit ihrem früheren Leben Schluss gemacht und keinerlei Wunsch verspürt, jemals wieder daran erinnert zu werden.

Verhalten lächelte sie in den Spiegel. Zeiten ändern sich, aber auch Menschen. Der streng blickende weibliche Marineoffizier mit den Abzeichen auf der Brust des Uniformrocks war nicht mehr das zurückhaltende Mädchen, das Cinnabar gerade noch zur rechten Zeit verlassen hatte, um sein Leben zu retten. Geblieben waren die Gesichtszüge und der schlanke Körperbau, sonst aber nichts.

Oder zumindest fast nichts, denn der weibliche Offizier und das Mädchen teilten sich die Gewissheit, dass sie Mundys von Chatsworth waren. Adeles Eltern waren Egalitarier und Mitglieder der Volkspartei gewesen, aber sie hatten nie auch nur die Andeutung eines Zweifels gehegt, dass die Mundys die Ersten unter Gleichen waren … so, wie ihre Tochter zweifellos stets überzeugt gewesen war, dass sie doch stets, ob sie nun Wissenschaftlerin oder Straßenreinigerin war, eine Mundy blieb. Nach dem Tod ihrer Eltern und nachdem ihr Besitz wegen Hochverrats konfisziert worden war, hatte Adele manchmal geglaubt, dass eine Angestellte der Straßenreinigung wahrscheinlich besser lebte als sie, aber an den wahrhaft wichtigen Dingen änderte das überhaupt nichts.

Adeles Dienerin, Tovera – falls Dienerin der richtige Ausdruck war – warf einen kurzen Blick auf das Bild ihrer Herrin im Spiegel, dann huschten ihre Augen weiter, ohne irgendwo länger zu verharren. Wenn Adele steif und prüde war, dann war Tovera so farblos, dass ein beiläufiger Beobachter ihr im Allgemeinen weniger Aufmerksamkeit widmete als der Tapete an der Wand. Für die Beerdigung hatte sie ein graues Kostüm von guter Qualität angelegt und sich ebenfalls einen Trauerflor über den Ärmel geschoben. Sonst trug sie als Schmuck lediglich ein blausilbernes Abzeichen am Kragen, das sie als Bedienstete – im Augenblick die einzige Bedienstete – der Mundys von Chatsworth auswies.

Tovera entging nur wenig, aber es gab noch weniger, was ihr etwas bedeutete; wahrscheinlich mit Ausnahme der Aufgabe, die man ihr gerade zugewiesen oder die sie sich selbst gestellt hatte, überhaupt nichts. Tovera um sich zu haben war etwa so, als trüge man eine Pistole mit einem Abzug, den schon ein leiser Hauch auslösen konnte.

Die Pistole, die Adele in einer Seitentasche ihres Uniformrocks trug, war so flach, dass sie nicht einmal eine Galauniform ausbeulte. Und auch sie hatte einen sehr leichten Abzug.

Immer noch lächelnd meinte Adele: »Eigentlich hätte ich mich gar nicht anzusehen brauchen, nicht wahr, Tovera? Sie hätten mir schon gesagt, wenn etwas nicht stimmt.«

Tovera zuckte die Achseln. »Wenn Sie das wünschen, Mistress«, sagte sie. »Ich glaube nicht, dass wir bei dieser Veranstaltung besonders auffallen werden.«

Adele schob sich den Trauerflor zurecht. »Nein«, sagte sie, »wahrscheinlich nicht. Aber Daniel hat seinen Onkel Stacey sehr geliebt, und ich möchte Daniel nicht enttäuschen.«

Ich würde eher sterben als Daniel zu enttäuschen ... aber das sprach sie nicht aus, und Tovera wäre es ohnehin gleichgültig gewesen.

Dann warf Adele einen Blick auf die Lakaien, die geduldig warteten, ganz wie sie das gewusst hatte, und sah anschließend zum Türsteher hinüber. Die Hausbediensteten trugen Mundy-Livree, waren aber im Gegensatz zu Tovera Angestellte der Bank, die auf dem Papier die Stadtvilla gemietet hatte. Das war einer der Vorzüge, die Adele dank ihrer Freundschaft mit Leutnant Daniel Leary, MRC, zugefallen waren; dem Sohn von Corder Leary – *Speaker* Leary für seine Umgebung, obwohl er schon vor Jahren das Amt des Speakers der Versammlung aufgegeben hatte.

»Dann sind wir, denke ich, fertig«, sagte sie. Der Türsteher verbeugte sich und öffnete die Eingangstür aus sanft schimmerndem Bienenholz, das von Chatsworth Major, dem Landsitz der Mundys stammte. Hinter den vier Lakaien und vor Tovera, die, wie es die Höflichkeit gebot, zwei Schritte hinter ihr ging, trat Adele auf die Straße.

Die Zeiten hatten sich in der Tat geändert. Speaker Leary war in erster Linie dafür verantwortlich gewesen, dass die Drei-Kreise-Verschwörung niedergeschlagen worden war – und damit auch Adeles Familie dem Blutrausch zum Opfer gefallen war … aber seinem Einfluss und der Vermittlung von Daniels älterer Schwester Deirdre war es zuzuschreiben, dass Adele das Stadtpalais zurückbekommen hatte, als sie den Entschluss gefasst hatte, es wiederhaben zu wollen. Ligier Rolfe, der entfernte Vetter, der das Anwesen nach den Ächtungsbeschlüssen an sich gebracht hatte, wusste wahrscheinlich selbst heute noch nicht, was passiert war und wieso er den Besitz wieder verloren hatte.

Die Tramhaltestelle war am Zugang zu der kurzen Sackgasse, die als Versammlungsraum gedient hatte, wenn Lucius Mundy vom Balkon im dritten Stock von Chatsworth Minor zu seinen Anhängern gesprochen hatte. Heute herrschte dort Stille. Adele hatte politische Macht nie etwas bedeutet, und solange sie genug hatte, um sich zu ernähren, und sich frei in einem großen Archiv bewegen konnte, um dort ihrer Leidenschaft für abstraktes Wissen nachzugehen, war ihr Geld gleichgültig. Trotzdem erfreute sie der Gedanke daran, wie wütend doch die Frau ihres Vetters, Marina Casaubon Rolfe, gewesen sein musste, als man sie aus dem Haus verjagte, auf das ihr der bloße Reichtum ihrer Handelsfamilie nie einen Anspruch verschafft hätte.

Tovera war offenbar ihr Gesichtsausdruck nicht entgangen. »Mistress?«, fragte sie zurückhaltend.

»Erinnern Sie sich an Mistress Rolfe?«, fragte Adele.

»Ja«, nickte Tovera. »Ein fetter Wurm.«

»Ich habe mich daran erinnert«, erklärte Adele, »dass sie es für richtig hielt, eine Mundy von Chatsworth zu beleidigen.«

Tovera äußerte sich nicht. Vielleicht lächelte sie.

Bedienstete, die an den Eingängen anderer an den kurzen Straßenzug angrenzenden Häuser herumlungerten, standen auf, zogen die Mützen und blieben gesenkten Hauptes stehen, als Adele an ihnen vorüberging. In den Tagen von Lucius Mundy hatten diese Häuser ausnahmslos Leuten gehört, die die Volkspartei unterstützt hatten. Dementsprechend hatten sie gelitten, aber diejenigen, die nach der Ächtung die Anwesen gekauft hatten, waren im Allgemeinen wie Marina Rolfe Aufsteiger und Neureiche. Für sie vermittelte Adeles Rückkehr dem ganzen Viertel ein neues aristokratisches Gepräge; deshalb hatten alle dafür Sorge getragen, dass ihre Bediensteten sich angemessen unterwürfig verhielten.

Adele hatte keine Ahnung, was ihre Nachbarn davon hielten, dass Mundy von Chatsworth Marineoffizier war und Deckoffizier, also eine Technikerin und nicht etwa ein schneidiger Offizier mit einem Patent wie ihr Untermieter, Daniel Leary. Aber Aristokraten durften natürlich exzentrisch sein.

»Mistress?«, sagte Tovera erneut.

»Bin ich exzentrisch, Tovera?«, fragte Adele und sah sich nach ihr um.

»Woher soll ich das wissen, Mistress«, erwiderte Tovera. »Da müssten Sie jemanden fragen, der weiß, was ›normal‹ bedeutet.«

Adele verzog das Gesicht. »Tut mir leid, Tovera«, sagte sie. »Über so etwas sollte ich eigentlich keine Witze machen.«

Als Adele und ihr Gefolge sich dem Haltepunkt näherten, glitt eine Tram in die Station. Auf der Hauptlinie jagte eine Monorailkabine in Richtung auf den großen Kreisel im Zentrum von Xenos vorbei. Innerhalb der Stadtgrenzen der Hauptstadt durfte ausschließlich die Miliz, also die nationale Polizei, AirCars benutzen; die Wahrscheinlichkeit, dass ein empfindlicher Aristokrat ein privates AirCar abschießen könnte, das sein Anwesen überflog, verlieh dem Gesetz wesentlich mehr Gewicht, als das reine juristische Sanktionen hätten bewirken können.

Viele der großen Häuser hatten ihre eigenen Tramwagen, die von Teams ihrer Bediensteten auf die Schienen gesetzt wurden, wenn ihre Herrschaft eine Ausfahrt machen wollte. Adele war durch Prisengelder, die ihr unter dem Kommando von Leutnant Leary zugefallen waren, durchaus wohlhabend geworden, hätte sich aber so etwas niemals leisten können, selbst wenn sie das gewollt hätte.

Sie hatte sich daran gewöhnt, für sich selbst zu sorgen und

zog es vor, es auch jetzt dabei zu belassen. Zwar hatte sie Tovera, aber man konnte leicht vergessen, dass Tovera ein Mensch war.

Ein Lakai rannte voraus, um die Tram anzuhalten, die gerade in die Station eingefahren war, und ersparte damit Adele das Warten auf die nächste Kabine, die sie mit dem Rufknopf am Kiosk hätte herbeirufen können. Um diese Tageszeit konnte das aber gut und gern eine halbe Stunde in Anspruch nehmen.

Die Beerdigung fand in einer Kapelle in der Nähe von Hafen Drei statt, dem großen Marinestützpunkt am nördlichen Stadtrand von Xenos. Adele hatte für genügend Zeit gesorgt – natürlich –, aber sie kam lieber ein wenig zu früh, als wegen unverhoffter Ereignisse erst nach Beginn der Feierlichkeiten einzutreffen.

Der Mann, der aus der Tramkabine stieg, trug eine abgetragene, man hätte beinahe sagen können zerlumpte, graue MRC-Uniform mit schwarzen Biesen. Diese Uniform Klasse 2 war das Minimum, was Offiziere außer Dienst in der Öffentlichkeit tragen durften, obwohl es den maßgebenden Leuten im Marineamt in Anbetracht des Zustands der Uniform – Ölflecken am linken Ärmelaufschlag und ein notdürftig geflickter Riss im rechten Hosenbein – eigentlich hätte lieber sein müssen, wenn der Mann eine saubere Freizeituniform getragen hätte.

Der kürzlich vereinbarte Waffenstillstand zwischen Cinnabar und der Allianz Freier Sterne hatte zur Folge gehabt, dass eine große Zahl von Schiffen außer Dienst gestellt worden war, und dementsprechend viele Offiziere mussten sich mit Halbsold zufriedengeben. Soweit sie nicht über private Mittel verfügten, kam Halbsold einer Verurteilung zu unwiderruflicher Armut gleich. Bei diesem Mann handelte es sich offenbar um einen jener Armen, die es sich nicht einmal leisten konnten, ihre Kleidung in Schuss zu halten …

»Das ist Leutnant Mon«, murmelte Tovera dicht an Adeles Ohr.

»Du lieber Gott, ja, das ist er«, stieß diese halblaut hervor. Sie hatte unwillkürlich den Blick abgewandt, weil ihr der Anblick peinlich war; sie war selbst den größten Teil ihres Lebens als Erwachsene arm gewesen und fand kein Vergnügen daran, sich an der Armut anderer zu weiden.

Tovera waren solche Regungen ebenso fremd wie Liebe oder Hass. Der Mann, der auf sie zukam, war ein potenzieller Feind – jeder war für Tovera ein potenzieller Feind –, und darum hatte sie genau hingesehen und deshalb Daniels Ersten Leutnant erkannt.

»Guten Tag, Mon!«, rief Adele und schob sich zwischen ihren Lakaien durch, die sich bewusst zwischen sie und den unansehnlichen Fremden gestellt hatten. »Was machen Sie denn hier? Sind Sie mit den Reparaturarbeiten an der *Princess Cecile* schon fertig?«

»Mundy?« Leutnant Mon war überrascht. »Gott sei Dank, dass ich Sie gefunden habe. Ist Kapitän Leary auch hier? Ich muss ihn unbedingt schleunigst sprechen. Ich *muss* ihn sprechen!«

Mon war ein düster blickender, meist mürrisch wirkender Offizier Anfang dreißig. An technischen Fähigkeiten übertraf er den durchaus hohen durchschnittlichen Leistungsgrad der meisten MRC-Offiziere, und seine Beharrlichkeit glich aus, dass er nicht gerade brillant war. Mon verfügte weder über eine wohlhabende Familie noch die Protektion vorgesetzter Offiziere, und deshalb war sein Aufstieg in der Marine ein bitter langsamer gewesen.

Adele empfand Respekt für Mon, mochte ihn aber nicht sonderlich. Sie bezweifelte, dass es viele Menschen gab, die ihn als Freund betrachteten.

Dafür kam Mon zugute, wie er reagiert hatte, als Daniel Leary ihn zum ersten Mal hatte erleben lassen, was Ehre und was Prisengeld bedeutet. Es gab Offiziere – sogar eine ganze Menge Offiziere –, die auf den vom Glück begünstigten, jüngeren Vorgesetzten neidisch gewesen wären, der von Erfolg zu

Erfolg flog, während sie hinter ihm hertrotten mussten. Mon, andererseits, hatte nur Dankbarkeit und uneingeschränkte Loyalität gezeigt.

»Daniel ist in der Stanislaskapelle«, erklärte Adele. »Fregattenkapitän Bergen ist gestorben, und Daniel kümmert sich um alles. Wir sind jetzt auch dorthin unterwegs, aber, äh …«

Die Kabine gab irritiert wirkende Glockentöne von sich, als wäre sie verstimmt darüber, dass man sie an der Haltestelle festhielt. Adele warf einen Blick auf das Fahrzeug, sagte aber nichts; sie ärgerte sich über die Situation und nicht über zusätzlichen Lärm in einer Stadt, die von genügend Lärm erfüllt war.

Mon betrachtete seine Uniform. »Oh, das?« Er schnippte an dem fleckigen Ärmelaufschlag. »Oh, das ist schon in Ordnung. Meine weiße Uniform ist bei Fastinelli eingelagert. Ich werde sie abholen und von dort direkt zur Kapelle gehen – es sind ja nur ein oder zwei Stationen zur Stanislas.«

Er schickte sich an, wieder einzusteigen, und der Lakai, der die Kabine festhielt, versperrte ihm den Weg. »Nein, nein, ist schon gut, Morris!«, sagte Adele. »Mein Kollege Leutnant Mon und ich werden zusammen zur Kapelle fahren. Er wird sich dort umkleiden.«

Sie stiegen alle ein, zuerst die Lakaien, um für ihre Herrin Platz zu schaffen – obwohl sich nur ein bedrückt wirkendes Paar in formlosen blauen Umhängen in der Kabine befand. Sie kauerten sich in die Ecke. Xenos war nicht nur die Hauptstadt von Cinnabar, sondern zugleich auch des von Cinnabar beherrschten Imperiums. Die Stadt zog Touristen, Arbeiter und Bettler von mehr Welten an, als selbst eine Informationsspezialistin wie Adele Mundy das feststellen konnte, ohne ihren PDA zu konsultieren, den sie in einer diskreten Tasche in sämtlichen Uniformen, selbst der weißen Gala, bei sich trug.

Adele lächelte verkniffen. Splitternackt, aber mit ihrem PDA in der Hand, fühlte sie sich weniger unbehaglich als voll bekleidet, aber ohne diesen elektronischen Helfer. Ja, wahrscheinlich konnte man schon sagen, dass sie exzentrisch war.

Die Monorailkabine entfernte sich mit leisem Pfeifen von der Haltestelle und reihte sich dann mit einem leichten Ruck in die Hauptlinie ein. Drei Stationen weiter würden sie auf eine nach Norden führende Linie umgeleitet werden, statt weiter westlich zum Hauptknotenpunkt am Pentacrest zu fahren.

Sie fragte sich, ob das ausländische Paar ein echtes Ziel hatte oder einfach mangels anderer Beschäftigung Bahn fuhr. Sie wirkten nicht wie Menschen, die sich in ihre Studien vergruben, wie Adele Mundy das getan hatte, als sie eine einsame Waise in einem fremden Land gewesen war.

»Äh, Mon?«, sagte sie, um ein weiteres, ihr peinliches Thema anzusprechen, auf das sie der Gedanke an Armut gebracht hatte. Fastinelli war ein Ausstatter, der sich im großen Umfang auf Marineuniformen spezialisiert hatte und sein Geschäftslokal in der Nähe von Hafen Zwei und Drei unterhielt. Genau genommen verfügte die Firma nicht über Einlagerungsmöglichkeiten, pflegte aber Offizieren in kurzzeitigen Geldnöten Darlehen zu geben und dafür augenblicklich nicht benötigte Uniformstücke als Sicherheit zu nehmen. »Da Sie gerade gelandet sind und vermutlich Ihren Sold noch nicht abgehoben haben – kann ich Ihnen da vielleicht mit einem kleinen Darlehen für die Lagergebühr zur Hand gehen?«

»Was?« Mon schien sichtlich überrascht. Was auch immer ihn dazu veranlasste, seine Stirn zu runzeln, hatte offenbar nichts damit zu tun, dass er am Ende der Bahnfahrt die Rechnung des Pfandleihers begleichen musste. »*Oh*. Vielen Dank, Mundy, das ist wirklich sehr nett von Ihnen, aber ich komme schon klar. Graf Klimov hat ein Konto für mich eröffnet, damit ich das erledigen kann.«

Adeles Augen verengten sich ganz leicht. »Dann sind Sie also gerade gelandet, nicht wahr?«, fragte sie, wohl wissend, dass ihr Tonfall leichtes Unbehagen ausdrückte. Der Leutnant machte sich offenbar über irgendetwas Sorgen, aber das rechtfertigte nicht die geradezu unhöfliche Art, mit der er es vermieden hatte, auf ihre anfängliche höfliche Frage einzugehen. »Sie haben doch die *Princess Cecile* nach Cinnabar zurückgebracht, oder?«

Mons Haltung straffte sich, und seine Gesichtszüge verrieten, dass ihm die Frage peinlich war. »Ja, Mistress«, sagte er. »Bitte entschuldigen Sie, ich war gerade etwas abwesend. Ja, wir haben vor vier Wochen die Reparaturarbeiten an der *Princess Cecile* abgeschlossen. Ich habe sie unmittelbar von Strymon hierhergebracht, gemäß den Befehlen, die mich erreichten, als das Schiff noch im Trockendock lag. Wir sind vor ein paar Stunden in Hafen Eins gelandet, und ich wollte Leutnant Leary gleich aufsuchen, nachdem ich die Formalitäten mit dem Hafenmeister erledigt hatte.«

»Hafen Eins?«, wiederholte Adele, verblüfft, dass der Offizier den See im Nordosten von Xenos erwähnt hatte, wo das erste Kolonieschiff gelandet war. Zu Anfang der Geschichte Cinnabars hatte Hafen Eins durchaus für den Handels- und den Marineverkehr des Planeten ausgereicht, aber das lag lange zurück. Inzwischen hatte man den Handelsverkehr in Hafen Zwei, zweihundert Kilometer von der Hauptstadt entfernt, an der Küste verlegt, während die MRC vor fünfundsiebzig Jahren, am Ende des ersten Krieges mit der Allianz, das riesige künstliche Becken von Hafen Drei für seine Einsätze gebaut hatte.

»Ja, ganz richtig, Mistress«, sagte Mon. »Die *Princess Cecile* soll verkauft werden. Ich hatte angenommen, dass man Sie – oder zumindest Leutnant Leary – darüber informiert hätte?«

»Nein«, sagte Adele. »Das weiß Leary nicht. Ich bin ganz sicher, dass er sonst etwas gesagt hätte.«

Sie lehnte sich auf der Sitzbank der Kabine zurück und starrte durch die verkratzten Fenster hinaus, während sie das soeben von Mon Gehörte zu verarbeiten versuchte. Sie verspürte eine ähnlich ungläubige Leere in ihrem Bewusstsein wie damals, als sie erfahren hatte, dass ihre Familie in der Zeit der Ächtung ums Leben gekommen war.

Dabei war das, was der Leutnant gerade gesagt hatte, durchaus verständlich. Die *Princess Cecile* war eine im Ausland gebaute Korvette, die bei der Schlacht vor Tanais im Strymonsystem schwere Schäden davongetragen hatte. Einem Schiff, das Strukturschäden abbekommen hatte, konnte man nie mehr vertrauen, und es gab eine Menge konservative Offiziere in der Marine, die von vorneherein kein Vertrauen zu einem auf Kostroma gebauten Schiff hatten. Jetzt, wo zwischen Cinnabar und der Allianz Frieden herrschte, war es daher vernünftiger, die *Princess Cecile* abzustoßen, als weiter Geld für ihren Unterhalt auszugeben.

O ja, Adele konnte solche Überlegungen durchaus verstehen. Der analytische Teil ihres Verstandes begriff auch, warum man die Köpfe der Mundy Familie und ihrer Umgebung auf dem Speaker's Rock zur Schau gestellt hatte, nachdem ihre Verschwörung aufgekommen war.

Trotzdem erfasste sie immer wieder eisige Starre, wenn sie daran dachte.

Die *Princess Cecile* war einfach ein kleines Kriegsschiff. Adele hatte sie vor weniger als einem Jahr zum ersten Mal zu Gesicht bekommen, als sie noch eine kostromanische Korvette gewesen war. Die *Sissie* war eng und unbequem, selbst unter günstigsten Voraussetzungen, und ein Großteil der Zeit, die Adele an Bord der Korvette verbracht hatte, war voller Gefahren und Unbequemlichkeiten gewesen, die über alles hinausgingen, was sie in einem Leben tiefer Armut bisher erlebt hatte.

Und dennoch …

Noch vor einem Jahr war Adele Mundy eine einsame Waise gewesen, die an einem drittrangigen Hof die bescheidene Existenz einer Verbannten geführt hatte. Einem Hof, dessen Herrscher sich als Intellektueller gab. Ihr Titel war Hof-Bibliothekarin gewesen, ihre Pflichten aber bestenfalls die eines

Zirkusseelöwen. Jetzt hatte sie ihre Nation und sogar das Haus ihrer Kindheit zurückbekommen. Die ganze MRC war ihre Familie und Daniel Leary ein Freund, der ihr bis zum Tode treu sein würde.

All das hatte nichts mit der *Princess Cecile* zu tun, aber all diese Dinge hatten sich mit der *Princess Cecile* in ihrem Leben eingestellt.

»Mundy?«, fragte Leutnant Mon besorgt. »Alles in Ordnung?«

Adele schlug die Augen auf – sie konnte sich nicht daran erinnern, sie geschlossen zu haben – und schenkte Mon ein knappes Lächeln. »Ja, natürlich, Mon«, sagte sie. »Ich bin vielleicht ein wenig traurig, aber schließlich bin ich ja zu einer Beerdigung unterwegs.«

Mon nickte ernst und sah zu den sechs- bis achtstöckigen Gebäuden hinaus, die die Tramlinie säumten. In den oberen Stockwerken waren Luxus-Apartments mit Dachgärten, die unteren Etagen füllten Läden, deren Besitzer häufig darüber wohnten. Dazwischen lebten gewöhnliche Leute, Bürokraten und verheiratete Leutnants, deren Familien größer als ihr Einkommen waren, Bibliothekare und Mechaniker und Bettler von diesem oder jenem Planeten, jeweils ein Dutzend in einem einzigen Zimmer. Lebten dort und starben, wenn ihre Zeit abgelaufen war, weil alles starb.

Ruhe in Frieden, Princess Cecile. *Auch du warst mein Freund.*

»*Konteradmiral im Ruhestand Aussarenes und Ehefrau*«, summte es an Daniel Learys linkem Ohr. Eine Angestellte des Bestattungsunternehmens Williams & Son saß im hinteren Bereich eines unauffälligen Lieferwagens, der gegenüber der Stanislaskapelle parkte. Sie verglich die Ankommenden mit einem Datenspeicher und gab die Information über Funk weiter. »*Er hat die* Bourgiba *befehligt, als Ihr Onkel sein dritter Leutnant war.*«

Nicht sein *dritter Leutnant*, korrigierte Daniel in Gedanken. Ihr *dritter Leutnant*. Schiffe sind weiblich, auch ein widerspenstiger schwerer Kreuzer, der dazu neigte, seine High Drive-Aggregate hochgehen zu lassen – wie Daniel sich sehr wohl aus den Erzählungen von Onkel Stacey und seinen Kumpanen im Büro der Reparaturwerft erinnerte, die der jüngste Sohn von Staceys Schwester staunend belauscht hatte. Williams & Son hatten sich auf Begräbnisfeierlichkeiten der gehobenen Gesellschaft Cinnabars spezialisiert, aber die MRC war eine besonders spezialisierte Gesellschaft.

»Guten Morgen, Admiral Aussarenes«, sagte er laut. »Onkel Stacey wäre geehrt gewesen, wenn er gewusst hätte, dass Sie und Ihre Gemahlin hier erscheinen, um ihm die letzte Ehre zu erweisen. Darf ich Ihnen zur Erinnerung an diesen Anlass einen Ring überreichen?«

Er hielt ihnen ein Samttablett hin. Der Ring trug in einer schlichten Fassung einen grinsenden Totenschädel mit der umlaufenden Schrift FREGATTENKAPITÄN STACEY HARMSWORTH BERGEN, MRC.

Aussarenes nahm einen Ring und versuchte ihn sich über den linken kleinen Finger zu schieben; offenbar hatte er Rückenprobleme, denn er bewegte sich etwas steif. »Um mich an Leutnant Bergen zu erinnern brauche ich keinen Ring«, sagte er mit schnarrender, streitsüchtig klingender Stimme. »Ein verdammt schwieriger Offizier, das will ich Ihnen nicht verhehlen. Meistens steckte er im Mastkorb, wenn er eigentlich auf der Brücke hätte sein sollen!«

»Liebster«, murmelte seine Frau entsetzt. »Doch nicht *hier*.«

»Wo es aber doch stimmt!«, brauste der Admiral auf. Er blickte auf und sah Daniel in die Augen. »Aber er war der beste Astrogator, den ich je gekannt habe. Wenn Bergen an der Steuerkonsole saß, hat die *Bourgiba* jedes Schlachtschiff überholt, wenn die Strecke lang genug war.«

»Vielen Dank, Admiral«, sagte Daniel mit einem breiten Lächeln. »Mein Onkel kannte seine Schwächen, wusste aber Lob zu schätzen, wenn es ihm gebührte.«

»Ja.« Aussarenes nickte, während seine Lady verstohlen an seinem Ärmel zupfte. »Ich habe gehört, dass Sie von ihm Astrogation gelernt haben, junger Mann. Das ist sehr lobenswert, aber Sie sollten nicht vergessen, auch Wache zu stehen!«

Sie gingen weiter und verschwanden in der Kapelle. Daniel lächelte auch weiterhin, während er der nächsten Person in der Schlange dankte und einen Ring anbot, einem Mann, dessen Firma Bergen & Co. mit Antennen und Rahen belieferte. Vielleicht war ein Lächeln bei einem Begräbnis nicht der angemessene Gesichtsausdruck, aber es passte einfach besser zu Daniels meist gerötetem Jungengesicht als ein düsterer, finsterer Blick.

Im Übrigen waren Rang und Zahl der Erschienenen wirklich beeindruckend. Fregattenkapitän Stacey Bergen war der größte Pfadfinder und Forscher in der Geschichte Cinnabars. Zu Lebzeiten war ihm nicht die gebührende Anerkennung zuteilgeworden, doch glich der Prunk seiner Begräbnisfeierlichkeiten dies aus – zumindest für seinen Neffen.

»Senator Pakenham und ihr Gatte, Lord William Pakenham«, flüsterte es an Daniels Ohr. Daniel hätte die Frau mit den scharf geschnittenen Zügen und dem rundlichen, recht bescheiden wirkenden Mann im Schlepptau nicht erkannt, aber ihr Name verriet ihm, dass er es mit der Vorsitzenden des Senatsausschusses für Auswärtige Beziehungen zu tun hatte. Pakenham hätte Onkel Stacey nicht vom Bootsmann der Arche Noah unterscheiden können, aber sie war hier, um dem Toten gemeinsam mit einer großen Zahl höchstrangiger Politiker der Republik die letzte Ehre zu erweisen – und tat das, weil sie Corder Leary eine Freude machen wollte.

Speaker Leary hatte nicht an dem Begräbnis eines Mannes teilgenommen, den er immer als armen Verwandten behandelt hatte – was Onkel Stacey ja in Wahrheit auch gewesen war, obwohl seine Firma Bergen & Partner durchaus Ertrag abwarf. Vielleicht wollte er sich die Peinlichkeit ersparen, dort dem Sohn zu begegnen, der seit sieben Jahren kein Wort mehr mit ihm gewechselt hatte, seit eine lautstarke Auseinandersetzung damit geendet hatte, dass Daniel sich als Fähnrich der MRC angeschlossen hatte. Trotzdem hatte er seinen Einfluss geltend gemacht, um dem Begräbnis des Schwagers etwas Glanz zu verleihen, den er im Leben so verachtet hatte; und dafür würde Daniel ihm danken, falls die Umstände je zu einer Begegnung zwischen den beiden führen sollten.

»Raumkapitän Oliver Semmes«, sagte die Angestellte. *»Marineadjutant der Delegation von Gesetzgeber Jarre.«*

Einen Augenblick lang konnte Daniel mit dem unbekannten Rang und der mit Gold abgesetzten, grünen Uniform des schlanken Mannes nichts anfangen, der sich vor ihm verbeugte. Sein erster Gedanke war: *ein wohlhabender Grundbesitzer in der Operettenuniform der Schützenkompanie seines Viertels.* Nein, alles andere: Dies war die Paradeuniform der Flotte der Allianz Freier Sterne. Daniel war mit den Auszeichnungen seiner Feinde nicht genügend vertraut, um den Großteil der Orden und Medaillen auf Semmes' Uniformrock zu erkennen, aber das Freiheitskreuz an einem weißen und silbernen Band an seiner Brust war ihm sehr wohl ein Begriff, denn dabei handelte es sich weder um eine belanglose noch eine politische Auszeichnung.

»Kapitän Semmes, es ist mir eine besondere Freude, ein so verdientes Mitglied Ihrer Streitkräfte hier zu sehen«, sagte Daniel. »Fregattenkapitän Bergen hätte diese hohe Ehre sicherlich zu schätzen gewusst.«

Er räusperte sich und suchte nach den passenden Worten. Er hatte nicht damit gerechnet, in eine solche Situation zu geraten. Onkel Stacey hatte tatsächlich die ganze Menschheit als eine einzige Familie ohne jegliche Unterschiede gesehen, die sich gemeinsam darum bemühte, das Universum neu zu entdecken und wieder zu bevölkern ... aber das war weder die offizielle Einstellung der MRC noch die persönliche Ansicht von Leutnant Daniel Leary; und *ganz sicherlich* war es nicht der Standpunkt von Garantor Porra, der die sogenannte Allianz Freier Sterne mit eiserner Faust und einem Sicherheitsapparat von geradezu legendärer Brutalität regierte.

»Äh … darf ich Ihnen einen Ring zum Andenken an Fregattenkapitän Bergen anbieten?«

Semmes nahm den Ring mit Daumen und Zeigefinger und bewegte sich mit der Präzision eines Automaten. »Ich hatte einmal den Vorzug, Ihrem Onkel zu begegnen, Leutnant«, sagte er und legte den Kopf etwas zur Seite, um Daniels Reaktion auf seine Worte zu studieren. »Das war auf Alicia. Mein Bruder und ich waren Adjutanten von Fregattenkapitän Lorenz, und Fregattenkapitän Bergen war mit der Vermessung von Routen von Cinnabar ins Commonwealth beschäftigt.«

»Ah!«, sagte Daniel. Lorenz' Ruf war weit über die Allianz hinaus gedrungen, ein schneidiger Offizier, ebenso bekannt für seine Leistungen in der Forschung wie für seine Habgier und seine völlig Prinzipienlosigkeit, wenn er nicht im direkten Blickfeld seiner Vorgesetzten war. »Ja, das muss wohl annähernd dreißig Standardjahre her sein, nicht wahr?«

»Siebenundzwanzig.« Semmes schob sich den Ring auf den Finger und musterte ihn mit kritischem Blick. »Wir waren von den Fähigkeiten von Fregattenkapitän Bergen sehr beeindruckt – seinen Fähigkeiten als Astrogator.«

Er sah Daniel gerade in die Augen. »Er war doch kein Offizier der kämpfenden Truppe, nicht wahr?«, fuhr Semmes fort. Möglicherweise bildete Daniel sich den spöttischen Unterton nur ein, mit dem sein Gegenüber diese Bemerkung machte. »Ihr Onkel?«

Daniel nickte knapp. »Nein, Sir, ein großer Kämpfer war mein Onkel *nicht*«, sagte er. »Zum Glück hatte die MRC nie Mangel an Offizieren, die das ausgleichen konnten.«

Er wies den Allianzoffizier in die Kapelle, nicht gerade eine Geste der Entlassung, aber ein unübersehbarer Hinweis. »Vielleicht begegnen wir uns wieder, Kapitän Semmes«, fügte er hinzu.

»Das ist der Typ, der mit fünfzehn Meter Holzstämmen an

einer Kette in Bantry wegschwimmt«, murmelte Hogg von hinten an Daniels Ohr. »Weil ich gerade daran denke: So etwas könnte auch hier in Xenos passieren, junger Master. Wie?«

Die Stimme von Williams & Son identifizierte den nächsten Mann in der Schlange als den Schriftführer des Finanzausschusses des Senats – ein recht wichtiger Mann, wie Daniel wohl wusste. Aber Daniel hatte noch Wichtigeres zu erledigen.

»Hogg«, sagte er, drehte sich um und fixierte seinen Diener streng, »so etwas will ich nicht hören, nicht einmal im Scherz! Ein Offizier der MRC kann keinen Diener haben, der sich wie ein gewöhnlicher Schläger benimmt – und ich werde das auch nicht dulden.«

»Ich bitte um Entschuldigung, Master«, sagte Hogg und klang dabei immerhin andeutungsweise zerknirscht, sah Daniel aber dabei gerade in die Augen. »Es wird nicht wieder vorkommen. Ganz sicherlich nicht. Mich hat nur ein wenig geärgert, wie respektlos der Kerl sich über Master Stacey ausgelassen hat, sonst nichts.«

Daniel nickte, zwang seine Mundwinkel zur Andeutung eines Lächelns und wandte sich dann wieder der Reihe der Trauernden zu. »Ist mir eine große Freude, Sie zu sehen, Major Hattersly«, sagte er. Der Schriftführer war Reserveoffizier der Landstreitkräfte. »Darf ich Ihnen als Andenken an Fregattenkapitän Bergen einen Ring anbieten?«

Das Problem im Umgang mit Hogg war, dass dieser nicht so sehr ein Diener als viel mehr ein hartgesottener älterer Bruder war, der Daniel auf dem Lande großgezogen hatte, während Corder Leary sich in Xenos mit Geld und Politik beschäftigt hatte. Daniel empfand für Bantry, den Familiensitz, die instinktive Zuneigung des Landbewohners. Geld war nur nützlich, um es auszugeben, im Allgemeinen für Freunde, und was Politik betraf – nun, Daniel hatte seine Tage damit verbracht, die Kolonie von Felstauchern am Ufer des Tule Creek zu beobachten. Nach seiner Ansicht waren sie nicht nur wesentlich interessanter als die

Umgebung seines Vaters, sondern im Großen und Ganzen auch wesentlich klüger.

Corder Leary dachte nicht sehr oft an seinen Sohn. Deirdre, das ältere seiner beiden Kinder, geriet ganz nach ihrem Vater und nahm seine Belehrungen aufmerksam und interessiert an. Daniels Mutter war eine Heilige – darüber waren sich alle einig, selbst ihr Gatte, und das war vielleicht auch der Grund, dass er sie nur ein paar Mal im Jahr sah, wenn er wegen anderer Geschäfte in Bantry weilte. Aber eine Heilige besitzt weder das Temperament noch die Fähigkeit, um mit einem sehr aktiven, sehr *männlichen* Kind umzugehen … und beide Eigenschaften besaß Hogg im Übermaß.

Mistress Leary wäre entsetzt gewesen, wenn sie je erfahren hätte, was Hogg dem Jungen beibrachte, und noch mehr, wie er ihn disziplinierte. Sie erfuhr all das freilich nie, weil zu den Dingen, die Daniel von Hogg lernte, auch gehörte, dass man sich als richtiger Mann nicht bei Mama beklagt, wenn man einmal eine Tracht Prügel bekommt, weil man etwas Dummes getan hat.

Daniel hatte keine Lust, einen Bediensteten zu decken, der so ungeschickt war, den hohen Vertreter einer Macht zu beleidigen, mit der Cinnabar im Augenblick in Frieden lebte. Falls sich die Notwendigkeit ergeben sollte, würde er sich damit auseinandersetzen, doch das stand auf einem ganz anderen Blatt – schließlich war er ein Leary und kannte seine Pflichten gegenüber seinen Bediensteten … und auch das war etwas, was er von Hogg gelernt hatte.

»Admiral und Lady Anston«, klang es aus Daniels Ohrhörer. *»Er leitet den Marineausschuss, aber ich kann keine Verbindung zu Fregattenkapitän Bergen finden.«*

Allmächtiger!, dachte Daniel. Einen Augenblick lang hatte er Angst, damit laut vor dem obersten Chef der MRC herausgeplatzt zu sein – obwohl Anston ohne Zweifel in seiner Zeit Schlimmeres gehört und auch selbst gesagt hatte.

Er war ein kämpfender Admiral gewesen und auch ein glücklicher Admiral; und beides zusammen hatte ihn ausnehmend wohlhabend gemacht. Anstelle sich in den Ruhestand zu begeben und den Rest seines Lebens ganz seinen Neigungen zu widmen – Porzellan, Politik oder pubertierende Mädchen –, hatte Anston in den letzten achtzehn Jahren seine beträchtlichen Talente ganz der Organisation und der Bewahrung der Marine der Republik Cinnabar zugewendet.

Als Vorsitzender des Marineausschusses sorgte er dafür, die MRC aus der Politik und Politiker jeder Couleur aus der MRC herauszuhalten. Jeder wusste, dass die Lieferanten, die der MRC den größten Vorteil boten, Verträge erhielten und dass Schiffe und Kommandos in Einklang mit den Bedürfnissen und den Ressourcen der Republik zugeteilt wurden – so wie der Vorsitzende des Marineausschusses das für richtig hielt.

Anston war ein rotgesichtiger Mann Mitte sechzig. Er aß und trank mit derselben Begeisterung, die er schon vor fünfzig Jahren an den Tag gelegt hatte, als er als Fähnrich in der Takelage seines Schulschlachtschiffs auf und ab geturnt war. Doch irgendwann würde er sterben. Das würde für die MRC und die Republik ein schlimmerer Schlag sein als alles, was die Allianz in den von immer wieder aufflammender Kriegführung gekennzeichneten letzten hundert Jahren zustande gebracht hatte.

Aber noch lebte Anston, der wichtigste Mann der MRC und einer der wichtigsten in ganz Cinnabar; und er war zu Fregattenkapitän Bergens Beerdigung gekommen.

»Guten Morgen, Admiral Anston«, sagte Daniel. Der analytische Teil seines Bewusstseins beobachtete das Geschehen leidenschaftslos und registrierte, dass seine Stimme angenehm und wohl moduliert war, und wunderte sich darüber. »Onkel Stacey ist sehr geehrt, Sie hier zu sehen.«

»Ist er das?« Anston musterte Daniel mit einem grimmigen Lächeln – ein Spacer im Gespräch mit einem Kollegen. »Also, ich wäre mir da nicht so sicher, mein Junge; das sind Fragen, die ich lieber Priestern überlasse. Was ich weiß, ist, dass ich die

Route benutzt habe, die Leutnant Bergen durch den Strohhaufen entdeckt hat, um den Fullerenkonvoi von den Webstersternen zu erreichen, ehe er auf seine Allianzeskorte traf. Die Profite daraus haben ein Jahr lang das Budget der MRC abgedeckt und waren für mich persönlich auch nicht gerade von Schaden, was, Maggie?«

Er sah strahlend zu seiner Frau hinüber, die, soweit ihr unterschiedliches Geschlecht das überhaupt zuließ, so etwas wie sein Double war. Ihr Hosenanzug war mit Rüschen und Spitzen bedeckt – aber sie waren alle schwarz, sodass sie aus einiger Entfernung nur eine etwas füllige ältere Frau war und nicht wie ein Clown wirkte, wie das bei kontrastierenden Farben der Fall gewesen wäre. »Josh, du sollst mich in der Öffentlichkeit nicht Maggie nennen!«, flüsterte sie wütend.

Anston versetzte ihr einen Klaps auf den Po. Lady Anston tat so, als hätte sie es nicht bemerkt, aber der Adjutant des Admirals – ein Kapitänleutnant von aristokratischem Gehabe – zuckte leidgeprüft zusammen.

»Was hat Semmes denn zu Ihnen gesagt?«, fragte der Admiral halblaut. »Er hat mich in meinem Büro aufgesucht – ein Höflichkeitsbesuch, wie er sagte. Ich war nicht da, und das werde ich verdammt noch mal wieder sein, wenn er noch mal dort auftauchen sollte!«

»Nichts von Belang, Euer Lordschaft«, antwortete Daniel. Von Hogg war aus dem Hintergrund ein halblautes, zustimmendes Grunzen zu hören. »Er hat Onkel Stacey auf Alicia kennengelernt, die Expedition der Allianz unter Lorenz war dort gerade eingetroffen, als die dortige Regierung soeben einen Freundschaftsvertrag mit der Republik unterzeichnet hatte.«

»Ich kann mir vorstellen, dass er das nie vergessen wird«, sagte Anston und lachte schallend. »Die hatten keine Ahnung, dass wir innerhalb zehn Tagen Transitzeit von dort operierten – und das wäre auch nicht der Fall gewesen, wenn Ihr Onkel keine Nase für eine Route gehabt hätte, wo sonst keiner eine erkennen konnte.«

»Josh, wir halten die Leute auf«, sagte Lady Anston und bedachte Daniel mit einem finsteren Blick, als wären er und ihr Gatte Verschwörer, die nichts anderes im Sinn hatten, als sie in Verlegenheit zu bringen.

»Nun, Fregattenkapitän Bergen beklagt sich schließlich nicht darüber, oder?«, meinte der Admiral etwas gereizt und fuhr dann, an Daniel gewandt, fort: »Hören Sie, Leutnant. Der Senat will keinen Krieg mit der Allianz und tut deshalb so, als würde es auch keinen geben. Ich will auch keinen Krieg, aber ich weiß so sicher, wie ich weiß, dass jeden Tag die Sonne aufgeht, dass es Krieg geben wird. Und zwar dann, wenn Garantor Porra zu dem Schluss gelangt ist, dass ein Krieg in seinem Interesse liegt, und bis dahin wird es nicht mehr lange dauern. Sie brauchen sich keine Sorgen zu machen, wenn Sie im Augenblick auf Halbsold gesetzt sind – Sie sind einer von den jungen Offizieren, die die MRC selbst in Friedenszeiten braucht. Und wenn Krieg ist, werden Sie ein Kommando bekommen, mit dem Sie entweder aufsteigen oder an dem Sie zugrunde gehen, je nachdem wie Sie sich anstellen. Ich schwör's Ihnen!«

Der Admiral setzte sich in Richtung Kirche in Bewegung und wurde von einem der ganzen Schar von Platzanweisern, die Williams & Son bereitgestellt hatten, in die vorderste Reihe komplimentiert. Man konnte hören, dass seine Frau ihm Vorhaltungen machte, jedoch nicht verstehen, was sie sagte.

»Ein *Deckoffizier der Marine*«, sagte die Angestellte des Bestattungsunternehmens. Und dann, leicht gereizt: *»Man hätte sie über die Hintertreppe auf die Galerie schicken sollen!«*

»Tag, Adele«, sagte Daniel, ergriff mit der rechten Hand Adeles Rechte und legte die Linke darüber. »Das freut mich riesig, dass Sie das mit ansehen konnten! Die sind tatsächlich zu Onkel Staceys Beerdigung gekommen, weiß Gott! Da wäre er wirklich mächtig stolz gewesen!«

Adele nickte und zeigte dabei ihren gewohnten neutralen Gesichtsausdruck. Tovera, so blass wie etwas Giftiges, das man unter einem Stein hervorgeholt hat, stand ein kleines Stück schräg hinter ihrer Herrin. Daniel sah vor seinem inneren Auge eine Szene, in der ein Angestellter eines Bestattungsunternehmens den Versuch machte, Adele als belanglose Person auf die Galerie abzudrängen, und grinste dabei breit.

»Daniel«, sagte Adele, »Leutnant Mon ist mit der *Princess Cecile* zurück und scheint es sehr eilig zu haben, Sie zu sprechen. Er muss sich nur noch seine Galauniform holen und wird dann gleich hier erscheinen.«

»Ah?« Daniel ließ die linke Hand herunterfallen. Er sah Adele ruhig in die Augen. Im Allgemeinen pflegte sie sich keine Emotionen anmerken zu lassen, aber sie waren gut genug miteinander befreundet, dass er sie trotzdem an ihr spürte. »Ich werde ihn natürlich gerne empfangen – aber was ist denn passiert?«

Adele räusperte sich. »Er sagt, die *Sissie* soll verkauft werden, weil die MRC sie nicht benötigt«, erklärte sie. »Ich nehme an, dass das sehr bald geschehen wird. In wenigen Tagen.«

»Ah«, sagte Daniel erneut und nickte verständnisvoll. »Dann haben die vermutlich einen Käufer. Das bedauere ich sehr, obwohl ich natürlich begreifen kann, weshalb das für die Republik von Vorteil ist.«

»Natürlich«, pflichtete Adele ihm bei. »Wir sehen uns dann nach dem Gottesdienst. Zuhause, nehme ich an?«

Daniel nickte, obwohl er nicht richtig zuhörte. Im Augenblick konnte er an nichts anderes denken als an das Licht des Firmaments, das ihn auf dem Deck seines ersten Kommandos einhüllte – der MRC *Princess Cecile*.

»Kommen Sie, Mistress«, sagte Hogg. »Ich sorge dafür, dass Sie vorne einen Platz bekommen.«

»Ich kann mir *kaum vorstellen* …«, sagte der oberste Platzanweiser, eine strenge, geschlechtslos wirkende Gestalt personifizierter Missbilligung.

»Geht schon in Ordnung, Junge«, fauchte Hogg ihn an, »das kannst du wahrscheinlich nicht. Mach ruhig Pause, während ich die Freundin des Masters zum besten Platz im Haus geleite!«

Hogg und Mundy verschwanden im Kirchenschiff; der Platzanweiser ließ unterdessen seinen Groll an einem Untergebenen aus.

»Guten Morgen, Kapitän Churchill«, sagte Daniel zu dem Nächsten in der Reihe, einem alten Mann, den ein jüngerer Verwandter stützen musste. Churchill war unter Onkel Stacey Fähnrich gewesen.

Das Gewebe des Universums, das sich vor dem strahlenden Bug der Princess Cecile *unter dem Befehl von Leutnant Daniel Leary verwarf …*

2

Wenn der Bestattungsunternehmer nicht gerade nach Luft rang, musterte er mit finsterer Miene die im Hinterhof der Kapelle wartende Schauspielertruppe in den Totenmasken von Stacey Bergens berühmten Vorfahren. Adele überlegte schon, ob sie ihren PDA herausholen sollte, um festzustellen, ob der schwergewichtige ältere Mann – hochgewachsen, aber auch entschieden übergewichtig – Master Williams selbst oder der Sohn war. Das war natürlich völlig irrelevant, und deshalb ließ sie es bleiben, aber es hätte sie zumindest für den Augenblick von der Vergangenheit und der Zukunft abgelenkt; und auch vom Tode, und darauf liefen nach Adeles Ansicht Vergangenheit und Zukunft schließlich immer hinaus.

Sie lächelte. Sie wusste wohl, dass andere Leute eine andere Betrachtung des Lebens hatten, war aber den Verdacht nie losgeworden, dass sie das Thema nicht so gründlich analysiert hatten wie sie.

Schließlich hatte der Bestattungsunternehmer die Schauspieler zu seiner Zufriedenheit auseinandersortiert. Die Clowns in der vordersten Gruppe setzten sich jetzt auf dem Boulevard in Bewegung und sangen: *»Stacey kam aus einem Land, wo man weiß …«*

Die Frauen trugen Karikaturen von MRC-Uniformen, die Männer waren auf groteske Weise als Frauen verkleidet. Gewiss, einige der Prostituierten, die Adele in Ausübung ihres Gewerbes vor Hafen Drei gesehen hatte, waren kaum weniger unattraktiv. Die MRC hatte in vieler Hinsicht hohe Maßstäbe, aber wenn es um die Befriedigung auf einer langen Reise aufgestauter sexueller Bedürfnisse ging, schien da kein Hafen eine Ausnahme zu machen.

»*... was Unzucht wirklich heißt!*«, sang der Clown zur Musik der Flöten, die einige in der Parade spielten.

Als Nächster in der Prozession kam der Schauspieler, der die Rolle von Fregattenkapitän Bergen spielte; er ging vor der diskret motorisierten Bahre, die ein Mitarbeiter des Bestattungsunternehmens lenkte. Fackelträger, statuenhafte Frauen in wallenden Gewändern, flankierten ihn.

Adele hatte, ohne sich selbst zu äußern, die Diskussionen zwischen Daniel und der Witwe angehört, in denen es darum ging, welche Altersstufe seines Onkels der Schauspieler darstellen sollte. Sie hatten sich schließlich für den Mann auf dem Höhepunkt seiner Kräfte vor vierzig Jahren entschieden, als er gerade von der ersten seiner langen Forschungsreisen in der *Beacon* zurückgekehrt war. Der Schauspieler trug eine gefleckte graue Tarnuniform mit den Rangabzeichen eines Oberleutnants am Kragen; er zog beim Gehen das eine Bein leicht nach, das spielte auf einen Sturz auf einem Hochschwerkraftplaneten und die Verletzungen an der Wirbelsäule an, die schließlich dazu geführt hatten, dass Stacey an einen Rollstuhl gefesselt gewesen war.

»*Dort schlafen selbst Tote zu zweit in einem Bett ...*«, sangen die Clowns. Die maskierten »Ahnen« folgten ihnen paarweise aus dem Hof hinaus, schritten bedächtig dahin, während die Clowns herumhüpften und den Zuschauern, die beide Seiten der Straße zum Krematorium säumten, Grimassen schnitten. Eine Beerdigung dieses Umfangs war nicht nur Unterhaltung für die Armen, sie bot Gesprächsstoff für ganz Xenos.

Die Bergens waren ein altes, aber nicht sonderlich bedeutendes Haus; Stacey, der im Rang eines Fregattenkapitäns von der MRC pensioniert worden war, war ein typischer Vertreter seiner Familie gewesen. Heute hatten sich führende Gestalten aus Militär und Politik der Vergangenheit unter seine »Ahnen« gemischt. Ohne Druck, der nur von Corder Leary hatte kommen können, hätten die jeweiligen Familien die Totenmasken niemals zur Verfügung gestellt.

Adele war Daniels Vater nie begegnet und hoffte, dass ihr dies auch in Zukunft erspart werden würde; das würde ihr die Entscheidung ersparen, ob sie den Mann erschießen sollte, der für den Tod ihrer Eltern verantwortlich war. Aber niemand hatte Speaker Leary jemals vorgeworfen, irgendwelche halben Sachen zu machen.

»*... und schon die Babys masturbieren!*«, sangen die Clowns.

»Mistress Mundy?«, murmelte eine Stimme an ihrem Ohr; sie gehörte einem der Angestellten des Bestattungsunternehmens. »Kommen Sie bitte. Jetzt ist die lebende Familie an der Reihe.«

Adele folgte dem kleinen Mann durch die hinter dem Hoftor versammelte Menge. Er war höflich, wie es sich für jemanden gehörte, der mit Leuten vom Rang der Wartenden zu tun hatte, schaffte es aber mit der Autorität eines viel größeren Mannes, freie Bahn für sie zu erzwingen.

»Sie und Mistress Leary werden Leutnant Leary mit der Witwe folgen«, sagte der Mann und lieferte Adele, die zweifelnd die Stirn runzelte, neben Deirdre Leary ab. Daniels ältere Schwester trug ein sichtlich maßgeschneidertes schwarzes Kostüm aus neutralem Stoff. Die Rosette an ihrem Barett war rosa und cremefarben, die Farben der Bergens.

»Ah, Deirdre«, sagte Adele. »Ja, natürlich, ist ja klar, dass Sie hier sind.«

Deirdre Leary hatte beim ersten Zusammentreffen mit Adele darauf bestanden, dass sie sich gegenseitig mit Vornamen ansprachen. Ihre Beziehung als informell zu bezeichnen wäre freilich stark übertrieben gewesen. Adele empfand Respekt für die andere Frau, war aber ansonsten der Ansicht, dass es zwischen ihnen ebenso wenig Gemeinsamkeiten gab wie mit den Chlor atmenden Humanoiden von Charax IV. Vermutlich empfand Deirdre das ebenso.

Adele war leicht verstimmt über sich selbst, weil sie nicht damit gerechnet hatte, dass Daniels Schwester an der Beerdigung teilnehmen würde. Schließlich waren die beiden Kinder von Speaker Leary die engsten Blutsverwandten des Verstorbenen.

An diesem Morgen waren alle gekommen, um sich den Leichenzug anzusehen. Adele lächelte verkniffen. Sie wandte sich Deirdre zu und sagte mit etwas lauterer Stimme, um den Lärm der Menschenmenge zu übertönen: »Fregattenkapitän Bergen hat sich all diesen Prunk verdient, schließlich hat er eine ganze Anzahl Handelsrouten für die Republik ausfindig gemacht … aber diese Leistung ist doch nicht der Grund für diesen Aufwand, oder?«

Deirdre zuckte die Achseln. Wenn sie sich wie die meisten Frauen mehr um ihr Aussehen bemüht hätte, hätte sie eine Schönheit sein können. Adele bezweifelte, dass Daniels Schwester daran interessiert war. Geld und Macht würden ihr jeden Mann verschaffen, den sie sich wünschte, und vermutlich war Deirdre ähnlich ihrem Bruder nicht im Geringsten daran interessiert, was der Partner einer beliebigen Nacht am nächsten Morgen tat.

Adele hatte daran nichts auszusetzen. Sie war überhaupt nicht an Partnern interessiert.

»Es kommt darauf an, was Sie unter ›diese Leistung‹ verstehen«, sagte Deirdre und sah Adele dabei voll in die Augen. »Die Tatsache, dass er ein guter Freund und Lehrer von Corder Learys Sohn war, hat sehr viel damit zu tun.«

»Ja, ich verstehe.« Adele nickte knapp.

»Aber weil wir schon bei den Geschäften sind …«, fuhr Deirdre fort. »Wissen Sie, was mein Bruder mit seinem Anteil an Fregattenkapitän Bergens Werft vorhat, den er erben wird? Da die Republik im Augenblick mit ihren Nachbarn in Frieden lebt, beschränkt das doch die Chancen eines jungen Marineoffiziers nicht unerheblich, sehe ich das richtig?«

Adele blickte ausdruckslos nach vorne. Ihre erste Reaktion

auf die Frage war Verblüffung; dann wurde ihr bewusst, dass man ihr durchaus auch eine heitere Seite abgewinnen konnte, und sie lachte laut auf. Sie hatten tatsächlich über Geschäfte gesprochen, wenigstens so, wie Deirdre die Welt sah.

Wenn man die Dinge richtig betrachtete, konnte man alles als Geschäft ansehen. Der Preis der wohl aufwändigsten Beerdigung in zehn Jahren stand auf der Sollseite; Adele wusste nicht, konnte nicht einmal *erraten*, was Deirdre auf die Habenseite schreiben würde, aber dass da etwas stehen würde, stand für sie fest.

»Ich habe mit Daniel nicht über seine zukünftigen Pläne gesprochen«, erwiderte sie und fragte sich, ob Deirdre ihr Lächeln als beleidigend empfinden würde. Das sollte es nicht sein; wenigstens nicht ganz. »Er war natürlich stark mit den Vorbereitungen für die Beerdigung beschäftigt. Aber nach allem, was er in letzter Zeit mir gegenüber erwähnt hat, kann ich mir nicht vorstellen, dass er Geschäftsmann auf Cinnabar werden möchte.«

Genau genommen konnte Adele sich ihren Freund in keiner anderen Rolle als in der eines MRC-Offiziers vorstellen. Vielleicht spielte es dabei eine Rolle, dass sie Daniel erst seit einem Jahr kannte und ihn seine Pflichten als Marineoffizier in diesem Jahr voll in Anspruch genommen hatten ... aber die Uniform saß jedenfalls perfekt. Wenn man von jemandem sagen konnte, dass er in Krieg oder Frieden in die Marine der Republik Cinnabar gehörte, dann war das Leutnant Daniel Leary.

Ihre Mundwinkel zuckten. Das galt möglicherweise auch für Adele Mundy, die eine Familie gefunden hatte, die ihre Talente respektierte und die bereit war, sie ebenso in die Pflicht zu nehmen, wie sie ihren Freund Daniel in die Pflicht nahm.

»Man kann eine Werft nicht einfach den dort Beschäftigten überlassen«, sagte Deirdre. Ihre Stimme klang jetzt eine Spur schärfer als zuvor. Niemandem gefällt es, wenn einem die Nase darauf gestoßen wird, dass ein anderer den Dingen, die man selbst für wichtig hält, keinen Wert beimisst; doch Deirdre musste schon, bevor sie das Thema angeschnitten hatte, gewusst haben, dass Adele ebenso wenig an Geschäften interessiert war wie Daniel. »Wenn dort nicht in aller Kürze ein geeigneter Manager eingesetzt wird, wird der stille Teilhaber verlangen, dass Bergen & Co. verkauft wird. Ich kann durchaus verstehen, dass mein Bruder andere Prioritäten hat …«

Das konnte sie in Wahrheit vermutlich nicht verstehen, ebenso wenig wie Daniel Deirdres Interesse an Reichtum und politischer Macht begreifen konnte, aber die Höflichkeit verlangte, es so zu formulieren.

»… aber er ist der Treuhänder von Onkel Staceys Witwe auf deren Lebenszeit. Das wird doch ganz sicherlich Einfluss auf seine Entscheidung haben?«

Das Krematorium war ein flacher nach dem Muster von Tempeln aus der Zeit vor dem Interregnum gebauter Betonbau, den an der Frontseite korinthische Pilaster zierten. Der Schauspieler, der den Verblichenen darstellte, postierte sich an der mächtigen Bronzetür, die die Fackelträger flankierten, während der Angestellte des Bestattungsunternehmens die Bahre abstellte.

Der Sarg war geschlossen; die letzten sechs Monate hatten Stacey so zugesetzt, dass sein Neffe dies der Welt nicht zeigen wollte. Ein Knopfdruck, und der Verstorbene würde durch die Tür in die Gasflammen gleiten.

Die Clowns, die sich beiderseits des Krematoriums verteilt hatten, immer noch in ihren Kostümen, unterhielten sich jetzt leise und warteten. Sie hatten ihre Rollen gespielt, aber ihre Umkleideräume waren Wohnwägen hinter der Kapelle, zu denen sie erst Zugang hatten, wenn die Menge sich verteilt hatte.

Die Ahnentruppe ließ sich auf drei im Halbkreis angeordneten Reihen von Klappstühlen nieder, jeder mit einer Stange, auf der eine Karte mit dem Namen des Dargestellten befestigt war. Ein Platzanweiser führte Daniel und die verwitwete Mistress Bergen zu ihrem Platz auf der linken Seite hinter den Schauspielern; ein weiterer Platzanweiser bedeutete Adele und Deirdre, auf der rechten Seite Platz zu nehmen.

Adele sah über die Reihen altersgeschwärzter Totenmasken zu Daniel Leary hinüber, der vor Stolz und Lebensfreude strahlte. Neben und hinter ihr wiesen Angestellte den übrigen Trauernden ihre Plätze – Admiralen, Kabinettsmitgliedern und Handelsfürsten.

Sie sah ihre Begleiterin an. »Deirdre«, sagte sie, »Ihr Bruder wird seine Verpflichtungen gegenüber der Witwe sicherlich so erfüllen, wie es ihm richtig erscheint. Ich habe keine Ahnung, was er tun wird, ich bin nicht Daniel. Aber ...« Sie spürte, wie ihre Glieder sich strafften und ihre Stimme schärfer wurde. »... ich wäre äußerst überrascht, wenn es ihm in den Sinn käme, in die Partnerschaft einzutreten, die sein Vater dazu benutzt hat, um Onkel Stacey zu demütigen. Und wenn Daniel das in Betracht ziehen würde, dann wäre ich lediglich eine unter seinen vielen Freunden und Bekannten, die ihm sagen würde, dass das absurd ist. Habe ich mich hinreichend klar ausgedrückt?«

Musik, die Instrumentalversion eines martialischen Gesangs, dröhnte aus Lautsprechern im vorderen Bereich des Krematoriums. Der Sarg setzte sich polternd in Bewegung.

»Völlig klar«, sagte Deirdre. »Ich werde meinem Auftraggeber Ihre Überlegungen zur Kenntnis bringen.«

Die Bronzetür sprang nach oben und schloss sich gleich wieder hinter dem Sarg; kurz darauf verspürte Adele das Dröhnen der verborgenen Gasflammen. Deirdre lehnte sich näher an sie und fuhr dicht an Adeles Ohr fort: »Nur nebenbei gesagt ... Speaker Leary respektiert nicht sehr viele Leute. Ich glaube, er wird letztlich erfreut sein, dass sein Sohn einer dieser Wenigen ist.«

Bedienstete hatten an den Seiten Tore geöffnet, damit die Zuschauer sich im Park verteilen oder über die Straße zu der Kapelle zurückkehren konnten, von der sie gekommen waren. Daniel nahm seine Uniformmütze ab und wischte sich mit dem

Taschentuch über Gesicht und Stirn. Der Vormittag war für ihn ein emotionaler Aufruhr gewesen, und er schwitzte stark, so stark, dass er kaum sehen konnte.

»Es ist gut gelaufen, Onkel Stacey«, murmelte er halblaut. Weiß Gott, es war gut gelaufen! Ganz Cinnabar war erschienen, um dem größten Forscher der Republik auf seiner letzten Reise zuzujubeln.

Maryam Bergen war am Arm des Vorarbeiters von Bergen & Co. weggegangen, einem alten Schiffskameraden ihres Ehemanns und keineswegs zufälligerweise ihr Bruder. Ein schlichter Arbeiter konnte natürlich nicht an den offiziellen Trauerfeiern teilnehmen, aber man hatte dem Vorarbeiter und den meisten übrigen Angestellten der Werft Plätze dicht hinter dem Zaun zugewiesen, wo nichts ihren Blick beeinträchtigte.

»Da, nehmen Sie, Master«, murmelte Hogg und reichte Daniel einen silbernen Flachmann. Er hatte bereits den Deckel abgeschraubt, unter dem das Gefäß verstöpselt war. Beiläufig musterte er die sich auflösende Menschenmenge, und sein Gesichtsausdruck ließ ähnliche Befriedigung wie die Daniels erkennen.

»Was ist das?«, fragte Daniel, als er den Stöpsel herauszog.

»Es ist nass, und Sie brauchen es«, sagte Hogg. »Trinken Sie einfach.«

Nicht gerade das, was ein herrschaftlicher Kammerdiener gesagt hätte, aber Daniel war ein Gentleman vom *Lande*, und das war etwas völlig anderes als die städtische Version dieser Gattung. Er nahm einen Schluck von der klaren Flüssigkeit, bei der es sich möglicherweise um Kirschbrand handelte und die jedenfalls stark genug war, um damit einen Motor zu betreiben.

Die Schauspieler, die Staceys Ahnen verkörpert hatten, hatten sich inzwischen zu den Clowns hinter dem Krematorium gesellt. Die Totenmasken hatten sie Lakaien aus den Familien übergeben, die sie zur Verfügung gestellt hatten, und schlüpften jetzt aus ihren Kostümen; Angestellte des Bestattungsunternehmers klappten die Stühle zusammen, auf denen sie gesessen hatten.

Der Mann, der die Rolle Staceys gespielt hatte, unterhielt sich mit dem Bestattungsunternehmer. Er war nicht nur Hauptdarsteller, sondern auch Leiter der Truppe, denn der Bestattungsunternehmer reichte ihm jetzt eine Börse. Er wog sie in der Hand und verbeugte sich.

Adele stand allein da, dicht hinter den Stuhlreihen. Als sie Daniels Blick auffing, nickte sie, drehte sich um und ging weg. Tovera, die das Geschehen während der Zeremonie von der anderen Seite des Zauns aus beobachtet haben musste, folgte dicht hinter ihrer Herrin.

Daniel lächelte. Adele war ein Muster an Diskretion, sie hatte nicht weggehen wollen, ohne sich von ihm zu verabschieden.

»Leutnant Leary?« Daniel fuhr herum und sah sich dem Leiter der Schauspieltruppe gegenüber. »Mein Name ist Shackleford, Enzio Shackleford. Ich hoffe doch, dass unser Auftritt zu Ihrer Zufriedenheit war?«

Den Mann noch in Uniform, aber ohne Maske und Perücke zu sehen war ein seltsamer Anblick, denn seine weiße Haarmähne passte überhaupt nicht zum Bild eines Spacers. In einem engen, gewichtslosen Schiff würden ihm die Haare nach allen Seiten zu Berge stehen.

Daniel schluckte den Brandy hinunter, den er im Mund gehabt hatte. »Eine beeindruckende Feier, wenn ich das feststellen darf, Leutnant. Die hier vertretenen Trauernden hätten jedem Admiral oder Staatsmann zur Ehre gereicht. Es war mir wirklich eine Freude, hierzu einen Beitrag leisten zu dürfen.«

»Bitte entschuldigen Sie, Master Shackleford«, brachte Daniel schließlich unter Mühe hervor; der hochprozentige Alkohol brannte wie Feuer an seinen Schleimhäuten. »Ja, ja, Sie haben das hervorragend gemacht.«

»Ich bin der Ansicht, die Enzio-Shackleford-Truppe ist durchaus den kleinen Mehrpreis gegenüber *irgendwelchen* sogenannten Schauspielern wert«, erklärte Shackleford mit einer lässigen Handbewegung, die wohl andeuten sollte, dass sie beide wahre Aristokraten waren. »Gestatten Sie mir, dass ich Ihnen meine Karte überreiche, Sir.«

Er tat das mit einer grandiosen Geste, die darauf hindeutete, dass er nicht über Kartenkunststücke erhaben war, wenn sich keine lukrativeren Gelegenheiten boten.

»Sie könnten jederzeit Anlass haben, ähnliche Dienste zu benötigen«, fuhr Shackleford fort. »Wie heißt es doch so schön: ›Rasch tritt der Tod den Menschen an, es ist ihm keine Frist gegeben.‹ Und in der Stunde der Trauer, Sir, sollten Sie nicht versäumen, sich den ersten Namen in posthumer Darstellung zu merken – die Enzio-Shackleford-Truppe!«

Daniel runzelte die Stirn und versuchte sich auszumalen, wer wohl sonst noch sterben könnte, für den er sich verantwortlich fühlen würde. Adele vielleicht? Aber eigentlich bestand für sie kein Risiko, es sei denn, die *Princess Cecile* würde von einer Katastrophe ereilt, aber in dem Fall würde der Kommandeur des Schiffes wohl nicht in der Lage sein, die Beerdigung auszurichten.

Der Gedanke an die *Princess Cecile* ließ über Daniels Bewusstsein gleichsam einen grauen Vorhang niedergehen; er nahm einen langen, nachdenklichen Schluck aus der Flasche und spürte, wie der Alkohol seinen Magen wärmte. Den ganzen Tag über war er angespannt gewesen, stets voll Sorge, irgendeine Panne könnte aus der Veranstaltung eine Farce machen. Er hatte keine Trauer empfunden; dies war die Feier von Staceys Leben gewesen und – wie sich erwiesen hatte – ein Triumph. Das Fleisch, selbst im Leben schwach, war jetzt Asche geworden, aber der Name von Fregattenkapitän Stacey Bergen war heute in Xenos rundum in aller Munde.

Onkel Staceys ruhmreiche Verabschiedung gehörte der Vergangenheit an, und jetzt drängte sich die Realität in die Euphorie des Nachmittags. Daniel hatte das Wort von Admiral Anston, dass die Admiralität für ihn ein Kommando finden würde; das bedeutete mehr als ein unterzeichneter und versiegelter Marschbefehl eines jeden anderen. Der Gedanke freilich, dass die *Sissie* ausgeweidet und zu einem Intra-System-Tramp werden sollte – der tat weh.

Ausgeweidet – oder einfach von der Werft eines Abwrackers gekauft, der ihre Masten, die Elektronik und den Antrieb verwerten würde. Immerhin sollte der mit dem Frieden einhergehende Handelsaufschwung dafür sorgen, dass alle weltraumfähigen Schiffe genügend im Wert stiegen, um der *Sissie* jene finale Schmach noch auf ein paar Jahre zu ersparen.

Daniel nahm einen weiteren Schluck. Als er die jetzt geleerte Flasche senkte, sah er, wie sich Leutnant Mon durch die Menge einen Weg zu ihm bahnte.

Im Allgemeinen freute es ihn, Mon zu sehen, er war der beste Oberleutnant gewesen, den Daniel sich in seinen Diensten vorstellen konnte: kompetent, bedächtig und tapfer – aber für einen MRC-Offizier war das alles eine Selbstverständlichkeit. Nicht wenige Uniformträger waren strohdumm, aber Feiglinge waren ebenso selten wie Heilige. Jenseits jener professionellen Tugenden war Mon Daniel loyaler ergeben, als man das von einem Menschen erwarten konnte.

Wenn Mon aber andererseits kam, um sich darüber zu beklagen, dass er seine große Familie bei Halbsold ernähren musste, sobald die *Sissie* außer Dienst gestellt wurde, nun – Daniel würde dafür Mitgefühl empfinden, aber ein andermal, nicht jetzt. Im Augenblick galt seine ganze Trauer der Korvette selbst.

»Sir!« Mon ergriff Daniels Hand. »Gott sei Dank sind Sie auf Cinnabar. Mich haben schon Albträume geplagt, Sie könnten auf Botschaftsmission in Kostroma oder weiß der Teufel sonst wo sein!«

Mons Paradeuniform saß schlecht – er hatte abgenommen, seit er sie zuletzt getragen hatte, und das mochte wohl fünf oder mehr Jahre zurückliegen –, und er hatte sich nicht die Zeit genommen, seine Auszeichnungen auf den neuesten Stand zu bringen. Um Daniels Lippen spielte ein befriedigtes Lächeln: Die Orden und Auszeichnungen, die Mon in der kurzen Zeit erworben hatte, die er unter Leutnant Leary gedient hatte, würden die Sammlung auf seinem Uniformrock wesentlich eindrucksvoller erscheinen lassen.

Aber auch abgesehen von der schlecht sitzenden Uniform sah Mon schrecklich aus. Am Ende der anstrengenden Reise nach Sexburga, siebzehn Tage in der Matrix, und das ohne Pause, hatten an Bord der *Princess Cecile* alle ausgesehen, als hätte man sie aus einem Abflussrohr gezogen ... aber selbst da war Mon besser in Form gewesen als jetzt.

»Ja, ich bin hier«, sagte Daniel bewusst vorsichtig, »aber wie Sie sich wahrscheinlich vorstellen können, Mon, habe ich im Augenblick eine ganze Menge um die Ohren. Wenn Sie vielleicht später ...?«

»Sir«, fiel Mon ihm ins Wort. Ein Ausdruck der Verzweiflung legte sich über sein Gesicht. »*Daniel*, um Himmels willen. Ich brauche Hilfe, und ich weiß nicht, an wen ich mich sonst wenden soll!«

»Ah«, sagte Daniel und nickte verstehend. »Nun, ich hoffe, dass ich für einen alten Schiffskameraden immer ein paar Gulden habe.« Er griff nach der Brieftasche, die er am Gerätegurt seiner Uniform zweiter Klasse befestigt hatte, die er normalerweise auf jedem Planeten trug. Seine weiße Paradeuniform freilich hatte einen Kummerbund und keinen Gürtel, somit also nicht die Möglichkeit, Geld oder sonst etwas mit sich zu führen.

»Hogg?«, sagte er leicht verstimmt, weil er das vergessen hatte. »Kannst du mir mit zehn – oder besser zwanzig – Gulden, aushelfen, bis ich wieder in meinen Räumen bin?«

»Sir, es geht nicht um *Geld* ...«, sagte Mon. Er richtete sich auf und sah sich um, plötzlich wieder ein Mann und ein MRC-Offizier. »Hören Sie, können wir irgendwohin gehen und reden? Ich meine ...«

Er zuckte die Achseln; Daniel nickte zustimmend. Hier in aller Öffentlichkeit zwischen Angestellten zu stehen, die die Überreste einer Beerdigung beseitigten, war nicht der richtige Ort, um über irgendetwas anderes als das Wetter zu sprechen.

»Ja, richtig«, sagte Daniel. »Als ich das letzte Mal nachgesehen habe, gab es dort unten an der Straße Bars. Wir suchen uns eine Nische und sehen mal, wie ich Ihnen behilflich sein kann.«

Er hielt Mon den Arm hin, und sie setzten sich auf der jetzt fast leeren Straße in Bewegung. Obwohl so nahe bei Hafen Drei kein Mangel an Bars herrschte, waren das nicht die Lokale, wie sie ein Offizier in Paradeuniform gewöhnlich aufsuchte.

Trotzdem, wenn Daniel sich auf einige wenige Drinks beschränkte – oder jedenfalls in Maßen trank –, sollte es nicht notwendig werden, seine Paradeuniform zu wechseln, weil sie schmutzig oder gar blutig geworden war, oder vielleicht sogar in einer Kneipenrauferei zerrissen, die weiß der Himmel aus welchem Grund ausgebrochen war. Und wenn er seine Uniform nicht wechseln musste, nun, dann war ein Offizier der MRC stets bereit, für seine Kameraden Opfer zu bringen.

3

Im Buelow's, nur drei Türen von der Stanislaskapelle entfernt, pflegten Deckoffiziere zu verkehren, die nur den Wunsch verspürten, ein paar Drinks zu sich zu nehmen, im Gegensatz zu gewöhnlichen Spacern, die das Ziel hatten, sich so schnell und so billig wie möglich bis zum Umfallen zu betrinken. Daniel schob sich in eine Nische, wobei ihm bewusst wurde, dass er sich gerade zum ersten Mal seit Tagesanbruch hinsetzte.

Die dreidimensionalen Fotografien an den Wänden zeigten Landschaften, nicht etwa Szenen sexueller Akrobatik. Daniel konnte keine der Szenen erkennen, aber die dreibeinige Kreatur, die sich da an eine Basaltklippe klammerte, war ganz sicherlich kein Eingeborener von Cinnabar. Das dunkle, verschrammte Holz der Bar kam ebenfalls von weit her; Daniel stellte interessiert fest, dass das Holz sich spiralförmig um den Kern ringelte und den Eindruck vermittelte, als würden diese Spiralen sich über die glatt gehobelte Oberfläche ausbreiten.

Hogg nahm neben der Registrierkasse Platz, wo er unauffällig die Rechnung übernehmen konnte; eine Frau in Uniform, den Kragenspiegeln nach zu schließen Ingenieurin, beschäftigte sich mit einem Whiskey, dem ein Glas Bier Gesellschaft leistete. Sah man von Hogg, der Frau und dem Barkeeper ab, der jetzt zu der Nische hinüberging, hatten Daniel und Mon die Kneipe für sich allein.

Daniel blickte zum Wirt auf und sagte: »Also, Mon? Soweit ich mich erinnere, nehmen Sie Whiskey und Wasser?«

»Nein, nein, Leary«, sagte Mon und schüttelte heftig den Kopf.

»Vielen Dank, ich meine, ich habe dem Zeug für den Augenblick abgeschworen. Ich nehme …«

Er sah den kräftig gebauten, fast kahlen Barkeeper an und verzog das Gesicht. »Einen Shandy, denke ich«, sagte er dann. »Ja, einen Shandy.«

»Für mich auch, bitte«, sagte Daniel fröhlich und fragte sich im Stillen, ob Mon wohl den Verstand verloren hatte. Aber laut fuhr er fort: »Also, Mon. Warum wollten Sie mich so dringend sprechen?«

Mon legte beide Hände auf den Tisch und stützte sich darauf, spreizte die Finger, starrte sie an, während er seine Gedanken ordnete, und hob dann den müden Blick zu Daniel. »Sehen Sie, Sir, das ist so«, sagte er. »Während die *Sissie* auf Tanais überholt wurde, erhielten wir über den Hochkommissar im Strymon System die Nachricht, dass wir sie zum Abwracken nach Hause bringen sollten, in Hafen Eins. Ich nehme an, Sie haben davon gehört?«

»Ja.« Daniel nickte. »Das habe ich.«

Dass er es erst vor weniger als zwei Stunden von Adele erfahren hatte, behielt er für sich. Genau genommen hatte niemand Anlass gehabt, ihn zu informieren, da er ja das Kommando über die *Princess Cecile*, solange sie im Dock lag, seinem ersten Leutnant übertragen hatte.

Aber dass er keinen Ton darüber gehört hatte, dass er die Korvette, die er gekapert und bei Einsätzen, die ganz Cinnabar begeistert hatten, befehligt hatte – dahinter musste Absicht stecken, nicht nur ein Versehen. Anston oder – was wahrscheinlicher war – der Kapitän, der den Materialausschuss leitete, musste der Ansicht gewesen sein, der berühmte Leutnant Leary könnte in der Öffentlichkeit genügend Unruhe schaffen, um die wohlüberlegte Entscheidung des Ausschusses umzustoßen.

Das hätte er auch können, hätte es aber nicht getan. Für Daniel hatten die Erfordernisse der Marine immer Vorrang, so wie sie das für jeden Offizier der MRC haben sollten.

»Nun, Sie können sich ja vorstellen, dass ich davon nicht gerade begeistert war«, erklärte Mon so ausdruckslos, als würde diese Situation für Daniel völlig ohne Belang sein. »Aber dann kamen zwei Adelige von Novi Swerdlowsk mit einem Empfehlungsschreiben des Hohen Kommissars. Sie stellten sich als Graf Klimov und seine Frau Valentina vor und wollten, dass ich sie nach Cinnabar mitnehme.«

Er zuckte die Achseln. »Das war natürlich kein Problem«, fuhr er fort. »Wir befanden uns nicht im Kampfeinsatz, und Sie hatten ja für das strymonische Depeschenboot, mit dem Sie nach Hause gesegelt sind, vierzig Mann aus unserer Mannschaft abgezogen. Es lief darauf hinaus, dass die Passagiere ein wenig von ihrem Proviant für die Offiziersmesse abgeben mussten – und ich kann Ihnen sagen, Kapitän, ich hatte in meinem ganzen Leben noch nichts Besseres zu essen, an Bord nicht und auch nicht an Land. Die haben mehr Geld als der Herrgott im Himmel, diese Klimovs.«

Der Wirt kam mit ihren Shandys und setzte sie vor ihnen ab. »Vielen Dank, Sir!«, sagte Daniel, aber der Mann gab nur einen Grunzlaut von sich und verschwand wieder hinter seiner Bar.

Daniel musterte die schlammig braune Flüssigkeit in seinem Glas, eine Mischung aus Bier und Limonade oder was der Wirt eben dazu gemischt hatte. Der Wirt wirkte, als ekle ihm davor, etwas so Minderwertiges servieren zu müssen. Daniel konnte es ihm nicht verübeln.

»Nun ja, dann stellte sich heraus, dass der Graf und seine Frau nach Cinnabar wollten, um hier ein Schiff zu chartern, mit dem sie den galaktischen Norden bereisen wollten«, sagte Mon und hob sein Glas. »Und anstatt ein Schiff und eine Mannschaft von Novi Swerdlowsk zu nehmen, wollten sie das Beste, was zu haben ist. Außerdem wussten sie, dass Cinnabar die kürzesten Routen in den Norden ausgekundschaftet hatte. Ihr Onkel Stacey hatte das getan.«

Er nahm einen Schluck, verzog das Gesicht und stellte sein

Glas wieder hin. Dann setzte er zum Reden an, wischte sich aber vorher mit dem linken Handrücken über den Mund.

»Den Norden bereisen?«, wiederholte Daniel und schürzte konzentriert die Lippen und starrte dabei sein Glas an. »Sie meinen, das Commonwealth of God besuchen? Ich kann mir gut vorstellen, dass Leute aus Novi Swerdlowsk das interessant finden, aber ich erinnere mich auch, dass einer von Staceys alten Schiffskameraden gesagt hat, er hätte Schweineställe gesehen, die er hübscher fand als Radiance, und der Rest des Commonwealth hätte noch viel übler ausgesehen.«

»Ich glaube nicht, dass die Klimovs besonders an der Hauptstadt interessiert sind«, meinte Mon und drehte beide Handflächen nach oben. »Der Graf sagt, er möchte ein wenig jagen, und seine Frau studiert Völker, die nach dem Interregnum nie wieder in den Weltraum zurückgekehrt sind. Die Reliktgesellschaften nennt sie sie. Sie wissen schon, Kanaken, die sich Knochen durch die Nase stecken und einem das Herz aus dem Leib schneiden und es essen, weil der große Gott Goo das von ihnen verlangt. Aber sie muss ja wissen, was sie mit ihrem Leben anfängt, denke ich.«

»Also Wissenschaftler«, sagte Daniel. »Ich glaube nicht, dass das Commonwealth auch nur den zehnten Teil der Welten kontrolliert, die vor dem Interregnum im Norden besiedelt worden waren, und der Begriff ›kontrollieren‹ ist ohnehin eine maßlose Übertreibung, wenn man ihn auf deren sogenannte Regierung anwendet. Die Planeten tun im Großen und Ganzen, was ihnen gefällt, und die Flotte finanziert sich mit Erpressung, wenn nicht gar mit ausgesprochener Freibeuterei.«

Eine Kombination von Verträgen und Drohungen sorgte dafür, dass die Schiffe Cinnabars und deren Verbündeter von solchen Schikanen verschont blieben, zumindest in all den Fällen, wo es Überlebende geben konnte, die über das Geschehen hätten berichten können. Aber sämtliche Schiffe, die im galaktischen Norden Handel trieben, waren bewaffnet, auch wenn die Kanonen und Torpedos ihre Ladekapazität beeinträchtigten.

»Na ja, trotzdem ist es verdammt albern, Geld und Zeit so zu vergeuden«, fuhr Mon dann fort. »Aber Geld haben die Klimovs, weiß Gott. Und jetzt kommt es, Leary. Als sie erfuhren, dass die *Sissie* verkauft werden soll, haben sie sofort beschlossen, sie für ihre Tour zu kaufen. Und sie wollen mich als Kapitän und haben mir das Gehalt eines Korvettenkapitäns angeboten!«

»Das ist doch großartig, Mon!«, rief Daniel, erhob sich von seinem Platz und griff über den Tisch und packte Mon an der Schulter. »Und die könnten keinen Besseren und auch kein besseres Schiff wählen! Du lieber Himmel, Mann! Und ich hatte schon gedacht, es gäbe irgendwelche Probleme!«

Wenn die Klimovs es sich leisten konnten, die Korvette mit einer Mannschaft zu versehen, war sie die ideale Wahl für eine lange Reise in eine unerforschte Region, in der es nicht gerade von Feinden wimmelte. Die *Princess Cecile* war ein schnelles, wendiges Schiff, für ein Kriegsschiff in einer größeren Flotte zwar ziemlich leicht, aber den Piraten und auch den Marineeinheiten des Commonwealth (soweit zwischen den beiden überhaupt ein Unterschied bestand), denen sie im Norden begegnen würde, bei Weitem überlegen.

Mon würde sein Leutnantspatent abgeben müssen, aber so wie die Dinge standen, würde ihm die Admiralität eine Freigabe erteilen, die es ihm erlauben würde, zu einem späteren Zeitpunkt wieder mit demselben Rang in die Flotte einzutreten. Er würde lediglich Dienstalter verlieren – und seinen Halbsold, aber der war weniger als ein Viertel dessen, was die Klimovs ihm angeboten hatten.

Und was die *Sissie* betraf – nun, sie würde zwar kein Kriegsschiff mehr sein, aber auch kein Lastkahn, den man allenfalls dafür einsetzen würde, irgendwelche Ladung zu den Asteroidenminen zu bringen. Eine gute Nachricht für das Schiff, eine gute Nachricht für ihren diensthabenden Kapitän – und eine gute Nachricht für Daniel Leary, dem damit gleich in doppelter Weise eine Last von den Schultern genommen wurde!

»Doch, es *gibt* ein Problem!«, sagte Mon bedrückt. »Sir, woher soll ich eine Mannschaft nehmen? Da jetzt der Friedensvertrag unterzeichnet ist, werden sämtliche Handelshäuser Spacer anheuern. Für mich bleiben dann bloß Trunkenbolde und Abschaum übrig – und das für eine Reise in den Norden und nicht einmal dort zu den wichtigen Häfen.«

Daniel dachte über Mons Worte nach und nippte an seinem Shandy. Du liebe Güte, was für ein scheußliches Zeug! »Nun, Mon …«, sagte er bedächtig. »Nach dem zu schließen, was die Klimovs Ihnen angeboten haben, möchte ich meinen, dass die für erfahrene Spacer mehr bezahlen würden, als allgemein üblich ist. Und eigentlich würde ich auch erwarten, dass der größte Teil der augenblicklichen Mannschaft der *Sissie* bei Ihnen anheuert. Die *Sissie* war immer ein glückliches Schiff – und hatte, wenn ich so sagen darf, auch großes Glück mit ihren Offizieren.«

Ein Mann in mittleren Jahren kam mit einer jüngeren Frau herein, sie war einigermaßen attraktiv und trug auch anständige Kleidung – seine zweite Frau, vielleicht, jedenfalls keine Hure. »Hey, Wirt«, sagte der Mann zu dem Wirt, als die beiden auf die letzte Nische zusteuerten. »Das Übliche für mich und Mamie.«

»Kommt sofort, Lon«, sagte der Wirt und stellte zwei Gläser auf die Bar.

»Glück!«, sagte Mon bitter und starrte in sein leeres Glas. »Genau das ist das Problem. Auf der Heimreise hatten wir ein Dutzend Pannen. In erster Linie der verdammte High Drive – Pasternak hat sich schließlich zurechtgereimt, dass die Ventile, die man in Tanais ersetzt hatte, nichts taugten, und auf die Weise haben wir acht Prozent mehr Antimaterie eingespeist, als er annahm. Die Hälfte der Motoren ist ausgefallen, sie haben das nicht vertragen. Und zwei der Masten sind in der Matrix abgerissen. Rigger haben wir keinen verloren, aber das hätten wir, wenn Woetjans Schmidke nicht ohne Sicherheitsleine gepackt und sich dann mit der anderen Hand an den Wanten festgehalten hätte.«

Woetjans und Pasternak – Segelmeister beziehungsweise Schiffsmeister – waren beides Offiziere, auf die die MRC stolz sein konnte. Ganz besonders Woetjans, eine große, kräftig gebaute Frau, war eine ganze Gruppe Matrosen wert, wenn sie sich mit einem Stück Hochdruckrohr bewaffnet in den Kampf stürzte.

»Nun, so was kann bei größeren Umbauten passieren«, meinte Daniel nicht unvernünftig. »Dazu macht man ja schließlich Probefahrten. Sind die Klimovs verärgert?«

»Die?«, meinte Mon geringschätzig. »Du großer Gott, Leary, die sind schließlich Swerdlowsker Schiffe gewöhnt. Die wären schon zufrieden, wenn nicht der Rumpf aufplatzt und *sämtliche* Antennen herunterfallen!«

Er schüttelte den Kopf, war wieder bedrückt. »Nein, nein, es ist die Crew«, sagte er. »Die glauben, ich bin ein Unglücksrabe. Ich habe gehört, wie Barnes gesagt hat, es wäre schneller, einfach seinen Anzug im Vakuum zu öffnen als jetzt mit der *Sissie* wieder ins All zu fliegen, und die anderen Rigger seiner Wache haben ihm zugestimmt. Und das wird sich natürlich in den Docks herumsprechen. Verdammt, das hat es bereits!«

»Ah«, sagte Daniel. Er begriff völlig, wusste aber nicht, was er sagen sollte.

Das war natürlich durch und durch unfair, aber Spacer sind nun einmal ein abergläubisches Völkchen. Es gab Schiffe – Schiffe, die jeder Prüfer als einwandfrei bezeichnen würde –, die als Killerschiffe verschrien waren, und es gab Kapitäne, die, so qualifiziert sie auch sein mochten, als Jonasse bekannt waren, als Unglücksbringer. Kein Spacer ging mit ihnen auf Fahrt, nicht solange er die Wahl hatte, und jetzt, wo alle Handelsflotten Leute anheuerten, hatte jeder Spacer, der sich auf den Beinen halten konnte, die Wahl.

»Soll doch alle Spacer der Teufel holen!«, knurrte Mon. »Das ganze *Leben* soll der Teufel holen!«

Plötzlich drehte er sich auf der Bank zur Seite und sagte:

»Ich nehme einen Whiskey und Wasser. Einen Doppelten, verdammt, und lassen Sie die Flasche gleich draußen!«

Er sah Daniel an und sagte niedergeschlagen: »Ich weiß, ich brauche meine Frau nicht, damit sie mir sagt, dass ich mehr trinke als mir guttut. Aber im Dienst hatte ich nie Probleme mit dem Zeug, das wissen Sie doch, Sir?«

»Ich habe nie Klagen über Sie gehört, Mon«, sagte Daniel mit ausdrucksloser Miene. Er hätte selbst einen Drink gebrauchen können, aber wie es aussah, würde das auch nichts an der Situation ändern.

»Ich dachte, wenn alles schiefgeht, Sie wissen schon ...«, sagte Mon und presste sich beide Hände gegen die Wangen. »Dass, Sie wissen schon, wenn ich trocken würde, dass der Ärger dann aufhören würde. Dass der Herrgott seinen Daumen von mir nehmen würde, Sie verstehen doch, was ich meine?«

»Ja, ich weiß«, sagte Daniel. Spacer sind von Natur aus abergläubisch; schließlich müssen sie jeden beliebigen Tag dem plötzlichen Tod ins Auge sehen, wie sollten sie da anders sein. Das galt nicht weniger für Kapitäne wie für die Rigger, die unter ihrem Kommando standen.

»Und in der nächsten Wache wurde die Backbord-Eins-Antenne abgerissen und hat die Rahen und Segel von Zwei und Drei mitgenommen«, schloss Mon bitter.

Der Wirt kam mit seinem Drink zurück, stellte ihn auf den Tisch und beobachtete Mon von der Seite, während er hinter seine Bar zurückkehrte. Hogg beobachtete ihn ebenfalls. Daniel machte sich keine Sorgen, aber Mon war ganz offensichtlich gestörter als Daniel das im Einsatz auf der Brücke lieb sein konnte.

»Daniel«, sagte Mon und hielt sein Glas mit beiden Händen, hob es aber nicht. »Sir. Die Männer werden auf Sie hören, Sie wissen, dass es so ist. Würden Sie morgen zum Abmusterungsappell kommen und mit ihnen reden? Sir, ich habe jetzt *fünf* Kinder, meine Frau ist niedergekommen, während ich auf Tanais war. Ich schaffe das nicht mit Halbsold, *unmöglich*, und wenn ich mit einer Crew aus lauter Versagern in den galaktischen Norden muss, dann, na ja …«

Er lächelte schief. »Na ja, dann würde ich sagen, dass Barnes recht hat, dann wär's tatsächlich besser, ich würde im Vakuum meinen Anzug aufmachen.«

»Ich … werde mir heute Abend überlegen, was wir machen können, Mon«, sagte Daniel und stand langsam auf, damit es nicht so aussah, als würde er seinen alten Schiffskameraden im Stich lassen, was er ja beinahe tat. »Und ich komme zum Abmusterungsappell, das verspreche ich Ihnen. Das ist doch um zehn, nicht wahr?«

»Aye, zehn«, sagte Mon und stand ebenfalls auf und ergriff mit strahlendem Lächeln Daniels Hand. »Gott sei Dank. Ich *danke* Ihnen, Sir. Wenn ich auch nur ein paar ausgebildete Leute behalten kann, dann schaffen wir das, ich schwör's.«

Daniel nickte, ohne sich weiter zu äußern. Er musste an dem Auszahlappell teilnehmen, um der Mannschaft zu danken, die ihm in die Hölle gefolgt war, nicht nur einmal, sondern mehrere Male, und die im Übrigen auch die *Princess Cecile* und ihren Befehlshaber heil und unversehrt zurückgebracht hatte. Aber was er ihnen sagen würde …

Er schuldete Mon den Respekt, der einem loyalen und fähigen Offizier gebührte; aber viel mehr schuldete er jeder einzelnen Seele, die mit ihm auf der *Sissie* gedient hatte. Er würde sie nicht auffordern, ihr Leben wegzuwerfen; und im Gegensatz zu dem, was er gesagt hatte, um Mon zu beruhigen, würden die Probleme, die die Korvette auf der Heimreise gehabt hatte, *jeden* davon überzeugen, dass Mon ein Jonas war. Er war nicht der Mann, dem Daniel bereitwillig in den Norden folgen würde, und er war auch keiner, für den Daniel seine Ehre verpfänden und anderen empfehlen würde, ihm blindlings zu folgen.

Ein Summen war zu hören. Hogg, der sich schon zum Gehen anschickte, griff in die Brusttasche nach dem Rückrufkomm, das er in Xenos stets bei sich trug. Er lauschte einen Augenblick und sagte dann zu Daniel: »Wir müssen zum Haus zurück, Master. *Jetzt gleich*.«

Sie gingen zusammen zur Tür, wobei der Diener seinem Herrn vorausging, weil er schneller war. Als sie wieder in die grelle Sonne hinaustraten, fügte Hogg mit leiser Stimme hinzu: »Das war der Majordomus, Sir. Mistress Mundy hatte Ärger. Großen Ärger.«

In der Tramkabine, in der Adele und ihr Gefolge zurückkehrten, befanden sich auch vierzehn Büroangestellte auf dem Wege nach Hause, womit die Kabine bis zum gesetzlichen Fassungsvermögen gefüllt war. Adeles Lakaien – nun, die Lakaien, die sie und Tovera begleiteten; ihr Gehalt bezahlte die Schifffahrts- und Handelsbank, wenn sie auch Mundylivree trugen – hätten den Fremden, wenn es nach ihnen gegangen wäre, den Zugang verwehrt, aber Adeles Eltern hatten sich einiges auf ihre Sorge um die unteren Gesellschaftsklassen zugutegehalten. Adele, die selbst den größten Teil ihres Lebens in jenen unteren Klassen verbracht hatte und deshalb wesentlich mehr über sie wusste als ihre Eltern, hatte im Gedenken an ihre Eltern dennoch ihre Bediensteten zurückgehalten.

Auch zuzulassen, dass die Kabine *über* die vorgeschriebene Grenze hinaus belastet wurde, hatte sie indessen nicht für notwendig gehalten. Zu dieser Tageszeit zwängten sich gewöhnlich an die vierzig Leute in eine Kabine; aber als Passagier Nummer zwanzig am Pentacrest Circle eingestiegen war, hatten Adeles Lakaien die Tür blockiert und ihre Elfenbeinknüppel auf die Knöchel aller niedergehen lassen, die versucht hatten, die Tür zu öffnen. Adele sah darin Selbsthilfe mit dem Ziel, den Gesetzen Geltung zu verschaffen und nicht etwa die Handlung einer Adeligen, die auf den Rechten der Leute herumtrampelte.

Sie lächelte. Sie hätte auch mit der anderen Charakterisierung leben können. Man hatte schließlich oft genug auf ihr herumgetrampelt.

Die Kabine hielt ein Stück über ihrem Anwesen an der Station an und schwankte leicht in der einzigen Schiene, in der sie hing. Niemand wartete auf der Ostplattform, um einzusteigen; die Büroangestellten hielten sich bereit, sich etwas weiter auszubreiten, als Adeles Gruppe die Kabine verließ. Sie wussten, dass sie Glück gehabt hatten, auf der Fahrt zu ihren Apartments in den östlichen Vororten von Xenos so viel Platz zu haben.

Als Adele ihren Lakaien auf die Plattform folgte, glitt hinter ihr eine Kabine auf die Westseite der Station. Sie spürte, wie Tovera sich umsah und dabei mit beiden Händen ihren schlanken Aktenkoffer festhielt. Ein junger Marineoffizier in Uniform zweiter Klasse stieg aus, sie kannte ihn nicht. Wahrscheinlich jemand, der zu Daniel wollte, ein Bekannter oder vielleicht ein Bote des Marineamts.

In den sieben Häusern, die die schmale Gasse säumten, herrschte Stille, wie das an Sommerabenden üblich war. Ein halbes Dutzend Männer in unterschiedlicher Livree kauerten vor der Tür des an der linken Seite unmittelbar an Chatsworth Minor angrenzenden Hauses. Sie standen auf und steckten ihre Würfel und Geld ein, als sie sahen, wie Adele nach Hause zurückkehrte.

Einer aus der Gruppe war ihr Türsteher; er ging mit schnellen Schritten zu seinem Posten zurück, ohne zur Seite zu sehen und ihre Anwesenheit erkennbar zur Kenntnis zu nehmen. Erstaunlicherweise folgten ihm zwei weitere Männer.

»Mistress Mundy?«, rief der MRC-Offizier hinter ihr. Sie drehte sich um und blieb stehen, damit er aufholen konnte. Die Lakaien schien das nicht zu stören, aber Toveras Hand war bereits in ihren Koffer getaucht, den sie jetzt in der Armbeuge hielt.

»Ja?«, sagte Adele, nicht gerade feindselig, aber sicherlich auch nicht sehr freundlich. Sie mochte es nicht, wenn Fremde sie ansprachen, ganz besonders wenn das Fremde waren, die ihren Namen kannten. Dieser Leutnant – sie konnte jetzt die Rangabzeichen an seinem grauen Kragen erkennen – wirkte gepflegt und war ganz offensichtlich bereits ein Gentleman gewesen, ehe die Republik ihm sein Leutnantspatent ausgestellt hatte, aber er war dennoch ein Fremder.

»Ihr Bekannter, Kapitän Carnolets, hofft, dass Sie heute in seinem Haus in Portsmouth gemeinsam die Abendmahlzeit einnehmen können«, sagte der Leutnant und blieb höfliche zwei Meter hinter ihr stehen. Damit war er außer Reichweite von Tovera, die er mit einem abschätzenden Blick musterte. »Er bittet um Entschuldigung, dass das so kurzfristig geschieht, aber er sagt, es sei ihm wirklich wichtig, Ihre Bekanntschaft zu erneuern.«

*Ich kenne keinen Kapitän Carnolet*s, dachte Adele. Und das entsprach auch den Tatsachen; aber sie kannte Mistress Sand, die den Auslandsgeheimdienst der Republik mit derselben unauffälligen Effizienz lenkte wie Admiral Anston das in Bezug auf die MRC tat.

Wenn Adele eine Bestätigung gebraucht hätte, dann hätte die Reaktion des Boten auf Tovera ihr die geliefert. Er hatte nicht gerade Angst vor ihr, aber er war ebenso vorsichtig, wie er das auch gewesen wäre, wenn sie einen Wachhund an der Kette gehalten hätte – und dass die farblose »Sekretärin« ein Wachhund *war,* hatte er sofort erkannt.

»Ja, richtig«, sagte Adele. »Aber ich möchte mich vorher umziehen.«

Sie drehte sich um und bedeutete den Lakaien weiterzugehen. Es irritierte sie ständig, Bedienstete zu haben, schließlich komplizierte das selbst so einfache Dinge wie auf einer öffentlichen Straße zu gehen. Andererseits hatte es auch seine unbestreitbaren Vorteile, so zum Beispiel, dass sie einigermaßen bequem hatte nach Hause zurückkehren können, ohne auf engerem Raum als in der dritten Klasse eines Einwandererschiffs eingezwängt zu sein …

»Ich heiße übrigens Wilsing«, sagte der Leutnant und trat neben sie. »Sie brauchen sich für den Kapitän nicht umzukleiden, Mistress. Ihm scheint es sehr wichtig zu sein, Sie so bald wie möglich zu sehen.«

»Und das wird dann der Fall sein, wenn ich Zivilkleidung angelegt habe, Leutnant Wilsing«, sagte Adele, und ihrem Tonfall war anzumerken, dass sie jetzt gereizt war. Die Paradeuniform hatte für sie den einzigen Sinn gehabt, beim Begräbnis eines Mannes, für den sie Respekt empfunden hatte, diesen gebührend zur Schau zu stellen. Und außerdem hatte ihr Freund Daniel diesen Mann geliebt.

Es war nicht die Schuld von Mistress Sand, dass diese Beerdigung Adele daran erinnert hatte, dass man ihre eigenen Eltern und ihre Schwester ohne jegliches Zeremoniell in einem Massengrab verscharrt hatte – ohne ihre Köpfe natürlich, die man wahrscheinlich in den Fluss geworfen hatte, nachdem die Vögel sie auf dem Speaker's Rock abgenagt hatten. Trotzdem stimmte es. Adele hatte das Gefühl, dass es für ihr Zusammentreffen mit Mistress Sand besser wäre, wenn sie ihre Paradeuniform ablegte.

Als Adele nur noch fünf Meter vom Eingang von Chatsworth Minor entfernt war, drehte der Türsteher sich um und sagte etwas zu den Männern, die ihm gefolgt waren. Es waren beides vierschrötige Burschen; obwohl sie als Lakaien gekleidet waren, saß ihre Livree keineswegs gut.

Einer zog einen Totschläger aus der Jacke und versetzte dem Türsteher einen Schlag über den Schädel; der Türsteher taumelte gegen eine Säule und fiel dann der Länge nach hin. Der Begleiter des Schlägers zog eine Pistole und richtete sie nach oben.

Adele sah sich um. Acht Männer, die meisten von ihnen mit Rohrstücken und ähnlichen Knüppeln bewaffnet, waren in das kurze Stück Straße eingedrungen und gingen jetzt zielstrebig auf sie zu. Einer von ihnen hielt eine Pistole in der Hand. *Die müssen sich in einem der Häuser auf der anderen Straßenseite versteckt gehalten haben …*

Leutnant Wilsing zog ein flaches Telefon aus der Brusttasche. »Nicht!«, sagte Adele halblaut.

Ein Bewaffneter stand unmittelbar vor Chatsworth Minor. Er hielt eine Pistole in der Hand und zielte damit auf Wilsing. »Fallen lassen, Kumpel!«, herrschte er ihn an. »Ich warne Sie nicht ein zweites Mal!«

»Fallen lassen!«, wiederholte Adele. Sie schob sich hinter einen der Lakaien, sodass sie mit der linken Hand in die Seitentasche ihres Uniformrocks greifen konnte, ohne dass der Mann mit der Waffe das sah.

Wilsing ließ sein Handy auf den Boden fallen. Sein Gesicht war ausdruckslos.

»Und jetzt zurücktreten ihr anderen, dann passiert keinem etwas!«, befahl der Mann mit der Pistole. »Wir wollen eurer Herrin bloß beibringen, dass man anderen Leuten, die über ihr stehen, nicht die Häuser stiehlt!«

»Ich habe die dahinter«, murmelte Tovera.

»Männer!«, sagte Adele zu den entsetzten Lakaien. Sie versuchten sie anzusehen, ohne dabei den Mann mit der Pistole aus den Augen zu lassen. »Geht sofort weg. Euch betrifft das nicht.«

»Aber Mistress …«, sagte der älteste von ihnen, ein Mann, der wahrscheinlich außer Dienst, wenn er sich unter den weiblichen Dienstboten anderer Viertel um Gesellschaft bemühte, als Gentleman gelten würde.

»Aus dem Weg, sonst setzt es was, Mann!«, rief Adele. Sie wirkte erschreckt; jener Teil ihres Bewusstseins, der sich mit Alltäglichkeiten wie Bediensteten befasste, war von ihren höheren Fähigkeiten losgelöst. Ihr Intellekt konzentrierte sich voll und ganz auf die sich um sie herum entwickelnde Situation.

Im Handumdrehen waren die Lakaien auf und davon.

Adele schoss mit ihrer Taschenpistole auf den Mann zur Linken und traf ihn an der Wange. *Das Licht kam von Westen, sie hatte die tief stehende Sonne nicht genügend berücksichtigt*. Sie jagte ihm eine zweite Kugel durch die Schläfe, als er mit einem Aufschrei zur Seite gerissen wurde. Ein Knattern, wie man es vielleicht von einem längeren Blitzschlag in der Ferne erwarten würde – so klangen die schnellen Feuerstöße aus Toveras Maschinenpistole.

Die Mundys waren, ganz abgesehen von ihren politischen Bemühungen, ein streitbares Haus. Ihre Eltern waren der Ansicht gewesen, dass der beste Schutz für sie und ihre Nachkommen darin lag, erstklassige Schützen zu sein – nicht um Duelle zu gewinnen, sondern um es jedem Feind klarzumachen, dass es Selbstmord war, einen Mundy herauszufordern.

Der Mann, der den Türsteher von Chatsworth niedergeschlagen hatte, ließ seinen Totschläger fallen und ging schreiend auf die Knie. Die Bediensteten, die vor dem Haus nebenan gewürfelt hatten, waren erstarrt, als der erste Mann die Waffe gezogen hatte; jetzt behinderten sie sich gegenseitig in ihrer Hast, die Tür zu öffnen und ins Haus zu rennen.

Mutter wäre stolz auf mich, dachte Adele, als sie sich umdrehte. *Die vielen Stunden auf dem Schießstand im Keller waren nicht umsonst gewesen. Es ist gut, wenn man solche Fähigkeiten mit Muße lernt und sie einem zur Verfügung stehen, sobald die Umstände es erfordern ...*

Die acht Männer, die hinter Adeles Gefolge herangekommen waren, lagen jetzt alle auf dem Boden. Einige schlugen um sich, aber das waren Todeszuckungen. Einer rannte gerade weg.

Der Lauf von Toveras Waffe glühte weiß. Wie Adeles Pistole, so beschleunigte auch die Maschinenpistole ihre Projektile mit elektromagnetischen Pulsen. Die Aluminiumhüllen der Kugeln wurden im Flux vaporisiert, so dass bei längeren Schussfolgen ziemliche Hitze entstand. Der Lauf von Adeles Pistole schimmerte; wenn sie die Waffe jetzt in die Tasche steckte, würde er den Stoff verkohlen.

Tovera drehte sich um und erschoss den Angreifer, der auf

den Knien betete. Er wurde zurückgeworfen, eher eine konvulsivische Zuckung als der unmittelbare Aufprall der Kugel. Aus drei Löchern an seiner Kehle spritzte Blut.

Adele verzog das Gesicht. »Tut mir leid, Mistress«, sagte Tovera, als sie ein frisches Magazin in ihre Waffe schob. »Aber wir brauchten keinen Gefangenen. Wir wissen ja bereits, wer dahintersteckt.«

Vor Adeles innerem Auge tauchte plötzliche Marina Rolfe selbst auf, wie sie sich blutüberströmt auf dem Pflaster krümmte. Aber da sie Tovera kannte, würde die Lady keinen so schnellen Tod sterben – eine Lady, die glaubte, das Geld der Familie Casaubon würde sie vor Vergeltung schützen, wenn ihre Schläger die Rivalin zum Krüppel schossen, die ihr den Status streitig gemacht hatte, den sie gekauft zu haben glaubte.

»Töten Sie sie nicht!«, schrie Adele. »Töten Sie sie nicht, Tovera, oder Sie bekommen es mit mir zu tun. Bei meiner Ehre als eine Mundy!«

Tovera neigte zustimmend den Kopf. »Ich verstehe, Mistress«, sagte sie. Dann verwahrte sie ihre Maschinenpistole wieder in dem Aktenkoffer, den sie fallen gelassen hatte, als sie angefangen hatte zu schießen. Wilsing hatte sein Handy vom Boden aufgehoben und redete jetzt eindringlich darauf ein. Was er gerade beobachtet hatte, schien ihn nicht sonderlich beeindruckt zu haben, es sei denn, man bemerkte, dass seine Augen über die Gebäudefassade huschten, während er sprach. Sie blieben immer im Obergeschoss oder darüber. Die Spuren des Gemetzels um ihn herum schienen ihn nicht zu beeindrucken.

Wilsing war einfach stehen geblieben; keiner der Toten hier lastete auf seinem Gewissen. Aber nur eine Soziopathin wie Tovera konnte ein solches Gemetzel ansehen und davon nicht beeindruckt sein.

Der Cheflakai sagte: »Mistress, was sollen wir tun?«

Adele versuchte zu sprechen, aber die Worte blieben ihr im

Halse stecken. Er packte sie an der Schulter und schüttelte sie. »Mistress, was sollen wir tun?«

Adele stand auf und steckte die Pistole weg. Sie hatte nicht nachgeladen, aber in der Waffe steckte ein Magazin mit zwanzig Schuss. *Ich denke nicht, dass ich heute Abend noch mehr als siebzehn weitere Leute töten muss*, dachte sie. *Allerdings habe ich drei Schuss gebraucht, um den Ersten zu erledigen …*

Aber laut sagte sie: »Gehen Sie ins Haus und rufen Sie die Miliz. Ich bin ziemlich sicher, dass das bereits jemand getan hat, aber Sie sollten sicherstellen, dass auch von Chatsworth aus angerufen wurde.«

»Mistress Mundy?« Wilsing ließ sein Telefon sinken. »Wir müssen so schnell wie möglich zu Kapitän Carnolets. Beeilen Sie sich bitte.«

»Wir können hier nicht weg …«, begann Adele.

Der junge Leutnant deutete auf die über die Straße verbreiteten Leichen. »Das alles ist bereits erledigt!«, sagte er ärgerlich. »Kommen Sie! Es ist wirklich sehr wichtig!«

»Wir sollten tun, was er sagt, Mistress«, sagte Tovera mit einem Lächeln so kalt wie das einer Kobra. »Jemand wie Mistress Sand mag es nicht, wenn man sie warten lässt.«

4

Beiderseits der Monorailstation am Kopfende der Wohnstraße parkten AirCars der Miliz. Die langsamer werdende Kabine der Tram registrierte, dass die Station blockiert war, und begann wieder zu beschleunigen. Das halbe Dutzend Passagiere, die sich neben Hogg und Daniel in der Kabine befanden, rissen verblüfft die Augen auf und fragten sich gegenseitig, was da los war.

Daniel packte den Handgriff der Notbremse, zog heftig daran und unterbrach damit den Stromfluss zu den Magneten, die dafür sorgten, dass die Kabine über der Schiene schwebte. Sie kamen kreischend und funkensprühend zwischen den beiden Polizeifahrzeugen zum Stillstand. Ein untersetzter Fahrgast verlor das Gleichgewicht und wurde gegen die vordere Kabinenwand geworfen, was ihn zu einem zornigen Aufschrei veranlasste.

Hogg stieg aus und hielt die Tür offen. Daniel ließ den Handgriff los und folgte seinem Diener. Das Gebrabbel seiner erschreckten Mitpassagiere nahm er etwa so wahr, wie er das Zwitschern von Vögeln wahrgenommen hätte, wenn er in wichtigen Geschäften an einer Hecke vorbeigegangen wäre.

Ein Dutzend Milizionäre in Schutzkleidung waren auf der kurzen Wohnstraße zu sehen, aber sie hatten sich zu einer kleinen Gruppe zusammengedrängt und blickten auf eine Zivilistin mit der rot-goldenen Leary-Rosette am Kragen und einem Mann in der Uniform der MRC-Hafenpolizei, zwei AirCars waren auf der Straße gelandet. Bei einem davon handelte es sich um einen geschlossenen Mannschaftswagen mit der Aufschrift HAFENPOLIZEI MARINE DER REPUBLIK CINNABAR.

Das andere Fahrzeug trug die Markierungen der Miliz, war aber von wesentlich höherer Qualität als die Fahrzeuge, die die Republik üblicherweise ihrer nationalen Polizei zur Verfügung stellte. Daniel erkannte den Typ nicht, hatte aber vor dem Bruch mit seinem Vater ähnliche Versionen gesehen, weil Speaker Leary für sich und seine persönliche Sicherheitstruppe eine kleine Flotte solcher Fahrzeuge unterhielt.

»Bleiben Sie sofort stehen!«, rief der Hafenpolizist, falls er ein solcher war, und zeigte mit dem linken Zeigefinger auf Daniel, während seine rechte Hand über dem Pistolenhalfter schwebte. »Sie haben hier nichts zu suchen!«

»Ich wohne hier«, sagte Daniel, ohne stehen zu bleiben. »Und außerdem bin ich Leutnant Daniel Leary.«

»Meinetwegen können Sie …«, sagte der Polizist; ein solcher war er ohne Zweifel, unabhängig davon, wem er genau unterstellt war. Daniel hieb dem Mann eine gerade Linke in den Solar Plexus, was diesen genauso plötzlich abknicken ließ, als ob ihn ein Ziegelstein getroffen hätte.

»Wenn der Mann dir sagt, dass er ein Leary ist, solltest du aufpassen, Kumpel«, sagte Hogg, schlenderte hinter Daniel an ihm vorbei und streifte sich ein paar Netzhandschuhe über. Dabei versetzte er dem Mann einen Tritt in die Kniekehle, der ihn zu Boden gehen ließ.

Ein Milizionär lachte. Die Beamtin aus Speaker Learys Stab sah ihn an; sie verzog dabei keine Miene, aber der Milizionär verstummte trotzdem.

Daniel ging um den Mannschaftswagen herum. Die andere Seite war abgeklappt, vier Männer in neutralen Overalls waren damit beschäftigt, mit Laken abgedeckte Leichen einzuladen. Ein paar lagen bereits aufgestapelt wie Brennholz im Laderaum des Fahrzeugs.

»Wer …?«, fragte Daniel. Er war in diesem Augenblick ohne jede Empfindung, lediglich an Informationen interessiert.

Er zog das Laken vom Gesicht der Leiche, die gerade in den

Wagen gehoben wurde. Es war ein Mann mit einer Tätowierung an der rechten Wange, die wie ein Sonnenrad aussah: niemand, den Daniel kannte, und jedenfalls ein *Mann*.

»Sie da!« Das war ein Mann in der Arbeitsuniform eines Fregattenkapitäns der MRC im Einsatz. »Leutnant! Bleiben Sie sofort stehen. Sie haben hier nichts zu suchen.«

Vier Lakaien von Chatsworth Minor standen dicht aneinandergedrängt, umgeben von Hafenpolizisten und Learybediensteten. Ein weiterer Mundybediensteter lag mit bandagiertem Kopf auf einer Tragbahre neben der Eingangstür. Daniel war sich nicht sicher, glaubte aber, den Türsteher der Tagschicht zu erkennen.

»Ich habe hier sehr wohl etwas zu suchen«, sagte er mit lauter Stimme, die von den Fassaden an beiden Seiten widerhallte. »Man hat mir gesagt, meine Schiffskameradin Adele Mundy habe hier Schwierigkeiten. Wo ist sie, wenn Sie mir das freundlicherweise sagen würden?«

Hinter den vorgezogenen Vorhängen der stummen Häuser beiderseits der Straße lugten Augen hervor. Von den Bewohnern oder deren Bediensteten ließ sich niemand blicken, aber Daniel wusste, dass alle das Geschehen beobachteten, sofern sie nicht krank im Bett lagen oder sinnlos betrunken waren.

Ein halbes Dutzend uniformierter Hafenpolizisten und die gleiche Zahl mit Overalls bekleideter Männer waren zu sehen; Arbeiter, vermutete Daniel. Müllsammler, könnte man sagen. Von Corder Learys Leuten waren neben der Frau, die die Milizionäre bewachte, sechs oder sieben zugegen.

Der MRC-Offizier – der ebenso wenig der MRC angehörte, in der Daniel diente, wie er Priester war – hielt ein Handy in der Hand. Er starrte Daniel drohend an; Daniel starrte zurück, das Handy wurde ans Gesicht des Offiziers gehoben, senkte sich dann wieder.

»Leutnant«, sagte er, »Sie können Ihr Haus betreten, wenn Sie das wollen, aber Sie müssen hierbleiben, bis die Straße in ein paar Minuten wieder geöffnet wird.«

»Wo ist Adele?«, wollte Daniel wissen. Er schrie nicht gerade, aber er sprach sehr deutlich.

Du *lieber Gott*, wie viele Leichen waren da eigentlich? Zwei weitere Laken hinter den Lakaien und Wachen, näher beim Haus, und das Pflaster, über das Daniel jetzt auf den Fregattenkapitän zuging, sah aus, als hätte man es rot gestrichen.

»Leutnant, das geht Sie nichts an!«, sagte der Offizier. Er warf einen Blick auf den untersetzten Mann neben sich. Dieser trug die Rangabzeichen eines Bootsmanns und sah aus, als bestünde er ausschließlich aus Muskeln.

»Den *Teufel* geht es mich …«, sagte Daniel, und diesmal schrie er wirklich.

»Sir, es fehlt ihr nichts!«, schrie einer der Lakaien. »Sie und diese Schlange, die immer bei ihr ist …«

Ein Hafenpolizist packte den Diener am Hals und hob seinen Gummiknüppel. »Man hat dich gewarnt, Boy!«, schrie er.

»Hogg«, sagte er, aber Daniel hätte den Befehl gar nicht zu geben brauchen.

Ein hundert Gramm schweres Senkblei war bereits aus Hoggs Hand geflogen und zog eine schimmernde monokristalline Angelleine hinter sich her.

Das Gewicht krachte dicht hinter dem rechten Ohr gegen den Schädel des HPs. Hogg holte die Leine mit einer eleganten Bewegung seiner behandschuhten Hand wieder ein, die das Blei am anderen Ende der Leine hielt. Eine Kugel hätte den Mann nicht schneller fällen können.

Der »Fähnrich« griff an sein Gürtelhalfter. Daniel packte seinen rechten Daumen. »Lass das!« sagte er, und als das Knie des Muskelpakets hochkam, schob Daniel die Hüfte etwas zur Seite, fing den Stoß mit dem Hüftknochen ab und spürte ein Knirschen, als er dem Mann den Daumen ausrenkte. Nun, er hatte ihn *gewarnt* …

Waffen kamen plötzlich zum Vorschein, Hafenpolizei oder wer auch sonst das waren, aber Speaker Learys Leute waren ebenfalls bewaffnet. Vor einer Stunde hatte es in dieser ruhigen Straße ein Blutbad gegeben, und gleich würde es das nächste geben, weil irgendeine Null sich aufgeregt hatte, als Daniel Leary sich nach einer Freundin erkundigt hatte.

»Halt!«, schrie der Anführer der HPs. »Um Himmels willen, die Waffen weg! *Weg damit!*«

Einen Augenblick lang bewegte sich niemand, nicht einmal Hogg – bloß sein Senkblei kreiste immer noch, zwei waren es jetzt, sie kreisten in entgegengesetzter Richtung. Und jetzt hielt er darüber hinaus noch sein langes Klappmesser in der linken Hand.

»Das ist der Sohn von Speaker Leary«, sagte ein gepflegt wirkender Herr in Zivilkleidung mit einem Leary-Abzeichen. Er mochte Anwalt sein oder Buchhalter, und im Übrigen jemand, der offenbar großen Wert auf seine Fitness legte. »Sir.«

Das »Sir« kam beiläufig.

Daniel trat zwei Schritte zurück. Er zitterte, was dem Adrenalin zuzuschreiben war, das er in den letzten paar Sekunden nicht hatte verbrennen können.

»Ja, das sehe ich ein«, sagte der Fregattenkapitän und grinste verzerrt. »Hören Sie, schließlich stehen wir alle auf derselben Seite.«

Sein Blick schloss auch Daniel ein. Darüber war Daniel froh, trotzdem brachte er nur ein knappes Kopfnicken zustande und krallte die Hände ineinander, um sich abzureagieren.

Der vierschrötig wirkende Fähnrich hielt die rechte Hand mit der Linken umschlossen. Der Schock ließ allmählich nach; trotzdem war ihm anzusehen, dass es höllisch wehtat, und er murmelte hasserfüllt vor sich hin.

»Würden Sie vielleicht die Klappe halten!«, schrie ihn der Fregattenkapitän an und verarbeitete damit seinen eigenen Stress. Dann fuhr er mit ruhiger Stimme zu Daniel und dem Anführer der Gruppe des Speakers gewandt fort: »Leutnant Leary, Ihre Bekannte ist in Sicherheit. Sie ist in Geschäften abgerufen worden, die aber mit dieser Sache hier nichts zu tun haben. Darauf gebe ich Ihnen mein Wort.«

Daniel drückte die Schultern zurück und atmete tief durch. »In Ordnung, Fregattenkapitän«, sagte er und hatte jetzt seine Stimme beinahe wieder unter Kontrolle. »Freut mich, das zu hören.«

»Und jetzt …«, sagte der Fregattenkapitän. »Jetzt gehen Sie bitte ins Haus und lassen uns das hier in Ordnung bringen, ja? Sobald wir hier alles weggeschafft haben, kommt die Feuerwehr und wird das Pflaster reinigen. Nur noch ein paar Minuten.«

Daniel atmete tief durch. »Ja, in Ordnung«, sagte er. »Ich muss mich umziehen.«

Er sah die Lakaien in stummer Angst inmitten von mit Pistolen bewaffneten Fremden stehen. Zwei von ihnen redeten leise auf Hogg ein, der den HP auf der einen und den muskelbepackten Zivilisten mit einer Maschinenpistole auf der anderen Seite ignorierte. Hogg hielt jetzt die Angelleine und die Senkgewichte in der rechten Hand und hatte das Messer wieder weggesteckt, wo auch immer er es verwahrte.

»Ich nehme meine Leute mit«, sagte Daniel ruhig. Um zu schreien, würde noch genug Zeit sein, wenn sich das als notwendig erweisen sollte. Er nickte den Lakaien zu. »Selbstverständlich.«

Da Adele nicht zugegen war, war er für die vier verantwortlich. Sie nahmen Haltung an und sahen ihn erwartungsvoll an.

»Ja, nehmen Sie sie mit.« Der Offizier wandte sich den Lakaien zu und sagte mit plötzlich schroff werdender Stimme: »Ich werde euch nicht anweisen, den Mund zu halten. Aber lasst es euch gesagt sein – zu viel Gerede könnte die Aufmerksamkeit der Leute erwecken, die diese Burschen hergeschickt haben. Ist das klar?«

Drei Lakaien nickten, der vierte stand mit vor Angst offenem Mund da.

»Gehen wir«, sagte Daniel.

Der verletzte Türsteher setzte sich auf, einer von Speaker Learys Leuten war ihm dabei behilflich. Er versuchte aufrechte Haltung einzunehmen, als Daniel mit den anderen Bediensteten auf ihn zukam.

»Leute«, sagte Daniel und sah sich nach den Lakaien um. »Bringt euren Kollegen auch mit ins Haus. Ich werde nach einem Arzt schicken.«

»Wahrscheinlich fehlt ihm nichts«, sagte der Zivilist, der sich um den Türsteher gekümmert hatte, und übergab seinen Schützling damit den Lakaien. »Sehen Sie im Laufe der Nacht nach, ob er eine Gehirnerschütterung hat, sonst sollte ihm nichts passiert sein.«

Der Majordomus öffnete die Tür persönlich. Der ganze Haushaltsstab war in der unteren Halle versammelt und verfolgte das Geschehen neugierig.

»Ich hatte gedacht, Master ...«, setzte Hogg an. Von draußen war jetzt ein Brausen zu hören, als die Manteltriebwerke ein schweres AirCar anhoben; die Wagenladung Leichen war zu einem geeigneten Ort unterwegs. Hogg wartete ab, bis das Geräusch leiser geworden war, und fuhr dann fort: »Ich hatte gedacht, wenn Sie mich heute Abend nicht brauchen, hätte ich etwas Persönliches zu erledigen.«

Daniel sah seinen Diener an. »Ja, ich komme schon klar, Hogg«, sagte er. »Es sei denn, dass ich dir irgendwie behilflich sein kann?«

»Nein, Sie brauchen sich da nicht einzuschalten, Master«, sagte Hogg und bahnte sich den Weg durch eine ganze Schar Bediensteter. »Ich hole mir nur ein paar Sachen aus meinem Zimmer.«

Er sah sich um. Hogg war fast kahl und ein wenig übergewichtig. Seine Kleidung, von den schweren knöchelhohen Stiefeln bis zu dem bunten Tuch, das er sich um den Hals geschlungen hatte, war grob und eindeutig rustikal: die perfekte Verkleidung für einen Mann, der so schlau und so rücksichtslos wie ein Wiesel war. »Für das, was ich vorhabe, reichen Tovera und ich leicht aus, keine Sorge.«

»Ich mache mir auch keine Sorgen«, sagte Daniel leise hinter Hogg.

Er sah die Hausangestellten an. »Geht an eure Arbeit«, sagte er gespielt verzweifelt. »Und wenn ihr keine Arbeit habt, dann lungert zumindest nicht hier in der Halle rum.«

»Sir?«, rief ihm der Majordomus nach, als er die Treppe hinaufstieg. »Gibt es irgendetwas, äh, Besonderes, was wir machen sollten?«

Daniel sah sich um. »Nein, sorgen Sie nur dafür, dass alles bereit ist, wenn Mistress Mundy zurückkehrt.« Er hielt kurz inne und fuhr dann fort: »Ich selbst werde ziemlich bald ausgehen. Das Schiff, das ich einmal befehligt habe, liegt in Hafen Eins. Ich möchte mir die *Sissie* noch einmal ansehen, ehe sie verkauft wird.«

Die Tramkabine glitt von der Hauptlinie auf eine Nebenspur; Bäume mit langen, herunterhängenden Ästen säumten die Zufahrt. *Daniel wüsste jetzt, was das für Bäume sind*, sinnierte Adele. Sie fand den Gedanken so beruhigend, dass sie ihren PDA aus der Tasche holte und ihn einschaltete.

»Mistress?«, sagte Leutnant Wilsing mit leichtem Stirnrunzeln.

»Ich habe mich nur gefragt, was das für Bäume sind«, sagte Adele. Sie zog die Kontrollstäbe aus der Halterung am Gehäuse des Geräts. Einem geübten Benutzer erlaubten die Stäbe eine viel größere Geschwindigkeit und Präzision als jede andere Bedienfläche. »Ich dachte, es wäre ein guter Test, sie selbst nachzuschlagen, da Leutnant Leary nicht hier ist, um es mir zu sagen.«

»Hier im Zugangskorridor, meinen Sie?«, fragte Wilsing. »Das sind Zypressen von Maranham, Kapitän St. Regis hat sie mitgebracht, als er vor dreihundertfünfzig Jahren Maranham wieder erschlossen hat. Das ist hier ein sehr berühmter Baumbestand.«

»Vielen Dank«, erwiderte Adele trocken. *Nun, so konnte man die Information natürlich auch bekommen …*

Sie fuhren jetzt über eine breite Rasenfläche, die ein Ring gepflegter Ziegelbauten umgab, die ein gutes Stück von dem Gleiskörper entfernt waren. Es war spät am Abend; der Himmel war zwar noch hell, doch über die Rasenfläche hatten sich bereits dunkle Schatten gelegt.

»Das vierte Haus …«, sagte Wilsing. »Dort.«

Die Tramkabine kam mit einem Seufzen zum Stillstand; auf dieser nur wenig benutzten Seitenstrecke brauchte es keinen Bahnsteig. Wilsing zog den Spezialschlüssel heraus, den er ins Schaltbrett gesteckt hatte, und schickte die Kabine damit direkt zu dem von ihm eingegebenen Ziel ohne für weitere Passagiere anzuhalten, die sie nach Ansicht des zentralen Transportcomputers aufnehmen konnte.

»Unser Amt hat natürlich auch AirCars«, sagte Wilsing, während er den Schlüssel in einer Gürteltasche verwahrte, und komplimentierte Adele dann vor sich ins Freie. »Aber Mistress Sand zieht es vor, wenn wir möglichst unauffällig bleiben.«

Adele lächelte. Sie hielt das für klug, konnte sich aber des Verdachts nicht erwehren, dass Wilsing und andere seinesgleichen, die Mistress Sand für derartige Botendienste einsetzte, einen prestigereicheren Auftritt vorgezogen hätten. Das Bedürfnis nach zurückhaltender Kompetenz war zumindest einer der Gründe, weshalb Sand sich an Leute wie Deckoffizier Adele Mundy hielt, wenn echte Arbeit erledigt werden musste …

Wilsing blieb auf dem Pflaster stehen, als die Tramkabine sich leise summend entfernte, und deutete auf das Parkgelände, durch das der Gleiskörper verlief. Diverses Marinegerät war dort verteilt. Ganz in der Nähe eine Plasmakanone, deren Mündung unregelmäßig erodiert war. Ein Stück weiter hinten ein Teil eines High Drive, und in der Mitte ragte die Antenne eines Sternenschiffs auf.

Wilsing deutete auf die Antenne. »Fregattenkapitän Stacey

Bergen hat die *Excellence* aus dem Mastkorb dieser Antenne nach Alexandreios gelenkt«, erklärte er. »Ich habe gehört, dass man das als die erstaunlichste Leistung in der Geschichte der interstellaren Raumfahrt bezeichnet, seit Cinnabar diese wieder aufgenommen hat.«

»Leutnant Leary ist – wie offensichtlich unzählige andere auch – der Ansicht, dass sein Onkel Stacey ein einmalig begabter Astrogator war«, sagte Adele und ließ den Blick über den kleinen Park schweifen. Eigentlich war er so etwas wie ein Freilichtmuseum, die Art von Ausstellung, wie sie pensionierte MRC-Offiziere zur eigenen Erbauung errichten würden. Dass man Fregattenkapitän Bergen hier einen so prominenten Platz eingeräumt hatte, würde für Daniel viel bedeuten ... und das war mit hoher Wahrscheinlichkeit auch der Grund, weshalb Wilsing es erwähnte. Vielleicht hatte dieser junge Mann doch Tugenden, die über seine Herkunft und Erziehung hinausgingen. »Ich kenne niemanden, der das besser als Daniel beurteilen könnte.«

Wilsing führte Adele zu einem der Häuser, die sich zwischen die Bäume kuschelten. Der Weg unmittelbar vor und hinter ihnen wurde jeweils hell beleuchtet und verlosch dann gleich wieder. Über dem Eingang verbreitete eine Verandalampe weiches Licht.

Der Bedienstete, der ihnen öffnete, hatte einen zu hohen Rang, um Livree zu tragen. Er verbeugte sich tief und sagte: »Leutnant Wilsing, ich nehme an, Sie kennen den Weg zum Roten Salon. Der Kapitän hat Ihnen eine Karaffe und ein Glas auf den Tisch gestellt. Mistress Mundy, Sie werden in der Bibliothek erwartet. Würden Sie mir bitte folgen?« Der Bedienstete – die einzige Person weit und breit, abgesehen von Wilsing, der sich nach einem kurzen Kopfnicken entfernte – führte sie durch zwei Räume, deren Mobiliar ebenso schlicht wie exotisch war. Alle Möbel waren offenkundig aus auffällig gemasertem Holz handgeschnitzt, aber die Stücke im ersten Raum unterschieden sich ebenso deutlich von denen im zweiten wie das für beide im Vergleich zu cinnabarischen Möbeln galt.

Das Haus verfügte über eine längs verlaufende Halle; auf der linken Seite passierten sie eine ganze Anzahl Türen aus wesentlich einfacherem Holz, als Adele es in den beiden Räumen gesehen hatte, durch die sie gekommen war. Die Halle war für Bedienstete gedacht, nicht für den Hausbesitzer und seine Gäste.

Die Tür des dritten Zimmers stand offen; Adele sah darin ein paar Büchervitrinen. »Bitte, gehen Sie durch, Mistress«, sagte der Bedienstete und verbeugte sich erneut. Als Adele die Bibliothek betrat, schloss er die Tür hinter ihr.

Bernis Sand erhob sich von einer gepolsterten Bank in einer Ecke und bedeutete Adele, am anderen Ende des geschwungenen Möbels Platz zu nehmen. »Schön, dass Sie gekommen sind, Mundy«, sagte sie. »Hier, setzen Sie sich. Darf ich Ihnen eine Erfrischung anbieten? Mein Freund Carnolets unterhält einen höchst beeindruckenden Weinkeller.«

»Nein, vielen Dank«, wehrte Adele ab. »Nun ja – einen Schluck Wasser, wenn das möglich ist? Meine Kehle ist völlig ausgetrocknet.«

»Ja, natürlich«, sagte Sand und tippte auf eine Rufplatte, die in den Tisch des Möbelstücks eingelassen war. Die etwas knochige Frau unbestimmbaren Alters wirkte im gedämpften Licht der Bibliothek beinahe geschlechtslos. Sie trug einen Hosenanzug aus braunem Fischgrättwill, der aus der Ferne unauffällig wirkte, dem aber anzumerken war, dass es sich um organischen Stoff und beste Schneiderarbeit handelte. »Wie ich höre, hatten Sie heute Abend einigen Ärger. Sollte ich darüber mehr wissen?«

Adele schüttelte knapp den Kopf. Sie setzte sich und konzentrierte sich ganz auf ihre Bewegung, um der Chef-Spionin nicht in die Augen sehen zu müssen. »Das war eine private Angelegenheit«, sagte sie. »Es ist schon erledigt oder wird das jedenfalls bald sein.«

Ihre linke Hand, die Hand, mit der sie an diesem Abend erneut getötet hatte, zuckte, als würde sich ein Krampf entwickeln. Sie massierte ihre Handfläche mit dem rechten Daumen und den Fingern und starrte dabei auf die honigfarbene Maserung im Holz des Tisches, sah dort aber das Gesicht des Angreifers vom Nachmittag in dem Augenblick, als ihre erste Kugel zwei seiner Zähne durch seine linke Wange gejagt hatte.

Der Diener stellte eine Karaffe und Gläser auf den Tisch und verschwand gleich darauf wieder lautlos. »Mundy?«, sagte Mistress Sand. »Wollen Sie auch ganz bestimmt nichts Stärkeres?«

»Ganz bestimmt nicht«, erklärte Adele mit fester Stimme. Sie schenkte sich ein Glas Wasser ein, trank und stellte befriedigt fest, dass ihre Hand kaum zitterte.

Sand nahm auf der anderen Seite der gepolsterten Bank Platz; sie und Adele saßen sich nicht ganz gegenüber. Sie sah auf den Barwagen in einer Nische neben der Tür, nahm aber keinen Drink, sondern holte eine Schnupftabakdose aus Schildpatt aus der Westentasche und klopfte sich eine Prise in die linke Daumenhöhle.

»Wissen Sie etwas über das Commonwealth of God, Mundy?«, fragte sie im Gesprächston und führte dann den Schnupftabak an die Nase.

»Ich bin kaum mit dem galaktischen Norden vertraut«, erwiderte Adele. Sie hatte ihren PDA und die Kontrollstäbe hervorgeholt, ohne dass ihr das bewusst geworden war. »Meine Familie hatte keine geschäftlichen Interessen in dieser Region. Ich habe mir schon manchmal überlegt …«

Sie sah Sand an und lächelte schief.

»… dass es möglicherweise in den sogenannten Bibliotheken diverser lokaler Herrscher interessante Bücher aus der Zeit vor dem Interregnum geben könnte, aber ich werde wahrscheinlich nicht lange genug leben, um nur einen Bruchteil dessen katalogisieren zu können, was ich allein in den Speichern hier in Xenos finden könnte.«

Mitten im Raum stand ein Globus, dessen Kontinente in

Meere kontrastierender Halbedelsteine eingelassen waren. Bei den Planeten handelte es sich weder um Cinnabar noch um eine andere Welt, die Adele kannte.

Sand hielt sich ein Nasenloch mit dem Zeigefinger zu, schnaubte und nieste dann herzhaft in das Taschentuch, das sie dazu aus dem rechten Ärmel geholt hatte. Sie blickte auf und sah Adele mit undurchdringlicher Miene an.

»Das Commonwealth ist kein besonders erfreuliches Ziel«, sagte sie. »Die Hälfte der Kapitäne dort sind Piraten, wenn man ihnen den Rücken kehrt, und was der Zentralregierung an Kompetenz fehlt, gleicht sie durch Brutalität aus. Aber es ist groß – die Summe des Handels mit dem Commonwealth ernährt ein gutes Zehntel aller Handelshäuser in Cinnabar und unserer Alliierten. Uns gegenüber war das Commonwealth über Generationen mehr oder weniger freundlich. Wenn es sich offen auf die Seite der Allianz stellen würde, hätte das ernsthafte Auswirkungen auf unsere Beziehungen zu den kleineren planetarischen Staaten, die vom Handel mit dem Norden abhängig sind.«

Adele hatte inzwischen in dem holografischen Display über ihrem PDA gefunden, was sie suchte. Sie lehnte sich in die Polsterung und sah Sand mit einem kühlen Lächeln an. Die Stelle, die sie gefunden hatte, hatte ausgereicht, um eine Episode in der Geschichte ihrer Familie wieder wach werden zu lassen.

»Unmittelbar nach der Drei-Kreise-Verschwörung«, sagte sie mit präziser Stimme, »floh ein MRC-Schlachtschiff unter Admiral O'Quinn ins Commonwealth. Ich hätte angenommen, die Weigerung des Commonwealth, Cinnabar das Schiff und seine Mannschaft von Meuterern zurückzugeben, dürfte damals eine ernsthafte Verschlechterung der Beziehungen ausgelöst haben.«

»Ja, die *Aristoxenos.*« Sand nickte. »Die meisten Offiziere an Bord waren Mitglieder der Volkspartei. Ein Vetter von Ihnen war, glaube ich, Erster Offizier.«

»Ja«, sagte Adele, und ihr Lächeln war so kalt wie der Wintermond. »Fregattenkapitän Adrian Purvis. Mein nächster *leben-*

der Verwandter – das ist darauf zurückzuführen, dass ihm die Flucht gelungen ist.«

»Die *Aristoxenos* hat in der Tat mit dem Problem zu tun«, erklärte Sand, stand auf und ging zu dem Barwagen hinüber. »Aber sehen Sie, im Commonwealth of God gibt es natürlich auch unterschiedliche Parteirichtungen, und zwar im wesentlich schlimmeren Maße als die, die der Republik vor sechzehn Jahren so zu schaffen gemacht haben. O'Quinns erste Landung war auf Todos Santos im Ten Stars-Sternhaufen, wo Gouverneur Sakama bereits eine von der Regierung auf Radiance unabhängige Politik betrieb.«

Ohne sich umzuwenden, hielt Sand ein Glas mit Brandy von der Farbe von hellem Messing ins Licht. »Und als ihm ein modernes Schlachtschiff sowie eine MRC-Mannschaft als Unterstützung zur Verfügung stand«, fuhr sie fort, »fühlte Sakama sich noch stärker. Die *Aristoxenos* hat sechs Monate später eine Commonwealth-Flotte praktisch ausgelöscht und damit sichergestellt, dass die Zentralregierung sich künftig mit Lippenbekenntnissen seitens des Sternenhaufens zufriedengeben würde.«

»Verstehe.« Adele nickte. Sie schenkte sich Wasser nach, trank aber nicht. Mit einer echten Frage konfrontiert zu sein, das hatte die Erinnerung an das Gemetzel am Nachmittag im Nu verblassen lassen.

Sie hatte keine Wahl gehabt. Man hatte sie angegriffen, und sie hatte sich verteidigt. Sie hatte jedes legale und moralische Recht gehabt, den Mann zu erschießen …

Aber nur Soziopathen wie Tovera töteten ohne Bedauern, weil sie weder ein Gewissen noch eine Seele besaßen. Nicht so Adele Mundy. *Noch* nicht.

»Kriegsschiffe verkommen, wenn man sie nicht wartet«, sagte sie laut und sah Sand dabei an, als diese sich herumdrehte. »Das gilt für Schiffe ebenso wie für ihre Mannschaften. War der Sternhaufen in der Lage, die *Aristoxenos* angemessen zu warten?

Wenn das nämlich nicht der Fall ist, bezweifle ich stark, dass dieses Schlachtschiff noch besonders kampfstark ist.«

»›Kampfstark‹ ist ein relativer Begriff, Mundy«, sagte Mistress Sand. »In Anbetracht der kleinen Schiffe mit höchst unterschiedlichen Mannschaften, aus denen die Marinestreitkräfte des Commonwealth bestehen, meistens nicht viel mehr als KonTikis – ja, die *Aristoxenos* ist immer noch kampfstark, wenigstens wenn es darum geht, andere abzuschrecken. Und die Prügel, die sie der Flotte der Zentralregierung verpasst hat, haben eine Legende entstehen lassen, die auch von fünfzehn Jahren nicht ausgelöscht wird.«

Adele drehte die linke Handfläche nach oben. »Fahren Sie fort«, sagte sie ruhig. Wenn sie Sand reden ließ und zuhörte, würde sie am schnellsten erfahren, was sie von ihr wollte.

»Der Ten Stars-Sternhaufen liegt an der kürzesten Route von Cinnabar in den galaktischen Norden«, fuhr Sand fort. »Damals hatte die Republik größere Sorgen als ein fahnenflüchtig gewordenes Schlachtschiff …«

Adele nickte. Die Allianz hatte ihre Marineeinheiten in der Umgebung mehrerer von Cinnabar abhängiger Sternsysteme massiert. Wenn es den Verschwörern gelungen wäre, die Macht in Xenos an sich zu reißen, wären zweifellos einige Geschwader der Allianz über Xenos aufgetaucht, um sie zu unterstützen. Tatsächlich gingen die Kämpfe nicht über vereinzelte Scharmützel hinaus, aber dessen hatte man sich vorher nicht sicher sein können. Speaker Leary war es damals ganz sicherlich nicht in den Sinn gekommen, starke Einheiten in eine unwichtige Region zu schicken, wenn diese möglicherweise gebraucht werden, um Cinnabar selbst zu verteidigen.

»… und später schien es unklug, die *Aristoxenos* zu kapern oder zu vernichten, um den Preis, sich damit die Feindschaft der Machthaber des Ten Stars-Sternhaufens einzuhandeln. Außerdem – nachdem sich die Gemüter etwas beruhigt hatten, war keiner sonderlich scharf darauf, tausend oder mehr Meuterer zu exekutieren.«

»Ja«, sagte sie, ohne irgendwelche Emotionen erkennen zu lassen. »Ich kann mir vorstellen, dass das ein Problem wäre. Ein praktisch eingestellter Politiker würde da wahrscheinlich für das Prinzip ›leben und leben lassen‹ entscheiden.«

Sand nahm wieder Adele gegenüber Platz. Sie nippte an ihrem Glas, aber das war vermutlich weniger ihrem Durst zuzuschreiben als dem Umstand, dass sie ihrer Besucherin den Rücken hatte zuwenden wollen, während sie dieses peinliche Thema ansprach.

»Aus der Sicht Cinnabars war – ist – die Situation durchaus befriedigend«, sagte Sand und zuckte die Achseln. »Politik ist schließlich die Kunst des Möglichen. Aber für die Machthaber in Radiance ist das ein ständiger Stein des Anstoßes. Ganz abgesehen von der Beleidigung, die das für sie darstellt, machten die Tributzahlungen aus dem Ten Stars-Sternhaufen ein Drittel der Einkünfte der Zentralregierung aus. Nach dem Eintreffen der *Aristoxenos* hörte das natürlich auf. Und jetzt ...«

Sie nahm einen Schluck und sah Adele dabei über ihr Glas hinweg an, stellte es dann ab und fuhr fort: »Mir liegen Berichte vor, dass die Allianz gerade auf Gehenna, dem einzigen Satelliten von Radiance, einen modernen Marinestützpunkt baut. Wenn die Regierung des Commonwealth den Ten Stars-Sternhaufen mit Unterstützung der Allianz zurückerobern würde, hätte das für die Republik äußerst ernsthafte Auswirkungen.«

»Das leuchtet mir ein«, sagte Adele bedächtig. »Was mir nicht einleuchtet ...«

Während sie ihre Worte wählte, ließ sie den Blick über die Büchervitrinen wandern. Von ihrem Platz aus konnte sie die Titel auf den Buchrücken nicht lesen, aber es war offensichtlich, dass es sich um eine echte Sammlung handelte und nicht nur um Attrappen, wie man sie manchmal in vornehmen Häusern fand, deren Bewohner als gebildet gelten wollten.

Ein Weltraumkapitän mit echtem Interesse für Literatur hatte genügend Zeit und Möglichkeiten, seinem Hobby nachzugehen. Carnolets war offenbar einer jener Kapitäne. Adele verspürte eine Aufwallung von Wärme gegenüber einem Mann – oder einer Frau, sie wusste das nicht –, dem sie nie begegnet war.

»… ist, weshalb Sie mich haben kommen lassen«, fuhr sie fort und sah der Geheimdienstchefin gerade in die Augen. »Wenn es auf Gehenna einen Marinestützpunkt gibt, ist das eine Angelegenheit für die ganze MRC. Nicht für mich.«

»Der Senat wünscht keinen Krieg«, erklärte Sand knapp. »Und die Handelsreedereien, von den größten bis hinunter zu denen mit ein oder zwei Tramps, wollen *wirklich* nicht, dass die Feindseligkeiten wieder aufgenommen werden. Der cinnabarische Botschafter im Commonwealth, Train von Lakeside, ist der Ansicht, dass es noch Jahre dauert, bis der Stützpunkt auf Gehenna fertiggestellt ist. Falls das zutrifft, sind überstürzte Maßnahmen unsererseits nicht angezeigt.«

Sand nippte an ihrem Glas. Dann ließ sie es sinken und fuhr fort: »Ich kann nicht beweisen, dass Train sich täuscht, aber so viel will ich sagen: Wenn der gute Mann sagen würde, dass die Sonne im Osten aufgeht, würde ich mich um eine zweite Meinung bemühen. Ich möchte, dass Sie sich persönlich ein Bild vom Zustand des Stützpunkts machen.«

Adeles Kontrollstäbe ließen Kaskaden von Informationen über das holografische Display ihres PDA huschen. Gehenna hatte ein Drittel des Durchmessers seines Zentralgestirns Radiance, war aber unbewohnt, kalt im Kern und ohne nennenswerte Atmosphäre. Ein Großteil des Wassers war im Gestein gebunden, lieferte aber Reaktionsmasse für die Plasmaaggregate, die es brauchte, um Sternenschiffe ins harte Vakuum zu tragen, wo sie die mit Antimaterie gespeisten High Drive-Aggregate benutzen konnten.

Für jemanden, der für fast völlige Geheimhaltung gewisse

Unbequemlichkeiten in Kauf zu nehmen bereit war, würde Gehenna einen durchaus brauchbaren Marinestützpunkt abgeben.

»Werden Sie ein Schiff ins Radiance System schicken?«, fragte Adele. Beinahe hätte sie gesagt: »... die *Princess Cecile* schicken?«, aber dazu würde es nie mehr kommen.

Sie scrollte weiter durch ihre Daten. Was man wissen musste, erfuhr man am besten, wenn man alles studierte, was bereits veröffentlicht worden war, damit Korrelationen anstellte und alle Anomalien registrierte. Wenn etwas nicht zusammenpasste, dann bedeutete das, dass jemand log, und allein schon die Tatsache, dass es eine Lüge gab, würde einem oft die dahinter liegende Wahrheit aufzeigen.

»Das Commonwealth hat vor drei Jahren ausländischen Schiffen den Zugang zu Radiance verboten«, sagte Sand mit mühsam unterdrücktem Zorn. »Botschafter Train war darüber sehr verärgert, er hatte mit geschickten Manipulationen zu erreichen versucht, dass seine Privatjacht als MRC-Kriegsschiff deklariert werden sollte, um auf diese Weise dessen Mannschaft und Wartung aus Marinegeldern bezahlen zu können. Aber die Angelegenheit auch offiziell zur Meldung zu bringen, nun, das ist ihm nie in den Sinn gekommen.«

»Wie soll das denn vonstattengehen?« Adele blickte zum ersten Mal seit einigen Minuten von ihrem Display auf. Hatte irgendein Magnat des Commonwealth Interesse an einem ausgebildeten Bibliothekar oder einer Bibliothekarin zum Ausdruck gebracht?

»Graf Klimov und seine Frau Valentina von Novi Swerdlowsk beabsichtigen, eine private Expedition in den galaktischen Norden«, sagte Sand. »Die beiden sind echt – sie haben keinerlei Verbindung zu mir oder allgemeiner gesagt, zu Cinnabar. Aber sie sind im Begriff, die *Princess Cecile* zu kaufen, und haben Leutnant Mon als Kapitän engagiert. Ich möchte, dass Sie sie als Signaloffizier begleiten.«

»Ah«, sagte Adele. Sie schaltete ihren PDA ab und verschränkte die Hände auf dem Tisch. Ihr Blick schien ins Leere zu gehen, und ihr Verstand arbeitete fieberhaft und verarbeitete, was sie von Sand gehört hatte. *Das erklärte, weshalb Mon so erregt gewesen war, als er nach Daniel gefragt hatte … aber das war auch das Einzige an der ganzen Geschichte, was offenkundig war.*

»Sie kennen Leutnant Mon«, sagte Sand ruhig und stellte ihr leeres Glas ab. »Haben Sie gute Beziehungen zu ihm?«

»Ja«, sagte Adele leicht gereizt. »Er besitzt selbstverständlich mein Vertrauen, aber …«

Sie stand auf und steckte den PDA in die Tasche. »Mistress Sand«, sagte sie. »Ich begreife, wie wichtig diese Angelegenheit für die Republik ist, aber ich möchte Ihnen nicht gleich meine Antwort geben, denn wenn ich das muss, wird sie Nein lauten.«

Sand nickte ruhig. »Ich weiß Ihre Sorge zu schätzen, Mistress«, sagte sie. »Ich erwarte Ihre Antwort dann, wenn Sie dazu bereit sind.«

Adele wandte sich zur Tür, als der Bedienstete diese gerade lautlos öffnete. Sie fragte sich, wie lange es dauern würde, um eine Tramkabine von hier nach Portsmouth zu bekommen …

»Mundy?« Adele drehte sich zu der Geheimdienstchefin um. »Würde es Ihre Entscheidung erleichtern, wenn die Klimovs Leutnant Leary an Stelle von Mon als Kapitän engagieren würden?«

Adele lächelte, obwohl dieses Lächeln nur jemand wahrnehmen würde, der sie sehr gut kannte. »Ja«, sagte sie, »das würde es. Aber die Wahrscheinlichkeit, dass Daniel einen Offizierskollegen aus einer Position verdrängen würde, die dieser dringend braucht, ist noch geringer als die Wahrscheinlichkeit, dass Daniel sich einem religiösen Orden anschließt, der den Zölibat praktiziert.«

Sie grinste immer noch, als der Bedienstete sie zur Tür geleitete, wo Leutnant Wilsing auf sie wartete.

5

Die Tram fuhr nur bis zum Tor von Hafen Eins. Dort lungerten Betrunkene an dem Kiosk herum. Einer von ihnen richtete sich auf, als Daniel ausstieg und rief: »Verzeihen Sie, Leutnant, aber hätten Sie für einen alten Spacer das Geld für einen Drink übrig? Ich war einmal Geschützmaat auf der *Burke*, bis ich bei Xerxes II meinen Arm verloren habe.«

Im Inneren des Kiosks funktionierte nur noch eine einzige Leuchtröhre. Der Mann, der gesprochen hatte, stand im Schatten; seine Stimme klang so angerostet, dass Daniel nicht darauf gewettet hätte, ob es sich um einen Mann handelte. Den linken Arm hatte er tatsächlich verloren, aber das konnte ebenso gut auf einen Unfall zurückzuführen sein wie auf Admiral Cawdreys großen Sieg über die Allianz, der jetzt eine Generation zurücklag.

»Ja, natürlich, guter Mann«, sagte Daniel und suchte in seiner Börse nach einem ein Guldenstück. Stattdessen fand er einen Fünfer – und warf ihn dem Mann hin. »Kannst du mir vielleicht sagen, wo die *Princess Cecile* liegt? Sie ist vor Kurzem eingetroffen, von …«

»Schlipp Siebzehn, das ist die dritte auf der rechten Seite«, sagte ein anderer Betrunkener. Seine Stimme klang undeutlich, weil er sich die Mütze über das Gesicht gezogen hatte. »Sie ist heute Morgen um null-acht-eins-sieben aus dem Strymon System eingetroffen und soll abgewrackt werden.«

»Ach, tatsächlich?«, meinte Daniel. »Nun, auf jeden Fall vielen Dank.«

Er griff nach einer weiteren Münze. Aber der erste Betrunkene hob das 5-Gulden-Stück mit der einzigen Hand, die er hatte, auf und sagte: »Gesegnet sollen Sie sein, Leutnant, aber das ist mehr, als wir in einer Nacht vertrinken können. Und mehr würde man uns nur stehlen und außerdem uns wahrscheinlich die Kehle durchschneiden. Möge Gott Sie begleiten, Sir.«

Die Torwache plauderte mit ein paar Zivilisten und hatte für das Leutnantsabzeichen an Daniels Dienstmütze, die er zu seiner Uniform Klasse zwei trug, nur eine schlampige Ehrenbezeigung übrig. Daniel betrat die Umfriedung.

Hafen Eins war ein historischer Ort. Von dort waren die Schiffe gestartet, mit denen Cinnabar nach dem tausendjährigen Interregnum, mit denen der erste Aufbruch der Menschheit ins Universum geendet hatte, wieder in die interstellare Zivilisation zurückgekehrt war. Einige Jahrhunderte lang war dies der einzige Raumhafen der sich bald ausdehnenden Republik gewesen und war auch dann noch benutzt worden, als er an Bedeutung verloren hatte. Heute freilich war daraus eine Art Müllplatz geworden, aus dem man alles entfernt hatte, was an seine große Vergangenheit erinnert hatte, um Platz für Neues zu machen – oder einfach nur für anderes. Onkel Stacey hatte ihm erzählt, dass es am Ostrand des Geländes eine Reihe von Ziegelbauten aus der Zeit vor dem Interregnum gegeben hatte, aber inzwischen lagen dort bloß noch hinter Maschendrahtzaun aus abgewrackten Schiffen ausgebaute High Drives herum.

Das Becken füllten Schiffe, oft mehrere an einer Schlipp. Meist waren sie zu eng nebeneinander vertäut, als dass eines hätte starten können, ohne andere zu gefährden; dazu würde man sie in die Mitte des Beckens schleppen müssen. Und viele waren natürlich überhaupt nicht in einem Zustand, in dem sie hätten starten können. Die Schiffe in Hafen Eins hatten manchmal eine Vergangenheit, aber ganz sicher keine Zukunft, jedenfalls nicht in der MRC.

Die *Princess Cecile* stach zwischen ihnen hervor wie ein Juwel in einem Schlammtümpel. Andere Schiffe begnügten sich mit einer einzigen Leuchte am Bug oder am Heck, aber die Stromversorgung der Korvette war noch einsatzfähig, ihre Positionsleuchten brannten, und offene Luken überfluteten das Schiff mit dem Licht aus den Kabinen. Das Wasser im Hafen war in Bewegung, und der indirekte Lichtschein im Spiel der Wellen verlieh dem zerschrammten Betonkai eine romantische Aura.

Aus einem Abteil am Bug tönte Musik. Daniel erkannte die Melodie, ein Lied vom Ostkap der Region, wo die Güter der Learys lagen. Drei Männerstimmen sangen zum Klang einer Flöte.

Daniel hatte nicht viel mehr als eine Ankerwache erwartet – und die Spacer im Schiff waren vermutlich ebenso betrunken wie ihre Kameraden in den Hafenkneipen, wo sie den Vorschuss vertranken, den sie sich auf die morgen fällige Soldzahlung gegen hohe Zinsen von Pfandleihern beschafft hatten. Aber zu seiner Verblüffung saßen oder standen im Eingangsbereich mindestens ein Dutzend Männer in ihren Ausgehuniformen herum und unterhielten sich halblaut.

Ein Steg führte vom Kai zur Hauptluke. Daniel ging darauf zu. Woetjans – der hünenhafte weibliche Bootsmann war nicht zu verkennen; ihre Mütze zierten Abzeichen für jeden Hafen, den sie im Lauf von dreißig Jahren in der MRC angelaufen hatte – sah ihn näher kommen und nahm Haltung an. Sie tippte an den Kontrollstreifen, der ihr an einer Kette um den Hals hing, eine Art Symbol ihres Amtes, und die Lautsprecheranlage der Korvette pfiff KAPITÄN KOMMT AN BORD. Der Gesang in der vorderen Kabine verstummte, und die im Eingangsbereich versammelten Spacer nahmen Haltung an.

Daniel verspürte eine Aufwallung von Freude. Wahrscheinlich war das ein Gefühl, das ihn nie verlassen würde, selbst wenn man ihn einmal auf einer Bahre zum Sterben an Bord des von ihm befehligten Schiffes trug.

»Rühren«, sagte er, als seine Stiefel den schmalen Steg zum Zittern brachten. Er ging aufrecht und gerade wie ein Rigger, ohne auch nur ein einziges Mal nach unten zu sehen. Die MRC bildete ihre Fähnriche dazu aus, jeder Arbeit gewachsen zu sein, die von einfachen Spacern verrichtet wurde. Offiziere, die sich nicht auf den Rahen halten konnten, wenn die Segel sich unter dem Schub von Casimirstrahlung aufblähten, oder die nicht die Zuleitung zu einem Schubaggregat reparieren konnten, während das Schiff Fahrt machte, verdienten es nicht, das Kommando über Spacer zu führen, die das konnten.

Er lächelte der Gruppe zu, als er auf die Nickelstahldeckplatten von Deck C der *Princess Cecile* trat. Der gepanzerte Aufgang zu den A und B Decks führte nach rechts vorne, die Röhre nach unten zum Maschinenraum und den Lagerräumen war auf der Linken. Selbst jetzt, im Hafen schwimmend, fühlte sich das Schiff lebendig an. Sich auf einem Sternenschiff zu befinden, war mit nichts anderem zu vergleichen, und für einen Spacer wie Daniel Leary gab es nichts Besseres.

»Ich bin nicht der Kapitän, wisst ihr, Leute«, sagte Daniel. »Ich hatte nur gedacht, ich sollte das alte Mädchen noch einmal privat besuchen.«

»Richtig«, sagte Woetjans. »Sie sind nicht Kapitän, und ich bin nicht Rigger. Dass ich nicht lache!«

Sun, der Geschützmaat – diensthabender Geschützmaat auf einer Korvette, die nicht groß genug war, dass es dafür einen Deckoffizier gab – hielt ihm eine flache Flasche mit langem Hals hin; anstelle eines Etiketts war in das dunkelrote Glas ein Medaillon eingeprägt. »Da, Sir«, sagte er. »Äh …? Ist schon in Ordnung. Barnes und Dasi haben Wache, und die sind nüchtern.«

»Es wäre in jedem Fall in Ordnung, Sun«, erwiderte Daniel. »Heute Abend.«

Sie waren *alle* nüchtern – oder doch zumindest beinahe nüchtern, obwohl einige von ihnen wahrscheinlich schon mehr Alkohol vertilgt hatten, als eine Landratte das getan hätte, die vorhatte, auf eigenen Beinen den Hafen zu verlassen. Vesey, einer der beiden Fähnriche von dem Strymon-Einsatz, war bei ihnen;

zuerst hatte Daniel ihre schlanke Gestalt zwischen Barnes und Dasi vermisst, die mit Daniel an Bord eines beschlagnahmten strymonischen Kutters nach Cinnabar zurückgekehrt waren. Diese Rigger – und ein paar andere Mannschaftsmitglieder, die er um sich sah – waren heute aus demselben Grund auf die *Princess Cecile* gekommen wie Daniel: um Abschied zu nehmen.

Daniel nahm einen Schluck aus der Flasche. Der Brandy war ausgezeichnet, wenn er auch nicht hätte sagen können, was es eigentlich war. Er reichte Sun die Flasche, aber der Geschützmaat sagte: »Ich hab schon genug getrunken, Sir« und wies auf die vier Maschinisten, die aus dem vorderen Korridor aufgetaucht waren. Eine aus der Gruppe hatte eine Flöte in der Tasche ihres Overalls verwahrt. Daniel gab ihr den Brandy.

»Fähnrich Dorst wird gleich wiederkommen, Sir«, sagte Vesey. Sie war schlank und blond, höchstens halb so groß wie Ihr männlicher Kollege und Liebhaber, wenn Daniel auch seine Pflicht, an den Fähnrichen Elternrolle zu vertreten, nicht so weit trieb, dass er sich in derartige Privatangelegenheiten einmischte. »Er hat gleich, als wir angedockt haben, seine Mutter besucht.«

Vesey hatte sich als tüchtige Astrogatorin erwiesen, nicht nur was ihre Rechenkünste anging, sondern zumindest mit ein wenig *Gefühl* für die Matrix, eine Eigenschaft, die Stacey Bergen und in erheblichem Maße auch seinen Neffen Daniel zu Legenden in der MRC gemacht hatte. Dorst war weder so intelligent noch so schlau wie Vesey, dafür aber solide wie massives Felsgestein – auch das eine Tugend, die die MRC an ihren Offizieren zu schätzen wusste.

»So, Woetjans …«, sagte Daniel, bemüht locker zu wirken. »Leutnant Mon hat gesagt, Sie hatten auf der Rückreise von Strymon einige Probleme?«

Woetjans' Gesichtszüge verfinsterten sich. »Ich hab schon Schlimmeres erlebt, denke ich, Sir«, murmelte sie und wich dabei Daniels Blick aus.

»Nun, wenn das so ist«, meinte Sun, »dann waren Sie schon an schlimmeren Orten als ich, dem Himmel sei Dank.« Er wandte sich an Daniel und fuhr fort: »Sir, als Sie uns in siebzehn Tagen mitten durch die Matrix nach Sexburga gejagt haben, haben Sie uns beinahe umgebracht, ich schwör's Ihnen, und wir hatten weniger Ärger mit dem Schiff, als ich im Hafen erwarten würde. Mon hat uns zurückgebracht, und, also ich muss sagen, ich bin verdammt froh, wieder festen Boden unter den Füßen zu haben. *Verdammt froh*.«

»Das kann man laut sagen«, murmelte Chefingenieur Pasternak, der soeben aus dem Maschinenraum heraufgekommen war. Anscheinend hielt sich an diesem Abend ein Drittel der Mannschaft der *Sissie* an Bord auf, bemerkenswert viel für ein Schiff, das nach langer Reise zum ersten Mal wieder in seinem Heimathafen lag; allmählich wurde es im Eingangsbereich eng.

»Ach was!«, sagte Daniel. »Ich bedauere es nicht, dass ich solchen Druck gemacht habe, aber Sie alle wissen ebenso gut wie ich, dass die Hälfte der Probleme auf der Rückreise daher kamen, dass ich das Schiff auf der Hinreise so strapaziert habe.«

Der Maschinist, der der Brandyflasche gerade den letzten Tropfen entlockt hatte, schnaubte. Vielleicht war ihm etwas von ihrem Inhalt in die Nase geraten.

»Mon hat gesagt, Sie hätten auch Passagiere gehabt«, fuhr Daniel fort. »Wie waren die denn?«

Die Spacer sahen einander an, und schließlich meinte Vesey: »Also, die Klimovs sind gar nicht übel, Sir. Für Ausländer, Sie wissen schon. Recht großzügig, alle beide.«

»Nüchtern sind sie in Ordnung«, sagte Woetjans und sah dabei Daniel an. »Sobald der Graf ein oder zwei Tropfen intus hat, und die hat er meistens, vergisst er bloß, dass er nicht bei seinen Haussklaven in Novi Swerdlowsk ist. Er hat eine Flasche nach einem Spacer geworfen, der ihn festhalten wollte – und der hat in k.o. geschlagen.«

»Das war ich, Sir«, sagte Timmons, ein kleiner, freundlicher

Techniker, der in Daniels Gegenwart nie mehr Temperament als die Farbe an den Wänden an den Tag gelegt hatte. Jetzt blickte er verlegen zu Boden. »Tut mir leid, Sir.«

»Was denn, verdammt?«, knurrte Woetjans. »An dem Tag, an dem irgendeinem Kanaken durchgeht, dass er einen Spacer von Cinnabar schlägt, desertiere ich zur Allianz, aber …«

Ihr Blick wanderte wieder zu Daniel.

»… wenn Klimov Kapitän gewesen wäre und nicht nur Passagier, dann wäre es Meuterei gewesen, ihn zu schlagen, und das hätte für den, der das getan hat, eine offene Luke ins Vakuum bedeutet. So ist das doch, oder, Sir?«

»Ich habe MRC-Offiziere gekannt, die so etwas getan haben, Woetjans!«, sagte Daniel energisch. »Und Sie bestimmt auch.«

»Aye, und Schlimmeres.« Sun schmunzelte. »Kapitän Reecee hat auf den Segelmeister geschossen, als wir vier Lichttage von der Stelle entfernt aus der Matrix kamen, wo wir ihrer Berechnung nach hätten sein müssen. Nur dass er als Schütze ebenso wenig getaugt hat wie sie als Astrogatorin.«

»Reecee war MRC-Offizier, Sun«, sagte Woetjans. »Und kein Kanake!«

»Das kann man laut sagen«, erklärte Pasternak und reichte eine Retorte mit einer durchsichtigen Flüssigkeit herum; vermutlich Industriealkohol aus dem Hydrauliksystem. Das trank man gewöhnlich im Maschinenraum.

»Ich habe Klimov nicht kennengelernt …«, sagte Daniel. Vesey nahm einen Schluck und reichte ihm die Retorte. »Wenn ihm die *Sissie* so gut gefällt, dass er sie kaufen möchte, wie Mon mir das erzählt hat, dann haben er und ich zumindest den gleichen Geschmack.«

Er nahm einen vorsichtigen Schluck und ließ ihm einen längeren Zug folgen, als er sich vergewissert hatte, dass die Flüssigkeit mit Wasser versetzt war. Ungemischter Industriealkohol trocknete Mund und Kehle ebenso aus, als würde man heiße Kohlen verschlucken, doch die Mechaniker und

Ingenieure machten sich nicht immer die Mühe, ihn zu verdünnen.

»Und Mon hat auch gesagt, dass Klimov vorhat, Spitzenlöhne zu bezahlen.« Daniel behielt Woetjans im Auge, als er die Retorte an den Maschinisten neben ihm weitergab. Sie alle wussten, wovon er redete, nämlich dass Mon ein Schiffskamerad und ein Offizier war, für den er Respekt empfand.

»Also, mir wird er das nicht bezahlen«, erklärte Sun entschieden. »Ich bin als Maschinist geprüft, und außerdem gibt es genügend Handelsschiffe, die Routen befahren, auf denen sie sich wohler fühlen, wenn sie den Geschützmaat von Leutnant Leary an Bord haben.«

»Die Bezahlung ist in Ordnung, Sir«, sagte Woetjans, sichtlich aus derselben Überlegung wie Sun heraus. »Es ist nur so, dass …«

Sie gestikulierte mit der linken Hand.

»… dass es bisher keinen einzigen Spacer gegeben hat, der beim Start noch etwas in den Taschen hatte. Freilich, manche lassen den größten Teil der Knete bei ihren Familien …«

Woetjans benutzte den Plural möglicherweise absichtlich. Dass Spacer auf ihren regulären Routen auf jedem Planeten einen eigenen Haushalt unterhielten, war keinesfalls nur ein Witz, den man sich in den Musikhallen erzählte.

»… und einige von uns geben das Geld in Bars aus, aber *ausgeben* tun wir es alle. Ein Gulden mehr pro Woche hat nicht so viel zu sagen, ganz besonders, wenn man nicht zurückkommt.«

Also, das war jetzt deutlich genug, auch ohne dass Pasternak sein »Das kann man laut sagen!« hinzufügte.

»Sir?«, meldete sich Dasi zu Wort. Er und sein Kollege Barnes waren große, kräftig gebaute Männer und absolut verlässlich. Sie hatten nicht gerade den schärfsten Verstand, aber sie waren erfahren genug, dass jeder von ihnen einen guten Bootsmann abgeben würde, wenn Daniel das nächste Mal einen Posten zu vergeben hatte.

»Aye?« Daniel hatte gehört, wie vor dem Tor die Tram anhielt. Er wandte sich nicht um, aber danach zu schließen, wie Veseys Gesicht sich aufhellte, als sie an ihm vorbeiblickte, war das jetzt Fähnrich Dorst, der auf der anderen Seite des Stegs aufgetaucht war.

»Was sollen wir tun, Sir?«, fragte Dasi mit besorgter Miene. Timmons reichte ihm eine Flasche, doch er war zu durcheinander, um das zu bemerken. »Sollten wir bei diesem Kanaken und Mister Mon anheuern? Wollen *Sie*, dass wir das tun?«

Daniel seufzte und hinderte Mr. Pasternak an seiner stereotypen Aussage. »Dasi«, sagte er. Dann ließ er den Blick über die Gesichter im Eingangsbereich schweifen; sie waren ihm alle vertraut und alle wirkten sie besorgt. »Sie alle. Als wir zusammen an Bord der *Princess Cecile* gedient haben, hatte ich nie Zweifel daran, dass Sie jeden Befehl befolgen würden, den ich gebe.«

Er nahm Haltung an, als würde er in offizieller Kapazität zu ihnen sprechen, und fuhr fort: »Ich habe weder das Recht dazu noch möchte ich Ihnen jetzt Befehle erteilen. Sie und ich haben Entscheidungen zu treffen, aber wir treffen sie als Individuen, weil wir nicht länger Kapitän und Mannschaft sind.«

»Das mit Mon ist schlimm.« Woetjans schüttelte den Kopf, wie um die Meinung aller zusammenzufassen. »Aber ich schätze, er wird schon irgendwo einen Posten finden.«

Daniel räusperte sich. »Ich kehre jetzt in mein Quartier zurück«, sagte er. »Ich ...«

Er verspürte einen Kloß in der Kehle, und seine Augen fingen an zu brennen. Diese verdammte Hydraulikflüssigkeit!

»Ich werde morgen da sein, wenn man Sie auszahlt«, sagte er und zwang sich dazu, mit gleichmäßiger Stimme zu sprechen, auch wenn er schneller wurde. »Spacer, es hat nie ein Schiff gegeben, das mit seiner Mannschaft mehr Glück hatte als die *Princess Cecile*!«

Daniel drehte sich um und schritt zur Haltestelle zurück, wobei er beinahe mit Dorst zusammengestoßen wäre, weil sein

Blick sich verschleiert hatte. Die Hurrarufe der Crew der *Sissie* folgten ihm bis zum Tor.

Adele hörte, wie die Haustür geschlossen wurde und gleich darauf das Murmeln von Stimmen. Sie verließ gerade ihr Arbeitszimmer und trat in den Flur hinaus, als Daniel die Treppe hinaufzusteigen begann.

»Bitte, kommen Sie zu mir, Daniel«, sagte sie, was überflüssig war, weil er ja ganz offensichtlich ohnehin bereits zu ihren Räumlichkeiten im ersten Stock unterwegs war. Sie hatte den Türsteher gebeten, ihn gleich nach seiner Ankunft zu ihr hinaufzuschicken, ganz gleich, wie spät es auch sein sollte. »Es haben sich da ein paar Dinge ergeben, zu denen ich gerne Ihren Rat hören würde.«

»Bei Ihnen alles in Ordnung, Adele?«, fragte Daniel. Er hatte seine Schildmütze beim Betreten des Hauses abgenommen; sein Gesicht, auf das das Licht der Treppenbeleuchtung fiel, zeigte jenen harten, kontrollierten Ausdruck, den sie im Kampfeinsatz auf der Brücke der *Princess Cecile*, sonst aber nur selten an ihm gesehen hatte. »Es tut mir leid, dass ich nicht hier war, als Sie, äh, zurückgekehrt sind.«

»Oh, es ist nichts passiert«, sagte Adele und runzelte verblüfft die Stirn. »Ich hatte nur ein paar Fragen wegen meiner Pläne, die ich – oh. Oh, ich weiß, was Sie meinen.«

Sie komplimentierte ihn in ihr Arbeitszimmer, wobei ihr bewusst wurde, dass es nach üblichen Maßstäben ziemlich unordentlich wirken musste. Auf den meisten Abstellflächen lagen stapelweise Bücher und Papiere herum; sie war mit Recherchen über das Commonwealth of God beschäftigt, und einige Dokumente, die sie dazu brauchte, waren nur als Ausdruck verfügbar. Immerhin hatte sie für Daniel schon vorsorglich einen zweiten Stuhl freigemacht.

»Sie meinen die Geschichte, als ich nach Hause kam?«, fragte sie und zuckte die Achseln. »Der Türsteher wird wohl ein paar Tage nicht arbeiten können. Davon abgesehen ist alles, nun ja, ganz normal. Ich hatte erwartet, dass die Behörden ein paar Fragen stellen würden, aber offenbar hat man alles unter den Teppich gekehrt.«

Adele hatte ihre Pistole gleich, nachdem sie nach Hause gekommen war, wieder geladen. Sie steckte jetzt in ihrer Tasche, nicht weil sie sie wirklich brauchte, aber ihr Gewicht vermittelte ihr einfach ein unbewusstes Gefühl der Sicherheit. Die kleine Waffe war für sie zu einer Art Suchtmittel geworden und half ihr dabei, Albträume in Schach zu halten, auch wenn sie zugleich Ursache jener nächtlichen Qualen war.

»Ja«, sagte Daniel. »Hogg und ich sind eingetroffen, als man gerade dabei war Ordnung zu schaffen. Die Leute, die da zugange waren, haben mir einen durchaus kompetenten Eindruck gemacht.«

Adele schloss die Tür und wies auf den Polstersessel, der ihrem eigenen Stuhl auf der anderen Seite des mit einer lederbezogenen Platte versehenen Schreibtischs stand. Auf einem Tablett, das ein Bediensteter schon vor einer Weile gebracht hatte, standen eine Flasche Wein und zwei Gläser bereit.

»Hogg ist übrigens nicht da«, sagte sie. »Er hat Tovera eine Nachricht hinterlassen, und sie sind beide noch unterwegs.«

Daniel verzog das Gesicht, als er sich setzte; er wirkte plötzlich müde. »Adele?« Er sah auf und begegnete Adeles Blick mit entschlossener Miene. »Ich habe Hogg freie Hand gelassen und ihm gesagt, er soll sich um das kümmern, was heute Nachmittag passiert ist. Was auch immer dabei herauskommt, es ist meine Verantwortung. Ich möchte, dass wir beide uns darüber völlig klar sind.«

Adele nickte knapp. »Nehmen Sie einen Schluck Wein«, sagte sie und entkorkte die Flasche. »Er kommt aus Chatsworth Major, wie es früher einmal hieß. Die neuen Eigentümer haben das Anwesen Skyland genannt, aber es sind noch dieselben Trauben.«

Sie schenkte ein. Der Wein hatte die Farbe dunklen Honigs; keine berühmte, aber eine gute Sorte und ein vertrauter Geschmack, der ihr ihre Kindheit und die Sicherheit jener Zeit ein wenig näher brachte.

»Was das betrifft, was mit den Rolfes geschehen wird, Daniel …«, fuhr sie fort. »Nun, ich würde sagen, das haben diejenigen zu vertreten, die dieses Pack geschickt haben, das unseren Türsteher so zugerichtet hat. Aber ich habe Tovera jedenfalls gesagt, dass sie niemanden töten soll. In der Beziehung ist sie recht vertrauenswürdig.«

Daniel nahm einen Schluck und nickte zustimmend, ehe er das Glas wieder absetzte. »Sie sagten, Sie hätten Fragen?«, meinte er dann und schob die rechte Augenbraue hoch.

»Mon hat Ihnen sicherlich berichtet, dass Aristokraten von Novi Swerdlowsk dabei sind, die *Princess Cecile* für eine Reise in den galaktischen Norden zu kaufen«, sagte Adele, immer noch mit einem leichten Lächeln um die Mundwinkel. Zu den wenigen Eigenschaften, die sie und Daniel gemeinsam hatten, gehörte eine starke Abneigung für Umschweife. »Ein Bekannter, wahrscheinlich die Person, die dafür gesorgt hat, dass man unsere Straße nach dem Zwischenfall heute Nachmittag gesäubert hat, möchte, dass ich sie auf dieser Reise begleite, um einen Eindruck von den Aktivitäten der Allianz auf Radiance und seinen Satelliten zu bekommen.«

Sie ging nicht auf Einzelheiten ein und erwähnte auch den Namen von Mistress Sand nicht, weil ihr bewusst war, dass die ganze Geschichte Daniel unbehaglich sein würde. Nicht, dass er einfach nur ein schlichter, unkritischer Marineoffizier gewesen wäre; schließlich war er der Sohn von Speaker Leary! –, aber in der idealen Welt Daniels würde alles offen und klar ablaufen. Er war davon überzeugt, wenn er seine Aufgabe offen und gut erledigte, all die anderen Aspekte des Geschehens jenen überlassen konnte, die sich mehr zu ihnen hingezogen fühlten. Mit anderen Worten: Leuten wie seiner guten Freundin Adele. Dann …

»Verstehe«, nickte Daniel. Er wirkte ruhig, nahm aber einen großen Schluck aus seinem Glas anstatt daran zu denken, dass man Wein dieser Qualität nippte. Sie griff nach der Flasche, aber er wehrte mit der anderen Hand schroff ab und runzelte sichtlich konzentriert die Stirn.

Natürlich *verstand* er. Adele war nie einem Menschen begegnet, der sich aus scheinbar unzusammenhängenden Einzelheiten so schnell ein klares Bild machen konnte. Das hatte ihm den verdienten Ruf eines ausgezeichneten Frontoffiziers eingetragen und vermutlich ein ebensolches Maß an Neid von Bekannten, die sich über Learys Erfolg bei den Frauen wunderten.

»Leutnant Mon ist ein technischer Offizier, wie man wohl keinen besseren finden kann«, sagte Daniel und ließ den Blick dabei über ein Bücherregal wandern. Es war höchst unwahrscheinlich, dass die hier versammelten Werke – Romane aus der Zeit vor dem Interregnum, eine Sammlung, die Adele wieder zusammengetragen hatte, obwohl sie keineswegs den Geschmack ihrer Mutter teilte – ihn im Geringsten interessierten. »Wenn es auf sonst nichts ankäme, würde ich Ihnen einfach gute Reise wünschen.«

Er blickte auf, und sein Gesicht zeigte wieder die Härte, die ihr vorher aufgefallen war. »Aber die Mannschaft der *Sissie* hat entschieden, dass er ein Unglückskapitän ist«, fuhr Daniel fort. »Es kann durchaus sein, dass sie recht haben. Ich fürchte, Mon wird es nicht schaffen, eine vertrauenswürdige Mannschaft anzuheuern, und auf einer Reise nach Radiance werden die Risiken sehr groß sein. Inakzeptabel groß, würde ich sagen, es sei denn, Sie hätten keine andere Wahl.«

Wieder schoben sich seine Augenbrauen in die Höhe.

Adele nickte und drehte den Stiel ihres Weinglases zwischen Daumen und Zeigefinger. »Zu dem Schluss bin ich auch gelangt«, sagte sie ungerührt. »Meine Bekannte hat mir klar und deutlich zu verstehen gegeben, dass die Angelegenheit tatsächlich von ebenso großem Gewicht wie das Risiko ist.«

»Bei allem Respekt für Ihre Bekannte«, Daniels Stimme war jetzt ganz die eines Sohnes seines Vaters, »ich bezweifle, dass sie die Gefahr unter den vorliegenden Umständen richtig beurteilen kann. Onkel Stacey hat die meisten heute genutzten Routen nach Radiance erforscht. Und Leutnant Mon ist bei all seinen unbestrittenen Fähigkeiten weder Stacey Bergen, noch hat er je selbst die Route in den Norden befahren.«

Adele nippte an ihrem Wein und ließ sich von dem vertrauten Geschmack in eine einfachere, sonnigere Kindheit zurücktragen. »Ich bin geneigt, Ihnen darin beizupflichten, Daniel«, sagte sie, »aber ich bin auch fest überzeugt, dass auf dieser Reise ebenfalls ein Kollege von mir an Bord der *Princess Cecile* sein wird. Ich habe keine Ahnung, wer das sein könnte, aber ich bin mir sicher, dass es niemanden gibt, der mit der *Sissie* und ihren Möglichkeiten besser vertraut ist als ich. Und ich fürchte ...«

Sie lächelte verkniffen und sah ihn über den Tisch hinweg an.

»... dass die Beteiligung der Familie Mundy an der Drei-Kreise-Verschwörung mir eine stärkere Verpflichtung gegenüber der Republik auferlegt, als dies bei einem gewöhnlichen Bürger der Fall wäre.«

Daniel stand auf. »Ich werde mir die Sache durch den Kopf gehen lassen«, sagte er. Er wirkte plötzlich gelöst. »Vielleicht gibt es einen Ausweg.«

Er sah sie an und lächelte. »Aber jetzt werde ich zu Bett gehen«, sagte er. »Ich muss morgen an der Abmusterungsfeier für die Mannschaft der *Sissie* teilnehmen. Sie kommen doch hoffentlich mit?«

»Ja, natürlich«, sagte Adele und stand auf, um ihn zur Tür zu begleiten. Man hatte sie ebenso wie Daniel selbst seit ihrer Rückkehr nach Cinnabar vor sechs Wochen auf Halbsold gesetzt; sie hatten beide keinerlei offizielle Verbindung mit der *Princess Cecile*. Aber wenn er wollte, dass sie mitkam, reichte ihr das als Begründung völlig aus.

»Gut«, sagte er und ging um einen Stapel Bücher auf dem Boden herum. An jedem hing ein Zettel mit dem Namen der Person, von der Adele es ausgeliehen hatte, weil Mundy von Chatsworth Informationen über den galaktischen Norden sammelte. Adeles Familienbeziehungen hatten sich wieder einmal als nützlich erwiesen.

»Wenn sich Menschen mit gutem Willen zusammentun, um eine Lösung zu finden, findet sich gewöhnlich auch eine«, sagte Daniel und grinste, als er durch die Tür, die sie für ihn geöffnet hatte, in den Flur trat.

So albern Adele die kindische Bemerkung auch fand, musste sie doch lächeln. Die Daniel Learys dieser Welt ließen manchmal Kindheitsplattitüden nicht nur wahr erscheinen, sondern brachten es nach ihrer eigenen Erfahrung sogar fertig, sie zu *verwirklichen*.

6

Ein Dutzend Spacer von der *Princess Cecile* und die dazugehörigen Zivilpersonen beiderlei Geschlechts hielten sich mit Adele und Daniel in der Tramkabine auf, als diese an der Haltestelle von Hafen Eins zum Stillstand kam. Sie runzelte erneut die Stirn über ihre Zivilkleidung und sagte spitz, aber so leise, dass nur Daniel es hören konnte: »Wissen Sie, ich hätte wirklich auch Paradeuniform tragen können!«

Daniel blickte auf seinen beeindruckenden weißen Dienstanzug. Statt Bandschlaufen trug er die Auszeichnungen selbst. Das bedeutete ein beeindruckendes Geglitzer; insbesondere der Orden von Strymon mit Diamanten, eine goldene Fangschnur und eine Epaulette mit Spangen, die Steine von der Größe von Kinderzähnen aufwiesen.

»Oh, das ist nicht erforderlich«, sagte er im Tonfall milder Befriedigung. »Bei einer regulären Veranstaltung der MRC würde ich nie so erscheinen, aber um die Zivilisten zu beeindrucken – und noch dazu Zivilisten von Novi Swerdlowsk – hielt ich das für angemessen.«

Es sah sie an und lächelte mit einem Anflug von Professionalität. »Das ist *mein* Job«, fügte er hinzu. »Sie sollten eher unauffällig bleiben, denke ich.«

Die Kabine kam leicht schaukelnd zum Stillstand. Ohne sich dabei etwas zu denken, schob sich Daniel zwischen den Spacern, die näher an der Tür standen, durch; sie drückten sich zur Seite, um den Offizieren den Vortritt zu lassen. Adele folgte ihm und dachte dabei, dass sie vermutlich die einzige Person in der

Kabine war, die es nicht für eine Selbstverständlichkeit hielt, dass der Kapitän und der Signaloffizier als Erste ausstiegen. Ihre Eltern hätten das sofort verstanden – nicht, dass sie je ein öffentliches Verkehrsmittel benutzt hätten –, aber Adele selbst hatte lange genug in Armut gelebt, um den Instinkt für Privilegien verloren zu haben.

Zwei weitere Kabinen hielten hinter der ihren an. Beide waren mit Spacern und Zivilisten in ähnlicher Verteilung gefüllt wie die, die Daniel und Adele begleitet hatten. Der Rest der Mannschaft der *Princess Cecile* stand bereits in vier lockeren Reihen vor der Korvette auf dem Kai.

Ein Offizier in grauer Uniform saß mit einem Schreiber im Mannschaftsrang, flankiert von zwei Hafenpolizisten mit Maschinenpistolen, hinter einem Klapptisch. Die Soldtruhe, derzeit noch verschlossen, wartete auf dem Tisch.

»Daniel, was sind das für Zivilisten?«, flüsterte Adele.

»Einige davon sind Ehefrauen«, murmelte Daniel an ihr Ohr. »Nun ja, Lebensgefährtinnen. Die Übrigen sind Pfandleiher oder ihre Agenten, die sicherstellen wollen, dass ihre Darlehen zurückbezahlt sind, ehe der Rest der Löhnung sich in Alkohol verwandelt. Wenn dann noch etwas übrig ist, natürlich.«

Leutnant Mon, in Paradeuniform wie Daniel, stand etwas abseits vom Zahlmeister und der Mannschaft. Als er Daniel kommen sah, hellten sich seine Gesichtszüge etwas auf, wirkten aber nach wie vor bedrückt.

»Mister Mon, kann ich Sie kurz sprechen, bitte?«, rief Daniel und fügte dann zu seiner Begleiterin gewandt halblaut hinzu: »In gewisser Hinsicht betrifft Sie das auch, Adele, ich wäre Ihnen also dankbar, wenn Sie bei mir blieben.«

Mon sah sich kurz um und kam dann im Laufschritt auf sie zu; die neu eingetroffenen Spacer gingen in die entgegengesetzte Richtung und schlossen sich ihren Kameraden an.

Adele vermutete, dass Mon die Fremden angesehen hatte, die sie aus den offenen Luken der Brücke der *Princess Cecile*, ganz vorne an Deck A, beobachteten – der obersten Etage der insgesamt vier der Korvette. Einige trugen MRC-Uniformen, aber zwei waren Zivilisten. Die Frau trug ein Kleid in grellen, kontrastierenden Farben – das Revers des in Schwarz und Weiß gehaltenen Anzugs des Mannes verlief zur linken Schulter hin schräg, so dass es aussah, als würde sein Besitzer gleich umkippen.

»Die Klimovs sind mit dem Vertreter der Werft und einer Bewertungsgruppe des Marineamts an Bord«, murmelte Mon und bestätigte damit, was Adele bereits vermutet hatte. Er drückte Daniels Hand. »Sir, ich … ich wäre Ihnen sehr dankbar für alles, was Sie freundlicherweise zur Mannschaft sagen könnten.«

»Ehe ich zur Mannschaft spreche, Mon …«, sagte Daniel, »habe ich Ihnen einen Vorschlag zu machen.«

Adele fand, dass er sich gegenüber einem alten Schiffskameraden ungewöhnlich förmlich verhielt. Daniel war nicht die Art Kapitän gewesen, die üblicherweise auf große Distanz zwischen sich und den ihm Unterstellten achtete.

»Sir?« Mon nahm instinktiv Haltung an. Dabei blieb sein Gesicht zu ausdruckslos, als dass man hätte von Verblüffung sprechen können.

»Sie haben vielleicht erfahren, dass ich den Mehrheitsanteil meines Onkels an Bergen & Genossen geerbt habe«, fuhr Daniel mit der gleichen Förmlichkeit fort. »Ich werde einen Werftmanager brauchen, weil ich selbst die meiste Zeit *off-planet* sein werde, selbst wenn der augenblickliche Frieden anhalten sollte. Was höchst unwahrscheinlich ist, sofern der Allmächtige nicht Garantor Porra den Weg zur Rechtschaffenheit weist, ehe die MRC das wieder tun muss.«

Sein Lächeln wirkte wie das eines Vorgesetzten, der einen Untergebenen ins Vertrauen zieht und dies in Form einer scherzhaften Bemerkung tut. Adele sah, ohne mit der Wimper zu zucken, staunend zu, wie ihr Freund sich in eine freundlichere Version seines eigenen Vaters verwandelte. In diesem Augenblick hatten die beiden Leutnants aufgehört, Offizierskameraden zu sein: Sie waren Patron und Klient, und sie wusste genau, wo dieses Bewerbungsgespräch – es war keine Unterhaltung – hinführen würde.

»Ich möchte Ihnen eine Stellung als Werftmanager anbieten, Mon«, sagte Daniel. »Ich kann Ihnen noch nicht genau sagen, zu welchen Bedingungen – ich habe heute Morgen kurz mit meiner Schwester Deirdre gesprochen, und sie wird die Einzelheiten ausarbeiten –, aber es wird jedenfalls eine Gewinnbeteiligung geben. Ich habe ihr gesagt, sie soll die Prozentsätze so regeln, dass der Manager zu Anfang das Einkommen eines Fregattenkapitäns hat. Wenn die Werft floriert, wird sich das natürlich im Einkommen des Managers niederschlagen. Onkel Stacey war in den letzten paar Jahren nicht so gesund gewesen, dass er dafür hätte sorgen können, dass die Dinge sich zum Besten entwickeln.«

»Du lieber Himmel, Kapitän«, sagte Mon. »Lieber *Himmel*!«

»Dann werden Sie annehmen, Mon?« Daniel zog die Augenbrauen hoch. »Ich kenne niemanden, den ich lieber auf diesem Posten hätte.«

»Sir«, sagte Mon. Er trat einen Schritt vor und drückte Daniels Hand fest. »Sir, der Himmel möge Sie segnen ... ich schwöre Ihnen, Sie werden das nie bereuen!«

Dann legte sich seine Erregung etwas, er sah sich um und nahm wieder Haltung an. »Ah, und was ist mit den Klimovs, Sir?«, fragte er mit leiser Stimme. »Ich habe noch nicht unterschrieben, das konnte ich ja so lange nicht, wie das Schiff nicht in ihren Besitz übergegangen ist. Aber die erwarten von mir, dass ich, Sie wissen schon, dass ich ...«

Daniel klopfte Mon auf die Schulter. »Nun, Mon«, sagte er, »die MRC hat ihre Verpflichtungen immer erfüllt. Wie wär's denn, wenn Sie mich dem Grafen und seiner Gattin vorstellen würden, während die Mannschaft ausbezahlt wird? Da Sie mir ein recht kniffliges Problem abnehmen, ist es nur recht und billig, dass ich als Gegenleistung ein wesentlich kleineres für Sie aus der Welt schaffe.«

Auf der Brücke befanden sich bereits sieben Leute. Daniel duckte sich durch die Luke und trat zur Seite, damit Mon eintreten und ihn vorstellen konnte. Es herrschte nicht gerade Enge, aber wenn Daniel in diesem vertrauten Raum stand, war er in Gedanken stets darauf vorbereitet, ein Kriegsschiff zu führen … und das würde mit so vielen Leuten um ihn herum ziemlich schwierig sein.

Das MRC-Personal bestand aus einem Werftdirektor namens Blaisdell im Rang eines Korvettenkapitäns – ein rotgesichtiger Mann, den Daniel flüchtig kannte; er hatte sich nie besonders hervorgetan und musste inzwischen wohl jede Hoffnung auf weitere Beförderung vor der zwangsweisen Pensionierung aufgegeben haben – und vier Männer in schmucken Uniformen aus dem Marineamt: ein Fregattenkapitän, zwei Leutnants – Daniel hatte nur einen erwartet – sowie ein Schreiber mit dem Rangabzeichen eines Deckoffiziers. Er kannte keinen von ihnen.

Und dann waren da natürlich die beiden Zivilisten: ein schlanker, kleiner Mann mit grau meliertem Schnurrbart und adrett gestutztem ebensolchen Backenbart und eine hochgewachsene Frau. Die verschiedenen bunten Stoffe ihres Outfits waren mit Sorgfalt und Geschmack zusammengestellt – wenn auch recht auffälligem Geschmack. Sie würde recht gut zu den Spacern am Kai mit ihren Freizeitkostümen und den Zivilisten passen, die sich ebenfalls einigermaßen herausgeputzt hatten.

»Graf Klimov«, sagte Mon und begann mit den diversen Vorstellungen, »gestatten Sie mir, Ihnen meinen Kollegen und ehemaligen kommandierenden Offizier, Leutnant Daniel Leary vorzustellen.«

Klimov hielt ihm die rechte Hand mit der Handfläche nach unten hin. Daniel fragte sich, ob der Mann etwa erwartete, dass er sie küsste. Wenn ja, stand ihm eine Enttäuschung bevor …

Daniel tippte an die Fingerspitzen des Grafen und sagte: »Hoheit, es ist mir eine Freude, Ihre Bekanntschaft zu machen. Mon und die Mannschaften, mit denen ich gesprochen habe, haben mir berichtet, dass Sie auf der Reise von Strymon hierher höchst angenehme Mitreisende waren.«

»Und wir haben durch Leutnant Wilsing und die anderen von Ihnen gehört, Leutnant«, sagte die auffällig gekleidete Frau. »Der Held von Kostroma *und* der Held von Strymon. Und ein so junger, gut aussehender Mann!«

Sie umarmte Daniel und bot ihm gebieterisch die Wange. Daniel kam der Aufforderung nach und löste sich wieder von ihr. Valentina Klimovna war jünger als ihr Gemahl, aber nicht jung. Was nicht hieß, dass sie nicht attraktiv genug war, um nicht für einige der professionellen Damen, die sich eingefunden hatten, um die Abmusterungsparade zu beobachten, eine echte Konkurrenz abgeben zu können.

Wilsing – der männliche Leutnant – nickte knapp, als er seinen Namen erwähnt hörte. Daniel war der Mann völlig fremd.

»Zivilisten werden natürlich von der farbenprächtigen Dramatik des Kampfgeschehens beeindruckt«, sagte Wilsing und streckte ihm die Hand hin. »Mich freilich hat besonders Ihr Geschick als Astrogator beeindruckt. Eine Ehre, endlich Ihre persönliche Bekanntschaft zu machen.«

Daniel schüttelte dem Mann die Hand und fühlte sich leicht benommen. Er versuchte sich an farbenprächtige Dramatik in einer der Schlachten zu erinnern, an denen er beteiligt gewesen war. *Seine* Erinnerungen an Schlachten waren eher schwarzweiß, Punkte auf einem Kursindikator und gesichtslose Menschen, die über Landschaften rannten, die schemenhaft blieben, während ringsherum Kampfhandlungen abliefen. Für sonst etwas war nie Zeit gewesen.

»Mister Wilsing …«, sagte Daniel und erwiderte den festen Händedruck des Mannes. Er war in der MRC zu gewisser Berühmtheit gelangt, das wusste er wohl, aber die hatte sich bei

Gleichgestellten – also denjenigen, die mit ihm um Beförderung rivalisierten – allenfalls in widerwilligem Respekt, wenn nicht in unverhohlenem Neid ausgedrückt. Lob wie dieses konnte man nur von einem unwissenden Zivilisten erwarten.

Daniel sah den Fregattenkapitän an – auf seinem Namensband stand QUERIMAN – und salutierte so zackig er das konnte. Für den Adjutanten eines Admirals hätte das nicht ausgereicht, aber Drill und Zeremoniell hatten nie zu Daniels starken Seiten gehört. »Sir!«, sagte er.

Der Fregattenkapitän nickte und nahm die Ehrenbezeigung mit einer lockeren Handbewegung zur Kenntnis. »Erfreut, den Schiffskommandanten kennenzulernen, Leutnant«, sagte er. »Für eine im Ausland gebaute Korvette haben Sie sie erstaunlich gut in Schuss gehalten.«

Daniel bedachte Queriman mit einem professionellen Lächeln. Die *Sissie* hatte auf Pistolenschussweite einem Schlachtschiff der Allianz gegenübergestanden, beiläufige Beleidigungen aus dem Mund eines Bürokraten in Uniform würden ihr also nicht wehtun. Er verschluckte eine Anzahl weiterer Bemerkungen, die ihm auf der Zunge lagen, und sagte: »Freut mich, dass Sie das so sehen, Sir.«

Die Klimovna zog ihren Mann zwischen die Geschütz- und Signalkonsolen. Sie flüsterten miteinander – in einer Sprache, bei der es sich nicht um Universal handelte, soweit Daniel das feststellen konnte –, obwohl er sich alle Mühe gab, nicht zu lauschen.

Er sah zu der offenen Wartungsluke hinaus, die breit genug war, um für eine Navigationskonsole Platz zu lassen. Adele saß neben Woetjans, als die Reihe von Spacern sich an dem Zahlmeister vorbeischob und auf der anderen Seite wieder in Reih und Glied Aufstellung nahm. Sobald die ganze Mannschaft ausgezahlt worden war, würde Mon sie in Einklang mit seinen Anweisungen aus dem Marineamt als ihr diensthabender Kapitän aus der MRC entlassen.

»Graf Klimov?« Querimans Stimme klang beinahe schroff.

»Ich denke, wenn Sie so weit sind, können wir jetzt an den Verkauf des Schiffes gehen. Das ist doch richtig, nicht wahr, Blaisdell?«

»Jawohl, Sir, sicherlich«, erklärte der Vertreter der Werft. »Ich brauche bloß noch die Formulare zu unterschreiben. Der Verkauf findet ›wie besichtigt‹ statt, keinerlei Garantien.«

»Ich bin gleich bei Ihnen, Gentlemen«, sagte der Graf fast arrogant. *So, als würde er mit einem Bediensteten sprechen*, dachte Daniel und unterdrückte dann ein Lächeln. *Nein, wenn Queriman ein Bediensteter gewesen wäre, hätte der Graf gar nichts gesagt, sondern ihn nur geohrfeigt.*

»Leutnant Leary«, fuhr Klimov fort, »meine Frau und ich würden Sie gerne unter sechs Augen sprechen, wenn Sie erlauben. Vielleicht im Raum nebenan ...« – dem Bereitschaftsraum des Kapitäns.

»... wenn es Ihnen recht ist.«

Die Klimovs verließen die Brücke und erwarteten offenbar, dass Daniel ihnen folgte – was er natürlich tat. Die Dinge entwickelten sich sogar noch besser, als er das gehofft hatte.

Der Bereitschaftsraum war nicht viel mehr als eine Klapppritsche, die sonst als Schreibtisch diente, und ein Sessel, den man aus der gegenüberliegenden Wand klappen konnte. Per FlachbildKomm über der eingeklappten Pritsche konnte man sich in das Navigationssystem des Schiffes einschalten, aber es eignete sich lediglich dazu, den Offizier am Steuer grob zu überwachen. Manche Kapitäne hätten die Toilette neben der Luke durch einen Vorhang abgetrennt – die Installation des Schiffes verlief durch die Innenwände –, aber für Daniel reichte dieselbe karge Funktionalität aus, die auch der Mannschaft zur Verfügung stand.

Eine Gefängniszelle auf einem zivilisierten Planeten würde im Allgemeinen mehr Platz und auch mehr Komfort bieten, aber die Symbolik des Ganzen faszinierte Daniel jedes Mal aufs Neue, wenn er den Raum betrat. Schließlich handelte es sich um die Wachkabine des *Kapitäns*.

»Leutnant Leary?«, fragte Klimov, noch ehe Daniel die Luke hinter ihnen geschlossen hatte. »Der Krieg mit der Allianz ist vorbei. Eine große Anzahl Marineoffiziere werden mit knappen Bezügen entlassen werden, ist das richtig?«

»Ja, obwohl wir als Bürger natürlich nur dafür dankbar sein können, dass unsere Republik sich im Frieden befindet«, sagte Daniel salbungsvoll. Er würde diese Ausländer nicht belügen, aber es würde zu jedermanns Vorteil sein, wenn sie weiterhin von den falschen Voraussetzungen ausgingen, mit denen sie die ganze Aktion begonnen hatten.

»Wir werden Ihnen vierzig Florin die Woche in cinnabarischer Währung bezahlen, wenn Sie die *Princess Cecile* für uns als Kapitän in den Norden führen!«, verkündete Valentina mit einer theatralischen Geste. In einem größeren Raum hätte die Geste besser ausgesehen, hier stießen ihre Ringe gegen die Wand und kratzten Farbe ab. Das schien ihr allerdings nichts auszumachen, denn sie fuhr unbekümmert fort: »Leutnant Wilsing sagt, dass ein Leutnant wie Sie auf Halbsold nur fünfzehn Gulden bekommen würde, ist das richtig?«

»Ja, so ist es«, bestätigte Daniel und fragte sich, weshalb ein Funktionär aus dem Marineamt sich solche Mühe geben sollte, ihn bei den Klimovs zu loben und die Klimovs zugleich davon zu überzeugen, dass er als Zivilist zur Verfügung stehen würde, um als Kapitän der *Sissie* zu dienen. Die Antwort war natürlich, dass ein Funktionär aus dem Marineamt das nicht tun würde; deshalb mussten Wilsings wahre Gründe andere sein. »Aber für den Fall, dass ich Ihr Angebot in Erwägung ziehen würde, würde es mir ganz sicherlich nicht nur um Geld gehen.«

»Also mehr Geld!« Die Klimovna funkelte ihren Ehemann an. »Georgi, ich habe dir gesagt, du bist ein Esel! Kapitän Dannie, fünfzig Gulden die Woche!«

Sie hört nicht sehr gut zu, dachte Daniel und gestattete sich die Andeutung eines Lächelns. *Allerdings war das ein Problem, das nicht nur Frauen oder Zivilisten hatten.*

Aber das sprach er natürlich nicht aus, sondern sagte: »Graf und Gräfin, lassen Sie mich Ihnen eine Frage stellen: Waren Sie auf Ihrer Reise hierher aus dem Strymonsystem mit dem Schiff und der Mannschaft zufrieden?«

»Ja, natürlich«, sagte Klimov und wechselte einen verblüfften Blick mit seiner Frau. »Deshalb wollen wir die *Princess Cecile* ja kaufen, verstehen Sie nicht?«

»Doch, doch, aber Sie kaufen ja nur das Schiff«, erklärte Daniel. »Sie brauchen auch eine Mannschaft – und ich sage Ihnen ganz offen, dass ohne eine Mannschaft, die so gut wie diese ist, die von Ihnen geplante Reise bestenfalls recht unangenehm sein wird.«

»Dann heuern wir eben diese Mannschaft an«, sagte die Klimovna mit einem Achselzucken. »Wo liegt da das Problem? Heuern Sie an, wen Sie wollen – Sie sind der Kapitän.«

»Das ist nicht ganz so einfach«, erklärte Daniel. »Ich glaube, ich kann diese Spacer oder andere mit ähnlicher Erfahrung nur dann anheuern, wenn sie als *meine* Bediensteten an Bord kommen. Das würde bedeuten, dass Sie und der Graf mit mir einen Vertrag über die vollen Lohnkosten der *Sissie* eingehen und ich mich verpflichte, die Mannschaft aus diesem Betrag zu bezahlen. Ein Direktor der Handels- und Schifffahrtsbank …«

Beinahe hätte er gesagt »Deirdre«. Das wäre nicht gerade eine Katastrophe gewesen, aber in der jetzigen Situation war eher Förmlichkeit am Platz.

»… ist gerade dabei, einen detaillierten Vertrag auszuarbeiten. Ich habe die exakten Zahlen noch nicht.«

Graf Klimov lachte sichtlich entzückt laut auf. Dann sah er seine Frau an und sagte: »Siehst du, was dieser schlaue Mensch da macht? Wir bezahlen ihn, und er bezahlt die Leibeigenen – was ihm beliebt!«

»Im Prinzip haben Sie es richtig erfasst«, sagte Daniel mit einem erstarrten Lächeln. »Aber cinnabarische Spacer sind *keine* Leibeigenen.«

Immer noch lächelnd, aber jedes Wort deutlich betonend, fuhr er fort: »Ich habe Sie gefragt, ob Sie während Ihrer Reise aus dem Strymonsystem hierher zufrieden waren. Dieses neue Vorhaben wird nach den gleichen Prinzipien ablaufen. Das heißt, die Kontrolle über die Mannschaft und die Disziplin auf dem Schiff wird ganz und gar in meinen Händen als Kapitän liegen. Sie werden mir Ihre Anweisungen erteilen, und ich werde das Schiff befehligen.«

»Welchen Unterschied macht das?«, wollte der Graf wissen.

Seine Frau warf Daniel einen unerwartet wissenden Blick zu. »Ihre Marinelords haben Sie unter diesen Bedingungen zum Kapitän gemacht«, sagte sie. »Wie es scheint, haben sie Ihnen gut gedient. Georgi und ich werden Ihnen das gleiche Vertrauen entgegenbringen, denke ich.«

Daniel nickte höflich. »Dann muss nur noch eine Angelegenheit geklärt werden, ehe ich Ihr Angebot akzeptiere«, sagte er. »Ich werde meinen Kollegen, Leutnant Mon, bitten, auf sein älteres Recht auf diese Position zu verzichten. Ich denke, er wird dazu bereit sein.«

Er legte seine Hand auf den Lukengriff.

»Das ist nicht notwendig!«, sagte Klimov. »Es ist überhaupt nichts unterschrieben worden, gar nichts!«

»Mag sein«, sagte Daniel mit in makellos höflichem Ton. »Aber MRC-Offiziere nehmen es mit Fragen der Ehre peinlich genau … und die Learys von Bantry ebenfalls. Ich hoffe, Sie werden das immer im Sinn behalten, ich erwarte nämlich während unserer Reise einvernehmliche Beziehungen mit Ihnen.«

Er räusperte sich und lächelte breit. »Ich glaube, wir sind beinahe so weit, dass Sie Ihre Regelungen mit dem Marineamt treffen können. Unterdessen werde ich zu unserer Mannschaft sprechen, das heißt, ich hoffe, dass es unsere Mannschaft sein wird«, sagte er. »Ja?«

»Ja, ja, selbstverständlich«, sagte der Graf mit einer wegwerfenden Handbewegung.

»Ja«, sagte auch die Klimovna. »*Sehr* einvernehmlich.«

Adele saß auf dem Kai neben der *Princess Cecile* auf einer 150-Liter-Tonne. Den Geräuschen nach, die bei jeder Gewichtsverlagerung aus dem Inneren des Behälters kamen, war dieser noch halb voll, aber sie hatte keine Ahnung, was er enthielt. Ihr PDA lag auf einer ähnlichen Tonne vor ihr, deshalb hatte sie ihn so eingestellt, dass er sein holografisches Display etwas höher aufbaute, als das normalerweise der Fall gewesen wäre. Auf dem Werftgelände geschah nichts, worum sie sich kümmern musste, und deshalb hatte sie damit weitergemacht, Daten in Bezug auf Radiance und das Commonwealth of God zu sichten.

Das Commonwealth als Regierung zu bezeichnen war einigermaßen übertrieben. Der Chief Elder – titularer Regierungschef über hundert Sternsysteme – war trotzdem einem Siebzigerrat verantwortlich. Und die Flotten, die je nach der Politik ihrer Entsender zwischen drei und etwa ein Dutzend Schiffe umfassten, waren halb autonom und wählten ihre eigenen Admirale.

»Mistress«, sagte Woetjans. Adele hörte sie sprechen und beschloss zu reagieren, sobald sie den *Schiffsalmanach* geschlossen hatte, mit dem sie gerade befasst war.

Die Gruppierungen im Commonwealth standen sich mit gezogenen Schwertern gegenüber – häufig genug im wahrsten Sinne des Wortes. Wenn die Marine der Allianz bereit war, in so großer Entfernung von ihren nächstgelegenen Stützpunkten Ressourcen einzusetzen, würde sie auf Radiance mit Leichtigkeit jemanden finden, der sie dabei unterstützte.

Eine Gruppe, die behauptete, dass Menschen Wasser atmen konnten, konnte auf Radiance Unterstützung finden; sie würde dazu nur ein wenig Geld unter die Leute bringen müssen. Das Commonwealth war ein bizarres Staatengebilde, das, wie es schien, nur deshalb zusammenhing, weil seine einzelnen Glieder sich nicht einmal darauf einigen konnten, sich voneinander zu trennen.

»Mistress?«, wiederholte Woetjans und tippte Adele dabei an der Schulter an. Adeles linke Hand fuhr in die Tasche. Ihre Augen waren ausdruckslos, und ihr Bewusstsein war von grellem Entsetzen erfüllt, einer Aufwallung von Hormonen, die einen Kurzschluss in ihrem Denkvermögen auslöste und dem Echsenhirn *»Flieh oder töte!«* zurief.

»Der Kapitän wird gleich sprechen, Mistress«, flüsterte Woetjans.

»Danke, Woetjans«, sagte Adele mit einem leichten Zittern in der Stimme. Sie stieg von dem Kanister und hob den Stab auf, den sie fallen gelassen hatte. Dann schaltete sie den PDA ab, als Daniel sich im Licht der sich gerade hinter ihm über die Korvette emporschiebenden Sonne umsah.

»Also, Schiffskameraden, es ist schon lange her, dass ich euch alle versammelt gesehen habe«, sagte er, und seine stets vergnügt klingende Stimme dröhnte weithin. »Leutnant Mon wird Ihnen gleich Ihre Entlassungsscheine übergeben, aber er hat mir erlaubt, dass ich vorher ein paar Worte an Sie richte.«

Daniel streckte den linken Arm aus und wies auf die *Princess Cecile*, ohne den Blick von den vor ihm angetretenen Spacern zu wenden. Die Fähnriche und Deckoffiziere, alle, mit Ausnahme von Adele selbst und Woetjans – die sich offenbar selbst mit der Aufgabe betraut hatte, sich um den Signaloffizier zu kümmern –, standen am linken Rand der gewöhnlichen Mannschaften.

»Ihnen allen ist bekannt, dass die *Sissie* von der Flotte verkauft worden ist«, sagte er. »Was Sie bis jetzt noch nicht wussten, ist, dass ich die MRC verlasse und Ihr Kapitän werde. Die Klimovs, die Passagiere, die mit Ihnen von Strymon hierhergereist sind, haben mich engagiert, sie an Bord der einstmals besten Korvette der MRC in den galaktischen Norden zu bringen!«

»Grundgütiger Heiland und alle Heiligen!«, brüllte Woetjans. Die ganze Crew stand entweder mit offenen Mündern da oder redete aufgeregt, je nachdem wie die verschiedenen Naturelle auf Verblüffung reagierten.

Dorst und Vesey umarmten sich. Sie konnten sich keine Ausgehuniformen leisten – sie stammten beide nicht aus begüterten Familien –, aber ihre Einsatzuniformen zeigten mehr Auszeichnungen und Leistungsabzeichen, als die meisten Offiziere wesentlich höherer Rangstufen tragen durften.

»Was ist mit Leutnant Mon?«, rief Sun, und seine Stimme hallte mit metallischer Schärfe von den Seiten der Korvette wider, was vermutlich nicht beabsichtigt war. »Wir hatten gehört, dass er Kapitän sein würde!«

»Mister Mon hat sich bereit erklärt, die Geschäftsführung der Werft meines verstorbenen Onkels Stacey zu übernehmen«, erklärte Daniel und passte seine Lautstärke an, als die Mannschaft verstummte. »Er wird in nächster Zukunft Personal einstellen, vermute ich, und wenn jemand von Ihnen mit dem Gedanken spielen sollte, eine Weile auf festem Boden zu bleiben, würde ich empfehlen, ihn aufzusuchen. Aber was alle anderen angeht ...«

Adele lächelte. Sie hätte die Ansprache über die Mikrofone der *Sissie* ausstrahlen können, aber Daniel war offenbar der Ansicht gewesen, derartige Unterstützung nicht zu benötigen; und damit hatte er recht gehabt, wie das im Allgemeinen der Fall war, wenn es um Schiffe oder Spacer ging.

Er stemmte die Hände in die Hüften, beugte den Oberkörper leicht zurück und bedachte die versammelten Spacer mit einem breiten Grinsen. »Ihr müsstet verrückt sein, um mich zu begleiten!«, meinte er. »Möglicherweise glaubt ihr, ein ausländischer Zivilist würde ein lasches Regiment führen, aber denkt einmal nach! Die Mannschaft der *Sissie* wird nicht für Graf Klimov arbeiten, sie wird bei mir persönlich anheuern, bei mir, Daniel Leary. Die Disziplinregeln der MRC werden genauso weiter gelten, als ob die *Sissie* im Marinedienst unterwegs wäre.«

Das Murmeln der lauschenden Spacer schwoll wieder an wie die Brandung.

»Wir werden mit voller Mannschaftsstärke abheben«, fuhr

Daniel nach einer kurzen Pause fort, in der die intelligenteren Spacer Gelegenheit hatten, ihren weniger wachen Kameraden zu erklären, was er gerade gesagt hatte. »Wir werden Torpedos mit uns führen, wenn auch kein volles Magazin, und einige davon werden wir benutzt haben, ehe wir wieder hierher zurückkehren, sonst müssten meine Vorstellungen über den Norden völlig falsch sein.«

Adele wurde plötzlich bewusst, dass ihr Freund nicht nur zu den cinnabarischen Bürgern vor ihm, sondern auch zu den Klimovs sprach, die das Geschehen von der Brückenluke über ihm verfolgten. Er war in seiner Wortwahl sehr vorsichtig, was Koechler aber nicht davon abhielt, seinen Riggerkollegen Barnes und Dasi zuzurufen: »Nein, ihr Dussel, wir werden *nicht* für Kanaken arbeiten, wir werden für Mister Leary arbeiten!« Und das mit einer Stimme, die laut genug war, um auch noch auf der Straße draußen vor dem Hafengelände gehört zu werden.

»Wir werden uns nicht im Krieg befinden«, fuhr Daniel fort, »aber uns unter diesen Halsabschneidern und Piraten im Norden zu bewegen wird ebenso gefährlich wie Krieg sein. Vielleicht sogar schlimmer!«

»Wir haben Piraten erlebt, Sir!«, schrie Sun. »*Er*lebt und *über*lebt, nicht wahr, Spacer?«

»Das darfst du laut sagen!«, brüllte Woetjans, und die ganze Mannschaft wiederholte ihren Ruf.

»Ihr werdet anständigen Spacerlohn erhalten und ein wenig mehr«, sagte Daniel, »weil ihr jetzt für die Learys von Bantry arbeitet! Aber die Wachen werden lang sein, und es wird keine Beute geben. Ich werde uns nach den Logbüchern meines Onkels Stacey durch den Weltraum steuern, und ich verspreche euch, es wird eine harte Tour werden. Eine Tour, wie ich sie keinem anderen Schiff und keiner anderen Crew als der *Princess Cecile* und ihren Sissies zutrauen würde.«

»Wenn ein anderer das gekonnt hat, dann schaffen Sie das blind, Sir!«, rief Dorst.

Für den Zeitraum eines halben Herzschlags fragte sich Adele, ob Daniel vor seiner Rede für Claqueure gesorgt hatte – aber das hatte er ganz sicherlich nicht. Die Mannschaft der Korvette war von dem überzeugt, was sie da rief, und ihrem ehemaligen Kapitän vertraute sie mit Leib und Seele.

»Ich rechne damit, dass wir in sieben Tagen von Cinnabar starten werden«, fuhr Daniel fort. »Für die nächsten achtundvierzig Stunden hat jeder Spacer, der in der Vergangenheit unter mir auf der *Princess Cecile* gedient hat, einen garantierten Arbeitsplatz, anschließend könnte ich damit beginnen, etwa noch freie Plätze mit Leuten zu füllen, die ich nicht kenne und denen ich nicht so sehr vertraue.«

»Himmel, ich werde die Schiffsartikel sofort unterschreiben!«, sagte Barnes. »Dasi und ich, wir beide! Wo ist das Buch, Kapitän?«

Die Reihen begannen sich zu lockern, als die Spacer nach vorne drängten. Adele stieg von dem Kanister; jetzt würde gleich ein Gedränge entstehen, bei dem Daniel leicht vom Kai in das schmutzige Wasser des Hafenbeckens fallen konnte, in dem die *Princess Cecile* vor Anker lag.

»Spacerkameraden!«, rief er und hob beide Arme hoch, um ihre Aufmerksamkeit zu erhalten. Die Menge beruhigte sich. »Ich werde jetzt gleich wieder auf die Brücke der *Sissie* zurückkehren. Und dort kann sich jeder bei mir einschreiben, der mitkommen möchte. Aber ehe ich das tue …«

Er hob erneut die Arme. »Nein, wartet!«, rief er. »Hört mich zu Ende an!«

Wieder trat Ruhe ein. »Spacerkollegen. Ich habe heute Morgen Witze mit euch gemacht, aber das will ich euch ganz klar und eindeutig sagen, denn ich bin euch die Wahrheit schuldig, euch als Schiffskameraden, die mich auch in Gefahren begleiten sollen. Die Reise, die ich vorhabe, wird anstrengend und gefährlich sein. Wenn wir zurückkehren, *falls* wir zurückkehren, werden wir dafür außer der Erinnerung an gut geleistete Arbeit nichts vorzuweisen haben. Das ist *alles*, was ich euch verspreche.«

»Aber sie werden das Recht haben, der ganzen Welt zu sagen, dass sie mit Kapitän Leary im Norden waren«, schrie Adele und überraschte damit niemanden mehr als sich selbst. »Jeder echte Spacer, der das hört, wird uns beneiden – und wird uns auch um das Geld beneiden, mit dem wir zurückkehren werden!«

Diesmal hätte Daniel den Beifall nicht zum Verstummen bringen können, falls er das gewollt hätte. Stattdessen machte er grinsend auf dem Absatz kehrt und ging den Steg zur *Princess Cecile* hinauf. Die Crew, alle mit Ausnahme einer Handvoll, drängten hinter ihm her auf die Brücke, begierig, sich in die Schiffsrolle einzutragen.

7

Adele hatte damit gerechnet, ihre Spezialmodule wieder in die Signalkonsole einbauen zu müssen; schließlich hatte sie sie selbst ausgebaut, als sie die *Princess Cecile* auf Tanais im Dock verlassen hatte und an Bord eines strymonischen Kutters nach Cinnabar zurückgekehrt war. Dass jemand die nicht den Standards entsprechenden Module überhaupt bemerken würde, war höchst unwahrscheinlich gewesen, geschweige denn, dass der Betreffende deren spezielle Fähigkeiten im Sortieren und in der Entschlüsselung würde nutzen können, aber eine Bibliothekarin, die in solchen Dingen nicht von besonderem Misstrauen geprägt ist, ist keine gute Bibliothekarin, und Adele Mundy war sogar eine *sehr* gute Bibliothekarin.

Nun stellte sich freilich heraus, dass drei Techniker und Leutnant Wilsing – auch Letzterer mit einem Overall bekleidet und damit etwa ebenso deplatziert wirkend wie Adele das in einem Bordell wäre – sich dieser Angelegenheit bereits angenommen hatten. Für sie bestand also weder die Notwendigkeit noch wäre übrigens Platz vorhanden gewesen, dass sie sich einschaltete. Also entschied sie sich dafür, einfach wieder auf den Kai zurückzukehren und das Geschehen von dort aus mit genügender Distanz zu betrachten, um sich ein Bild von allem zu machen.

Die beiden Niedergänge – die einzigen Verbindungen, die es im Inneren der Korvette zwischen den vier Decks gab – waren ebenso wie die Decks selbst gepanzert. Die Spacer eilten in langen Sprüngen die Wendeltreppen hinauf und hinunter; Adele war nicht sonderlich sicher auf ihren Beinen, doch hatte sie es eilig. Sie hatte den Weg von Deck B auf Deck C zur Hälfte hinter sich gebracht, als sie hörte, wie jemand von oben die Treppe betrat, hatte aber kaum die Luke verlassen, als Sun hinter ihr unter lautem Getöse im Eingangsbereich landete.

»Oh, Entschuldigung, Mistress!«, rief der Geschützmaat. Er ließ ihr mit einer Handbewegung den Vortritt aus der Hauptluke auf die Gangway; Adele hatte kein bestimmtes Ziel, also schloss sie sich ihm an. »Ich habe Sie bei all dem Lärm gar nicht gehört. Wissen Sie, wie viele Torpedos die uns dalassen?«

Adele trat bewusst erst auf den Kai, ehe sie sich umdrehte, um Suns Handbewegung zu folgen. Ein niedriger Karren mit drei Halterungen, von denen zwei bereits mit den matt glänzenden Zylindern gefüllt waren, wartete auf den dritten Torpedo, der jetzt, Zahn für Zahn klappernd, das Förderband aus dem Magazin auf Deck B herunterkam.

»Augenblick«, sagte Adele und legte ihren PDA auf das Fass, auf dem sie vor einer Weile gesessen und sich Daniels Ansprache angehört hatte. Er war bereits mit dem Computer der *Sissie* verbunden; sie rief das Manifest auf und sagte: »Wir werden zehn mit uns führen.«

Sie hörte von oben Daniels Stimme; die schwache Brise verzerrte sie leicht. Als sie aufblickte, sah sie Daniel und Woetjans ganz oben; eine Antenne war auf ihre vollen siebenundzwanzig Meter über der Dorsalflosse der Korvette ausgefahren.

Adele verzog das Gesicht und sah wieder auf ihr Display; sie litt unter leichter Höhenangst. Außerdem konnte sie sich nicht vorstellen, was Daniel und Woetjans auf diese Weise klarer erkennen würden, als wenn sie die Rohre am Rumpf betrachteten. Aber es war deren Aufgabe und ging sie deshalb nichts an; sie würde es sich schließlich auch mit Nachdruck verbitten, wenn ihr jemand in ihre Angelegenheiten hineinredete.

Obwohl Adele sich bewusst auf ihr Display konzentrierte, dauerte es einen Augenblick, bis das, was sie dort las, ganz zu ihr durchdrang und sie ihre Sorge vergessen ließ, was ihren

Freunden passieren könnte, falls eine plötzliche Böe sie erfasste oder die *Sissie* aus irgendeinem Grund ins Rollen geriet; dann runzelte sie die Stirn. Sun spähte über ihre Schulter – ohne Erfolg, weil die in der Luft stehenden Hologramme außer im Brennpunkt von Adeles Augen nur ein Schimmern waren.

»Hier steht, dass es sich um Einfach-Konvertertypen handelt, die mit dem Schiff gekapert wurden, als es noch in kostromanischen Diensten stand«, sagte Adele. »Aber das stimmt doch gar nicht, oder? Daniel hat doch Standardtorpedos der MRC besorgt, ehe wir Kostroma verließen.«

Sun räusperte sich, es klang beinahe wie ein Lachen. »Nun, Mistress«, sagte er, »wenn da irgendein Deal gelaufen ist, dann ist der nicht in den Büchern verzeichnet. Ein kämpfender Kapitän wie Mister Leary – und ein Kapitän, der so viel Tauschgegenstände zur Verfügung hat, wie das Mister Leary damals hatte – wäre niemals mit Kanakenwaffen gestartet, ganz gleich, was im Manifest steht.«

Torpedos, die Hauptbewaffnung eines Kriegsschiffs, waren Miniaturraumschiffe mit eigenem High Drive. Wenn sie bis Brennschluss unter Antrieb flogen, erreichten sie 0,6 C. Die Projektile waren Festkörper, denn selbst ein Fusions-Gefechtskopf hätte bei derartigen Geschwindigkeiten nicht nennenswert mehr Schaden anrichten können als bloße kinetische Energie.

Für Gefechte auf kürzere Distanz war die Beschleunigung ein signifikanter Faktor. Zweimotorige Torpedos, von denen jeder mit eigenem Antimaterie-Konverter ausgestattet war, hatten dieselbe Endgeschwindigkeit wie einmotorige Einheiten, erreichten diese aber in der Hälfte der Zeit – freilich um beinahe den doppelten Preis. Cinnabar und die Allianz hielten diesen Aufwand für gerechtfertigt; die meisten Planetenstaaten konnten oder wollten sich den zusätzlichen Aufwand nicht leisten.

Die beiden Hebearme umschlossen den Torpedo jetzt vorne und achtern. Ein Mann vom Logistikdienst stand im hinteren Bereich des Fahrzeugs am Steuerpult; seine Partnerin saß in der beweglichen Kabine. Chief Betts, der Chefkanonier der *Princess Cecile*, sah aus der offenen Ladebucht zu.

»Ich wünschte, wir würden sie alle behalten«, sagte Sun beinahe wehmütig. »Obwohl wir ja wahrscheinlich im Vergleich zu den meisten Frachtern recht gut bewaffnet sein werden – *und* der Chief weiß, wie man mit den Dingern umgeht.«

»Die Klimovs brauchten den Platz für ihre Eignerkabine«, erklärte Adele. »Normalerweise hat nach meiner Erfahrung ein Kriegsschiff nicht einmal Platz für ein zusätzliches Paar Socken.«

Sun lachte. »Na ja, Mistress«, sagte er. »Ich habe auch noch nie gehört, dass jemand versucht hätte, ein Paar Socken zu schmuggeln. Aber dafür hat schon so ziemlich alles andere irgendwann einmal einen Platz in den Hohlräumen zwischen den Wänden oder den Rahen gefunden.«

Er sah Adele an und grinste. »Und manche Leute behaupten sogar in Plasmakanonen. Aber das kann ich nicht aus eigener Erfahrung behaupten.«

Adele schmunzelte, weil man das von ihr erwartete. Sie blickte an Sun vorbei zum Tor der Hafenanlage und sah dort einen der Halbtonner-Karren, wie sie der Logistikdienst für kleine Lasten benutzte. Tovera steuerte den Karren, und der Mann neben ihr war kein anderer als Hogg.

»Entschuldigen Sie mich, Sun.« Adele schaltete ihren PDA ab und verstaute ihn mit einer fast reflexartigen Handbewegung. »Meine Dienerin ist eingetroffen, und ich muss ein paar Dinge mit ihr besprechen.«

»Wiedersehen und gute Reise, Mistress!«, rief Sun ihr über die Schulter zu und setzte sich in Richtung auf das Tor in Bewegung. Er trug eine zum Bersten gefüllte kleine Tasche. Als er an dem Karren vorbeikam, der in entgegengesetzter Richtung fuhr, fing er zu singen an: *»Ich brauch nicht deine Millionen, Mister, und nicht deinen goldenen Ring …«*

Adele fragte sich, was man wohl von Strymon nach Cinnabar

schmuggeln konnte, das in das zehn Zentimeter durchmessende Rohr einer Plasmakanone passte. Sie wusste es nicht, war sich aber ziemlich sicher, dass der Geschützmaat es wusste.

Der Karren hielt direkt vor Adele an. Hogg sprang heraus, ging um den gerundeten Bug des Fahrzeugs herum und half Tovera aus dem Fahrersitz. Beide stanken nach Rauch, und besonders Tovera sah so aus, als hätte sie durch ein Abflussrohr kriechen müssen.

»Wir hatten uns gedacht, dass Sie es vielleicht von uns hören wollten«, sagte Hogg gereizt. Seine Stimme kratzte, seine Augen waren blutunterlaufen, und die Härchen auf seinem Handrücken waren versengt. Trotzdem sah er noch wesentlich besser aus als Tovera. »In einem Stadthaus in West Valley, wo die Neureichen wohnen, hat es gebrannt. In dem Haus hat im letzten halben Jahr eine Familie gewohnt, die sich Rolfe nannte.«

»Verstehe«, sagte Adele. »Und ihr? Ihr seht aus, als müsste sich ein Arzt um euch kümmern.«

»Tovera hat sich eine Sitzung mit dem MediComp der *Sissie* vorgenommen«, sagte Hogg. »Das ist besser, Sie wissen schon, als etwas Offizielles. Einverstanden?«

»Ja, natürlich!«, sagte Adele. »Tovera, brauchen Sie Hilfe, um …«

»Nein, Mistress«, wehrte Tovera ab. Sie hielt mit beiden Händen ihren Aktenkoffer, als wäre er ein Rettungsring, auf dem sie in einer uferlosen See dahintrieb. »Bei dem Brand ist niemand ums Leben gekommen. Gar niemand.«

»Gut.« Adele nickte. »Und jetzt steigen Sie in den MediComp.«

Hogg blickte der schlanken Gestalt nach, die aufrecht die Gangway hinaufging. Von hinten sah sie noch schlimmer aus. Ihr Haar war zerzaust, und ihre Jacke hatte vom Funkenflug Löcher abbekommen.

»Sobald der MediComp ihr den Ruß aus den Lungen gespült und ihr ein wenig Brandsalbe verpasst hat, ist sie wieder so gut wie neu«, sagte Hogg. Das war eine vernünftige Einschätzung –

das automatisierte medizinische System der Korvette war wesentlich ernsteren Verletzungen gewachsen, als Tovera sie, wie es aussah, davongetragen hatte – trotzdem spürte Adele in Hoggs Stimme auch den Anklang eines Gebets.

»Mich überrascht es etwas«, sagte sie, bemüht, keinerlei Bewertung in ihre Stimme zu legen, »wie die Flammen sich so schnell ausbreiten konnten, dass sie Sie erwischt haben.«

»Mistress, ich schwör's bei Gott!«, erregte sich Hogg. »Hören Sie, ich will ja nicht beschönigen, dass ich Mist gebaut habe, nicht gegenüber Ihnen und dem Master, aber es hätte überhaupt keine Probleme gegeben, wenn diese Frau so viel Verstand gehabt hätte, wie der Herrgott ihn einer Gans gegeben hat!«

Der Karren mit den Torpedos entfernte sich jetzt so bedächtig vom Kai, wie es seiner gefährlichen Last zukam. Ein ähnliches Fahrzeug wartete, um das in den Magazinen der *Princess Cecile* noch verbliebene einzelne Projektil abzuholen. Oben an der Straße, unweit der Tramstation, konnte man die Klimovs und einen Funktionär des Marineamts gehen sehen. Seine graue Uniform ließ den Mann zwischen seinen bunt geschmückten Begleitern wie einen heruntergefallenen Ast erscheinen.

»Wissen Sie, in den Wänden ist ein Kurzschluss aufgetreten, und der hat zum Brand geführt«, berichtete Hogg und schob die Lippen dabei vor. »Jedenfalls sieht es so aus. Allerdings in sämtlichen Wänden gleichzeitig. Im ganzen Haus gingen die Alarmsirenen los, und die blöde Zicke bleibt drinnen, um ihren Schmuck zu holen, ehe sie sich in Sicherheit bringt!«

»Marina Rolfe«, sagte Adele. Sie erinnerte sich an das von Wut und Angst verzerrte Gesicht, erinnerte sich, wie die Frau sie angeschrien hatte, ein Gesicht, das freilich auch unter günstigsten Voraussetzungen alles andere als attraktiv war. »Marina Casaubon Rolfe.«

»Genau, und meinetwegen hätte sie braten können wie ein Hähnchen am Spieß«, fuhr Hogg fort, »aber stellen Sie sich vor,

Tovera ist doch tatsächlich ins Haus gerannt, um sie rauszuholen. Sie hat gesagt, sie dürfe nicht sterben.«

Der zweite Lastkarren kam jetzt herangesummt. Der Traktor fuhr auf Raupen, aber den Anhänger trugen vier wulstige Gummireifen, wie Polster. Die Klimovs gingen auf die Stelle zu, wo das Fahrzeug in Position bugsiert wurde, aber der Beamte vom Marineamt hinderte sie daran. »Also, ich muss schon sagen«, fuhr Hogg fort. »Sie ist ja ein kleines, schmächtiges Ding, diese Tovera ...«

Adele schaffte es, bei dieser Beschreibung mit keiner Wimper zu zucken. Sie traf zwar zu, in dem Sinn, in dem Viren winzig klein sind und Wiesel auch und die Pistole in Adeles Tasche ...

»... und ich bin hineingelaufen und hab sie beide rausgeholt.« Er strich sich mit finsterer Miene über den linken Handrücken.

»Ist *bei Ihnen* alles in Ordnung, Hogg?« Adele ärgerte sich, dass sie sich nicht schon früher nach seinem Befinden erkundigt hatte. Er wirkte zwar nicht so mitgenommen wie Tovera, hatte aber offenbar auch einiges durchgemacht.

Er schmunzelte. »Sehr nett von Ihnen, Mistress«, sagte er. »Ich habe oft genug am Morgen nach einem Barbecue in Bantry schlimmer ausgesehen. *Und* war verkatert.«

Er griff in eine der unergründlichen Taschen seiner Jacke und brachte eine Handvoll glitzernden Schmuck zum Vorschein. Die Fassungen waren hässlich, einige der Steine hingegen wirklich sehr schön. »Außerdem bin ich reichlich entschädigt worden«, fügte er dann hinzu.

Plötzlich wurde er ernst. »Aber Sie sollen wissen, dass Tovera nichts Unrechtes getan hat«, fuhr er fort. »Die Frau hat es einzig und allein ihr zu verdanken, dass sie noch am Leben ist. Sich selbst überlassen, würde man morgen oder übermorgen ihre Knochen aus der Asche heraussieben, sobald die genügend abgekühlt ist.«

»Nichts Unrechtes getan« war natürlich eine Frage der Definition, aber in diesem Fall ähnelten sich Hoggs Definition und die Adeles weitgehend.

»Vielen Dank, Hogg«, sagte sie. »Ich werde es mir merken.«

Sie musterte den untersetzten, kräftig gebauten Mann; ein Bursche in mittleren Jahren, ebenso wenig beeindruckend wie der Mann, der gerade das Trägerfahrzeug an Ort und Stelle bugsiert hatte. »Und auch vielen Dank für das, was Sie für die Mundys von Chatsworth getan haben. Ich werde Ihnen das nicht vergessen.«

Hogg lachte. »Oh, Mistress, Sie sind jetzt ebenso sehr eine Leary wie ich«, sagte er, »oder ich will nicht Hogg heißen. Aber diese Geschichte, na ja, sagen wir, ich nehm's einfach persönlich, wenn jemand auf der Straße des Masters solche Unordnung schafft, wie es dieses Gesindel getan hat.«

Er schlenderte munter vor sich hin pfeifend die Gangway hinauf. Der Karren, mit dem er und Tovera gekommen waren, blieb einfach stehen, eher verlassen als geparkt, vermutete Adele.

»Graf Klimov!«, rief Daniel und stieg die Wanten herunter, die die Antenne stützten. Er trug Riggerhandschuhe, trotzdem riskierte er wahrscheinlich, sich die Unterarme aufzureißen, so schnell kam er heruntergerutscht. »Gräfin! Wir treffen uns auf der Brücke und gehen zusammen die Route durch!«

Adele musste lächeln. Wenn Hogg sagte, dass sie jetzt eine Leary wäre, wie konnte sie da schon widersprechen?

Daniel unterschrieb die Schiffartikel – *Daniel Leary, Sohn von Corder von Bantry; Leutnant der Reserve, MRC* – und überreichte sie Graf Klimov mit großer Geste. »Nun, Sir«, sagte er, »Sie haben die beste Crew angeheuert, die je auf einem Schiff dieser Größe gefahren ist; und mich haben Sie ebenfalls angeheuert.«

Aus den Tiefen der *Princess Cecile* war das Vibrieren von Diamantsägen und das Zischen von Schweißgeräten wahrzunehmen – Werftarbeiter bauten die *Sissie* in eine Jacht um, die zwei

Aristokraten angemessene Unterkunft bot. Die Reise zwischen den Sternen wirklich bequem zu machen, war schier unmöglich, aber eine Eignerkabine anstelle einer Hälfte des Torpedomagazins würde den Klimovs mehr persönlichen Raum verschaffen, wie ihn sonst ein Admiral für sich beanspruchte.

Abgesehen von der Frage des Komforts, konnte man die Reise zwischen den Sternen nicht einmal *sicher* machen, wenn sie zu Zielen führte, wie die Klimovs sie ansteuern wollten. Aber in dieser Beziehung sollte ihnen die *Sissie* und ihre Mannschaft die besten Dienste leisten, die man sich überhaupt vorstellen konnte.

»Dass Ihre Crew Hervorragendes leistet, ist kein Zufall, Kapitän«, bemerkte die Gräfin. »Wir haben mit unseren Freunden gesprochen, bei denen wir hier in Xenos wohnen, den Collesios, und von ihnen gehört, was für ein großer Held Sie sind. Es hat sie beeindruckt, dass wir Sie engagieren konnten. Für uns sind Sie so etwas wie ein Coup, wissen Sie?«

Sie und der Graf hatten sich umgezogen, seit er sie das letzte Mal bei der Abmusterung am Morgen gesehen hatte, aber der Stil war derselbe geblieben. Daniel fragte sich, ob die Gräfin wohl beabsichtigte, während der ganzen Reise so voluminöse Outfits zu tragen. Die Korridore und Räume der *Princess Cecile* – und auch die eines jeden anderen Kriegsschiffs, selbst eines 80.000-Tonnen-Schlachtschiffs – waren eng gehalten, um die größtmögliche Menge Gerät und Vorräte an Bord verstauen zu können.

»Bei allem Respekt vor Ihren Freunden, Gräfin …«, erwiderte Daniel und nahm an der KomKonsole Platz, um das NavigationsDisplay live in der Mitte der Brücke aufzurufen. »Sie sind Zivilisten und haben keine Vorstellung davon, wie viel Glück und wie viel von der Professionalität, die man von jedem MRC-Offizier erwartet, hinter diesen Geschichten steckt. Außerdem …«

Er grinste, während sich vor ihm in perligem Blau eine Sternenkarte aufbaute.

»… haben die Medien offen gestanden eine ganze Menge hinzufabuliert.«

Daniel wusste nicht, wer die Collesios waren. Aller Wahrscheinlichkeit nach ein Handelshaus mit Interessen auf Novi Swerdlowsk, und ihre Angehörigen hatten bei einem Besuch auf jenem Planeten bei Graf Klimov oder seinen Eltern gewohnt. Jetzt erwiderten sie die ihnen erwiesene Gastfreundschaft.

Die Gräfin tätschelte seine Wange. »Ich bin Valentina, ja? Georgi kann meinetwegen der Graf bleiben …« Sie bedachte ihren Gatten mit einem Blick, den Daniel als »prüfend« einstufte, so wie man vielleicht eine Wohnung prüft, die man mieten möchte. »Aber mein Vater war Herzog, und für mich hat der Titel nicht denselben Klang.«

»Dein Vater, der Herzog, mit dreizehn Töchtern auf der *rechten* Seite der Bettdecke«, sagte Klimov. Aus den Worten klang Vertrautheit; wenn es in dem Wortwechsel zwischen den beiden jemals Leidenschaft gegeben hatte, dann hatten die Jahre sie abkühlen lassen. »Ich war für dich ein guter Fang, und das weißt du genau.«

Er trat einen Schritt zurück, um Daniel sehen zu können, ohne durch das vor ihm in der Luft hängende Hologramm behindert zu sein. »Also, Kapitän Leary, was schlagen Sie als Route vor?«

Spacer waren auf dem Korridor des A-Decks in einem Maße unterwegs, das sich nicht aus ihren Pflichten erklären ließ, doch solange sie nicht die Brücke betraten, war es Daniel ganz recht, wenn sie sich die neuen Eigner der *Sissie* ansahen. Der größte Teil der Mannschaft hatte ohnehin fünf Tage Landurlaub, aber Pasternak und Woetjans hatten beide genügend starke Teams zurückgehalten, um sichergehen zu können, dass die diversen lästigen Ausfälle in Takelage und Maschinenraum ein Ende nahmen, ehe das Schiff von Cinnabar abhob.

»Nun, Sir«, meinte Daniel und rief das erste Programm auf, das er am Morgen geladen hatte, ehe er mit Woetjans an der neu angebrachten Antenne emporgeklettert war, »der rote Punkt dort ist das Swerdlowsk-System, grün ist Strymon und blau hier ist Cinnabar, nur damit Sie eine Vorstellung vom Maßstab bekommen.«

Eine Handbewegung, und in einiger Distanz von den anderen tauchte in dem milchigen Gemenge von Sternen, die zu klein waren, als dass man sie einzeln hätte wahrnehmen können, ein vierter Punkt auf, diesmal orange. »Und hier ist Todos Santos, die Hauptwelt des Ten Stars-Sternhaufens und der Zugangspunkt in den Norden für Schiffe, die von Cinnabar kommen. Sie wissen natürlich, dass man in der Matrix Entfernung – genauer gesagt Zeit – nicht präzise mit der im Normalraum gleichsetzen kann, aber immerhin sollte Ihnen das ein Gefühl hinsichtlich der Astrogation geben.«

»Ja, ja, natürlich ist es sehr weit«, sagte Klimov, und seine Stimme klang beinahe gereizt. »Deshalb kaufen wir ja ein gutes Schiff und engagieren Sie, oder nicht? Warum sagen Sie uns das, wenn ich Sie frage, bei welchem Planeten wir auf unserem Kurs durch den Norden Station machen werden?«

»Sehr wohl, Sir«, sagte Daniel milde. Er hatte auf das gehört, was der Graf sagte, anstatt einfach aufzubrausen … und Graf Klimov hatte völlig recht. Er hatte gemeint, was er *gesagt* hatte, nicht was Daniel *angenommen* hatte, dass er gemeint hatte.

»Die kurze Antwort …«, fuhr Daniel fort und tippte die Schalttafel an; Novi Swerdlowsk und Strymon versanken in der funkelnden Masse, und nur Cinnabar und Todos Santos blieben markiert. »… lautet, dass wir auf Todos Santos Station machen werden, zum einem, um die *Sissie* nach einer langen Reise zu überholen, zum anderen, um bessere Informationen über die Region zu sammeln. Durch mich und meinen Signaloffizier, Mistress Mundy, haben Sie Zugang zu den besten Informationen über den Norden, die in der Republik zur Verfügung stehen, aber die sind nicht auf dem neuesten Stand. Ich rechne damit, dass wir nach Todos Santos Radiance am anderen Ende des Commonwealth of God anlaufen werden. Und bis es so weit ist, ist vermutlich ein weiterer Werftaufenthalt fällig.«

»Ja, aber der *Zweck* unserer Reise …?«, bohrte Klimov, jetzt nicht mehr gereizt, sondern sichtlich unzufrieden. »All die Dinge, die wir sehen wollen?«

»Ja«, sagte Daniel. »Sie wollen jagen, Graf und Gräfin – Valentina …«

Er fing sich, ehe ihr schlanker, beringter Finger verweisend vor seinem Gesicht wackelte.

»… Sie betreiben ethnologische Studien. Und sind an Artefakten aus der Zeit vor dem Interregnum interessiert.«

»Ja, genau«, sagte der Graf. »Wie steht es damit?«

»Er weiß es noch nicht, aber er wird es erfahren«, flötete die Gräfin. »Das stimmt doch, oder nicht, Kapitän Dannie?«

Daniel schrumpfte das Sternenfeld, um der Klimovna in die Augen zu sehen, ohne dass ein milchiger, holografischer Schleier zwischen ihnen hing. »Gräfin«, sagte er, »ich verspreche Ihnen, künftig Valentina zu sagen, wenn Sie versprechen, mich *nicht* Kapitän Dannie zu nennen. Einverstanden?«

»Einverstanden, Daniel«, sagte sie und streckte die Hand über den Astrogationstank. Er berührte ihre Fingerspitzen und zog seine Hand wieder zurück.

»Und Ihre Frau hat natürlich völlig recht, Graf«, fuhr Daniel fort und lächelte. »Ich verfüge noch nicht über ausreichende Informationen, um Ihnen die Planeten zu nennen, an denen wir unterwegs Station machen werden, aber das werde ich, noch ehe wir in sieben Tagen starten. Ich sehe mir die Logbücher meines Onkels an. Die befassen sich zwar überwiegend mit Segelanweisungen, aber es gibt auch Notizen bezüglich der Planeten, wo er angehalten hat, um Luft und Reaktionsmasse aufzunehmen. Und, was noch wichtiger ist, ich habe Mistress Mundy gebeten, ihre Informationsquellen zu nutzen. Sie ist übrigens Mundy von Chatsworth; das ist eines der edelsten Häuser der Republik, wie Ihre Freunde, die Collesios, Ihnen bestätigen werden.«

»Aber wieso ist sie Ihr Signaloffizier?«, fragte die Klimovna. »Die Art von Planetenbevölkerungen, die mich interessieren, werden keine Radios haben, geschweige denn Sternenschiffe.«

»Sie fungiert als mein Signaloffizier«, erklärte Daniel, »aber ausgebildet wurde sie in den Akademischen Sammlungen auf Bryce als Bibliothekarin – als Informationsspezialistin. Mistress Mundy wird alles, was auf Cinnabar an Informationen verfügbar ist, in Erfahrung bringen und geeignete Vorschläge machen können. Und sobald wir Todos Santos erreicht haben, wird sie noch mehr in Erfahrung bringen. Sie werden nicht enttäuscht sein, Sir und Madam.«

Die Klimovs wechselten einen langen Blick. Sie nickte, und der Graf trat an die Luke und schloss sie, ehe er sich wieder Daniel zuwandte.

Aber das Wort ergriff seine Frau. »Es gibt da noch eine Sache, Daniel. Vor achtzig Jahren wurde unser Planet von einem Mann beherrscht, der sich John Tsetzes nannte.«

»Er war ein Söldner, der sich selbst zum Kaiser gekrönt hat«, warf Klimov ein. »Er nannte sich selbst Zar Iwan der Erste. Zwanzig Jahre später wurde er gestürzt und floh auf einer bewaffneten Jacht.«

»Verstehe«, sagte Daniel, eine leichte Übertreibung, die sich nur auf das Wenige bezog, das er bis jetzt *tatsächlich* verstand. Aber den Mund zu halten war vermutlich das beste Mittel, um mehr zu erfahren.

»Tsetzes hat die nationale Sammlung mitgenommen«, sagte Valentina. »Gegenstände von großem sentimentalen Wert für die Nation und manchmal sogar noch mehr. Insbesondere hat er den Erddiamanten mitgenommen. Haben Sie davon gehört?«

»Nein, Ma'am«, sagte Daniel, »das habe ich nicht.«

Aber in dreißig Sekunden könnte Adele euch mehr darüber sagen, als ihr selbst wisst, dachte er, *oder ich müsste mich sehr täuschen.*

»Wie auch immer, er ist sehr berühmt«, sagte Valentina mit einer wegwerfenden Handbewegung. »Es handelt sich um einen perfekten Diamanten, so groß wie ein Männerkopf; kugelförmig und ausgehöhlt.«

»Das ist in der Tat beeindruckend«, sagte Daniel. Juwelen waren wertvoll, aber ein Juwel als einzigartig zu bezeichnen, wo doch das ganze Universum der menschlichen Habgier offenstand, war anmaßend. Die Mühe freilich, die damit verbunden war, einen riesengroßen Diamanten auszuhöhlen, hatte ihn wohl weit über den Materialwert selbst hinaus wertvoll gemacht.

»Es ist mehr als das«, sagte Klimov. »Der Name, Erddiamant, ist nicht bloß eine Bezeichnung. Auf der Innenseite der Diamantkugel ist eine Karte der Kontinente der alten Erde eingraviert, so wie sie vor dem Interregnum waren, etwas, was in den letzten zweitausend Jahren niemand mehr geschafft hätte. Verstehen Sie jetzt?«

»Ja«, nickte Daniel und war von dem Gehörten beeindruckt. »Ja, jetzt verstehe ich.«

Das Interregnum – ein Bruch in der menschlichen Zivilisation – war eingetreten, als die erste Welle der von der Erde kolonisierten Sternsysteme sich gegen die Heimatwelt erhoben hatte. Der Krieg wurde mit Asteroiden geführt, die man beschleunigte und auf Planeten »abfeuerte«, was die Planetenkruste aufriss und die Bevölkerung jener Welten bereits vor Ausbruch des Krieges bis auf einen winzigen Prozentsatz vernichtete.

Es dauerte über tausend Jahre, bis die Menschheit zu den Sternen zurückkehrte, und diese Rückkehr erfolgte von Kolonien der zweiten und dritten Welle aus, Welten wie Cinnabar und Pleasaunce, die zu unbedeutend gewesen waren, als dass eine der beiden Seiten sich die Mühe gemacht hätte, sie zu zerstören. Niemand heute wusste noch, wie die Erde vorher ausgesehen hatte, weil die Kontinente mit all den Menschen, die auf ihnen gelebt hatten, untergegangen waren.

»Wir wissen …«, sagte Valentina.

»Ihr glaubt!«, fiel ihr Mann ihr ins Wort.

»Wir wissen«, wiederholte Valentina, »dass John Tsetzes in

den galaktischen Norden geflohen ist. Das haben Deserteure von seinem Schiff berichtet. Es sind nie Spuren von ihm oder von den Schätzen, die er geraubt hat, aufgetaucht. Wir dachten, also Georgi und ich, dass es für uns zu Hause sehr wichtig wäre, wenn wir es schaffen würden, Tsetzes aufzuspüren.«

Daniel schürzte die Lippen. »Ja, das kann ich mir gut vorstellen«, sagte er. »Aber ich muss darauf hinweisen, dass Schiffe in der Matrix verschwinden oder bei dem Versuch abstürzen können, auf Planeten zu landen, die sonst keiner besucht. Die Wahrscheinlichkeit, ein Schiff zu finden, das vor sechzig Jahren verschwunden ist, ist nicht sehr groß.«

Er war nicht genügend mit den politischen Strukturen von Novi Swerdlowsk vertraut, um einschätzen zu können, was »sehr wichtig« unter den gegebenen Umständen bedeutete, aber unter Umständen deutete die Gräfin an, dass man aus der Bergung eines solchen Wertstücks Kapital schlagen konnte, möglicherweise die Herrschaft über den Planeten. Aber das ging Daniel natürlich nichts an.

»Niemand hat bis jetzt danach gesucht«, sagte Valentina. »Nicht richtig.«

»Jedenfalls«, meinte der Graf, »werden wir jagen und Artefakte sammeln. Und wenn mehr dabei herauskommt – wer weiß? Wie?«

»In der Tat, wer weiß?« Mit einem Lächeln, das ihren gewöhnlich breiten Mund betonte, griff seine Frau erneut über den Astrogationstank.

Daniel erwiderte das Lächeln; aber anstatt ihre Hand zu berühren, rief er das Display auf. »Sir und Madam!«, sagte er, »Mistress Mundy und ich werden uns alle Mühe geben, Ihre Erwartungen zu erfüllen.«

8

Ein Schleppkahn mit zwei starken hydraulischen Winschen zog die *Princess Cecile* langsam an Kabeln, die an Ringbolzen an den Auslegern befestigt waren, von ihrem Liegeplatz. An einem Poller am Kai hing ein drittes Tau, das mit dem Heck der Korvette verbunden war und verhindern sollte, dass sie mit dem Schleppkahn kollidierte, sobald sie sich einmal in Bewegung setzte.

Indem Adele ihr Display zweiteilte, konnte sie beide Positionen beobachten, verstand aber in Wirklichkeit nicht völlig, was hier vor sich ging, also wäre es ziemlich witzlos gewesen, diese Aktion zu beobachten. Deshalb hatte sie auf eine Analyse des Nachrichtenverkehrs von Hafen Eins umgeschaltet. Auch der war für sie im Augenblick ohne Bedeutung, aber sie verstand wenigstens, was hier vorging.

Der Lärm, den das Ganze verursachte, war bemerkenswert. Adeles Helm schützte zwar ihre Trommelfelle, aber das kakofone Kreischen, Dröhnen und Knallen im ganzen Schiff brachte ihren Körper zum Vibrieren.

Die meisten Luken der *Sissie* waren geschlossen, aber der Zugang zur Brücke war noch heruntergeklappt. Daniel stand darauf und stützte sich mit einer Hand ab, während er über seinen KommHelm seiner eigenen Crew und dem Werftpersonal Befehle zurief. Er hatte eine Sicherheitsleine in seinem Gerätegürtel eingehakt, doch sollte er von dem Querbalken gleiten, auf dem er stand, würde er unsanft mit dem Lukensüll kollidieren.

»Daniel, was geht da vor?«, fragte Gräfin Klimov über den Kanal, den man ihr als den KomKanal bezeichnet hatte. *»Ist alles in Ordnung?«*

Während der Hafenmanöver und auch sonst immer sollte der Kapitän seine ungeteilte Aufmerksamkeit seiner Arbeit widmen, und deshalb hatte Adele alle Kontakte der Klimovs über ihre Konsole geleitet – und dort geblockt. Die einzigen Signale, die direkt zu Daniel durchkamen, waren die des Segelmeisters und des Schiffsmeisters, Leutnant Chewning an seiner Station in der Gefechtsleitzentrale achtern und des Bodenpersonals an den Winschen.

Als Akt der Höflichkeit und um damit einen anderweitig beschäftigten Freund zu entlasten, schaltete Adele auf geteilten Bildschirm zurück und exportierte das Bild an die Displays der Klimovs. Weil das Icon oben auf dem Bildschirm ihnen nichts sagen würde, fügte sie ein Echtzeitbild ihres Gesichts dazu … wobei ihr bewusst wurde, dass sie ziemlich finster blickte.

Sie versuchte sich an einem Lächeln, ohne dass das eine starke Veränderung bewirkt hätte, und sagte über den Kanal, den sie gerade geöffnet hatte: »Sir und Madam, Kapitän Leary hat mich angewiesen, Sie informiert zu halten, während er mit den Vorbereitungen für den Start beschäftigt ist. Haben Sie irgendwelche Fragen zu dem, was gerade geschieht?«

»Was geht da vor?«, wollte Klimov wissen. *»Diese Bilder? Was ist das?«*

Auf der Brücke der Korvette war kein Platz für zwei zusätzliche Konsolen, andererseits konnte man nicht gut die Eigner des Schiffes von der Brücke fernhalten. Daniel hatte dieses Problem gelöst, indem er seine Wachkabine in eine Art Erweiterung der Brücke verwandelt und dazu eine Wand herausgenommen hatte. In dem so geschaffenen Raum hatte er zwei Beschleunigungscouches montieren lassen. Am Deck verschweißte, gepanzerte Leitungen verbanden die improvisierten Bildschirme der Klimovs mit dem Hauptcomputer, aber diese waren rein passiv, es sei denn, Adele hob die Sperre auf, die sie vorgenommen hatte.

»Ein Schlepper zieht uns in die Mitte des Beckens, damit wir abheben können, ohne andere Schiffe zu beschädigen«, erklärte Adele ruhig. »Die Bilder zeigen unseren Bug und unser Heck.«

Die Bugkamera befand sich am Sockel von Antenne Dorsal Eins; sie konnte ein winziges Bild von Daniels Kopf und Oberkörper sehen, sein rechter Arm gestikulierte. Um das Bild zu verstehen, musste man natürlich wissen, was man da sah; aber das galt im Leben allgemein. Alles hing von den Zusammenhängen ab …

»Eigentlich gibt es nicht sehr viel zu sehen«, fuhr sie fort. Dann schmunzelte sie. »Aber immerhin mehr als nachher beim Start, weil wir dann zunächst in Dampf und später in Wasserstoffionen eingehüllt sein werden. Ich frage mich deshalb, ob Sie nicht vielleicht lieber sehen möchten, was ich, äh, Kapitän Leary als unsere erste Landung empfohlen habe?«

Adele wandte den Kopf und blickte an Sun vorbei, der hinter der Geschützkonsole saß, in den Nebenraum. Sie hätte die Klimovs besser sehen können, wenn sie ihre Bilder auf ihren Bildschirm geholt hätte, aber sie hoffte, dass es auf die beiden beruhigend wirken würde, wenn sie sie direkt ansah. Schon als Kind hatte sie es immer vorgezogen, für sich allein zu sein, und nicht die Gesellschaft anderer Leute gesucht, aber ihre augenblickliche Aufgabe erforderte es, dass sie kontaktfreudig wirkte. Wahrscheinlich würde sie das auch schaffen, zumindest für den Augenblick.

»*Eine Landung?*«, fragte der Graf überrascht. »*Aber das hat man mir nicht gesagt!*«

»*Sie sagt es dir gerade, Georgi*«, wies ihn seine Frau scharf zurecht. Adele war sich nicht sicher, ob den beiden bewusst war, dass sie selbst miteinander über das KommSystem sprachen und andere es daher hören konnten. Die Helme, die sie trugen, produzierten Interferenzwellen, um ihnen das Hören zu erleichtern. Sie fuhr fort: *»Ja, ganz richtig, Mistress. Zeigen Sie uns den Planeten. Das wird jedenfalls besser sein als Maschinen und schmutziges Wasser, ja?«*

»Cuvier Katalog 4795-C hat auch hinreichend schmutziges Wasser«, erklärte Adele trocken, und ihre allgegenwärtigen Stäbe sandten aus dem Computer der Korvette auf die Bildschirme der Klimovs. Wenn Adele dazu Muße hatte, pflegte sie jeden ihr zugänglichen Computer auf ihren PDA zu schalten und das ihr vertraute System zur Steuerung zu benutzen. Gelegentlich kostete sie das ein paar Mikrosekunden Maschinenzeit, aber das war ein geringer Preis für die Sicherheit, die ihr das verschaffte. »Aber es gibt auch positive Punkte.«

Die Austines waren frühere Verbündete der Mundy Familie, wenn auch einigermaßen entfernt, sodass das Haus nach der Drei-Kreise-Verschwörung nur dezimiert und nicht völlig ausgerottet worden war. Sie hatten auf Adeles Bitte Familiendokumente geliefert.

Vor neunzig Jahren hatte eine Austine etwas mit einem kolonialen Vermessungsvorhaben zu tun gehabt. Soweit Adele das feststellen konnte, hatten keine offiziellen Berichte der Expedition überlebt, wohl aber Austines handschriftliches Journal. Und dazu gehörte ein Holowürfel, der je nachdem auf welche Fläche man drückte, sechs separate Bilder projizierte.

»Es ist ein wenig weiter entfernt, als Kapitän Leary ursprünglich für unsere erste Landung geplant hatte«, fuhr Adele fort. »Achtzehn Tage schätzt er. Es gibt ohnehin keine größeren Häfen zwischen Cinnabar und dem Ten Stars-Sternhaufen, und 4795-C wird uns wenigstens Reaktionsmasse liefern können.«

Das erste Bild zeigte eine von Nebeln verhangene, hügelige Landschaft mit Bäumen, von denen wie Schlangen wirkende Äste herunterhingen. Gelegentlich leuchteten über dem einfarbigen Dunst irgendwelche Lichter auf, waren aber zu weit entfernt, um Form anzunehmen.

Die verbliebene Austine hatte bei ihrem Vermessungsvorhaben in ihrem privaten Journal keine Standardsymbole verwendet. Adele selbst hätte den Planeten ebenso wenig identifizieren können, wie sie auch nicht fliegen konnte – aber sie war natürlich nicht allein gewesen. Sie hatte Daniel die Situation erklärt, und der hatte die Welt nach wenigen Minuten am Astrogationscomputer gefunden und angefangen, ihren Kurs zu bestimmen. Sie gaben ein gutes Team ab.

»Das dominante Raubtier ...«, sagte sie und rief das nächste Bild auf, »kann bis zu zehn Meter lang werden.«

»Ho!«, sagte der Graf. *»Ja, eine schöne Trophäe! Ja!«*

Die Austine hatte das Tier einen Drachen genannt. Adele hatte sich den Spaß gemacht, in einem zoologischen Nachschlagewerk für Cinnabar und seine abhängigen Welten nachzusehen und darin über dreitausend Spezies gefunden, die alleine oder mit irgendwelchen Zusätzen als »Drache« bezeichnet wurden. Aber trotzdem passte der Name in diesem Fall.

Das abgebildete Lebewesen hatte sich auf einem Felsvorsprung niedergelassen und den Kopf der Kamera zugewandt – die der geringen Auflösung nach zu schließen ziemlich weit entfernt gewesen sein musste. Der Körper des Lebewesens erinnerte an eine Schlange, doch verfügte es in der Nähe seines Schwerpunkts über zwei kräftige mit Klauen versehene Beine und – allerdings kaum sichtbar – ein Paar schlanke, am Oberkörper anliegende Arme. Beiderseits des mächtigen, gekrümmten Schnabels waren Facettenaugen zu erkennen.

»Diese Kreaturen, die Drachen ...«, sagte Adele und schaltete zum nächsten Bild, »fliegen. Man sieht das nicht sehr gut, aber es heißt hier, dass das Tier durchsichtige Platten ausfährt, die Berichterstatterin bezeichnet sie als Federn, und zwar auf die Breite eines Meters entlang der Körpermitte.«

Im Flug war der Drache nicht viel mehr als ein bewegtes Schimmern am Himmel mit einer dunklen mittig verlaufenden Linie; Adele hatte das Bild mit Hilfe ihrer Software etwas stärker konturiert.

»Es fliegt?« Klimov wandte sich seiner Frau zu. *»Das ist ja wunderbar! Unser Kapitän hat das gut gemacht, Täubchen.«*

Adele riss verblüfft die Augen über den Kosenamen auf. Und dass der Graf Daniel zuschrieb, was in Wirklichkeit sie getan hatte, empfand sie auch nicht als Beleidigung; sie hatte genügend gelesen, um zu wissen, dass die Gesellschaft von Novi Swerdlowsk stark durch altmodische Vorurteile hinsichtlich Rang und Geschlecht geprägt war.

Aber liebenswerter machte ihr das Graf Klimov auch nicht.

Eine Warnhupe ertönte; rote Icons pulsierten auf den Bildschirmen all derer, die keine Sperrfelder hatten. Die *Princess Cecile* kippte seitlich leicht ab, gewann aber gleich wieder unter lautem Wellenklatschen zwischen den Auslegern ihr Gleichgewicht.

Weil Sternenschiffe in der Atmosphäre Plasmaschubaggregate benutzten, landeten sie wann immer möglich in geschlossenen Wasserflächen. Das erleichterte die Aufnahme von Reaktionsmasse, außerdem absorbierte ein See oder eine Lagune die geladenen Ionen problemlos. Schon wenige Starts und Landungen würden jede feste Fläche mit Kratern überziehen, und davor war auch Eisenbeton oder Felsgestein nicht gefeit.

Die *Princess Cecile* war eine lange, von den Auslegern im Gleichgewicht gehaltene Zigarre, und diese Ausleger waren jetzt ausgefahren; nach dem Start würden sie eingezogen werden, um nicht die Antennen und Segel zu behindern. Aber sie war kein Boot, eher ein schwimmender, fester Körper, den man ebenso wenig manövrieren konnte wie einen im Wasser schwimmenden Korken. Insgesamt betrachtet erledigte das Wachpersonal seine Aufgabe recht gut: Es galt die zwölfhundert Tonnen der Korvette von der schmalen Schlipp in die Mitte des Beckens zu bugsieren, wo ihr Start die anderen Schiffe im Hafen nicht beschädigen würde, aber schwierig war die Aufgabe dennoch.

»Gut«, meinte Adele mit gespielter Begeisterung. Sie täuschte nicht gerade eine Reaktion vor, um ihre Zuhörer zu beruhigen, aber in diesem Fall war die von ihr zum Ausdruck gebrachte Billigung eher intellektueller als emotionaler Natur. Sie mochte es genauso wenig, von den Wellen hin und her geschüttelt zu werden, wie man das dem Gesichtsausdruck der Klimovs entnehmen konnte. »Jetzt kommen noch ein paar letzte Anpassungsmanöver, und dann können wir, glaube ich, damit rechnen, dass wir abheben.«

Sie räusperte sich, projizierte die nächsten beiden Bilder als Paar und fuhr fort: »Die meisten Tiere auf 4795-C – niemand hat sich übrigens bisher die Mühe gemacht, dem Planeten einen Namen zu geben – sind Pflanzenfresser. Die Kleineren hüpfen …«

Man konnte eine gewisse Verwandtschaft zwischen Drachen und dem Tier erkennen, das da im Riedgras am Rand eines Sees äste, aber der Pflanzenfresser war eher wie ein zweibeiniges Ei denn wie eine Schlange gebaut. Der Fotograf, dessen Schatten im Bild sichtbar war, schien es nicht zu stören.

»… während die Größeren nahezu sessil sind und ihr Umfeld mit der Zunge abstreifen. Ich bezweifle, dass Sie diese Lebewesen als Jagdbeute sehr interessieren werden, obwohl sie sehr groß werden.«

Das Bild auf der rechten Seite hätte ebenso gut ein Schlamm bedeckter Hügel sein können, wenn da die Beschreibung nicht gewesen wäre, die die Austine in ihrem Journal hinterlassen hatte. Da Adele wusste, dass es sich um ein Lebewesen handelte, konnte sie winzige Augen erkennen, und dass die geschwungene Linie am Bildrand die zehn Meter lange Zunge der Kreatur war und nicht etwa ein vom Stamm eines umgestürzten Baums herunterbaumelnder Ast. Der Fotograf hatte gebührenden Abstand gehalten, wahrscheinlich weil ihm ebenso wie Adele klar war, dass es fatal sein könnte, von der Zunge erfasst zu werden, selbst wenn die Kreatur die Überreste ihrer Beute Augenblicke später angeekelt wieder ausspucken würde.

»Nein, nein, da ist nichts«, pflichtete Klimov bei. *»Aber ein Drache, ich muss schon sagen, das wäre eine einmalige Trophäe.«*

»Auf höherem Gelände gibt es auch bauliche Strukturen«, sagte Adele und rief das letzte Bild auf. Sie hörte, wie die Gräfin die Luft anhielt.

Auf einer Hügelkuppe strahlte eine vierseitige Kristallpyramide. Selbst im schwachen Sonnenlicht dieser Welt hatten die schimmernden Reflexe und Spiegelungen das Bild beinahe unkenntlich gemacht, aber das hatte Adeles Software korrigiert. Der Sockel der Pyramide war anscheinend aus dem Felsgestein gehauen, das sich aus dem Hang darunter erhob, und der Regen hatte die schimmernden Wandflächen ein paar Meter über dem Boden mit Schlamm bedeckt. In der Mitte der der Kamera zugewandten Fläche war eine Öffnung, ein Keil, dessen dreieckige Seiten parallel zu der Struktur selbst verliefen.

»Die Quelle, derer ich mich bedient habe, konnte sie nicht analysieren, aber die Pyramiden sind offenkundig künstlich. Vor neunzig Jahren gab es auf der Hauptlandmasse davon über tausend, und diese Zahl basiert auf einer sehr oberflächlichen Erforschung vom Orbit aus.«

»Ja, das ist sehr interessant!«, sagte die Klimovna. *»Wer hat das bitte gebaut?«*

Das war zwar höflich formuliert, aber in forderndem Tonfall vorgebracht. Adele lächelte verhalten; sie hätte es vermutlich ebenso gemacht, also konnte sie es der Gräfin nicht verübeln.

»Meine Quelle hatte nicht die leiseste Ahnung«, sagte sie. »Wie es scheint, benutzen die Drachen, zumindest die großen, die Strukturen als Bau, aber mir scheint es nicht sehr wahrscheinlich, dass sie die Erbauer waren.«

Sie sagte nicht »unmöglich«. Als Wissenschaftlerin hatte Adele den Berichten von Reisenden nie große Bedeutung beigemessen, aber seit das Schicksal und die MRC sie aus der Bibliothek herausgerissen und auf ferne Welten gebracht hatte, hatte sie mit eigenen Augen Dinge gesehen, die sie nur schwer erklären konnte.

Sie räusperte sich erneut und fuhr fort: »Ich vermute, dass

auf 4795-C außer dem Vermessungsschiff, auf dem die Quelle meiner Bilder basiert, noch weitere Schiffe gelandet sind, aber sie haben keine Aufzeichnungen hinterlassen, zu denen ich mir in der zur Verfügung stehenden Zeit Zugang verschaffen konnte. Vielleicht werde ich in den Archiven von Todos Santos mehr in Erfahrung bringen können, falls Sie sich dafür entscheiden, dort längere Zeit Station zu machen.«

Die Gräfin sah ihren Gatten an. »*Ja, vielleicht werden wir das*«, sagte sie.

Wieder ertönte ein Pfeifsignal. Daniel betrat die *Princess Cecile* wieder mit befriedigtem Lächeln, während sich hinter ihm die rechteckige Luke mit einem summenden Geräusch schloss.

»*Schiff, hier spricht der Kapitän*«, sagte er und sah dabei Adele lächelnd an. »*Bereithalten zum Start!*«

Daniel Leary, Kapitän der Privatjacht *Princess Cecile*, ließ sich auf der Couch seiner Konsole nieder. Dass er ängstlich zitterte, war eine neue Erfahrung für ihn, etwas, das ihm erst bewusst geworden war, seit man ihn als kommandierenden Offizier vereidigt hatte. Vorher waren Starts für ihn nie ein Problem gewesen.

Er vergewisserte sich, dass die Konsole abgeschaltet war, und ließ dann seine Finger liebkosend über das Touchpad gleiten, um sich wieder mit diesem Gefühl vertraut zu machen. Alles war so, wie es sein sollte, das kaum hörbare Summen einer lebenden Maschine, die darauf wartete, dass er ihr seine Anweisungen erteilte. Er schaltete die Konsole ein.

Daniel grinste. Er hatte gearbeitet, hatte *gekämpft*, hatte alles getan, um eine Position zu erlangen, wo er Angst empfinden konnte, dass irgendein zufälliger Aussetzer von Hardware oder Programmierung das Schiff in dem Augenblick auf den Rücken kippte, in dem es zum Abheben ansetzte.

»Kapitän an Maschinenraum«, sagte Daniel über den Kom-Kanal. »Wie sieht es aus, Mister Pasternak?«

»*Alles grün, Kapitän*«, antwortete der Chefingenieur auf seinem Posten in der Mitte von Deck C. »*Der Flux in Backbord vier und Steuerbord fünf ist um zehn Prozent reduziert, aber die Ventile sind nagelneu. Die werden sich einschleifen, und wenn nicht, poliere ich sie mit Schmiergel. Ende.*«

»Neunzig Prozent ist mehr als ausreichend, Mister Pasternak«, sagte Daniel. »Ende.«

Dass der Wasserflux in zwei Plasmaaggregaten der Korvette etwas beeinträchtigt war, machte ihm keine Sorge. Die *Princess Cecile* konnte mit vierzig Prozent ihrer Gesamtleistung in den Orbit gehen, aber wenn er in eine solche Situation geriet, würde Daniel Reaktionsmasse abwerfen. Die Schubaggregate waren alle im grünen Bereich – er konnte die Icons auf seinem Bildschirm sehen –, aber dass er sich direkt bei Pasternak erkundigte, war nicht nur ein Gebot der Höflichkeit. Ein guter Chefingenieur hatte ein Gefühl für die Dinge, wie sie das ein Computer nie haben konnte, und Pasternak hatte sich nicht nur als guter Fachmann, sondern auch als engagierter Chefingenieur seines Schiffes erwiesen.

»Mister Chewning«, sagte Daniel und rief dabei den Kanal zu seinem neuen Ersten Leutnant an der Duplikatsteuerung in der Gefechtsleitzentrale auf. »Sind Sie startbereit?«

Chewning war achtunddreißig Standardjahre alt und immer noch Fähnrich. Er war ein untersetzter Mann mit bedächtiger Redeweise und dachte vermutlich auch ebenso bedächtig. Er hatte sich für die Stelle beworben, die frei geworden war, als Mon den Job in der Werft angenommen hatte, und Daniel hatte ihm den Vorzug vor einem Dutzend jüngerer, vermutlich aufgeweckterer Offiziere gegeben, die unter Leutnant Leary Abenteuer hatten erleben wollen.

Und Chewning war alles andere als ein Draufgänger, aber seinen Unterlagen konnte man entnehmen, dass er absolut verlässlich war. Er hatte während seiner Dienstzeit in der MRC eine Folge undankbarer, anspruchsvoller Pflichten übernommen, darunter auch zweimal die Aufgabe, Schiffe nach Hause zu bringen, die zu schwer beschädigt waren, um irgendwo anders als in einer größeren Marinewerft repariert zu werden. Und er hatte alle seine Aufgaben erfolgreich erledigt ... und gleich darauf die nächste bekommen.

Das Letzte, was die *Princess Cecile* brauchte, war ein brillanter junger Erster Leutnant, der beweisen wollte, dass er – oder sie – genauso schneidig wie Daniel Leary war. Chewning war mutig – das musste er sein, um die schwer beschädigte *Cape Coronel* in zweiundsiebzig Tagen mit einer sechsköpfigen Mannschaft in den Hafen zu bringen. Aber er hatte offenbar nicht das Bedürfnis, das zu beweisen.

»Sir, wir sind bereit«, sagte Chewning. Er und die beiden Fähnriche, die mit ihm in der gepanzerten Gefechtsleitstelle Dienst taten, waren bereit, das Steuer zu übernehmen, falls die Brückenmannschaft aus irgendeinem Grunde dazu nicht mehr imstande war. *»Ende.«*

»Kapitän, wir haben die Freigabe von der Hafenkontrolle«, sagte Adele mit einer ebenso emotionslosen Stimme wie sie aus einem Sprachsynthesizer gekommen wäre. *»Ende.«*

»Schiff, hier spricht der Kapitän«, sagte Daniel über die Schiffssprechanlage. »Alle Systeme sind grün, alle Luken geschlossen, das Schiff hat Startfreigabe. Wir heben in dreißig Sekunden ab. Startsequenz beginnt ... *jetzt*.«

Er schaltete die Plasmaaggregate ein und überließ es dem Steuerungscomputer, die Düsen in abgestimmter Folge backbord und steuerbord zu zünden. Klar, er hätte sich einschalten und es genauso gut machen können, aber das war nicht notwendig – weder erforderte das Schiff dies, noch musste er sich vor irgendjemandem beweisen.

Die Schubaggregate zündeten, verblieben aber auf niedrigem Energielevel: Steuerbord drei und Backbord vier, Steuerbord zwei und Backbord drei arbeiteten vom Schwerpunkt des Schiffes aus nach außen, um das Gleichgewicht so wenig wie möglich zu stören.

Die *Princess Cecile* erzitterte ebenso von den Wellen im Hafenbecken wie von dem minimalen Schub, den sie jetzt aufgebaut hatte. Eine Dampfwolke wallte auf und blendete die optischen Sensoren in der Rumpfwand. Daniels AußenDisplays schalteten automatisch auf hochfrequentes Radar, um ein Bild von der unmittelbaren Umgebung des Schiffes zu liefern.

Ein Schiff konnte mit offenen Luken abheben oder aufsetzen, aber der heiße Dampf und die geladenen Partikel waren sowohl für die Mannschaft unangenehm wie auch für das Innere des Schiffes schädlich. Eine Sturmbarkasse, die auf einem feindlichen Planeten landete, konnte Anlass zu so etwas haben; eine Jacht auf planetarischer Kreuzfahrt hatte das nicht.

»Orbitalkontrolle hat uns einen Slot zugewiesen.« Adeles Stimme, die selbst dann ruhig und gelassen war, wenn sie mörderische Wut empfand, wirkte zu einem Zeitpunkt, an dem das Schiff um sie herum sich donnernd abmühte, sich der Gewalt der Schwerkraft zu entziehen, besonders deplatziert. *»Ich habe die Kursdaten dem Navigationscomputer überspielt. Ende.«*

»Nachricht erhalten«, sagte Daniel. *»Ende.«*

Er konnte die Daten überprüfen, aber dazu gab es keinen Anlass. Im cislunaren Weltraum über Cinnabar standen alle Raumschiffe unter Bodenkontrolle. Je nach herrschendem Alarmzustand – und Daniel argwöhnte, dass dieser Zustand selbst nachdem der Waffenstillstand mit der Allianz formell geschlossen war, sehr hoch bleiben würde – würde eine Abweichung vom vorgeschriebenen Kurs zumindest zum Auftauchen eines Wachschiffes und dem Verlust seines Kapitänspatents ... möglicherweise auch zu einem vernichtenden Ionenschwall aus der planetarischen Verteidigungsphalanx führen, die Cinnabar vor Angriffen aus dem Weltraum schützte.

Die Schubleistung stieg auf nominell zwanzig Prozent; die *Princess Cecile* tanzte auf den Wellen, die ihre eigenen Düsen im Hafenbecken erzeugten. Alle anderen Anzeigen waren im hohen Bereich ihrer Bereitschaftsparameter.

»Schiff«, sagte Daniel und drehte mit dem Daumen einen Schalter von STANDBY auf LIFTOFF, »wir beginnen mit dem Start.«

Alle acht Ventile öffneten sich auf siebzig Prozent; die Schubaggregate brüllten. Die *Princess Cecile* erzitterte, passte den Schub der Schwerkraft an und begann sich dann mit der behäbigen Majestät einer Königin, die ihren Thron besteigt, aus dem Hafenbecken zu erheben.

Icons auf Daniels Display zeigten an, dass die Klimovs beide redeten; vermutlich mit ihm, aber man konnte von Laien keine Vernunft erwarten. Adele würde sie beschäftigt halten, und vielleicht würden sie daraus etwas für die Zukunft lernen.

Die *Princess Cecile* stieg auf, zunächst mit mäßiger Beschleunigung. Der Bug hing drei Grad durch, aber der Computer hatte bereits angefangen, die Energie anzupassen, ehe Daniel den Schalthebel erreichte. Die Schubdüsen waren korrekt eingestellt – das konnte man auf dem Boden überprüfen –, also gab es vermutlich ein Problem mit der Ladung. Vielleicht hatte sich einer der Tanks mit Reaktionsmasse unter den Schlägen verzogen, die die *Sissie* in der Schlacht hatte hinnehmen müssen. Mon hätte das bemerken müssen, aber der hatte sich mit anderen Problemen auseinandersetzen müssen …

Und so hoch Mons technische Fähigkeiten auch sein mochten, so hatte er doch nicht das gleiche Gefühl für das Schiff, wie Daniel es hatte. Nur sehr wenige Kapitäne hatten *sein* Gefühl für ein Schiff.

Die *Princess Cecile* hob sich plötzlich aus der Dampfwolke des Hafens. Sie beschleunigte mit 1,2 *g*, der höchstmögliche Schub, den ein vernünftiger Kapitän einsetzte, sofern kein Notfall vorlag. Die Rümpfe von Sternenschiffen waren für den kaum wahrnehmbaren Schub der Casimirstrahlung gegen ihre geladenen Segel optimiert; starke Beschleunigung, insbesondere im Inneren eines Schwerkrafttrichters, würden zu Materialbelastungen führen und möglicherweise sogar das Schiff aufreißen lassen.

Hie und da trieben Plasmafetzen an der *Sissie* vorbei. Von unten musste das Schiff jetzt ein Licht von der strahlenden Leuchtkraft einer Sonne sein, gefährlich für die Augen eines jeden, der sie direkt ansah; das Donnern ihres Starts würde Xenos und die die Stadt umgebende Landschaft erzittern lassen, natürlich in keiner Weise mit dem Start eines Schlachtschiffs vergleichbar, aber immerhin ein Hinweis auf die Macht der Menschheit.

9

4795-C wirkte aus dem Orbit nicht anziehender als die aus der Hand geschossenen Fotografien der Austine-Vermesserin den Planeten hatten erscheinen lassen, aber zumindest verschaffte die neue Bildausbeute der *Princess Cecile* Adele eine Möglichkeit, die Klimovs abzulenken, während die Korvette auf den Planeten zuraste.

Daniel hatte gesagt, die Landung würde ein wenig problematisch werden, weil sie auf Land und nicht etwa im Wasser aufsetzen würden. 4795-C mangelte es nicht an offenem Wasser – Tümpeln, Seen und breiten sich dahinschlängelnden Flüssen, die man mit bloßem Auge sehen konnte, obwohl der Planet fast völlig in Nebel eingehüllt war –, aber da es keine Kais gab, an denen das Schiff vertäut werden konnte, würde die *Sissie* vom Wind abgetrieben werden.

Dem Gesichtsausdruck der Klimovs nach zu schließen, beunruhigte sie entweder die Aussicht darauf oder sie fühlten sich wegen des ständigen Dröhnens der Antriebsaggregate, das ihre Knochen in Schwingungen setzte, unwohl und fanden auch die zusätzliche halbe Körpermasse, die sie beim Bremsen des Schiffs in ihre Liegen presste, unangenehm. Was Adele anging, vertraute sie blind auf Daniels Geschick – und sechzehn Tage (Daniel hatte es geschafft, seine eigene Schätzung um zwei Tage zu unterbieten) in der Matrix mit nur ein paar Stunden insgesamt für Sternsichtungen im Normalraum genügten ihr gründlich. Die Wahrscheinlichkeit, dass Daniel die *Princess Cecile* auf dem Rücken landen würde, weil er die Wucht des vom Boden zurückgeworfenen Rückstoßstrahls falsch eingeschätzt hatte, war verschwindend gering, aber Adele war sich nicht ganz sicher, ob sie ihren Tod bedauern würde, falls das die Alternative zu weiterer ununterbrochener Sternenreise sein sollte.

»Kapitän Leary landet *hier*«, sagte Adele mit ruhiger Stimme über den Kanal, den sie sich und den Klimovs reserviert hatte. Ihre Stäbe zeichneten ein rotes Kreuz in das graubraune Bild. Einen Augenblick lang zeigte sie eine komplette planetarische Hemisphäre, reduzierte aber den Maßstab gleich wieder, bis der Bildschirm ein zehn mal zehn Kilometer messendes Quadrat mit dem X immer noch in der Mitte zeigte.

Als wäre ihr das jetzt erst eingefallen, fügte sie dünne Gitterlinien hinzu. »Sie werden feststellen …«

Und um sicherzugehen, dass die Klimovs das auch taten, zog sie rote Kreise um die Positionen.

»… dass er uns im Umkreis von drei Kilometern von einem Pyramidenpaar herunterbringt.«

»*Und die Drachen?*«, fragte der Graf und bewies damit, dass es Adele gelungen war, ihn abzulenken. Die Klimovna schien bei Weitem nicht so flatterhaft wie ihr Gatte, aber Adele hätte dennoch nicht behaupten können, dass sie die Frau wirklich mochte. Fairerweise sollte man freilich hinzufügen, dass Adele für die meisten Menschen allenfalls neutrale Gefühle empfand.

»Um das feststellen zu können, müssen wir auf dem Boden sein«, erklärte Adele. »Aus unseren Unterlagen geht hervor, dass sie nicht gerade selten sind, jedenfalls waren sie das vor neunzig Jahren nicht.«

Die *Princess Cecile* war ein kleines universelles Kriegsschiff, nicht etwa ein spezielles Aufklärungsfahrzeug. Vermutlich würde ihre Ausrüstung ausreichen, um einige der Kreaturen aus dem Orbit zu lokalisieren, Adele hatte das für Zeitverschwendung gehalten. Daniel war ihrer Empfehlung gefolgt, ohne langes Suchen zu landen.

Die Klimovs hatten ihre Mahlzeiten in der den Offizieren und

Deckoffizieren der *Princess Cecile* vorbehaltenen Messe eingenommen. Das entsprach nicht ganz den Gepflogenheiten der MRC, aber Daniel hielt das auf einem so kleinen Schiff wie einer Korvette für angebracht.

Adele lächelte; ihre egalitär empfindenden Eltern hätten das gebilligt, auch wenn sie tief im Herzen Pasternak als Mechaniker, Zahlmeister Stobart als Dienstboten mittleren Niveaus und Woetjans als ein seltsames und möglicherweise gefährliches abgerichtetes Geschöpf empfunden hätten.

Die gemeinsame Messe und die Belastung, wie sie eine ungewöhnlich lange Reise ohne Wiedereintritt in den Normalraum mit sich brachte, hatte zwischen den Klimovs und der Schiffsgemeinschaft der *Sissie* so etwas wie Gemeinschaftsgefühl entstehen lassen. Von ihrer gesellschaftlichen Klasse abgesehen hatten die Klimovs mit Deckoffizieren und gewöhnlichen Spacern mehr gemein als mit regulären Offizieren, die fast ausnahmslos den oberen Klassen der Gesellschaft von Cinnabar angehörten. Der Graf war nicht dumm, und seine Frau machte auf Adele sogar einen ganz intelligenten Eindruck, aber was auf Erziehung und allgemeine Kenntnisse über die menschliche Zivilisation anging, reichten beide nicht an die beiden Fähnriche der Korvette heran.

»*Wir haben das AirCar*«, sagte die Klimovna vielleicht mit ein wenig aufgesetzter Fröhlichkeit. Eine Reise in unerforschte Teile des Universums zu planen war nicht dasselbe wie am eigenen Leib mitzuerleben, wie ein Schiff unter dem schrillen Pfeifen der auf voller Kraft arbeitenden Plasmaaggregate einem Nebel verhangenen Schlammloch entgegenjagte. »*Du wirst doch ganz sicherlich im Umkreis von fünfzig Kilometern etwas finden, worauf du schießen kannst, Georgi.*«

Die *Princess Cecile* verhielt in der Luft. Nicht, dass sie gerade in Schwebeflug übergegangen wäre, aber ihre Sinkgeschwindigkeit hatte sich auf Kriechtempo verlangsamt. »*Zur Landung bereit machen*«, tönte es aus der Sprechanlage. Leutnant Chewning sprach von der Gefechtszentrale aus, obwohl Daniel das Steuer führte. »*Wir werden in zehn Sekunden aufsetzen.*«

Die Schubaggregate brüllten erneut auf, doch die Korvette hatte sich bereits gefangen. »Der Kapitän hat den Masseflux gesteigert, aber die Schubaggregate hochgefahren«, sagte Adele schnell. Dass es lauter wurde und ihr Fall sich gleichzeitig beschleunigte, störte Adele jedes Mal, wenn sie das empfand. »Wenn er plötzlich durchstarten muss, geht es schneller, wenn man …«

Dampf wallte um die *Princess Cecile* herum auf und ließ den Rumpf erbeben. *Wir sollten auf Land sein,* dachte Adele; aber der Ionenschwall aus den Schubaggregaten würde natürlich den sumpfigen Boden und jegliche Vegetation in eine Dampfsäule verwandeln.

»… die Düsen schließt und dann zusätzliche Reaktionsmasse zuführt …«, fuhr sie fort, ohne dass jemand eine Pause oder auch nur ein Stammeln wahrgenommen hätte, was darauf hingedeutet hätte, dass ihr Herzschlag sich wegen eines unerwarteten Ereignisses beschleunigt hatte.

Alle Schubaggregate schalteten abrupt ab. Die plötzliche Stille war ebenso verblüffend wie ein Gewehrschuss in einer Bibliothek. Adele hatte nicht bemerkt, dass sie tatsächlich *unten* waren; das Gefühl, wie die Ausleger ihre Streben durchdrückten, war in dem Klopfen und Dröhnen untergegangen, als ihr Auspuffstrahl hart gebrannte Graswasen gegen die Unterseite der *Sissie* schleuderten.

»*Schiff, hier spricht der Kapitän*«, sagte Daniel. Er erhob sich von der KomKonsole und drückte, die Hände in die Hüften gestützt, den Oberkörper nach hinten. »*Das war eine großartige Fahrt und eine saubere Landung. Mögen wir gemeinsam noch viele solche Landungen hinlegen.*«

Er drehte sich um und ließ den Blick über die Brücke schweifen. Sun hatte bereits damit begonnen, den Dorsalturm zu entriegeln, der im vorderen Bereich des Rumpfs eingezogen war, um ihn vor zu starker Beanspruchung während des Atmosphäreflugs zu schützen; Betts war ganz auf seine Kampfkonsole konzentriert, obwohl der Rückstoß von Torpedos, falls er diese in der Atmosphäre absetzte, die Korvette selbst zerstören würde.

Daniel suchte Adeles Blick und grinste. *»Schiffsmeister«*, fuhr er fort, immer noch über die allgemeine Bordsprechanlage statt über den speziellen Kanal des Maschinenraums zu Pasternak zu sprechen. *»Machen wir auf und sehen uns um, wie die Landschaft aussieht. Ich könnte mir vorstellen, dass ich nicht der Einzige bin, der sich darauf freut, wieder festen Boden unter den Füßen zu haben. Kapitän Ende.«*

Das Klappern und Pfeifen sich öffnender Luken mischte sich in das Zischen und Knacken, mit denen sich unterschiedliche Temperaturen in der Schiffshülle ausglichen. Daniel beugte sich an Adeles Ohr und sagte, diesmal nicht über die Sprechanlage: »Obwohl ich ehrlich gesagt keine Ahnung habe, wie fest das ist, was *ich* dort draußen sehe.«

»Also, ich muss sagen, ich habe schon Kuhställe ausgemistet, die nicht so schrecklich gestunken haben wie das hier«, sagte Hogg und schob zwei Magazine für seinen Impeller in den Halsausschnitt seines Hemds. Jedes Magazin enthielt zwanzig Geschosse und einen aufgeladenen Kondensator, dessen Ladung sie durch die Treibspulen der Waffe jagen konnte. »Aber ich würde auch nicht behaupten, dass das schlimmer stinkt, als es in der *Sissie* nach dem ständigem Recycling derselben Atmosphäre gestunken hat. Unsere Filter taugen einfach nicht für sechzehn Tage.«

Daniel Leary schnüffelte. Als er sein Gewicht verlagerte, knirschte der verbrannte Boden unter seinen Stiefelsohlen.

»Zum Teil kommt der Geruch daher, dass unser Düsenstrahl beim Aufsetzen alles verbrannt hat«, sagte er bedächtig. »Der Schlamm ist überwiegend organisch. Allerdings ...«, er schnüffelte noch einmal und fügte hinzu, »… muss ich zugeben, dass diese Schwefelnote etwas Besonderes ist.«

Hogg schmunzelte grimmig. »Ich schätze, Sie waren noch nie im Mannschaftsquartier, wenn Lamsoe und Dasi dort um die Wette furzen«, sagte er. »Aber ich muss sagen, es tut wirklich gut, einmal den Himmel zu sehen. Selbst …«

Er ließ den Blick säuerlich über den Horizont wandern.

»… diesen Himmel.«

Graf Klimov sah mit großem Interesse zu, wie ein Riggerteam sein AirCar aus der vorderen Luke von Deck C zog. Sie hatten an der Antenne Backbord B eine Winsch angebracht. Woetjans hockte auf dem halb ausgefahrenen Mast und klammerte sich mit den Beinen und der linken Hand daran fest und ließ das Fahrzeug nicht aus den Augen, das man aus dem Laderaum des darunter liegenden Decks hochgehievt hatte. Normalerweise lag Deck D unter Wasser, der Zugang zum Laderaum darunter erfolgte also über das darüberliegende Deck.

Valentina Klimovna blickte kurz auf das Geschehen und ging dann zielstrebig zu der Stelle, wo Daniel und Hogg jetzt etwa zwanzig Meter von der *Princess Cecile* entfernt standen. Learys Besorgnis hinsichtlich der Garderobe der Gräfin war unberechtigt gewesen: Während der Reise hatte sie einen Overall aus kräftigem, einfarbigem Moleskin getragen, einem Material, das an Zweckmäßigkeit dem von der MRC verwendeten Uniformstoff in nichts nachstand. Jetzt, da sie gelandet waren, hatte sie ein locker anliegendes Jagdoutfit mit vielen Taschen angelegt, das wiederum sehr zweckmäßig erschien, obwohl es zweifellos sehr teuer gewesen war.

Das Gleiche konnte man von ihrem Impeller sagen. Der Schaft bestand aus glänzendem, auffällig gemasertem Holz mit fein ziselierten Metallteilen, die mit Jagdszenen in Gold und Platin eingelegt waren. Daniel zweifelte nicht im Geringsten daran, dass die Waffe ebenso leistungsfähig war wie die beiden Dienstwaffen, die er und Hogg aus der Waffenkammer der *Sissie* gefasst hatten.

»Nun, Daniel?«, schnurrte sie. »Sie begleiten mich doch zu der Pyramide, ja?«

»Ja, ich dachte, Hogg und ich sollten Sie begleiten.« Daniel nickte. »Sie und Ihren Gatten, vermute ich?«

»Georgi denkt, dass wir einen Drachen finden werden, den er schießen kann«, sagte Klimovna. »Er schießt gerne auf solche Dinger.«

Sie grinste – was sie mindestens zehn Jahre jünger erscheinen ließ. »Ich schieße auch gern, aber nicht so sehr wie er.«

Sie sah Hogg prüfend an. »Ihr Mann hier kann ein AirCar fahren?«

»Aber sicher«, sagte Hogg. »Darauf können Sie ...«

»Nein«, fiel Daniel ihm entschieden ins Wort. »Hogg versteht sich nicht besser darauf ein AirCar zu fahren, wie er Hymnen singen kann, und er hat mehr Erfahrung im Singen von Hymnen. Falls das ...«

»Na ja, wenn mir jemand Gelegenheit zum Üben geben würde, junger Master ...«, murmelte Hogg mit beleidigter Miene.

»... nötig sein sollte, haben wir Spacer an Bord, die fahren können, aber ich dachte, bis zu der Pyramide dort ist es nicht viel mehr als ein Kilometer ...«

Er wies auf das Glitzern auf der Anhöhe im Westen. Selbst jetzt, wo die Sonne im Zenit stand, wirkte die Beleuchtung auf der Oberfläche von 4795-C, als herrsche Zwielicht.

»Macht nichts«, sagte Klimovna und wischte den Vorschlag, zu Fuß zu gehen, einfach weg, ehe Daniel ihn ganz ausgesprochen hatte. »Ich werde fahren, das hatte ich ohnehin vor.«

Daniel hatte die *Princess Cecile* in einem Labyrinth sich dahinschlängelnder Bäche und Flüsse gelandet und nicht zwischen Tümpeln. Zu Fuß zu gehen – selbst wenn die Entfernung nicht groß war – war vermutlich keine besonders gute Idee, obwohl er sich nicht sehr wohl bei dem Gedanken fühlte, in einem AirCar Jagd auf Beute zu machen, die fliegen konnte.

Und auch hinsichtlich der Klimovs fühlte er sich unbehaglich. Solange man nicht selbst gesehen hatte, wie jemand sich mit einer Waffe in der Hand benahm, sollte man wirklich kein Urteil darüber fällen, wie sicher man sich in dessen Umgebung fühlen konnte. Ein AirCar als weitere Variable hinzufügen zu müssen, beunruhigte ihn noch mehr.

Spärliche Vegetation, die an Riedgras erinnerte, wuchs im seichten Wasser und bis ans Ufer hinauf. Daniel konnte nicht genau erkennen, wo die Grenze lag, bis er bemerkte, dass die aus dem Wasser ragenden Halme golden schimmerten im Gegensatz zum Dunkelgrün derer, die auf trockenem Boden standen.

Auf einem besiedelten Planeten hätte er sich in den *Segelrichtlinien* einen Überblick verschaffen und vielleicht auch zusätzliche Daten über die Flora und Fauna vor Ort finden können. Nun, wenn die *Princess Cecile* nach Cinnabar zurückkehrte, würde er dem Publikationsbüro des Marineamts eine Kopie seiner Logbücher übergeben. Dort würden sie in Zukunft Raumfahrern zur Verfügung stehen, die eine Landung auf 4795-C planten.

Falls es jemals in der künftigen Geschichte der Republik solche Leute geben sollte.

Unweit der Wasserläufe lagen daumendicke Rohre wie ineinander verschlungene Schläuche im Schlamm verstreut. In Abständen von jeweils einem halben Meter wuchsen vielgliedrige Sprossen von nicht ganz fünfzehn Zentimeter Länge aus den waagerechten Röhren. Seitlich wuchsen Fäden aus diesen Stängeln heraus und gruben sich in den Boden; falls es außerdem auch noch ein Wurzelwerk gab, so war dies im Schlamm nicht zu erkennen. In größeren Abständen ragten »Bäume« – kahle Stangen, blattlos wie die Rohre – aus dem Boden. Die in ihrer Nähe waren drei oder vier Meter hoch, aber an dem Abhang in einiger Entfernung gab es welche, die gut doppelt so hoch waren. Ein paar von ihnen bildeten in der Mitte so etwas wie Astgabeln, aber Daniel konnte von seinem Standort aus nicht erkennen, ob die vielleicht einer anderen Gattung angehörten.

»Oh!«, sagte die Klimovna. Sie packte Daniel am Arm und wies mit ihrer Waffe, die sie in der anderen Hand hielt. »Da, schauen Sie! Das ist lebendig!«

»Das« war ein Ball, etwa so groß wie ein KommHelm, stand auf zwei gebeugten Beinen und wühlte in den Röhrenpflanzen auf der anderen Seite des Bachs herum. Sein Kopf war klein und hatte lange, schmale Kiefer; das Ding aß auch nicht etwa die ganze Pflanze, sondern knipste mit chirurgischer Präzision die senkrechten Schoten oben ab.

Seine Haut war von glänzendem Graugrün, ähnlich dem mit Algen bedeckten Schlamm. Daniel hatte die Kreatur und drei weitere Angehörige seiner … Herde? seines Rudels? gesehen, als er das Gelände von der Luke der *Sissie* aus mit Infrarot abgescannt hatte, aber die Klimovna hatte sie erst bemerkt, als sie ihren Standort verändert hatte und weitergehüpft war, offenbar nachdem sie ihre unmittelbare Umgebung abgegrast hatte.

»Ja, sie scheinen recht harmlos zu sein«, sagte er und verzichtete auf den Hinweis, dass die Vegetation und übrigens auch der an Bakterien reiche Schlammboden, auf dem sie standen, ebenso lebendig waren. Auf eine andere Art lebendig, vermutete er. »Dort ist ein Paar viel größerer Tiere …«

Er streckte den rechten Arm aus und erreichte auf die Weise, dass die Frau ihre Hand wegnahm. »Dort, mitten im Sumpf?«

Die Klimovna holte ein monokulares Fernglas aus der Brusttasche und richtete es auf die beiden Geschöpfe, von denen jedes etwa die Größe einer Zuchtsau hatte und die halb untergetaucht im Wasser lagen und an dem Riedgras am Ufer ästen. Daniel fragte sich, ob ihr Instrument ebenso viele Möglichkeiten wie seine MRC-Brille hatte. Wärmebild – Infrarot – war erheblich nützlicher, um in dieser Nebel verhangenen Landschaft Tiere zu finden, als gewöhnliche Optiken.

»Mhm …?« Die Frau schüttelte den Kopf und steckte das Glas weg. »Wahrscheinlich nicht gut als Trophäe geeignet.«

»Nein, wahrscheinlich nicht«, erwiderte Daniel knapp. Er verzog das Gesicht und malte sich aus, welche Probleme es bereiten würde, einen Kadaver im Gewicht einer halben Tonne auf trockenes Gelände zu zerren und ihn dort auszuweiden. Der Klimovna würde das gleichgültig sein, da sie – zu Recht – annahm, dass sich jemand anderer darum kümmern würde.

»Also, meinetwegen, lasst los!«, brüllte Woetjans. »Und jetzt nehmt das Netz ab, damit jemand mit der Kiste fliegen kann. Oder …«

Sie drehte sich um, an der Antenne hängend wie ein ungewöhnlich großer Affe, und sah Daniel an. »Sir, wollen Sie, dass wir das AirCar vom Netz starten? Ich denke, die richtigen sechs Leute könnten das schaffen, obwohl ich bei so dickem Schlamm mehr einsetzen würde.«

»Nein, wir fliegen jetzt ab«, rief Klimovna und eilte mit einer Begeisterung auf das Fahrzeug zu, dass ihre in hohe Stiefel gesteckte Reithosen mit dicken Schlamm bespritzt wurden. »Kommen Sie, Daniel.«

Hogg gab einen unartikulierten Laut von sich und brummelte dann halblaut etwas, aber Daniel machte der brüske Befehl der Frau nichts aus. Die MRC war eine gute Schule, in der man lernte, auch unsinnig erscheinende Wünsche von Vorgesetzten gehorsam zu erfüllen. Valentina war seine Vorgesetzte, solange sie sich nicht in die Führung der *Princess Cecile* einmischte. Er hatte keinen Anlass, sich zu beklagen.

»Schiff, hier spricht der Kapitän«, sagte er und folgte seiner Brötchengeberin in vorsichtiger Distanz. »Hogg und ich werden die Klimovs im AirCar zu der Pyramide begleiten, und zwar in einem Vektor von 132 Grad. Leutnant Chewning hat in meiner Abwesenheit das Kommando. Wartungsarbeiten Stufe Zwo fortsetzen. Sechs Ende.«

Ein paar »Roger« antworteten ihm. Pasternak, der mit dem Kopf in einem Schubaggregat dastand, winkte.

Die Klimovna schob sich hinter das Steuer, sobald sie das offene AirCar erreichte. Woetjans ließ drei Meter Kabel ausfahren und saß jetzt dicht vor Daniel im Haken. Der Graf schickte sich an, auf dem vorderen Beifahrersitz Platz zu nehmen, doch seine Frau bedeutete ihm mit einer Handbewegung, den Platz frei zu lassen. »Nein, du setzt dich hinten zu dem Diener, Daniel vorne. Aus Gleichgewichtsgründen, Georgi.«

Hogg ließ wieder einen Grunzlaut vernehmen, aber Daniel vermutete, dass er diesmal Anerkennung ausdrücken sollte. Ehe Hogg oder die Klimovs noch etwas sagen konnten, instruierte Daniel seinen Diener: »Die Dame möchte, dass wir über Kreuz sitzen, Hogg. Setz dich hinter sie.«

Daniel war offenbar der Ansicht, die Dame würde flirten – was sie, solange die *Princess Cecile* in Fahrt gewesen war, nicht getan hatte, einem barmherzigen Gott sei Dank dafür. Das mochte zutreffen, aber er und Hogg waren jeweils zwanzig Kilo schwerer als die Klimovs. Daniel fühlte sich ganz allgemein in AirCars nicht sonderlich wohl und hielt es nicht für selbstverständlich, dass ein auf Novi Swerdlowsk gebautes Fahrzeug automatisch eine Anpassung für Ungleichgewichtigkeiten vornehmen würde, wie es das eigentlich sollte.

Jedenfalls hatte der Graf keine Einwände. Klimovna sah sich um, um sich zu vergewissern, dass alle Platz genommen hatten, fuhr dann die Rotoren hoch und ließ das Fahrzeug zweimal nach vorne hopsen, ehe die Geschwindigkeit ausreichte, um in der Luft zu bleiben.

Sie flogen in geringer Höhe über den Fluss und ließen das braune Wasser in winzigen Tropfen aufsprühen, die wie Diamanten glitzerten. Es klatschte rings um sie, als sich Dutzende von Tieren, wesentlich mehr, als Daniel beobachtet hatte, ins Wasser warfen.

Dafür kamen ein Dutzend Tiere von der Größe eines Schweins aus einem Sumpf geschlendert. Sie bewegten sich in nicht sehr eleganten Hopsern, die sie aber immerhin in kurzer Zeit eine beachtliche Strecke überwinden ließen. Der Graf sah sie und deutete darauf.

»Später vielleicht!«, schrie seine Frau, um das Dröhnen der Triebwerke zu übertönen. »Wir wollen einen Drachen.«

Die Klimovna flog gut, doch das AirCar wirkte untermotorisiert, obwohl keiner der vier Passagiere ungewöhnlich schwer war. Daniel runzelte die Stirn und fragte sich, ob er vielleicht ein MRC-Nutzfahrzeug hätte mitnehmen sollen. Er hätte das schon irgendwie geschafft, dafür gab es für ihn keinen Zweifel – und im Übrigen hatten sich die Klimovs ja auch nicht gerade als geizig erwiesen –, aber das hätte das Problem des Verstauens nicht gelöst. Es war schon schwierig genug gewesen, für diesen kleinen Flitzer Platz zu finden.

Die Luft war in dreißig Meter Höhe merkbar klarer als auf Bodenniveau. Die schimmernden Umrisse der Pyramide wurden deutlicher; sie schien auf einem Kissen aus Nebel zu schweben, der den darunter liegenden Schlamm verbarg, sodass die Landschaft deutlich attraktiver wirkte.

»Da, schau, da sind noch eine ganze Menge davon!«, sagte der Graf und beugte sich zwischen seiner Frau und Daniel vor. Er wies mit dem linken Arm. »Rings um uns!«

Die Hügel, so wenig beeindruckend sie an und für sich auch waren, waren hoch genug, um eine große Zahl weiterer Pyramiden im Sonnenlicht erkennen zu lassen. Sie funkelten von Horizont zu Horizont wie Eiszapfen an einem Wintermorgen, die die Sonne erfasst hatte.

Das war genau das, was Adele vorhergesagt hatte, und bestätigte die Bilder, die sie aus dem Orbit aufgenommen hatten, aber insbesondere für Laien hatte das eine Wirkung, wie sie bloßes intellektuelles Wissen nie erzeugen konnte. Laut sagte Daniel nur: »Ja, Sir. Und ich hoffe, die Drachen werden ebenso leicht zu finden sein.«

»Ich habe schon zwei von ihnen gesehen«, sagte Hogg. »Ich denke, wenn alle bereit sind, sollte das auch kein Problem sein.«

»Was denn?«, fragte der Graf. »Wo?« Hogg wies mit der linken

Hand über den Sitz, und Klimov beugte sich gefährlich – und völlig sinnlos – hinaus.

Klimovna bremste das AirCar in einem weiten Bogen ab, als sie sich der Pyramide näherten, und verschaffte sich damit Zeit, einen Landepunkt auszusuchen. Sie ging allerdings nicht in Schwebeflug über; vielleicht *konnte* das Fahrzeug mit seiner augenblicklichen Last überhaupt nicht schweben.

Am besten war es, direkt vor der Pyramide aufzusetzen, und vermutlich hatten sie auch gar keine andere Wahl, wenn sie nicht unten am Hügel landen und sich den Abhang hinaufarbeiten wollten. Sollte freilich der Drache, der dort wohnte, zufälligerweise gerade zu Hause sein, war das *keine* gute Wahl.

»Hogg, halt die Augen offen«, befahl Daniel, als das AirCar zur Landung ansetzte. Das war das andere Risiko, etwas, das zehn Meter lang war und über scharfe Klauen und einen Schnabel verfügte und möglicherweise aus der Sonne auf Nesträuber herunterstoßen könnte. Andererseits hatte er aber auch keine Lust, dreißig Meter durch den Schlamm nach oben zu krabbeln …

Klimovna landete sauber, kam dabei leicht ins Schleudern, setzte aber dann perfekt auf. Daniel hatte mit dem linken Bein draußen am Rand der Kabine gesessen. Noch bevor das Fahrzeug ganz zum Stillstand gekommen war, sprang er mit seinem Impeller auf der Schulter ab und zielte auf die dreieckige Öffnung zwei Meter über der Erde.

»Wie kommen wir da hinein?«, fragte der Graf und hielt seine Waffe vor sich, als er an Daniel vorbeiging. »Herzchen, kannst du uns da hineinfliegen …«

»Halt!«, schrie Daniel. *Der Gestank hätte Klimov warnen müssen, selbst wenn er sich nicht die Mühe machte, auf den Boden zu sehen!* »Sir, bitte – da könnte ein Drachen drinnen sein. Die Überreste seiner Mahlzeiten liegen rings um uns herum.«

Eine der abgenagten Karkassen war anscheinend zu Lebzeiten so etwas wie die größere Spezies gewesen, die sie gesehen hatten. Ein Kalb – ein Ferkel? Jedenfalls hatte es zu Lebzeiten ebenso viel gewogen wie der Graf.

»Da drinnen?«, fragte Klimov. »Soll ich schießen, um ihn rauszuholen?«

»Sir.« Daniel spürte, wie sein Mund trocken wurde, während er überlegte, welche Gefahren in unmittelbarer Zukunft auf sie zukommen konnten. »Ich denke, wenn Sie meinen rechten Fuß stützen würden, kann ich hoch genug kommen, um in die Höhle zu sehen. Im Wärmebild kann ich dann erkennen, ob da etwas drinnen ist. Wenn nicht, dann können Sie und Ihre Gattin ...«

»Ja«, fiel die Klimovna ihm ins Wort. Sie kniete sich im Schlamm auf ihr linkes Knie und stützte sich mit dem Arm an die glatte Kristallwand. »Hier, Sie können auf meinen Schenkel treten, der sollte Sie tragen.«

Nur innerlich zögernd – ein MRC-Offizier sollte keine Zweifel erkennen lassen, wenn er wusste, dass er handeln musste – setzte Daniel seinen Stiefel dicht hinter dem Knie auf das Bein der Frau. Er richtete sich auf und hob Kopf, Schultern und Mündung seiner Waffe über den Rand der Öffnung, suchte das Innere der Höhle mit Wärmebild ab und schaltete dann auf Lichtverstärkung.

Die Öffnung reichte gerade ins Innere der Pyramide, ohne jegliche Biegungen, und enthielt nichts außer Überresten früherer Mahlzeiten – und davon nicht sehr viele. Der Bewohner war beim Fressen offenbar nicht sehr ordentlich, hielt aber seinen Bau doch einigermaßen sauber.

Daniel trat zurück. »Danke, Valentina«, sagte er mit einem Kopfnicken, das man fast als Verbeugung hätte werten können. Ihr Bein zitterte, doch sie hatte nicht gezuckt; wenn es nötig gewesen wäre, hätte er eine gute Schussposition gehabt.

Er lehnte seinen Impeller an die Pyramide, bildete aus beiden Händen eine Art Steigbügel und fuhr fort: »Darf ich Sie jetzt hineinheben, um mich für Ihre schätzenswerte Hilfe zu revanchieren?«

»He, du«, sagte der Graf und zupfte an Hoggs Ärmel. »Knie nieder, ich steige auf deinen Rücken.«

»Ganz bestimmt nicht«, erwiderte Hogg und fuhr fort, den Himmel abzusuchen. »Und wenn Sie mich noch einmal anstoßen, während ich nach Flugschlangen Ausschau halte, liegen Sie gleich selbst auf dem Boden.«

»Ich hebe Sie gleich an, Sir«, sagte Daniel schnell. »Wenn der Drache nicht zu Hause ist, könnte es sein, dass er gleich nach Hause kommt.«

Die Klimovna lächelte, trat auf seine Hände und zog sich elegant in die Mündung des Ganges.

Ihre Waffe hatte sie neben der Daniels liegen lassen; sobald er ihr Gewicht nicht mehr verspürte, reichte er ihr den Impeller hinauf. Sie war bereits in den Gang eingedrungen, statt zu warten.

»Sir.« Daniel lehnte die Waffe wieder hin und schob die Hände ineinander. »Darf ich Ihnen behilflich sein?«

Über ihnen sagte Valentina etwas. Die schrägen Wände verzerrten das, was sie sagte, aber so, dass sie es nicht verstehen konnte. Allerdings wirkte sie nicht beunruhigt.

»Ja, ja«, sagte der Graf. Hoggs Anraunzer hatte ihn also nicht verärgert. Dieser Klimov war vielleicht doch ein ganz ordentlicher Bursche. »Äh, könnten Sie mich höher heben? Ich bin nicht so gelenkig wie meine Frau.«

»Aber klar doch«, erklärte Daniel. Er wartete, bis der Graf fest stand, hob ihn dann auf Hüfthöhe und gab ihm dann einen Schubs, wie er es mit einem Baumstamm getan hätte.

Klimov flog mit einem erschreckten Aufschrei in die Höhle, und seine Waffe scharrte klappernd über den Kristall. Erst jetzt wurde Daniel bewusst, dass er sich eigentlich hätte vergewissern sollen, ob sie gesichert war.

Valentina erschien jetzt in der Öffnung und schob sich an ihrem noch auf dem Bauch liegenden Mann heran. »Hier drinnen ist nichts, Daniel«, sagte sie. »Glauben Sie, dass das einmal ein

Grab war oder was? Jedenfalls ist das alles nicht natürlich gewachsen, und es ist alles aus einem Stück.«

Daniel sah an der Pyramide empor. Sie war nicht ganz zwanzig Meter hoch. Er hatte von der *Princess Cecile* aus mithilfe seines Laserentfernungsmessers alle sichtbaren Pyramiden vermessen; sie reichten von knapp über fünfzehn Meter Höhe bis knapp unter zweiundzwanzig, und alles waren perfekte regelmäßige Tetraeder, die über das Gelände verteilt waren, als hätte sie jemand ziel- und planlos darüber ausgestreut.

»Ma'am«, sagte Daniel. »Valentina, ich habe wirklich keine Ahnung. Nur, wie Sie schon sahen, das sind keine natürlichen Gegenstände.«

Während er die Worte aussprach, verspürte er plötzlich Zweifel. Konnten sie wirklich nicht natürlicher Herkunft sein? Er hatte regelmäßige Kristalle genug gesehen, keiner davon auch nur annähernd so groß, aber –

Dann fiel ihm plötzlich etwas ein. Er scharrte mit dem Stiefelabsatz im Boden und weitete dann die kleine Vertiefung aus, die er so hergestellt hatte.

»Davor ist eine Fläche aus demselben Kristall«, sagte er so laut, dass seine drei Begleiter es alle hören konnten. »Der Schlamm hat die Kristallfläche im Laufe der Jahre zugedeckt.«

»Pah, hier ist nichts«, maulte der Graf, der wieder aus der Höhle gekommen war und jetzt neben seiner Frau stand. »Höchste Zeit, dass ich meine Trophäe schieße, ja?«

»Ja, schon gut«, sagte Valentina. Sie saß am Rande der Öffnung und ließ die Beine herunterbaumeln, stieß sich dann ab und sprang herunter. »Hogg, zeig ihn mir«, bat sie.

»Da hinten, einen knappen Kilometer entfernt, ist einer«, sagte Hogg und deutete mit dem ausgestreckten linken Arm. »Wie es aussieht, frisst er gerade etwas. Sehen Sie ihn?«

Daniel schaltete die Vergrößerung seiner Brille auf Maximum und konnte jetzt deutlich den Drachen vor der mit Schilf bewachsenen Wasserfläche erkennen. Er fraß, das war offensichtlich, sein Schnabel tauchte immer wieder ein und hob sich gleich darauf und riss jedes Mal einen Fetzen Fleisch in die Höhe, das er dann mit einem Ruck seines Kopfes verschlang. Das Opfer der Bestie blieb ihnen freilich in der Vegetation verborgen.

»Sehr gut!« Daniel zeigte sich echt begeistert. »Es hat einen knallroten Kamm. Vielleicht ein männliches Exemplar im Brunftkleid?«

»Eine Trophäe«, sagte der Graf. »Das reicht.«

Ehe Daniel anbieten konnte, seinen Impeller zu nehmen, rutschte Klimov an der Pyramidenwand herunter. Daniel packte ihn, um zu verhindern, dass er kopfüber in den Schlamm kippte, als seine Füße in dem sumpfigen Untergrund ausglitten. Die Waffe, die er umgehängt hatte, entlud sich nicht – wieder nicht.

Sie kletterten hastig in das AirCar. Daniel und Hogg suchten weiter den Himmel ab; der Drache, den sie entdeckt hatten, war möglicherweise nicht der, dessen Bau sie soeben besucht hatten.

Valentina drehte die Rotoren hoch. »Fliegen Sie uns bitte nicht zu nahe heran!«, sagte Daniel und bedauerte, dass die Klimovna keinen KommHelm trug. Er musste schreien, um sich über dem Motorenlärm Gehör zu verschaffen, aber laute Stimmen wurden instinktiv als Bedrohung oder zumindest als Zorn empfunden. »Dreihundert Meter, nicht näher, denke ich ...«

Valentina ließ das AirCar über den Rand gleiten und nutzte den Abgrund, um das Fahrzeug glatt auf Fluggeschwindigkeit zu bringen. Sie zog den Steuerknüppel zu sich heran, hob das AirCar auf seine ursprüngliche Höhe und bremste gleichzeitig ab. Daniel bezweifelte, ob das kleine Fahrzeug bei Geschwindigkeiten über hundert oder hundertzwanzig km/h noch lenkbar sein würde. Sie hätten weiß Gott trotz des Schlamms zu Fuß gehen sollen!

Der Drache schlängelte sich nach vorn. Einen Augenblick lang hielt Daniel die Bewegung für eine optische Täuschung, doch dann stießen die mächtigen Hinterbeine die Kreatur ab, dass der Schlamm aufspritzte, und der Schlangenkörper hob vom Boden ab. Das Vieh kurvte auf sie zu, stieg schnell höher. Daniel konnte deutlich die beiderseits seines Körpers ausgestreckten Membranen erkennen. In Adeles Buch stand, dass es sich dabei um individuelle »Federn« handelte, was auch durchaus stimmen mochte, aber aus der Ferne wirkten sie wie zusammenhängende Membranen, so dünn, dass sie fast durchsichtig waren.

Muskeln in dem ganzen kräftigen Körper des Drachen bewegten die Membranen wellenförmig, ihre Gesamtfläche war beträchtlich, obwohl sie der Länge nach angeordnet waren und nicht etwa senkrecht vom Körper abstanden, wie das sonst bei Flügeln, die Daniel gesehen hatte, der Fall war.

»Bringen Sie uns runter!«, schrie Hogg. »Runter!«

Der Graf zielte über den Rand. Als Valentina seitlich abkippte, *schnell* auf den Boden zustrebte, versuchte ihr Mann dem Drachen zu folgen, sodass der Lauf des Impellers gegen Daniels Helm krachte.

»Nicht in der Luft, um Himmels willen!«, schrie Daniel, griff blindlings nach hinten und schaffte es, die Waffe am vorderen Ende zu packen. Falls Klimov feuerte, würde der heiße Lauf an Daniels Handflächen und Fingern mächtige Brandblasen hinterlassen. Aber das war immer noch besser, als wenn eine Kugel ihn, den Fahrer oder den vorderen Rotor traf …

Der Drache schlängelte sich weg und stieg höher, anstatt anzugreifen. Seine Schwingen bildeten ein schimmerndes Schraubenpaar, als das Monstrum sich über dem Nebel erhob.

Valentina war immer noch auf Sinkflug und gab jetzt im letzten Augenblick Gas, als ihr bewusst wurde, wie hart sie auftreffen würden. Die Hinterpartie des AirCars traf auf einen Haufen ineinander verschlungener Röhrenpflanzen, die etwas Massives verbargen – einen Felsbrocken oder einen großen Baumstumpf. Der hintere Rotor löste sich auf, der vordere, unter Überlast, brachte das Fahrzeug zum Kippen.

Daniel sprang über den Bug ins Freie und rutschte durch eine Gruppe Farne, die wie Tentakel nach ihm griffen. Der schlammige Boden verhinderte, dass er sich die Rippen brach, aber der Aufprall presste alle Luft aus seinen Lungen. Wenn sein Helmvisor ihn nicht geschützt hätte, wäre er vermutlich erstickt.

Er rollte sich auf den Rücken, zu mehr war er im Augenblick nicht imstande, und riss sich den Helm herunter. Die statische Ladung des Gesichtsschilds sollte eigentlich dafür sorgen, dass die Scheibe immer frei blieb, aber das hatte seine Grenzen.

Wo ist der Drache? Und da war er schon, stieß steil aus der Sonne herunter. Daniel hielt immer noch den Impeller in der linken Hand. Er blickte nach oben, ignorierte den Schmerz und riss die Waffe an seine Schulter. Er sparte sich das Zielen, weil die Mündung mit mindestens einem Pfund Schlamm verstopft war. Das machte die Waffe absolut unbrauchbar, und es stand fest, dass der Drache sie alle fressen würde, wenn nicht jemand jetzt ganz schnell eine gute Idee hatte.

Das vordere Triebwerk des AirCar heulte auf und bohrte sich tief in den schlammigen Boden, saugte Schlamm an, bäumte sich auf, schnappte nach Luft und begann dann diesen Zyklus aufs Neue. Hogg war unter dem Fahrzeug gefangen, nur Kopf und Oberkörper waren sichtbar. Den Flüchen nach zu schließen, die er lauthals herausbrüllte, bekam er immerhin noch Luft, aber seine Waffe hatte er verloren.

Valentina lag hinter dem AirCar auf dem Boden, bewusstlos oder zumindest ohne sich zu bewegen. Sie hatte sich am Steuerknüppel festhalten können, also war sie wenigstens nicht gleichzeitig mit Daniel hinausgeschleudert worden. Stattdessen war sie beim Umkippen des Fahrzeugs gute zwanzig Meter in entgegengesetzte Richtung geschleudert worden. Wo der Graf sich befand, entzog sich im Augenblick jeglicher Vermutung, aber in dieser Beziehung hatte Daniel ohnehin nicht viel Hoffnung gehabt.

Blieb also nur Daniel Leary aktionsfähig – aber ohne die leiseste Idee, was er tun sollte. Er trat einen Schritt vor, hielt den

Impeller am Lauf und keuchte: »Komm nur her, damit ich dir den Schädel einschlage, Schlange!« Kreaturen mit Facettenaugen nahmen Bewegung leichter wahr als Umrisse, und deshalb sollte der Drache eigentlich die restlichen Passagiere des AirCar ignorieren.

Der Drache war auf das umgekippte Fahrzeug heruntergestoßen, drehte sich aber jetzt behände wie ein Wurm in der Luft und trat mit den mächtigen Hinterbeinen zu, um sein Opfer zu packen. Dabei schoss er über Daniel hinweg, weil er sichtlich nicht daran gewöhnt war, dass Beute nicht etwa wegrannte, sondern auf ihn zulief.

Die Füße des Drachen hatten drei Zehen, zwei nach vorne und eine nach hinten gerichtet, jede einzelne mit einer schimmernden schwarzen Klaue von der Länge einer Männerhand bewehrt. Die linke Afterkralle bekam die Hinterseite von Daniels Uniformrock zu packen, als der seine Waffe wie eine Keule schwang. Das ließ ihn einen Salto rückwärts beschreiben, ehe der zähe Stoff riss.

Daniel rollte sich ab und kam auf die Füße. Der Drache riss ganze Brocken aus dem Boden und drehte sich mit der Eleganz einer Würgeschlange hin und her. Die Schwingen an Hals und Oberkörper hatte er eingezogen, aber die Hinterpartie blieb ausgebreitet; der Drache benutzte seinen Schweif wie ein Ruder, um ein Gegengewicht für den zustoßenden Schnabel zu bilden. *Adele hatte recht: Es sind individuelle Federn …*

Daniel schlug mit der Waffe nach dem Schädel der Kreatur. Sie war ihm zu schnell: Der Schnabel, dreißig Zentimeter lang und scharf wie ein Fleischerhaken, bekam den Kolben des Impellers zu fassen. Der Drache machte einen schnellen Ruck, weil er glaubte, den Hals dieser seltsamen Kreatur erwischt zu haben, und vorhatte, diesen zu brechen. Daniel konnte weiter den Lauf der Waffe festhalten, aber der Drache war so stark, dass ihm die Füße vom Boden weggerissen wurden, auf den er aber gleich wieder herunterkrachte. Die Waffe hielt er immer noch fest, doch nur aus reinem Instinkt, weil er beim letzten Aufprall jeden bewussten Willen verloren hatte.

Immer noch mit dem Impeller im Schnabel, rückte der Drache jetzt bewusst einen Schritt vor. Sein Atem stank nach Fäulnis, die faustgroßen mehrlinsigen Augen glitzerten nur Zentimeter von Daniels Gesicht entfernt wie Diamanten, während die Bestie sich anschickte, ihm den anderen Fuß auf den Rücken zu setzen und ihn in Stücke zu reißen.

Stahl blitzte durch die Luft und dann ragte das Heft von Hoggs Klappmesser mitten aus dem linken Facettenauge des Drachen. Die zehn Zentimeter lange Klinge hatte sich in den Sehnervenstrang gebohrt.

Völlig unerwartet startete der Drache himmelwärts. Die Schwinge an der linken Seite der Kreatur spreizte sich, aber die Federn auf der rechten Seite flatterten kraftlos. Der Drache beschrieb einen Bogen in der Luft und krachte herunter, platschte in den Schlamm. Sein linkes Bein zuckte konvulsivisch, sein Schnabel schnappte ziellos.

Das *Whack Whop* von Impellerschüssen auf ein nahe gelegenes Ziel verblüfften Daniel mehr, als er im Augenblick für möglich gehalten hätte, wo ihm doch jegliche Energie fehlte. Der Schädel des Drachen verformte sich; die Hälfte des oberen Schnabelteils und ein Klumpen Gehirnmasse flogen in der feuchten Luft davon.

Daniel drehte sich um. Graf Klimov hatte die Waffe an der Schulter. Er feuerte noch dreimal, schwankte jedes Mal unter dem kräftigen Rückstoß. Seine Kugeln wanderten an der Wirbelsäule des Drachen entlang, zerbrachen sie in einzelne Segmente, von denen jedes im eigenen Rhythmus zitterte. Die Kreatur stellte nicht länger eine Gefahr dar.

Klimov senkte seinen Impeller; die Hitze der Projektile, die die Waffe ausgespien hatte, ließ den Lauf dunkelrot glühen. Er sah Daniel an. »Ich bin zu dem Schluss gelangt, dass ich diese Trophäe nicht brauche, Kapitän«, sagte er.

Daniel versuchte auf die Beine zu kommen. Er setzte seinen Impeller als Stütze ein, aber er brach unter der Belastung ab. Der Schnabel des Drachen hatte den Lauf halb durchtrennt.

»Sehr gute Schüsse, Sir«, lobte Daniel. Er stützte sich auf ein Knie und schaffte es schließlich, auf die Beine zu kommen. Klimovna lag auf einen Ellbogen gestützt da.

»Würde mal jemand dieses verfluchte AirCar von mir runterholen?«, verlangte Hogg.

Daniel ging zu dem Fahrzeug, beugte sich vor und schaltete den Motor ab; der Rotor kam mit einem beleidigten Stöhnen zum Stillstand. »Tut mir furchtbar leid, Hogg«, sagte er. »Ich fürchte, das AirCar werden wir erst dann hochheben können, wenn die Crew hier ist, die jetzt, wie ich sehe, von der *Princess Cecile* herüberkommt.«

Er winkte, um damit anzuzeigen, dass die Gefahr vorüber war. Den Arm zu heben jagte ihm einen stechenden Schmerz bis hinunter in die Zehen am linken Fuß.

Ob das Messer, das Hogg geworfen hatte, den Schuss des Grafen überlebt hatte? Hoffentlich, denn man konnte ja nie wissen, ob man so etwas nicht wieder brauchen würde.

»Kapitän Leary?«, fragte der Graf. »Was ist der nächste Punkt auf unserer Route?«

»Todos Santos, die Hauptwelt des Ten Stars-Sternhaufens, Sir«, sagte Daniel. »Wie lange möchten Sie noch hierbleiben, ehe wir wieder starten?«

»Ich will nicht einmal so lange hierbleiben, wie ich brauchen werde, um zur *Princess Cecile* zurückzugehen«, sagte der Graf und bedachte Daniel mit einem eisigen Lächeln. »So lange werde ich warten müssen, das weiß ich. Aber nicht viel länger, okay?«

»Aye, aye, Sir«, nickte Daniel. »Ich weiß genau, wie Ihnen zumute ist.«

10

Däumchendrehend außerhalb des Minengürtels von Todos Santos auf Orbit zu hängen, mochte alle anderen an Bord der *Princess Cecile* nervös und reizbar gemacht haben, aber Adele fand dies den idealen Ort, um Informationen zu sammeln – was ja schließlich ihre Aufgabe war. *Wenn meine Aufgabe nicht gerade darin besteht, Menschen zu erschießen*, fügte sie in Gedanken hinzu, und weil sie guter Laune war, führte dieser Gedanke dazu, dass ihr verkniffenes Lächeln sich um ein paar Millimeter lockerte.

Wenn sie die Kunst des Pfeifens beherrscht hätte, hätte sie jetzt gepfiffen, so wie Daniel das in ähnlichen Umständen tat. Diese Fertigkeit jetzt zu erlernen, lohnte wahrscheinlich die Mühe nicht; aber vielleicht …

Sie entdeckte aus dem Augenwinkel eine Bewegung und blickte zur Seite. Daniel glitt mit ungewohnt finsterer Miene auf ihre Konsole zu. Die *Princess Cecile* hatte nur dann Schwerkraft oder deren Äquivalent, wenn sie sich auf einem Planeten oder unter Schub befand. Todos Santos-Kontrolle hatte ihnen einen Orbit zugewiesen, den sie nur dann verlassen durften, wenn sie riskieren wollten, von den planetarischen Verteidigungseinrichtungen als feindlich eingestuft zu werden, also hätten sie selbst dann nicht unter etwa 1 *g* Beschleunigung herumhampeln können, wenn die Korvette in ihren Tanks über genügend Wasser verfügt hätte, das in Treibstoff für den High Drive konvertiert werden konnte.

»Haben Sie eine Ahnung, wie lange wir noch auf die Landegenehmigung warten müssen, Mundy?«, fragte Daniel, förmlich, wie er dies unter solchen Umständen immer zu sein pflegte. Die Tatsache, dass er zu ihr gekommen war, um mit ihr zu sprechen statt das KommSystem zu benutzen, zeigte freilich, wie sehr ihn die Untätigkeit nervte.

Sie hatte das Layout des Hafens von San Juan weitergeleitet, der planetarischen und praktisch auch der nationalen Hauptstadt; formal gesehen gehörte der Ten Stars-Sternhaufen dem Commonwealth an und war Radiance tributpflichtig. Die normalen Sensoren des Schiffes hätten Bilder geliefert, die Größe und Zahl der Schiffe in dem großen Hafen anzeigten, aber Adeles Sensorik – die zusätzliche Software und diverses Gerät aus den Beständen von Mistress Sand – fügten die Namen der Schiffe, ihre Ankunfts- sowie die geplanten Abreisedaten und jegliche andere Information in den Dateien der planetarischen Raumkontrolle hinzu.

In ein paar Minuten würde sie alle Daten aus den Computern der Schiffe eingesammelt haben. O ja, für jemanden, der sich auf Informationsbeschaffung verstand, eben einen Spezialisten vom Range Adeles, war dies eine *wunderschöne* Umgebung.

»Es scheint nur zwei Wachboote zu geben«, erklärte Adele. Sie schrumpfte die Kommunikationsdaten, mit denen sie gearbeitet hatte, auf eine Sidebar, um für Daniel ein räumliches Display projizieren zu können. Anstatt das Bild auf seinen Helmvisor zu schicken, wie sie es ursprünglich vorgehabt hatte, schaltete sie ihre Konsole so, dass diese eine 3D-Ansicht projizierte. Sie runzelte die Stirn. »Nach den Aufzeichnungen der Kontrollbehörde sind hier fünf, aber von den anderen finde ich keine Anzeigen.«

Daniel schmunzelte und ließ damit erkennen, dass seine übliche gute Laune zurückgekehrt war. »Ich bin sicher, dass es in den Büchern Eintragungen für Sold und Wartung gibt – zumindest in der Tasche von irgendjemandem«, erklärte er. »Na ja, das ist eben nicht Cinnabar, wissen Sie, und selbst auf Cinnabar …«

»Ah«, machte Adele und nickte. Sie rief sich wieder einmal ins Gedächtnis, dass Aufzeichnungen durchaus falsch sein konnten, wenn in der Gleichung auch menschliche Wesen vertreten waren. Das sollte sie einfach mit ins Kalkül ziehen, so wie sie das ja auch hinsichtlich der Möglichkeit von Geräteausfällen tat, und nicht jedes Mal wütend werden, wenn sie erfuhr, dass *jemand bewusst ihre Daten gefälscht hatte*! »Ja, natürlich. Jedenfalls hat eines der Wachschiffe vor siebenundvierzig Minuten einem kostromanischen Frachter die Landung freigegeben und ist jetzt zur *Princess Cecile* unterwegs. Das andere Wachschiff ist …«

Ihre Miene verfinsterte sich. »Das ist seltsam«, sagte sie und schaltete auf den KommBildschirm zurück, ohne an ihren Gast zu denken. *Das könnte wichtig sein.*

»Daniel«, sagte sie, »das andere Wachboot gibt einem Allianzfrachter mit Abflughafen Pleasaunce die Landung frei, er nennt sich *Goldenfels*, ID Nummer 83191-7.«

»Das ist schon in Ordnung«, sagte Daniel, schlang das rechte Bein um Adeles Sitzstütze und sah mit halb zugekniffenen Augen auf ihren Bildschirm. Er würde ihm ebenso wenig sagen wie sein Astrogationstank ihr an Einsichten vermittelte. »Die Allianz befand sich nie im formalen Kriegszustand mit dem Commonwealth, müssen Sie wissen. Aber der Verkehr mit der Allianz ist wegen der großen Entfernung und des Piratenrisikos nicht sehr umfangreich.«

»Daniel«, sagte Adele und presste verärgert die Lippen zusammen, »das ist *alles*, was ich Ihnen über die *Goldenfels* sagen kann. Ich komme über deren Kommunikationsanlage nicht in ihr Navigationssystem. Das Schiff ist zu gut abgeschirmt.«

»Ah!«, machte Daniel mit einem rätselhaften Lächeln. »Können die in unser System rein, Adele?«, fragte er.

»Natürlich können sie das«, erwiderte sie beinahe schroff. »Wenn sie das nicht könnten, würde das ja verraten, dass wir ein Spionageschiff sind, nicht wahr? Jedem, der über das erforderliche Gerät und die notwendige Ausbildung verfügt, meine ich natürlich.«

Sie zeigte ihrem Freund etwas, was sie für ein ziemlich braves Lächeln hielt. »In *mein System* können sie freilich nicht rein«, fügte sie hinzu. »Und nach dem Manifest, das sie lesen können, haben wir eine viel kleinere Mannschaft, hauptsächlich von Novi Swerdlowsk. Und keine Torpedos.«

»Die Klimovs nähern sich der Brücke«, flüsterte Toveras Stimme am linken Ohr von Adeles Helm.

»Kapitän, wie lange müssen wir hier warten?« Der Graf glitt recht ungeschickt durch die Luke; obwohl er besser mit der Schwerelosigkeit zurande kam als Adele, wie sie leicht gereizt feststellte. Die Klimovna folgte ihrem Gatten, wobei sie vom Boden abprallte und an die Decke des Gangs flogen.

Nachdem die *Princess Cecile* auf Orbit um Todos Santos gegangen war, hatten sie ihre Kabine auf Deck C aufgesucht in der Hoffnung, dort mehr Bequemlichkeit als in dem Nebenraum der Brücke zu finden. Offenbar war diese Hoffnung enttäuscht worden.

»*Wachschiff* Abdul Hassan *dockt an Cinnabar-Schiff* Princess Cecile *an*«, erklärte eine nervös klingende Stimme über den Kanal der Bodenkontrolle. Es klang eher wie eine Forderung als eine Ankündigung. *»Halten Sie sich bereit, Beamte der Hafenkontrolle zu empfangen.«*

»Princess Cecile an *Abdul Hassan«*, erwiderte Daniel. Seine Stimme klang für Adele auf eine inzwischen vertraute Art verzerrt, weil sie sowohl über Funk durch ihren Helm, wie auch direkt von seinen Lippen an ihre Ohren gelangte. »Wir werden Sie an unserer vorderen Dorsalluke empfangen. *Princess Cecile* Ende.«

Daniel wandte sich den Klimovs zu, richtete sich auf und hakte sich mit der linken Stiefelspitze zwischen Adeles Konsole und dem Schott ein, um nicht davonzufliegen. »Die Hafenkontrolle wird in wenigen Minuten an Bord kommen, Sir«, sagte er höflich. »Ich gehe davon aus, dass wir nach ein paar Formalitäten Landeerlaubnis bekommen werden.«

Er hustete. »Äh, eine der Formalitäten wird wahrscheinlich in einem kleinen Trinkgeld an die Beamten bestehen«, fügte er hinzu. »Sonst könnte es sein, dass wir längere Zeit im Orbit bleiben.«

»Ja, natürlich«, nickte Klimov. »Wie viel?«

Der Graf zuckte die Achseln, was er besser bleiben gelassen hätte. Die Bewegung ließ ihn erneut zur Decke driften. Seine Arme vollführten windmühlenartige Bewegungen.

»Der kostromanische Frachter, der gerade die Freigabe bekommen hat, hat 150 kostromanische Dukaten bezahlt«, sagte Adele. »Wenn das, wie ich annehme, Neue Dukaten sind, sind das etwa 110 cinnabarische Gulden oder …«

Ihr linker Kontrollstab zuckte und lieferte ihr Daten. Die leichte Verstimmung darüber, dass sie sie nicht schon früher bereitgestellt hatte, ließ sie sich nicht anmerken.

»Dreitausendzweihundertundachtzehn Swerdlowsk-Kronen.«

Den Klimovs war die Verblüffung darüber anzumerken, dass sie geantwortet hatte. Daniel lächelte bloß, obwohl er jetzt, wo Adele darüber nachdachte, vermutlich nicht geahnt hatte, dass sie sich schon so schnell so viele Informationen angeeignet hatte.

Der Spacer, der die Klimovna gestützt hatte, packte jetzt, selbst mit der Fußspitze an der Lukensüll verankert, den Grafen. Klimov hob seine Hemdbluse an, um an einen Geldgurt zu kommen, und begann dann, Allianz-Mark in seine linke Hand zu zählen.

»Kapitän, ein Schiff nähert sich«, sagte Sun laut genug, um gehört zu werden, ohne freilich den Blick von seiner Geschützkonsole zu wenden.

»Schiff, Beamte der Hafenkontrolle werden jetzt an Bord kommen«, sagte Daniel über die Sprechanlage. Die Klimovs hörten aufmerksam zu; sie trugen die KommHelme nicht, die man

ihnen gegeben hatte, und Daniel sprach sie deshalb unmittelbar an. »Wir sollten in einer halben Stunde wassern und werden dies der vernünftigen Einstellung der Eigner bezüglich Hafengebühren zu verdanken haben.«

»*Hurra für die Klimovs!*«, rief jemand über die Sprechanlage. Vermutlich war das Dorst, da im Augenblick nur die Brücke und die Gefechtsleitzentrale Zugang zu der Anlage hatten. Allgemeines Freudengeschrei war zu hören.

»Und, Sun?« Daniel beugte sich zu dem Geschützmaat hinüber. »Wenn Ihre Türme vorne und achtern nicht verriegelt sind, degradiere ich Sie jetzt an Ort und Stelle.«

Sun drehte sich um und grinste. »Sie sind verriegelt, Sir«, sagte er. »Aber nicht eingefahren. Ich habe mir gedacht, schließlich sind wir jetzt im Norden und können beim Landeanflug schon ein wenig Turbulenzen vertragen, damit die Kanaken uns nicht für Schlappschwänze halten, stimmt's?«

Adele zuckte zusammen. Sobald die Klimovs die Brücke verlassen hatten, würde sie Sun daran erinnern, dass »Kanake« nicht die geeignete Ausdrucksweise war, wenn die mitreisenden Eigner von Novi Swerdlowsk stammten …

»*Ein Zollboot dockt an uns an, Kapitän*«, warnte Woetjans über die Standleitung vom Rumpf der *Princess Cecile*. Als die Korvette in den Orbit gegangen war, hatten die Rigger die Segel gerefft, die Rahen in Vertikalstellung gebracht, sie an den Antennen verriegelt und diese eingefahren und zur Landung angeklappt. Anschließend hatte Woetjans die Backbordwache unter Deck geschickt, nur sie und die Steuerbordwache waren draußen geblieben.

»Bestätigt, Woetjans«, erwiderte Daniel. »Bringen Sie sie durch Dorsal vorne herein und folgen Sie ihnen an Bord.«

Er sah lächelnd zu den Klimovs hinüber, die in einem Winkel zum Deck schwebten. Ein Rigger von der Backbordwache streckte den Arm aus; die Klimovna ergriff sein Handgelenk und hielt sich fest. »Unser Bootsmann hat das Eintreffen des Wachschiffs angekündigt«, erklärte Daniel. »Es dauert nur noch ein paar Minuten.«

Wenn ein Schiff sich in der Matrix befand, bewegte sie der Druck der Casimirstrahlung auf ihre Segel zwischen den Blasenuniversen mit verschiedenen Raumzeitkonstanten. Selbst ein so schwacher Input wie ein Radiosignal oder das elektromagnetische Feld einer stromführenden Leitung konnte zu buchstäblich unberechenbaren Variablen führen.

Im Normalraum existierte dieses Problem nicht, dennoch waren die Rigger mit dem Einsatz irgendwelcher Funkgeräte äußerst zurückhaltend. Die Handsignale und Semaphore, vermittels derer sie in der Matrix die Segel setzten, reichten im Allgemeinen auch für andere Anlässe.

Adele hätte beobachten können, wie die *Abdul Hassan* Leinen zur *Sissie* hinüberschickte, aber die Feinheiten des Umgangs mit Schiffen hätten sie selbst dann nicht interessiert, wenn die Einheimischen ihr etwas hätten beibringen können, was die Crew der Korvette nicht schon wusste. Stattdessen klinkte sie sich in den Computer des anderen Hafenkontrollschiffs, der *Piri Reis*, ein und verschaffte sich Einblick in die Informationen, die die einheimischen Inspektoren von der *Goldenfels* nach Hause schickten.

Das Hafenkontrollteam rollte ein Faseroptikkabel zum eigenen Schiff aus und stellte damit sicher, dass die Daten weder gestört noch abgehört werden konnten – bis sie zur *Piri Reis* gelangten. Von dem Augenblick an gehörten sie buchstäblich mit Lichtgeschwindigkeit Adele. Ihre Stäbe zuckten, während sie zusah, wie die Bilder in Kaskaden über ihren Bildschirm strömten.

Die Luftschleuse achtern von der Brücke der *Sissie* öffnete sich summend. Zwei Fremde mit Helmen kamen heraus, gefolgt von Mannschaften, deren Riggeranzüge sie im Vergleich zu den anderen in flexiblen Luftanzügen riesig und schwerfällig erscheinen ließen. Die kristalline Antennenleitung, die den Helm des ersten Einheimischen mit seinem Schiff verband, war dünn wie ein Haar. Obwohl Adele wusste, dass sie da sein musste, konnte sie nur ein Zittern in der Luft wahrnehmen.

Solches Gerät war teuer und von höchster Qualität. Die einzige Rechtfertigung, die sie sich dafür vorstellen konnte, war, dass es für eine gewisse Ehrlichkeit der Inspektoren sorgte, dass die Inspektoren ehrlich blieben – in dem Sinne, dass ihre Vorgesetzten genau wussten, wie hoch die Bestechungssumme gewesen war, um auf die Weise ihren angemessenen Anteil davon zu bekommen.

»Da ich der Eigner bin, Graf Georgi Klimov«, sagte der Graf und trat mithilfe des Spacers hinter ihm vor, »glaube ich, kommt es mir zu, Sie zu begrüßen. Sie werden sicher feststellen, dass unsere Papiere in Ordnung sind, und werden mir, wie ich hoffe, die Ehre erweisen, dieses kleine Zeichen meiner freundschaftlichen Gefühle anzunehmen.«

Er hielt dem noch mit dem Abspulen seiner Faserleitung beschäftigten Inspektor ein kleines Bündel Geldscheine hin, alle mit dem Bild von Garantor Porra, und reichte sie dann dem zweiten Mann. Adele benutzte das Bild aus seiner Helmkamera, um die Schrift auf den Geldscheinen zu sehen, die ihr die Hand des Grafen verdeckte: Fünfundachtzig Mark, das waren nach dem beim Start der *Princess Cecile* in Xenos gültigen Kurs der Gegenwert von einhundertzwölf Cinnabar-Gulden. Sie runzelte die Stirn über diesen weiteren Hinweis darauf, dass der Graf mehr Respekt verdiente, als sie ursprünglich angenommen hatte.

Die Inspektoren steckten einen Augenblick die Köpfe zusammen und brauchten wesentlich länger als Adele dazu, das Geld zu zählen. Schließlich blickten sie auf, und der mit der Kamera zuckte die Achseln. »Ihre Papiere sind in Ordnung«, sagte er. »Sie haben Hafenplatz D-73.«

Das Geld verschwand in seiner Werkzeugtasche, die er am Gürtel trug. Sein Partner fügte hinzu: »Es kommen noch Kosten für die Kaianlagen hinzu. Wir geben Ihnen lediglich die Landung frei.«

»D-73 ist im äußeren Bogen«, sagte Daniel und zog damit die Blicke aller Anwesenden auf sich. »Wie ich feststelle, ist auch die Schlipp Nummer A-12 frei. Das ist die neben der *Aristoxenos*, auf der einige von uns vielleicht alte Schiffskameraden haben. Ob es wohl möglich wäre, dass wir dort landen? Die Dammstraße zum inneren Bogen würde es dem Grafen und der Gräfin ersparen, ein Boot ans Ufer nehmen zu müssen; ihr AirCar hat auf der Welt, die wir zuletzt besuchten, leider ein schlimmes Ende genommen.«

»Die A-Plätze sind der Flotte vorbehalten«, sagte der Inspektor, der das Bestechungsgeld entgegengenommen hatte; seine Finger berührten dabei seine Werkzeugtasche. »Oder für Sonderfälle.«

»Die *Piri Reis* hat bereits einen Frachter für A-12 freigegeben«, meinte der Mann mit der Kamera. »Das würde bedeuten, dass man die Mannschaft der *Piri* auch geschmiert hat.«

»Wie viel?«, fragte die Klimovna unverblümt.

Die Inspektoren sahen zuerst sie an und tauschten dann Blicke. Der Mann mit der Kamera zuckte die Achseln, worauf der andere ebenfalls die Achseln zuckte und damit zu erkennen gab, dass er sich entschieden hatte. »Für die A-Schlipps zweihundertfünfzig Mark«, sagte er zu den Klimovs. »Für weniger können wir es nicht machen.«

»Einverstanden«, sagte der Graf und griff erneut in seinen Geldgurt.

Daniel stieß sich vom Schott ab und glitt so elegant wie ein Seehund im Wasser zur KomKonsole zurück. Seine Finger begannen blitzschnell über sein Touchpad zu tanzen und veränderten die Bildausgabe.

Während der Graf den zusätzlichen Betrag in die behandschuhte Hand des einen Inspektors zählte, klappte dessen Partner den Helm zu, um über sein Mikrofon mit der Crew des anderen Wachschiffs zu sprechen. Er redete eindringlich und griff schließlich nach der Hand seines Partners, die das Geld hielt, und zog sie vor seine Helmkamera.

Dann klappte er heftig nickend die Gesichtsplatte wieder auf. »Ich habe einen Fehler gemacht«, sagte er. »A-12 ist doch frei. Wir haben sie Ihrem schönen Schiff zugeteilt, Graf Klimov. Wirklich eine Freude, mit Ihnen Geschäfte zu machen!«

Er drehte sich um und öffnete die innere Tür der Luftschleuse. Ein Schimmern in der Luft hinter ihm zeigte an, wie sich sein KommKabel wieder aufspulte. Sein Partner, der inzwischen das Geld in seiner Werkzeugtasche verstaut hatte, folgte ihm.

Als die Schleusentür sich hinter den Beamten schloss, grinsten alle auf der Brücke Anwesenden mit Ausnahme Adeles befriedigt und fingen an, miteinander zu reden. Adele belauschte das Geschehen auf der Brücke der *Goldenfels*, wo das andere Inspektorenteam Kapitän Bertram erklärte, dass sein Schiff doch nicht für Schlipp A-12 freigegeben war.

Sie runzelte besorgt die Stirn. Wenn Bertram sich im selben Raum mit ihr befunden hätte, dann hätte ihre Hand jetzt die Pistole in ihrer Tasche berührt.

»Schiff, hier spricht der Kapitän«, sagte Daniel, auf der Couch vor seiner Konsole liegend und mit der Oberfläche von Todos Santos, achttausend Kilometer unter ihm, auf seinem Bildschirm. »Ich werde die Landungssequenz in zwei Minuten und …« Er wartete, bis die Ziffer auf seinem Display sich änderte. »… vierzig Sekunden einleiten. Bereithalten zur Landung, Ende.«

Der Computer der *Sissie* würde das Schiff landen. Eine Sidebar listete die bereits vorprogrammierten Schubimpulse nach Sekunden pro Düse auf. Falls Daniel das wollte, konnte er den tatsächlichen Kursverlauf hinzufügen, ein Netz roter Linien, die das planetarische Bild umkreisen würden, bis sie schließlich an Schlipp A-12 endeten – obwohl der Hafen bei dem augenblicklich eingestellten Maßstab nicht selbst zu sehen war. Er verzichtete darauf, aber sobald sie in die Atmosphäre eindrangen, würde er auf Direktsicht umschalten.

Adele fügte in der linken oberen Ecke von Daniels Bildschirm einen rot umgrenzten Kommunikationsblock ein. Dort stand zu lesen LASERSIGNAL VON DER *GOLDENFELS*.

»*Schiff* Princess Cecile«, sagte eine unbekannte Stimme. Die Icons zeigten an, dass Adele das Signal nur Daniel und der Gefechtsleitzentrale zuleitete. »*Schlipp A-12 ist der* Goldenfels *zugeteilt worden. Behindern Sie uns nicht, sonst werden Sie es bedauern.*«

Ein Schiff stieg aus dem Hafen auf, vom Display mit einem roten Kreis umgeben. Daniel hatte die Dampfwolke bemerkt, als die *Princess Cecile* über San Juan hinweggeflogen war. Es war ein sogenanntes KonTiki, das waren einigermaßen primitive Schiffe mit einer Tonnage zwischen fünf- und sechshundert Tonnen, die einer Legende nach ihre Bezeichnung einem antiken Forscher auf der alten Erde verdankten. Sie schleppten Lasten, die sie im Orbit aufnahmen, und beförderten im Rumpf nur Gegenstände von hohem Wert. Solange sie keine Schlepplasten beförderten, eigneten sich diese Boote ideal für Schmuggel und Piraterei.

Daniel begann neue Kursdaten einzugeben; er lächelte dabei. Seine Fingerspitzen hämmerten auf das virtuelle Touchpad, aber nur infolge der Begeisterung, mit der er immer tippte, nicht aus Wut. Er war nicht zornig ...

»Schiff, Gefechtsstationen.« Die den Bremsimpuls anzeigende Sidebar verschwamm, wurde aber gleich wieder scharf und wies jetzt die Kursänderungen aus. »Da ist ein Allianzfrachter, der der Ansicht ist, uns von unserem Landeplatz verdrängen zu können. Die MRC wird ihnen zeigen, dass sie auch diesmal unrecht haben. Leite Landesequenz ... *jetzt* ein!«

Und fügte dann, lauter, um das Brüllen der Schubaggregate bei achtzig Prozent Leistung zu übertönen, hinzu: »Sechs Ende.«

Daniel war vage bewusst, dass er ganz automatisch in den

Sprachgebrauch der Marine zurückgefallen war: Für sich war er nicht länger der Kapitän, sondern vielmehr Schiff Sechs. Vermutlich hatte die Mannschaft ihn immer so gesehen.

Was die Klimovs anging, nun, sie waren ihm nicht wie Leute vorgekommen, die sich gern herumschubsen ließen. Wenn Daniel sich geirrt hatte, würde das wahrscheinlich beweisen, dass er sich doch nicht dafür eignete, ein ziviles Schiff zu befehligen.

»Todos Santos-Kontrolle, hier Schiff unter Cinnabar-Register *Princess Cecile*«, sagte Daniel und richtete sein Signal sowohl an die Satelliten der Bodenkontrolle wie auch die *Goldenfels*. Die Icons auf seinem Bildschirm verrieten ihm, dass Adele das Signal per Mikrowellenrichtstrahl nicht nur an den Allianzfrachter, sondern auch an die beiden Wachschiffe im Orbit sandte. »Wir begeben uns gemäß Anweisung von Todos Santos-Kontrolle zu Schlipp A-12, San Juan Hafen. Bitte bestätigen, Ende.«

Der Bremsimpuls und die Vibration der Schubaggregate ließen seine Stimme leicht zittern. Selbst auf der Brücke klapperten ein paar Gegenstände, die sich aus ihren Halterungen gelöst hatten; der Himmel wusste, was in den anderen Schiffsbereichen geschah. Die Crew hatte erwartet, mit 1 *g* hinunterzukreisen, stattdessen fielen sie jetzt mit der doppelten Beschleunigung.

Daniel hoffte, dass die Klimovs angeschnallt waren, hatte aber im Augenblick keine Zeit, sich zu vergewissern. Ein Icon oben auf seinem Bildschirm zeigte an, dass sie beide mit ihm gesprochen hätten, wenn Adele die Signale nicht blockiert hätte. Das bedeutete zumindest, dass sie sich nicht das Genick gebrochen hatten.

»*Kontrolle an* Princess Cecile«, sagte eine gereizt klingende Frauenstimme. »*Sie haben Landefreigabe. Wenn ihr Kinder dort oben ein Problem habt, dann wäre es gut, wenn ihr das lösen würdet, ehe ihr runterkommt, sonst schicken wir euch beide in den Knast, ich schwör's! Kontrolle Ende.*«

Genau das hatte Daniel erwartet, und etwas Besseres hätte er sich nicht wünschen können. Die *Sissie* brauchte die Einheimischen nicht, um mit einem Allianzschiff klarzukommen, aber wenn Todos Santos sich eingeschaltet hätte, dann hätte das eine Situation verkompliziert, die schon infolge der Tatsache kompliziert war, dass Cinnabar und die Allianz sich miteinander im Frieden befanden …

»*Sechs, hier Sechs-Zwei*«, meldete Chefkanonier Betts. »*Ziel erfasst, Kurse für die ersten vier Aale gesetzt. Ende.*«

Daniel schaltete den Kursindikator als Hauptschirm; GefechtsDisplay, Komm, Artillerie und Echtzeitbilder wanderten in verkleinertem Maßstab nach unten. Sun hatte das Fadenkreuz für die beiden zehn Zentimeter Plasmakanonen des Dorsalgeschützturms auf die *Goldenfels* eingestellt, wohl wissend, dass seine Waffen auf augenblickliche Distanz nur den an den Rahen des Frachters gerefften Segeln Schaden zufügen würden. Der Ventralgeschützturm heckwärts auf Deck D stand immer noch parallel zum Schiff, aber Sun hatte ihn entriegelt.

»*Cinnabar-Schiff, ich warne Sie!*«, schnarrte die Stimme von dem Allianzfrachter. »*Wir landen an Schlipp A-12. Falls Sie unter uns sind, wenn wir runterkommen, ist das Ihr verdammtes Pech!* Goldenfels *Ende!*«

Der Mann setzte immer noch ein LaserKomm ein, und deshalb beeinträchtigten die atmosphärischen Störungen und der Ionennebel aus seinen Plasmaschubaggregaten den Empfang an Bord der *Princess Cecile*. Adeles Software bügelte zwar die Störungen aus, aber wenn der Allianzoffizier nicht so wütend gewesen wäre, hätte er ein anderes Sendemedium benutzt.

Die *Princess Cecile* war ein Kriegsschiff mit Rahmen und Schotten, die für härtere Bremsmanöver gebaut waren als irgendein Frachter. Die *Goldenfels* hatte das Anflugmanöver ein paar Sekunden vor der Korvette begonnen, aber dass das Allianzschiff die Oberfläche des Planeten vor der *Sissie* erreichen würde, war ausgeschlossen.

Andererseits wog der Frachter leer etwa achttausend Tonnen. Wenn der Kapitän der *Goldenfels* es daher ernst meinte, dass er sie auf die *Sissie* fallen lassen würde – und so hatte es jedenfalls geklungen –, musste schleunigst etwas geschehen.

»Mister Sun, richten Sie den Dorsalturm auf den Backbordquadranten der *Goldenfels*«, befahl Daniel und weitete den Geschützbildschirm auf vierzig Prozent seiner Displayfläche aus. Er sprach über die allgemeine Sprechanlage des Schiffes und nicht dem KomKanal, um auf die Weise alle an Bord über das Geschehen zu informieren. »Auf mein Kommando wandern Sie mit Ihrem Strahl entlang den Backbordschubaggregaten vom Bug zum Heck. Warten Sie auf meinen Befehl! Ende.«

Auf dem Monitor bildete der Allianzfrachter eine schlanke, dunkle Masse über den zwanzig grellen Flammen ihrer Plasmaaggregate. Die *Princess Cecile* flog bereits viertausend Meter tiefer und östlich – im Orbit aufwärts – der *Goldenfels*. Sun verlagerte sein pulsierendes, oranges Fadenkreuz nach hinten und auswärts vom Bauch des Frachters und sagte: »*Aye, Aye, Sir.*«

»Adele«, sagte Daniel, während seine Finger tanzten. »Übermitteln Sie das Bild von unserem GeschützDisplay an die *Goldenfels*. Trennung. *Goldenfels*, hier spricht Daniel Leary von Bantry. Wenn Ihr Schiff sich, sobald wir eine Höhe unter fünfzehntausend Metern erreicht haben, dem meinen auf mehr als einen Kilometer nähert, werde ich das Feuer auf Ihre abseits gelegenen Schubaggregate eröffnen. Wenn Sie sehr gut sind, können Sie Ihr Schwein von einem Schiff auffangen, ehe es umkippt und sich in das Hafenbecken bohrt. Leary Ende!«

Daniel schrumpfte das ZielDisplay wieder auf den unteren Bereich seines Bildschirms und atmete tief durch. Er bemühte sich, seine Muskeln zu entspannen, damit sie sich nicht verkrampften, wenn er sich schnell bewegen musste … was sich mit hoher Wahrscheinlichkeit als nötig erweisen würde.

»Schiff, hier Sechs«, sagte er, als jetzt rote und blaue Kurven auf dem KI die Kurse der beiden Schiffe im Landeanflug anzeigten. »Für diejenigen von Ihnen, die keine Geschützausbildung haben …« Damit meinte er speziell die Klimovs, die ein Recht darauf hatten, über die Entwicklung der Dinge wütend und zugleich entsetzt zu sein.

»… will ich erklären, dass die *Goldenfels* keine Ventralgeschütze gegen uns einsetzen kann …«

Daniel wusste nicht mit Sicherheit, ob der Allianzfrachter bewaffnet war, aber eigentlich war das für jedes Schiff, das den Galaktischen Norden befuhr, eine Selbstverständlichkeit, die die Vernunft gebot.

»… solange ihre Schubaggregate arbeiten. Das Plasma aus dem eigenen Auspuff würde ihre Schüsse verzerren und möglicherweise sogar noch Schlimmeres bewirken. Wenn der Allianzkapitän zu einem so späten Zeitpunkt seines Landeanflugs den Antrieb abschaltet, wird er mit fast hundertprozentiger Sicherheit abstürzen, ganz unabhängig davon, was wir tun. Sechs Ende.«

Daniel leckte sich die Lippen. An der Stirnpartie seines Helms hatten sich ein paar Schweißtropfen gebildet. Er hätte sie gern weggewischt, ehe ihm ein Tropfen ins Auge fiel, aber er befürchtete damit den Mannschaftsmitgliedern, die das Gesicht ihres Kapitäns beobachteten, ein falsches Signal zu schicken.

Gepunktete Linien zeigten weiterhin die Vorhersage des Astrogationscomputers für den Standort der beiden Schiffe in den nächsten paar Minuten an, für den Fall, dass nicht das eine oder das andere einen Kurswechsel vornahm. Beide Kurse endeten am selben Punkt im Hafen von San Juan, wenn auch der Maßstab zu klein war, um Schlipp A-12 exakt zu identifizieren. Das Bild des Frachters dehnte sich auf dem GeschützDisplay aus, eine verzerrte Spindel, halb verdeckt vom opalisierenden Schimmer geladener Partikel.

Jetzt wurde das GeschützDisplay fast weiß, als der Frachter seine Plasmaaggregate hochfuhr. Einen Augenblick lang flammte das Bild grell, dann schrumpfte es und schien nach oben zu rutschen. In Wirklichkeit freilich sank die *Sissie* herunter, während die *Goldenfels* bremste und eine winzige Kursänderung vornahm. Der Allianzkapitän nahm Kurs auf Schlipp D-73, vermutete Daniel. Jedenfalls wäre Daniel nur ungern der Offizier gewesen, der nach einem so schnellen Sturzflug versuchte, ein Schiff wieder in Orbit zu bringen.

»Schiff, hier Sechs«, sagte er. Dann schob er sich den Helm aus dem Gesicht und wischte sich mit dem Ärmel die Stirn. »Bereithalten zum Aufsetzen, Spacer. Und willkommen auf Todos Santos!«

11

Adeles Taxi kam klappernd vor einem Gebäude zum Stillstand, das zwar größer, aber auch nicht in besserem Zustand war als die übrigen Gebäude an der mehrfach gewundenen Straße. Die Fahrerin schaltete die Turbine ihres kleinen Traktors ab; er wurde mit einem klingelnden Geräusch langsamer.

»Der Palast von Lord Purvis!«, sagte die Fahrerin mit weit ausholender Handbewegung zu Adele. Ein Dutzend Männer und ein paar Frauen hockten in dem schmalen Schattenstreifen entlang der vorderen Gebäudewand. Eine der Frauen schien eine Schneiderin zu sein; sie nähte dem mit entblößten Oberkörper neben ihren wartenden Mann mit einer Handnähmaschine Manschetten aus kontrastierendem Stoff an sein Hemd.

Der Ort stimmte mit der Adresse von Korvettenkapitän Adrian Purvis überein, die Adele in den Admiralitätsakten im Regierungsgebäude gefunden hatte … soweit man *Palast von Fürst Pedro Sforza, im Viertel der Holzhändler* als Adresse betrachten konnte. Es war eine bessere Adresse als die Unterlagen der Admiralität des Sternhaufens wirklich Unterlagen waren, so viel stand fest. Du großer Gott, die Vorstellung dieser Leute von einem Registratursystem war das elektronische Äquivalent davon, Papier einfach in eine Schublade zu werfen! Wenn Adele sich nicht sehr gut auf Informationsbeschaffung verstanden hätte, hätte sie niemal-

Adele schob ihren PDA in die Tasche zurück, als sie aus dem Wagen stieg, und schüttelte angewidert den Kopf. Sie *war* gut, wenn es um Informationsbeschaffung ging; wenn sie das nicht gewesen wäre, wäre das ihre Schuld gewesen und nicht die der Leute, die sich hier auf Todos Santos für Archivare hielten. Den Äußerungen Daniels nach zu schließen, als der sich die Flotte des Sternhaufens angesehen hatte, war die Admiralität im Übrigen in jeder Hinsicht ein Trauerspiel, und das schloss natürlich ihre Akten und die Adressen hochrangiger Flottenoffiziere ein.

»Fünfundzwanzig Cinnabar-Gulden, gnädige Frau!«, sagte die Fahrerin und verbeugte sich tief, nachdem sie vom Sitz ihres Vehikels gestiegen war. Tovera, die hinter dem Wagen stand und sowohl den Verkehr auf der Straße wie auch die Müßiggänger vor dem Palast im Auge hatte, ignorierte sie. »War mir ein Vergnügen, einer so bedeutenden Persönlichkeit wie Ihnen zu Diensten zu sein!«

Adele hatte in San Juan keine AirCars gesehen. Das Taxi, das sie sich genommen hatte, war ein Traktor mit Raupenfahrwerk, der einen hölzernen Karren zog, dessen zwei hohe Räder höchstwahrscheinlich für ein Fahrrad bestimmt waren.

Es gab eine Vielfalt von Fahrzeugen unterschiedlichster Bauart und jeglichen Alters, häufig mit einer Karosserie aus Holz oder Korbgeflecht auf uralten Rädern. Größere Versionen des von einem Traktor gezogenen Karrens, in dem Adele gefahren war, kamen öffentlichen Verkehrsmitteln am nächsten, doch diese verkehrten zwar auf mehr oder wenigen festen Strecken, hielten sich aber allem Anschein nach an keinerlei Fahrpläne.

»Der korrekte Fahrpreis beträgt dreißig Piaster«, sagte Adele und holte eine Münze aus ihrer Gürteltasche. »Ein Cinnabar-Gulden entspricht etwa fünfzig Piaster, aber mir ist bewusst, dass Sie die Münze gegen Ihre örtliche Währung eintauschen müssen, und dann wäre da auch noch das Trinkgeld, und deshalb verzichte ich auf Wechselgeld.«

Als Adele ihren Cousin angerufen und gebeten hatte, das Treffen zu arrangieren, hatte sie ihn gefragt, was der korrekte Fahrpreis vom Hafen hierher betragen würde. Sein Angebot, ihr eine Eskorte zu schicken, hatte sie abgelehnt. Sie versuchte zwar nicht gerade, ihre Anwesenheit in San Juan geheim zu halten, wollte aber keinerlei Prunkentfaltung, die selbst gewöhnliche Händler und Spacer der Allianz, die sich in der Stadt aufhielten, auf die Idee bringen könnte, sie sei mehr als eine zufällige Besucherin. Wenn man sie irrtümlich für eine Spionin hielt, konnte das ebenso schädlich – und gefährlich – sein, als wenn man sie aus stichhaltigen Gründen identifizierte.

»Was!«, schrie die Fahrerin. »Sie beleidigen mich …«

Sie drehte sich herum, um die Müßiggänger vor dem Palast auf ihre Seite zu ziehen.

»… und Sie beleidigen meinen Planeten!«

Bei dem Palast handelte es sich um ein im Karree angelegtes dreistöckiges Gebäude mit einer entlang der Straße verlaufenden falschen Fassade. Im Erdgeschoss gab es mit Ausnahme eines Tors keinerlei Zugänge. Die kleinen Fenster im ersten Stock und die größeren im zweiten trugen Eisengitter, die nicht so wirkten, als sollten sie nur schmückendes Beiwerk sein. Die Mauern bestanden überwiegend aus Ziegeln, von denen der cremefarbene Verputz in großen Brocken abgefallen war, sodass alle paar Meter rosafarbener Stein zu sehen war.

Einer der mit Eisen beschlagenen Torflügel stand offen. Im Schatten des dahinter liegenden Tunnels zeichneten sich silhouettenhaft herumlungernde Wachen vor dem hell erleuchteten Hof ab, wo Bedienstete damit beschäftigt waren, Wäsche aufzuhängen.

»Ihr Ausländer bildet euch wohl ein, ihr könnt nach Todos Santos kommen und die hart arbeitenden Bürger hier berauben?«, ereiferte sich die Fahrerin.

Die Fahrzeuge auf der schmalen Straße bewegten sich langsam genug, sodass die Passagiere sich umdrehten, um das Geschrei besser hören zu können. Auch die Müßiggänger vor dem Palast zeigten Interesse. Ein Mann erhob sich mit finsterer Miene. Die Frau neben ihm grub einen Stein aus dem festgetretenen Lehm, ehe sie aufstand. Tovera verlagerte leicht ihr Gewicht.

Adele schritt zügig auf das halb offene Tor zu. Einer der Müßiggänger, dessen gestreiftes Kleidungsstück aus einem Stück Tuch genäht war, drehte sich halb zur Seite, um ihr den Weg zu versperren, sah dann aber, was in Adeles Hand, die sie halb aus der Tasche gezogen hatte, glänzte. Er sprang mit einem Satz zurück und murmelte seinem Nachbarn etwas zu, ohne den Blick von Adele zu wenden.

»Man bedroht eine Mundy!«, rief Adele den herumlungernden Wachen zu. Ihre Stimme hallte durch den Tunnel und in den Hof dahinter. »Wird ein Purvis zulassen, dass sie auf seiner Schwelle verletzt wird?«

Die Wachen sprangen auf, und ihre Waffen klirrten. Es waren sechs Bewaffnete mit Halstüchern in Orange und Blau, den Purvis Farben. Ein Dutzend andere, hauptsächlich Frauen, waren entweder Gefährtinnen oder Hausangestellte, die sich mit den Wachen unterhielten. Ein Junge grillte aufgespießte Gemüsestücke auf einem winzigen Gasgrill zwischen dem geschlossenen Torflügel und der Wand.

»Was geht hier vor?«, fragte ein Mann, der seine Pistole in quer über seine Brust geschnallten Munitionsgurten statt wie die anderen Wachen im Schulterhalfter trug. Seinem Akzent nach war er auf Cinnabar geboren, offenbar ein Mannschaftsmitglied der *Aristoxenos*. Die restlichen Wachen schienen Einheimische zu sein.

»Ich bin Mundy von Chatsworth, die Cousine von Fregattenkapitän Purvis!«, verkündete Adele. »Dieses Gesindel …«

Sie deutete auf die Taxifahrerin, die jetzt mit offen stehendem Mund und verdattertem Gesicht dastand und sich an den Sattel ihres Traktors drückte.

»… hat versucht, mich zu berauben!«

»Scheucht sie weg!«, sagte der Wachkommandant und zog seine Pistolen. »Hölle und Teufel! Schafft sie sofort weg!«

Er trat auf die Straße hinaus, wartete aber neben Adele am Torflügel. Seine Männer kamen gerannt und droschen mit ihren

Impellerkolben auf jeden ein, den sie treffen konnten. Die Hausangestellten mit Gürteln, Stöcken und etwas, das wie eine gebogene Stricknadel aussah, folgten ihnen.

Die Opfer flohen statt den Versuch zu machen, Widerstand zu leisten. Adele vermutete, dass die Wachen mit der gleichen Rücksichtslosigkeit das Feuer eröffnet hätten wie sie mit den Kolben zuschlugen, falls jemand verrückt genug gewesen wäre, sich ihren Schlägen zu widersetzen.

Die Fahrerin lag ausgestreckt auf der Straße. Tovera war auf der anderen Seite des Karrens geblieben, beugte sich jetzt über den Traktor und packte die Fahrerin am Kragen. Mit einer Kraft, die bei ihrer schlanken Gestalt jeden verblüffen musste, der das nicht schon einmal erlebt hatte, zerrte sie die Frau über ihren Sattel und ließ sie dort baumeln.

Blut war in den gelben Staub getropft; ein Impellerkolben hatte der Fahrerin Nase und Backenknochen zertrümmert. Fünfundzwanzig Gulden – genauer gesagt vierundzwanzig – waren nicht schrecklich viel, aber die Ehre einer Mundy war ein Leben wert …

Tovera schaltete die Turbine des Traktors ein, legte einen Gang ein und trat zurück. Das Fahrzeug torkelte schwerfällig davon, eine Straße hinunter, die sich geleert hatte, als der Ärger angefangen hatte. Jetzt ging Tovera zu Adele hinüber, den Aktenkoffer unter dem linken Arm, die rechte Hand leicht darauf gestützt.

Der Wachkommandant steckte seine Pistolen in die Halfter zurück und wischte sich dann mit dem Halstuch über die Stirn. Seine Männer und ihre Begleitung drängten sich, vergnügt miteinander schnatternd, in den Hof zurück. Eine Frau zeigte ihrem Begleiter eine Kette aus durchbohrten Münzen und ungeschliffenen Steinen, das Adele vorher am Hals der Schneiderin gesehen hatte.

»Sebastian!«, sagte er zu einem Soldaten und wischte den Kolben seines Impellers am Hemdschoß ab. »Bringe Lady Mundy zu Ihmselbst. Und komm ja nicht auf die blöde Idee, ein

Trinkgeld von ihr zu verlangen, sonst erlebst du noch Schlimmeres als diese Hunde hier gerade.«

»Wenn Sie mir folgen würden, Mistress«, sagte Sebastian mit einer tiefen Verbeugung. Er hatte den Finger am Abzug seines Impellers; der Lauf bewegte sich in einem breiten Bogen und wäre an Adeles Kopf gestoßen, wenn sie sich nicht geduckt hätte. Er drehte sich um und stolzierte in den Hof.

»Das haben Sie sehr geschickt gemacht, Mistress«, murmelte Tovera an Adeles Ohr, als die beiden dem Soldaten folgten. »Wenn ich mich selbst um dieses Pack gekümmert hätte, hätten die uns wahrscheinlich zu Staatsfeinden erklärt und uns von der Armee umbringen lassen.«

Sie kicherte. »Nicht, dass mir das etwas ausmachen würde«, fügte sie dann hinzu. »Aber Ihnen würde es wohl etwas ausmachen.«

»Ja.« Adele nickte. »Wahrscheinlich schon.«

Sie überquerten den Hof. Ein von einem geschnitzten Gitter abgeschirmter Balkon ragte aus dem oberen – ersten – Geschoss des unmittelbar gegenüberliegenden Gebäudeflügels. Unter der gewebten Matte, die über der Außentreppe hing, saßen Wachen. Sie standen auf, als Sebastian und die beiden Gäste näher kamen.

»Der Chef hat angeordnet, dass diese beiden sofort zu Ihmselbst dürfen!«, sagte Sebastian zu einem weiteren ehemaligen Mitglied der cinnabarischen Streitkräfte, diesmal einer müde wirkenden Frau, deren Hals ein tätowiertes Muster aus Herzen und MRC-Logos schmückte.

»Mhm, das geht wohl mich an, was?« Die Frau tippte an das KommGerät an ihrer linken Schulterklappe.

Ehe sie in das Mikrofon sprechen konnte, klappte ein Teil des Gitters nach oben, und ein vertrautes Gesicht spähte herunter.

»Adele, bist das schon du?«, rief Adrian Purvis aufgeregt. »Komm herauf, komm herauf! Wir haben seit deinem Anruf über die Lage diskutiert.«

Und damit Adele sich nicht darüber den Kopf zu zerbrechen brauchte, wen ihr Vetter mit »wir« meinte, klappte ein weiteres Stück Gitter nach oben. Sie erkannte das Gesicht aus Bildern, die sie bei der Vorbereitung auf diesen Einsatz studiert hatte. Persönlich war sie Admiral O'Quinn bislang noch nicht begegnet.

»Brückenwache an Sechs«, rief Vesey. *»Sir, eine Menschenmenge ist hierher unterwegs. Es könnte eine Parade sein, aber vorne sind Soldaten und etwas, das wie ein kleiner Tank aussieht. Ende.«*

»Brücke, ich werde sie am Dock erwarten«, sagte Daniel, und seine Züge verfinsterten sich. »Killian, ziehen Sie mich auf Ihre Seite hinüber; Pachey, lockern Sie Ihre Leine. Bisschen fix, wenn ich bitten darf, wir bekommen Gesellschaft!«

Suns Gesichtszüge verhärteten sich, und er kletterte über die Teleskopstrebe des Auslegers und verzichtete darauf, die Leiter zur Hauptluke zu benutzen. Ehe er infolge seines Dienstalters Kanonier der *Sissie* geworden war, hatte er als Techniker High Drives bedient. Betts war älter, schwerer und vermutlich niemals so aktiv wie er, kletterte aber ähnlich schnell die Leiter empor.

»Kein auffälliger Waffeneinsatz!«, schrie Daniel, als die beiden Deckoffiziere im Inneren des Schiffes verschwanden. Er selbst sprang auf den Ausleger, ging aber nicht an Bord, sondern rannte im Laufschritt zu dem Kabel, mit dem die Korvette am Kai vertäut war. Dabei rief er über die Schulter: »Mister Pasternak, überprüfen Sie bitte den High Drive alleine!«

Daniel sprang über den in der Mitte des Kabels angebrachten trichterförmigen Rattenschutz – soweit er das bisher hatte beobachten können, stellten diese Gebilde keineswegs einen brauchbaren Schutz gegen Ratten dar – und trat auf den Steinkai. Er trug Arbeitsuniform – ein sauberes Outfit, da er nicht vorhatte, selbst an den Antriebseinheiten zu arbeiten, lediglich die Inspektion zu beobachten – und eine Schildmütze. Abgesehen von den schwarz in seine Aufschläge eingestickten Sternen hätte er auch ein gewöhnlicher Spacer sein können. Das war nicht die Art von Outfit, in dem man eine offizielle Delegation begrüßte, und um eine solche handelte es sich bei der Gruppe, die jetzt am Kai auf die *Princess Cecile* zukam, offenbar.

Es waren durchwegs Soldaten, aber in der vordersten Reihe spielten Instrumente aus orangefarbenem Thermoplastik in der Form von Trompeten. Die Musik war laut, anregend und – mit Ausnahme leichter Störgeräusche von einer der Trompeten – perfekt abgestimmt.

Die Soldaten dahinter waren bis an die Zähne bewaffnet, vorzugsweise mit Lasergewehren statt elektromagnetischen Impellern, aber dies war ganz offenkundig kein Angriff. Das Fahrzeug – das Vesey als »kleinen Tank oder dergleichen« bezeichnet hatte – war ein Traktor, an den man hinten Stahlplatten geschweißt hatte. Auf einer Drehlafette war ein automatischer Impeller montiert, aber im Augenblick wies das Geschütz himmelwärts. Seitlich war das Fahrzeug mit gemustertem Stoff behängt.

Die kommen vielleicht zum Grafen, dachte Daniel. Die Flagge von Novi Swerdlowsk, rote und weiße Seide mit einem roten Adler, hing von der Spitze des über den Kai ragenden Masts, aber die Klimovs hatten sich sofort nach San Juan begeben, als die Schlipp hinreichend abgekühlt war, dass Daniel die Luken hatte öffnen können.

Er hatte den Klimovs zehn Mannschaften unter einem Bootsmann als Eskorte mitgegeben. Damit entgingen die dafür eingeteilten Spacer ihren Wartungspflichten und bekamen mit etwas Glück vielleicht Gelegenheit, sich irgendwie zu erholen.

Lamsoe und Tulane waren als der Teil der Ankerwache zur Hauptluke abgeordnet und hatten sich jetzt zu Daniel am Kai gesellt. Sie hielten ihre Maschinenpistolen in Bereitschaft, aber nicht so, dass sie bedrohlich wirkten. *Kein* Spacer mag Überraschungen, selbst wenn es sich nach zwanzig Tagen Reise um eine frische Mahlzeit handelt.

Der Traktor hielt an. Die statuenhaft wirkende, prunkvoll gekleidete Frau hinter der Fahrerkabine sah zu der Korvette und den drei Spacern am Kai hinüber, bis sie Daniel entdeckt hatte, und sagte dann: »Daniel Leary, Sohn von Corder Leary von Bantry? Gouverneur Sakama Hideki lässt grüßen und wäre erfreut, sofort Ihren Besuch zu empfangen.«

Drei Bedienstete, die hinter dem Traktor gegangen waren, stellten die Leiter, die sie getragen hatten, an die Seitenwand des Fahrzeugs. »Wenn Sie bitte aufsteigen würden«, sagte die Frau, »fahren wir sofort ab.«

»Ja«, sagte Daniel. Es gab eine Menge Dinge, die er hätte sagen können, aber das wäre Verschwendung von Zeit und Atem gewesen. »Schiff …«, er hatte seinen KommHelm eingeschaltet, »… hier Sechs. Ich besuche Gouverneur Sakama. Mister Chewning hat bis zu meiner Rückkehr das Kommando. Sechs Ende.«

Er sah die beiden Spacer an und deutete dann auf die Flagge, die schlaff zweieinhalb Meter über ihnen vom Mast hing. »Lamsoe? Können Sie und Tulane mir *jetzt* diese Flagge bringen? Aber beschädigen Sie sie nicht mehr als unbedingt nötig.«

»Roger«, erwiderte Lamsoe und hängte sich die Waffe um den Hals. Tulane, ein massiv gebauter Mann, der in seiner Jugend mehrere Preise im Freistilringen gewonnen hatte, schob die Finger beider Hände ineinander, um Lamsoe einen Steigbügel zu bieten. Lamsoe setzte den Fuß darauf und sagte: »Los!« Tulane schleuderte seinen Partner auf den Mast.

Lamsoe klammerte die Beine um das Rohr und zog sein Multitool heraus. Die Fahnenleine bestand aus gewebtem Bormonokristall, ein gewöhnliches Messer konnte ihr also nichts anhaben. Zwei schnelle Schnitte ließen die Ösen an der Leine hängen, und die an der Ecke zugestutzte Flagge flatterte in Daniels Hände.

Daniel band sich das bunte Seidentuch als eine Art Schärpe um die Hüften seiner grau gescheckten Arbeitsuniform. Wahrscheinlich hatte der Gouverneur vor, ihn aus dem Konzept zu bringen, indem er ihm nicht genügend Zeit ließ, sich für einen förmlichen Empfang anzukleiden. An und für sich war das ein geschickter Schachzug; Daniel, selbst gewiefter Taktiker, musste die Raffinesse, die dahintersteckte, bewundern. Aber ein MRC-Offizier sollte in der Lage sein, Kanaken beizubringen, wie man improvisierte!

»Ich bin sehr erfreut, Gelegenheit zu haben, die Bekanntschaft Seiner Exzellenz des Gouverneurs zu machen«, verkündete Daniel, als er zur Leiter schritt. Er kletterte hinauf und sah sich nach der *Princess Cecile* um.

Nur jemand, der sehr mit der Korvette vertraut war, würde die Veränderung bemerkt haben, die sich in den letzten zehn Minuten vollzogen hatte. Der Dorsalturm stand immer noch parallel zur Schiffsachse, aber die Zwillingsplasmakanonen waren um eine Winzigkeit über die Sperrposition angehoben. In bester Tradition der MRC waren Suns Geschütze für alles in Bereitschaft, was demnächst etwa geschehen konnte.

12

»Setzen Sie sich doch, Mistress Mundy«, sagte Admiral O'Quinn und wies Adele auf einen Platz, den man ihr offenbar auf einer niedrigen, kreisrunden und mit Teppichen belegten Bank freigehalten hatte. In der Mitte standen ein kleiner Serviertisch mit Weinkaraffen und ein paar mit meist fremdartigen Früchten überhäufte Schalen. Außer O'Quinn und Vetter Adrian saßen bereits zwei Frauen und zwei Männer am Tisch. Sie trugen Uniformen im Stil der MRC-Galauniform, allerdings mit dem Sternenregen des Ten Stars-Sternenhaufens anstelle der geflügelten Sandale Cinnabars am Kragen; alle Anwesenden hatten die Brust mit bunten Orden und Medaillen behängt.

Adele brauchte einen Moment, bis ihre Augen sich an das von dem Gitter in der Loggia erzeugte Halbdunkel gewöhnt hatten. Sie ließ sich nichts anmerken, aber das Aussehen Ihrer Gastgeber, der leitenden Offiziere der *Aristoxenos*, versetzte ihr einen Schock. Zwar waren sechzehn Jahre vergangen – und sie war auch nicht mehr das junge Mädchen, das gerade auf Bryce eingetroffen war, um dort in den Akademischen Sammlungen ihre Studien zu beginnen –, aber die hier versammelten Offiziere sahen nicht nur älter, sondern geradezu ungesund aus.

Als Adele ihren Vetter das letzte Mal gesehen hatte, war er ein bekannter Fechter gewesen; jetzt war er auffällig korpulent, und der Kragen seines Uniformrocks schnitt tief in die Fettpolster an seinem Nacken. Admiral O'Quinns Nase war von einem Netz geplatzter Äderchen überzogen, er trank Wein aus einem Halb-Liter-Krug. Die anderen vier, die überlebenden Mitglieder des Offizierskorps des Schlachtschiffs, zeigten ähnliche Erscheinungen.

An beiden Enden der Loggia standen Bedienstete mit mehr Wein und Obst bereit. Sie trugen auffällige, aber abgetragene Kleidung, häufig schlecht sitzend; vermutlich abgelegte Stücke ihrer Vorgesetzten, machte sich Adele klar. Adrian warf ihnen einen Blick zu und sagte: »Los doch, verschwindet hier! Wir müssen ein vertrauliches Gespräch führen!«

Und schon drängten sich die Bediensteten zu den Türen in den inneren Bereich des Gebäudes hinaus und ließen sie offen stehen. Wenn Adrian sich wirklich einbildete, dass man ihn nicht belauschen konnte, war er ein Narr; aber aller Wahrscheinlichkeit nach beruhigte er nur sein Gewissen, indem er Lippendienste an Sicherheitsbedenken leistete.

»Setzen Sie sich«, wiederholte O'Quinn, »und nehmen Sie einen Schluck von diesem Wein, Mistress. Er ist nicht mit dem zu vergleichen, den wir zu Hause hatten, aber ich finde ihn immerhin genießbar.«

Adele stieg über die Bank und nahm vorsichtig Platz. Der Tisch in der Mitte war niedrig und einen knappen Meter von ihr entfernt, in keiner Weise geeignet, um daran auch zu speisen. Zwei Offiziere aßen etwas, das wie winzige Granatäpfel aussah, und spuckten die Kerne einfach auf die in mehreren Schichten auf dem Boden ausgelegten Teppiche.

Mit undurchdringlicher Miene nahm Adele das angebotene Glas entgegen. Es handelte sich um einen Cognacschwenker, aber O'Quinn hatte das Behältnis fast bis zum Rand mit dem Wein gefüllt, den er trank. Sie nippte daran. Der Geschmack war interessant, aber da war ein erdiger Beigeschmack, der einen vermutlich, wenn man den Wein in größeren Mengen trank, am Morgen danach in unangenehmer Weise daran erinnerte.

Das war in ihrem Fall freilich unwahrscheinlich, da die Zucker umwandelnden Bakterien hier auf Todos Santos gegenüber Ethanol-Abfallprodukten bemerkenswert resistent waren.

Sie dachte nicht, »Das würde guten Düsentreibstoff abgeben!«, weil ihr klar war, dass das nicht stimmte, aber sie wusste auch, dass ein Krug von der Größe dessen, den Admiral O'Quinn vor sich stehen hatte, sie in tiefen Schlaf versetzen würde, ehe sie ihn ganz geleert hatte.

»Sagen Sie uns ganz offen, Mistress Mundy …«, begann Bodo Williams, der Zweite Leutnant. Ihre Backenknochen zeichneten sich scharf unter straff gespannter Haut ab. Als ihre Hände zu zittern begannen, verschränkte sie sie vor sich, aber selbst damit konnte sie das Zittern nicht völlig in den Griff bekommen. »Sagen Sie – hat der Senat Sie geschickt, um die Bedingungen unserer Repatriierung zu vereinbaren?«

Adeles Augen weiteten sich. *Herrgott im Himmel!* Aber die Frage war ernst gemeint, ebenso ernst gemeint wie sie ihr absurd erschien. Die sechs ehemaligen MRC-Offiziere starrten sie in einer Mischung aus Hoffnung und Verzweiflung an.

»Leutnant Williams«, sagte Adele bedächtig. »Admiral, Sie alle …«

Sie stellte ihr Glas neben sich auf den Boden und zog ihren PDA heraus, um ihre Hände zu beschäftigen. Die Teppiche boten keinen festen Untergrund, aber offenbar machte es niemandem etwas aus, falls das Glas etwa umkippen würde.

»Ich bin nicht im offiziellen Auftrag hier«, erklärte Adele knapp und ließ den Blick über die verängstigten Gesichter ihr gegenüber wandern. Ihre Stimme klang gereizt, fast feindselig, eine ungewollte, aber natürliche Folge des Umstandes, dass diese Leute sie in eine lächerliche Lage gebracht hatten. »Nicht im Auftrag des Senats und auch sonst in niemandes Auftrag. Ich bin Adele Mundy und statte meinem engsten, lebenden Verwandten – dem Sohn des Bruders meiner Mutter – einen Besuch ab. Ich tue das, weil ich unerwartet infolge einer privaten Anstellung, die ich angenommen habe, in die Stadt gekommen bin, in der er wohnt.«

Sie funkelte Fregattenkapitän Purvis an. »Und, Adrian?«, fuhr sie fort, »Ich möchte feststellen, nicht damit gerechnet zu haben, dass mich mein Wunsch, einen Verwandten aufzusuchen, in eine Verschwörung hineinziehen würde, die bereits vor sechzehn Jahren eine nachweisbar schlechte Idee war!«

Adele hatte nicht gewusst, was sie sagen würde, die Worte waren einfach aus ihr hervorgesprudelt. Jetzt erhob sie sich und schob den PDA weg. Sie hatte ihn herausgeholt, um sich beim Sammeln ihrer Gedanken zu beruhigen, aber jetzt hatte sich in ihr eine brennende Wut entwickelt, die es vielleicht erforderlich machen würde, dass sie die Hände frei hatte. Wie konnten diese Leute es *wagen* –

»Adele, wir sind keine Verschwörer!«, rief Adrian und kam mit ausgebreiteten Armen auf sie zu. Adele zuckte zurück und stieß dabei mit der Kniekehle an die Bank. Sie geriet ins Taumeln, doch Adrian packte sie an den Schultern und hielt sie fest.

»Adele, wir sind keine Verschwörer«, wiederholte er mit leiser Stimme und beugte sich zurück, ohne die Hand von ihrem Arm zu nehmen. Sein Atem ging schwer. Die anderen waren ebenfalls aufgestanden, alle mit Ausnahme von Williams, die auf die Bank zurückgesunken war und sich jetzt auf den Serviertisch stützte und zu einem zweiten Versuch ansetzte. »Wir … als Sie kamen, dachten wir, Sie würden vielleicht unseretwegen kommen. Das ist alles.«

Adele atmete tief durch und stieg dann über die Bank nach hinten. »Ich gehe nicht«, sagte sie, als sie in den Gesichtern der versammelten Offizieren plötzliche Enttäuschung wahrnahm. »Ich wollte bloß auf der anderen Seite dieser *verdammten* Barrikade sein.«

Sie tippte die Bank mit der Fußspitze an. Das Weinglas hatte sie natürlich umgestoßen und damit den Aufschlag des einzigen Zivilanzugs besudelt, den sie an Bord der *Princess Cecile* mitgebracht hatte. Nichts von großer Bedeutung wahrscheinlich, aber typisch für andere Dinge.

»Verzeihen Sie mir meine Unhöflichkeit«, fuhr Adele fort. Ihre

Reaktion hätte schlimmer sein können: Immerhin hatte sie nicht ihre Pistole gezogen. »Ich kann Ihnen Ihre Besorgnis nachempfinden, aber nach meinem besten Wissen …«

Und das war wirklich sehr gutes Wissen.

»… interessieren sich weder die Regierung auf Cinnabar noch speziell die MRC in irgendeiner Weise für die *Aristoxenos* und ihre Mannschaft. Das liegt weit in der Vergangenheit. Sie können Ihr Leben hier unbehindert leben, in einer Sicherheit wie …«

Sie lächelte mit jenem düsteren Humor, der die dunklen Phasen ihres Lebens gewürzt hatte. Es lag noch gar nicht lange zurück, dass diese dunklen Phasen fast ihr ganzes Leben gewesen waren.

»… mit ebenso viel Sicherheit, wie wir alle in diesem Leben genießen.«

»Wir dachten …«, begann Admiral O'Quinn. Er hielt seinen Glaskrug in der Hand und starrte in seine leeren Tiefen. »Da Sie ja …?«

Er blickte auf, ohne den Satz zu Ende zu bringen.

»Ja«, nickte Adele knapp. »Aber das war reiner Zufall. Dass ich hier Station mache, liegt lediglich daran, dass Todos Santos ein Knotenpunkt der Routen in den Norden ist, den meine ausländischen Auftraggeber erforschen möchten.«

Sie lächelte erneut, ein kaum merkbares Zucken ihrer Mundwinkel.

»Und das sind wohl dieselben Gründe, die Sie in der Vergangenheit hierhergeführt haben, nehme ich an«, fügte sie hinzu.

»Aber der Kapitän Ihres Schiffes ist der Sohn von Speaker Leary!«, sagte Estaing, der der Vierte Leutnant des Schlachtschiffs gewesen war – dies vermutlich immer noch war. »Wenn Sie nicht vom Senat geschickt sind, Mistress, ist er es dann?«

»Mister Estaing …«, sagte Adele mit eisiger Stimme. Estaing war ein hochgewachsener Mann, der auf den Bildern in den alten Unterlagen eine gute Figur gemacht hatte. Er war nicht so fett geworden wie einige der anderen, hatte aber die Augen eines Frettchens und ein Zucken im Gesicht, das so regelmäßig wie ein Metronom war. »Ich habe gesagt, dass Sie nicht in Gefahr sind. *Niemand* sucht Sie. Nicht ich, nicht Kapitän Leary und nicht einmal die drei Frauen, denen Sie, wie es scheint, kurz vor der Aufdeckung der Drei-Kreise-Verschwörung die Ehe versprochen haben!«

Wahrscheinlich war das mehr, als ein ehemaliger Deckoffizier der MRC über einen Mann hätte wissen sollen, dem sie nie persönlich begegnet war. Trotzdem hatte sie es gesagt und bedauerte es nicht. Sie hatte die Unterlagen über die Offiziere der *Aristoxenos* gelesen, nicht weil sie damit gerechnet hatte, ihnen zu begegnen, sondern einfach, weil sie Adele Mundy war und gerne über alles Bescheid wusste. Leutnant Estaing war, von der Politik einmal ganz abgesehen, ein Schwein.

Einen Augenblick lang sagte niemand etwas. Estaing wurde rot und wandte sich ab.

»Adele«, sagte Adrian. »Bitte – ich glaube, hier liegt ein Missverständnis vor. Wir haben keine Angst, dass der Senat uns aufspüren könnte. Wir dachten nur, versteh doch … dass Cinnabar uns möglicherweise anbieten würde, zurückkehren zu dürfen.«

Du großer Gott, dachte Adele nicht zum ersten Mal, seit sie diesen Raum betreten hatte. Sie musste an sich halten, um nicht laut aufzulachen.

»Adrian«, sagte sie mit der gleichen Bedacht, mit der sie ihren Weg über ein schlammiges Feld gewählt hätte. »Dazu kann ich nichts sagen, und ich versichere dir, dass auch Kapitän Leary darüber nichts weiß. Er lebt im Streit mit seinem Vater und hat sich ohnehin nie für Politik interessiert.«

»Aber dir hat man die Rückkehr erlaubt?«, fragte Adrian. »Und wir dachten …?«

»Das Versöhnungsedikt ist vor mehr als zehn Jahren erlassen worden«, erwiderte Adele mit scharfer Stimme, damit ihre Zuhörer ihre Worte nicht als Zustimmung auffassen sollten. »Wie du dir vermutlich vorstellen kannst, hatte ich Gelegenheit, es sehr gründlich zu lesen. Das Edikt nimmt bestimmte Kategorien von Menschen von der Amnestie aus, insbesondere meuternde Angehörige der MRC und der Landstreitkräfte der Republik, die das Angebot nicht binnen sechs Monaten angenommen haben.«

»Ich habe es Ihnen doch gesagt!«, sagte Tetrey, der Sechste Leutnant, eine schmächtige Frau auf den alten Bildern, jetzt ein schwabbeliger Fleischkloß. »Ich habe Ihnen gesagt, die lassen uns nie zurückkehren, aber Sie mussten ja dieses Theater aufführen!«

»Was hatten wir denn für eine Wahl, blöde Kuh?«, schrie Estaing. Er hob die Hand; Adele griff mit ausdrucksloser Miene in ihre Tasche.

»Mister Estaing, setzen Sie sich und seien Sie still!«, herrschte Adrian ihn an. »Sofort!«

Estaing setzte sich nicht, verzog aber das Gesicht und trat einen Schritt von Tetrey zurück. Ein *Schwein*, dachte Adele und atmete erneut tief durch, als ihre Hand wieder aus der Tasche kam.

»Meine Damen, meine Herren«, sagte sie, als alle Augen sich wieder ihr zuwandten. »Ich sage nicht, dass es keine Chance für eine Rückkehr nach Cinnabar für Sie gibt, ich sage nur, dass diese Frage nichts mit dem Eintreffen der *Princess Cecile* auf Todos Santos zu tun hat. Ich, äh, kenne ein paar einflussreiche Leute in Xenos. Wenn ich das nächste Mal in Cinnabar bin, kann ich, wenn Sie das wünschen, diskrete Nachforschungen anstellen. Aber ich kann Ihnen jetzt nichts sagen, was über das hinausgeht, was Sie vermutlich bereits wissen.«

Sie räusperte sich. »Wenn Sie eine neugierige Frage erlauben?«, fuhr sie fort. »Ich kann nicht genau verstehen, weshalb Sie eigentlich zurückkehren möchten. Die Situation, in der Sie sich hier im Augenblick befinden …«

Anstelle einer Handbewegung ließ sie ihren Blick durch den Raum schweifen.

»… scheint mir doch recht komfortabel, und im besten Fall …

nun, Sie wissen ja sicherlich, dass man Ihren Besitz in der Republik konfisziert hat. Ich kann mir ehrlich gesagt nicht vorstellen, dass man Ihnen viel davon zurückgeben würde, und selbst wenn das der Fall wäre, bezweifle ich, dass das ausreichen würde, um Ihnen das Leben in Palästen wie diesem hier zu ermöglichen.«

»Richtig, Corder Leary hat keinen Palast wie den meinen«, sagte Admiral O'Quinn und ließ sich wieder schwer auf die Bank sinken. Er hob reflexartig seinen Krug, bis er sich daran erinnerte, dass er leer war. Also nahm er die Karaffe, stellte aber fest, dass diese ebenfalls leer war, und sein Blick verfinsterte sich. Einen Augenblick lang dachte Adele, der Admiral würde entweder den Krug oder die Karaffe durch den Saal schleudern, doch seine Muskeln entspannten sich, und er sah sie mit einem traurigen Grinsen an.

»Ich brauche keinen Palast«, sagte er. »Jedenfalls nicht hier im Sternhaufen. Ich möchte nach Hause, Mistress Mundy … und so wie es aussieht, wird es nicht dazu kommen. Es sei denn, ich hätte den Wunsch, dass mein Kopf den Speaker's Rock ziert.«

»Wir sind MRC!«, rief Estaing. »Sie würden uns nie so erniedrigen!«

»Wir *waren* MRC«, korrigierte ihn Adrian Purvis. »Jetzt sind wir Piraten. Und was das angeht, habe ich auch keine Lust, in einer förmlichen Zeremonie in Hafen Drei gehängt zu werden.«

Er wandte sich an Adele. »Danke für deine Offenheit, Cousine«, sagte er. »Ich … hoffe, dass wir später während deines Besuchs auf Todos Santos noch Gelegenheit haben werden, über die alten Zeiten zu reden, aber ich glaube nicht heute Nachmittag.«

»Nein«, sagte Adele. »Guten Tag, Adrian.«

Sie nickte, um die anderen Offiziere in die Verabschiedung mit einzubeziehen, öffnete dann die Tür und entfernte sich rückwärts in Richtung Treppe. Die grelle Sonne blendete sie, trotzdem fröstelte sie, als sie den Weg nach unten zu der stummen, wachsamen Tovera antrat.

Die Offiziere der *Aristoxenos* lebten wie die Fürsten – jetzt. Aber der Herrscher, der sie aufgenommen hatte, war tot, und das Schlachtschiff, dessen Macht hinter ihnen gestanden hatte, rostete vor sich hin. Selbst wenn die Allianz das Commonwealth nicht unterstützte, würde die Zeit kommen, wo dem neuen Gouverneur ein großzügig gewährter Palast und in der Vergangenheit gewährte Unterstützung mehr wert sein würden als die Unterstützung einer Schar fetter, alternder Ausländer.

»Mistress?« Tovera schloss sich Adele an, als sie zum Tor ging.

»Ich weiß nicht, wie wir ein Transportmittel zurück zum Schiff bekommen werden«, murmelte Adele leise, »aber ich wollte die auch nicht um Hilfe bitten. Je weniger wir mit denen zu tun haben, umso besser.«

Sie traten durch den Bogen ins Freie. Die Wachen standen auf, und der MRC-Spacer, der das Kommando führte, zog vor Adele die Mütze.

»Ich kam mir vor wie in einem Grab«, sagte Adele. Sie sprach so leise, dass sie sich nicht sicher war, ob Tovera sie hören konnte. »Es *war* ein Grab. Die sind bloß noch nicht ganz tot.«

Daniel stand auf dem nach Osten gehenden Balkon des Gouverneurspalastes und spürte das Brüllen eines Schiffs, das hinter ihm aus dem Hafen aufstieg. Der Chefingenieur der *Sissie* teilte ihm über den KommHelm mit: »*Ich glaube, dass der Dreier-Konverter nicht einwandfrei funktioniert, Sir. Er ist nagelneu oder war das zumindest, als wir vom Stützpunkt Tanais abhoben, aber er bringt nur achtundachtzig Prozent Leistung. Ende.*«

Der Balkon überblickte einen Kanal; hinter einem Schlepper, der eine Reihe von Lastkähnen zum Hafen zog, konnte man die unregelmäßigen Terrassenbauten der Stadt San Juan erkennen.

Keines der Gebäude war sonderlich hoch, aber aus den Bergen führten drei weit geschwungene Aquädukte quer über die Stadt zum Wasserwerk in der Nähe des Palastes.

»Ich denke, wir werden ihn eingebaut lassen, Mister Pasternak«, entschied Daniel. »Die Einheit fällt ja nicht gerade aus, bloß die Leistung ist mangelhaft. Ich würde mich nicht darauf verlassen wollen, dass wir hier geeigneten Ersatz finden. Behalten Sie die Dinge im Auge, und wenn nötig, unternehmen wir etwas, wenn wir in Radiance oder einem anderen größeren Hafen Zugang zu einer Werft haben. Ende.«

Das Schiff war hoch genug über dem Palast aufgestiegen, dass man im schwarzen Wasser des Kanals den Widerschein seines Auspuffstrahls sehen konnte. In Xenos hätte er sich auch in den Fensterscheiben gespiegelt, aber die meisten Häuser hier begnügten sich mit Gittern und Jalousien.

»Roger«, erwiderte Pasternak. *»Ende.«*

Vögel, nicht viel größer als Daniels ausgestreckter Finger, flatterten um den Balkon herum und schnappten zu, wenn irgendwelche Speisereste herunterfielen. Sie hatten sechs Gliedmaßen: vier beiderseits am Rumpf angebrachte Schwingen und ein Paar Beine in der Mitte. Daniel hatte eine Weile gebraucht, bis ihm klar geworden war, dass das eigenartige Flöten, das er hörte, den Vögeln und nicht etwa dem Wind in den Dachziegeln zuzuschreiben war; er freute sich schon darauf, sich aus dem Datenspeicher der *Princess Cecile* weitere Einzelheiten zu holen … nun ja, sie von Adele beschaffen zu lassen.

Da man ihn ja in solcher Eile abgeholt hatte, hatte Daniel damit gerechnet, dass man ihn sofort zu Gouverneur Sakama bringen würde, aber als er die breite Marmortreppe zu den öffentlichen Gemächern des Gouverneurs hinaufstieg, hatte ihn die Wache an der offenen Tür der Audienzhalle aufgehalten. Damit hatte er die Wahl, entweder in der weiten, kreisförmigen Vorhalle stehen zu bleiben, in denen die etwa Hundert dort in kleinen Grüppchen herumstehenden oder -gehenden Militär- und

Zivilbeamten wie Zwerge erschienen, oder auf den Balkon hinauszugehen, der die ganze Breite des Gebäudes säumte.

Daniel ging hinaus und kümmerte sich um die Angelegenheiten der *Princess Cecile*. Er konnte Mr. Pasternak über Breitbandradio ebenso gut überwachen, wie wenn er dem Ingenieur über die Schultern sah, und hatte einfach keine Lust, sich von dieser Albernheit hier aus dem Konzept bringen zu lassen. Wäre er ein MRC-Offizier im aktiven Dienst gewesen, hätte er natürlich entsprechende Schritte unternehmen müssen …

Er spürte, wie sich ihm jemand näherte, und sah sich um, rechnete er doch damit, dass dies wieder einer der Bettler war, die man allem Anschein nach auf dem Balkon zuließ, nicht aber in der Vorhalle; stattdessen sagte ein dickbäuchiger Soldat mit einem wallenden, weißen Bart: »Spacer Leary? Der Gouverneur kann Sie jetzt empfangen.«

Daniel hob die Gesichtsplatte seines KommHelms an, als er dem Soldaten durch den Vorraum folgte. Wenn der Gouverneur ihm Zeit gelassen hätte, sich umzukleiden, hätte er eine förmlichere Kopfbedeckung getragen. Jetzt überlegte er, ob er den Helm abnehmen sollte, wie er es mit der Schildmütze seiner weißen Galauniform getan hätte, oder ob es besser war, so zu tun, als wäre der Helm einfach Teil seines Kopfes; und wenn die *Sissie* Fahrt machte, war er das im Allgemeinen ja auch. Er beschloss den Helm aufzulassen.

Sein Führer blieb neben der Wache am Eingang der Audienzhalle stehen. Daniel hielt ebenfalls inne. »Gehen Sie weiter!«, sagte der Soldat mit einer ärgerlichen Handbewegung. »Der Gouverneur wartet.«

Daniel trat mit einem leichten Lächeln ein. Diese Ausländer waren so nervös …

Die gewölbte Decke der Halle war in der Mitte gute zehn Meter hoch und bis hin zu den gotischen Fenstern mit Gemälden bedeckt. Wahrscheinlich Mythologie, überlegte Daniel, ziemlich wohl beleibte Frauen mit recht wenig Kleidung und Männer ähnlicher Körperfülle – allerdings weniger hübsch. Er hätte die Gestalten den ganzen Tag durch die Vergrößerungsoptik seiner Gesichtsplatte studieren können, ohne dass sie ihm mehr gesagt hätten, als er schon mit einem flüchtigen Blick erfasst hatte.

Er war bereit jede Wette einzugehen, dass Adele wusste, wer diese Figuren waren und auch wer sie gemalt hatte. Wirklich eine bemerkenswerte Frau. Er und die MRC – und wahrscheinlich auch die anderen Leute, für die sie tätig war – hatten verdammtes Glück, Adele Mundy auf ihrer Seite zu haben.

Als Daniel bei seiner Ankunft in die Audienzhalle gesehen hatte, hatte Gouverneur Sakama am anderen Ende des an die fünfundzwanzig Meter durchmessenden Raums gesessen und mit einem halben Dutzend Einheimischen in Uniform oder formellen Gewändern gesprochen. Inzwischen hatte sich nichts geändert, nur dass Sakama und sein Gefolge jetzt alle Daniel entgegenblickten, der gemessenen Schritts auf sie zuging. Alle vier Seiten des Raums säumten gepolsterte Bänke, aber mit Ausnahme der Gruppe – der Gouverneur auf seinem Sessel, seine Höflinge vor ihm stehend und in diskreter Entfernung ein paar Dienstboten – war niemand zu sehen.

Weil Sakama Hideki vor ein paar Jahren die Nachfolge seines Vaters Sakama Iyoshi angetreten hatte, hatte Daniel erwartet, dass Hideki ein junger Mann wäre; tatsächlich war er Ende der fünfzig: dunkelhäutig, mit scharf geschnittenen Zügen und so wachsam wie ein Falke. Die Höflinge waren eine interessante Mischung. Die Zivilisten, zwei Männer und eine Frau in mit Spitzen besetzten Gewändern, wirkten intelligent. Einer der Männer hielt einen PDA in der Hand, der aus Daniels Perspektive eine Kopie von Adeles ständigem Begleiter hätte sein können.

Die drei Militärbeamten andererseits, alles Männer, waren nicht sehr beeindruckend. Daniel stellte fest, dass ihre Pistolenhalfter leer waren, aber auf der Bank neben dem Gouverneur lag eine Maschinenpistole cinnabarischer Provenienz.

Daniel schritt bis auf zwei Meter auf Sakama zu, blieb stehen und nahm instinktiv – er hatte das in keiner Weise geplant – Haltung an, wie man es ihm auf der Akademie beigebracht hatte, und salutierte. »Sir!«, sagte er. »Leutnant Daniel Leary von Cinnabar zu Ihren Diensten.«

Als sein Gehirn sich die Zeit nahm, eine Analyse anzustellen, entschied Daniel, dass das sowohl angemessen wie richtig gewesen war. Der Gouverneur hatte neben seinem zivilen Titel fast mit Sicherheit einen hohen militärischen Rang inne, und deshalb *sollte* ein Reserveoffizier der MRC vor ihm salutieren. Aber wenn die Zeit für Analysen nicht ausreicht, muss man sich auf seinen Instinkt verlassen. Daniels Instinkt hatte ihn sicher durch mehrere Gefechte und Scharmützel geführt, und die Situation, in der er sich augenblicklich befand, war davon vielleicht gar nicht so weit entfernt. Bei Ausländern konnte man das nie sagen …

»Der Sternhaufen ist über Ihren Besuch erfreut, Kapitän Leary«, sagte Sakama. Seine Stimme schnarrte, als wären seine Stimmbänder verletzt. »Darf ich Ihnen eine Erfrischung anbieten? Ich kann einen Pagen mit Wein oder vielleicht ein paar Nüssen rufen? Auf Todos Santos gewachsene terranische Maranhanüsse gelten auf Cinnabar als große Delikatesse, hat man mir erzählt.«

»Vielen Dank, Euer Exzellenz«, sagte Daniel und fuhr dann mit einer Lüge fort, »aber ich hatte gerade gegessen, als Ihre Einladung eintraf. Ihr Planet scheint wunderschön zu sein, und ich freue mich schon darauf, meine Anwesenheit hier zu genießen, sobald ich meine Pflichten auf dem von mir befehligten Schiff erledigt habe.«

»Ja, und über Ihre Pflichten wollten meine Ratgeber und ich mit Ihnen sprechen, Kapitän Leary«, sagte Sakama. Die Zivilistin und einer der Offiziere starrten Daniel mit einer Mischung aus Wut und Abscheu an, die übrigen Höflinge hatten den Blick abgewendet.

Der Gouverneur sog an dem langen bernsteinfarbenen Stil

die Stirn. Seine Stimmbandverletzung ließ die Worte schroffer klingen, als sie vielleicht gemeint waren, aber Sakamas Blick war von einer Art, wie Daniel ihn sich nicht von einem Autokraten wünschte.

Die Frau, Ayesha, musste Ähnliches empfunden haben. Sie ging auf die Knie und warf sich auf den Boden, packte Daniel an den Knöcheln, ehe der sich ihr entziehen konnte. »Verzeiht mir, Gnädiger Herr!«, sagte sie, das Gesicht halb im Teppich versunken. »Verfügen Sie über mein Leben.«

»Stehen Sie auf, bitte!«, sagte Daniel erschreckt und angewidert zugleich. Die Frau war doppelt so alt wie er, stark und – den Worten, wenn nicht dem Tonfall ihrer Klage nach zu schließen, offenbar intelligent. *Sie sollte sich nicht so erniedrigen!*

Zum Gouverneur gewandt, fügte er hinzu: »Wirklich, Euer Exzellenz, in der Republik Cinnabar halten wir viel von offenem Meinungsaustausch. Ich habe das nicht als Beleidigung empfunden.«

Keine der beiden Behauptungen entsprach ganz der Wahrheit. Wenn die Frau als Botschafterin in Cinnabar in diesem Ton mit Speaker Leary gesprochen hätte, hätte er sie vermutlich unter dem Beifall seiner Senatorenkollegen im Senatssaal auspeitschen lassen. Aber Ayeshas Furcht schien größer zu sein, als es einer solchen Züchtigung entsprach, und *das* war wirklich nicht angemessen.

Man wusste nie, was solche Kanaken tun würden. Sie könnten sogar auf die Idee kommen, den Sohn eines mächtigen cinnabarischen Politikers zu ermorden … Sakama lehnte sich leicht vor und fixierte Daniel scharf. »Kapitän Leary?«, fragte er im Flüsterton, was Daniel unwillkürlich an eine Katze erinnerte, die mit irgendetwas Lebendem spielt. »Sie sagen, Sie seien überzeugt, dass die zuständigen Personen mit dieser Angelegenheit befasst sind … und ich meine, dass die Allianz auf Gehenna einen Marinestützpunkt errichtet. *Wie* können Sie da sicher sein?«

»Euer Exzellenz«, antwortete Daniel. »Ich weiß ebenso wenig wie Sie über das, was in der hohen Politik der Republik geschieht. Vielleicht weniger, weil mich das nie interessiert hat, auch nicht, als ich noch gute Beziehungen zu meinem Vater hatte. Und die hatte ich die letzten sieben Jahre nicht.«

Er machte eine Kunstpause. Er hatte seine Stimme leicht angehoben, in einem Rhythmus, wie er ihn benutzte, wenn er zur Mannschaft der *Sissie* sprach und seinen Zuhörern klarmachen wollte, dass das, was er sagte, wichtig war und er aus vollem Herzen sprach.

»Aber ich weiß, dass die Republik Cinnabar seit tausend Jahren ihre Freunde unterstützt und ihre Feinde besiegt hat«, fuhr Daniel fort. *Manchmal waren jene Feinde Freunde aus der Vergangenheit, die die Last der Freundschaft mit der Republik zu anstrengend empfunden hatten, aber das hier war schließlich eine politische Rede, keine Vorlesung.* »Wenn es etwas gibt, was die Herrscher der Republik wissen sollten, dann wissen sie es. Ich habe keine Ahnung, wie das bewerkstelligt wird, aber ich vertraue einem System, das seit einem Jahrtausend immer stärker geworden ist!«

Wenn der Gouverneur und seine Berater zu dem Schluss gelangten, dass Daniel Leary ein tollwütiger cinnabarischer Patriot war, der nichts anderes im Kopf hatte als die Überzeugung, dass sein Land stets triumphieren würde, würden sie ihn seinen Geschäften nachgehen lassen … so wie Daniel das wollte. Wenn Sakama erkannte, dass Daniel zugleich auch eine eiskalte rationale Wahrheit verkündet hatte – nun, dann war das auch nicht schlecht.

Sakama lehnte sich mit einem leichten Seufzer in seine Kissen zurück und verzog das Gesicht. »Sie können gehen, Kapitän«, sagte er und machte eine Handbewegung, die Entlassung bedeutete. »Vielleicht wird jemand anderer von Xenos hierherkommen, der mehr weiß und mehr sagen kann.«

Als Daniel sich umdrehte, um mit demselben gemessenen Schritt zur Tür zurückzukehren, mit dem er den Raum durchmessen hatte, hörte er, wie der Berater mit dem PDA mürrisch sagte: »Vielleicht. Aber selbst wenn das sehr bald der Fall sein sollte, könnte es bereits zu spät sein!«

13

Die Gasse war eng, zu eng selbst für den dreirädrigen Cyclo, der Hogg und Daniel zu dem Gemüsemarkt gebracht hatte, wo die beiden Männer jetzt am Randstein warteten und sich umsahen. Mit Holzgittern verkleidete Balkons ragten so weit aus den oberen Stockwerken, dass sie sich beinahe in der Mitte trafen. Etwa zehn Meter vor ihrem augenblicklichen Standpunkt, wo die Gasse die Straße zum Hafen kreuzte, knickte sie scharf nach links ab.

»Also, ich könnte nicht behaupten, dass mir das hier gefällt«, murmelte Hogg. In seiner lose anliegenden Kleidung und dem breitkrempigen Hut hätte er als Einheimischer durchgehen können, zumindest sobald die Schatten ein wenig länger geworden waren. »An dieser Ecke könnten sechs Typen darauf warten, um Ihnen beizubringen, dass Sie sich gefälligst von den einheimischen Frauen fernhalten sollen.«

»Deshalb bist du nicht mitgekommen«, meinte Daniel freundlich und zuckte unter dem grauen Cape, das er nach dem Verlassen des Marktes über seiner Galauniform angelegt hatte, die Achseln. Die weiße Uniform mit den funkelnden Orden war der Köder, den er wie an einer Schleppangel über den Markt gezogen hatte. Er hatte die ganze Zeit gelächelt, aber nichts geredet, abgesehen von gemurmelten Entschuldigungen, wenn er jemanden angestoßen hatte, und er hatte jeden Augenkontakt, ganz besonders den mit Frauen, vermieden.

Nachdem sie einmal quer durch den Markt geschlendert waren, hatten er und Hogg sich auf Warten eingerichtet. Sehr lange hatten sie nicht zu warten brauchen.

Daniel sah sich um. Auf der Hauptstraße gab es Verkehr, aber keiner achtete sonderlich auf die beiden. Ein paar Takte aus *»Abel Brown, der Spacer«* vor sich hin pfeifend, trat er in die Gasse. *Ich trink deinen Wein und ess deine Suppe, und im Bett zeige ich dir, dass ein Spacer ein Kerl ist …*

»Und zu Hause erwartet Sie vielleicht ihr Mann, und sie weiß das nicht«, sagte Hogg.

»Stimmt allerdings, Hogg«, nickte Daniel und verstummte dann, ehe er unter den ersten vergitterten Balkon trat. Er hörte gedämpfte Stimmen aus dem Inneren des Hauses, aber nichts, was ihn interessierte.

Einkaufen war auf Todos Santos Frauenarbeit, aber es gab viele Männer auf dem Gemüsemarkt: Standbesitzer, Bedienstete und Leibwächter, die Frauen von Stand begleiteten. Und dann gab es auch ein paar junge Männer, die ebenso wie Daniel den Augenkontakt mit den Einkaufenden und miteinander vermieden. Sie waren alle gut gekleidet, aber keiner von ihnen so auffällig wie ein MRC-Offizier in Gala. Daniel war noch keine halbe Stunde auf dem Markt unterwegs gewesen, als ihm schon aus einem Puffärmel ein Kärtchen mit ein paar Zeilen und einer Ortsbezeichnung zugesteckt worden war.

»Wissen Sie, Master«, fuhr Hogg fort, »hier in San Juan gibt es auch Berufsmäßige. Und die sind wesentlich billiger, als wenn Sie sich nachher den Schwanz wieder annähen lassen müssen.«

Daniel ging an einem etwas zurückgesetzten Eingang auf der linken Seite vorbei. Er hörte, wie die Dielen des Balkons über ihm ächzten, als jemand sein Gewicht verlagerte, aber niemand sprach. Er und Hogg hatten jetzt die Biegung der Gasse hinter sich gebracht.

»Sag mal, Hogg«, meinte Daniel mit leiser Stimme, während sie weitergingen. *Der dritte Eingang*, hatte auf dem Kärtchen gestanden. Das wäre der auf der rechten Seite unter einem Balkon im ersten Stock. »Als du auf Bantry aufgewachsen bist, hat deine Familie da das Fleisch im Dienstbotenladen gekauft?«

Hogg schnaubte verächtlich. »Nein, es sei denn, Pap war zu besoffen oder verkatert, um nach seinen Fallen zu sehen«, sagte er. »Und als ich dann sechs war, nicht einmal dann. Wer mag schon Hühnchen essen, wenn die Baumhopser sich an Nüssen fett gefressen haben?«

Er schmunzelte und fügte hinzu: »Ja, ich hab schon verstanden. Wer weiß? Das Dienstmädchen, das Ihnen den Zettel zugesteckt hat, hat ja auch gar nicht so übel ausgesehen.«

Daniel blieb an der dritten Tür stehen. Das *sollte* die Richtige sein, aber … auf dem Kärtchen stand nicht *anklopfen* oder *pfeifen* oder was auch immer, und in dem massiven Türblatt war auch kein Schlitz zum Durchsehen. Und das war seltsam, es sei denn …

Er blickte auf. Vom Balkon war ein Kichern zu hören, dann öffnete sich im Balkonboden eine Falltür nach oben. Daniel konnte einen kurzen Blick auf Spitzen erhaschen, dann fiel ein Bündel Stöcke herunter, wickelte sich im Fallen auseinander: eine Strickleiter.

»Halt die Augen offen, Hogg, ja?«, sagte Daniel leise. Er zog prüfend an der Leiter und kletterte dann, nach einem schnellen Blick in die Runde, in die Höhe. Wenn Hogg die Leiter nicht unten festgehalten hätte, wäre er dabei heftig hin und her gebaumelt, aber das Gebilde aus Seide und Bambus war jedenfalls fest genug.

Die Falltür war nicht für jemand so kräftig Gebauten wie Daniel Leary gedacht und schon gar nicht für jemanden, der unter einem Umhang Paradeuniform trug. Er musste sich also einigermaßen verkrümmen, um in den geschlossenen Balkon zu kommen. Durch das Gitter drang etwas Licht ein und ließ alles weicher erscheinen, gleichsam eine andere Welt als die auf der Straße unten. Parfüm hing im Holz, und aus dem schwach beleuchteten Inneren des Hauses war Gekicher zu hören.

Daniel und jedes andere Mannschaftsmitglied der *Sissie* hatte bei Landgang ein RückrufKomm in der Tasche stecken. Jetzt summte es. Einen Augenblick lang war Daniel versucht, es zu ignorieren, aber schließlich würde man ihn nur anrufen, wenn es wirklich dringend war.

»Kommen Sie, Herr Offizier?«, hauchte eine unsichtbare Stimme aus dem Haus.

Daniel seufzte und zog das flache KommGerät aus seiner Schärpe. »Sechs hier«, sagte er. »Was gibt's?«

Adele saß an ihrer Konsole und hatte ihren PDA im Schoß. Ihre Stäbe zuckten über Informationen, die sie über die Antennen der *Princess Cecile* gesammelt und mithilfe eines Navigationscomputers verarbeitet hatte, der in Sekundenschnelle Routen durch die unendlich vielen Universen der Matrix berechnen konnte. Sie lächelte beim Arbeiten. Adele war glücklich, so glücklich, wie sie überhaupt nur sein konnte. Sie war ganz sicherlich zufrieden, und das war alles, was sie je vom Leben verlangt hatte.

»*Gefechtsstationen!*«, befahl Woetjans, der Wachoffizier. »*Ein AirCar nähert sich uns, ein großes! Ende!*«

Adele schaltete ihren Bildschirm auf einen Optiksensor am Rumpf der Korvette. Wenn sie den ID-Code des Fahrzeugs finden konnte, würde sie in den gesammelten Datenmassen den Besitzer ausfindig machen können …

Mannschaften rannten durch die Korridore zu ihren Gefechtsstationen. »Bessing!«, rief jemand auf Deck B, seine Stimme hallte laut durch den Niedergang. »Waffenschrank aufsperren! Wo ist Bessing?«

Bessing, ein Rigger, der sich um die Position eines Waffenwarts unter Sun bemühte – der Landgang hatte –, hastete bereits den Korridor hinunter zu dem Schrank neben der Gefechtszentrale. Er hatte den Elektronikschlüssel in der Hand.

»*Alle zurück an Bord!*«, befahl Woetjans. »*Es ist die Gräfin, und sie ist allein. Brücke Ende.*«

Adele begriff nicht, weshalb die Klimovna allein zurückkehrte, aber das war kein Anlass zur Beunruhigung, am allerwenigsten für Adele Mundy. Sie wandte sich wieder ihren Angelegenheiten zu und fuhr fort, die Dateien mit den Angaben über die Marineverteidigungskräfte des Sternhaufens herunterzuladen. Niemand hatte diese Information von ihr verlangt, aber irgendwann einmal in der Zukunft *könnte* Daniel oder Mistress Sand – oder jemand, den sie im Augenblick noch nicht kannte – Fragen bezüglich der Marine des Sternhaufens stellen. Und weil Adele eben Adele war, sammelte sie die Informationen jetzt.

Und dann war da noch die Sache mit der *Goldenfels*. Der Allianzfrachter war gegen Adeles Geräte gesichert, und deshalb suchte sie methodisch sämtliche Unterlagen des Sternenhaufens ab, die irgendwie mit dem Schiff zu tun hatten. Die Akten der Bürokraten, die offiziellen und auch die nicht so offiziellen, würden ihr den Einstieg zu den Daten ermöglichen, die sie haben wollte.

»Guten Tag, Gräfin«, sagte Tovera mit lauter Stimme.

Adele zuckte innerlich zusammen, als ihr plötzlich bewusst wurde, dass jemand – dass die Klimovna – neben der Signalkonsole stand. Adele komprimierte ihr Display, obwohl es nur für ihre Augen sichtbar und aus jedem anderen Winkel nur ein fahler Lichtschimmer war, und blickte auf.

Die Gräfin musterte sie lächelnd. »Sie wirken sehr konzentriert, Mistress Mundy«, sagte sie.

»Ja, das bin ich auch«, sagte Adele. »Nur so kann ich etwas bewegen.«

Die Gräfin saß schräg auf der Couch der Geschützkonsole und lächelte immer noch. Adele registrierte, dass sie nicht auf Toveras Gruß reagiert hatte. Zwar hatte Tovera Adele gewarnt, dass die Ausländerin eingetreten war, aber eine Erwiderung verdiente ihr Gruß dennoch.

»Sie arbeiten sehr angestrengt«, sagte Klimovna und ignorierte damit die leichte Zurechtweisung Adeles, die zum Ausdruck hatte bringen sollen, dass sie beschäftigt sei. »Sie haben dieses winzige Boot seit unserer Landung nur einmal verlassen, nicht wahr?«

Adeles Augen verengten sich. Die kurze Antwort hätte gelautet »Ja«, obwohl diese Tatsache ihr erst jetzt in den Sinn gekommen war, wo die Gräfin sie erwähnt hatte.

Aber Adeles Pflichten im Dienste von Mistress Sand erforderten zumindest die passive Kooperation der neuen Eigner der *Princess Cecile*. Und deshalb sagte sie: »Gräfin, einige der schönsten historischen Gebäude im von Menschen bewohnten Teil des Universums sind Bibliotheken, und ich habe das Privileg genossen, in den besten davon zu arbeiten. Aber wenn ich arbeite, gibt es für mich nur Daten und die Mittel, mit denen man sich Zugang zu ihnen verschafft.«

Sie machte eine lockere Handbewegung und fuhr fort: »Meine Konsole verschafft mir diesen Zugang in bequemerer Weise, als ich ihn mir irgendwo auf diesem Planeten verschaffen könnte.«

Ausgenommen möglicherweise eine ähnliche Anlage an Bord der *Goldenfels*.

»Gräfin, Sie sagen immer Gräfin!«, sagte die Klimovna, zog dabei einen Flunsch und schüttelte den Kopf. »Bitte sagen Sie doch Valentina. Ich möchte wirklich, dass wir Freunde sind.«

Sie hielt inne, musterte Adele scharf und fuhr dann fort: »Sie sind doch nicht der eifersüchtige Typ, oder? Sind Sie das, Adele?«

»Was?«, sagte Adele verblüfft. Dann dämmerte es ihr, und ein breites – möglicherweise taktloses – Lächeln huschte um ihre Lippen. »Ah, ich verstehe. Äh, Valentina, auf die Gefahr hin, dass ich missverstanden habe, wo dieses Gespräch hinführen soll – lassen Sie mich Ihnen versichern, dass ich keinerlei physische Beziehung zu Leutnant Leary – zu Daniel – habe. Ich habe noch nie eine solche Beziehung gehabt.«

»Aber …?«, sagte die Klimovna. »Es sieht doch so aus …?«

»Wir sind Freunde«, sagte Adele. »Zufälligerweise ist Daniel Mieter in dem Haus, das ich auf Xenos besitze. Aber um Ihnen gegenüber offener zu sein, als es unsere flüchtige Bekanntschaft vielleicht rechtfertigt …«

Und um einem Gespräch ein Ende zu machen, das Adele zutiefst zuwider war.

»… hatte ich noch nie an einem Mann – oder einer Frau – Interesse dieser Art. Während Daniel, soweit ich das beobachten konnte, noch nie an einer Frau Interesse hatte, die so alt ist wie ich. Nämlich zweiunddreißig Standardjahre, Valentina.«

Sie hielt inne, sah der anderen Frau in die Augen und fügte hinzu: »Ich bin nur siebzehn Jahre jünger als Sie.«

Die Klimovna zuckte zusammen, als hätte man ihr einen Schlag versetzt. Vermutlich hätte ein Schlag sie nicht einmal so schockiert wie dieses winzige Stück präzisen Wissens. Immerhin war sie diejenige, die Adele in ein unangenehmes Gespräch gedrängt hatte, also sollte sie auch die Konsequenzen ertragen.

»Schnickschnack!«, sagte die Klimovna nach einer längeren Pause und rieb mit beiden Händen über die Schenkel ihres Hosenanzugs. »Männer sind Narren, einige von ihnen zumindest. Was kann ihnen schon ein junges Dummchen bieten, ich meine im Vergleich zu einer erfahrenen Frau von Welt, wie?«

»Ich habe wirklich keine Ahnung«, erklärte Adele trocken. Und dann fügte sie hinzu, weil das ein Aspekt der Angelegenheit war, die sie – wenn auch unangemessen – in ihrer Freundschaft mit Daniel irritiert hatte: »Aber es scheint, dass gerade diese Dummchen eine besondere Anziehungskraft auf ihn ausüben. Ich möchte nicht einmal Spekulationen darüber anstellen, warum das so ist.«

»Schnickschnack«, wiederholte die Klimovna und starrte mit angewiderter Miene auf das Außenschott. Sie stand auf und verschränkte die Hände hinter dem Rücken, verließ aber den Raum nicht, wie Adele zunächst geglaubt – und gehofft – hatte, sondern wandte nur den Blick ab.

Und dann drehte sie sich ruckartig wieder zu Adele herum. »Ich nehme an, mein Gatte ist noch unterwegs?«, fragte sie.

»So weit mir bekannt ist, ja«, nickte Adele, »aber wenn Sie sichergehen wollen, sollten Sie sich beim Wachoffizier erkundigen. Ich hatte angenommen, Sie beide wären zusammen.«

»Pah!«, machte die Klimovna. »Georgi will trinken und spielen und wer weiß, was sonst noch? Weshalb sollte ich dabei zusehen wollen? Ich habe ein AirCar als Ersatz für das andere gekauft.«

Sie machte eine weit ausholende Handbewegung. *Als Ersatz für das, das du zuschanden gefahren hast*, fügte Adele freilich stumm hinzu.

»Daniels Diener, Hogg, hat das arrangiert«, fuhr die Klimovna fort. »Ein recht geschickter Bursche, dieser Hogg. Ich frage mich, ob er vielleicht in meine Dienste treten möchte anstelle seines augenblicklichen Herren?«

»Das bezweifle ich stark«, erklärte Adele trocken.

»Ich glaube nicht, dass Hogg Ihnen die Kehle durchschneiden würde, wenn Sie ihn fragen«, meldete sich unerwartet Tovera zu Wort. Das war, als hätte plötzlich ein Stuhl zu sprechen begonnen. »Aber ganz ausschließen kann man das nicht. Hogg ist wirklich ein interessanter Bursche – für einen Diener.«

»Ich sehe das genauso wie Tovera«, sagte Adele und hob dabei ihre Stimme etwas, für den Fall, dass die Klimovna etwas Falsches sagen könnte. »Es wäre nicht klug, Hogg diese Frage zu stellen. Alte Familienloyalität, wissen Sie. Ich nehme an, Sie haben das auf Novi Swerdlowsk auch?«

Die Klimovna rümpfte die Nase. »Bei uns zu Hause wissen Dienstboten, wo ihr Platz ist«, sagte sie, sah dabei aber weder Tovera noch Adele an. »Ich habe dieses AirCar jedenfalls aus einem Lager gekauft, das herrenloses Gut verwaltet. Hogg hat mich mit dem Lagerverwalter bekannt gemacht.«

Hat er das wirklich?, dachte Adele, bemüht, ihrem Gesicht nichts anmerken zu lassen. Nun, sie ging es ja nichts an. So wie sie Hogg kannte, würde die *Princess Cecile* Todos Santos schon lange verlassen haben, ehe ein Eigentümer auftauchte, um Anspruch auf sein Eigentum zu erheben.

Weil Adele ihr Display geschrumpft hatte, erschien ein winziger roter Stern über ihrem PDA. Sie unterdrückte die höfliche Antwort, die sie sich gerade für die Klimovna zurechtgelegt hatte – anderen Leuten musste Small Talk leichter fallen als ihr –, und baute das Display wieder auf ganze Größe auf.

Oh, oh! Das bedeutete sicherlich –

»*Schiff, hier Loppy, ich bin mit dem Grafen zusammen, aber er ist im Obergeschoss*«, sagte eine Stimme. »*Wir haben hier ein Problem, und wir werden verdammt schnell Hilfe brauchen. Ende.*«

Da der Anruf über einen Notfallkanal hereinkam, wurde er mit Priorität zur Brücke, in die Gefechtszentrale sowie auf Adeles Konsole geleitet. Die speziellen Komms, die jeder Spacer auf Landurlaub bei sich trug, waren für Rückrufe zum Schiff gedacht und hatten, wenn sie auf Sendung geschaltet waren, im Allgemeinen eine Reichweite von nicht ganz einem Kilometer.

Adele hatte die Techniker des Schiffs angewiesen, die Programmierung der Geräte so abzuändern, dass sie das Relaissystem der Wache des Gouverneurs benutzen konnten; auf diese Weise waren sie im vollen Maße als Wechselsprechanlagen geeignet. Bei gewöhnlichen Mannschaftsmitgliedern hatte das nicht viel zu bedeuten – die Etablissements, die sie zu besuchen pflegten, lagen im Allgemeinen im Umkreis von nicht einmal einem Kilometer vom Hafen. Die Eskorte von Graf Klimov wäre ohne diese Modifikation aber ebenso wie Kapitän Leary selbst außer Reichweite gewesen.

»*Loppy, hier Woetjans*«, sagte der Bootsmann. Als Wachoffizier benutzte sie die KomKonsole, die allerdings auf Daniels Größe eingestellt war. Für Woetjans hünenhafte Gestalt war das deutlich zu niedrig. »*Sprechen Sie.*«

»*Top, wir sind in so 'nem schnieken Club, keine Ahnung, wie er heißt*«, sagte Rigger Loppinger. »*Das ist nicht bloß eine Bar und ein Bumsschuppen, der Graf ist oben im Kartenzimmer und spielt mit dem Kapitän der* Goldenfels. *Sie erinnern sich …*«

»Ich erinnere mich«, sagte Woetjans grimmig. *»Spucken Sie es aus, Spacer!«*

Adeles Stäbe zuckten. Sie hatte bereits ein Rückrufsignal eingeleitet; jetzt rief sie den durch Triangulation ermittelten Standort Loppys auf und legte ihn über Daten des Polizeichefs von San Juan. Das Etablissement nannte sich *Anyo Nuevo*; und dem Betrag nach zu schließen, den es jede Woche an Schmiergeld bezahlte, handelte es sich wirklich um ein sehr elegantes Lokal.

»Top, der Graf nimmt den Mistkerl von Pleasaunce aus«, sagte der Rigger. *»Noch eine kleine Weile, und der Typ wird ihm sein Gebiss verpfänden müssen. Uns wollten die nicht in den Kartensaal lassen, aber ich konnte das durch die Tür hören. Es ist nur so, hier unten in der Bar sind zwanzig Spacer von der* Goldenfels, *und ich bezweifle, ob der Kapitän zulassen wird, dass der Graf mit seinem Geld nach Hause geht. Können Sie uns ein paar Leute zu Hilfe schicken? Ende.«*

Die Klimovna redete, hatte schon eine Weile geredet. Adele nahm sie nur vage zur Kenntnis, so etwa, wie sie das Summen der Fusionsflasche der Korvette auf Deck D hörte. Tovera hatte die ältere Frau etwas zurückgedrängt, damit diese Adele nicht mit einer unbedachten Armbewegung anstieß.

Woetjans drehte sich schwerfällig auf der Couch zur Seite. Ihr Gesicht wirkte besorgt. »Mistress?«, rief sie quer durch die Brücke Adele zu. In Notsituationen dachten Rigger wie sie nicht an Funkverbindung. »Können Sie Verbindung zum Kapitän …«

»Sechs hier«, meldete Daniel sich auf den Ruf, den Adele in dem Augenblick ausgesandt hatte, als Loppinger die *Goldenfels* erwähnt hatte. *»Sprechen Sie.«*

»Woetjans, ich übernehme das«, sagte Adele, was dazu führte, dass die Züge des Bootsmanns sich erleichtert entspannten. »Daniel, Graf Klimov spielt mit Kapitän Bertram von der *Goldenfels* im *Anyo Nuevo* Karten, die Koordinaten habe ich Ihnen übermittelt. Das Spiel wird in Kürze zu Gewalttätigkeiten ausarten. Bertram hat zwanzig Spacer, und die Mannschaftsstärke seines Schiffes beträgt insgesamt dreihundertsechsundfünfzig gemäß dem Betrag, den der medizinische Hafeninspektor gerade auf seinem Privatkonto einbezahlt hat, um das Schiff von den Quarantänevorschriften zu befreien. Äh, Ende.«

Sie wusste deshalb genau über die Mannschaftsstärke der *Goldenfels* Bescheid, weil sie die Zahlung mit der für die einhundertsiebenundzwanzig Passagiere und Mannschaftsmitglieder an Bord der *Princess Cecile* verglichen hatte. Behörden zu betrügen war eine Sache. Eine Amtspersönlichkeit zu betrügen, indem man Bestechungsgeld kürzte, war etwas ganz anderes und wesentlich gefährlicher.

Daniel stieß einen halblauten Pfiff aus, ein Geräusch, das sein Gerät nur teilweise übermitteln konnte. »*Das ist kein Frachter!*«, sagte er. »*Die* Goldenfels *muss ein Hilfskreuzer sein.*«

In völlig anderem Tonfall, aber beinahe im gleichen Atemzug, fuhr er fort: »*Also gut, Rückruf ausgeben.*«

Adele handelte in dem Augenblick, in dem sie seine Worte hörte, und nickte Woetjans zu.

»*Woetjans, wie viele Männer sind jetzt an Bord der* Sissie*? Ende.*«

»*Vierundzwanzig, entweder auf Wache*«, sagte Woetjans, »*oder vorzeitig vom Landgang zurück. Aber die sind nicht besonders gut drauf, einige von denen zumindest, Ende.*«

»*Sehr gut*«, sagte Daniel. »*Haben Sie eine Transportmöglichkeit? Wenn wir nämlich zu dieser Kneipe zwei oder drei Kilometer weit laufen müssen, wird keiner von uns besonders gut in Form sein. Ende.*«

»Das AirCar«, sagte Adele.

»*Richtig, die Lady ist mit einem AirCar zurückgekehrt!*«, rief Woetjans. »*Es würde mich gar nicht wundern, wenn wir da zwölf reinquetschen könnten – das ist 'ne ziemlich große Kiste. Ende.*«

»*Ja*«, sagte Daniel. »*Woetjans, nehmen Sie sich neun Mann und kommen Sie selbst mit. Holen Sie mich …*«

»Daniel, ich habe die Koordinaten übermittelt«, fiel Adele ihm hastig ins Wort.

»Roger, mich und Hogg«, fuhr Daniel fort. *»Keine Schusswaffen. Adele, Sie übernehmen das Kommando, bis Mister Chewning sich zurückmeldet. Sechs Ende.«*

Woetjans war bereits aufgesprungen und rief brüllend mit ihrer rauen Stimme und über die Schiffssprechanlage Leute zusammen. »Daniel!«, sagte Adele, ehe er die Verbindung abbrechen konnte. »Wollen Sie, dass ich und Tovera mitkommen – oder nur Tovera?«

»Du großer Gott, nein!«, erwiderte Daniel, und seine Stimme klang dabei angespannt, als wäre er körperlich strapaziert. *»Adele, wenn es in dieser Stadt zu Schießereien kommt, können Sie sich darauf verlassen, dass die Soldaten des Gouverneurs jeden exekutieren, den sie in die Finger bekommen. Lassen Sie bloß keinen von der* Goldenfels *an Bord der* Sissie *und sorgen Sie dafür, dass die Geschütze besetzt sind. Ende.«*

»Ende, Daniel«, sagte Adele. »Ende.«

Sie lehnte sich in ihrer Couch zurück und schloss die Augen, verspürte plötzlich ein Gefühl der Leere. Da war einiges im Gange, aber sie hatte nichts zu tun, musste bloß warten.

Die Stimme der Klimovna drang durch die mentalen Barrieren, die Adele errichtet hatte, solange sie keine Zeit hatte, sich um Belanglosigkeiten zu kümmern. Adele schlug die Augen auf. »Madam«, sagte sie. »Ihr Gatte hat Probleme wegen eines Kartenspiels. Kapitän Leary und einige Mannschaften sind unterwegs, um ihn da rauszuholen. Äh, sie werden Ihr AirCar nehmen.«

Bessing saß an der Geschützkonsole. Im Augenblick waren weder die KomKonsole noch die Torpedokontrolle besetzt, aber Adele vermutete, dass alle drei Mannschaftsmitglieder in der Gefechtsleitzentrale für alle notwendigen Maßnahmen einschließlich eines Starts ausgebildet waren.

»Ja, Georgi spielt, wo immer er kann«, sagte Klimovna. Sie zog einen Flunsch. »Er hält sich für sehr clever.«

Sie sah Adele scharf an. »Ist er in Gefahr?«, fragte sie. »Sagen Sie mir die Wahrheit.«

Adele begegnete dem Blick der Älteren mit ausdrucksloser Miene. »Nein«, sagte sie schließlich. »Ich glaube nicht, dass der Graf in ernsthafter Gefahr ist. Daniel – Kapitän Leary – wird ihn vermutlich im AirCar hierher zurückschicken.«

Aber wird Daniel in Gefahr sein, wenn Hunderte von Allianzspacern nach seinem Blut gieren?, dachte Adele.

Oh. Ja, natürlich. Es *gab* eine Lösung.

Adeles Stäbe zuckten, als sie in das Labyrinth der lokalen KommSysteme eindrang. Allein für den Bezirk San Juan gab es davon sechs, zwei sogar erstaunlich gut. Ein gemeinsames System gab es nicht, nicht einmal für das Militär. Die Armee, die Marine und die Gouverneursgarde hatten alle ihre eigenen Systeme.

Die Klimovna sagte wieder etwas im Hintergrund. Adele fand den Nodus, den sie brauchte, und verschaffte sich an der Firewall vorbei Zugang. Sie atmete tief durch und begann zu sprechen.

Barnes knallte das AirCar hart auf die Straße und fluchte dabei, wie er es in zwanzig Jahren als Spacer gelernt hatte. Das überladene Fahrzeug machte einen Satz, als die Wucht des Aufpralls und die unter den Mantelstrahlrotoren zusammengepresste Luft einen Ausgleich suchten. Die riesige Staubwolke sah aus, als hätte eine Bombe eingeschlagen, aber sie vermieden immerhin einen Zusammenstoß mit dem Möbelwagen, dessen Fahrer aus der Seitenstraße herausgeschossen war, als er das AirCar zwei Meter über der mit Schlaglöchern übersäten Straße auf sich hatte zukommen sehen.

Daniel presste sich gegen das Armaturenbrett, aber das Gewicht massiv gebauter Spacer hinter ihm lastete dennoch schwer auf ihm. Dass ihm dabei keine Rippen brachen, war reines Glück.

Im herkömmlichen Sinne war Barnes alles andere als ein guter Fahrer, aber für die augenblickliche Situation war gerade seine Sturheit von Vorteil. Ein sechssitziges AirCar mit vierzehn

Spacern an Bord konnte man einfach nicht elegant steuern. Im Gegensatz zu einem besseren Fahrer störten Barnes die diversen leichten Kollisionen und die vielen weiteren, die er gerade noch vermieden hatte, während er zielstrebig dem *Anyo Nuevo* zustrebte, überhaupt nicht.

Barnes war ein hünenhaft gebauter Mann, der mit den Fäusten ebenso gut wie mit einem Knüppel umgehen konnte. Auch das war gut, ebenso wie die Tatsache, dass Woetjans zwölf Mann in den Wagen gestopft hatte statt zehn, wie Daniel das befohlen hatte. Er hatte sie nicht wieder auf die Straße gesetzt, als er und Hogg sich hineingequetscht hatten, und jetzt, da sie an ihrem Ziel angelangt waren, war er Woetjans dankbar.

Aber knapp war es gewesen. *Verdammt knapp*, hatte er gedacht, als er sah, wie der Lieferwagen geradewegs auf sie zu fuhr.

»An der nächsten Kreuzung rechts abbiegen und anhalten!«, sagte Daniel und legte Barnes dabei die linke Hand auf die Schulter, um sicherzugehen, dass er auch zuhörte. Die Straße beobachtete er durch einen Stadtplan, der als dreißig-Prozent-Maske auf seine Gesichtsscheibe projiziert wurde. Ein sich bewegender roter Punkt kennzeichnete das AirCar, ein goldener ihr Ziel.

Barnes versuchte abzubiegen und anzuhalten, beides nur mit teilweisem Erfolg. Die Straßen mündeten im spitzen Winkel ineinander, und sie fuhren schnell, um zu vermeiden, dass das überlastete Fahrzeug wie ein Stein runtersackte. Im letzten Augenblick tat Barnes das einzig Mögliche, riss nämlich den Steuerknüppel hart nach rechts, sodass sie schräg im 45-Grad-Winkel über der Straße dahin fegten, in einen Obststand krachten, abprallten und schließlich zum Stillstand kamen.

Einheimische, die gerade noch mit offenen Mündern das mit heulenden Rotoren heranbrausende Fahrzeug angestarrt hatten, stoben wie aufgescheuchte Vögel auseinander. Daniel war sich ziemlich sicher, dass das AirCar niemanden verletzt hatte – alle Leute, die er sehen konnte, rannten weg und fluchten so laut sie konnten –, aber der Himmel wusste, dass sie mit einer Anzahl Schadensansprüchen zu rechnen hatten, zumindest von der Standbesitzerin, deren Suppenschüsseln über die ganze hintere Wand verteilt waren. Aber dafür war später Zeit, und Graf Klimov konnte sich darum kümmern – falls es ihnen gelang, ihn lebend herauszuholen.

»Mir nach!«, schrie Daniel und arbeitete sich unter mehreren Spacern heraus und schwang sich aus dem ächzenden Fahrzeug. »Und lasst euch nicht sehen, bis ich durch die Tür bin!«

Daniel reichte Hogg den KommHelm, den Woetjans für ihn mitgebracht hatte, und setzte seine weiße Uniformmütze auf, die bei ihrer unsanften Landung ein wenig außer Form geraten war, und schob sich die Orden auf seiner Brust zurecht. Als Daniel so präsentabel war, wie das unter den gegebenen Umständen möglich war, betrat er eine Gasse, die so schmal war, dass er mit beiden Ellbogen die Wände hätte streifen können. Sechs Meter weiter klopfte er an die stählerne Hintertür des *Anyo Nuevo*.

Die Tür hatte kein Guckloch, aber die Diode an der daumengroßen Kamera am Türstock wurde rot. »Name?«, quäkte eine geschlechtslose Stimme aus dem Lautsprecher der Kamera.

»Daniel Leary von Bantry«, sagte Daniel und tippte an das Namensschild, das er an der linken Brust trug. LEARY in goldenen Lettern auf weißem Tuch. »Das Passwort lautet ›Lusiads‹, was auch immer das zu bedeuten hat.«

Und dein Name ist Ramon Echevaria, dachte er. *Mein Signaloffizier hat mir absolut alles mitgeteilt, was über dieses Haus in den Unterlagen zu finden ist.*

»Sie stehen nicht auf der Liste«, sagte die Stimme hörbar verdutzt. »Wer hat Sie empfohlen?«

»Fregattenkapitän Adrian Purvis«, log Daniel locker. »Mein Vetter.«

»In Ordnung, treten Sie zurück«, sagte die Stimme. »Die Tür geht nach außen auf.«

Daniel trat zur Seite, als er hörte, wie die Riegel zurückgezogen wurden. Die Tür – du liebe Güte, sie war mindestens fünf Zentimeter dick und bestand aus massivem Metall – öffnete sich mit leichtem Pfeifen ihrer Hydraulik. Echevaria, ein kleiner Mann mit Backenbart, saß auf einem gepolsterten Sessel und sah sich ein Hologramm an, auf dem zwei Frauen und ein Wombat zu Gange waren.

Daniel packte ihn am Hals und verstärkte seinen Griff erst, als Echevaria versuchte, nach der Pistole zu greifen, die in einem Halfter an seiner Sessellehne hing. Hogg schob einen Stahlkeil – eine Antennensperre – in den Türspalt und winkte die Spacer heran, die draußen warteten.

»Ich hab ihn, Master«, sagte Hogg und fesselte Echevarias Handgelenke mit Draht. »Und jetzt hör mir gut zu – wenn du ein braver, kleiner Kanake bist und keinen Piepser von dir gibst, schneide ich dich los, sobald ich zurück bin. Wenn du zu schreien anfängst, reiße ich dir stattdessen die Zunge raus. Kapiert?«

Daniel eilte die Treppe zu dem Raum im zweiten Stock über dem Gastraum im Erdgeschoss und den Zimmern der Frauen im Stockwerk darüber hinauf. Er war nicht davon überzeugt, dass Hogg sich die Mühe machen würde, den Türsteher loszuschneiden, wenn er ruhig blieb, aber dafür war er bereit, seine Hoffnung auf ein Kapitänspatent darauf zu verwetten, dass der Rest von Hoggs Versprechen ernst gemeint war.

In die Vertäfelung eingelassene gelbe Leuchtröhren beleuchteten die Treppe, Figuren in dunklerem Gold tanzten in ihren Tiefen. Oben war keine Tür, nur ein Plüschvorhang. Daniel schob ihn beiseite und trat ein. Hogg ließ er draußen im Gang stehen.

Daniel rechnete damit, mit seinem Eintritt Aufmerksamkeit zu erwecken, doch die bereits Anwesenden, etwa zwanzig Leute, konzentrierten sich voll und ganz auf den Tisch im hinteren Bereich des eleganten Saals. Ein Croupier saß an der Seite und gab Pokerkarten an Graf Klimov aus, der an einem Ende des Tisches einem drahtigen Mann mit Bürstenhaarschnitt – Kapitän Bertram – gegenübersaß. Der Allianzoffizier trug einen rötlich braunen mit Rüschen besetzten Anzug, der ihn wie einen Clown wirken ließ. Daniel wusste, dass dieses zivile Outfit auf Pleasaunce zurzeit letzte Mode war, allerletzter Schrei, sodass man das auf Xenos gerade erst zu kopieren begonnen hatte, als die *Sissie* zu ihrer Reise in den Norden gestartet war.

Kandelaber mit winzigen Lämpchen in allen Farben des Regenbogens funkelten und beleuchteten den Saal. Die Wände waren mit einfarbigem Plüsch behängt, um alle Geräusche zu dämpfen. Am Roulettetisch in der Mitte saßen keine Spieler – am Croupierplatz saß eine glutäugige Frau in einem fast durchsichtigen Top, die ihren Rechen in der Hand hielt und das Pokerspiel beobachtete. Die Hälfte der Anwesenden waren Angestellte, aber wie die Spieler waren sie jetzt lediglich Zuschauer, die alle gebannt dem Pokerspiel zusahen.

Die obersten Karten waren zugedeckt. Klimov sah seine Karten an und sagte: »Zwanzig drauf.«

Er fügte dem bereits ansehnlichen Haufen von Jetons einen Stapel Goldener hinzu, fünf und fünf und fünf. Er hatte drei Damen aufgedeckt vor sich liegen. Bertram hatte die Herzneun und -zehn und die Kreuzsieben.

Daniel sah sich schnell im Saal um und bedeutete Hogg mit der linken Hand, er solle zurückbleiben. Zu diesem Allerheiligsten hatten nur High Roller und Angestellte Zutritt. Keiner der Spacer aus Klimovs oder Bertrams Gruppe war zu sehen, und auch die anderen Spieler hatten keine Bediensteten bei sich. Zwei vierschrötige Gestalten standen an den Treppen in die Untergeschosse. Obwohl sie sehr gepflegt und gut gekleidet waren, waren sie nicht hier, um Getränke zu servieren.

Der Allianzoffizier blickte finster und sog heftig an seiner Zigarre, sodass die Spitze wie das Auge eines Dämons glühte. Er sah in die Karten, die er in der linken Hand hielt und sagte: »Na schön, ich will sehen.«

Bertram schob mit einer ärgerlichen, nervös wirkenden Geste Chips in die Tischmitte. Ein Teil davon waren golden, andere violett, der Rest ein Gemisch niedrigerer Farben. Daniel wusste zwar nicht, was die einzelnen Farben zu bedeuten hatten, aber danach zu schließen, wie alle auf den Pokertisch starrten, konnte er es ahnen.

Die Hände des Dealers flatterten, als er den Hausanteil einstrich. Die Bewegung war so schnell wie ein Sonnenstrahl, der in einem Teich über die Wellen huscht.

»Also«, sagte Klimov freundlich. Er legte seine oberste Karte um, eine Kreuzfünf.

»Also!«, sagte Bertram. Er deckte den Pikbuben und die Karoacht auf, lehnte sich dann zurück und nahm einen langen Zug an seiner Zigarre. »Mein Straight schlägt Ihre drei Damen!«

Klimov deckte seine letzte Karte auf, die Kreuzfünf.

Der Allianzkapitän stöhnte ungläubig. Er starrte erneut auf seine linke Hand und sprang dann auf. »Das ist keine Dame, das ist das PikAss!«, schrie er. »Du bildest dir wohl ein, du kannst mich betrügen, du Schweineficker?«

Bertram griff unter seine Bluse und brachte die Hand mit einer Waffe zum Vorschein. Die Zuschauer verzogen sich wie Küchenschaben, die das Licht erschreckt hat. Daniel fegte sie auseinander, wie eine Kegelkugel Kegel abräumt.

»Sissies, hierher!«, rief er und packte Bertram an Handgelenk und Ellbogen, drückte ihm das Handgelenk zurück, bis der Mann die Waffe losließ und Bertrams Ruf »Allianz! Allianz!« in einen Schrei überging.

Die Aufpasser an der Tür hatten entweder Bertrams Waffe übersehen oder waren dafür bezahlt worden, sie zu übersehen. Jetzt sprangen sie zur Seite, statt zu versuchen, die Schar von Allianzspacern aufzuhalten, die die Treppe heraufkamen. Soweit Daniel das mit dem kurzen Blick feststellen konnte, für den er Zeit hatte, als er Bertram in die Höhe stemmte und ihn in den Treppenschacht schleuderte, waren es über zwanzig.

»Aus dem Weg, Master!«, schrie Hogg. Daniel warf sich zur Seite. Woetjans und ein halbes Dutzend weitere Sissies rannten vorbei und schleuderten mit einem wie eine Explosion klingenden Grunzlaut aus vielen Kehlen –

Allmächtiger Gott im Himmel, die hatten den Roulettetisch umgekippt! Fünfhundert Kilo dunkel poliertes Holz, falls er nicht sogar doppelt so schwer war!

– ihr gewaltiges Projektil den im Treppenschacht eingesperrten Allianzspacern entgegen!

In den Vorhängen verborgene Lampen flammten auf und tauchten den Saal in strahlend helles Licht. Die letzten Sissies kamen jetzt mit Knüppeln in der Hand durch die Hintertür und suchten nach jemand, gegen den sie sie einsetzen konnten. Im Augenblick freilich waren keine Widersacher zu sehen. Ein Türsteher, der mit Dasi zusammengeprallt war, als er versucht hatte, dem Roulettetisch auszuweichen, würde vermutlich ärztliche Behandlung brauchen, damit man ihm die Eier aus seinem Brustkorb holte.

»Hogg, wo ist mein …«, setzte Daniel an, aber ehe er die Frage zu Ende bringen konnte, warf Hogg ihm den KommHelm hin, den er in eine seiner unergründlichen Taschen gestopft hatte. Hoggs Hosen und seine weiter Rock konnten ein ganzes Dutzend Wachteln oder ähnliches Geflügel aufnehmen, ohne dass jemand das diesem Hinterwäldler mit dem trägen Grinsen ansehen konnte – daran konnte Daniel sich sehr wohl aus seiner Jugend auf Bantry erinnern.

Er stülpte sich den Helm auf und drehte sich um. Woetjans hielt den Grafen mit einem Arm um die Hüfte und der Hand an der anderen Schulter fest. Keiner von Klimovs Füßen berührte den Boden auf normale Weise, aber sein rechter Stiefel scharrte gelegentlich an den Dielen, als Woetjans, so wie sie das geplant hatten, Kurs auf die hintere Treppe nahm.

Offenbar hatte der Graf vor, seine Chips irgendwann einzuwechseln, wenn auch nicht am heutigen Abend; er hatte sie jedenfalls zu sich herangezogen, ehe Woetjans ihn gepackt hatte. Das war nicht mehr als fair, schließlich hatte er gewonnen, trotzdem war an diesem Spiel irgendetwas nicht ganz hasenrein …

Aber das zu ergründen musste warten, bis Daniel etwas mehr Muße als im Augenblick hatte. »Sechs-Drei – das sind Sie, Adele – holen Sie die Männer von der Bar weg«, sagte er. »Wir kommen durch den Hintereingang mit dem Grafen raus. Er wird zurückfliegen …«

Falls das AirCar noch flugtüchtig war; vermutlich würde es das sein, wenn nur Klimov und zwei Spacer als Fahrer und zusätzlicher Schutz einstiegen.

»… wir anderen kommen über Land zurück. Ende.«

Vier Sissies behielten die Treppe im Auge, in die sie den Roulettetisch geworfen hatten. Daniel sah an ihnen vorbei. Mit Ausnahme der am Boden liegenden Verletzten war keiner der Allianzspacer näher herangekommen als bis zum ersten Treppenabsatz. Sie hatten ihren Kapitän, dafür hatte Daniel gesorgt, und deshalb gab es für sie keinen Grund, den Kampf fortzusetzen, höchstens um der Ehre willen – aber das war durchaus ein guter Grund, vielleicht sogar der einzige, den es gab. Wenn sie Glück hatten, würde der Roulettetisch aber ihre Einsatzfreude hinreichend dämpfen, um den Sissies genügend Vorsprung zu verschaffen.

»Platz machen!«, wies Daniel die Spacer an, die sich selbst zur Nachhut erklärt hatten. Sie traten zur Seite, und er schleuderte einen Sessel auf die vom Treppenabsatz nach oben blickenden Gesichter. Der Sessel traf auf die Wand und zersplitterte, seine Trümmer regneten nach allen Seiten in die Tiefe.

»Auf mein Kommando«, fuhr er mit leiser Stimme zu seinen Leuten gewandt fort, »laufen wir alle zur Treppe und verlassen den Bau durch den Hintereingang. Sind alle bereit?«

Von der Hintertreppe hallten Rufe und Kampflärm herauf. Daniel drehte sich mit ausdrucksloser Miene um.

»Zum Teufel, Kapitän!«, schrie Lamsoe, der auf dem Weg nach unten gerade den mit Vorhänge verhängten Zugang erreicht hatte. »Die sind um uns rumgelaufen, Sir! Verdammt, das ist ja eine ganze Armee!«

»Sissies, die Zugänge verteidigen!«, brüllte Daniel. Einige Spacer trugen KommHelme, aber die meisten nicht. »Woetjans, zurück zur Tür, dort halten wir sie auf!«

Eine Weile schaffen wir das, aber hoffentlich gibt es neben den beiden Ausgängen, die ich kenne, noch einen, dachte Daniel und griff abwesend nach einem weiteren Sessel. Sie waren zu filigran gebaut, um gute Knüppel oder Wurfgeschosse abzugeben, aber vier Stuhlbeine im Gesicht würden einen Angreifer trotzdem nachdenklich machen.

Die Angestellten und die übrigen Gäste pressten sich an die Wand. Ein älterer Mann in einem gestreiften Gewand tupfte sich das Blut von einer Platzwunde an der linken Wange, und eine männlich wirkende, gut aussehende Frau zählte Chips in ihre Handtasche und musterte dabei die Frau hinter dem Roulettetisch, die sich die über der Brust verschränkten Hände an die Schultern presste. In der grellen Beleuchtung wirkten die weiblichen Angestellten in ihren durchsichtigen Tops nicht wie exotische Sexobjekte, sondern eher wie Fische, die jemand an Land gezogen hatte.

Der Wandbehang hing in Fetzen herunter, und Daniel konnte in der Nähe des Hinterausgangs eine verschlossene Tür erkennen. Er ging darauf zu, versuchte den Türknopf zu drehen und musste feststellen, dass die Tür versperrt war.

»Vorsicht, Sir!«, rief Dasi. Daniel sprang zurück. Dasi und Barnes – die schon lange, bevor Daniel ihre Bekanntschaft gemacht hatte, eng befreundet gewesen waren, hatten eine Porphyrplatte aus ihrer Wandhalterung gerissen und schmetterten sie jetzt mit aller Wucht gegen das Schloss.

Die Tür löste sich in ihre Bestandteile auf. Daniel schob die Überreste zur Seite und trat in eine Art Wartungsraum. Der Geschäftsführer redete dort heftig gestikulierend auf jemanden ein, dessen Gesicht auf einem Flachbildschirm zu erkennen war. Er sah Daniel, stieß einen Schrei aus und griff in die halb offenstehende Schublade unter dem Bildschirm.

Daniel packte den Mann am Arm, riss ihn in die Höhe und griff selbst mit der anderen Hand nach der Pistole in der Schublade. Er brauchte keine Waffe, aber in einer solchen Situation wollte er sie auch nicht in der Hand von jemanden lassen, der ganz offensichtlich für Daniel und seine Leute nicht gerade freundschaftliche Gefühle hegte.

»Wie kommen wir hier raus?«, herrschte er den Mann an, wobei er ihn immer noch am Handgelenk festhielt, wenn auch nur so fest, um den etwas dicklichen, kleinen Mann daran zu hindern, sich ihm zu entwinden. »Bisschen dalli, wenn ich bitten darf, damit wir hier verschwinden können.«

»Die hintere Treppe!«, keuchte der Kleine. »So wie Sie reingekommen sind, Herrgott!«

»Der Weg ist jetzt versperrt«, erklärte Daniel ruhig. »Gibt es einen Zugang zum Dach?«

Hinter Daniel ließen Geräusche aus dem Kartenraum vermuten, dass ein Abwrackteam am Werk war. Das entsprach auch mehr oder weniger den Tatsachen. Seine Leute hatten Knüppel mitgebracht, aber wenn es zu einem Handgemenge mit der Crew der *Goldenfels* kam, würde sich deren Übermacht schnell durchsetzen. Die Sissies waren dabei, das Mobiliar in Wurfgeschosse zu verwandeln, und würden bald die Stützbalken als Speere einsetzen, wenn sie es fertigbrachten, sie aus den Wänden zu reißen.

»Dort!«, sagte der Geschäftsführer und deutete auf die halb verdeckte Toilette in der Ecke. »Dort, in der Decke, da kann man eine Leiter rausziehen. Aber das wird Ihnen nichts nützen!«

Daniel drehte sich um, um einen Befehl zu erteilen, aber Hogg und Portus, eine Technikerin, deren blondes Haar jetzt mit Blut verklebt war, standen bereits in der Nische, ehe der Manager zu Ende gesprochen hatte. Daniel trat an die Tür des Kartenraums, immer noch ohne den Manager loszulassen. Der Mann war vermutlich harmlos, aber die ganze Situation ließ keine Risiken zu, auch nicht die Möglichkeit, dass irgendwo eine weitere Pistole versteckt war.

Seine Sissies hielten immer noch beide Treppen, aber Lamsoe lag ausgestreckt bewusstlos mitten im Raum, und die meisten anderen, die Daniel sehen konnte, hatten auch irgendwelche Verletzungen. Wenn da nur eine Falltür war, die es zu halten galt, würden sie länger überleben, aber wenn sie über eine Leiter nach oben den Rückzug antraten, bedeutete das, die Nachhut zu opfern, und dazu war Daniel nicht bereit, wenigstens jetzt noch nicht.

»Ich hab sie jetzt aufgekriegt!«, rief Hogg. »Ich werde nachsehen …«

»Nein!«, fiel Daniel ihm ins Wort. »Portus, sehen Sie auf dem Dach nach, ob es dort einen Fluchtweg gibt. Hogg, du kommst her und …«

»Vom Dach aus gibt es keinen Weg nach unten!«, stieß der Manager mit quiekender Stimme hervor. »Sie müssten springen!«

»… spannst für nachher, wenn wir draußen sind, einen Fallstrick über diese Tür. Sissies, ihr zieht euch jetzt aufs Dach zurück. Horn und Kolbek …«

Zwei Techniker, die nicht in die unmittelbaren Kampfhandlungen verwickelt waren, warteten auf die Gelegenheit, jemanden abzulösen, der mit der Verteidigung einer der beiden Treppen befasst war.

»… ihr tragt Lamsoe. *Bisschen fix!* Beeilung, Sissies!«

Von einem Dach über dem dritten Stockwerk zu springen, würde Beinbrüche, vielleicht sogar das eine oder andere gebrochene Genick bedeuten – aber das war auch nicht schlimmer als das, was sie von den Spacern der Allianz zu erwarten hatten, wenn Daniel es nicht schaffte, seine Leute hier irgendwie wegzubringen. AirCars vielleicht? Aber wo sollten sie genügend solche Fahrzeuge schnell genug stehlen können, und außerdem verstanden sich nur wenige Spacer darauf, eines zu steuern.

Wenn die Prügelei lange genug dauerte, konnte es durchaus sein, dass die örtlichen Behörden sich einschalteten. Die Aussicht darauf schreckte Daniel im Augenblick weniger, als das zu Anfang der Fall gewesen war.

Drei Spacer trotteten an ihm vorbei. Lamsoe war wieder auf den Beinen, aber sein Gesicht wirkte ausdruckslos, und er bewegte sich nur, weil Horn ihn dirigierte.

»Woetjans, fangen Sie an, die Leute hinauszuschicken!«, sagte Daniel. »Wir ziehen ab!«

Hogg kniete ein Stück von ihm entfernt. Er trug Handschuhe und rollte die Tiefseefischleine aus, die er stets bei sich trug. Die Leine bestand aus Bormonokristall und war stark genug, um einen Wal zu halten, dabei aber so dünn, dass sie wie ein Messer schnitt, wenn man nicht ganz sorgfältig damit umging. Er hatte sie um die untere Angel der zertrümmerten Tür geschlungen und zog sie jetzt zu den Beinen einer Couch auf der anderen Seite.

An der Haupttreppe wurde das Handgemenge jetzt besonders heftig. Barnes und Dasi verfolgten die sich zurückziehenden Allianzspacer nach unten; als sie wieder heraufkamen, hatte Barnes den linken Ärmel verloren, und sein Mund war blutig. Aber es musste nicht notwendigerweise sein eigenes Blut sein.

»Los jetzt!«, rief Daniel. »Wir halten *diese* Tür. *Los jetzt*, oder keiner von euch wird jemals wieder unter mir segeln!«

»Kapitän …?« Graf Klimov hielt mit aristokratisch verdutztem Blick einen bis zum Rand mit Chips gefüllten Beutel in der Hand.

Zum Teufel, den hatte ich vergessen! Daniel packte seinen Auftraggeber am Revers und zerrte ihn in die relative Sicherheit, die der Personalraum bot. »Jemand soll den Grafen die Leiter hinaufschaffen!«, rief er nach hinten. »Und zwar schnell! Beeilung! Beeilung!«

Alle Sissies, mit Ausnahme von vier Mann, machten sofort kehrt, nicht etwa in Panik, sondern aus der ihnen eingebläuten Gewohnheit, Befehle sofort zu befolgen. Horn schob sie die Leiter hinauf; es kam zu einer kurzen Verzögerung, als sie den Grafen nach oben schubsten, am Dach auf ihn wartenden Händen entgegen, während die Spacer selbst kletterten, als befänden sie sich in der Takelage eines Sternenschiffs. Nicht einmal die größten Schlachtschiffe verfügten über Aufzüge. Eine Kabine konnte sich verhängen und zur tödlichen Falle werden, falls die Schiffswände sich genügend verwarfen, um den Liftschacht zu beschädigen. Das konnte sowohl beim Übergang von einem Blasenuniversum ins nächste passieren und natürlich auch infolge von Feindeinwirkung.

»Kommt zurück, ihr anderen!«, befahl Daniel. »Haltet diese Tür!«

Er stieß den Manager in die schräg gegenüberliegende Ecke, weg von der Nische mit der Toilette. Wenn der Mann schlau war, würde er dort bleiben und sich so kleinmachen, wie sein Leibesumfang das zuließ. Wenn nicht, nun ja, dann war das schließlich seine Sache.

Barnes und Dasi, Woetjans und Szurovsky rissen sich aus den Kämpfen an beiden Treppen los. Spacer der Allianz folgten ihnen, aber nicht gleich. Zunächst sahen die über die Treppe emporströmenden Spacer auf die Zivilisten in dem Kartenraum, die sich jetzt wieder zu rühren wagten, als sie sahen, dass die Sissies abzogen.

»Ich bin so weit!«, sagte Hogg. »Master, die Leiter hinauf!«

»Ich werde warten, bis …«, erwiderte Daniel.

»Woetjans, stemm seinen Arsch hier raus!«, sagte Hogg. »Schnell!«

Der weibliche Bootsmann drehte sich um und griff nach Daniels Arm. Aber der war schneller als sie, sprang auf die Leiter zu. Zu wissen, wann man auf einen Kampf gegen eine überwältigende Übermacht verzichtete, gehörte zu den Fähigkeiten, die ein MRC-Offizier besitzen musste. Die fest mit der Wand verschraubte Leiter war aus Eisen, rot vom Rost und vom Rostschutzlack – hauptsächlich Ersteres, aber immerhin war das Metall fest genug, um ihre Last zu tragen.

Woetjans war unmittelbar hinter ihm. Als Daniel den Kopf durch die Falltür schob, rief er über seinen Schulter: »Szurovsky als Nächster, Barnes und Dasi, ihr kommt nach, sobald er auf der Leiter ist. Beeilung ...«

Hände, wenigstens drei Händepaare, rissen Daniel aufs Dach.

»... Sissies!«

»Nach unten können wir nicht!«, sagte Portus. »Das ganze Gebäude ist von Spacern der Allianz umgeben, Sir, es ist, als würde die Flut reinkommen!«

Daniel wälzte sich auf den Bauch und sah durch die Falltür nach unten. Woetjans war jetzt auf dem Dach angelangt, und Szurovsky, ein schlaksiger Mann, knapp zwei Meter groß, schob sich nach ihr nach oben. Dasi und Barnes rannten von der Tür zurück. Jetzt richtete Hogg sich auf und zog das Stuhlbein, um das er das andere Ende der Fischleine geschlungen hatte, mit sich nach oben, sodass kreuz und quer über der Tür ein unsichtbares Schimmern lag.

Drei Allianzspacer rannten auf die Türöffnung los und fielen dann schreiend auf den Boden. Einer hatte einen tiefen Schnitt am Schienbein. Auf der Schwelle lag Blut, und Blut hing auch in der Luft, klebte an der Borfaser und machte diese sichtbar.

Hogg ließ das Stuhlbein fallen, mit dem er die Falle gespannt hatte, und rannte auf die Leiter zu. Einen Augenblick lang wagte sich niemand in den Raum. Ein Allianzspacer warf eine Figur nach Hoggs Rücken, als der die Leiter bestieg; Hogg kletterte weiter, nur ein unartikuliertes Grunzen und ein halblauter Fluch verrieten, dass er getroffen war.

Die Sissies zerrten Hogg aufs Dach; Portus und Lamsoe, Letzterer jetzt wieder mit klarem Blick, knallten die Falltür zu. Auf dieser Seite gab es kein Schloss, aber die beiden Spacer blieben so lange auf der Falltür stehen, bis vier andere ein paar schwere Steine, die sie aus dem Mauerwerk gerissen hatten, herangeschleppt hatten.

Daniel schob die Pistole, die er dem Geschäftsführer weggenommen hatte, in seine Schärpe. Er hatte nicht vorgehabt zuzusehen, wie Hogg vor seinen Augen mit Fußtritten traktiert wurde, selbst wenn das bedeutet hätte, dass er jemanden erschoss.

Erst jetzt trat Daniel an den Rand und sah nach unten. Er hatte gehofft, sie würden aufs Dach des Gebäudes auf der anderen Seite der schmalen Gasse springen können, aber das war zwei Stockwerke höher und die Ziegelwand gegenüber dem *Anyo Nuevo* hatte keinerlei Öffnungen.

Die Gasse unter ihnen wimmelte von grünen Arbeitsuniformen der Allianz. Einige der mutigeren Mannschaften der *Goldenfels* kamen jetzt heraufgeklettert, pressten sich zwischen die Wände, als befänden sie sich in einer engen Felsspalte. Sie stellten keine ernsthafte Bedrohung dar, aber aller Wahrscheinlichkeit nach würden ihre Kameraden in Kürze oben auf dem Nachbargebäude stehen und die sechs Meter Höhenvorteil dazu nutzen, Ziegelsteine auf sie herunterregnen zu lassen – falls sie nicht ihre Schusswaffen benutzten.

»Verdammte Scheiße, Sir, sehen Sie sich das an!«, schrie Woetjans, während er nach unten blickte. Daniel trat neben sie und verzog das Gesicht, als er merkte, wie sehr seine Uniform gelitten hatte. Immerhin hatte sie ihm Zugang zu dem Kartenraum verschafft, ohne die Spacer im Raum darunter zu alarmieren.

Er sah, wohin Woetjans wies. Die Straße vom Hafen kam jetzt eine Reihe von Fahrzeugen herauf. Die meisten waren irgendwie gepanzert, und alle waren bewaffnet. Sie hatten Fahnen und Flaggen unterschiedlicher Art gesetzt – Hausfarben, vermutete Daniel –, aber jedes hatte auch die rot-goldene Fahne …

»Du großer Gott, die kommen uns zu Hilfe!«, schrie Portus.

»Das ist die Sandale von Cinnabar! Das sind keine Bullen, das sind Cinnabarer, die uns retten wollen!«

Zwei große AirCars, die Mühe hatten, sich in der Luft zu halten, brausten um das hohe Gebäude hinter dem *Anyo Nuevo* herum. Sie steigerten ihren Schub zur Landung, und ihre Kufen blitzten auf dem Asphaltbeton des Dachbelags. Eines hatte ein goldfarbenes Verdeck, das andere ein rotes, das bei dem zurückliegenden Flug in Fetzen gegangen war.

Die meisten Leute an Bord der beiden Fahrzeuge waren schwer bewaffnete Einheimische, aber die Männer in der Mitte, dem Ehrensitz, waren prunkvoll gekleidete Cinnabarer. Daniel erkannte sie beide.

Er trat neben das AirCar mit dem goldfarbenen Verdeck und salutierte. Sein rechter Arm schmerzte – er hatte im Handgemenge irgendwie einen Muskel überdehnt –, aber er schaffte die Ehrenbezeigung trotzdem.

»Sir!«, sagte er zu Admiral O'Quinn. »Leutnant Daniel Leary, MRC, meldet sich zur Stelle!«

Er hustete. »Äh«, setzte er dann hinzu, »ich meine, MRC-Reserve, Sir. Und wir sind *sehr* froh, Sie hier zu sehen!«

O'Quinn kletterte mit dem Zögern eines Mannes aus dem Fahrzeug, den mehr eine Krankheit als das Alter behindert, der aber auch alt war.

»Wenn Sie auf Halbsold gesetzt sind, Leary«, sagte er, »sind Sie weit eher MRC als ich, weit eher.«

Er spähte über die Gebäudefassade nach unten. »Ich denke, die Jungs kommen mit dem Allianzpack klar«, fuhr er fort. »Das sind hauptsächlich unsere Haushaltgarden, aber ich sehe, dass ein paar von unserer alten Crew uns zeigen, dass sie noch nicht zu alt sind, um einen Schraubenschlüssel zu schwingen.«

»Sir«, sagte Daniel und nickte Fregattenkapitän Purvis zu, als dieser jetzt aus dem zweien AirCar stieg. Das Rudel Männer aus den Fahrzeugen setzte der *Goldenfels* Mannschaft jetzt mächtig zu. Es waren Hunderte, und immer noch kamen aus allen Richtungen welche. »Ah, ich bin sehr dankbar, wie ich schon sagte, aber wieso sind Sie hierhergekommen?«

O'Quinn sah ihn überrascht an. »Hierhergekommen?«, wiederholte er. »Nun, Mistress Mundy hat über das Alarmnetz eine Warnung geschickt. Das haben wir hier eingerichtet für den Fall, dass sich in unseren Beziehungen mit dem Gouverneur irgendetwas ändern sollte. Unser privates Netz.«

»Ich habe keine Ahnung, woher sie die Codes dafür bekommen hat«, sagte Purvis, und seine Miene verfinsterte sich. »Ich hab sie ihr jedenfalls nicht gegeben. Ich weiß nicht einmal, woher sie wusste, dass es dieses Netz gibt!«

»Wir hätten das Gleiche getan, wenn Ihr Vater hier gewesen wäre, Leary«, sagte Admiral O'Quinn. »Natürlich hätte ich ihn vielleicht nachher gehängt, aber der Allianz hätte ich ihn nicht überlassen.«

Daniel nickte knapp. »Ja, Sir«, sagte er. »Ich weiß den Unterschied zu schätzen. Er würde das auch.«

Graf Klimov, dem all das offenbar nicht sonderlich zugesetzt hatte, kam jetzt herangeschlendert. »Also, Kapitän Leary«, sagte er. »Diese Männer sind Freunde von Ihnen?«

Daniel sah seinen Arbeitgeber an und lächelte verkniffen. »Ja, Euer Exzellenz«, sagte er, »es sind meine Kollegen und ganz sicherlich auch meine Freunde.«

Er atmete tief durch und fuhr fort: »Und wenn es Ihnen nichts ausmacht, wenn es jetzt so aussieht, als würde ich einen Befehl erteilen, Euer Exzellenz, dann würde ich dringend empfehlen, dass die *Princess Cecile* von hier abhebt, sobald wir und der Rest der Crew wieder an Bord sind.«

14

Adele hatte es mit gewisser Heiterkeit als angenehme Überraschung empfunden, als sie erfahren hatte, dass die meisten Spacer genauso wenig für den Zustand der Gewichtslosigkeit übrig hatten wie sie. Ein korrekt funktionierendes Sternenschiff beschleunigte mehr oder weniger ständig mit 1 *g* und erzeugte damit die Illusion von Gewicht.

Das galt aber nicht für die Zeit, in der ein Schiff im Orbit war und sich auf die Landung vorbereitete. Im Augenblick drehte sich Tegeli unter der *Princess Cecile*, eine dunstige Kugel mit grünlichen Meeren und vielfarbigen Schmierern von Inseln und den mit Leben verkrusteten Untiefen, die sie umgaben. Es war kein besonders einladender Anblick, aber sobald die Beamten des Wachboots die *Sissie* zur Landung freigaben, würde wenigstens wieder Schwerkraft herrschen.

Adele blickte lächelnd auf ihr Display. Das Geheimnis der Zufriedenheit bestand offenbar darin, an kleinen Dingen Vergnügen zu finden. Nur dass ihr die Schwerkraft, wenn man auf sie verzichten musste, gar nicht so als Kleinigkeit erschien.

»Wir befördern keinerlei Ladung, Fregattenkapitän Mendez«, sagte Daniel zu dem teigig wirkenden Beamten, der an einer Leine von dem Wachboot herübergekommen war. So beeindruckend der Rang des Mannes war – sein Schiff war eine Blechdose ohne Antennen und ohne High Drive, die vorgesehene Mannschaftsstärke war fünf, aber ihrem Logbuch nach hatten sie die letzten zwei Monate mit nur vier Mann operiert. »Lediglich Vorräte für unseren eigenen Gebrauch, und die sind im

Augenblick recht spärlich. In San Juan hat es Unruhen gegeben, und deshalb haben wir Todos Santos verlassen, ehe wir mit den Ladearbeiten fertig waren.«

Adele, die immer noch die Landungen auf Tegeli untersuchte, schob die Lippen vor. Obwohl Daniel genau genommen nicht log … und so wie die Dinge lagen, wäre eine glatte Lüge wahrscheinlich besser gewesen als dem Fregattenkapitän zu sagen, dass die *Princess Cecile* aus San Juan geflohen war, nachdem ihre Crew sich mit Allianzspacern Straßenkämpfe geliefert hatte, die am Ende eine große Zahl des dortigen Militärs angelockt hatten.

Nicht, dass das die Schuld der Sissies gewesen wäre, aber örtliche Behörden konnten solche Einzelheiten möglicherweise als beunruhigend empfinden.

Mendez rümpfte die Nase. »Politik!«, sagte er. »Von solchem Unsinn halten wir hier auf Tegeli nicht viel. Die Leute kümmern sich um ihre eigenen Angelegenheiten.«

Soweit es solche Angelegenheiten gibt, dachte Adele, nachdem sie sich die Unterlagen angesehen hatte, die sie gerade aus den planetarischen Datenspeichern kopiert hatte. Tegeli verzeichnete im letzten Quartal gerade mal achtunddreißig Landungen; Todos Santos sah so viele Schiffe an ein oder zwei Tagen. Die Hauptexporte des Planeten waren Fisch und Meeresprodukte; die Importe beschränkten sich auf wenige Luxusartikel und bestätigten damit den Eintrag in den Segelrichtlinien, wonach die Gesellschaft Tegelis streng in Klassen eingeteilt war.

Eine Klassengesellschaft, aber recht träge, was vielleicht eine bessere Umschreibung von Fregattenkapitän Mendez' Bemerkung war, dass die Leute sich hier um ihre eigenen Angelegenheiten kümmerten.

Auf dem Planeten gab es fast keine vulkanischen Aktivitäten. Es gab keinen Mond, und weil Tegeli hundertvierundsiebzig Millionen Kilometer von seiner Sonne entfernt war, waren die solaren Gezeiten nur schwach. Die menschlichen Bewohner des Planeten führten offenbar ein Leben, das sich ganz der beschaulichen Natur ihrer Umgebung angepasst hatte.

»Ich sehe hier, dass Sie nicht der Eigner dieses Schiffes sind«, sagte Mendez nach einem Blick auf das oberste Blatt, das er in seiner behandschuhten rechten Hand hielt. Er trug einen hautengen Vakuumanzug, dessen zahlreiche Flicken Adele zu einem geringschätzigen Stirnrunzeln veranlassten, auch wenn die Löcher vermutlich nicht gerade lebensbedrohend waren. Ein Riss in dem Material würde nur zu geringfügigen Blutungen führen und ein paar weitere geplatzte Äderchen in der Haut des Fregattenkapitäns hervorrufen. Längere Gewichtslosigkeit – die Wachboote führten nicht genügend Reaktionsmasse mit sich, um sie ständig zu beschleunigen – hatten wesentlich besorgniserregendere Schäden an seinem Körper hervorgerufen. »Der Eigner ist Graf Klimov?«

»Wir sind die Eigner, Georgi und ich«, sagte Valentina, die mit ihrem Mann am Zugang zu ihrer Kajüte stand. »Ist das ein Problem?«

Die Klimovs hatten die Gewichtslosigkeit nicht gemeistert, konnten sich aber immerhin an einem Platz vertikal halten, anstatt herumzuschweben, wie Adele das getan hätte, wenn sie nicht angeschnallt gewesen wäre. Und sie war natürlich angeschnallt.

»Keineswegs«, erwiderte Mendez und wandte sich den Klimovs zu. »Keineswegs! Aber ich stelle fest, dass Sie mit niemandem auf Tegeli Gastfreundschaften aufgelistet haben. Trifft das zu?«

»Ja«, sagte der Graf. »Ich muss leider zugeben, dass wir, bevor wir Todos Santos verlassen haben, noch nie von Ihrem Planeten gehört haben. Unser Eintreffen hier ist reiner Zufall.«

Die Wahrheit war ein wenig komplizierter, wenn auch Graf Klimov vielleicht nicht richtig begreifen würde, weshalb Daniel ausgerechnet diesen rückständigen Planeten zum Ziel gewählt hatte. Tegeli war ein ungewöhnlicher Haltepunkt für jedes Schiff, es sei denn, man hatte hier konkret zu tun. Die *Princess Cecile* war zwar nicht knapp an Proviant, Luft oder Reaktionsmasse, konnte es sich aber nicht leisten, beliebig länger im Weltraum zu bleiben, ohne ihre Vorräte zu ergänzen. Tegeli konnte da aushelfen, ohne dass zu befürchten war, dass die *Goldenfels* hier auftauchte, ehe die Korvette ihren Ladevorgang abgeschlossen hatte.

»Nun, für uns ist das ja ein Glück«, sagte Mendez. »Ganz besonders für die Pansuelas von Lusa City.«

Er warf einen Blick auf ein weiteres Blatt, das er in der Hand hielt. »Ja, richtig«, sagte er. »Da sie als Nächste auf der Liste standen, hat man sie bereits verständigt, als Ihr Schiff seine Ankunft ankündigte. Sie werden sehr erfreut sein.«

Mendez sah sich auf der Brücke um und konzentrierte dann seine Aufmerksamkeit auf Daniel. »Ich würde gerne wissen, Graf Klimov«, fuhr er dann fort, »gehört sonst noch jemand aus der Schiffsgemeinschaft der Klasse der Landbesitzer an?«

Statt darauf zu warten, dass der Graf Antwort gab, meldete sich Adele von ihrer Konsole aus zu Wort: »Leutnant Leary, unser Kapitän, ist der Sohn von Speaker Leary. Ich selbst bin eine Mundy von Chatsworth.«

Sie wartete, bis Mendez sich ihr zuwandte, ehe sie ihn mit einem kühlen Lächeln bedachte. »Genauer gesagt bin ich *die* Mundy von Chatsworth. Falls es für Sie wichtig ist, wir gehören den sogenannten besten Familien der Republik Cinnabar an.«

Daniel war die Überraschung über Adeles Vorpreschen anzusehen; sie hatte ihn nicht warnen können, ehe sie sich einschaltete. Nach den Informationen, die sie sich beschafft hatte, gab es auf dem ganzen Planeten keinen privaten Gasthof, der besser als ein Schweinekoben war.

Adele machte es nicht sehr viel aus, während ihres Aufenthalts auf Tegeli an Bord der *Princess Cecile* wohnen zu müssen. Aber sie wollte die schriftlichen Archive benutzen und wusste, dass Daniel immer, wenn sie irgendwo landeten, die Gelegenheit zu gesellschaftlichem Umgang nutzen wollte. Und das machte es erforderlich, dass sie von den Patronen, den Landbesitzern des Planeten, empfangen wurden.

»Oh, das ist ja wunderbar!«, rief Mendez und blickte erneut auf seine Papiere. »Dann kann ich zwei weiteren Patronen entgegenkommen! Das werden die …«

»Nein«, fiel Daniel ihm ins Wort. »Fregattenkapitän Mendez, es lässt sich nicht einrichten, unsere Gruppe während unseres Aufenthalts auf Tegeli zu trennen. Wenn die Pansuelas nicht uns alle vier aufnehmen können, fürchte ich, werden Mistress Mundy und ich an Bord unseres Schiffes bleiben müssen.«

»Das ist nicht das Problem«, sagte Mendez. »Wissen Sie, wir haben so wenige Besucher von entsprechender Qualität, dass die Vorschriften hinsichtlich Ihrer Aufteilung auf unsere Patrone sehr streng sind. Aber wenn Sie darauf bestehen …?«

Das Blättern in den Ausdrucken, mit denen er an Bord gekommen war, hatte dazu geführt, dass er sich ein Stück vom Deck erhob. Er hob abwesend einen Arm, tippte mit dem Finger an die Decke und senkte sich wieder herab. Mendez war alles andere als eine beeindruckende Gestalt, aber die Zeit, die er im Raumwachdienst verbracht hatte, hatte ihm offenbar eine meisterhafte Beherrschung der Gewichtslosigkeit eingebracht.

»Ja, ich bestehe darauf«, sagte Daniel förmlich. »Das muss ich.«

»Dann habe ich keine Wahl, als nachzugeben«, erklärte Mendez mit der gleichen Förmlichkeit. »Ich werde die Pansuelas davon unterrichten, dass sie die Ehre haben, vier Besucher allerhöchsten Ranges zu empfangen.«

Er schüttelte erstaunt den Kopf. »Ganz Tegeli wird darüber reden«, fügte er hinzu. »Die Pansuelas hatten schon immer den Ruf, ein besonders glückliches Haus zu sein, aber jetzt … du meine Güte!«

Mendez drehte sich um und knickte leicht in der Hüfte ab, um sich zu der Luftschleuse abzustoßen, durch die er an Bord gekommen war.

»Entschuldigung, Fregattenkapitän?«, rief Daniel ihm nach. »Haben wir dann Landefreigabe?«

Mendez vollendete seine Drehung, sodass er wieder auf die Brücke blickte. »Was?«, erwiderte er. »Oh, ja, natürlich – in Lusa City, wie ich schon sagte. Willkommen auf Tegeli, Patrone!«

»In der Tat, willkommen.« Daniel nickte und sah Adele mit erwartungsvollem Lächeln an.

»Gehen Sie bitte voran«, sagte Graf Klimov. Daniel verneigte sich knapp vor seinen Arbeitgebern und schritt, vor sich hin pfeifend, über die Gangway. Das Fahrzeug, das auf der anderen Seite auf dem hölzernen Kai wartete, sah aus wie ein Boot mit überdimensionierten Reifen.

Die *Sissie* hatte den schlammigen Boden des Beckens beim Aufsetzen zum Kochen gebracht. Zwar war rings um das Raumschiff sofort wieder warmes, brackiges Wasser zugeströmt, aber der Gestank von verbrannten organischen Stoffen bildete in der stickigen Luft einen grauen Schleier. Spacern, die es gewöhnt waren, in der Matrix hoch in den Rahen eines Sternenschiffs zu arbeiten, machte das nichts aus, aber Landratten wie die Klimovs würden den Gestank unangenehm finden.

Irgendwelche Insekten flogen im Hafen herum, man konnte sie meist nur als ein Glitzern in der Luft oder als winzige Ausbuchtungen auf der schwarzen Wasserfläche wahrnehmen. Eines schwebte einen Augenblick lang vor Daniel, ein Körper so klein und so rund wie eine Erbse mit durchsichtig schimmernden Flügeln; ehe er sich entscheiden konnte, ob er es wegwischen oder einfach sich wegducken sollte, summte es bereits davon.

Daniels Pflichten als Kapitän eines Schiffes, das in großer Hast gestartet war, hatten ihn zu sehr in Anspruch genommen, als dass er sich mehr als nur oberflächlich um die Naturgeschichte Tegelis hatte kümmern können. In den Meeren des Planeten gab es beeindruckende Exemplare von Lebewesen, aber er hätte doch die Fauna der Gezeitenbecken sorgfältiger studieren sollen. Dann hätte er gewusst, was sich da gerade so für ihn interessiert hatte.

Daniel grinste. In der MRC war das nicht anders: Die Leute bestaunten die Schlachtschiffe mit offenen Mündern, aber selbst zu Kriegszeiten waren Raumschlachten größeren Ausmaßes äußerst selten. Der kommandierende Offizier der Korvette *Princess Cecile* hatte mehr Kampfhandlungen erlebt als so mancher ausgewachsene Admiral …

Die dichten Wälder, die den Hafen von Lusa City umgaben, hätten ebenso gut eine einzige Pflanze sein können, die individuellen Stängel/Stämme/Äste durchmaßen nur äußerst selten mehr als zehn Zentimeter, und die Baumwipfel waren nur an die zwanzig Meter hoch. Beim Anflug hatte der Wald wie ein dunkelgrünes Kissen ausgesehen; jetzt, aus Meereshöhe betrachtet, war das Unterholz eine schwarze Masse vor etwas weicheren Schatten, mit einer Unzahl Luftwurzeln und Parasiten, die auf diesem Hintergrund Myriaden schillernder Flecken bildeten.

Daniel trat etwas zur Seite, damit die anderen drei auch festen – nun ja, etwas schlammigen – Boden betreten konnten. Die Klimovs gingen ohne stehen zu bleiben auf das Fahrzeug zu, aber Daniel winkte Adele zu sich heran und murmelte: »Ist da irgendein Zollbeamter oder dergleichen unterwegs? Ich möchte nicht irgendwelche wichtigen Formalitäten verpassen, weil wir das Schiff verlassen haben, ehe der Hafenkommandant seine Siesta beendigt hat.«

»Die scheinen hier diese Dinge recht locker zu nehmen«, meinte Adele. Sie sprach ebenfalls mit leiser Stimme, obwohl das vermutlich gar nicht nötig war. Auf der anderen Seite des von Bäumen gesäumten Hafens wurden aus einem Schleppkahn Container in ein Lagerhaus entladen; das und das sie erwartende Fahrzeug waren die einzigen Lebenszeichen. »Ich konnte keinerlei Zollunterlagen finden. Schiffe bezahlen eine Landegebühr, ganz gleich, was sie geladen haben oder wie groß sie sind – aber das liegt vielleicht daran, dass keines der Schiffe, die auf Tegeli landen, sehr groß ist.«

»Kommen Sie, Daniel«, sagte Valentina und winkte ihnen zu. »Der Boy wartet darauf, uns nach Pansuela House zu bringen.«

Daniel nickte zustimmend und ging den Rest des Weges zu dem Fahrzeug. Neben ihm murmelte Adele spitz: »Der ›Boy‹ ist garantiert wenigstens vierzig. Nach allem, was ich über die gesellschaftlichen Verhältnisse auf Tegeli bisher gelesen habe, sollten die Klimovs sich hier richtig zu Hause fühlen.«

Der Fahrer – er war in der Tat vierzig oder älter –, ein dunkelhäutiger, muskulöser Mann mit buschigem Schnurrbart, hielt ihnen die hintere Tür auf. Daniel vermutete, dass die dicken Wände des Wagens Schwimmkörper waren. Die Räder und ihre Ballonreifen waren breiter als hoch; anstelle eines normalen Profils hatten sie Vertiefungen, die wie gekrümmte Paddel wirkten. Obwohl das Fahrzeug eine sehr geringe Bodenfreiheit hatte, war seine schlammige Unterseite offenbar dazu bestimmt, durch den Morast zu gleiten, während die Räder es nach vorne bewegten.

So groß das Fahrzeug von außen wirkte, herrschte innen doch ziemliche Enge. Die Klimovs hatten auf den beiden mittleren Sitzen Platz genommen. Hinten gab es zwei weitere Sitze und dazu vorne eine ungepolsterte Bank.

Während der Fahrer Adele behilflich war, hinten Platz zu nehmen, konferierten Hogg und Tovera halblaut. Tovera stieg nach Adele ein und nahm auf dem hinteren Deck mit den Beinen zwischen den Sitzen Platz; ihren Attachékoffer hielt sie auf dem Schoß. Hogg stieg vorne ein, während der Fahrer Tovera verdutzt anstarrte.

»Ist schon in Ordnung«, sagte Daniel, während er einstieg. »Wir ziehen es vor, einen Bediensteten hinten bei uns zu haben.«

Es lohnte sich nicht, darüber zu streiten. Wenn Hogg und Tovera sich so entschieden hatten, würde es vermutlich auch so ablaufen.

»Fahren Sie uns einfach zu den Pansuelas«, fuhr er mit lauter Stimme fort und zog dem Fahrer die niedrige Tür weg und schloss sie. »Wie weit ist es denn?«

»Nicht weit, Patron«, sagte der Fahrer und verbeugte sich erneut. Er ging um das Fahrzeug herum zu seiner Tür.

»Zweieinhalb Kilometer«, sagte Adele leise. Sie schickte sich an, ihren PDA herauszuholen. »Ich kann Ihnen zeigen …«

»Das wird nicht nötig sein.« Daniel lächelte. »Aber wenn wir dann etwas Muße haben und Sie naturgeschichtliches Datenmaterial finden …«

»Selbstverständlich«, sagte Adele im gleichen Tonfall, als wenn er sie gefragt hätte, ob sie daran gedacht hatte, Kleider zum Wechseln mitzubringen. Genau genommen war es sogar wahrscheinlicher, dass sie versäumt hatte Kleidung einzupacken als Informationen zu vernachlässigen, von denen sie wusste, dass Daniel sich dafür interessierte.

»Ausgezeichnet«, meinte Daniel, als der Fahrer den Dieselmotor einkuppelte und das Fahrzeug wendete. »Offenbar ist dies eine jener Welten, wo die Natur zu uns kommt.«

Sie fuhren mit wachsender Geschwindigkeit los. Die Straße war ungepflastert, einen reichlichen Meter über dem Meeresniveau, mit Pollern gesichert, die aus roh behauenen Baumstämmen bestanden. Soweit Daniel das feststellen konnte, handelte es sich bei der Region um eine gleichmäßig mit Wald bewachsene von den Gezeiten erzeugte Sedimentfläche, trotzdem schlängelte sich die Straße aus unerfindlichen Gründen ständig hin und her.

Die Reifen rollten glatt über den matschigen Boden, machten aber solchen Lärm, dass man sich nicht mit normaler Lautstärke unterhalten konnte. Zu beiden Seiten spritzte Schlamm und schlammiges Wasser auf, wenn der Wagen durch besonders weiche Bodenpartien rollte, aber immerhin wurden die Fahrgäste nicht bespritzt, wie Daniel das befürchtet hatte.

Er lehnte sich an Adeles Ohr und sagte: »Jetzt verstehe ich, weshalb die mit Schleppkähnen Fischkonserven zu dem Lagerhaus bringen. Größere Mengen auf dem Landweg zu transportieren, das dürfte selbst auf derselben Insel ziemlich schwierig sein.«

Adele sah ihn an und nickte und ließ damit erkennen, dass sie ihn sowohl gehört wie auch verstanden hatte. Dann wandte sie sich wieder ihrem PDA zu, ohne sich von den Schlingerbewegungen des Fahrzeugs beeinträchtigen zu lassen – und gab damit zu erkennen, dass ihr persönlich die Transportprobleme von Tegeli recht gleichgültig waren.

Daniel grinste. Es sei denn, sie hatte die Informationen natürlich während ihrer Datensuche bereits entdeckt, was vermutlich der Fall war. Aller Wahrscheinlichkeit nach war dies wieder einer der Fälle, wo seine Interessen und die Adeles einander ergänzten.

In Anbetracht des von den Rädern erzeugten Lärms rechnete Daniel nicht damit, dass er hier viel Wild zu sehen bekommen würde. Als sie freilich den Wald verließen und auf eine Straße rollten, die beiderseits von erhöhten Fußwegen und Häusern gesäumt war, formte sich plötzlich an einem Baumstamm eine Art Blase und löste sich gleich darauf mit einer weichen Wellenbewegung davon. Im Fliegen wirkte die Kreatur durchsichtig, verschwand aber völlig, als sie auf den verwitterten Dachschindeln eines vielleicht hundert Meter entfernten Hauses landete.

Die hölzernen Bauten an der Straße vom Hafen standen auf ein bis einhalb Meter hohen Pfählen. Um sie herum und auf der Straße suchten Hühner nach Nahrung und stoben gelegentlich unter lautem Gegacker auseinander, wenn Ball spielende Kinder ihnen zu nahe kamen. Auf den Stufen vor dem Haus saßen Frauen und nähten oder schnitten Gemüse und unterhielten sich dabei mit hohen, musikalisch klingenden Stimmen.

In echtem Geld war da im weiten Umkreis nicht viel mehr als der Gegenwert von zehn Cinnabar-Gulden zu sehen, aber der Eindruck, den das Viertel ihm machte, war nicht etwa ärmlich, sonder eher schlicht. Die Kleidung der Frauen war ein Gemisch aus Farben, wobei Rot und Gelb überwog, die Häuser waren in hellen Pastellfarben getüncht, wenn auch ein großer Teil der Farbe sich in Flocken abgelöst hatte.

Die Straße war breit, aber außer Fußgängern war keinerlei Verkehr zu sehen. Einmal überholte ihr Gefährt zwei Männer, die ein totes Schwein trugen, aber größtenteils sah Daniel nur Frauen, die Bündel oder Körbe auf dem Kopf trugen und gelegentlich stehen blieben und das an ihnen vorüberrollende Fahrzeug mit sichtlichem Staunen musterten.

Adele lehnte sich zu Daniel hinüber und sagte: »Hinter den Häusern sind Kanäle. Dort findet der Verkehr statt, und zugleich dienen sie, soweit ich feststellen kann, als Abwasserkanäle.«

Daniel nickte.

Sie näherten sich jetzt den Behausungen der Reichen, wobei Daniel den Eindruck hatte, was er vor ihnen sah, sei das Industrieviertel. Die drei- und vierstöckigen Häuser waren aus Beton gebaut, aber die Fenster hatte man mit erstaunlich kunstvollen Eisengittern versehen, wenn auch die Wände darunter hässliche Rostspuren zeigten. Hier war die Straße beiderseits von Abflussgräben gesäumt. Einige Häuser hatten beeindruckende Eingangsportale, von denen Abwasserkanäle in die Gräben führten, aber viele benutzten stattdessen Zugbrücken – die sie allerdings hochgezogen hatten.

Ein Gebäude, einen halben Kilometer vor ihnen, war mit Girlanden geschmückt. Die Tore standen offen, und auf der Straße standen Bedienstete und schwenkten Fahnen. Daniel drehte die Vergrößerung seiner Brille hoch, die er zu seiner Uniform Zweiter Klasse trug. »Du großer Gott, das ist ja eine Cinnabar-Sandale!«, sagte er.

»Die Flagge von Novi Swerdlowsk ist ein roter Adler auf

schwarzem und weißem Grund!«, sagte Adele an seinem Ohr. »Ist das …?«

»Ja, verdammt, das ist es!«, bestätigte Daniel und konzentrierte den Blick auf eine der Flaggen, die sich mit denen Cinnabars abwechselte. »Herrgott im Himmel, viel Zeit hatten die nicht, um sie aufzuziehen, oder?«

Das Dröhnen der Reifen ging in ein *Flopp-Flopp-Flopp* über. Der Fahrer bog scharf ab – das horizontal montierte Steuerrad war, wie Daniel feststellte, nicht servounterstützt – und fuhr durch den Torbogen in einen Hof, den etwa ein Dutzend ähnlicher bereits dort parkender Fahrzeuge fast bis zum Rand füllte.

Ein Priester im schwarzen Talar und ein gutes Dutzend anderer Leute in glitzernder Kleidung – erstaunlich, was manche der Frauen als Kopfputz trugen – blickten aus Balkons im ersten Stock auf sie herab. Im Gegensatz zu den lebhaft wirkenden Bediensteten gaben sich diese Leute große Mühe, wie Statuen zu wirken.

Das Fahrzeug hielt an, und der Dieselmotor verstummte. Adele lehnte sich an Daniel, als sie ausstiegen, und murmelte: »Die Pansuelas haben alle anderen Landbesitzer in Lusa City eingeladen, als sie erfuhren, dass wir kommen. Im weiteren Verlauf des Abends werden zusätzliche Gäste von den benachbarten Inseln kommen.«

Ein von Lakaien begleitetes Paar kam jetzt die steinerne Freitreppe des dem Eingang gegenüberliegenden Gebäudeflügels herunter. Der Mann war hochgewachsen, um die sechzig, und wirkte distinguiert; die Frau war etwas jünger, und ihren Busen konnte man ohne Übertreibung als überdimensional bezeichnen. Sie umarmte Graf Klimov, während der Mann Valentinas Hand ergriff und festhielt. »Ich bin Enrique Pansuela; das ist meine Frau Flora. Wir sind geehrt, zutiefst geehrt, Gäste von so offensichtlichem Adel bei uns begrüßen zu dürfen!«

Die Einheimischen auf den Balkonen lösten sich aus ihrer Starre und winkten: Die Männer mit Taschentüchern, die

Frauen mit Bändern oder Spitzentüchern. Obwohl sie selbst ihre Stimmen nicht erhoben, ließen die Bediensteten hinter ihnen laute Hurra-Rufe ertönen.

Flora ließ den Grafen los und warf sich in Daniels Arme. »Master Leary von Bantry?« Sie hielt ihm die Lippen entgegen, offenbar nicht für ein Küsschen auf die Wange.

»Madame Pansuela«, sagte Daniel und blickte zu den Frauen hinauf, die auf dem Balkon warteten – darunter einige wirklich sehr nett, ja, wirklich. Er tätschelte mit maskuliner Festigkeit das Schulterblatt der Dame. »Es ist mir eine Ehre, Ihre Bekanntschaft zu machen, Madame, wie auch die Ihres geschätzten Gatten.«

Indem er eine Vierteldrehung nach rechts vollführte und dann seine Bewegung gleich wieder umkehrte, löste sich Daniel von ihr. Er streckte Enrique die rechte Hand hin und verhinderte damit, dass Flora ihn erneut packte. Aus dem Augenwinkel sah er, dass sie ihre Aufmerksamkeit, sichtlich enttäuscht, wieder Graf Klimov zuwandte.

Eine gestreifte Kreatur von der Größe einer Katze trottete über den Hof, blieb dann stehen und hob und senkte ihre Vorderhälfte mehrmals hintereinander. Die Kreatur hatte entweder keine Beine oder nur sehr kurze; seine rüsselartige Nase rahmten zwei winzige helle Augen.

»Wirklich äußerst liebenswürdig, dass Sie uns Gastfreundschaft gewähren«, sagte Daniel und schüttelte etwas übereifrig die Hand seines Gastgebers.

Verdammt, da klebte doch tatsächlich parfümierter Puder vom Busen der Lady an seiner grauen Ausgehuniform. Er konnte von Glück reden, wenn er nicht niesen musste!

»Die Ehre ist ganz unsererseits, Kapitän«, sagte Pansuela. Seine Sprache klang etwas unsicher, und er bewegte sich mit der steifen Förmlichkeit eines Betrunkenen. Daniel konnte in seinem Atem keinen Alkohol riechen, aber der alte Mann war entweder krank oder stand unter irgendwelchen Medikamenten. »Würden Sie und die Patrone in Ihrer Begleitung bitte mitkommen? Ich möchte Sie vor dem Dinner unseren Freunden vorstellen und Ihnen Pansuela House zeigen.«

»Ja, ich würde gerne Ihre Freunde kennenlernen«, sagte Valentina und musterte ihren Mann leicht angewidert. »Zumindest einige von ihnen.«

Sie reichte Pansuela gebieterisch den Arm. Er nahm ihn, verbeugte sich und schritt mit ihr an der Seite die Freitreppe hinauf.

Adele legte die Hand fest auf Daniels Bizeps und sicherte sie damit beide. Das war vermutlich nicht notwendig, weil Flora sich bereits an Klimov gehängt hatte; der Graf schien das zu genießen. Der Priester beobachtete sie vom Treppenabsatz mit Augen wie polierter Obsidian.

Als Daniel und Adele den anderen Paaren ins Obergeschoss folgten, konnte er einen Blick auf das gestreifte Tier werfen. Es hopste gerade zur Wand. Ein Dutzend ähnlicher Kreaturen, etwa halb so groß, folgten ihm vergnügt quietschend.

Ein gutes Omen, entschied Daniel; aber Adeles zusammengekniffene Lippen und der Gesichtsausdruck, mit dem sie Flora Pansuela beobachtete, ließen es ihm klüger erscheinen, ihr das nicht zuzuflüstern.

15

Nehmen Sie doch einen Bissen von dieser Brust, Kapitän Leary«, sagte Estrella, die Blondine an Daniels linker Seite, und hielt ihm zwischen Daumen und Zeigefinger ein Stück Hühnchen hin. Sie kicherte und zupfte mit der anderen Hand am tiefen Ausschnitt ihrer Bluse, sodass einen Augenblick lang ihre Brustwarzen sichtbar wurden. »Würde Ihnen das nicht gefallen?«

»Ich denke, Dannie zieht dunkles Fleisch vor«, sagte Margolla, die Brünette an seiner anderen Seite, und lehnte sich an seinen Arm. Ihr Top bedeckte sie zwar vom Kinn bis zu den Handgelenken, aber der Stoff war selbst in der herrschenden schwachen Beleuchtung durchsichtig und so dünn, dass Daniel nicht nur ihre Körperwärme, sondern auch ihren Herzschlag spüren konnte. »Mögen Sie dunkles Fleisch, Dannie?«

»Im Augenblick …«, sagte Daniel, dem ein Kloß in der Kehle saß, »im Augenblick, denke ich, werde ich einen Schluck von diesem ausgezeichneten Wein nehmen.«

Er leerte sein Glas und sah sich nach jemandem um, der ihm nachschenken konnte. Zwei Diener kamen gleichzeitig geeilt, jeder mit einer Karaffe. Sie waren sich einen Augenblick lang uneins, dann stippte der eine den anderen in die Rippen. »Boys!«, herrschte Daniel sie an. Er zeigte mit dem Finger auf den Diener, der den anderen angestupst hatte, und sagte: »Zurücktreten.«

Als der Diener gehorchte, was er mit einer tiefen Verbeugung und einer entsprechenden Handbewegung begleitete, hielt Daniel dem anderen sein Glas zum Füllen hin.

Daniel sah, wie Adele in ihre Jackentasche griff, als er seine Stimme erhob. Sie allein unter den etwa vierzig Speisenden schien etwas bemerkt zu haben. Sie saß am Tischende zur Rechten von Enrique Pansuela; er hatte sie mit einem ausführlichen Vortrag über die Schränke mit Sehenswürdigkeiten unterhalten, die im Mezzanin die Wände bedeckten.

»Oh, Sie sind so gebieterisch«, murmelte Estrella und schluckte abwesend das Stück Hühnchen hinunter, das sie ihm hingehalten hatte. »Ich wünschte, wir hätten in Lusa City Männer wie Sie, findest du nicht auch, Margolla?«

Die Frauen waren jung, hübsch und ganz offensichtlich willig – alles Wesenszüge, die Daniel außer Dienst genießen konnte, aber sie waren auch auf eine Art und Weise dreist, dass er sich in einer Umgebung, deren Regeln nicht unbedingt so klar waren, wie sie schienen, ein wenig unbehaglich fühlte. Er hatte dieses Spiel auf Bantry in seiner Jugend lange genug gespielt, um zu befürchten, dass das, was ihm hier so offenkundig angeboten wurde, am Ende zu der Forderung führen könnte, die betreffende junge Dame zu ehelichen oder einem plötzlich beleidigten Vater einen riesigen Betrag als Schadensersatz zu bezahlen.

Und wenn er es sich recht überlegte, war er sich nicht einmal sicher, dass die jungen Damen Töchter und nicht etwa Ehefrauen mit weiß Gott was für Komplikationen waren. Wenn man zusah, wie Flora am anderen Ende des Tisches sich um Graf Klimov bemühte, war deutlich zu erkennen, dass dies eine Möglichkeit war.

Die Halle füllte den ersten und den zweiten Stock eines ganzen Gebäudeflügels; sie wirkte deshalb, selbst in Anbetracht der beinahe hundert Gäste und wie es schien etwa der doppelten Anzahl Bediensteter, wie eine leere Kaverne. Inzwischen war die Nacht hereingebrochen, und zwischen den abgedunkelten Oberlichten an der Decke hängende Kronleuchter waren die einzige Lichtquelle.

Die Kuriositätenschränke an den Wänden waren nicht separat beleuchtet, was dazu führte, dass die wenigen Gegenstände, die das Licht von oben reflektierten, wie Sterne in einer mondlosen Nacht aus ihrer Umgebung hervorstachen. Daniel befand sich in einem traumähnlichen Zustand, der teils dem Wein, teils der spürbaren Präsenz der jungen Frauen links und rechts von ihm und teils einer gewissen Sorge ob dieser Präsenz zuzuschreiben war. Er brauchte beinahe eine Minute, um das Bild zu begreifen, das er auf einem Regal hinter sich hatte glitzern sehen, als er die beiden Dienstboten voneinander getrennt hatte.

Er setzte sein wieder nachgefülltes Glas ab, ohne zu trinken. »Entschuldigen Sie mich, meine Lieben«, sagte er und schob seinen Sessel so schnell zurück, dass die Mädchen in der Mitte hätten zusammenstoßen können, wenn er nicht schützend beide an den Schultern gehalten hätte.

Daniel trat an den Schrank; wie zuvor schon, so war auch jetzt Adele die Einzige, die ihn beachtete, obwohl in diesem Fall die Entschuldigung gelten konnte, dass die anderen vermutlich dachten, er sei aufgestanden, um die Toilette aufzusuchen. Er nahm den Gegenstand aus der Nische, wo er neben einem vermutlich antiken irdenen Becher und einer überwiegend mit schwarzer Sulfatkorrosion bedeckten Kupferscheibe lag. Es handelte sich um eine Gürtelschnalle, vermutlich Teil einer Uniform. Solche Gegenstände waren weitverbreitet, aber ihrem Gewicht nach zu schließen und der Tatsache, dass keinerlei Trübung wahrzunehmen war, dürfte die Schnalle aus Platin bestehen.

Über einem eingravierten Schild, dessen untere Hälfte Kreuzschattierung zeigte, um eine andere Farbe anzudeuten, stand im Hochrelief ein goldener Adler. Daniel drehte sich um und sah, dass Adele und ihr Gastgeber bereits um die lange Tafel herum auf ihn zu kamen. Er war überrascht, kannte aber Adele eigentlich gut genug, um nicht überrascht sein zu sollen.

Dass Pansuela aufstand, erweckte einiges Interesse; die Hälfte der Anwesenden reckte die Hälse, um zu sehen, was da vor sich ging. Graf Klimov hatte dem Wein bereits zu sehr zugesprochen, um sich zu interessieren, aber die Klimovna beobachtete das Geschehen. Daniel fing ihren Blick auf und gab ihr mit dem gekrümmten Finger ein Zeichen. Sie schüttelte die Hand des einheimischen Galans ab – seinen Gesichtszügen nach zu schließen möglicherweise Margollas Bruder – und stand auf, um sich Enrique und Adele anzuschließen.

»Master Pansuela«, sagte Daniel und hielt ihm die Gürtelschnalle hin, »mir scheint das eine Darstellung der Fahne von Novi Swerdlowsk zu sein. Ich hatte mich gefragt, wie sie wohl hierhergekommen sein mag?«

»Darf ich?« Valentinas Worte waren höflich, aber sie schnappte Daniel die Gürtelschnalle mit der Gier eines Raubfischs weg, der sich Beute holt. »Ja!«

Sie drehte sich um und schloss die Hand um die Gürtelschnalle. »Georgi! Komm her! Der Kapitän hat die Schnalle von John Tsetzes' Galauniform gefunden!«

»Was?« Pansuela griff nun selbst nach der Gürtelschnalle, aber Valentina verspürte offenbar keine Neigung, sie in diesem Augenblick von jemand anderem berühren zu lassen. Er zuckte die Achseln. »Ich muss Ihnen leider gestehen, dass ich keine Ahnung habe, Leary. Einer meiner Onkel hat das Stück katalogisiert, aber das war …«

Eine nichtssagende Handbewegung deutete an, dass das in ferner Vergangenheit geschehen sein musste.

»Und wir dachten ohnehin alle, dass er jeden Augenblick anfangen würde, mit den Vögeln zu zwitschern, müssen Sie wissen«, fügte er hinzu. »Er war nämlich nicht ganz richtig im Kopf.«

»John Tsetzes hat Novi Swerdlowsk vor einundsechzig Standardjahren verlassen«, sagte Adele. Ihre Stimme klang gemessen, aber ihre Gesichtszüge waren angespannt – vermutlich weil sie ihren PDA nicht benutzen konnte, sofern sie sich nicht wieder setzte und das Gerät im Schoß hielt. Und wenn sie sich jetzt auf den Boden gesetzt hätte, hätte man sie treten können. »Wenn er hier angekommen wäre, dann wäre das doch aller Wahrscheinlichkeit nach innerhalb von höchstens sechs Monaten von diesem Zeitpunkt aus geschehen. Hilft das weiter?«

»Wer weiß?«, fragte Pansuela. »Sie könnten ja vielleicht im Gästebuch nachsehen. Sie haben sich doch selbst in das Buch eingetragen, oder? Oder nicht? Ich vergesse das manchmal.«

»Wo wäre denn das Gästebuch, bitte?«, erkundigte sich Adele etwas schärfer, als es vielleicht ihre Absicht war. Aber wenn Adele auf Informationen aus war, war es besser, sich nicht dazwischenzustellen. »Ich würde es mir jetzt gerne ansehen.«

Der Graf und Flora Pansuela drängten sich durch eine inzwischen dichter gewordene Menge. In Anbetracht der schwachen Beleuchtung kam man sich fast wie in einem Wald nach dem Sonnenuntergang vor. Hogg stand in der Nähe – er hatte während des Dinners hinter Daniels Stuhl an der Wand gelehnt. Daniel sah Tovera nicht, aber man sah ja Tovera *ganz generell* nicht. Er hatte keinerlei Zweifel, dass Adeles bleiches Reptil sich an einer Stelle befand, wo sie ihrer Ansicht nach ihre Herrin am besten beschützen konnte.

»Georgi, siehst du?«, sagte Valentina und hielt ihrem Gatten die Gürtelschnalle mit beiden Händen hin. Dann wandte sie sich zu Daniel um und sagte: »Tsetzes ist in der Öffentlichkeit immer in einer weißen Uniform aufgetreten, die mit Gold und Platin abgesetzt war: die Litzen, die Knöpfe und natürlich seine Gürtelschnalle. Man sagt sogar, dass er eine Pistole aus Platin hatte.«

»Und den Erddiamanten«, fügte der Graf hinzu. Er strich liebkosend mit den Fingerspitzen über die Gürtelschnalle, machte aber nicht den Versuch, sie seiner Frau wegzunehmen. Dann fuhr er, an seinen Gastgeber gewandt, fort: »Master Pansuela, haben Sie in diesem Potpourri vielleicht …«

Eine weit ausholende Bewegung seines linken Arms deutete auf die Regale auf dieser Seite des Saals.

»… einen Diamanten so groß wie ein Kinderkopf, in den die

Kontinente der Alten Erde eingraviert sind? Wenn das nämlich der Fall ist, können meine Frau und ich Ihnen anbieten …«

Pansuela zuckte die Achseln. »Das weiß ich wirklich nicht«, sagte er. »Ich habe so etwas ganz sicherlich nie gesehen. Aber die letzte Person, die an dem Kabinett Interesse zeigte, war wie ich schon sagte Onkel Manuel.«

»Hat Ihr Onkel einen schriftlichen Katalog hinterlassen?«, wollte Adele wissen. Sie und die Klimovna klangen wie zwei Bluthunde auf frischer Fährte. »Oder vielleicht elektronische Dateien? Eins wäre mir so lieb wie das andere.«

»Ich denke doch.« Pansuela nickte und runzelte dabei die Stirn. »Er hatte ein Arbeitszimmer im Mezzanin.« Er deutete mit einer Kopfbewegung auf den Gang in halber Höhe zur Kassettendecke der Halle. »Ich zeige es Ihnen, aber Sie würden ja besser als ich wissen, was Sie suchen.«

Er wandte sich den Klimovs zu. »Und wenn Sie mögen, können Sie gerne die Sammlung durchsuchen«, fuhr er fort. »Aber ein so großer Diamant … davon hätte ich sicherlich gehört. Nun, vielleicht auch nicht.«

»Heute werden Sie sich aber keine verstaubten Regale ansehen, Georgi«, sagte Flora Pansuela und drückte ihre üppige Gestalt so fest an den Grafen, dass der einen Schritt zur Seite trat, um von ihr nicht umgeworfen zu werden. »Es gibt Wichtigeres.«

»Aber nicht heute Nacht, Lady Pansuela«, sagte der Priester, der, seit Daniel ihn das erste Mal zu Gesicht bekommen hatte, eine finstere Miene gemacht hatte. »Sie und ich werden diese Nacht mit Andacht verbringen.«

»Nein, Rosario, nicht heute Nacht«, sagte Flora mit nicht zu überhörender Schärfe. »Vielleicht nächste Woche …«

»Nein!« Der Priester versuchte, sich zwischen Klimov und Lady Pansuela zu drängen, aber er war so klein, dass die weite Krempe seines Hutes, den er selbst beim Dinner nicht abgenommen hatte, das Kinn des Grafen streifte. »Ich werde nicht zulassen, dass Sie Ihre unsterbliche Seele riskieren, indem Sie Ihre Andacht aufschieben!«

»Rosario!«, verwies ihn Flora. »Sie sind mein Kaplan, nicht mein Gefängniswärter. Wenn Sie das auch nur noch einmal vergessen, lasse ich sie von den Boys vor die Tür setzen – und wenn ich das tue, dann wird man Sie nicht wieder hereinlassen. Ich warne Sie!«

»Father Rosario«, sagte Enrique Pansuela und legte dem Priester die Hand auf die Schulter. »Kommen Sie mit mir und Lady Mundy nach oben, um Onkel Manuels Papiere zu suchen. Anschließend nehmen wir beide einen Schlummertrunk und gehen schlafen. Morgen früh wird Ihnen das ganz sicherlich nicht mehr so wichtig erscheinen.«

»Pah, Sie nachgiebiger Lump!«, schrie der Priester. Und dann funkelte er die Klimovna an und fügte hinzu: »Und Sie sind nicht besser!«

»Rosario, die Herrschaften sind unsere Gäste!«, mahnte Pansuela. Der Priester drängte aus der Menge nach draußen und trottete durch den Gang am Ende der Halle.

Daniel atmete langsam aus. Er hatte genügend Situationen dieser Art miterlebt, um sich darüber klar zu sein, dass man da nie sicher sein konnte, was in den nächsten paar Sekunden passieren würden.

Enrique Pansuela wandte sich mit einem wehmütigen Lächeln an Adele. »Lady Mundy«, sagte er, »haben Sie genügend zu sich genommen? Ich kann Ihnen nämlich Onkel Manuels Arbeitszimmer jederzeit zeigen, wann immer Sie möchten.«

»Ich habe hier alles gesehen, was ich brauche, Master Pansuela«, sagte sie. »Ich würde die Unterlagen gerne so bald wie möglich sichten.«

Daniel verspürte freundliche Wärme am linken Arm. »Und Sie, Dannie?«, murmelte eine Stimme. »Möchten Sie auch gerne irgendwohin gehen?«

»Mit dem größten Vergnügen«, nickte Daniel. Als er den Arm

um Margollas Hüfte legte, ging ihm durch den Sinn, dass er und Adele, jeder auf seine Art, den Aufenthalt auf Tegeli in unerwarteter Weise angenehm fanden.

Das Gästebuch lag offen auf dem Klapptisch, den Diener auf Adeles Wunsch in das Zimmer gebracht hatten. Onkel Manuels mit Schnitzereien verzierter Schreibtisch stand ebenfalls da, aber sein Arbeitszimmer war zu einer Art Rumpelkammer geworden, in dem die Pansuelas so ziemlich alles verstaut hatten, was sie nicht mehr zu benötigen glaubten, aber auch nicht wegwerfen wollten.

Schachteln und aller möglicher Kram – Vorhänge bis halb zu der Stange verfault, auf der sie aufgerollt waren, eine holografische Spielekonsole, uralt und vermutlich nicht mehr brauchbar – standen draußen im Flur; man hatte sie offenbar hinausgetragen, um in die unteren Schichten aus der Zeit zu gelangen, in denen Onkel Manuel den Raum noch benutzt hatte. Vor der Tür warteten gelangweilte Diener darauf, Adeles nächste Anweisungen auszuführen.

Ein leichtes Lächeln spielte um ihre Lippen, als sie den Deckel eines Behälters aufschraubte, aus dem ein vielversprechendes Klappern zu vernehmen war. *Das ist eigentlich eher Aufgabe für einen Archäologen als eine Bibliothekarin*, dachte sie, wollte sich aber nicht darüber beklagen. Nicht nur weil es eine Aufgabe war, die durchaus ihren Fähigkeiten entsprach, sondern auch weil sie in ihr ein Gefühl vertrauter Wärme erzeugte, Informationen ans Tageslicht befördern zu dürfen, die außer ihr kaum ein anderer der Vergangenheit hätte entlocken können.

Der Behälter enthielt kommerziell geladene Holochips. Der gedruckten Aufschrift nach handelte es sich um Kochbücher. Die Chips entsprachen nicht den üblichen Standards. Adele würde sie wahrscheinlich mithilfe ihres PDA lesen können, aber sie verzichtete darauf. Selbst wenn sie nicht das waren, was die Aufschriften behaupteten – beispielsweise eine Sammlung von

Pornografie –, würden sie sie nicht näher an John Tsetzes heranbringen.

Sie verschloss den Behälter und stellte ihn in eine Schachtel mit Dingen, die sie bereits abgetan hatte. Die Schachtel war inzwischen voll, und deshalb rief sie »Boy!« und nahm sich das nächste Objekt vor.

Ein Tagebuch; eine Frau, die offenbar besondere Vorliebe für purpurfarbene Tinte hatte, hatte es handschriftlich verfasst, allerdings auch einige andere Farben benutzt. Adele überflog den Inhalt: Eine nichtssagende Chronik eines nichtssagenden Lebens, sehr ähnlich den meisten anderen Leben. Es war etwa zwanzig Jahre alt, also viel zu jung für die Zeitperiode, die sie erforschen wollte, also legte sie es in die leere Schachtel, die ein Diener anstelle der anderen, die er weggetragen hatte, hingestellt hatte.

Adele nahm aus dem Augenwinkel eine Bewegung wahr. Diese Diener brauchten keine Genies zu sein, um »Bleibt draußen, bis ich euch rufe!« zu verstehen, was sie bereits zweimal hatte wiederholen müssen. »Ich habe doch gesagt …«, sagte sie und blickte irritiert auf.

Enrique Pansuela war zurückgekommen. Er hatte ihr zunächst eine halbe Stunde lang zugesehen und dann den Bediensteten Anweisung gegeben, alle Anweisungen von Lady Mundy auszuführen, und sich dann entfernt, um seinen eigenen Dingen nachzugehen. »Oh«, sagte Adele. »Tut mir leid, Pansuela, ich dachte …«

Sie sprach nicht weiter. »Ich dachte, Sie wären ein Diener«, wäre die ehrliche Wahrheit gewesen, politisch aber sicherlich unklug. Stattdessen nieste sie, eine natürliche Folge ihrer Arbeit und durchaus zum richtigen Zeitpunkt.

»Bitte stehen Sie nicht auf«, sagte ihr Gastgeber mit einer leichten Handbewegung. Adele sah ihn verblüfft an und wunderte sich, dass er angenommen hatte, sie würde das tun. Sie saß jetzt seit Stunden im Türkensitz auf dem Boden, also würde das einige Zeit in Anspruch nehmen. »Ich bin nur herübergekommen, um nachzusehen, wie Sie vorankommen.«

Er räusperte sich. »Ich konnte nicht schlafen, wissen Sie.«

Adele nickte, verstand mehr, als man ihr gesagt hatte. Pansuela hatte unter dem Einfluss irgendeines Mittels gestanden, als er sie am Nachmittag – inzwischen gestern Nachmittag – begrüßt hatte, hatte aber seit dem Eintreffen der *Princess Cecile* dieser Droge nicht weiter zugesprochen. Wahrscheinlich sollte sie ihren Gastgeber loben, dass er gegen seine Abhängigkeit ankämpfte und sich nicht innerlich über jemanden entrüsten, der schwach genug war, einer solchen Abhängigkeit überhaupt zu verfallen … aber solange sie das für sich behielt, hatte nicht einmal Pansuela selbst das Recht, sich über ihre Einstellung zu beklagen.

»Ja, recht gut«, sagte sie laut. Sie beschloss, doch aufzustehen; jetzt, wo sie sich wieder in der Welt außerhalb ihrer eigenen Gedanken befand, wurde ihr klar, dass sie sich wirklich bewegen sollte. »Ich habe John Tsetzes im Gästebuch gefunden, das war ja nicht schwer.«

Sie deutete auf den in Leder gebundenen Folianten auf dem Tisch, den sie sich hatte bringen lassen. Die richtige Seite zu finden war nicht ganz so leicht gewesen, wie sie das jetzt andeutete – nun, jedenfalls für jemand anderen wäre es nicht leicht gewesen. Die Tinte und die Seiten – sie bestanden aus einer Art Leder, vielleicht Fischblasen – waren in den einundsechzig Standardjahren, seit man sie hergestellt hatte, zu einem identischen Sepiaton verwittert. Sie hatte die Seiten in ihren PDA eingescannt, den Kontrast schärfer gestellt und das Sortieren dann dem Prozessor überlassen, was insgesamt etwa eine Stunde in Anspruch genommen hatte.

Anstelle der ursprünglich im Raum herrschenden gedämpften Beleuchtung tauchte jetzt eine von einer Batterie gespeiste Laterne, die Hogg für sie ausfindig gemacht hatte, den ganzen Raum in hartes Licht. Er hatte gesagt, die Laterne stamme vom

Bug eines Fischerbootes, wo sie nachts eingesetzt wurde, um den Fang anzulocken. Pansuela zuckte zusammen, wobei Adele freilich nicht beurteilen konnte, ob das dem grellen Licht oder der jetzt so deutlich sichtbaren Unordnung zuzuschreiben war.

»Er hat sich als Ion Porphyrogenitus eingetragen, Kommandierender der Jacht *Nicator*«, erklärte sie, »aber der Zeitpunkt stimmte, und er hat auch Novi Swerdlowsk als seine Heimatwelt angegeben. Seitdem habe ich nach dem Katalog Ihres Onkels gesucht, in dem er die Sammlung registriert hatte, und gehofft, dass man dort auch Hinweise auf Herkunft finden könnte – wenigstens für die Zugänge während seines Lebens. Ihr Onkel Manuel war doch vor einundsechzig Jahren sicherlich ein Erwachsener?«

Pansuela rieb sich mit den Fingerspitzen die Stirn. »Was?«, murmelte er. »Ja, ich glaube schon. Um die dreißig, denke ich.«

Er sah sich in dem Raum um; er war jetzt leerer als er das vermutlich während einer ganzen Generation gewesen war, glich aber dennoch einer Rumpelkammer. Pansuela drehte sich um – er stand immer noch unter der Tür – sah nach beiden Seiten in den Flur und wandte sich dann wieder Adele zu.

»Ich frage mich«, sagte er dann völlig unverhofft, »was wohl geschehen wäre, wenn ich anders aufgewachsen wäre. Wenn ich *off-planet* gegangen wäre, meine ich. Fast hätte ich das getan, als ich achtzehn war. Ein Handelsschiff von Kostroma war gelandet. Es hatte bei einem Gefecht mit Piraten Beschädigungen abbekommen und benötigte Reparaturarbeiten. Sie hatten auch einen Teil ihrer Mannschaft verloren. Der Kapitän wohnte bei uns, während neue Antennen angebracht wurden. Er hat angeboten, mich als Offizierslehrling mitzunehmen.«

Adele sah Pansuela an und versuchte ihn sich als Spacer vorzustellen, als Sternenschiffoffizier. Sie schüttelte, ohne sich dessen bewusst zu werden, den Kopf. Über die Intelligenz verfügte er und vermutlich auch die Erziehung, aber sie konnte auch mit dem besten Willen nicht so tun, als hätte er Rückgrat. Aber das war vielleicht den Drogen zuzuschreiben …

Pansuela sah sie mit einem bitteren Lächeln an. »Fragen Sie sich je, wie Ihr Leben hätte anders verlaufen können, Mistress?«, fragte er.

Wie viel wusste er über sie? Aber die Antwort lautete natürlich »Überhaupt nichts«.

»Nein, das tue ich nicht«, sagte Adele und drückte die Schultern nach hinten, um Muskeln zu lockern, die sich in den letzten paar Stunden des Sitzens verspannt hatten. »Es gab einen wichtigen … entscheidenden Punkt in meinem Leben, könnte man vielleicht sogar sagen. Ich frage mich gelegentlich, wie es gewesen wäre, wenn die Dinge sich da anders entwickelt hätten …«

Wenn die Mundys und alle, die ihnen nahestanden, in den Wirren der Ächtung nicht hingemetzelt worden wären, denen sie nur entkommen war, weil sie zu der Zeit nicht auf Cinnabar gewesen war.

»… aber ich stelle dann immer wieder fest, dass das ebenso ist, als würde man versuchen durch eine Ziegelmauer zu sehen. Das ist ein völlig nutzloses Unterfangen, also lasse ich es bleiben.«

Adele räusperte sich und blickte auf die Anhäufung von Gegenständen, die sie bereits durchsucht hatte. Dann sagte sie: »Nun, ich denke, ich sollte wohl wieder …«

Jemand schrie in erkennbarer Wut, und seine Stimme hallte durch den Flur wie das Brüllen eines eingesperrten Raubtiers. Metall hämmerte auf Holz.

»Was in aller …«, sagte Pansuela.

Eine schwere Gausspistole krachte. Das Geschoss traf eine Metallwand, es klang wie ein Glockenschlag, man konnte Holz splittern hören.

»Das kommt aus dem Gästeflügel!«, sagte Pansuela. Sein Mund klappte auf. Die Diener im Flur hatten Blicke miteinander gewechselt und waren gleich darauf in entgegengesetzter Richtung von den Schüssen verschwunden.

Adele trat in den Flur. Ihre linke Hand war in ihrer Tasche.

Daniel hatte gut gegessen, gut getrunken und deshalb seine Leistung mit einem Enthusiasmus vollbracht, wie er einem jungen Mann in bester Kondition, der auf gute Arbeit stolz war, durchaus zukam. Trotzdem riss ihn der erste Schrei aus traumlosem Schlaf und ließ ihn aufspringen. Er wusste nicht, was da vorging, wusste nicht einmal, wo er war, wohl aber, dass etwas nicht stimmte, und das hieß, dass Leutnant Daniel Leary gefragt war.

Heiliger Strohsack, wie dunkel es doch war! Sie hatten eine Kerzenlaterne gehabt, die mit einer rosa Flamme gebrannt hatte. Das Mädchen, wie auch immer sie heißen mochte – Margolla? –, hatte das für romantisch gehalten, und Daniel war mit allem einverstanden, was ein junges weibliches Wesen für romantisch hielt. Aber inzwischen war die Kerze niedergebrannt, und er hatte im Verlauf des Abends seine Hose, die er beim Ausziehen ordentlich über das Fußende der Liegestatt gelegt hatte, irgendwohin getreten.

Er tastete immer noch desorientiert herum – es war stockdunkel! – und bekam eine Handvoll des seidenartigen Synthetikstoffes zu fassen, als das Mädchen sagte: »Dannie, was ist da los?«, und jemand anfing, an die Tür des Nebenzimmers zu donnern.

Das Mädchen – sie hieß *wirklich* Margolla – knipste eine Nachttischlampe an. Sie beugte sich zu ihm. Ihre Brüste waren fest, voll und wohlgeformt – verlockend in den meisten Lebenslagen, aber im Augenblick für Daniel von weniger Interesse als die Tatsache, dass ... *Hölle und Teufel, ich habe die Hosen verkehrt herum an!*

»Daniel, wo gehst du hin?«, rief Margolla sichtlich verängstigt. Daniel riss die Tür auf.

Elektrische Wandlampen an beiden Ecken des Flurs tauchten diesen in ein gespenstisches Licht. Father Rosario stand an der Tür des nächsten Zimmers am Flur. Sein breitkrempiger Hut war heruntergefallen und lag wie eine Suppenschüssel neben ihm auf dem Fußboden. Als Daniel in den Flur trat, drückte der Priester die Mündung seiner glänzenden Pistole gegen die Schließplatte und feuerte.

Der strahlend weiße Blitz oxidierenden Aluminiums erhellte den Flur. Die Kugel versetzte dem Schloss einen weithin hallenden Hammerschlag und riss es aus der Türfüllung. Das Türblatt schwang nach innen.

»Hey!«, schrie Daniel und fuchtelte mit den Armen, während er sich in Bewegung setzte. Graf Klimov war ihm als Person ziemlich gleichgültig, aber der Graf war ein Sissie, ein Mitglied der Schiffsgemeinschaft und damit durch Familienbande mit Daniel verbunden, die enger als bloß Genetik waren. »Fallen lassen!«

Father Rosario drehte sich um und hob die Pistole. Daniel, drei Meter entfernt, sah das winzige schwarze Loch im Lauf und warf sich zur Seite.

Das erste Projektil verfehlte sein Ziel und fetzte Splitter aus der Wandvertäfelung, ehe es mit bösartigem Pfeifen von dem Beton dahinter abprallte. Der Rückstoß riss den Lauf hoch, sodass die nächsten beiden Schüsse des Priesters in die Decke klatschten.

Daniel kniff die Augen zusammen, als er sich abrollte, dennoch ließen die Blitze grelle Nachbilder über seine Netzhaut zucken. Er sah Graf Klimov, ein hoch aufgeschossenes Gespenst von einem Mann, mit einem Satz aus dem Zimmer kommen und in die entgegengesetzte Richtung im Flur wegrennen.

Father Rosario drehte sich um und zielte erneut in das Zimmer. Er blinzelte, seine eigenen Schüsse hatten ihn geblendet, nahm aber aus dem Augenwinkel Bewegung wahr und schoss noch zweimal den Korridor hinunter, als der Graf bereits um die

Ecke verschwand. Der Priester rannte schreiend und wild mit der Pistole fuchtelnd hinterher.

Hölle und Teufel, es klang, als würde ein ganzes Stadion voller Leute schreien, darunter auch Margolla, die »Dannie, tu's nicht!« jammerte. Daniel warf sich in einem langen Sprung – ein perfektes Tackling, von dem jeder Football-Star träumte –, der den Priester auf den Boden geschleudert und seine sämtlichen Zähne, von der Pistole ganz zu schweigen, zum Wackeln gebracht hätten – nur dass Flora Pansuela dunkler und gerundeter als der Graf, aber ebenso nackt im exakt falschen Augenblick in den Flur gerannt kam. Daniel prallte mit ihr zusammen, schmetterte Flora gegen den Türstock und wurde selbst gegen die gegenüberliegende Wand geworfen. Trotz ihrer Weichheit war die Lady durchaus gewichtig.

Daniel stemmte sich hoch wie ein Sprinter, der sich von den Startblöcken abstößt. Er hatte seine Vorwärtsbewegung beibehalten, sie lediglich um den Preis einiger Prellungen anders kanalisiert. Am Morgen würde er sie spüren, aber jetzt hielten sie ihn nicht auf.

Rosario stolperte über den Saum seines langen Gewands und feuerte den nächsten Schuss auf den Boden ab. Das Projektil prallte zur Decke und wieder zurück und riss ein Loch in die Tür des dankenswerterweise leer stehenden Raums am Ende des Flurs.

An der Ecke blieb der Priester stehen und richtete seine Waffe in den Quergang. Daniel bekam ihn an den Schultern zu packen und presste ihn gegen die gegenüberliegende Wand. Er glaubte das Knacken von Knochen zu hören, und das *hoffte* er verdammt auch. Die Pistole fiel harmlos zu Boden.

Father Rosario sackte zusammen. Daniel fiel über ihn, angestrengt durch den Mund atmend und plötzlich von dem nicht ganz verbrannten Adrenalin benommen. Er sah durch über seine Netzhaut flackernde purpurorange Kleckse den Flur hinunter. Graf Klimov war über einen Stapel Schachteln gestolpert und kroch jetzt auf allen vieren auf den beleuchteten Eingang zu, wo Enrique Pansuela mit erschreckten Zügen stand.

Adele, das Gesicht so unbewegt, als wäre es in Marmor gehauen, hob die Mündung der Pistole, auf deren Abzug sie bereits angefangen hatte Druck auszuüben. Sie atmete aus und schob die Waffe in die Tasche zurück.

Daniel stemmte sich auf Hände und Knie hoch. Er tätschelte den Rücken des Priesters. »Im Augenblick sind Sie vielleicht noch nicht so weit, um mir danken zu können, Rosario, alter Knabe«, sagte er mit trockenen Lippen. »Aber ich habe Ihnen gerade Ihr wertloses Leben gerettet!«

16

Adele musterte den Himmel, während Daniel und der Chefingenieur eine letzte Inspektion der Schubaggregate vornahmen. Zwar war sie keine Wetterexpertin, aber …

Sie sah zu Hogg hinüber, der neben ihr auf dem Kai stand, an dem die *Princess Cecile* vertäut war. Er nickte düster. »Aye, wird nicht mehr lange dauern, dann sieht es hier so aus, als würde eine Kuh auf flachen Stein pissen«, sagte er und beantwortete damit ihre unausgesprochene Frage. »Weiß der Himmel, wie es sich in solchem Wetter startet.«

Adele runzelte die Stirn und dachte nach. Sie musste an sich halten, um nicht ihren PDA herauszuholen. »Wir sind schon früher im Regen gestartet«, sagte sie, und die Runzeln auf ihrer Stirn vertieften sich. »Ich kann mich nicht erinnern, dass uns das gestört hätte, oder täusche ich mich?«

»Na ja«, meinte Hogg. »Wir werden ja sehen.«

Der offene Wagen der Pansuelas kam in hoch spritzende Wasserfontänen gehüllt in Richtung Hafen gerollt, in dem von den dicken Reifen hoch geschleuderten Wasser konnte man alle Regenbogenfarben sehen. Die Klimovs, die von Vesey auf der Brücke gewarnt worden waren, erschienen in der Hauptluke, um ihre Besucher zu erwarten. Der Graf hatte nachdrücklich darauf bestanden, Pansuela House gleich nach der Schießerei zu verlassen. Valentina war mit ihm zum Schiff zurückgekehrt, hatte freilich eher amüsiert als besorgt gewirkt.

»Wenn er Pech gehabt hätte, hätte dieser Verrückte ihm den Schädel weggeschossen«, sagte Hogg und blickte finster zu dem

Grafen hinüber, meinte aber ganz offensichtlich Daniel. »Und für was? Für so einen Kanaken, der sich für was Besonderes hält!«

Er sah Adele empört an. »Was *ich* weiß, Mistress, ist, dass sich da *jeder* raushalten sollte, wenn zwei Typen Probleme mit einem Mädchen haben, und es denen überlassen, das zu klären! Stimmt's?«

»Sie hätten das Gleiche getan, wenn Daniel und nicht der Graf in Gefahr gewesen wäre, Hogg«, sagte Adele in neutralem Tonfall. Sie wollte nicht durch Schweigen den Eindruck erwecken, dass sie ihm beipflichtete, hatte aber auch keine Lust, mit Hogg, solange er in solcher Stimmung war, zu streiten. Wenigstens wusste sie jetzt, warum er so wütend war.

Hogg sah sie mit der Andeutung eines Lächelns an. »Aye, das hätte ich, Mistress«, sagte er in etwas sanfterem Tonfall. »Aber Sie und ich werden noch ein gutes Stück älter werden müssen, ehe wir erleben, dass Daniel Leary auf dem Bauch kriecht, um sich vor einem Kampf zu drücken, was?«

Die Idee war so widersinnig, dass Adele schmunzeln musste. »Ja, das denke ich auch«, pflichtete sie ihm bei.

Die Pansuelas kamen jetzt zum Kai herunter, gefolgt von einem Diener, der eine kleine von einem Stück Damast verhüllte Schachtel trug. Die Klimovs setzten sich auf der Gangway in Bewegung, um ihre ehemaligen Gastgeber auf dem Kai zu empfangen. Jemand sollte auch als Vertreter des Schiffes anwesend sein …

»Und *außerdem*«, sagte Hogg giftig, »wäre ja dem Grafen nichts weiter passiert, wenn der junge Master den Dingen einfach ihren Lauf gelassen hätte. Dieser sogenannte Priester hätte doch ein rundes Loch in der Stirn gehabt, ehe er den nächsten Schuss abfeuern konnte, stimmt's?«

»Ja«, nickte Adele, »allerdings. Aber so weit ist es ja nicht gekommen.«

Sie räusperte sich. »Daniel hat unter dem Schiff zu tun, und so wie es aussieht, wird Mister Chewning auch nicht erscheinen«, sagte sie. Es war zwar als Deckoffizier nicht ihr Aufgabe, aber sie wusste, dass die Mannschaft erwartete, dass Signaloffizier Mundy für den Kapitän einsprang, wenn die gesellschaftlichen Pflichten das erforderten. »Ich denke, ich werde mich unseren Arbeitgebern anschließen.«

Als Adele an den Fuß der Landebrücke ging, wo die beiden Gruppen aufeinandertreffen würden, dachte sie über die letzte Nacht nach. Sie hatte schon in der Vergangenheit getötet und würde aufgrund des Lebens, das sie jetzt führte – aus eigener Wahl – höchstwahrscheinlich wieder töten. Das war ein Teil von dem, was sie war.

Aber wenn sie einmal aufhörte, sich darüber Gedanken zu machen, dass sie tötete, würde sie eine ebensolche Kreatur wie Tovera sein. Eine Adele Mundy, die intelligent und kultiviert war, aber die nicht länger menschlich war und die ihre Seele nie wieder zurückbekommen würde.

Sie war sich nicht sicher, ob diejenigen, die ihr nahestanden, selbst Daniel, den Unterschied wahrnehmen würden; aber sie selbst würde es wissen … und Tovera würde es wissen, wenn sie Adele in die Augen sah und dort einen Spiegel vorfand.

»Lady Mundy«, sagte Enrique Pansuela, als er endlich Adele bemerkte. Er stand wieder unter Drogeneinfluss, das war man an seinem steifen Gang zu erkennen und daran, dass er ohne jegliche Betonung sprach. Seine Sucht erlaubte ihm mit seiner normalen Intelligenz zu funktionieren, aber er zeigte nicht mehr Gefühl als der Betonkai.

»Patron«, sagte Adele und nickte knapp. *Das ist seine Entscheidung, so wie es meine Entscheidung ist, eine Waffe zu tragen.* Trotzdem machte sie der Anblick traurig. »Lady Pansuela.«

Flora erwiderte den Gruß mit einem knappen Nicken; ihr Make-up konnte die Schwellung an ihrem rechten Wangenknochen nicht verbergen. Ihr Haar war mit einer Anzahl von Kämmen hochgesteckt, die sichtlich von Hand aus einem opalisierenden Material geschnitzt waren. Fischschuppen? Oder vielleicht Knochen? Adele würde das nachschlagen müssen, sobald sie unter Wahrung des Anstands ihren PDA herausholen konnte.

Die Klimovs hatten inzwischen den Kai erreicht, wobei Valentina dem Grafen voranging. Sie bot Enrique die Hand und musterte seine Frau mit kühlem Amüsement. Enrique berührte die Fingerspitzen der Klimovna und senkte das Haupt in einer leichten Verbeugung, wie es schien, ohne irgendwelche emotionalen Strömungen wahrzunehmen.

Graf Klimov räusperte sich. Er sah zu Boden, abgesehen von schnellen Blicken auf die anderen in seiner Umgebung, so wie vielleicht eine Maus aus ihrem Loch auf ein Zimmer voll Menschen blicken könnte.

»Sie werden nach Todos Santos zurückkehren?«, fragte Enrique mit ausdrucksloser Freundlichkeit. Er blickte zum Himmel auf, ohne dabei die geringste Sorge erkennen zu lassen, dass er in einem offenen Wagen zu seinem Haus zurückkehren würde.

»Nein, Kapitän Leary hat einen Planeten vorgeschlagen, der sich Morzanga nennt«, sagte Klimov, als spräche er zu seinen maßgefertigten Stiefeln. »Er liegt nicht auf dem Weg irgendwohin, aber wir haben es nicht eilig. Sein Onkel hat dort das Wrack eines Sternenschiffs gefunden, und der Kapitän meint jetzt, es könnte die Jacht von John Tsetzes sein. Infolge der Gürtelschnalle wissen wir jetzt ja, dass Tsetzes hier durchgekommen ist.«

»Ja, Sie hatten ja erklärt, dass Sie sich für diesen John Tsetzes interessieren«, sagte Enrique. »Wir möchten Ihnen gerne ein Geschenk machen. Flora, Liebes, würdest du es bitte überreichen?«

Trotz der dunklen Hautfarbe seiner Frau konnte man erkennen, wie sich ihr Gesicht verfärbte. »Nein, tu du das«, sagte sie und wandte den Blick von allen ab.

»Wie du meinst, Liebes«, sagte Enrique. »Ector, bring mir das Geschenk.«

Der Diener trat zwischen die Pansuelas. Enrique zog das Damasttuch weg und klappte die Schachtel auf, die der Diener immer noch mit beiden Händen hielt.

Graf Klimov fing zu zittern an; Valentina lachte. Adele beugte sich vor, rechnete damit, John Tsetzes' Gürtelschnalle zu sehen. Aber in der Kassette lag die Pistole, die Father Rosario benutzt hatte. Jetzt, wo sie Zeit gehabt hatte, sie näher zu untersuchen, war ihr bewusst geworden, dass sie aus Platin bestand. In den Kolben war in Gold die Fahne von Novi Swerdlowsk eingelassen.

»Ich hoffe, das entschädigt Sie für die Unannehmlichkeiten in der vergangenen Nacht«, sagte Enrique. »Unter den gegebenen Umständen schien uns das ein geeignetes Geschenk.«

»Nein«, sagte der Graf mit halb erstickter Stimme. »Nein, nein, behalten Sie sie.«

»Im Gegenteil, Georgi, Liebster«, sagte die Klimovna. Sie nahm die Pistole aus der Kassette, und ihre Augen weiteten sich, als sie merkte, wie schwer sie war. »Ich finde, das ist ein wunderschönes Geschenk. Und denk doch, was wir nach unserer Rückkehr nach Hause erzählen können.«

Sie sah Enrique an und verbeugte sich. »Ich wünschte, es gäbe etwas, womit wir uns revanchieren können«, sagte sie. Ihr Blick wanderte ein Stück zur Seite und erfasste Flora. »Aber vielleicht hat mein Mann das bereits getan, Liebster …?«

Der Donner grollte. Daniel rief etwas Unverständliches herüber. Die Spacer, die die Leinen hielten, zogen sein Schlauchboot zum Kai.

Adele blickte zu den beiden Ehepaaren auf. Sie sagte nichts und ließ sich nichts anmerken. Aber sie war froh, dass die *Princess Cecile* sehr bald von Tegeli abheben würde.

17

Während die *Princess Cecile* ihren Orbit auf hundertzwanzig Kilometer Höhe über Morzanga fortsetzte, sicherte Daniel das erstarrte Bild des Dorfs neben ihrem vorgesehenen Landeplatz auf seinem Display und erhöhte dann die Vergrößerung so lange, bis er die Pfähle erkennen konnte, die die einzelnen Häuser trugen. Etwa die Hälfte der achtundfünfzig Behausungen bildeten einen Kreis, die übrigen waren in mehreren Richtungen auf den Dschungel zu verstreut.

Eingeborene gingen zwischen den Häusern herum oder versorgten in dem breiten, vom Schlamm braunen Fluss in der Nähe Fischreusen. Ein Dschungelstreifen verdeckte allen, die sich in dem Kanal befanden, den Blick auf das Dorf, aber die Fischreusen verrieten seine Anwesenheit.

»Nach den Logbüchern von Fregattenkapitän Bergen ist er mit der RCS *Granite* im Sumpf östlich dieses Dorfes gelandet«, sagte Daniel. Schiffe, selbst Forschungsschiffe wie die *Granite*, landeten nicht in bewegtem Wasser, wenn sie das vermeiden konnten. Außerdem würde eine Landung direkt im Fluss die Reusen zerstören und vermutlich auch ein paar Fischer einäschern, was nicht gerade die beste Methode war, um sich mit den Einheimischen anzufreunden. »In den siebenundzwanzig Jahren seit der Landung der *Granite* scheint sich nicht viel verändert zu haben. Nun können Sie hier feststellen …«

Er richtete seine Worte an die Klimovs, vermutete aber, dass die halbe Mannschaft seinen Erklärungen lauschte. Die Rigger waren an Bord gekommen, nachdem sie die Antennen eingezogen und die Segel verstaut hatten, und solange die *Sissie* sich auf Orbit befand, hatten die Techniker der Energiezentrale nichts zu tun, wenn man davon absah, dass sie Anzeigen beobachten mussten, die sich überhaupt nicht bewegten.

»... dass der Dschungel ungebrochen ist«, fuhr Daniel fort und schaltete auf eine andere Partie des Hauptbilds. »Wenn wir hingegen nach magnetischen Anomalien scannen, bekommen wir das hier.«

Er schaltete auf eine zylindrische Kontur, von der ausgefranste Schatten nach einer Längsseite wiesen, wo offenbar bei einem Absturz Trümmerteile hingeflogen waren. Wie das auch beim optischen Bild geschehen war, hatte die Software das Bild geschärft, wenn auch in einer Art und Weise, die nur ein Fachmann erkennen würde.

»Onkel Stacey – also Fregattenkapitän Bergen«, fuhr Daniel fort, »hat dieses Wrack in seinem Logbuch erwähnt, sich aber nicht die Mühe gemacht, es zu erforschen. Er hatte Anweisung, einen Kurs durch die Sackgasse zu finden, in der Morzanga liegt, und schloss aus den Dimensionen der Anomalie, dass das Schiff ein Fahrzeug des Commonwealth war. Man weiß, dass sie gelegentlich in der Region Handel treiben und ohne Zweifel auch Überfälle durchführen.«

Daniel räusperte sich. »Nun ist es durchaus möglich, dass das Wrack tatsächlich ein Commonwealthschiff ist«, sagte er. »Aber ebenso gut könnte es auch die Jacht sein, auf der Ihr John Tsetzes entkommen ist. Das lässt sich nicht feststellen, ohne das Wrack aus der Nähe zu untersuchen, aber das sollte eigentlich keine Mühe bereiten.«

»*Was verstehen Sie unter ›Sackgasse‹*?«, fragte Valentina. »*Weltraum ist doch Weltraum, oder nicht*?«

Von Anfang an war die Klimovna diejenige gewesen, die Interesse an der Arbeitsweise des Schiffes gezeigt hatte. Ihr Gatte war ein durchaus angenehmer Gesellschafter, verbrachte aber seine Zeit damit, dass er entweder alleine trank oder mit Hogg um Reiskörner Karten spielte. Zu Daniels Verblüffung verlor Hogg häufig. Wie er sagte, verschaffte der Graf sich seinen Vorteil, indem er Gerät einsetzte, mit dem man Falschspieler täuschen konnte, die mithilfe elektronischer Mittel schummelten. Indem Klimov ihr Gerät störte, verschaffte ihm sein natürliches Spielgeschick, sie auszunehmen, wenn sie glaubten, freie Hand zu haben.

»Nein, Madam«, sagte Daniel. Die Miniatur des Gesichts der Klimovna oben in seinem Display runzelte die Stirn über seine Förmlichkeit, aber ihre Frage hatte ihn unwillkürlich in Vortragsmodus versetzt. »Wenn das so wäre, könnten wir nicht zwischen den Sternen reisen. Jedes Blasenuniversum innerhalb der Matrix hat unterschiedliche physikalische Konstanten; die einzige universelle Konstante ist der Druck der Casimirstrahlung, die wir dazu benutzen, um unser Schiff anzutreiben. Indem wir in Blasen eindringen, wo Raum und Zeit sich in uns bekannter Weise unterscheiden, können wir unsere Position relativ zu Objekten im Normalraum anpassen, wenn wir in diesen zurückkehren.«

»Ja, Dannie«, sagte Valentina leicht genervt, *»aber was hat das mit Sackgassen zu tun oder wie auch immer das heißt? Hat Ihre Matrix denn Wände?«*

Das Geisterbild der die Stirn runzelnden Adele huschte auf Daniels Display. Sie sagte nichts, aber ihr strenger Blick mahnte ihn, nicht zu vergessen, mit wem er sprach. Nicht einmal sein Signaloffizier hätte imstande sein dürfen, die Sperren der Kom-Konsole einzureißen. Aller Wahrscheinlichkeit nach wäre auch kein anderer Signaloffizier dazu fähig gewesen.

Daniel grinste bewusst, aber auch ehrlich. Man stelle sich vor, *sie* warnte *ihn*, angemessen höflich zu sein. Und sie hatte natürlich recht, ein gutes Beispiel von »Tue, was ich sage, nicht was ich tue«.

Laut fuhr Daniel fort: »Nein, es gibt keine festen Wände, aber es gibt Orte im Normalraum, wo die Energieniveaus der sich gegenseitig durchdringenden Blasen so hoch sind, dass die Gradienten ein Schiff beschädigen oder sogar zerstören könnten, das den Versuch machte, in sie einzudringen. Und dieser Arm der Galaxis ist ein solcher Ort, eben eine Sackgasse.«

Er grinste breit, erfreut, wie er das immer war, wenn er mit Onkel Staceys Fähigkeiten prahlen konnte. »Nun hat Fregattenkapitän Bergen *tatsächlich* einen Weg durch den unteren Teil dieses Sackes sozusagen gefunden, aber das war ein Wurmloch, das nur wenige Astrogatoren bewältigen könnten, selbst wenn sie Onkel Staceys Logbücher hätten. Praktisch betrachtet müsste der Verkehr nach Morzanga über Tegeli an der Öffnung des Sackes laufen. Ich bezweifle, dass da in einer Generation mehr als ein oder zwei Schiffe durchkommen.«

»John Tsetzes war selbst Raumkapitän, ehe er und seine Söldner sich unserem Planeten verdingt und schließlich die Regierung übernommen haben«, sagte Graf Klimov. *»Ein Tyrann und ein Dieb, aber ein ausgezeichneter Kapitän. Vielleicht hat er auf andere Art die Passage gefunden und ehe Ihr Fregattenkapitän Bergen das getan hat, wie?«*

»Ja, vielleicht hat er das, Exzellenz«, nickte Daniel. »Im Augenblick wissen wir nur, dass Tsetzes nicht über Tegeli zurückgekehrt ist, denn wenn er das getan hätte, gäbe es dort ja Aufzeichnungen über sein nochmaliges Auftauchen.«

Daniel war als Junge ein rechter Hitzkopf gewesen. Das war er im Privatleben auch jetzt noch. Aber ein junger Offizier in der MRC bekommt häufig Gelegenheit, sich auf die Zunge zu beißen, wenn andere, Höherrangige, dumme oder sogar beleidigende Dinge sagen, und diese Erfahrung kam ihm jetzt sehr zustatten.

Adele schob jetzt ihr Bild oben in Daniels Display und schloss sich damit formell der Unterhaltung an. Sie achtete darauf, dass ihr Bild etwas kleiner als das der Klimovs blieb, und nahm einen Teil der Farbe heraus, sodass es beinahe monochrom wirkte.

»Kapitän Leary?«, fragte sie beflissen. *»Könnte es sein, dass*

Tsetzes versucht hat, das Commonwealth über die Route zu erreichen, die Fregattenkapitän Bergen später entdeckt hat, dabei aber einen Fehler in den Berechnungen gemacht und sein Schiff dabei zerstört hat? Wenn er durchgekommen wäre, denke ich, wäre das irgendwo in den Unterlagen erwähnt gewesen, die ich in San Juan kopieren konnte. Aber so gibt es keine Aufzeichnungen über John Tsetzes nach seiner Landung auf Tegeli … und niemand wusste etwas von dieser Landung, bis Sie in Pansuela House diese Gürtelschnalle gefunden haben.«

»Ich gebe zu, dass das eine Möglichkeit wäre, Mundy«, sagte Daniel und fühlte, wie sich seine Spannung lockerte. »Ich werde allerdings weiterhin hoffen, dass die *Nicator* auf Morzanga abgestürzt ist. Falls sie sich in der Matrix aufgelöst hat, fürchte ich, wäre damit jede Hoffnung dahin, den Erddiamanten jemals wiederzufinden.«

»*Dann setzen Sie uns ab, Kapitän*«, sagte der Graf mit einer kleinen Handbewegung. »*Setzen Sie uns unbedingt ab, dann suchen wir in dieser Hoffnung nach dem Wrack. Aber was mich angeht … Diamanten sind widerstandsfähig, das ist eine Tatsache; aber ich fürchte, dass beim Absturz eines Sternenschiffs selbst ein Diamant in Stücke gehen würde.*«

»*Adele?*«, rief Daniel über das Helmkomm. »*Wir werden gleich eine Deputation aus dem Dorf empfangen. Wenn Sie nicht gerade mit etwas besonders Wichtigem beschäftigt sind, sollten Sie vielleicht mit ans Ufer kommen.*«

»Bin schon unterwegs«, sagte Adele, klappte ihren PDA zu und verwahrte die Kontrollstäbe. »Ich kann auf diesem Planeten keinerlei Funkverkehr empfangen und höre nur Gewitter.«

Sie verstaute ihren PDA, während sie zum Niedergang ging, und war die ersten paar Schritte unsicher. Sie war jetzt sehr lange gesessen. In mancher Hinsicht war Adeles entschlossene Suche nach Radiosendungen gescheitert, weil sie ja nichts gefunden hatte. Andererseits war es wichtig zu wissen, dass die

Mannschaft der *Princess Cecile* die einzigen zivilisierten Leute auf Morzanga waren.

Adele lächelte. Ihre Mutter hätte Einwände gegen den Begriff »zivilisierte Leute« gehabt, weil es andeutete, dass die Eingeborenen von Morzanga etwas anderes waren. Sie waren auch etwas anderes. »Unzivilisiert« war eine Beschreibung, keine Beleidigung. Die Eingeborenen von Morzanga lebten nicht in einer technologisch fortgeschrittenen Zivilisation wie der, dessen Amtsträger ihre Mutter totgeschossen und ihren Kopf auf dem Speaker's Rock in Xenos zur Schau gestellt hatten.

Obwohl es auf Morzanga vermutlich ein Äquivalent gab. Menschlich waren sie schließlich.

Die Korvette war offen, damit die recycelten Abfallprodukte von zehn Tagen im Weltraum entweichen konnten. Die Mannschaft hatte automatische Impeller in Bereitschaft gebracht, die Ströme zehn Gramm schwerer Kugeln in die Zugangsluken auf beiden Seiten des A-Decks und auf die Frachtluken auf Deck C schleudern konnten. Der vordere Geschützturm war ausgefahren, seine beiden Plasmageschütze waren auf das im Westen außer Sichtweite liegende Dorf gerichtet.

Die Geschützmannschaften wirkten angespannt. Nicht verängstigt, alles andere als verängstigt; aber grimmig bereit, alles im Umkreis von zwei Kilometern in Wüste zu verwandeln.

Die Gruppe, die in der Zugangsluke Wache hielt, zeigte einen ähnlichen Ausdruck; sie hielten ihre Waffen im Anschlag statt sie umgehängt zu tragen oder sie an die Wand zu lehnen. Als Adele an ihnen vorbeikam, nickten sie ihr zu.

Tovera trug ihre Miniatur-MP offen und nicht in ihrem Köfferchen verwahrt. Sie folgte Adele auf die Gangway über den Sumpf, dessen Wasser den heißen Auspuffstrahl des landenden Sternenschiffs absorbiert hatte.

»Ich fühle mich nicht korrekt bekleidet«, murmelte sie und nickte dabei den Spacern zu, die Impeller und Maschinenpistolen trugen. Gelegentlich hielt sie es für richtig, allen zu zeigen, dass sie Humor hatte.

»Ich bezweifle, dass es eine derartige Party werden wird«, sagte Adele und widerstand dem Impuls, die Arme auszustrecken, um das Gleichgewicht zu bewahren. Die Gangway war einen Meter breit, und obwohl sie unter ihren Schritten zitterte, wusste Adele, dass sie für Lasten bis zu drei Tonnen berechnet war. »Und wenn das doch der Fall sein sollte, werden sie sicherlich Nachsicht mit uns haben.«

Einige der Sissies waren gute Schützen, und ein paar waren sogar ausgezeichnet. Die handverlesenen zwanzig Mann, die mit Daniel und den Klimovs am Ufer warteten, konnten dem Angriff Hunderter mit Pfeil und Bogen und Speeren bewaffneter Morzanganer standhalten.

Aber niemand auf der *Princess Cecile* kam Tovera im Umgang mit einer Pistole gleich ... höchstens Adele selbst. Aber wie sie schon gesagt hatte, das sollte heute ohne Belang sein.

Mannschaften hatten das AirCar ausgeladen, während Adele an ihrer Konsole saß. Sie hatte es nicht mehr gesehen, seit Barnes in San Juan im Taumelflug zur *Sissie* zurückgekehrt war; er hatte das Fahrzeug mit dem Grafen und drei der am schlimmsten verletzten Spacer nur mit Mühe in der Luft halten können. Niemand würde das Fahrzeug für neu halten, aber die Beulen waren ausgeklopft und die verbogenen Rotorblätter ersetzt.

Barnes stand wieder neben dem Fahrersitz; sein Freund Dasi auf der anderen Seite des Fahrzeugs. Beide hielten auf Kolben montierte Impeller in der Hand und musterten die Vegetation fünfzig Meter landeinwärts, wo das Gelände trocken genug war, um Bäume einiger Größe tragen zu können. Auch die meisten anderen Spacer sahen dorthin.

»Am Rand des Dschungels beobachten uns sechs Männer mit Speeren«, sagte Tovera mit leiser Stimme.

»Wenn Sie das sagen, glaube ich Ihnen«, sagte Adele und trat neben Daniel.

»Mit Ihrer Erlaubnis, Euer Exzellenz«, sagte Daniel zu Klimov. »Ich werde alleine auf sie zugehen. Wahrscheinlich haben sie Angst herauszukommen, weil sie unsere Waffen sehen. Hogg, halte das bitte.«

Der Graf machte sich nicht einmal die Mühe einer zustimmenden Geste zu dieser ganz offensichtlich pro forma vorgebrachten Frage. Daniel reichte Hogg seinen Impeller.

»Kommt überhaupt nicht infrage, dass Sie ohne mich gehen!«, brauste Hogg auf. Er hielt dem am nächsten stehenden Spacer die eigene Waffe hin.

»Da, Castro«, sagte er. »Halten Sie das eine Weile, während ich und der Master beweisen, dass wir verdammte Helden sind.«

»Ich werde mit dem Leutnant gehen, Hogg«, sagte Adele ruhig. »Sie können uns von hier aus Feuerschutz geben.«

Hogg wollte schon protestieren, klappte aber dann den Mund wieder zu und grinste. »Na schön«, sagte er. »Wahrscheinlich gibt es nichts, was ich mit einem Messer erledigen könnte, das Sie nicht auf Ihre Art in Ordnung bringen. Was, Tovera?«

Tovera zuckte die Achseln. Mit ihrem Lächeln hätte man Glas schneiden können.

»Freut mich, Ihre Gesellschaft zu haben, Mundy«, sagte Daniel mit einem Grinsen, das die für die Öffentlichkeit gedachte Förmlichkeit seiner Worte schmelzen ließ. »Es ist immer sehr beruhigend zu wissen, dass jede von mir benötigte Information sofort verfügbar sein wird.«

Sie setzten sich nebeneinander in Bewegung. In der Nähe des Schiffs hatte das Plasma die Vegetation zu einer Art Matte verkrusten lassen, die den Schlamm bedeckte. Sie war fest genug, um Adeles Gewicht zu tragen, aber Daniel brach mehrfach ein und bespritzte sich dabei Stiefel und Hosenbeine.

»Hier geht's sich unangenehm ...«, murmelte er und grinste. »Aber indem ich im Sumpf gelandet bin, habe ich das Risiko vermieden, dass der reflektierte Düsenstrahl uns auf den Rücken wirft, wie das auf trockenem Land der Fall wäre. Den Schlamm halte ich für einen der geringeren Nachteile im Leben.«

»Mir macht der Schlamm nichts aus«, sagte Adele. »Aber sonst gibt es niemanden an Bord, der Angst hat, Sie könnten eine Landung verpatzen, also weiß ich eigentlich nicht, wieso Sie das sollten.«

»Ah, vielleicht damit sonst keiner *Anlass hat*, Angst zu haben«, sagte Daniel. Er hob den linken Arm mit der Handfläche nach vorn und winkte in Richtung auf das zwanzig Meter entfernte Gebüsch. Ein wenig weiter landeinwärts ragten mehr als dreißig Meter hohe Bäume auf und bildeten einen grünschwarzen Hintergrund für die Büsche.

»Guten Tag, Gentlemen!«, rief er. »Wir sind Besucher von Cinnabar und hoffen, dass Sie von uns Geschenke annehmen werden, die Sie für unser Eindringen entschädigen.«

»Haben die Atlatls?«, fragte Adele halblaut. »Ich meine Speerschleudern?«

»Onkel Stacey hat nichts dergleichen berichtet«, sagte Daniel, »aber solche Dinge interessierten ihn natürlich auch nicht. Und wir sind schon viel zu nahe, als dass das etwas zu bedeuten hätte.«

Ein schlaksiger Mann, über zwei Meter groß, erhob sich aus dem Gebüsch. Er trug nur ein Lendentuch aus Federn, aber einen Augenblick lang hielt Adele seine Tätowierungen für ein gewebtes Kleidungsstück, das seinen Oberkörper vom Hals bis zu den Ellbogen bedeckte. Sein Speer bestand aus einem dünnen, mehrgliedrigen Schilfhalm. Adele registrierte mit einer Anwandlung von Freude, dass der Speer in einem knorrig verwachsenen Stock steckte, der dem Wurfgeschoss dank Hebelkraft mehr als die doppelte Geschwindigkeit verleihen würde, als ein menschlicher Arm das konnte.

»Was für Geschenke?«, wollte der Mann wissen. Er sprach Universal, die vor dem Interregnum verbreitete Handelssprache, allerdings mit ausgeprägtem, aber verständlichem Akzent. Wo seine Haut nicht von Tätowierungen bedeckt war, war sie verblüffend weiß, und sein rotes Haar wirkte nicht so, als wäre es gefärbt. »Haben Sie Slash?«

»Aber freilich, wir werden dir genug Slash geben, dass dein ganzes Dorf sich bis zur Bewusstlosigkeit betrinken kann«, sagte Daniel und ging weiter auf den Mann zu, bis er und Adele nur noch zwei Meter vom Buschwerk entfernt waren. »Aber wir werden das tun, wenn wir abreisen, mein Herr, damit es keine Peinlichkeiten gibt. Allerdings – wenn du der Häuptling deines Dorfes bist, wird es uns ein Vergnügen sein, dir jetzt eine Kostprobe zu geben.«

So nahe sie jetzt am Gebüsch waren, konnte Adele doch die fünf anderen Eingeborenen nicht sehen, die Tovera erwähnt hatte. Nun, dafür würde Tovera nicht viel über Gedichte aus der Zeit vor dem Interregnum wissen.

Adele gab sich Mühe, das Gesicht nicht zu verziehen. Slash, selbst gemachter Schnaps, war ebenso Teil der interstellaren Raumfahrt wie die Casimirstrahlung und gleichermaßen notwendig, hätte so mancher Spacer behauptet. Alles Organische kann man fermentieren, alles, was man fermentieren kann, kann man zu Schnaps destillieren, der stark genug ist, dass er einen betrunken macht, ehe einen die Übelkeit übermannte.

Adele hatte es nie als wünschenswert empfunden, ihr Bewusstsein zu betäuben, und wenn sie das hätte, wäre sie doch nicht bereit gewesen, zu diesem Zweck Slash zu benutzen. In dem Punkt stellte sie freilich, wie ihr wohl bewusst war, unter den Menschen an Bord der *Princess Cecile* eine eindeutige Minderheit dar.

Der Eingeborene zögerte, seine Augen huschten nach links. Ein weiterer Mann, ähnlich gebaut, aber wesentlich älter, erhob sich aus einem Busch so nahe bei Adele, dass sie ihn hätte berühren können. Vier Männer mittleren Alters standen ebenfalls auf; es war so, als wären sie plötzlich aus dem Nichts aufgetaucht.

»Ich bin der Kapitän!«, sagte der älteste Eingeborene mit Nachdruck. Die Feuersteinspitze seines Speers war mit Kupferdraht am Schaft befestigt, dem einzigen Metall, das Adele bei den sechs Eingeborenen erkennen konnte. »Er ist nur der Zahlmeister, und das, weil der Leutnant gestern gestorben ist und der Zahlmeister zum Ingenieur befördert wurde. Ihr müsst den Slash *mir* geben.«

Ein kräftig aussehender Mann, stämmig nur im Vergleich mit seinen Kollegen, nickte begeistert. Neben seinem Speer trug er noch eine Steinaxt, deren Keil mit etwas Fantasie einem Schraubenschlüssel glich.

»Das werden wir ganz sicherlich, Kapitän«, sagte Daniel mit bewusst bedeutsam klingender Stimme. »Für dich und auch etwas für deine Offiziere und dann …«

Er hielt inne, lächelte breit.

»… wäre es uns eine Freude, wenn ihr uns auf einen Besuch bei dem in der Nähe liegenden Schiffswrack begleiten würdet.«

Er wies auf die *Princess Cecile*, verbeugte sich vor dem Kapitän und drehte sich um. Als er mit Adele zum Schiff zurückging, flüsterte er ihr zu: »Weil ich nämlich, wenn er bei uns ist, mir weniger Sorgen mache, dass seine Freunde plötzlich auf die Idee kommen, dass sie ihr Slash schneller bekommen könnten, wenn sie ein paar von uns gegen Lösegeld gefangen nehmen.«

18

Kapitän Leary?« Der Graf schlurfte zwischen zwei Riggern die Landebrücke herunter. Er hatte sich umgekleidet, nachdem er vor einer Weile auf der Brücke ausgerutscht und in den Schlamm gefallen war. Der Schock schien ihn ausgenüchtert zu haben – er hatte mit den »Offizieren« aus dem Dorf dem Slash zugesprochen –, aber an seinem Gemütszustand hatte das nichts Positives bewirkt. »Wenn wir zurückkommen, befehle ich Ihnen, ich wiederhole, *befehle* ich Ihnen, das Schiff auf trockenes Gelände zu verlegen. Haben Sie mich verstanden?«

»Aber selbstverständlich, Euer Exzellenz«, sagte Daniel und verbeugte sich aus der Hüfte. Er wandte sich seinem Leutnant zu und fuhr fort: »Mister Chewning, während ich unterwegs bin, möchte ich, dass Sie die Eingeborenen hier aus dem Weg schaffen, damit ich nach meiner Rückkehr das Schiff in die Lichtung hundert Meter westlich von hier verlegen kann. Wenden Sie nicht mehr Gewalt an als unbedingt nötig, aber ich möchte auch nicht das halbe Dorf verbrennen.«

Ein Sternenschiff auf seinen Plasmaschubaggregaten über Land zu bewegen, war ein relativ einfaches Manöver, jedenfalls im Vergleich damit, wenn man mit vollem Bremsschub herunterkam und plötzlich mit Reflexen von einer massiven Oberfläche zu tun hatte. Die einzig echte Schwierigkeit lag darin, dass sich jetzt sämtliche Dorfbewohner am Ufer um die *Princess Cecile* drängten. Die Korvette würde alles in Brand stecken, was sie in geringer Höhe überflog. Daniel überlegte, dass die dabei entstehenden Waldbrände schon Problem genug waren, ohne sich auch noch ein paar hundert tote Eingeborene auf sein Gewissen zu laden.

»Darf ich ihnen einen Schluck geben, wenn ich sie wegschaffe?«, erkundigte sich Chewning.

Daniel überlegte. Die Offiziere hatten Slash bekommen, aber er hatte bisher mit Nachdruck darauf bestanden, dass die gewöhnlichen Dorfbewohner erst dann Alkohol bekamen, wenn die *Sissie* wieder startbereit war.

»Ja, natürlich«, sagte er. »Aber nur einen Achtelliter, und achten Sie darauf, dass jeder nur seinen eigenen Anteil trinkt, Chewning. Die Eingeborenen scheinen Alkohol nicht besonders gut zu vertragen, und ich habe Angst, was passieren wird, wenn sie zu viel davon abbekommen.«

Dann sah Daniel Adele an, die neben ihm stand. Sie hatte etwas auf ihren Visor Projiziertes gelesen – ihr PDA steckte in der Tasche –, aber als sie seine Bewegung wahrnahm, blickte sie auf. »Ich bin bereit«, sagte sie und beantwortete damit eine Frage, die er gar nicht hatte auszusprechen brauchen.

Daniel nickte, und sie gingen zusammen zu dem AirCar. Hogg und Barnes, der am Steuer gesessen hatte, hatten den Kapitän auf den Sitz vorne zwischen ihnen komplimentiert. Die Bank war nicht für drei gedacht, aber den Eingeborenen zwischen zwei starke Männer zu platzieren, war die beste Gewähr dafür, dass er nicht in dreißig Meter Höhe plötzlich beschloss auszusteigen.

»Euer Exzellenz«, sagte Daniel. »Valentina. Wenn Sie bitte so freundlich wären, die beiden hinteren Sitze zu nehmen. Auf die Weise kann ich direkt hinter unserem Gast sitzen, falls er in der Luft Zuspruch brauchen sollte.«

Falls ich ihn k.o. schlagen muss, hieß das natürlich; aber wenn Daniel das gesagt hätte, hätte der Graf in seiner augenblicklichen Stimmung vielleicht darauf bestehen können, dass er dazu nötigenfalls ebenso imstande wäre. Daniel war aber nicht sicher, dass Klimov so schnell handeln würde, wie es vielleicht nötig sein würde.

»Komm, Georgi«, sagte die Klimovna und schob ihren Mann nach hinten, ehe der auf die Idee kommen konnte, Einwände zu erheben. Im Allgemeinen war der Graf ein umgänglicher und auch einsichtiger Begleiter, aber dass er im beschwipsten Zustand in den Schlamm gefallen war, hatte ihn in seinen eigenen Augen lächerlich erscheinen lassen … und, wie er völlig korrekt argwöhnte, auch in den Augen seiner Frau und der Spacer. Er war ausgesprochen schlechter Laune.

Tovera lächelte ihr Kobralächeln, als sie und Adele einstiegen und sich auf beiden Seiten auf die mittlere Bank zwängten, sodass Daniel zwischen ihnen sitzen konnte. Tovera trug ebenso wie Hogg und Daniel eine Maschinenpistole aus dem Waffenschrank der Korvette. Für dichten Wald war das eine gute Waffe. Ihre eigene kleinere Waffe hatte sie im Halfter unter der linken Schulter verwahrt.

Der Kapitän sang immer noch, aber so undeutlich, dass Daniel sich nicht sicher war, ob das, was er sang, Universal sein sollte. Barnes jagte die Rotoren auf neunzig Prozent Energie und stellte sie schräg zueinander, sodass das AirCar hopste und bebte wie ein an seiner Leine zerrender Jagdhund.

»Wenn Sie so weit sind, Barnes«, sagte Daniel, »dann nehmen Sie jetzt den vorbereiteten Kurs dicht über den Baumwipfeln – und übrigens auch nicht schneller als unbedingt nötig.«

Barnes synchronisierte die Rotoren und gab Gas. Er hatte für die augenblickliche Belastung des AirCar einen zu steilen Winkel gewählt: Der Wagen schoss ein paar Sekunden lang im Dreißig-Grad-Winkel in die Höhe, schmierte dann ab und wäre in den Sumpf gestürzt, wenn Barnes nicht das Joch nach vorne gedrückt hätte, um die Nase des AirCars nach unten zu drücken. Dann nahmen sie Geschwindigkeit auf, und Barnes ging, unmittelbar bevor sie in den Wald stürzten, in Steigflug. Das Fahrzeug fegte über den Bäumen dahin und stieg weiter an, bis Barnes auf hundertfünfzig Meter Höhe das Joch zur Seite drückte, erneut zu stark korrigierte, aber diesmal in genügender Höhe, um das Manöver nicht unmittelbar zu einer Gefahr werden zu lassen.

Der Graf und die Gräfin schrien entsetzt auf. Daniel machte sich keine großen Sorgen, konnte aber jetzt, wo er darüber nachdachte, durchaus verstehen, warum die Klimovs das taten. Wahrscheinlich hatte er sich so an Barnes' Fahrweise gewöhnt, dass sie ihm ebenso wenig etwas ausmachte, wie in der Matrix über eine Rahe zu balancieren.

Der Eingeborene vorne saß aufgerichtet da und starrte in alle Richtungen. Seine Augen wirkten jetzt doppelt so groß wie sie auf dem Boden gewesen waren und er sie noch geschlossen hatte. »Ich bin tot!«, schrie er. Daniel legte dem Burschen die Hand auf die Schultern, blieb aber unbewegt auf seinem Sitz. »Ich bin tot! Ich bin in der Hölle!«

Das AirCar beendete seinen Sturzflug fünf Meter über den Baumwipfeln und setzte wieder zum Steigen an. »Barnes, langsam!«, ordnete Daniel an. »Wir sind bereits da, bringen Sie uns dort drüben bei dem Baum mit dem orangen Laub herunter!«

Er war sich nicht sicher, ob das die richtige Stelle war, aber er wusste, dass er gut daran tat, Barnes ein klares Ziel zu geben, sonst würde am Ende nur der Himmel wissen, wo sie schließlich ankamen. Das AirCar kippte zur Seite, beschrieb einen scharfen Bogen nach Steuerbord und verlor dabei schneller an Höhe, als es langsamer wurde. Im letztmöglichen Augenblick, wie es Daniel vorkam, glitten sie zwischen den Wipfeln zweier kleinerer Bäume durch und sanken auf die Höhe des Unterholzes, wo sie jetzt fast ohne Vorwärtsbewegung zum Stillstand kamen. Vor ihnen war ein zerbeulter, mit Schlingpflanzen, Baumwurzeln und Generationen von kompostiertem Laub bedeckter Metallzylinder zu erkennen.

Barnes landete weich. *Er ist ein besserer Fahrer, als ich wusste*, dachte Daniel. Dann drehte der Pilot sich um und sah ihn strahlend an. »Wie war das, Sir?«, fragte er vergnügt. »Ich dachte schon, wir würden uns in den Boden bohren, aber am Ende ist die Kiste doch in Waagrechtflug übergegangen!«

Vielleicht würde es doch besser sein, wenn auf dem Rückflug Hogg das AirCar steuerte …

Sie stiegen erleichtert aus und traten auf eine dichte Schicht aus halb verrotteten schwarzen Laub, aus dem überall Fungusgewächse unterschiedlicher Formen und Farben wucherten. Daniel fand einen prismenförmigen Felsbrocken, dicht unter dem Laub, und setzte seinen Stiefel tastend auf, ehe er sein Gewicht darauf verlegte. Valentina, weniger mit dem Wald vertraut, war nicht so vorsichtig. Sie stieß einen Schrei aus, als ihr Fußknöchel sich verdrehte. Wenn ihr Mann sie nicht aufgefangen hätte, wäre sie vornübergestürzt.

»Vorsichtig, Liebes«, sagte der Graf und stützte sie. Er lächelte zum ersten Mal seit seinem Sturz in den Schlamm. »Der Boden hier ist gefährlich.«

Das Sternenschiffwrack lag mehr oder weniger mit dem Bauch nach oben da oder zumindest fast. »Es hat sich nicht sehr schnell bewegt, als es umkippte«, meinte Daniel zu seinen Begleitern gewandt, »also war das vermutlich kein regelrechter Absturz. Ich frage mich nur …«

Er ging zielstrebig auf das Schiff zu, ohne sich um die anderen zu kümmern. Hogg hielt nach vorne Ausschau, Tovera nach hinten, eine Aufgabenteilung, die sie, soweit Daniel das erkennen konnte, wortlos vorgenommen hatten. Die beiden arbeiteten gut zusammen.

Er benutzte den Kolben seiner Maschinenpistole, um Unrat vom stählernen Rumpf des Schiffes abzukratzen. »Ja!«, rief er dann aus, erfreut, dass sich seine Vermutung bestätigt hatte.

»Sie haben Tsetzes Jacht gefunden?«, rief Valentina eifrig.

Und ihr Mann sagte fast im selben Atemzug: »Wie kommen wir da rein? Du lieber Gott, wenn sein ganzes Zeug noch an Bord ist, überleg doch!«

»Ich bitte um Entschuldigung, Euer Exzellenzen!«, sagte Daniel hastig und richtete sich auf. »Ich fürchte, ich habe mich unklar ausgedrückt. Das ist nicht die *Nicator*. Das ist ein typisches KonTiki, die Art von Händler-/Piratenschiff, wie wir sie in San Juan und überall im Commonwealth gesehen haben. Aber nach der Höhe der Bäume zu schließen, die um das Wrack herum gewachsen sind ...«

Das konnte natürlich nur eine Schätzung sein, die auf Daniels Erfahrung bezüglich ähnlicher Bäume auf ähnlichen Planeten beruhte.

»... würde ich sagen, das Wrack stammt grob gerechnet aus derselben Periode, in der John Tsetzes möglicherweise auf Morzanga eingetroffen ist. Und das Wrack wurde ...«

Er tippte an die in allen Farben des Regenbogens verfärbte Schiffshülle.

»... auf kurze Distanz durch Plasmaschüsse zerstört. Möglicherweise sind zwei Piraten miteinander in Streit geraten, aber ebenso gut kann auch sein, dass John Tsetzes einem versuchten Überfall durch Piraten zuvorkam, indem er ein fremdes Schiff in dem Augenblick zerstörte, als es auftauchte. Nach allem, was ich bisher über ihn erfahren habe, war er doch jemand, der zu solchen Entscheidungen fähig war?«

»Ein Schlächter war er«, sagte der Graf. Dabei konnte man aus seiner Stimme durchaus gewisse Billigung heraushören. »Ein Schlächter mit blutigen Händen.«

Der Eingeborene trat jetzt zielstrebig vor und stieß seinen langen Speer in das aufgehäufte Laub. Als er ihn wieder herauszog, hing an der Spitze etwas Zuckendes, etwa so lang wie sein Finger. Ehe Daniel genau hinsehen konnte – das Ding hatte zahlreiche Beine und allem Anschein nach einen weichen Körper – legte der Mann den Kopf in den Nacken und schluckte das Geschöpf ohne zu kauen hinunter. Na ja, wenn man das Ding tatsächlich essen wollte, war es vermutlich am besten, es ganz hinunterzuschlucken ...

»Kapitän?« Valentina ging auf ihn zu. Er stand an einer Stelle, wo eine Liane mit hartschaligen Früchten über aufgerissene Rumpfplatten kroch. »Wie lange liegt das Schiff schon hier? Führen deine Leute Aufzeichnungen über die Jahre?«

»Missy, nicht dort!«, warnte der Eingeborene plötzlich erschreckt. Er stieß seinen Speer vor ihr in den Boden. »Die Feuerkäfer nagen dir die Knochen ab!«

»Was?« Valentina drehte sich zu dem Eingeborenen um, war aber immer noch nicht viel mehr als zwanzig Zentimeter von der herunterbaumelnden Frucht entfernt.

Daniel, der das Problem erriet, ohne Einzelheiten zu wissen, tippte an Valentinas Arm und zog sie zurück. »Sehen Sie die kleinen Löcher in der Schale dieser orangen Kürbisse?«, fragte er. »Ich denke, der Häuptling meint, dass da Insekten wohnen, die die Frucht verteidigen.«

Der Kapitän nickte Daniel billigend zu. Er tippte die Liane mit der Speerspitze an und trat dann schnell einen Schritt zurück. Aus drei Löchern in der nächsten Frucht schossen Insekten, so klein, dass sie wie Tröpfchen einer Flüssigkeit aussahen. Sie waren schwarz mit einem dünnen, roten Strich darauf.

»Feuerkäfer!«, sagte der Eingeborene. »Sie bewachen die Geldpflanzen. Vielleicht werde ich sie morgen ausräuchern, um an die Geldkerne zu kommen, aber heute müssen wir den alten Leutnant begraben.«

Er warf Daniel einen schlauen Blick zu und fügte hinzu: »Vielleicht fliegst du mich schnell-schnell in deinem Flugboot wieder hierher?«

»Vielleicht«, antwortete Daniel, ohne sich festzulegen. »Aber beantworte die Frage der Gräfin: Wie lange ist es her, dass dieses Schiff abgestürzt ist?«

Der Kapitän zuckte die Achseln. »Lange, lange Zeit«, sagte er. »Der Vater des Vaters meiner Mutter ist damit hergekommen.«

»Dann hat die Mannschaft überlebt?«, fragte die Klimovna. »Habt ihr Gegenstände aus dem Schiff?«

»Manche leben, manche sterben«, sagte der Kapitän und zuckte erneut die Achseln. »Jetzt alle tot.«

Er sah das Wrack mit einem Blick an, der kurzes Interesse verriet, das aber gleich wieder verblasste. »Früher einmal unser Dorf sehr reich«, sagte er, »aber das ist lang, lang her. Jetzt ist dort nichts mehr, was man herausholen kann, schon lange nicht mehr.«

Klimov runzelte die Stirn. »Vielleicht ist irgendwo ein versperrtes Abteil, in das diese Eingeborenen nicht hineinkonnten?«, meinte er, an Daniel gewandt. »Vielleicht ist der Erddiamant dort?«

»Wenn einige aus der Mannschaft überlebt haben, hätten sie jeden Raum öffnen können – mit Gewalt, mit Werkzeugen aus dem Schiff, wenn es nicht anders ging«, sagte Daniel. »Und das hier *war nicht* John Tsetzes Schiff, Euer Exzellenz.«

»Ja, ja natürlich.« Klimov versank wieder in seine übliche Lethargie. »Verdammt, so nahe und doch nichts!«

Vielleicht nahe, dachte Daniel. Aber tief im Innersten war er ebenso enttäuscht wie der Graf.

»Ihr mich zurückbringen«, sagte der Kapitän. »Wir begraben heute den alten Leutnant. Viel essen, viel trinken.«

Er schmatzte mit den Lippen und schlug sich dann, um ja nicht missverstanden zu werden, mit der freien Hand auf den Bauch. Seine Handfläche und die ausgebreiteten fünf Finger klatschten wie Pistolenschüsse.

»Ja, wir bringen dich zurück«, sagte die Klimovna mit einem berechnenden Blick. »Und wir geben dir eine Wanne voll Slash, wenn ihr uns erlaubt – mir zumindest –, dass wir die Begräbnisfeier aufzeichnen.«

Daniels Protest schaffte es nicht bis zu seiner Zunge. Er dachte, es sei eine *verdammt* schlechte Idee, die Eingeborenen betrunken zu machen und in ihrer Mitte zu sitzen, aber Valentina wusste bereits, was ihr Angestellter dachte. Sie würde doch tun, was ihr passte.

Nun, das war nicht das erste Mal, dass Daniel Befehlen gehorchte, mit denen er nicht einverstanden war. So arbeitete eben eine Kommandokette.

»Ja, Missy!« Der Kapitän lachte laut und herzhaft und fügte dann hinzu: »Armes Schwein, Leutnant, hat so viel Slash verpasst, bloß um einen Tag! Er kaut Steine, wenn wir ihn beerdigen!«

»Richtig!«, sagte Daniel. »Dann fliegen wir jetzt zurück, ja?«

Neben ihm sagte Adele: »Ich habe schon Bescheid gesagt, falls Mister Pasternak noch mehr Schnaps machen muss. Zum Glück muss Slash nicht altern.«

»Und ich werde uns zurückfliegen«, sagte die Klimovna. »Ich will keinen Widerspruch hören.«

Daniel verbeugte sich vor ihr. »Ich würde nie auf die Idee kommen, Ihnen zu widersprechen, Exzellenz«, sagte er. »Das ist eine ganz ausgezeichnete Idee.«

»Ja«, pflichtete Adele ihm bei. »Eine lebensrettende Idee, würde ich sagen.«

Adele, die mit Daniel neben dem AirCar herging, hatte nicht sehr darüber nachgedacht, was sie bei den Beisetzungsfeierlichkeiten erwarten würde. Deshalb hatte sie mit einigem Entsetzen festgestellt, dass der Tote im Sitzen und mit gespreizten Beinen an einem Baumstamm gebunden dasaß. Sein ausgemergelter Körper war splitternackt, aber man hatte ihn mit oranger, blauer und gelber Farbe bemalt. Falls das mit einem bestimmten Muster geschehen war, dann war dieses Muster zu unauffällig, als dass Adele es hätte erkennen können.

Seine Arme umfassten einen Haufen Perlenschnüre, die auf seinem Schoß lagen. Neben der Leiche stand ein jüngerer Mann mit ähnlichen Gesichtszügen und spielte mit einer Hand mit den Perlen. Seine Brust war ebenfalls orange, blau und gelb betupft, aber wie die anderen Eingeborenen trug auch er ein Lendentuch aus Federn; Kinder unter zehn Jahren waren nackt.

Das ganze Dorf war versammelt, an die zweihundert Leute oberhalb des Säuglingsalters. Sie hatten weder Teller noch irgendwelche Essutensilien, aber jeder hielt eine polierte hölzerne Trinkschale in der Hand.

Körbe mit Obst, Schüsseln mit gebratenem Fisch und aus ganzen Baumstämmen geschnittene Holzwannen standen auf Binsenmatten, die man vor dem Toten ausgebreitet hatte. Einige Wannen enthielten eine Art Haferbrei, aber die meisten waren mit einer blassgelben Flüssigkeit gefüllt, in der vorgekaute Stücke einer pflanzlichen Substanz schwammen. Adele vermutete, dass es sich um eine alkoholische Flüssigkeit handelte, konnte sich aber nicht vorstellen, dass sie unter irgendwelchen Umständen davon kosten würde.

Valentina steuerte das AirCar langsam in die Lichtung; zwanzig schwer bewaffnete Spacer begleiteten es zu Fuß. Der Graf saß neben seiner Frau; Woetjans und der eingeborene Kapitän nahmen die beiden hintersten Sitze ein. Mister Pasternaks Techniker hatten die mittlere Bank entfernt und an ihrer Stelle einen 200-Liter-Tank montiert, der aus der Wasserfiltrieranlage stammte.

Die Sissies drängten die Eingeborenen, die ihnen den Weg versperrten, zurück, bis das AirCar, wie der Kapitän das gewünscht hatte, neben der Leiche aufsetzen konnte. Als das Fahrzeug anhielt, begannen acht Mannschaftsmitglieder vermittels eines Zapfhahns aus dem großen Tank fünf Liter fassende Eimer zu füllen, während die anderen ihre Waffen bereithielten.

Adele verspürte ein unruhiges Prickeln, rechnete mit irgendwelchen ernsthaften Schwierigkeiten, sah aber keine Möglichkeit, sie zu verhindern. Sie verschränkte die Hände vor sich. Wenn sie ihren PDA hätte herausholen können, wäre sie weniger nervös gewesen, aber das wäre natürlich albern gewesen.

Daniel, der neben ihr ging, wirkte vergnügt und gelockert. Er trug eine Pistole im Halfter, aber Adele konnte sich nicht erinnern, je gesehen zu haben, wie ihr Freund eine Pistole benutzte.

Der Schlagstock aus Strukturplastik von der Länge seines Unterarms freilich, den er in der Hand hielt, würde, wenn man die Kraft in Daniels Handgelenken und Schultern bedachte, einen Widersacher ebenso schnell außer Gefecht setzen wie ein Schuss aus seiner Dienstpistole.

Daniel betrachtete die Perlen im Schoß des Toten. »Schauen Sie, Adele!«, flüsterte er. »Das sind Kerne, kleine, harte Kerne. Sie müssen aus Flaschenkürbissen stammen, ähnlich denen, die wir in der Nähe des Wracks gesehen haben. Ja, natürlich! Die Kerne sind wertvoll, weil die Insekten, die Feuerkäfer, ihr Einsammeln erschweren!«

Adele musterte die Perlenketten sorgfältig, weil sie ihren Freund interessierten, obwohl sie Daniels Begeisterung für Naturgeschichte nicht zu teilen vermochte. Die einzelnen Kerne waren etwa so groß wie ihr kleiner Fingernagel, flach und etwa zwei Millimeter dick. Sie runzelte die Stirn: Auf dem Haufen mussten Tausende solcher Körner liegen. Jedes Einzelne zu säubern und zu durchbohren hatte bestimmt viel Zeit in Anspruch genommen, ganz abgesehen von dem Risiko, von den Insekten angegriffen zu werden.

Der Kapitän erhob sich hinten im AirCar. »Mein Volk!«, schrie er. »Meine großen Freunde vom Himmel haben mir Slash gebracht! Die Güte meines Herzens veranlasst mich, den Slash mit euch zu teilen!«

Als das AirCar anhielt, hatten die Dorfbewohner beiderseits der langen Matte gesessen; die Stammesältesten – die Offiziere – und ihre Familien saßen an dem Ende der Matte, wo der tote Mann an den Baum gebunden war. Die Menge brach in begeistertes Geschrei aus, und alle sprangen auf, schickten sich an, wie eine ans Ufer schwappende Gezeitenwelle auf das AirCar einzustürmen.

»Hogg!«, rief Daniel.

Hogg feuerte seinen Impeller auf den Baumwipfel ab und zerfetzte einen dicken Ast in einen Regen Streichholz großer Fragmente. Das summende Abschussgeräusch der Waffe ging in dem *Whack!* einen Herzschlag später unter, mit dem die Kugel dickes Holz auflöste. Der Ast sackte mit ein paar knackenden Geräuschen herunter, als die letzten Fasern abrissen, die ihn mit dem Stamm verbanden, und stürzte dann auf den Boden.

Die Eingeborenen in der Nähe stießen lautes Geschrei aus und rannten weg. Hogg betrachtete die über dem Lauf seiner Waffe flimmernden Hitzewellen mit leicht angewiderter Miene. Das Geschoss hatte den Ast weit genug zur Seite gestoßen, dass niemand in der Menge in ernsthafter Gefahr war.

»Wenn ihr, geehrte Gäste, mit euren Schalen sitzen bleiben würdet …«, sagte Daniel mit einer Stimme, die man trotz des gerade verhallten ohrenbetäubenden Schusses hören konnte. »… werden Mitglieder meiner Mannschaft euer Geschenk verteilen. Jeder, der aufsteht anstatt zu warten, wird sich der Gabe unwürdig erweisen. Habt ihr verstanden?«

Die Eingeborenen gaben diverse Geräusche von sich. Insgesamt klang es wie ein Knurren, aber diejenigen, die noch auf den Beinen waren, beeilten sich, wieder auf der Matte Platz zu nehmen; von den Sitzenden stand keiner auf.

Der Kapitän nickte dem bemalten Mann zu, der neben der Leiche stand – jetzt hockte. Der Mann sprang wieder auf und quiekte: »Mein Vater wünscht, dass das Fest beginnt!«

Die Eingeborenen griffen beherzt zu. Die bevorzugte Esstechnik schien darin zu bestehen, die linke Hand in die Wannen mit Haferbrei zu stecken und etwa überfließenden Brei mit zwei Fingern der rechten Hand in die Mundwinkel zu schieben. Fische bis zur Größe der Handfläche eines der Speisenden wurden ganz verschluckt; größere Brocken wurden in mundgroßen Stücken verschlungen.

Layton tauchte eine aus der Messe stammende Viertelliterkelle in seinen Eimer Slash und reichte ihn dem vergnügten Kapitän, während der Sohn des Toten eine ähnliche Menge in einer aus einer Samenkapsel geformten Schale erhielt. Adele sah nichts, was auf die Beherrschung der Töpferkunst deutete, nicht einmal gebrannte, irdene Gefäße; die Holzwannen waren an der Innenseite mit Pech abgedichtet und an den Außenflächen mit unterschiedlicher Farben in geometrischen Mustern bemalt.

Hogg schob sich näher an Daniel und Adele heran. »Das erinnert mich an die Beerdigung meines alten Herrn«, sagte er schmunzelnd. Er grinste Adele an und fügte hinzu: »Natürlich sind die Essmanieren dieser Leute hier ein wenig gesitteter als das damals in Bantry war, was, junger Master?«

»Ein wenig vielleicht«, sagte Daniel bedächtig, während er zusah, wie Nahrung nach allen Seiten flog. »Aber die hier haben natürlich nicht schon den ganzen Nachmittag getrunken, wie das bei der Beerdigung des alten Suffkopps der Fall war.«

Der eingeborene Bootsmann, ein grauhaariger Mann, in dessen beiden Ohrläppchen Federn steckten, kippte seinen Slash hastig und ohne nachzudenken hinunter. Er wäre beinahe daran erstickt, und die klare Flüssigkeit kam ihm wieder zur Nase heraus, worauf er würgend und nach Luft ringend zu Boden ging. Einen Augenblick später stemmte er sich wieder in die Höhe und holte sich eine Kelle voll von dem lokalen Gebräu.

Die Klimovna quetschte sich zwischen den Sohn des Toten und den Kapitän, der zu seiner Rechten saß. Die Eingeborenen machten freudig Platz und redeten auf sie ein, ohne mit Essen aufzuhören.

Der Graf stand hinter seiner Frau und wirkte deplatziert und unbehaglich. Als er bemerkte, dass Adele ihn ansah, ließ er ein verlegenes Lächeln aufblitzen, sah dann aber gleich wieder weg.

Adele dachte über die Beziehung der Klimovs nach. Offenbar funktionierte sie … nicht zum ersten Mal wurde ihr bewusst, dass sie sich deshalb so gerne mit bereits zusammengetragenen Informationen befasste, weil das viel einfacher war, als lebende Menschen zu verstehen.

Mit Eimern mit Slash beladene Spacer wuselten zwischen den Eingeborenen herum. Sie arbeiteten von verschiedenen

Punkten außen an der Matte aus, nahmen die leeren Schalen entgegen, füllten sie und gaben sie wieder zurück.

Mit nachdenklicher Miene sah Adele Daniel an. Er zuckte die Achseln und meinte: »Da ich meinen ursprünglichen Plan nicht durchführen konnte, gehe ich jetzt eben nach Plan Zwei vor: Ich warte, bis sie alle betrunken umkippen, ehe sie Zeit haben, völlig durchzudrehen.«

»Ah«, nickte Adele und schob dann erneut die Lippen vor. »Aber die Kinder?«, fragte sie.

»Alle Jungs, die alt genug sind, eine Windel zu tragen«, sagte Tovera, die hinter ihr stand, »haben auch Feuersteinmesser. Und ich kann mir nicht vorstellen, dass die gleichaltrigen Mädchen harmlos sind. Ich war das in dem Alter auch nicht.«

Adele räusperte sich. »Ja«, nickte sie. »Das hat etwas für sich.«

Es war besser zuzusehen, wie die Kinder sich in den Schlaf tranken, als zu sehen, was passierte, wenn eines der Kinder etwas tat, was Tovera für bedrohlich hielt. Eine Dienerin wie Tovera zu haben vermittelte einem manchmal das Gefühl, mit einer entsicherten Handgranate herumzulaufen.

Aber manchmal *brauchte* man natürlich eine entsicherte Handgranate. Das galt jedenfalls für Signaloffizier Adele Mundy.

Eine Eingeborene drehte sich zur Seite und übergab sich würgend auf den Boden. Sie wischte sich mit dem Handrücken den Mund und fuhr fort zu essen. Nach einer weiteren halben Schale Brei verdrehte sie die Augen und kippte vornüber in die Wanne. Der Mann neben ihr hob sie heraus, anscheinend weil sie ihn dabei behinderte, an den Brei zu kommen.

Daniel war ebenso wenig Ethnologe wie Graf Klimov und führte daher eine interessierte Diskussion über die Tiere, die zwischen den Eingeborenen zu sehen waren. Die meisten krabbelten offenbar über das Essen oder fielen hinein. Adele stellte amüsiert fest, dass wie schwarze Reiskörner aussehende winzige Käfer offenbar eine besondere Affinität zu dem Bier der Eingeborenen hatten, in dem sie wie winzige Boote herumkurvten; diejenigen, die in Slash-Bechern landeten, sanken schnell auf den Boden.

Nachdem ein paar Minuten vergangen waren, setzte Adele sich mit übereinandergeschlagenen Beinen hin und holte ihren PDA heraus. Es gab genug Leute, die die Eingeborenen im Auge behielten – die offenbar alle friedfertige Trinker waren, solange die Spacer ihnen regelmäßig nachschenkten –, während Daniel und Tovera dafür sorgen würden, dass niemand versehentlich auf die auf dem Boden sitzende Bibliothekarin trat. Als Daniel auf die gefiederten Lebewesen deutete, die um den Baumstamm schwirrten, von dem Hogg den Ast abgeschossen hatte, wandte Adele sich sofort ihrem Datenspeicher zu, um zu sehen, was dort über diese Lebewesen aufzufinden war.

Offenbar war nichts bekannt. Der Bericht von Fregattenkapitän Bergen war die einzige Information über Morzanga, die in den Archiven von Cinnabar aufzufinden war, und Onkel Stacey hatte das Interesse seines Neffen an Naturgeschichte nicht geteilt. Vielleicht würde eine Arbeit *Bemerkungen über aviforme Spezies von Morzanga* von Daniel Leary, Leutnant MRC ...

»Freunde!«, rief der Sohn des Toten, der jetzt ein wenig unsicher mit einem Feuersteinmesser in der Hand neben der Leiche stand. Offenbar war er aufgestanden, während Adele mit ihrer erfolglosen Datensuche beschäftigt gewesen war.

Alle Versammelten erhoben sich, zumindest diejenigen, die noch dazu imstande waren. Daniel behielt das Geschehen um sich im Auge und bot Adele den Arm, damit sie sich daran in die Höhe ziehen konnte.

»Mein Vater wünscht, dass ihr ihn begrüßt, damit er euch seine letzten Geschenke machen kann!«, sagte der Sohn. »Spendet ihm Lob, während ihr in dieser Welt euern Geschäften nachgeht, auf dass er in der Nachwelt Ehre haben möge!«

Der Kapitän setzte sich in Bewegung und zog die Klimovna, die sich dabei offenbar nicht ganz wohlfühlte, mit. Der Sohn hob eine Kette mit Perlengeld hoch und schnitt sie mit seinem Messer auf. Das abgeschnittene Stück warf er dem Kapitän zu, schnitt dann ein weiteres Stück ab, gab es Valentina und – nachdem der Kapitän Valentina weitergezogen hatte – gab ein drittes Stück dem neuen Leutnant.

Das ganze Dorf begann jetzt an der Leiche vorbeizudefilieren, und jeder bekam Geld.

Gut die Hälfte der Dorfbewohner waren vorbeigezogen und hatten ihre Geschenke entgegengenommen. Der Sohn zog eine neue Perlenkette heraus. Jetzt, wo so viel verteilt worden war, konnte Adele erkennen, dass das Geld um einen schimmernden Ball aufgehäuft war, der auf dem Schoß der Leiche lag. Sie stupste Daniel an und deutete darauf, woraufhin er die Vergrößerung seines Visors mit einer geschickten Handbewegung anpasste, die sie vermutlich nie lernen würde. Die Klimovna drehte sich herum, um zu sehen, was sie da so interessiert betrachteten.

Mann und Frau reagierten gleichzeitig, sie mit einem schrillen Ruf, er mit einem halb erstickten Schrei. »Der Erddiamant!«

Valentina stürzte mit einem Satz auf den schimmernden Gegenstand zu, die Kette mit Geld baumelte vergessen aus ihrer rechten Hand. Daniel packte sie von hinten am Kragen und riss sie so schnell und ruckartig zurück, dass ihre beiden Füße einen Augenblick lang in der Luft hingen.

»Was?« Die Gesichtszüge des Grafen begannen sich zu einer Maske der Wut zu formen. Er setzte sich in Richtung auf Daniel in Bewegung, aber Hogg trat dazwischen.

»Valentina«, sagte Daniel, ließ die Frau los, blieb aber zwischen ihr und der geschmückten Leiche. »Bitte. Wir werden ihn uns holen, das verspreche ich Ihnen, aber nicht auf eine Art und Weise, dass wir dann tot auf einem Haufen Kanakenleichen liegen, *bitte*.«

Die Klimovna schüttelte sich. Ihre eisige Wut schmolz so plötzlich wie Schnee auf einem von der Sonne beschienenen Dach. »Ja, Kapitän«, sagte sie. »Sie werden uns den Diamanten holen, sobald Sie können; aber bitte nehmen Sie sich nicht zu viel Zeit.«

Der Kapitän stand mitten in der Gruppe von der *Princess Cecile*; er war ganz auf seinen Slash konzentriert und ignorierte das Geschehen um ihn herum – nahm es offenbar überhaupt nicht zur Kenntnis. Daniel drehte sich zu ihm herum, winkte einen Rigger namens Nussbaum mit seinem gerade wieder gefüllten Eimer Slash zu sich her und sagte: »Kapitän, wird dieses Juwel im Schoß des alten Leutnants auch weggegeben? Und wie wär's im Übrigen mit einem weiteren Glas Slash?«

Der Kapitän schüttete den restlichen Inhalts seines Krugs in sich hinein und hielt sich dann hustend den Bauch. Daniel entwand ihm den Krug und gab ihn Nussbaum, damit der ihn füllen konnte. Der Eingeborene richtete sich auf und trank wieder, diesmal aber vorsichtiger.

Der Sohn des Toten verteilte unterdessen weiteres Geld von seinem Haufen; Adele zog die linke Hand aus der Tasche und lockerte sich. Was immer dieser Gegenstand sein mochte, ein Diamant war es nicht.

Jetzt, wo sie das Ding fast unbehindert sehen konnte – eine gravierte Kugel mit einem Durchmesser von vielleicht dreißig Zentimetern –, war sie nicht einmal mehr sicher, dass es mineralischer Natur war. Es opalisierte eher wie eine Seifenblase, keineswegs so klar, wie ein Diamant das getan hätte. Außerdem hieß es, der Erddiamant sei ohne jegliche Einschlüsse. Auch wenn man einräumte, dass Historiker der Wirklichkeit manchmal etwas nachhalfen, wäre selbst ein Politiker erstickt, ehe er behauptet hätte, ein so milchig durchscheinendes Objekt sei glasklar.

»Ah, der Himmelsball«, sagte der Kapitän. Er beugte sich vor und zwängte seine freie Hand unter die Kugel, um sie unter den Geldketten herauszuheben. Die anderen Eingeborenen machten weiter, von diesem Geschehen sichtlich unbeeindruckt. »Der bleibt im Kapitänshaus, nur nicht, wenn Offizier stirbt.«

Er reichte die Kugel Daniel. Ehe der sie der Klimovna weitergeben konnte, entriss sie sie ihm gierig.

»Er ist leicht!«, sagte sie. »Georgi, sieh dir das an! Das ist kein Diamant, aber die Kontinente der Erde sind eingraviert, ganz so, wie sie vor dem Interregnum waren. Oder nicht?«

»Daniel, halten Sie das einmal«, sagte Adele knapp und reichte ihm ihren PDA. Sie konnte ihn nicht halten und gleichzeitig bedienen, und deshalb würden die Hände ihres Freundes für den Augenblick als Unterlage dienen müssen. Ihre Stäbe huschten und riefen von dort, wo sie es abgelegt hatte, das Bild des echten Erddiamanten auf. Sie projizierte es als ein omnidirektionales Hologramm neben der ungeschickten Nachbildung, die die Klimovna in der Hand hielt, in die Luft.

»Wow!«, machte der Kapitän und zuckte zurück. Seine Füße bewegten sich nicht, wie sie das einen Viertelliter Slash früher getan hätten; er wäre gestürzt, wenn Hogg ihn nicht mit dem Reflex langer Erfahrung im Umgang mit Betrunkenen an den Schultern gepackt und ihn so aufgefangen hätte.

»Abgesehen von den offenkundigen Unterschieden in den Konturen …«, sagte Adele. Die »Kontinente« des Himmelsballs hätten ebenso gut von einem Kind stammen können, das sie mit den Fingern in den Schlamm gemalt hatte. »Sie werden feststellen, dass der Erddiamant an der Innenseite der Kugel graviert ist. Ein Künstler hat das durch ein winziges Loch im Nordpol gemacht.«

Sie vergrößerte die nördlichsten zehn Grad des Bildes und drehte es dann, um das Innere sichtbar zu machen. Der Kapitän beobachtete diese Verwandlungen mit der völligen Verblüffung eines Mannes, der soeben erlebt, wie ein Schwein auf den Hinterbeinen die Straße hinuntergeht.

»Wohingegen dieses Objekt, dieser Himmelsball …«, fuhr Adele fort. Während sie sprach, wurde ihr bewusst, dass sie Bilder des Objekts aufzeichnen musste. »… auf ganz normale Weise an der Außenfläche bearbeitet ist.«

»Es scheint pflanzlicher Herkunft zu sein«, sagte Daniel und runzelte dabei die Stirn. Er richtete sich auf und ließ den Blick über die ihm zugewandten Gesichter schweifen. »Aber wichtig ist, dass, was auch immer der Ursprung dieses Objekts sein mag – und ich vermute, dass er hier hergestellt wurde –, es nur von jemandem angefertigt worden sein kann, der den Erddiamanten gesehen hatte. John Tsetzes oder zumindest die Beute, mit der er von Novi Swerdlowsk entkommen ist, *war* hier auf Morzanga.«

»Können wir den Himmelsball kaufen?«, fragte der Graf mit besorgter Miene.

»Das ist doch Schrott!«, sagte Valentina verärgert. »Weshalb sollten wir uns so zum Narren machen?«

Sie schob den Ball wieder dem Kapitän hin. Der hätte ihn erschreckt und darauf nicht vorbereitet auf den Boden fallen lassen, wenn Daniel ihn nicht im letzten Augenblick aufgefangen hätte.

Valentinas wild blickende Augen bohrten sich in die des Kapitäns. »Wo kommt dieses Ding her?«, wollte sie wissen. »Hast du das Original, nach dem man es angefertigt hat?«

»Das ist aus Seetang, der im großen Wasser drei Tagereisen Richtung Sonnenuntergang treibt«, sagte der Eingeborene. Er rieb sich die Augen mit dem Rücken der Hand, die nicht den Krug mit Slash hielt. »Aber das ist *sehr* große Blase. Niemand hat jemals wieder eine so große gesehen.«

Daniel nickte. »Ja, natürlich«, sagte er. »Eine treibende Blase von einer Tiefseepflanze. Man sich gut vorstellen, dass so etwas gelegentlich von Stürmen losgerissen und dann von der Strömung ans Ufer getragen wird.«

»Mir ist egal, wo die Pflanze herkommt!«, brauste Valentina auf. Sie stieß den Kapitän mit Mittel- und Zeigefinger an. »Mir kommt es auf die Zeichnung an. Wo habt ihr die her, he, du?«

Sein Ausdruck wurde noch verblüffter. »Wir hatten den Himmelsball schon immer«, sagte er. »Der Vater meines Vaters hatte ihn schon.«

Der zweite Teil dieser Feststellung entsprach vermutlich der Wahrheit, überlegte Adele. Er hatte ja gesagt, der Vater des Vaters seiner *Mutter* stamme aus der Mannschaft des von Geschützfeuer zerstörten Schiffs. Daniels Vermutung, dass John Tsetzes das andere Schiff zerstört hatte, als dieses über dem Planeten aufgetaucht war, wirkte jetzt zusehends plausibler.

Der Alarm von der *Princess Cecile* blinkte gleichzeitig in ihrem Helm und dem Daniels. Beide richteten sich unwillkürlich auf.

»*Welches Schiff? Welches Schiff? Welches Schiff?*«, fragte ein Schiff im Orbit über Morzanga. Sein Transponder gab es als die *Belle Ideal* von Condons Planet zu erkennen, einer der unabhängigen, lose mit Cinnabar verbündeten Welten; Adele erkannte das Signal als von der *Goldenfels* kommend, noch ehe das Analyseprogramm – das ein Teil von Mistress Sands Gerät war – ihre Annahme bestätigte. Keine zwei Radiosender sind perfekt identisch, ebenso wenig wie das keine zwei menschlichen Stimmen sind.

Adele hatte ihren PDA so eingestellt, dass er Notsignale automatisch wiedergab, deshalb brauchte sie das KomDisplay gar nicht aufzurufen. Ihre Stäbe zuckten und sperrten die Sender auf der Brücke und in der Gefechtszentrale, sodass der diensthabende Offizier – Chewning – nicht antworten konnte. Die falsche Antwort – also die Wahrheit – wäre Selbstmord gewesen.

Ihr Blick begegnete dem Daniels. Der Rest der Gruppe von der *Princess Cecile* fuhr fort, miteinander zu reden, nahm kaum zur Kenntnis, dass die beiden Offiziere im Augenblick nur körperlich anwesend waren. »Daniel, das ist die *Goldenfels*«, sagte sie. »Vertrauen Sie mir, wenn ich das auf meine Weise in Angriff nehme?«

»Ja«, sagte er. Er hielt ihren PDA in der Hand, konnte aber weder sein Display sehen noch ahnen, was sie plante. »Woetjans, schaffen Sie die anderen Leute bitte von uns weg. Es gibt ein Problem, und Mistress Mundy darf nicht gestört werden, während sie sich damit befasst.«

»*Goldenfels*, hier spricht Adele Mundy von Bryce«, sagte Adele. In ihrer Umgebung kam Unruhe auf, aber ihre ganze Welt war auf ihren Bildschirm, ihr Bewusstsein, zusammengeschrumpft, während sie die einzige Waffe einsetzte, die sie jetzt, wenn überhaupt, retten konnte: Information. »Ich bin die Sekretärin von zwei reichen Pinkeln von Novi Swerdlowsk, hören Sie, die haben den Erddiamanten gefunden! Ich wiederhole, sie haben den Erddiamanten gefunden! Wenn Sie mir behilflich sind, dann schaffen wir es vielleicht, dass Garantor Porra ihn bekommt statt zuzulassen, dass damit irgendein Schweinekoben im Niemandsland dekoriert wird! Ende.«

Sie ging damit mehrere Risiken ein, wobei das erste und größte war, dass sie in ihrer Antwort den echten Namen der *Goldenfels* benutzt hatte statt der vom Transponder des Schiffes ausgestrahlten falschen Identität. Adeles Angebot war nur dann glaubhaft, wenn ein Allianzbürger es an ein Allianzschiff machte. Mit etwas Glück würden sie die Frage übersehen, wie sie sie erkannt hatte, oder ihr zumindest Gelegenheit geben, es zu erklären.

Die Tatsache, dass die *Goldenfels* die Spur der *Princess Cecile* von Todos Santos hierher hatte verfolgen können und sich jetzt unter falschem Namen meldete, deutete darauf hin, dass Kapitän Bertram nicht hergekommen war, um zu reden. Und die augenblickliche Position der *Sissie* sowie die Tatsache, dass die *Goldenfels* im Orbit stand, machte sie zur leichten Beute.

High Drive-Motoren waren nicht imstande, Antimaterie und normale Materie perfekt miteinander zu kombinieren, um so Schub zu erzeugen; nicht völlig konvertierte Antimaterie, die von den Aggregaten abgestoßen wurde, reagierte heftig auf jegliche normale Materie außerhalb der Düsen. Ein Schiff im Vakuum konnte mit ziemlicher Genauigkeit Torpedos zur Oberfläche eines Planeten abfeuern, wohingegen aus den Tiefen einer Atmosphäre abgefeuerte Torpedos sich selbst zerstören würden, ehe sie ein Ziel auf Orbit erreichen konnten.

»Welches Schiff? Welches Schiff?«, tönte es noch einige Sekunden, ehe der Transponder abschaltete. Dann meldete sich nach einer kurzen Pause eine Männerstimme und sagte: *»Unbekannter Anrufer, identifizieren Sie sich. Ende.«*

»Hier spricht Allianzbürgerin Adele Mundy an Bord der Jacht *Princess Cecile*!«, sagte Adele. Sie hatte lange genug auf Bryce in den Akademischen Sammlungen gearbeitet, um mühelos den Akzent der dortigen Oberklassen nachahmen zu können. »Ich bin alleine im Kontrollraum, weil die Offiziere alle draußen sind und sich mit den hiesigen Wilden betrinken, aber es kann jeden Augenblick jemand hereinkommen. Hören Sie, die Klimovs haben den Erddiamanten von den Wilden gekauft! Suchen Sie ihn sich in Ihrem Datenspeicher, ich habe keine Zeit, Ihnen das zu erklären, aber er ist unglaublich wertvoll! Landen Sie in der Nähe, tun Sie so, als wären Sie freundlich gesinnt, und ich werde dafür sorgen, dass wir den Diamanten kampflos bekommen. Der Garantor wird uns alle belohnen. Haben Sie verstanden? Ende.«

Wieder trat eine Pause ein. Die Signalabteilung der *Goldenfels* befand sich in einem separaten Raum von der Brücke. Die Luke war geschlossen geblieben, während die Inspektoren über Todos Santos an Bord gekommen waren, und deshalb konnte Adele sich ihr Gegenüber nur nach seiner Stimme und der eigenen Fantasie vergegenwärtigen: ein wenig zornig, ein wenig beunruhigt und hin- und hergerissen, weil er jetzt einem vorgesetzten Offizier etwas Unsicheres berichten musste, wo der doch nur die Bestätigung erwartet, dass sie das korrekte Ziel für ihre Torpedos hatten.

»Bürgerin Mundy, warten Sie«, sagte die Stimme. *»Brechen Sie den Kontakt nicht ab, wenn Sie wissen, was gut für Sie ist! Ende.«*

Diesmal trat eine längere Pause ein. Adele atmete tief durch und merkte, dass sie das Zentrum der Aufmerksamkeit geworden war. Besorgte Spacer hatten um sie herum einen Kreis mit drei Metern Durchmesser geschaffen, indem sie die Eingeborenen mit ihren Waffen weggeschoben hatten. Alle starrten sie an. Die nervösen und verärgerten Klimovs musterten sie von der anderen Seite dieses schützenden Kreises wütend. Verdutzte Eingeborene beobachteten, wie sie und die Sissies unverständliche Dinge taten. Und Daniel Leary, der ihren PDA fester hielt, als das irgendein zu Tode erschrockener Sklave geschafft hätte, lächelte ihr durch das Hologramm freundlich zu.

»Ich glaube, die versuchen jetzt rauszubekommen, worum es sich bei dem Erddiamanten handelt«, sagte Adele. Die ersten Silben, die sie herausbrachte, waren nur Krächzlaute, weil ihre Kehle völlig ausgetrocknet war. »Sie werden länger dazu brauchen als ich, aber ein Schiff wie dieses ...«

Ein Spionageschiff.

»... wird über eine Datenbank mit ausreichenden Informationen verfügen, um sie dazu zu bringen, mir zu glauben. Dann ...«

»Bürgerin Mundy«, sagte eine andere Stimme in Adeles KommHelm. *»Wir werden nach dem nächsten Orbit aufsetzen und die Eigner und Offiziere Ihres Schiffes zu einem Bankett zu uns an Bord einladen. Sorgen Sie dafür, dass Sie mitkommen.* Goldenfels *Ende.«*

Adele räusperte sich. Sie lächelte Daniel zu, wohl wissend, dass ihr Gesichtsausdruck im Vergleich zu dem seinen matt wirken musste.

»Und dann«, schloss sie, »werden wir uns etwas anderes überlegen.«

»Ich glaube, das habe ich bereits«, sagte Daniel, dessen Lächeln noch breiter geworden war, als er die letzten Anweisungen von der *Goldenfels* gehört hatte.

19

Die Bankettafel der *Goldenfels* bot zwanzig Gästen Platz. Der Raum wirkte karg – gewöhnlich wurde er als Unteroffiziersmesse genutzt, hatte der Leutnant, der neben Adele saß, ihr mitgeteilt –, aber die Matrosen, die sie bedienten, trugen Uniform, und Adele konnte sich nicht erinnern, jemals eine bessere Weinliste gesehen zu haben, selbst nicht in den alten Tagen, als ihre Eltern die Reichen und Mächtigen von Cinnabar zu Gast hatten.

»Wie sind Sie zu Ihrer augenblicklichen Position gekommen, Mistress?«, fragte der Leutnant höflich. Seine Finger spielten mit seinem Weinglas, aber seine Augen musterten sie mit der Eindringlichkeit eines Raubvogels. Sein Name war Greiner, er war der Signaloffizier der *Goldenfels*. Seiner Stimme nach war er derjenige, mit dem sie vor vier Stunden gesprochen hatte.

Adele verzog das Gesicht. »Aus Notwendigkeit«, sagte sie. »Mein Vater war im Schifffahrtsgeschäft und hat alles an Freibeuter von Cinnabar verloren. Was denken Sie denn? Glauben Sie, es macht mir Spaß, für ungebildete Tölpel von Novi Swerdlowsk zu arbeiten? Obwohl die Frau ja für jemanden, der von einer Farm kommt, gar nicht so übel ist.«

Sie sah an Greiner vorbei zum Kopfende der Tafel und tat so, als wäre sie besorgt, sie könnte gehört werden, aber zu verärgert, um ihre Zunge nach dem zweiten Glas Wein im Zaum zu halten. Adele lieferte hier eine schauspielerische Leistung, aber keine sehr schwierige: Unter den Dutzenden von Kommilitoninnen, mit denen sie in den Akademischen Sammlungen studiert hatte, hätte jede einzelne ihr das Modell für ihre Rolle liefern können. So wie der letzte Krieg ausgegangen war – der Hinweis auf Freibeuter von Cinnabar war völlig glaubwürdig –, vermutete sie, dass einige von ihnen das in ihrer Ausbildung Gelernte dazu nutzten, die schlimmste Armut abzuwenden, statt als kultivierte Dilettantinnen zu leben, wie sie das erwartet hatten.

Adele war natürlich dasselbe Schicksal widerfahren; aber ein wenig früher und als Folge der Drei-Kreise-Verschwörung und nicht des Krieges. Als Bibliothekarin des Kurfürsten von Kostroma hatte sie nicht etwa unter der geringen Bezahlung oder den Arbeitsbedingungen gelitten; was sie belastet hatte war vielmehr die Tatsache gewesen, dass niemand sich echt für die Dinge interessierte, die ein gebildeter Mensch zu wissen und zu tun pflegte. Ihre Anwesenheit war für den Kurfürsten bloß eine Art schmückendes Beiwerk gewesen, um damit vor ähnlich vulgären Typen, wie er selbst einer war, prahlen zu können.

O ja, Adele Mundy kannte die Gefühle sehr wohl, die ein gebildeter Mensch empfand, wenn er für reiche Philister arbeiten musste …

»Und doch habe ich den Eindruck, dass der größte Teil der Mannschaft Ihrer Jacht von Cinnabar kommt«, sagte Greiner. »Ist das für Sie in Anbetracht Ihrer Herkunft kein Problem?«

»Wenn es meine Jacht wäre«, sagte Adele mit einem Anflug von Schärfe, die sie nicht einmal vorzutäuschen brauchte, »würden Sie sich zu Recht wundern. So wie die Dinge stehen, ist das aber für mich eine weniger schwierige Situation als zu verhungern – und das war die einzige Wahl, die ich sonst gehabt hätte.«

Sie blickte mürrisch in die Runde. Der Zahlmeister der *Goldenfels* saß zu ihrer Rechten und Vesey rechts von ihm am äußersten Ende der Tafel. Betts saß Adele direkt gegenüber, aber selbst wenn er sich Mühe gegeben hätte, hätte er nicht hören können, was sie sagte. Abgesehen von dem allgemeinen Essenslärm drang die Musik eines Bläserorchesters durch die Ventilationsschächte in den Raum.

Die Klimovs saßen neben Kapitän Bertram und seinem Ersten Offizier am Kopfende der Tafel. Sie unterhielten sich laut und angeregt; den Gesprächsfetzen nach, die Adele hörte, ging es hauptsächlich um John Tsetzes. Daniel saß auf der anderen Seite der Tafel zwischen dem Zweiten Leutnant und den Offizieren aus dem Maschinenraum der *Goldenfels*.

»Und um Ihre Frage zu beantworten, ja«, fuhr Adele fort. »Sie stammen nicht nur von Cinnabar, die meisten jedenfalls, sie waren auch die Mannschaft des Schiffes, als es noch der Marine von Cinnabar angehörte ...«

Sie achtete darauf, nicht »MRC« zu sagen, weil diese Abkürzung MRC-Jargon war. Schon als Wissenschaftlerin, lange bevor sie Spionin geworden war, hatte sie gewusst,dass die Form einer Aussage manchmal ebenso wichtig wie ihr Inhalt war.

»... und zwar bis vor ein paar Monaten. Die Klimovs haben das Schiff gekauft und gleichzeitig die Mannschaft angeheuert.«

»Interessant«, sagte Greiner, obwohl er das seit dem Augenblick gewusst haben musste, als die beiden Schiffe auf Todos Santos miteinander in Berührung gekommen waren.

»Deshalb habe ich auch nicht vorgeschlagen, dass Sie die Offiziere heute Abend gefangen nehmen und das Schiff kapern«, sagte Adele und nahm sich einen Löffel voll von dem ausgezeichneten Schweinefrikassee, das ein Steward gerade auf ihr Nicken hin gereicht hatte. »Ich habe gehört, wie sie darüber geredet haben, ehe sie die Einladung angenommen haben. Der Wachoffizier, ein Bauerntölpel namens Chewning, würde die Fusionsflasche in den Rumpf öffnen, wenn das passiert. Das würde den Erddiamanten zerstören, und da Ihr Schiff ja so nahe ist, würde es mich nicht wundern, wenn es dabei auch beschädigt würde.«

»Sind Sie sicher, dass sie das tun würden?«, fragte Greiner, und seine Augen verengten sich dabei. »Das wäre doch Selbstmord – buchstäblich Selbstmord.«

Adele zuckte die Achseln. »Ich weiß, dass der Kapitän glaubt,

Chewning wird es tun«, sagte sie mit vollem Mund. »Wie gesagt, das sind eingefleischte Marineleute. Offensichtlich haben sie auch eine gewisse Reputation oder glauben das jedenfalls. Lieber tot als Unehre und all der Quatsch.«

Sie verzog geringschätzig den Mund. »Alles Tölpel, wie die Bauern, für die ich arbeite«, sagte sie. »Aber eines muss man ihnen lassen: Ihren Job machen sie gut.«

»Ja«, murmelte Greiner ausdruckslos. »Die *Princess Cecile* hatte tatsächlich einen guten Ruf, als sie noch im Dienst der Marine stand. Und ich neige auch dazu, Ihnen zuzustimmen, dass die Mannschaft ihr Handwerk beherrscht.«

Er musterte Adele scharf und hielt dabei sein halb gefülltes Weinglas in der Hand, konzentrierte sich aber ganz auf ihre Reaktion auf das, was er jetzt sagen wollte. »Also, Mistress ... der Gegenstand, den Sie erwähnt haben, scheint wirklich sehr bemerkenswert zu sein. Mich würde jetzt interessieren, wie Sie es anstellen wollen, dass er in die Hände von Leuten gerät, die ihn wirklich schätzen können?«

Ein Steward bot eine Schüssel mit einer Art Püree, das Zwiebelstücke enthielt. Adele nickte und nickte dann ein zweites Mal, damit der Mann ihr einen zweiten Löffel voll von dem Zeug auf den Teller tat.

Als er weggegangen war, sagte sie leise und ohne den Blick von ihrem Teller zu wenden: »Ich habe Ihnen ja gesagt, mein Vater war im Reedereigeschäft – er hatte bis zu diesem verdammten Krieg siebzehn Schiffe. Er hat dafür gesorgt, dass ich mich in diesem Geschäft gründlich auskenne. Wenn Sie es ermöglichen, dass ich eine Viertelstunde an Ihren Sender kann, werde ich ein Programm einrichten, das die gesamte Energie der Jacht abschaltet, sobald Sie das entsprechende Signal senden. Falls Sie das um drei Uhr morgens tun, müssen Sie schlimmstenfalls mit ein oder zwei Schüssen von den Wachen rechnen – sofern die nicht die Waffen wegwerfen, wenn die Lichter ausgehen.«

»Ich verstehe nicht«, sagte Greiner. Er sagte das mit gleichmäßiger Stimme, ohne lauter zu werden, aber als ein Steward sich mit einer Karaffe Wein näherte, winkte er den Mann herrisch weg.

Adele verzog das Gesicht. »Vielleicht können wir uns auf ein paar Minuten von hier entfernen?«, fragte sie halblaut.

Greiner blickte zum Kopfende der Tafel. Kapitän Bertram unterhielt die Klimovs mit einer Geschichte, die offenbar große Gesten erforderte. Ein weniger arroganter Mann hätte sich möglicherweise gefragt, weshalb ein Mann, den er zuerst beim Kartenspiel betrogen und anschließend gedemütigt hatte, sich solche Mühe gab, nett zu ihm zu sein, aber nicht der Graf. Arroganz war nicht gleichbedeutend mit Dummheit, hatte aber meist sehr ähnliche Folgen.

»Ja«, sagte Greiner und schob seinen Stuhl zurück. Er lief in auf dem Deck verlegten Schienen, auf denen man ihn lediglich etwa fünfzehn Zentimeter vor oder zurück schieben konnte. »Folgen Sie mir in einer Minute, dann bringe ich Sie in die Funkzentrale. Dort wird man uns nicht stören.«

Adele aß Gabel für Gabel ihr Püree. Nach einer Minute, nicht mehr und nicht weniger, stand sie auf, faltete ihre Serviette zusammen, legte sie neben den Teller und verließ den Raum durch die Luke an ihrem Ende des Raums. Mister Pasternak kam ihr, geleitet von einem diskreten Steward, entgegen. Der Blick des Ingenieurs strich über Adele, ohne dass sich an seinen Augen etwas veränderte: Ob Pasternak mit den Rebsorten vertraut war oder nicht, er hatte jedenfalls dem Wein, den die Messe der *Goldenfels* zu bieten hatte, zugesprochen.

Die nächste Toilette – in der MRC hatte sie gelernt, dass dieser Raum auf einem Schiff Pütz hieß – war direkt außerhalb des Bankettsaals, aber Leutnant Greiner winkte ihr von weiter vorn am Korridor zu. Sie folgte ihm nach oben. Das Flüstern ihrer Stiefelsohlen auf den stählernen Treppenstufen sandte hörbare Vibrationen durch das gepanzerte Rohr des Schiffs, die wie schwere Brandung hin und her wogten.

Greiner winkte sie zu sich heran; die *Goldenfels* war ein wesentlich größeres Schiff als die *Princess Cecile*, und selbst die Niedergänge waren breiter. »Ich war überrascht, Ihr Signal zu empfangen, als wir hier auf Orbit gingen, Mistress«, sagte Greiner im Schutz des Echos. »Nicht jede Sekretärin eines reichen Mannes weiß, wie man die KommAnlage eines Sternenschiffs benutzt, selbst wenn diese Anlage nicht bewacht ist.«

»Ich habe es Ihnen doch gesagt«, meinte Adele. »Die Klimovs haben mich als Sekretärin engagiert, aber mein Vater hat mich als Ingenieur-Assistentin ausgebildet – *seine* Assistentin. Er fuhr zunächst als Ingenieur auf einem Freibeuter, ehe sein Anteil an einem Konvoi Fullerene es ihm erlaubte, sein erstes Schiff zu kaufen.«

Greiner sah sie im grünen Licht der Leuchtstreifen an, die über dem Niedergang lange Kreise bildeten, sagte aber nichts, bis er die Luke mit der Aufschrift A DECK öffnete und sie nach draußen führte. Am Ende des Korridors zur Linken – unmittelbar über dem Bankettsaal – war die Brücke. Ihre Luke stand offen, ein Spacer mit einer Maschinenpistole hielt davor Wache.

Greiner blieb stattdessen an einem unbezeichneten Abteil auf der linken Seite des Korridors stehen und sperrte mit einem elektronischen Schlüssel auf. »Treten Sie ein, Mistress«, forderte er Adele auf.

In dem Raum standen drei Konsolen, eine davon war besetzt. Der Mann, der dort Dienst hatte, blickte beim Eintreten Adeles auf.

»Ich muss der Dame einige Fragen stellen, Bandeng«, sagte Greiner und schloss die Luke hinter sich. »Ich weiß nicht, wie sie reagieren wird, deshalb möchte ich, dass Sie vorbereitet sind.«

Der Mann sah Greiner ausdruckslos an und ließ dann den Blick weiter zu Adele wandern. Er griff demonstrativ in eine Schublade seiner Konsole, holte eine Pistole heraus und richtete sie auf die Wand neben ihrem Kopf. Wenn Adele bewaffnet gewesen wäre – das war sie nicht; das Kontingent von der *Princess Cecile* hatte gewusst, dass man sie durchsuchen würde, ehe man ihnen erlauben würde, an Bord des Allianzschiffes zu kommen –, hätte sie Bandeng das Auge ausschießen können, ehe ihm klar geworden wäre, dass eine Waffe kein Zauberstab ist, mit dem man herumfuchtelt, um Leute dazu zu veranlassen, das zu tun, was man von ihnen möchte.

»Also, Mistress Mundy …«, sagte Greiner. Wie konnten Sie wissen, dass Sie mit der *Goldenfels* sprechen? Wir haben uns als die *Belle Ideal* identifiziert.«

»Das haben Sie getan, nachdem Sie in den Orbit eingeschwenkt sind«, sagte Adele mit einem spöttischen Lächeln. »Als ich Sie auf eine halbe astronomische Einheit Distanz gepingt habe, ein paar Minuten nach Ihrer Rückkehr in den Normalraum, meldete Ihr Transponder Sie noch als die *Goldenfels*. Als Sie die Identifizierung änderten, wusste ich, dass Sie mir helfen würden, den Erddiamanten an uns zu bringen.«

Greiners Gesicht erstarrte in verärgerter Überraschung. »Sie haben unser IFF abgefragt, als wir so weit draußen waren?«, fragte er verwundert. »Wie konnten Sie uns so schnell lokalisieren?«

Adele zuckte die Achseln, eine Geste, die in diesem Gespräch ebenso zur Gewohnheit wurde wie die Verblüffung des Allianzoffiziers. »Die Jacht hat immer noch ihre Marinesensoren«, sagte sie. »Ich nehme an, dass die Sie nicht immer ausgemacht hätten, während wir auf dem Boden waren, aber diesmal haben sie es jedenfalls.«

Das war eine Lüge: Auf der *Sissie* hatte man nichts vom Eintreffen der *Goldenfels* gewusst, bis diese sich – unter falscher Bezeichnung – angekündigt hatte. Aber es war eine völlig glaubwürdige Lüge, die mit allen Fakten in Einklang stand, die Greiner bekannt waren.

»Warten Sie draußen im Korridor, Bandeng«, befahl der, ohne den Blick von Adele zu wenden. Wahrscheinlich ärgerte er sich darüber, dass er sich nicht die Mühe gemacht hatte, das automatisierte System umzuprogrammieren, solange die *Goldenfels* noch in der Matrix gewesen war. »Gehen Sie schon, bisschen fix, wenn ich bitten darf.«

Bandeng warf ihm einen bösen Blick zu und steckte demonstrativ die Pistole in den Bund seiner Arbeitsuniform, ehe er dem Befehl nachkam, aber er kam ihm nach. Greiner sperrte die Luke hinter ihm von Hand ab.

Der Allianzoffizier zwang sich zu einem Lächeln. Zu Beginn der Befragung hatte er geglaubt, er habe das Heft in der Hand. Jetzt, wo Adele seine mangelhafte Sicherheitsmaßnahmen demonstriert hatte – und dies in Anwesenheit eines Untergebenen und auf Greiners Verschulden –, war er äußerst verletzbar.

Sie erwiderte sein Lächeln kühl. Nach allem, was sie über die Nachrichtendienste der Allianz wusste, würde Mister Bandeng sehr auf der Hut sein müssen, falls er nicht bei einem Unfall ums Leben kommen wollte, ehe die *Goldenfels* ihren Heimathafen erreichte.

»Sie sind offenbar eine sehr findige Person, Mistress Mundy«, sagte Greiner. »Wenn die Dinge sich so entwickeln, wie Sie das sagen, werde ich Ihnen Karrieremöglichkeiten verschaffen, die Ihnen angemessener sind als Bauern von Novi Swerdlowsk als Kindermädchen zu dienen. Aber ich würde jetzt wirklich gern wissen, wie Sie es anstellen wollen, uns die *Princess Cecile* und ihre Ladung in die Hände zu spielen?«

Adele holte ihren PDA heraus. »Ich habe ein Programm geschrieben, um sämtliche Kontrollcodes der Jacht zu modifizieren«, erklärte sie beiläufig. »Die werde ich in Ihr System downloaden.«

Sie wies auf die Konsole, an der Bandeng gesessen hatte. Tatsächlich hatte Adele mit der Entwicklung des Programms überhaupt nichts zu tun gehabt: Das war in erster Linie Daniel mit Unterstützung von Pasternak, Vesey und sogar Chewning gewesen. Die eigentliche Arbeit hatte der Navigationscomputer des Schiffes erledigt, aber den Plan, der dahinterstand, hatten sich Menschen ausgedacht. Sehr findige Menschen.

»Wenn Sie das Programm über die normale Wachfrequenz mit einem Signal an die Jacht senden«, fuhr sie fort, »wird dort alles einschließlich der Fusionsflasche abschalten. Die Cinnis werden weder ihre Plasmageschütze abfeuern noch ihre Luken schließen oder irgendetwas anderes tun können. Sie verfügen natürlich über eine Backup-Steuerung, aber es wird Minuten, wenn nicht Stunden, in Anspruch nehmen, bis das Schiff wieder funktionsfähig ist. Und bis dahin wird es in Ihrer Hand sein – und mit ihm der Erddiamant.«

»Wenn das nicht funktioniert …«, meinte Greiner nachdenklich, seine Stimme war völlig ausdruckslos, aber jede einzelne Silbe kam abgehackt wie ein Projektil über seine Lippen. »… dann wird die *Goldenfels* selbst in einer äußerst gefährlichen Lage sein. Die Hälfte der Mannschaft würde sich dann zwischen den beiden Schiffen befinden und der sicheren Vernichtung ausgesetzt sein, sofern die Geschütze der *Princess Cecile nicht* außer Funktion gesetzt wären.«

»Ja, natürlich«, sagte Adele in einem Tonfall, als wäre ihr nicht bewusst, dass Greiner damit die Möglichkeit heimtückischen Handelns ihrerseits und nicht etwa nur schlichten Versagens andeutete. Sie ließ sich an Bandengs Konsole nieder und fuhr sie hoch. »Wir werden das natürlich testen, ehe wir hier weggehen. Sie können die Jacht doch in Echtzeit darstellen, oder?«

Als wäre die Angelegenheit bereits entschieden, synchronisierte Adele ihren PDA mit dem Input-Port der Konsole. Greiner klappte den Mund auf, um zu protestieren, begnügte sich dann aber mit dem überlegenen Feixen, das er bei Beginn des Gesprächs zur Schau gestellt hatte. »Ja, natürlich«, sagte er und schaltete das Display einer zweiten Konsole auf ein dreidimensionales Hologramm der hundertfünfzig Meter von der *Goldenfels* entfernten *Princess Cecile*.

Adele sah mit ausdrucksloser Miene auf ihre Konsole, innerlich aber triumphierte sie. Aber wie das bei Triumphen einer Bibliothekarin meist der Fall ist, konnte das sonst niemand sehen. Die Resultate freilich würden sehr klar erkennbar sein. Dessen war sie sicher.

Die Sonne war am Untergehen gewesen, als die Offiziere der *Sissie* über die noch rauchende Wiese zum Dinner trotteten, wozu sie die erheblich höhere Feuerkraft des Allianzschiffes gezwungen hatte. Die *Goldenfels* war etwa zwei Kilometer stromaufwärts gelandet und so beim Aufsetzen außer Reichweite der Plasmageschütze der Korvette gewesen. Dass die Fischreusen der Eingeborenen beschädigt wurden, als das Allianzschiff nur wenige Meter über den Boden zu einem Liegeplatz in der Nähe der *Princess Cecile* gedonnert war, hatte dessen Kapitän nichts ausgemacht.

Um diese Stunde lag die *Princess Cecile* in Dunkelheit da, nur durch den Lichtschein aus ihren vielen offenen Luken wahrnehmbar. Vier Wachen saßen auf umgekippten Eimern unter einer Persenning, die wie eine Markise über dem Hauptzugang ausgespannt war. Ein Mann – das Bild war kristallklar, aber zu klein, um Gesichtszüge erkennen zu können – spielte eine Harmonika oder Okarina.

»Also gut«, sagte Adele und wandte sich dabei zu Greiner herum; ihre Kontrollstäbe hielt sie bereit. »Sagen Sie mir, was für ein Signal Sie als Auslöser haben wollen. Ich schlage vor, etwas nicht zu Kompliziertes, aber es liegt natürlich ganz bei Ihnen.«

Greiners Gesichtszüge verfinsterten sich. »Also gut«, sagte er abrupt. »MRC. Nehmen Sie das – die drei Buchstaben M R C.«

Adeles Kontrollstäbe zuckten. Dann blickte sie wieder auf.

»In Ordnung«, sagte sie. »Das habe ich eingegeben. Übermitteln Sie das Programm einfach auf … fünfzehn Komma null Kilohertz mit genügend Sendeenergie, dass die *Princess Cecile* das Signal empfangen kann. So nahe, wie wir sind, ist das weniger Energie als es braucht, um ein Streichholz anzuzünden.«

Greiner zögerte. »Nur zu«, sagte Adele ungeduldig. »Bei dem

Test werden die nur auf zwei Sekunden abgeschaltet. Wenn Sie die Demonstration gesehen haben, programmiere ich das System so, dass die Abschaltung beim nächsten Mal auf Dauer ist … und wann das ist, können Sie entscheiden, aber drei oder vier Uhr morgens scheint mir am geeignetsten zu sein.«

»Zeigen Sie es mir zuerst«, sagte Greiner. »Jetzt.«

Adele legte die Stäbe weg und verschränkte die Hände im Schoß. »Nein«, sagte sie. »Schicken Sie das Signal selbst, Leutnant. MRC haben Sie gesagt. Senden Sie es.«

Greiner ließ sich schwer in den Sitz vor der Konsole sinken, die er vorher benutzt hatte, und rief mit der virtuellen Tastatur ein KomDisplay als Sidebar auf. Als Hauptbild blieb das Echtzeitbild der *Princess Cecile*. Er überprüfte seine Einstellung und sah dann Adele kurz scharf an, ehe er die Enter-Taste drückte.

Die Beleuchtung der *Princess Cecile* verlosch. Ihr Rumpf schimmerte schwach im Sternenlicht. Batteriebetriebene Lampen flammten auf, Leuchtpunkte, die die Dunkelheit betonten. Wenn es Audio Pick-up gegeben hätte, hätten Adele und Greiner wütendes Geschrei gehört.

Dann flammten die Lichter der Korvette wieder auf, fast alle gleichzeitig, nur ein paar zitterten kurz, ehe sie wieder volle Leistung erreichten. Adele lächelte befriedigt und nahm mit ihren Stäben eine weitere Anpassung vor. Dann steckte sie ihren PDA in die Tasche und stand auf.

»Die werden sich fragen, wo wir sind«, sagte sie. »Und Kapitän Leary bekommt bestimmt gerade einen erschreckten Anruf vom diensthabenden Offizier mit der Mitteilung, dass die Energie im Schiff kurzzeitig ausgefallen ist. Er wird zur *Princess Cecile* zurückkehren und vermutlich vorschlagen, dass wir anderen mitkommen. Wenn ich nicht mitkomme, könnte das zu peinlichen Fragen führen.«

»Ja, kehren wir zum Bankett zurück«, sagte Greiner und schloss die Luke auf. »Heute Abend sind schon genügend seltsame Dinge vorgefallen!«

»Äh, Adele?«, fragte Daniel. »Ich weiß, Sie haben, äh, Mittel und Wege, um zu lauschen. Haben Sie erfahren, was in der *Goldenfels* passiert?«

Er sprach mit leiser Stimme, so leise, dass er trotz des Summens der im Stand-by-Betrieb operierenden Brückenkonsolen gerade noch zu hören war. Die *Princess Cecile* wartete bei völliger Funkstille, die Daniel angeordnet hatte und die von Adele über die Signalkonsole sichergestellt wurde.

Adele drehte sich um und sah ihn an, vorbei an Sun und Betts, die an den Geschütz- und Torpedo-Leitständen saßen. Die holografischen Displays hingen in perligem Schimmer und ohne Bild im Raum. Es war gerade hell genug, um sehen zu können.

»Ich habe es nicht versucht«, sagte sie. »Ich werde es auch nicht versuchen. Da könnte zu viel schiefgehen.«

»Ja, natürlich«, sagte Daniel. »Verzeihen Sie. Ich sehe die *Goldenfels* immer wieder als Frachter, und das ist sie natürlich nicht.«

Man konnte davon ausgehen, musste das sogar, dass das Allianzschiff mit elektronischen Verteidigungseinrichtungen und entsprechendem Abwehrgerät versehen war, die in etwa ihrer Ausstattung mit Waffen entsprach, die Daniel aus strukturellen Hinweisen folgern konnte. Die einzig sichtbaren Plasmageschütze waren die 10-Zentimeter-Zwillingsgeschütze im vorderen Turm, die in etwa mit den Geschützen der *Sissie* vergleichbar waren. Mit weniger würde kein Frachter die Reise in den Norden wagen.

Zwei Luken an der der Korvette zugewandten Backbordseite der *Goldenfels* und vergleichbare an Steuerbord waren groß genug, um dahinter 15-Zentimeter-Geschütze zu verbergen; oder, was weniger wahrscheinlich war, individuelle 20-Zentimeter-Plasmageschütze, Waffen, aus denen ein einziger Schuss ausreichte, um auf diese Distanz die halbe *Princess Cecile* zu vaporisieren.

Daniel nahm an, dass das Allianzschiff auch mit Torpedos

ausgestattet war, aber das bekümmerte ihn im Augenblick nicht. Wenn alles wirklich schiefging, was ja durchaus im Bereich des Möglichen lag, würde die *Goldenfels* keine Torpedos brauchen, um die *Sissie* total zu vernichten.

Daniel schmunzelte. Sun sah zu ihm herüber. »Sir?«, sagte er.

An der Rückenlehne des Geschützmaats hing eine Maschinenpistole, obwohl Suns Hauptaufgabe darin bestand, wenn nötig das Plasmageschütz zu bedienen. Wenn alles so lief, wie alle hofften und erwarteten, würde es in dieser Nacht nicht zu irgendwelchen Schüssen kommen.

»Wenn wir uns das Ganze hier als Kinderspiel vorstellen, Sun«, sagte Daniel, »Sie wissen schon, wir im Schatten versteckt, um plötzlich rauszuspringen und unsere Freunde zu erschrecken, dann machte es keine solche Angst, nicht wahr?«

»Sir, ich bin in einer Mietskaserne mit Blick auf Hafen Drei aufgewachsen«, sagte Sun. »Zugegebenermaßen eine ziemlich raue Umgebung. Aber ich kann mich nicht daran erinnern, dass ich Freunde mit Fünfzehn-Zentimeter-Geschützen gehabt hätte.«

Ein paar Augenblicke später schmunzelte er, während Betts laut auflachte. Daniel lächelte bloß. Das waren gute Leute, eine gute Mannschaft für harte Zeiten.

Und im Augenblick waren das wirklich harte Zeiten.

Ein Glockenschlag hallte durch das Schiff. Maschinen summten oder zischten, je nachdem, worum es sich handelte, aber die menschliche Umgebung im Schiff blieb unverändert. Die Wachen würden beim nächsten Glockenschlag abgelöst werden, aber nicht jetzt; dies war die letzte Stunde Schlaf, die letzte Stunde, in der es stumme Displays oder den Himmel unter fremden Sternen zu beobachten galt, ehe die Ablösung diese langweiligen Pflichten übernahm.

Wenn es passieren würde, würde es nicht mehr lange sein, und passieren würde es sicherlich.

Daniel hatte an die Hälfte der Mannschaft Handwaffen ausgegeben. Er hatte die verlässlichsten Leute ausgewählt, aber nur Männer und Frauen, die schon in der Vergangenheit Umgang mit Waffen gehabt hatten und die auch nichts dabei finden würden, sie wieder zu benutzen – gegen Menschen.

Das schloss viele ansonsten geeignete Mannschaftsmitglieder aus. Ein Mann war nicht notwendigerweise deshalb ein Feigling, weil er nicht willens war, eine andere Person zu töten; und eine Frau war nicht notwendigerweise ein Monstrum, weil sie dazu bereit war.

Er sah zu Adele hinüber, die an ihrer Konsole irgendetwas machte – der einzigen derzeit aktiven Einheit auf der Brücke. Er, Betts und Sun saßen stumm auf ihren Posten, bereit zu handeln, wenn es notwendig war, aber bis dahin elektronisch stumm.

Normalerweise hatte um die Stunde nur der diensthabende Offizier eine aktive Konsole; sie mussten davon ausgehen, dass man auf der *Goldenfels* feststellen konnte, ob das auch in dieser Nacht so war. Adele hatte erklärt, ihre Konsole müsse aktiv sein, und Daniel nahm an, dass sie dazu auch Anlass hatte. In der Vergangenheit war auf ihr Urteil immer Verlass gewesen.

Die Klimovs befanden sich in ihren Quartieren in Andruckliegen, nicht in dem Raum neben der Brücke. »Zu Ihrer eigenen Sicherheit«, hatte Daniel ihnen erklärt; aber in Wirklichkeit, damit sie nicht im Wege waren, wenn er und seine Sissies schnell und möglicherweise spontan handeln mussten. Die Klimovs waren nicht dumm, wohl aber manchmal eigensinnig. In dieser Nacht erforderte das Überleben Disziplin.

Und Geschick. Und eine Menge Glück …

Daniels Blick fiel auf Tovera, die mit einer Maschinenpistole in der Hand auf dem Deck saß, so, dass man sie durch die offene Zugangsluke nicht sehen konnte. Sie lächelte schwach. Natürlich gab es auch Leute, die bereit sind, andere Leute zu töten, die Monster *waren*.

Hogg freilich, der neben ihr saß und bereit war, mit seinem Impeller nach draußen zu feuern, war alles andere als unmenschlich: Er war einfach ein Mann vom Lande, für den das

Töten ein ganz normaler Bestandteil seiner Lebensumstände war, im vollen Bewusstsein, dass auch er zu seiner Zeit sterben würde. In der Praxis machte das keinen großen Unterschied, wohl aber in Daniels Vorstellung.

»Die müssen jetzt gleich losschlagen«, sagte Adele. Sie wirkte nicht angespannt, sprach aber sehr präzise. »Sie geben Befehle aus – lediglich mündlich, nicht über die Sprechanlage. Sie sind vorsichtig.«

»Und segne, was du uns bescheret hast, o Herr«, tönte Betts mit einer uralten Soldatenweisheit.

Alle Lichter an Bord der *Princess Cecile* gingen aus. Metall scharrte auf der *Goldenfels*, die Rollläden schoben sich auf, um die verborgenen Geschütze zu demaskieren.

»Abwarten!«, brüllte Woetjans von Deck B, dass es durch den vorderen Niedergang hallte. »Keiner bewegt sich, verdammt!«

Daniel stand reglos mit offenem Mund und offenen Augen da. Er hörte, wie die vier Wachen vor der Hauptluke der *Sissie* an Bord gerannt kamen, hörte das Poltern ihrer Stiefel. Dann passierte einen Augenblick lang nichts, einen zweiten Augenblick – Kapitän Bertram handelte nicht übereilt. Dann hallte aus Hunderten von Kehlen auf der anderen Seite der versengten Wiese der Ruf *»Hurra!«*.

Adeles Stäbe zuckten. Sämtliche Lichter und Displays an Bord der *Princess Cecile* wurden wieder hell.

»Löse Zündsequenz aus ...«, sagte Daniel. Sein Finger tippte auf seiner virtuellen Tastatur auf EXECUTE, schickte Reaktionsmasse in die Schubaggregate, um dort ihrer Elektronen beraubt und ausgestoßen zu werden. »Jetzt!«

Durch die *Princess Cecile* ging ein Ruck, als ob ein Dutzend Hämmer schnell hintereinander ihren Rumpf getroffen hätten. Normalerweise hätte Daniel die Schubaggregate sanft hochgefahren und den Impuls auf perfekten Gleichklang gebracht, ehe er Vollschub gab. Aber dies war jetzt nicht der Augenblick für Feinfühligkeit.

Die hinausschießenden Ionen prallten vom Boden ab, einige davon jagten durch die offenen Luken der Korvette. Das Gesichtsschild schützte Daniels Augen, aber die Haut an seinem Hals und den Handrücken prickelte. Auf den unteren Decks würde es noch schlimmer sein, aber er bezweifelte stark, dass es den Spacern dort unten mehr ausmachte als ihm.

Die Hydrauliksysteme knallten die Luken schnellstmöglich zu, aber es dauerte doch seine Zeit. Ein Allianzspacer feuerte seine Handwaffe ab, ohne Befehl, möglicherweise auch befehlswidrig. Projektile prallten *Kling/Kling/Kling* gegen die Rumpfvorderseite, ehe ein Querschläger durch eine Öffnung und quer durch das dahinter liegende Abteil schwirrte. Jemand stieß einen Schrei aus, aber das war vielleicht nur seiner Überraschung zuzuschreiben und nicht, weil er getroffen war.

Die *Princess Cecile* zitterte, bis sie ihr Gleichgewicht gefunden hatte: Ihr Bug stand jetzt einen Meter über der Erde, das Heck fünfzehn Zentimeter tiefer. Daniel bewegte das Schiff auf den Fluss zu, bediente die Handsteuerung, weil er sich bei einem Manöver mit so vielen Variablen nicht auf die Software verlassen wollte.

Die unteren zwei Drittel von Daniels Display zeigten das Terrain in der Fahrtrichtung der Korvette mit Sidebars für seine Anzeigen, aber im oberen Drittel war die *Goldenfels* in Echtzeit zu sehen. Sie hatte die beiden lateralen Steuerbordtürme freigelegt, jeder mit Fünfzehn-Zentimeter-Zwillingsgeschützen, wie Daniel vermutet hatte. Sie und die dorsalen Zehn-Zentimeter-Kanonen waren mittschiffs auf die *Princess Cecile* gerichtet. Eine Salve würde die Korvette in einen Feuerball verwandeln, den man auch vom fernen Mond Morzangas aus würde sehen können.

Die Geschütze feuerten nicht. Die halbe Crew der *Goldenfels* war in den fünfzehn Sekunden, bevor Daniel seine Plasmaaggregate eingeschaltet hatte, von den Luken weggerannt. Um dem Regenbogenauspuff der *Sissie* auszuweichen, hatten die Angehörigen des Sturmtrupps sich auf den versengten Rasen geworfen oder sich zögernd wieder ihrem eigenen Schiff zugewandt.

Die Streuwirkung von in solcher Nähe innerhalb einer Atmosphäre abgefeuerten Plasmageschützen würde Dutzende, vielleicht Hunderte ungeschützter Allianzspacer einäschern. Kapitän Bertram würde nicht so viele Leute opfern, bloß um einen flüchtenden Gegner aufzuhalten, allein schon deshalb, weil er wusste, dass die Überlebenden ihn lynchen würden, wenn er das tat.

Das Einsatzkommando hatte die *Goldenfels* verlassen, indem sie über Plastikrutschen aus den oberen Decks und der Hauptluke hinuntergerutscht waren, aber zurückkehren konnten sie nur über die reguläre Zugangsrampe. Und auch all die Flüche und Drohungen ihrer Offiziere konnten nicht Hunderte mit Waffen beladene Spacer schnell über eine einzige zwei Meter breite Rampe ins Schiff zurückbefördern.

Die *Princess Cecile* glitt in den Sumpf, wo sie ursprünglich gelandet war. Das Terrain zwischen ihrem jetzigen Standort und der Lichtung war flach, aber es enthielt doch genügend Hindernisse, dass die *Goldenfels* nicht länger in direkter Sicht war: Die *Sissie* würde so lange vor Plasmaschüssen sicher sein, als die Position der beiden Schiffe zueinander sich nicht änderte.

Dorst hatte vor der Landung der *Goldenfels* eine Überwachungskamera an einem Baum am Rande der Lichtung angebracht; die lieferte jetzt weiterhin Bildmaterial für die Oberseite von Daniels Display.

Daniel hielt die *Sissie* dicht über dem Boden und bewegte sie nicht schneller als im Fußgängertempo. Sie brüllte, eingehüllt in Dampfschwaden, über die Mündung des Sumpfs zum eigentlichen Fluss, der über einen Kilometer breit war. Die letzten Allianzspacer hasteten jetzt an Bord der *Goldenfels* zurück; mit Ausnahme der Hauptluke war das Allianzschiff geschlossen.

»Signaloffizier«, befahl Daniel, dessen beide Hände damit beschäftigt waren, sein eigenes Schiff zu steuern. »Das ganze Schiff soll das Bild der *Goldenfels* sehen, Ende.«

Ein Icon flackerte und ließ erkennen, dass Adele der Anweisung nachgekommen war; sie hatte versäumt, den Befehl verbal zu bestätigen. Hätte sie eine reguläre MRC-Ausbildung genossen, wäre sie mit solchen militärischen Etikettefragen besser vertraut gewesen, aber dafür hätte man ihr nicht beigebracht, was sie als Bibliothekarin gelernt hatte – und das waren Dinge, von denen die *Princess Cecile* und das Leben ihrer Mannschaft schon manchmal profitiert hatten.

»Kapitän Bertram hat gerade bekannt gegeben, dass er seine Schubaggregate zündet«, meldete Adele über die Schiffssprechanlage.

Blitze zuckten schnell hintereinander wie ein Sperrfeuer unter der *Goldenfels*. Der Allianzfrachter taumelte zur Seite. Dampf stieg auf; ein paar Augenblicke stotterten Materie-/Antimateriereaktionen, blitzten wie ein Teufelsauge. Alle zwölf High Drive-Motoren hatten sich selbst verschlungen und Brocken aus den Platten am Bauch des Schiffes mitgenommen.

Daniel brachte die *Princess Cecile* zum Stillstand, sie schwebte jetzt eingehüllt in einem Mantel aus Dampf über dem breiten Fluss. Normalerweise würde er nicht in den Orbit aufsteigen, ehe er sein Schiff wieder auf die Oberfläche gesetzt hatte, aber unter den gegenwärtigen Umständen würde das recht kompliziert sein.

Die *Goldenfels* war für unbestimmte Zukunft fast mit Sicherheit aktionsunfähig, aber »fast« war nicht dasselbe wie »mit Sicherheit«. Daniel wollte nicht auf die harte Tour erfahren, dass Kapitän Bertram ein ungewöhnlich glücklicher oder findiger Offizier war.

»Schiff«, befahl er über die allgemeine Sprechanlage. »Bereit machen zum Start. Ende.«

Er überflog die Startcheckliste im Wissen, dass Chewning, Pasternak und die beiden Fähnriche das vor ihm bereits getan hatten. Drei offene Luken waren rot markiert, als das Display sich aufbaute, aber zwei verloschen vor seinen Augen, und die dritte – eine Frachtluke auf Deck D – hatte schon einmal eine falsche Anzeige gehabt.

»Sechs, hier Vier«, sagte Pasternak aus der Energiezentrale. *»Ich habe ein Team darauf angesetzt, PC 17 zu überprüfen, aber das könnte fünf Minuten dauern. Ende.«*

»Roger, Vier«, bestätigte Daniel. »So eilig haben wir es nicht, dass wir riskieren müssten, unsere ganze Atmosphäre zu verlieren. Sechs Ende.«

Wegen der notwendigen Verzögerung lehnte Daniel sich zurück und atmete zum ersten Mal tief durch, seit er vor einer ganzen Ewigkeit von dem Bankett auf der *Goldenfels* zurückgekehrt war. Dann fiel ihm etwas ein, und er grinste. »Schiff«, meldete er sich erneut zu Wort, »hier Sechs. Diejenigen von Ihnen, die die *Goldenfels* vor ein paar Minuten beobachtet haben, haben gesehen, was passiert, wenn ein Schiff seine High Drive-Motoren innerhalb der Atmosphäre einschaltet.«

Er sah zu Adele hinüber. Ehe er sie darum bitten konnte, hatte sie schon angefangen, die Explosionen als eine Bildschleife ablaufen zu lassen, die die gesamte Mannschaft zumindest auf den Helmen sehen konnte, falls sie nicht zu besseren Displays Zugang hatten.

»Ich bin sicher, Sie werden mir alle beipflichten, wenn ich unserem Signaloffizier, Mistress Mundy, danke«, fuhr er dann fort, »die in das Betriebssystem der *Goldenfels* eingedrungen ist und darin eine kleine Veränderung vorgenommen hat, die dazu geführt hat, dass der Befehl zum Einschalten der Plasmaaggregate stattdessen den High Drive ausgelöst hat.«

Daniel grinste breit zur Signalkonsole hinüber, aber Adele sah hartnäckig auf ihr Display.

»Hip-Hip!«, rief Daniel.

Und die ganze Schiffsgemeinschaft fiel in den Ruf ein. *»Hurra!«*

20

Adele kehrte auf die Brücke zurück; sie hatte geduscht und eine frische Arbeitsuniform angezogen. Die Gefechtskonsole war unbesetzt, Betts hatte seine Station ebenso wie Adele verlassen, als die *Princess Cecile* in die Matrix eingetreten war. Solange das Schiff nicht in den Normalraum zurückgekehrt war, wurden weder ein Torpedo- noch ein Signaloffizier benötigt. Einen Kanonier benötigte man ebenso wenig, aber Sun war an seinem Platz geblieben und warf Adele jetzt einen besorgten Blick zu.

Daniel musste den Klimovs erlaubt haben, ihre Quartiere zu verlassen, als die *Sissie* in die Matrix eingetreten war, sie standen nämlich jetzt zu beiden Seiten seiner Konsole. Adele hörte ihre lauten Stimmen schon im Korridor, der Graf sagte gerade: »… als wir Sie engagiert haben, war es nicht unsere Absicht, Ihnen Gelegenheit zu geben, Krieg gegen die Feinde Ihrer Nation zu führen!«

»Kapitän Leary«, sagte Adele scharf, als sie an ihre Konsole trat. »Bitte seien Sie doch so freundlich, mir beim Einstellen dieses Knopfes an meiner Couch behilflich zu sein.«

Sun wollte schon aufstehen und sich erbieten, ihr zu helfen. Adele zeigte mit dem linken Zeigefinger auf das Gesicht des Geschützoffiziers und warf ihm einen Blick zu, der Felsgestein geschmolzen hätte. Er setzte sich wieder, und in seinen Augen dämmerte die Erkenntnis, als logisches Denken an die Stelle von Reflexen trat.

»Einen Augenblick, Euer Exzellenz«, sagte Daniel, erhob sich von seiner Couch und zwang damit den Grafen, einen Schritt zurückzutreten. Daniel trat an Adeles Konsole und schob die Lippen vor.

»Ah, ja …«, sagte er. Er stieß mit dem Stiefelabsatz zielsicher gegen einen Vorsprung in der hydraulischen Hebevorrichtung. »Ich denke, jetzt wird es passen, Mundy.«

Die Klimovs hatten Daniel in die Falle gelockt, vielleicht sogar bewusst, indem sie in ihrem Zorn so dicht an seine Couch getreten waren, dass er einen von beiden hätte berühren müssen, um aufzustehen. Da er nicht bereit war, die Auseinandersetzung so eskalieren zu lassen, hatte zur Folge, dass er auf dem Rücken liegend ihren Vorhaltungen ausgesetzt gewesen war. Indem Adele implizit die Klimovs einfach ignoriert hatte, hatte sie ihren Freund aus dieser Lage befreit.

»Danke, Kapitän«, sagte sie höflich. Sie wandte sich Klimov zu, ehe der mit seinen Vorhaltungen fortfahren konnte, und sagte: »Graf Klimov, ich habe, während ich die Datenbank der *Goldenfels* aus anderen Gründen durchsucht habe, sämtliche Dateien gedownloaded, die sich mit der *Princess Cecile* oder ihrem Personal befassten. Unter anderem konnte man daraus erkennen, dass Kapitän Bertram uns nur deshalb folgen konnte, weil Sie auf Todos Santos und Tegeli mit Einheimischen über Ihre Pläne gesprochen haben. Als Eigner der *Princess Cecile* ist das natürlich Ihr gutes Recht; aber in Anbetracht von Bertrams Verärgerung über Sie, finde ich, sollten Sie wissen, welche Risiken Sie damit geschaffen haben.«

»Verärgerung über *mich*?«, wiederholte Klimov schrill. »Verärgerung über Cinnabar, meinen Sie!«

»Ganz und gar nicht«, widersprach Adele ruhig, legte ihren PDA auf den Rand ihrer Konsole und holte ihre Kontrollstäbe heraus. »Bertram war wütend, weil Sie ihn beim Kartenspiel betrogen haben – einen *Betrüger* betrogen, könnte ich mir vorstellen. Ich habe den starken Verdacht, dass er mit Regierungsgeldern gespielt hat und bei seiner Rückkehr nach Pleasaunce mit sehr ernsten persönlichen Konsequenzen zu rechnen hat, wenn er das Geld nicht zurückbekommt.«

»Das ist eine Lüge!«, erregte sich Klimov.

»Georgi!«, rief seine Frau erschreckt. Sie trat vor den Grafen und schob ihn mit beiden Händen zurück. Dabei warf sie Adele einen Blick über die Schulter zu, und man konnte echte Angst in ihren Augen lesen. »Das hat er nicht so gemeint!«

Adele, die völlig reglos dastand, ging durch den Kopf, dass Valentina mehr wusste, als Adele ihr je erzählt hatte. Aber es gab natürlich eine Menge Leute an Bord, die geredet haben konnten. Die Sissies waren stolz auf ihren Signaloffizier: die Lady, die einen ebenso schnell niederschoss, wie sie einen ansah, die Lady, die alles wusste und nie ihr Ziel verfehlte ...

»Graf Klimov«, tönte Adeles Stimme in der plötzlich eingetretenen drückenden Stille, »ich hatte während des Banketts ein vorbereitetes Suchsignal in den Computer der *Goldenfels* geschickt. Gestern Abend und gestern Nacht, während wir darauf warteten, dass Kapitän Bertram angreift, hatte ich Zeit, die Resultate zu analysieren. Ich bin gern bereit, Ihnen die Information in Rohform und auch in verarbeiteter Form zu zeigen.«

Sie räusperte sich. »Aber«, fuhr sie fort, »ich glaube, Sie wollten da gerade etwas sagen, was ich nicht richtig gehört habe. Wenn Sie das vielleicht wiederholen würden, können wir ja fortfahren, wie es die Lage erfordert.«

Valentina hielt ihrem Mann die Hand über den Mund und flüsterte ihm etwas ins Ohr, dabei beobachtete sie Adele von der Seite. Klimov starrte Adele an, nickte und schob dann die Hand seiner Frau weg.

»Ich bitte um Verzeihung, Lady Mundy«, sagte er und verbeugte sich. »Ich habe völlig vergessen, was ich gerade sagen wollte. Aber wie ich mich kenne, war es vermutlich etwas sehr Dummes.«

»Ja«, sagte Valentina und funkelte ihren Gatten dabei an. »Das war es in der Tat.«

Daniel räusperte sich, den Blick starr auf die Wand gerichtet, und wandte sich dann den Klimovs mit einem Lächeln zu, als sähe er sie heute zum ersten Mal. »Aber das ist natürlich alles Vergangenheit«, sagte er, »bringt uns aber auf einen interessanten Punkt. Ich glaube nicht, dass die *Goldenfels* uns noch länger verfolgen wird ...«

Adele sah die Klimovs an. Sie hätten in ihrer Kabine auf dem Bildschirm mit ansehen können, wie das Allianzschiff auf die Seite rollte, aber sie war sich nicht sicher, ob sie das auch getan hatten.

»... aber es könnte sein, dass andere Allianzschiffe nach ihnen suchen. Jedes derartige Schiff, das auf Morzanga eintrifft und erfährt, was dort vorgefallen ist, wird zu einem neuen Problem für uns werden. Ich schlage vor, dass wir die Region nicht über die Häfen verlassen, über die wir angekommen sind.«

»Haben wir denn eine Wahl?«, fragte die Klimovna. »Sie haben diese Region doch als Sackgasse bezeichnet.«

»Ja, mit Ausnahme der Passage, die Fregattenkapitän Bergen benutzt hat«, sagte Daniel und nickte. »Diese Route erfordert, dass man einen Teil des Weges *zwischen* den Blasenuniversen und nicht etwa *durch* sie reist. Ich kann mir ehrlich nicht vorstellen, dass irgendjemand außer Onkel Stacey diese Route geöffnet haben könnte. Ich hoffe – und ich glaube –, dass ich sie mithilfe seiner Logbücher zurückverfolgen kann, aber ich will nicht behaupten, dass das nicht erhebliche Risiken in sich birgt.«

»Sie denken doch, dass John Tsetzes versucht hat, diese Passage zu benutzen und dabei umgekommen ist, nicht wahr?«, fragte Valentina.

Daniel nickte. »Das halte ich für möglich«, sagte er. »Nachdem wir auf Morzanga die Kopie des Erddiamanten gefunden haben und keinerlei Hinweise darauf, dass Tsetzes je diese Sackgasse verlassen hat, halte ich das in der Tat für äußerst wahrscheinlich. Aber wir haben ihm gegenüber natürlich den

Vorteil, dass uns Onkel Staceys Logbücher zur Verfügung stehen.«

Der Graf sah zuerst seine Frau, dann wieder Daniel an. »Wenn es so riskant ist«, fragte er gereizt, »warum tun wir es dann?«

»Weil das Risiko geringer ist als die Gefahr, dass uns die Leute beschießen, die du mit deinen Kartentricks auf uns gehetzt hast, Georgi!«, knurrte Valentina und fasste damit die Lage ziemlich exakt so zusammen, wie Adele das auch selbst hätte tun können, und in ähnlich gereiztem Tonfall. »Das meinen Sie doch, Daniel, oder nicht?«

»Ja, das meine ich.« Daniel nickte. »Ich mache mir keine ernsthaften Sorgen, dass wir hier im Norden auf Allianzschiffe treffen, aber … dies hier ist selbst unter günstigsten Umständen eine Region, in der das Faustrecht herrscht. Ein Allianzschiff, das die *Goldenfels* fände und auf Todos Santos eine Belohnung auf uns aussetzte, würde sicherlich Interessenten finden. Wenn wir andererseits zuerst auf New Delphi landen, Sie wissen schon, dem Planeten mit dem Baumorakel, dann sollten wir alle mögliche Gefahren hinter uns gelassen haben.«

»Ach was, tun Sie doch, was Sie wollen«, sagte der Graf abrupt. Er machte auf dem Absatz kehrt. »Ich geh jetzt in die Messe Kartenspielen.«

Valentina sah ihrem Mann nach, wie dieser davonstelzte. »Karten und Frauen«, sagte sie mit angewiderter Stimme. »Andere Männer schaffen es sich zu amüsieren, ohne das Leben ihrer Umgebung aufs Spiel zu setzen!«

Sie zuckte die Achseln. »Ich muss meine Aufzeichnungen von Morzanga in Ordnung bringen«, sagte sie und setzte sich in Richtung Niedergang in Bewegung. »Alle Männer sind Narren!«

Daniel lächelte versonnen. Adele schob eine Augenbraue hoch. »Ich hoffe, Sie erwarten nicht von mir, dass ich da widerspreche«, sagte sie. »Aber ich habe natürlich auch keine besonders hohe Meinung von Frauen.«

»Mister Chewning«, sagte Daniel und tippte dabei an seinen Helm. »Sie haben die Wache. Ich komme in drei Stunden auf die Brücke zurück, wenn wir so weit sind, dass wir für eine abschließende Sternensichtung in den Normalraum zurückkehren. Sechs Ende.«

Er sah Adele breit grinsend an. »Ich habe erwartet, dass die Eigner einverstanden sein werden«, erklärte er. »Wir werden in Kürze versuchen, diese Passage zu nehmen. Und bis es so weit ist, werde ich mich ein wenig aufs Ohr legen.«

»Aber es sind doch nur drei Stunden, haben Sie gesagt?« Adele wunderte sich. Sie schob die Lippen vor, gab sich aber alle Mühe, ein Stirnrunzeln zu unterdrücken.

»Ja, nun, lange ist das nicht«, sagte Daniel, und sein Grinsen wurde wehmütig. »Aber wissen Sie, ich werde die ganze Zeit, die wir in der Passage sind, auf dem Mastkorb von Antenne Dorsal A sitzen. Und wenn alles gut läuft, werden das vierunddreißig Stunden sein.«

Daniel stand ganz oben auf dem vordersten Mast der Dorsalreihe, dem vom Rumpf der *Princess Cecile* am weitesten entfernten Punkt. Einen grandioseren und zugleich Ehrfurcht gebietenderen Anblick als das Flammen der hundert Universen, die jetzt auf ihn eindrangen, gab es nicht – konnte es nicht geben. Er fühlte sich nicht wie ein Sternenschiffkapitän oder ein cinnabarischer Adeliger, er fühlte sich wie der Allmächtige Gott. Er hatte Mühe, gegen den Drang anzukämpfen, beide Arme auszubreiten und zu schreien: »Es werde Licht!«

Die *Princess Cecile* war ihr eigenes Universum, ein Fragment von Normalraumzeit, das vom Druck der Casimirstrahlung durch die Universen geschoben wurde, der einen echten Konstante, die jede Blase der Matrix und der immateriellen Räume durchdrang, die jene Blasen voneinander trennten. Ihre Antennen und Rahen trugen dünne Segel aus leitfähigem Gewebe von der Dicke eines Moleküls. Ihre Fläche, der Winkel, in dem sie standen, und die elektrische Ladung bestimmten den Kurs des Schiffes in der Matrix und damit ihren Standort bei der Rückkehr in den Normalraum. Die Navigationscomputer, die jene Beziehungen berechneten, waren die machtvollsten Computer, die der Menschheit zur Verfügung standen, dennoch würde eine Kursberechnung wahrscheinlich eine Stunde oder mehr in Anspruch nehmen.

Daniel betrachtete die Verteilung von Farben und Intensität am Himmel. Er kannte die nächste programmierte Korrektur: Eine zehnprozentige Positionsanpassung aller zwölf Lateralmaste bei unveränderten dorsalen und ventralen Segeln.

So hatte es der Computer, basierend auf den beobachteten Gradienten, festgelegt … und wenn sie diesem Programm folgten, würde die *Princess Cecile* in eine Blase gedrückt werden, wo ein Photon um drei Größenordnungen mehr Energie besaß als in dem Universum, wo Menschen die Korvette gebaut hatten. Möglicherweise würde die *Sissie* diesem Druck lange genug standhalten, dass ihre automatischen Systeme sie wieder in den Normalraum zurückstoßen konnten … aber aller Wahrscheinlichkeit nach würde sie nicht überleben, und die Wahrscheinlichkeit, dass sie den Kurs fortsetzen würde, den der Computer geplant hatte, war gleich null.

Daniel hob den rechten Arm, um die Aufmerksamkeit auf sich zu ziehen; der Quartiermeister, der am Sockel von Dorsal Zwei an der Semaphorsteuerung stand, winkte zurück. Daniels Arme vollführten eine schnelle Folge von Zeichen, so präzise wie die Bewegungen eines Trapezkünstlers, mit der hundertprozentigen Gewissheit der Katastrophe beim geringsten Missverständnis – was für den Trapezkünstler ebenso wie für die *Princess Cecile* galt.

Der Quartiermeister gab die neuen Befehle in seinem mechanischen Rechner ein und zog dann den langen Hebel an seiner Seite. Die Arme von Semaphoren an zwölf Orten überall auf der Hülle der *Sissie* erwachten zum Leben. Jemand, der sich irgendwo auf der Außenhaut des Schiffes befand, konnte wenigstens eine dieser Stationen sehen.

Auf dem Deck eines Schiffes in der Matrix wurde zur Steuerung der Takelage ausschließlich mechanisches und hydraulisches Gerät benutzt. Ein Radiosignal, ja selbst das von einem elektrischen Leiter in der Blase des Normalraums erzeugte Feld reichte aus, um ein Schiff in einem buchstäblich unberechenbaren Maße vom Kurs wegzuschleudern. Faseroptikkabel bauten kein Feld auf – aber sie konnten auch am anderen Ende keine Leistung erbringen: Das würde eine elektrische Verstärkung erfordern, die wieder dieselben Probleme hervorrufen würde.

Kabel und Hydraulikleitungen funktionierten. Oh, sie dehnten sich, brachen ab, wurden leck und froren manchmal ein, aber größtenteils funktionierten sie. Und die Rigger arbeiteten, menschliche Wesen, die ihre Augen dazu benutzten, um Probleme zu entdecken, und ihre Muskeln, um sie zu korrigieren; wohl wissend, dass eine falsche Beurteilung dazu führen konnte, sie in ein Blasenuniversum abtreiben zu lassen, dessen Materie ihnen feindlich war.

Die Segel der Lateralantennen begannen sich gegen den Uhrzeigersinn zu bewegen, näherten sich der Parallelität mit der Schiffsachse geringfügig an. In Reaktion auf Daniels Befehl eilten Rigger über den Rumpf der *Sissie* zu den Pollern am Fuße eines jeden Dorsalmasts. Daniel spürte durch seine Stiefelsohlen die Vibration der Flaschenzüge, die sich bewegten und unten am Mast von Dorsal Eins ansetzten, während andere Rigger die Segel der Antennen hinter ihm anpassten.

Infolge von Daniels Befehl würde die Korvette sich um ihre Achse drehen, statt eine schräge Haltung einzunehmen. Die *Princess Cecile* würde sich zwischen inakzeptablen Gradienten durchzwängen, statt direkt auf einen zu prallen.

Daniel betrachtete den Himmel, der gegen die Existenz der *Princess Cecile* herandrängte. Die Matrix war nicht feindlich, aber sie war gnadenlos und überstieg jegliche Vorstellungskraft der Menschheit, ging weit über das Maß hinaus, in dem der Mensch das Universum begriff, das ihn geschaffen hatte. In Kürze würde die Transition der *Princess Cecile* stattfinden. Der Astrogationscomputer hatte Onkel Staceys Logbücher benutzt, um den Kurs zu bestimmen – aber die Matrix änderte sich, und ein Computer konnte nur vorhersagen, nicht fühlen. Daniel, der hier auf der vordersten Mastspitze eines Schiffes stand, das sich nicht sehr vom Schiff Fregattenkapitän Bergens unterschied, tat das, was sein Onkel getan hätte. Wenn er einen Fehler machte, würden sie vom Kurs abkommen oder vermutlich aufgelöst werden.

Er war nicht so geschickt wie Onkel Stacey, dessen war er sicher. Aber tief in seinem Herzen war Daniel überzeugt, dass seine Beurteilung gut genug war.

Jemand bewegte sich unter ihm auf der Schiffshülle. Daniel blickte nach unten, packte mit der linken Hand den Mast, weil der Helm seines schweren Riggeranzugs ihn in der Sicht zur Seite beeinträchtigte. Ja, gerade war jemand aus der vorderen Luke gekommen und arbeitete sich an den Leinen entlang, die für alle Nicht-Rigger aufgespannt waren, die von den Umständen gezwungen waren, auf der Hülle zu arbeiten.

Daniel lächelte. Die einzige so ungeschickte Person, die ausgerechnet jetzt herauskommen würde, war Adele. Sie wusste, dass sie nicht versuchen durfte, zu ihm hinaufzuklettern; selbst wenn sie das geschafft hätte, ohne abgetrieben zu werden, war hier oben für sie kein Platz.

Sie blieb am Sockel der Antenne stehen, klickte ihre Sicherheitsleine in eine Öse ein und beugte sich dann nach hinten, um nach oben zu blicken. Sie gab ihm kein Zeichen, und er konnte auch ihre Gesichtszüge durch sein Gesichtsschild und das ihre nicht sehen; aber sie war da. Sie hatte außer ihrer Anwesenheit nichts anzubieten, und deshalb bot sie diese an.

Daniel sah wieder in den Himmel. Die ihn umgebenden Lichter, Lichter, die sie alle umgaben, zitterten und veränderten sich wie die Kaskaden eines Kaleidoskops, jedes Einzelne mit dem Vorangegangenen verbunden, aber doch völlig anders …

Wir werden es schaffen, dachte Daniel. *Natürlich. Gemeinsam werden wir es wieder schaffen.*

21

Die einzige Warnung, die Adele bekam, dass die *Princess Cecile* die Oberfläche von New Delphi erreicht hatte, war das Abschalten der Plasmaaggregate. Es gab keinen Ruck, keine heftigen Stöße – bloß Stille und ein Ende der das ganze Schiff erfassenden Vibration mit hoher Geschwindigkeit ausgestoßenen Ionen, die der Anziehungskraft des Planeten entgegenwirkten.

»*Schiff, hier spricht der Kapitän*«, verkündete Daniel über die Sprechanlage. »*Wir sind gelandet, aber die Oberfläche hier ist Sand, nicht Wasser. Wir werden zehn Minuten warten, ehe wir irgendwelche Luken öffnen, damit der Boden abkühlen kann. Ich wiederhole, zehn Minuten – und das meine ich auch so, Sissies, ich will nicht, dass da plötzlich eine Blase aus geschmolzenem Glas aufplatzt und ins Schiff spritzt. Kapitän Ende.*«

»Wir sind bereits auf dem Boden?« Der leicht gereizte Tonfall der Klimovna ließ auch Überraschung erkennen. Da die Schubaggregate abgeschaltet waren, konnte sie wahrscheinlich jeder auf der Brücke hören; ganz sicher jedenfalls Adele. »Ich dachte, diese Landung wäre äußerst gefährlich!«

Adele schnallte sich von ihrer Couch los und setzte sich auf. Sie sah ihre Arbeitgeber in der Nebenkabine mit einem gezwungenen Lächeln an und sagte: »Ich bin sicher, dass Ihnen bei einer derartigen Landung viele Kapitäne alle nur gerade erdenklicken Gefahren hätten bieten können, Mistress. Glücklicherweise waren Sie klug genug, einen Mann zu engagieren, der das Talent besitzt, auch Schwieriges leicht erscheinen zu lassen.«

Daniel erhob sich mit einem befriedigten Lächeln. »Lockerer Sand ist eine bessere Oberfläche, als ich befürchtet hatte«, sagte er. »Freilich wird es ziemlich anstrengend sein, zu Fuß zum Kloster zu gehen.«

Er räusperte sich. »Mistress Mundy?«, fuhr er dann fort. »Würden Sie bitte für mich und die Crew eine Beschreibung von New Delphi anzeigen, während wir hier gezwungenermaßen warten müssen?« Er verbeugte sich leicht in Richtung auf den Raum hinter der Brücke. »Und natürlich auch für unsere Eigner, falls es die interessiert.«

»Ja, natürlich.« Adele nickte. Sie lehnte sich wieder auf ihre Couch zurück und klickte ein paar Bilder an, um die beste Sequenz herauszusuchen. Sie wusste nicht, ob Daniel wirklich an einer Präsentation interessiert war oder damit nur Zeit totschlagen wollte, in der man ihm sonst vielleicht peinliche Fragen stellen würde.

Aber das war natürlich ohne Belang. Man hatte sie aufgefordert, Informationen zu liefern, also würde sie eben das tun.

»Es steht nicht mit Sicherheit fest, wann New Delphi entdeckt worden ist«, erklärte sie und sendete über einen Alarmkanal. So war das Signal allen an Bord der *Princess Cecile* zugänglich, aber sonst konnte niemand darauf antworten. »Der Planet wurde dreihundert Jahre vor dem Interregnum besiedelt und erhielt damals seinen Namen. Anscheinend handelte es sich bei den Siedlern anfänglich um eine wissenschaftliche Expedition. Jetzt ist daraus ein religiöser Orden geworden, der sich Orden des Baumes nennt. Es hat auf New Delphi nie mehr als ungefähr hundert Laienbrüder unter einem Prior gegeben. Dabei handelte es sich um Freiwillige aus der ganzen menschlichen Galaxis. Der Orden betätigt sich auf Dutzenden von Planeten wohltätig und unterhält dort von Laienbrüdern besetzte Niederlassungen, die mit Gebühren finanziert werden, die für die Inkubation im Kloster erhoben werden.«

Sun sah sie mit besorgter Miene an. »Entschuldigung, Mistress?«, sagte er. »Aber ›Inkubation‹? Gibt es dort Seuchen?«

Hier gibt es nicht einmal Bordelle, Sie brauchen also keine Angst von wegen Ansteckung zu haben, dachte Adele leicht verstimmt, weil man sie unterbrochen hatte. Aber weil Sun vermutlich für Dutzende von Spacern im ganzen Schiff sprach, fuhr sie laut fort: »Inkubation bedeutet Schlaf; in diesem speziellen Fall Schlaf in der Baumkammer, um dort Träume zu empfangen, die angeblich prophetisch sein sollen.«

Sie räusperte sich und fügte hinzu: »Manche, die von sich behaupten, prophetische Aussagen gemacht zu haben, sind tatsächlich wissenschaftliche Institutionen ersten Ranges. Eine Delegation der Akademischen Sammlungen auf Bryce hat vor dreiunddreißig Jahren eine detaillierte Studie angefertigt, die zu dem Schluss kam, dass das sogenannte Baumorakel tatsächlich in statistisch verifizierbarer Weise die Zukunft vorhersagt.«

Ein allgemeines Stimmengewirr erhob sich, das Adele aber ignorierte, während sie Bilder des Planeten im Allgemeinen und des einen halben Kilometer entfernten Klosters auswählte.

»Wie hoch ist denn die Gebühr, die das Kloster fordert, wenn ich fragen darf?«, wollte Graf Klimov mit herrischer Stimme wissen.

Adele sah sich mit ausdrucksloser Miene um und antwortete über den Alarmkanal: »Die Gebühren sind unterschiedlich und werden entweder völlig willkürlich oder nach Regeln erhoben, die man bisher niemandem außerhalb des Ordens erklärt hat. Sicher ist nur, dass sie sehr hoch sind.«

Ehe sie wieder jemand mit einer weiteren Frage unterbrechen konnte, projizierte Adele die Bilder, die sie aus ihren Dateien ausgewählt hatte. Sie fügte eines hinzu, das die *Princess Cecile* aus dem Orbit angefertigt hatte, sowie eine Echtzeitdarstellung aus der dorsalen Sensorphalanx der Korvette.

»New Delphi ist trocken«, sagte sie, »im Augenblick ohne jegliches Wasser an der Oberfläche. Es gibt allerdings signifikante Wasserreservoirs in tief liegenden, Wasser führenden Schichten, und an manchen Stellen haben Pflanzen überlebt, die vor

Beginn der letzten Trockenheit Wurzeln geschlagen haben. Eine dieser ... Oasen wäre das falsche Wort, seit Jahrtausenden haben dort keine neuen Sämlinge Wurzeln geschlagen. Eine dieser existierenden Pflanzen ist der sogenannte Orakelbaum, der inzwischen einen Durchmesser von fast zehn Kilometern erreicht hat. Wir sind daneben gelandet.«

Sie markierte das EchtzeitDisplay. Eine ineinander verwachsene Masse aus Stämmen und Ästen reichte beinahe vierzig Meter in die Höhe. Für sie sah das nicht wie ein einzelner Baum aus, aber sie war bereit, die Meinung der Experten als richtig zu akzeptieren.

Es sah nicht einmal so aus, als würde die Masse leben, aber Adele ging auch in diesem Punkt davon aus, dass die Experten es wissen mussten. Die grauen Blätter waren spärlich und sehr klein, reichten aber vermutlich für die beschränkten Erfordernisse des Baumes aus.

»Das Kloster ist im Inneren des Baumes gebaut«, fuhr sie fort. »Nur der äußere Ring lebt; das Holz im inneren Bereich ist abgestorben und ist in der Mitte abgefault. Es gibt eine große Zahl von Gängen durch den toten Bereich des Stamms und im Boden darunter, aber vor fünf Jahren – das ist der jüngste Bericht, den ich finden konnte – gab es auf New Delphi nur einundvierzig Laienbrüder, die sich Akolythen nennen.«

»Was für Verteidigungsanlagen besitzt das Kloster, Mundy?«, fragte Daniel. »Der Reichtum der Delphi Stiftung würde doch selbst in einem dichter besiedelten Teil der Galaxis eine große Verlockung sein. Hier im Norden könnte ich mir ein Wettrennen zwischen Piraten und der Commonwealthregierung selbst vorstellen, um der Erste zu sein, diesen Planeten auszuplündern.«

»Das Baumorakel finanziert die Aktivitäten der Delphi Stiftung in der ganzen menschlichen Galaxis«, sagte Adele und bedachte dabei, dass sie zu Mitgliedern der Mannschaft sprach, die Daniels Frage nicht hören konnten. »Waisenhäuser, Hospitäler, Entwicklungsprojekte – fast tausend Projekte auf mehreren hundert Welten, und ich bezweifle, dass die Liste vollständig ist. *Hier* ist nichts von diesem Reichtum vorhanden.«

Ihre Stäbe riefen in schneller Folge ein Dutzend Bilder aus dem Inneren des Klosters auf: Die kahlen Wände bestanden entweder aus Felsgestein oder aus gemasertem Holz; Einzelräume – Zellen – mit einem Tisch, einem Hocker und einer auf dem Boden ausgerollten Schlafmatte; ein Speisesaal, in dem Laienbrüder in identischen Kutten aus grobem grauen Stoff ihre Essschalen aus einer Gemeinschaftsschüssel füllten.

Die einzige Ausnahme aus dieser allgemeinen Kargheit bildete die Bibliothek mit Zehntausenden von Bänden und modernsten Datenkonsolen. Adele lächelte verkniffen, als sie das Bild aufrief, und brachte gleich danach eines der Baumkammer, deren einziges Möbelstück aus einer aus dem Baumstamm selbst herausgearbeiteten Liegestatt bestand.

Adele war vermutlich die einzige Person an Bord der *Princess Cecile*, für die eine Bibliothek wie diese auf ungewöhnlichen Reichtum hindeutete. Piraten würden ebenso wie Sun mit völligem Unverständnis reagieren.

»Die Akolythen leben in strenger Askese, selbst nach Maßstäben der MRC im aktiven Dienst«, erklärte Adele, ohne bei der Witzelei das Gesicht zu verziehen. »Das Orakel steht allen offen, die die Gebühr entrichten; die Stiftung ist völlig apolitisch und handelt nur zum Nutzen der Menschheit, ohne jede Rücksicht auf Regierungsform, Religion oder irgendwelche andere Faktoren, sie lässt sich nur von der von ihr wahrgenommenen Bedürfnisse der Empfänger ihrer Hilfe leiten. Diese Kombination aus Neutralität und Armut hat die fortdauernde Existenz und Unabhängigkeit des Klosters sichergestellt, wie das keinerlei vorstellbare Waffen hätten bewirken können.«

Sie lächelte kühl. »Ein Zyniker könnte glauben, dass die Armut allein hinreichender Schutz sei.«

»*Sechs?*«, sagte Betts über den KomKanal. »*Leute kommen auf uns zu. In dem Baum hat sich eine kleine Tür geöffnet. Wollen Sie, dass wir sie hereinlassen, Ende?*«

Adele steigerte den Vergrößerungsmaßstab des EchtzeitDisplays im oberen Bereich ihres Bildschirms. Eine junge Frau und ein älterer Mann in Kutten mit weißem Saum und ebensolchen Ärmelaufschlägen waren aus dem Baum gekommen und standen jetzt vielleicht einen Steinwurf von der *Princess Cecile* entfernt. Sie waren barfuß und trugen keine Kopfbedeckung und mussten die Augen zusammenkneifen, um sie vor dem aufgewirbelten Sand zu schützen. Gelegentlich schwankte der Mann etwas, dann ergriff die Frau jedes Mal seinen Arm und stützte ihn.

»Ich denke«, meinte Daniel und erhob sich von seiner Konsole, »wir sollten ihnen besser entgegengehen. Schiff, hier Sechs. Die Luken dürfen jetzt geöffnet werden. Woetjans, erwarten Sie mich mit einer zwanzigköpfigen Eskorte in der Hauptschleuse, wir werden uns jetzt das Kloster von New Delphi ansehen. Mister Chewning, Sie haben in meiner Abwesenheit das Kommando.«

Er sah die Klimovs an. »Exzellenzen?«, fragte er. »Möchten Sie …?«

»Ja«, sagte Valentina und erhob sich gleichzeitig mit ihrem Mann steif aus ihrer Couch. »Natürlich kommen wir mit!«

Adele erhob sich von ihrer Couch und machte ein paar lockernde Bewegungen mit dem Oberkörper, um die verspannten Muskeln zu lösen. »Äh …?« Sie verschluckte das »Daniel«, ehe es über ihre Lippen kam. »Kapitän? Ich würde Sie gerne begleiten. Um mir die Bibliothek anzusehen.«

»Ja, selbstverständlich, Mundy«, sagte Daniel mit seinem üblichen strahlenden Lächeln. Er schnallte sich seinen Gerätegurt mit der Pistole im Halfter über seine Arbeitsuniform. »Sie werden uns am besten sagen können, wonach wir uns umsehen sollen.«

Die Luft, die durch die Luke hereinwehte, war kühl und

trocken und trug die Andeutung pflanzlicher Gerüche mit sich. Adele hätte den Geruch als zimtartig bezeichnet, wenn sie sich hätte entscheiden müssen, aber das musste sie natürlich nicht.

»Ich werde vorangehen«, sagte Daniel locker und ging die Landebrücke hinunter. Hogg ging unmittelbar hinter ihm, und Woetjans mit ihren bewaffneten Spacern folgte ihm vor den Klimovs, Adele und zuallerletzt Tovera. Da die *Princess Cecile* auf festem Boden gelandet war, befand sich die Eingangsluke in einiger Höhe. Hoch genug, um sich ein Bein oder den Hals zu brechen, vermutete Adele; und der Wind wehte heftig genug, um einen Sturz möglich zu machen, selbst wenn man nüchtern war.

Die Auspuffstrahlung des Schiffs hatte das Gelände in raues Glas verwandelt. Ähnliche Flecken gab es an vielen Stellen entlang der Südseite des riesigen Baumkreises. Archäologen konnten vermutlich Tausende früherer Landestellen identifizieren, die der Sand im Laufe der Jahrhunderte wieder zugedeckt hatte.

Der Orden des Baumes hatte sich bewusst dafür entschieden, nicht durch Verbesserung der Einrichtungen Besucher zu ermuntern. Selbst das kleine Schiff, das der Orden selbst benutzte, stand im Freien. Es wurde nur von einem gegen den Wind angebrachten Zaun geschützt, hinter dem sich ein Sandhügel aufgehäuft hatte.

Daniel hatte mit hinter dem Rücken verschränkten Händen gewartet, bis die Klimovs nachgekommen waren. »Graf und Lady Klimov«, sagte er, »gestatten Sie mir, Ihnen den Prior des Ordens des Baums und Schwester Margarida, eine Novizin des Ordens, vorzustellen.«

Adele registrierte innerlich amüsiert, dass der Graf nicht wusste, ob er auf Margarida wie auf eine attraktive junge Frau reagieren sollte – was sie zweifellos war, zumindest, wenn man wie Daniel etwas für üppige Formen übrig hatte – oder wie auf eine religiöse Gestalt, auf die ihr Titel und ihr graues Habit hindeuteten. Am Ende verbeugte er sich vor dem Mann ebenso wie vor der jungen Frau, ohne Anstalten zu machen, ihr die Hand zu küssen.

»Bitte, kommen Sie doch mit uns hinein«, sagte der Prior und drehte sich mit den bedächtigen Bewegungen des Alters um. »Es wird Ihnen angenehmer sein, nicht im Wind zu stehen.«

Er schmunzelte und fügte hinzu: »Und uns ehrlich gesagt auch, obwohl ich mich nicht daran erinnern kann, dass er mir viel ausgemacht hat, als ich so jung wie Margarida war. Aber das liegt natürlich sehr lange zurück.«

Die in den Felsen eingelassene Tür war aus Holz, war aber vom Wetter so mitgenommen, dass man aus der Entfernung Türstock und Blatt kaum unterscheiden konnte. Im unteren Bereich war der Baum eine Masse aus Stämmen, Oberflächenwurzeln und tief hängenden Ästen. Adele konnte die einzelnen Teile nicht voneinander unterscheiden, und wahrscheinlich wirkten sie sogar auf Daniel verwirrend, dessen naturhistorische Kenntnisse weit über die eines Dilettanten hinausgingen. Alles – Borke, Holz und der darunter liegende Stein – hatten die gleiche Farbe: grau mit goldbraunen Untertönen.

Margarida öffnete die Tür. Ehe sie dem Prior behilflich sein konnte, drängte Woetjans sich mit in Hüfthöhe gehaltenem Impeller vor.

»Die meisten Akolythen gehen im Augenblick in anderen Teilen des Klosters ihren Obliegenheiten nach«, sagte der Prior mit der Andeutung eines Lächelns. »Ich glaube nicht, dass Sie in diesem Abschnitt des Korridors jemanden finden werden, aber wenn doch, kann ich Ihnen versichern, dass sie nicht feindlich gesinnt sind.«

Daniel verbeugte sich vor dem alten Mann. »Darf ich Ihnen behilflich sein, Sir?«, fragte er. »Ich weiß es zu schätzen, dass Sie sich die Umstände gemacht haben, uns zu begrüßen.«

Der Tunnel, den sie betraten, war etwa zweieinhalb Meter breit und nicht ganz so hoch. Die Decke bestand aus gewachsenem Holz. Daniel, auf dessen rechten Arm der Prior sich stützte, blickte nach oben und sagte: »Ist das die Wurzel, Sir? Es sieht jedenfalls so aus.«

Margarida schloss die Tür hinter Tovera. Leuchtstreifen an den Wänden erzeugten gelblich grünes Licht, an das sich Adeles Augen schnell anpassten; ihr entging allerdings nicht, dass die Spacer, kaum dass sie den Tunnel betreten hatten, ihre Lichtverstärkerbrillen heruntergeklappt hatten.

»Ja, in diesem Abschnitt lebt der Baum noch«, rief das Mädchen in Beantwortung von Daniels Frage zurück. »Sie werden feststellen, dass die Wurzeln ein Stück weiter vorne am Korridor teilweise über die Lichter gewachsen sind.«

Sie lächelte Adele freundlich beim Vorbeigehen zu und schloss zu dem Prior, Daniel und den Klimovs auf. Adele fand den Blick, mit dem Margarida jeden einzelnen Spacer musterte, irgendwie prüfend, aber vermutlich war das ganz natürlich für ein Mitglied einer kleinen Gemeinschaft, die von Fremden besucht wurden, deren Zahl dreimal so groß wie die eigene war.

»Das ist das Refektorium«, erklärte der Prior, als Adele einen langen Saal betrat, der aus dem Tunnel herauswuchs. »Wir nehmen hier zweimal am Tag die Mahlzeiten ein, aber ich sollte vielleicht erwähnen, dass unsere Tage nur neunzehn Standardstunden lang sind. Sie sind herzlich eingeladen, während Sie hier auf New Delphi sind, mit uns zu speisen, aber bitte sagen Sie uns ein paar Stunden vorher Bescheid.«

Er lächelte; er hatte noch Haare, aber so dünn und weiß, dass seine Kopfhaut durchschimmerte. Da das einzige Licht die Glühstreifen erzeugten, wirkte die normalerweise rosa Haut hier unangenehm bläulich.

»Normalerweise bereiten zwei Akolythen die Mahlzeiten, ein Senior und ein Novize«, erklärte der Prior. »Falls wir Sie alle verköstigen sollten, müsste ich die Zahl der in der Küche Tätigen erhöhen.«

Nach Adeles Erkenntnissen aus ihren Unterlagen aßen die Laienbrüder Käse, Haferbrei und getrocknete Früchte, alle von *off-planet* importiert, aber von einfachster Art. Ihre gleichförmigen Mahlzeiten spülten sie mit Wasser hinunter, das aus den gleichen Adern stammte, die auch den Baum speisten; es hieß, das Wasser enthielte genügend Eisen, um die Tassen schon nach einer oder zwei Wochen braun zu färben.

»Ich glaube, wir werden an Bord der *Sissie* essen, um Ihre Vorräte nicht zu strapazieren«, sagte Daniel. Graf Klimov blickte leicht irritiert, wahrscheinlich nicht so sehr, weil er mit der Entscheidung nicht einverstanden war, sondern weil sein Angestellter gesprochen hatte, aber er mischte sich nicht ein. »Seine Exzellenz der Graf hat bemerkt, er würde gerne die Inkubationskammer sehen. Ist das erlaubt?«

»Aber ja, selbstverständlich«, sagte der Prior. »Diejenigen von uns, die dem Baum dienen, haben keine Geheimnisse. Vor dem Baum *gibt es* keine Geheimnisse, müssen Sie wissen.«

Er führte sie zwischen den langen Tafeln zu einer der mehreren Türen in der linken Seitenwand. Eine ältere Frau im Gewand einer Laienschwester betrat das Refektorium, verbeugte sich vor den Besuchern und ging auf der gegenüberliegenden Seite wieder hinaus. In dem großen Saal konnten Hunderte Platz finden, aber wie es aussah, waren nur zwei Tische am hinteren Ende in Benutzung.

»Ich würde eigentlich gerne selbst einen Traum erwerben«, sagte der Graf mit einer Stimme, die seine Nervosität unnötig laut klingen ließ. »Wie viel würde mich das kosten?«

Der Prior lehnte sich an Daniel, während Margarida auf der anderen Seite stand, und sah Klimov an, bewegte sich aber weiter mit vorsichtig schlurfenden Schritten auf die Tür zu. »Darüber können wir zu einem späteren Zeitpunkt sprechen, wenn Sie das möchten, Euer Exzellenz«, sagte er. »Im Augenblick werden wir Ihrem Wunsch nicht nachkommen können, aber vielleicht in ein paar Tagen … falls Sie auf New Delphi bleiben wollen, heißt das.«

»Hören Sie, wenn Sie sich Gedanken machen, ich könnte vielleicht Ihre Gebühr nicht bezahlen …«, sagte der Graf mit lauter werdender Stimme, die wachsenden Ärger andeutete.

»Georgi!«, herrschte seine Frau ihn an. »Unser Gastgeber hat nichts dergleichen gesagt. Und wenn das Kloster unsere Zahlungsfähigkeit überprüfen will, nun, dann ist das nicht mehr, als der gesunde Menschenverstand gebietet, genauso, wie du das tun würdest, ehe du dich mit Fremden auf ein Kartenspiel einlässt. Oder etwa nicht?«

»Es hat nichts mit Ihrer Person oder Ihrer Kreditwürdigkeit zu tun, Graf Klimov«, sagte der Prior ruhig. »Das Orakel ist im Augenblick wegen einer Angelegenheit mit wissenschaftlichen Hintergründen weder Ihnen noch sonst jemandem zugänglich. Da Sie nicht dem Orden angehören, liegt die Ursache möglicherweise in religiösen Skrupeln. Wie auch immer, ich bitte Sie, meine Entschuldigung anzunehmen.«

»Father, vielleicht können wir unseren Gästen die Bibliothek zeigen?«, fragte Margarida. »Das ist wirklich der einzige Teil des Klosters, der auf der materiellen Ebene gegenwärtig ist. Alles andere ist spirituell!«

Sie warf Daniel einen Blick zu, dann röteten sich ihre Wangen leicht und sie blickte auf den Felsboden. »Ich hoffe, dass ich eines Tages fähig sein werde, die wunderbare spirituelle Welt, in der ich leben darf, in vollem Maße zu schätzen.«

»Aber natürlich, Kind«, bekräftigte der Prior, während er den Korridor entlangschlurfte. »Du bist jung, Liebes. Die Erleuchtung erfordert Zeit, und wenn ich auf meine eigene Jugend zurückblicke, dann fürchte ich, dass sie auch ein gewisses Alter erfordert. Wenn man jung ist, ganz gleich, wie überzeugt man auch an die Wahrheit des Geistes glaubt, hat doch der Körper eine gewisse Beharrlichkeit, die der Geist nicht leugnen kann.«

Er sah Daniel an, während sie gemessenen Schrittes weitergingen. »Vielleicht fühlen Sie das auch, Kapitän Leary?«, fragte er.

»Ich fürchte, ich bin ungeeignet, um über Religion zu diskutieren, Sir«, sagte Daniel scheinbar lässig. »Ich frage mich, ob die Tür, durch die wir das Kloster betreten haben, der einzige Zugang ist?«

Der Prior lachte. »Du meine Güte, nein«, sagte er. »Wie viele Eingänge glaubst du denn, dass es gibt, Margarida?«

Sie lachte, ein glockenhelles Trillern. »Ich kenne siebenunddreißig«, sagte sie. »Das schließt sowohl die innerhalb wie auch die außerhalb des Baumkreises ein. Aber die Korridore machen Dutzende von Kilometern aus, und wir benutzen nur einen Bruchteil davon. Früher war der Orden größer, und am nördlichen Rand gab es auch eine größere Laiengemeinde.«

»Im Baum haben häufig Gruppen und auch individuelle Eremiten gelebt«, sagte der Prior in einem Tonfall, als müsse er sich dafür entschuldigen. »Ich meine solche, die nicht dem Orden angehörten. Es gibt von Hand gegrabene Brunnenschächte, die aus Zeiten herrühren, über die es bei uns keine Aufzeichnungen gibt. Wenn sich jemand hinreichend Mühe gibt, kann er durchaus Getreide anbauen, er muss dazu nur in Eimern Wasser nach oben tragen, wo es Licht gibt. Ich habe den Verdacht, dass es auch jetzt solche Leute gibt, einfach Menschen, die von einem weniger strukturierten Impuls angezogen sind als dem, der mich und Margarida hierhergeführt hat.«

Er und Daniel gingen der Gruppe in eine Kaverne voran. Die Korridore und das Refektorium hatte man aus dem Felsen herausgesprengt; der Baum bildete nur die Decke und Teile der Wände. Adele brauchte einen Augenblick, bis ihr bewusst wurde, dass dieser große Saal völlig aus Holz bestand. Menschen, die meisten von ihnen barfüßige Laienpriester, hatten über Äonen so etwas wie Furchen in den Boden gegraben, die alle auf die Liegestatt in der Mitte zu führten.

»Das ist es also!«, sagte der Graf in insistierendem Tonfall. »Hier träumt man also!«

»Ja«, sagte der Prior. »Nach entsprechender Vorbereitung, und dazu gehört auch, dass man einen Aufguss trinkt, der aus den Beeren des Baums gewonnen wird. Dann schläft der Fragesteller hier. Der Fragesteller und der Baum werden in der Nacht eins, und am Morgen steht der Fragesteller mit vollem Bewusstsein all der Fragen auf, auf die er oder sie Antworten gesucht hat, einem Bewusstsein so vollständig, wie der menschliche Verstand es behalten kann.«

»Ein Teil der Vorbereitung besteht darin, dass man seine Gedanken vor dem Einschlafen entsprechend fokussieren muss«, sagte Margarida. Sie lächelte dabei Daniel zu. »Es gibt Geschichten von Fragestellern, die mit einer klaren Vorstellung davon aufgestanden sind, wie sie die Möbel in ihrem Audienzsaal neu anordnen sollen – aber ohne irgendwelche neuen Erkenntnisse hinsichtlich der politischen oder wirtschaftlichen Situation des Planeten, den sie regieren.«

»Dazu würde ich gerne sagen, dass es sich dabei um eine Legende handelt«, meinte der Prior mit einem leichten Lächeln. »Das ist nicht der Fall, aber es war doch ein extremes Beispiel. Aber seit diesem Vorkommnis sind wir vom Orden in der Vorbereitung der Fragesteller gründlicher.«

Adele hörte jetzt nicht mehr auf das Gespräch in ihrer Umgebung. Ihre Augen hatten sich inzwischen der im Raum herrschenden Beleuchtung so weit angepasst, dass sie die gegenüberliegende Seite des riesigen Raums erkennen konnte. Sie ging darauf zu, ließ sich dabei vom Boden lenken, so wie wilde Tiere den Pfaden folgen, die die Hufe ihrer Vorfahren in den Boden getrampelt haben.

»Adele?«, rief Daniel. Und dann noch einmal, eindringlicher: »*Adele*.«

»Die Bibliothek ist hier, Daniel«, sagte sie. »Mir war nicht klar, dass sie sich im selben Raum wie die Inkubationskammer befindet.«

Das Bildmaterial in Adeles Datenspeichern hatte den Eindruck erweckt, die beiden Funktionen wären körperlich getrennt. Das entsprach nicht den Tatsachen, man konnte es beinahe als Lüge bezeichnen, und Adele spürte Ärger darüber in sich aufsteigen. Vermutlich lag dahinter nicht die bewusste Absicht, jemanden zu täuschen, aber der Fotograf hatte jedenfalls nicht genügend Sorgfalt walten lassen, um die Wahrheit eindeutig darzustellen.

Die Rückseiten von einem Dutzend Konsolen – alle ziemlich neu und entweder auf Cinnabar oder einer der technisch fortgeschritteneren Allianzwelten hergestellt – waren so aufgereiht, dass ihre glatten Rückseiten eine Art Zinnenmuster zwischen den Bücherregalen und der Couch bildeten. Adele trat zwischen zwei der Maschinen und schaltete sie ein, ohne auch nur einen Augenblick daran zu denken, um Erlaubnis zu bitten. Die Konsolen erwachten sofort zum Leben; sie hatte in der Vergangenheit völlig identisches Gerät benutzt. Ein Laienbruder, der an der Konsole ganz am Ende arbeitete, blickte auf, nickte und wandte sich wieder seinem Display zu.

Die Bücher, diejenigen, die aus konventioneller Hardcopy bestanden, waren in langen Reihen, bis weit hinein in die halb dunklen Bereiche angeordnet, die Adele nicht erkennen konnte, ohne sich von einem Spacer eine Wärmebildbrille auszuborgen. Die tragenden Elemente waren aus dem Holz des Baums herausgearbeitet, aber die Regale und Stützen bestanden aus Strukturplastik, das man eingefärbt hatte, damit es sich dem natürlichen rötlichen Grau anpasste.

Die Bände waren nach Höhe und Dicke angeordnet, die meisten trugen keinen Rücktitel. Adele griff sich willkürlich einen der Bände über Homiletik. Das Buch war in einer schier unvorstellbar fernen Vergangenheit auf der Erde gedruckt, aber irgendwann einmal in steifem, gelbgrauen Pergament neu gebunden worden. Das Buch daneben war ebenfalls sehr alt, aber es war – auf einer Buchdruckerpresse! – in einer Schrift und einer Sprache gedruckt, die sie ohne Hilfe ihres PDA nicht identifizieren konnte.

Sie wollte schon das kleine Gerät aus der Tasche ziehen, erinnerte sich dann aber, wo sie sich befand. Deshalb drehte sie sich um und sah, dass alle Augen in dem großen Saal – mit Ausnahme des Laienbruders an der Konsole – auf sie gerichtet waren.

Adeles Lippen verzogen sich zu etwas, das man, wenn man sie kannte, vielleicht als verlegenes Lächeln interpretieren konnte. »Äh …«, sagte sie. »Es tut mir leid, dass ich einfach auf eigene Faust losgezogen bin …«

Körperlich hatte sie sich nicht sehr weit von den anderen entfernt, aber ihr Geist und ihre Seele hatten sich in einem ganz anderen Universum befunden. Nach ihrer Meinung war es ein besseres Universum, aber sie wusste, dass es dazu durchaus unterschiedliche Ansichten gab.

»… aber, äh … dies ist eine sehr interessante Sammlung.«

Der Prior sah sie freundlich lächelnd an. »Würden Sie gerne im Kloster bleiben, Mistress, während Ihr Schiff auf New Delphi liegt?«, fragte er. »Ich verstehe durchaus, dass das Leben, das wir hier führen, für viele, die draußen im weiteren Universum leben, nicht attraktiv ist, aber ich glaube, Sie sind da eine Ausnahme. Sie können mit uns essen, und ich werde eine Zelle für Sie ausfindig machen. Ich meine, wenn Sie das möchten.«

»Ja«, sagte Adele. »Das würde ich sehr gerne annehmen. Wenn …?«

Sie sah Daniel an, der jetzt zwischen dem Prior und Margarida stand. Sein Ausdruck war kurz ernst, aber seine Stimme klang freundlich und voll Zuneigung, als er sagte: »Ja, natürlich, Mundy. Auf dieser Reise hat es bis jetzt ja nicht sehr viel gegeben, was Ihr besonderes Interesse gefunden hat. Ich bin froh, dass wir schließlich an einem Ort gelandet sind, der Ihnen mehr bietet als uns, deren Geschmack vielleicht weniger intellektuell ist.«

Hogg prustete geringschätzig. »Das dürfen Sie laut sagen«, sagte er, musterte dabei aber Margarida von der Seite.

»Soll ich ein paar Sachen für uns beide aus dem Schiff bringen?«, fragte Tovera. Sie sprach nicht laut, aber wenn sie wollte, dass man sie hörte – wie es jetzt der Fall war –, hörten sie alle in dem großen Saal.

Die meisten von ihnen konnten das, was sie sagte, wahrscheinlich nicht einordnen. Adele würde gut beschützt sein. Der Prior begriff, das konnte man dem wissenden Lächeln entnehmen, mit dem er zuerst Adele und dann Tovera zunickte.

»Ja, tun Sie das, Tovera«, erklärte Adele knapp. Dann wandte sie sich wieder den Bücherregalen zu, teils auch, um den Blicken der anderen zu entgehen. Schließlich hatte es ihr noch nie Mühe bereitet, in jene bessere, ganz persönliche Welt zu versinken, die eine Bibliothek für sie darstellte.

Auf dem Zettel in Daniels Tasche stand:

Geliebter Daniel –

Dir konnte ich widerstehen, aber nicht mir selbst. Es gibt einen Eingang, zweitausendneunhundertundzwölf Schritte im Gegensinn des Uhrzeigers vom Fuß eurer Gangway entfernt; außer mir und jetzt dir kennt ihn kein Lebender. Wenn du zur Zeit unserer Mitternacht dorthin kommst, werde ich auf dich warten.

Bitte, Geliebter, zerstöre diesen Brief und erwähne nie, was in ihm steht, gleichgültig, ob du dich dazu entschließt zu kommen oder wegzubleiben. Wenn jemand erfahren würde, was ich tue, würde ich um den Preis meiner Seele aus dem Orden ausgestoßen werden. Bitte, wenn du ein Gentleman bist – dann schütze die Ehre einer Frau, die dich vom ersten Blick an geliebt hat.

Margarida

»Achtung!«, rief Norton, die Technikerin Erster Klasse, die das Kommando über die Wachen in der Hauptluke führte, als Daniel aus dem Niedergang auftauchte. Sie und zwei weitere Wachen sprangen blitzschnell auf, aber die vierte Wache – ein Schreiber aus dem Büro des Zahlmeisters namens Hilbride – ließ seine Maschinenpistole mit einem lauten Klappern fallen, das furchterregender war als alles, was man aus der Dunkelheit dieses Planeten erwarten konnte.

»Weitermachen, Norton«, sagte Daniel, als Hilbride es mit zwei Versuchen nicht schaffte, seine Waffe wieder unter Kontrolle zu bekommen.

Daniel beugte sich vor, hob die MP auf und legte dabei den Sicherungshebel wieder um, ehe er sie zurückgab. Jemand hatte Hilbride eine Waffe ausgehändigt, ohne ihm den Sicherungsmechanismus hinreichend zu erklären – dafür würde er dem Betreffenden den Arsch aufreißen, aber das hatte bis morgen Zeit.

Jetzt sagte er nur freundlich: »Lassen Sie sie abgeschaltet, bis Sie Anlass zum Schießen haben, Spacer. Und, Norton – Sie sollten dafür sorgen, dass er das auch versteht. Ich möchte wirklich nicht, dass jemand von euch mich ins Jenseits befördert, wenn ich von meinem kleinen Spaziergang zurückkomme.«

»Gott stehe mir bei, Sir!«, sagte Norton mit puterrotem Gesicht und Schweißperlen auf der Stirn. »Sir, es war meine Schuld, aber es wird nicht wieder vorkommen!«

Daniel nickte und nahm damit die Entschuldigung zur Kenntnis, ohne den Eindruck zu erwecken, dass die Angelegenheit damit erledigt sei. »Ich kann nicht schlafen, also werde ich ein paar Stunden spazieren gehen«, sagte er. »Ich habe mein RückrufKomm …«

Er tippte an seine Brusttasche und anschließend das Pistolenhalfter.

»… und für den Fall, dass ich von einem hungrigen Borkenkäfer angegriffen werde, habe ich das hier.«

»Begleitet Mister Hogg Sie nicht?«, fragte Hilbride unsicher. Er hielt seine Maschinenpistole jetzt mit einer Sorgfalt, die einer giftigen Schlange würdig gewesen wäre, die bereits einmal gebissen hatte.

»Mister Hogg spielt mit dem Grafen Poker«, sagte Daniel mit einem einnehmenden Lächeln. Er brach seine eigenen Regeln; das war ihm ebenso bewusst wie den Wachen. Aber hier war niemand, der sich dem Kapitän widersetzen würde, wie Hogg oder Woetjans das mit Sicherheit getan hätten. »Und Sie trinken aus einer Flasche etwas, was der Graf Calvados nennt. Hogg sagt, das sei edler Apfelschnaps.«

Alle schmunzelten. Daniel tippte sich mit einer lockeren Ehrenbezeigung an die Stirn und trat dann über die Gangway in die Nacht hinaus. Er trug seinen Helm nicht, schob sich aber die Lichtverstärkerbrille über die Augen. Das Sternenlicht ließ das knorrige Wunder des Baums in scharfem Relief erscheinen. Orakel oder nicht, jedenfalls war das eine erstaunliche Pflanze und ein einmaliges Habitat – nicht zuletzt auch für die Menschen, die sich in ihn hineingegraben hatten wie bewundernde Käfer.

Grinsend begann Daniel *»Ein Spaziergang auf Pleasaunce«* zu pfeifen und hielt dann gleich wieder verwirrt inne. Margarida wirkte auf ihn scheu, selbst in dem Brief, den sie ihm geschrieben hatte. Ein solches Lied eignete sich nicht für die Ohren eines anständigen jungen Mädchens wie sie.

Er grinste noch breiter. Vielleicht würde er es ihr am Morgen beibringen ...

Daniel blickte auf den Baum, als er um seine gewaltige Krümmung herumging. Er schaltete seine Brille von Lichtverstärkung – was den Boden unter seinen Füßen deutlicher abzeichnete – auf Wärmebild, um die höheren Körpertemperaturen tierischen Lebens wahrnehmen zu können.

Er war ein gutes Stück vor der örtlichen Mitternacht losgezogen und blieb deshalb gelegentlich stehen, um irgendwelche Geschöpfe zu untersuchen, die über die Baumrinde krochen. Keines davon war größer als sein kleiner Fingernagel. Nach dem, was er dem Datenspeicher entnommen hatte, waren alle eingeborenen Spezies flügellos und vielbeinig, aber als er seine Brille auf Bewegungserkennung schaltete, entdeckte er doch Bewegung von Ast zu Ast, auch nachdem er flatternde Blätter weggefiltert hatte. Eingeführte Spezies vermutete er; so wie es ja auch die Menschen auf New Delphi waren.

Er ging zügiger weiter. Der Wind pfiff durch die knorrigen

Äste und sang ein Lied so dünn und so kalt, als sängen die Sterne selbst.

Maschinen hätten den Abstand für Daniel messen können, aber er entschied sich dafür, ihn abzuschreiten – etwas, das er von Hogg gelernt hatte, während er auf Bantry herangewachsen war. Zweitausendneunhundertundzwölf Schritte würden ihn einigermaßen genau auf die der *Princess Cecile* abgewandte Seite des Baums führen. Das war gut so, denn Daniel wusste, dass die Wachen in der Hauptluke ihn beobachteten, und wäre es auch nur, weil sie nichts Besseres zu tun hatten.

Margarida war eine erwachsene Frau, und im Übrigen war Leutnant Daniel Leary schließlich nicht ihr Vormund, aber wenn es auch nicht zu seinen Pflichten gehörte, ihre Ehre zu schützen, so *würde* er als Gentleman sich natürlich an das halten, was sie von ihm verlangt hatte: Niemand würde etwas erfahren, soweit das Daniels Verhalten anging. Und den Zettel würde er nicht vernichten, sondern ihn ihr zurückgeben, damit sie sicher sein konnte, dass er vernichtet werden würde.

Dies sollte jetzt … Daniel sah sich um, als würde er die überhängenden Äste des Baums betrachten, was er bereits mehrere Male seit dem Verlassen des Schiffes getan hatte. Die *Princess Cecile* war jetzt nicht mehr zu sehen, ganz wie er das erwartet hatte. In einer Nische, wo zwei separate Stämme des Baums zusammenwuchsen, war eine Tür zu erkennen. Bei Tageslicht wäre sie unsichtbar gewesen, aber das Wärmebild zeigte, dass das Türblatt um eine Winzigkeit wärmer war als die lebende Holzmasse, in die es eingelassen war.

Daniel nahm die Brille ab und steckte sie in eine Cargotasche. Er trug Arbeitsuniform, da alles andere in der *Sissie* durchaus zutreffende Gerüchte ausgelöst hätte, aber eine potenzielle Geliebte grüßte man nicht, indem man aussah wie eine Kreatur, die aus einem Tümpel gekrochen war.

Er klopfte leise an die Tür. Ein Riegel wurde zurückgezogen, dann öffnete die Tür sich nach außen und blieb im angewehten

Sand stecken. Daniel schob das Hindernis schnell mit dem Stiefel weg.

»Daniel?«, flüsterte eine Stimme aus der Dunkelheit.

Daniel trat auf den verschwommenen Schatten im Eingang zu. »Äh, Margarida?«

Sie warf sich in seine Arme und flüsterte »Geliebter!«, ehe sie die Lippen auf die seinen presste. Er umarmte sie und stellte dabei fest, dass ihr Gewand glatt über ihren Körper glitt.

Margarida zog den Kopf zurück. »Komm«, flüsterte sie, führte ihn hinein und zog die Tür hinter ihm zu. »Es gibt hier einen Raum, nichts Besonderes, aber ...«

Sie gingen zusammen den engen Korridor hinunter, Daniel mit dem linken Arm um Margaridas Hüfte, während ihre rechte Hand in seinem Haar spielte. Sie war sehr warm und so weich, dass sie sich perfekt an ihn schmiegen konnte.

Etwas versetzte Daniel einen leichten Stich im Nacken. *Ein Insekt?*, dachte er und runzelte leicht die Stirn.

Seine Beine gaben nach. Er war bei Bewusstsein, doch alles um ihn herum lief wie hinter einer gläsernen Wand ab. Margarida versuchte ihn aufrecht zu halten, aber sein Gewicht zog sie herunter, bis Dutzende von Gewändern verhüllte Beine herbeieilten, um ihr zu helfen. Arme hoben Daniel vorsichtig an.

Die gläserne Wand wurde noch dicker.

22

Daniel hatte das Gefühl, tief in die Erde hineingetragen zu werden, aber er war sich nicht sicher, ob er das, was mit seinem Körper geschah, nicht vielleicht mit der langsamen Rutschpartie verwechselte, die sein Bewusstsein über einen vereisten Hang durchmachte. Er konnte normal sehen, aber man trug ihn mit dem Gesicht nach unten und er konnte den Kopf nicht drehen, sodass er außer nackten Füßen und den Säumen langer Gewänder nichts sah.

Er hörte Geräusche, aber sein Bewusstsein war nicht imstande, sie mit Wörtern in Verbindung zu bringen, die er kannte. Einmal schaffte er es, seine Lippen zu bewegen und zu murmeln: »Sagt Adele Bescheid. Die werden sich um mich Sorgen machen …«

Die Stimmen wurden lauter, Finger berührten ihn am Hals und entfernten sich wieder. Eine andere Stimme redete beruhigend auf ihn ein. Und die Reise in die Tiefe ging weiter.

Es gab keine Leuchtstreifen. Die Begleiter der Männer, die ihn trugen, hielten Laternen, deren helles, weißes Licht hier in den Eingeweiden des Baumes deplatziert wirkte. Harte Schatten tanzten über die Wände. Die in das Felsgestein geschlagenen Stufen bewegten sich ständig um Kreise, um einen, wie es schien, weit entfernten Mittelpunkt herum. Einige Male spürte Daniel, wie die ihn tragenden Hände sein Gewicht an andere weitergaben.

Füße bewegten sich vor ihm; Metall ächzte. Sie passierten eine eiserne Tür in einen Raum. Daniel hatte keine Ahnung, wie groß der Raum war, aber die Laternen leuchteten ihn ganz aus.

Die Luft war trocken, roch nach pflanzlichen Substanzen. Eine lange Reihe mumienförmiger Bündel stand aufrecht an eine Wand gelehnt, die im rechten Winkel zu der verlief, in der sich die Tür befand. Als man Daniel an ihnen vorbeitrug, wurde ihm plötzlich bewusst, dass es sich bei den Bündeln nicht etwa um Ballen aus Schnur, sondern eher um Ranken handelte, die sich ineinandergeschlungen hatten, wie die Wurzelfasern einer Topfpflanze in einem zu kleinen Behälter. Hunderte solcher Wurzelklumpen gab es, vielleicht sogar noch mehr.

Die Leute, die Daniel gefangen hatten, redeten miteinander. Hände hoben seine Schultern an und stellten seine Füße wieder auf den Boden. Seine Beine trugen ihn, aber er wäre vermutlich vorne übergekippt, wenn die anderen ihn nicht im Gleichgewicht gehalten hätten.

Jetzt konnte Daniel die Leute sehen, die ihn gefangen genommen hatten, aber der Einzige, den er unter ihnen erkannte, war der Prior. Eine der in Gewänder gehüllten Gestalten, die sich am Rand seines Gesichtsfelds bewegten, hätte vielleicht Margarida sein können, aber ihr Gesicht war nicht beleuchtet. Es verblüffte ihn, dass er keine Emotionen empfand, aber das war vermutlich dem Lähmungsgift zuzuschreiben, unter dessen Wirkung er stand.

Ein Akolyth zog eine eingerollte Wurzelfaser in Daniels Richtung und schlang sie um seine Stirn. Die hintere Wand des Raums war Pflanzenmaterial, eine riesige Ebene von Wurzeln, die dem in den Tiefen der Erde fließenden Wasser zustrebten. Seine Kopfhaut prickelte, wo der Baum ihn berührte. Flüssigkeit perlte auf seine Haut, doch wusste er nicht, ob das sein eigenes Blut war oder vielleicht Saft, der vom Baum tropfte.

Finger griffen in seine Brusttasche und zogen sein Rückruf-Komm heraus. Statt es ihm wegzunehmen, drückte der Akolyth es Daniel in die Hand und schob seine Finger um das kleine Instrument, sodass er es mit beiden Händen hielt. Ein anderer Mann schlang die Spitze einer zweiten Wurzelfaser um Daniels

Hände und Handgelenke. Die Faser war elastisch, gerade genug, um sich nicht selbsttätig wieder zu lösen oder Daniel aus dem Gleichgewicht zu bringen.

Die Hände ließen ihn los. Daniel blieb aufrecht stehen, vom Baum festgehalten. Er spürte, wie feine Flimmerhärchen seine Haut durchdrangen; es fühlte sich warm, aber nicht etwa unangenehm an. Er hatte befürchtet, der Baum könnte ihn trocken saugen, ihn als Nahrung nutzen, aber jetzt wurde ihm bewusst, dass die Wurzelfasern den Zweck hatten, Spuren des Baumserums in seinen Blutstrom zu injizieren.

Die Akolythen hielten sich an den Händen. Der Prior murmelte ein Gebet; die anderen antworteten mit eingeübten Formeln darauf, ihre Stimmen waren ein zischendes Echo in dem großen Saal. Dann entfernten sie sich aus Daniels Sichtfeld, kehrten zu der Treppe nach oben zurück. Die Tür schloss sich hallend hinter dem Licht ihrer Laternen.

In der völligen Dunkelheit der Kaverne breitete sich in Daniels Bewusstsein ein strahlendes Leuchten des ganzen Universums aus.

Vier Spacer mit Maschinenpistolen umstanden Adele an der Konsole, die sie sich angeeignet hatte, sie waren wütend und frustriert, gefährlich wie scharfe Handgranaten. Wenn sie ein Ziel bekamen oder auch nur die Andeutung eines Ziels, würden sie ohne die leisesten Skrupel darauf das Feuer eröffnen.

Adele wusste genau, wie ihnen zumute war.

In der Nähe zwischen den Bücherregalen fertigte ein Akolyth handschriftliche Auszüge aus einem vor hundertdreißig Jahren auf Blaise gedruckten Buch über Gartenkunde an. Adele wusste nicht, weshalb er das tat, und eigentlich war es ihr auch gleichgültig, aber sie hatte nachgesehen, um sich zu vergewissern, was der Mann machte, nur für den Fall, dass es ihnen bei der Suche nach Daniel helfen könnte.

Das tat es natürlich nicht. Bis jetzt hatte ihnen gar nichts geholfen, und so würde es möglicherweise auch weiterhin sein.

Woetjans und eine Gruppe Spacer hatten sich zum nördlichen Rand des Baums begeben. Sie und fünf andere waren in die Bibliothek marschiert, müde, reizbar und sehr wütend.

»Nichts, Ma'am!«, knurrte Woetjans. »Die Gräfin hat vierzig von uns mit dem AirCar zu den Koordinaten gebracht, die Sie uns angegeben haben, und wir sind zu Fuß zurückmarschiert. Wir haben jeden Winkel auf der Karte abgesucht. Nirgends eine Spur vom Kapitän und auch sonst keine Spuren von irgendjemandem in den letzten hundert Jahren.«

Sie behandelten Adele so, als hätte sie jetzt, wo Daniel verschwunden war, das Kommando. Und demzufolge hatte sie es auch. Sie war sich nicht sicher, ob sie besonders gut für die Aufgabe geeignet war, Daniel aufzuspüren, aber im Augenblick hätte sie auch niemanden gekannt, der dafür besser als sie infrage kam.

Eine Gruppe Akolythen mit Statikbesen kam jetzt herein, um den Saal auszufegen. Adele verzog das Gesicht, als ihr bewusst wurde, dass man im Umfeld der Konsolen elektrisch geladene Geräte benutzte, aber wenn die Besen ordnungsgemäß geerdet waren, sollte das kein Problem sein. In dem Komplex trug der Wind den Staub überallhin, besonders jetzt, wo so viele wütende Sissies ein und aus gingen und nicht sehr darauf achteten, jeweils die Türen hinter sich zu schließen.

»Keine Spur?« Adele sah sich um, ob der Prior zu sehen wäre. Nein, wenigstens nicht von dem Platz aus, den sie sich ausgewählt hatte. »Gestern hat man uns gesagt, dass es noch Eremiten gäbe …«

Eine aus der Besenbrigade war das Mädchen, das den Prior gestern begleitet hatte. »Mistress!«, rief Adele. »Schwester Margarida. Würden Sie bitte herkommen?«

Woetjans und zwei der Spacer, die Adele bewachten – was die ebenfalls anwesende Tovera zum Glück als Witz und nicht als

Beleidigung aufgenommen hatte – traten auf das Mädchen zu, mit einer Hand, um sie zu packen, und einer schussbereiten Waffe in der anderen, für den Fall, dass sie ihnen einen Vorwand zum Schießen lieferte. Aber die Novizin ließ sofort den Besen fallen und kam mit erhobenen Händen auf Adele zu. Trotzdem hätte einer der Spacer sie am Arm gepackt, wenn Woetjans nicht geknurrt hätte: »Lass das, Platt – sie kommt doch.«

»Mistress?« Margaridas Augen wirkten offen und ehrlich. Da war auch eine gewisse Zurückhaltung zu erkennen, aber das Mädchen hätte schwachsinnig sein müssen, um nicht zu wissen, wie gefährlich die Situation für sie und ihre Umgebung war, solange Daniel verschwunden blieb.

»Sie haben doch gestern gesagt, dass es hier Eremiten gibt, die außerhalb Ihrer Gemeinschaft leben, nicht wahr?«, fragte Adele. Sie hob dabei die Stimme nicht, aber wer sie ansah, konnte keine Zweifel daran haben, dass sie wütend war.

»Das hat der Prior gesagt, Mistress«, erklärte Margarida. »Und das mag auch stimmen, aber in dem Jahr, das ich im Orden verbracht habe, bin ich viel im Baum herumgewandert, weiter als die meisten anderen Akolythen. *Ich* habe keine Eremiten gesehen. Aber es kann natürlich sein, dass sie sich vor mir versteckt haben.«

Ein vorsichtiges Lächeln trat in ihre Züge. »Der Prior ist sehr alt«, sagte sie. »Ich glaube, er erinnert sich manchmal an Dinge aus seiner Jugend besser als an Ereignisse in jüngster Zeit.«

»Ich verstehe«, nickte Adele. Sie vertraute Margarida nicht, aber ihr war auch auf unbehagliche Weise bewusst, dass ihre Meinung möglicherweise dadurch beeinflusst war, dass die Novizin Daniel allem Anschein nach attraktiv gefunden hatte. »Sie können wieder Ihrer Arbeit nachgehen. Danke für Ihre Hilfe.«

Adele wandte sich wieder ihrem Display zu. Sie wusste, dass Woetjans auf Anweisungen wartete, aber im Augenblick hatte sie nichts anzubieten.

Adele hatte im Datenspeicher des Klosters siebzehn Karten

gefunden; sie hatte sie den Spacern weitergegeben, die mit der Suche nach Daniel befasst waren. Eine der Karten, die vor einhundertfünfzig Standardjahren gezeichnet worden war, erhob den Anspruch, sämtliche menschlichen Behausungen in Vergangenheit und Gegenwart im Inneren des Baumes darzustellen.

Woetjans' Team hatte die entfernteste davon abgesucht, eine Höhle am Nordrand des Baums, die ein religiöser Orden kurz nach dem Interregnum dort gegraben hatte. Die Gruppe hatte nur etwa eine Generation lang überlebt, ganz im Gegensatz zu dem Orden, den das Orakel inzwischen weit in sein drittes Jahrtausend hinein am Leben erhalten hatte.

Keiner der Suchenden hatte auch nur die geringste Spur von Daniel gefunden; und für den Augenblick konnte Adele keine weiteren Orte mehr anbieten.

»Mistress?«, drängte Woetjans mit verzweifelt klingender Stimme. »Was sollen wir denn tun? Er kann sich doch nicht einfach in Luft aufgelöst haben.«

»Die Bücher hier …«, sagte Adele und wies mit der linken Hand auf die Regale. »Einige davon enthalten Beschreibungen des Baums. Ich suche in ihnen in der Hoffnung, dort etwas zu finden, das nicht in den elektronischen Dateien enthalten ist.«

Sie rieb sich die Augen. »Im Datenspeicher gibt es nichts aus der Zeit vor dem Interregnum«, sagte sie, »wenn auch einiges sehr alt ist. Vielleicht werden mir die Bücher etwas sagen, aber bis jetzt habe ich es noch nicht gefunden.«

Der Boden um sie herum und hinter ihr war mit Folianten übersät, die sie aus den Regalen gezogen hatte. Sie hatte sich nicht die Mühe gemacht, sie wieder aufzuräumen, das konnten ja die Akolythen machen, nachdem die *Princess Cecile* New Delphi verlassen hatte. Die Sammlung umfasste einhundertdreißigtausend Bücher, wenn man dem Index Glauben schenken durfte; die meisten konnte man aus der Suche eliminieren, trotzdem hatte Adele noch nicht einmal einen Bruchteil eines Prozents der vielleicht infrage kommenden Bände untersucht.

Hilbride, einer der Spacer, der mit Woetjans hereingekommen war, kauerte sich nieder, um einen Blick auf die von Adele aus den Regalen geholten Bände zu werfen. Er machte den Eindruck, als würde ihm Daniels Verschwinden persönlich besonders nahe gehen, vielleicht weil er einer der Letzten war, die mit ihm gesprochen hatten, als er das Schiff verließ.

»Mistress?« Adele hatte immer wieder feststellen dürfen, dass er einer der gebildeteren Sissies war. »Wie können Sie erkennen, welche Bücher wo stehen? Ich kann hier in den Regalen keine Ordnung erkennen.«

»Nein«, bestätigte Adele, »in den Regalen sind sie nach Höhe und Dicke angeordnet. Aber es gibt einen Index …«

Sie deutete auf die Konsole, die sie benutzte.

»Und zwar hier, mit den jeweiligen Standorten.« Sie rief den nächsten Titel auf, den ihr Suchprogramm markiert hatte. *»Die Abenteuer von Kapitän Devereaux«*, zitierte sie. »Ein Bericht über vierzig Jahre Reisen als Spacer und Kapitän. Gedruckt auf Arslan im zehnten Jahr der Dritten Ächtung von Präsidentin Bella Gruen.«

Sie schloss kurz die Augen, um sich besser konzentrieren zu können. »Das wäre vor ungefähr zweitausendsiebenhundert Jahren. Nach den Aufzeichnungen im Datenspeicher ist Devereaux einmal auf New Delphi gelandet. Vielleicht schreibt er etwas Interessantes in seinem Buch, und das ist Objekt einunddreißig auf dem obersten Regalfach von Regal drei-vierzehn.«

Sie sah Hilbride mit einem leicht ironischen Lächeln an. »Wenn Sie mir den Band holen, werden wir es erfahren.«

Hilbride musterte eines der Regale, um festzustellen, wo die Nummerierung angebracht war – beiderseits ganz oben – und setzte sich in Bewegung, hielt dabei seine Maschinenpistole nach wie vor mit beiden Händen statt sie umgehängt zu tragen. Woetjans blickte noch zorniger. Adele ging durch den Kopf, dass

Woetjans, wenn sie ihr den Befehl erteilt hätte, den sie Hilbride gegeben hatte, zu dessen Ausführung Hilfe gebraucht hätte.

Der Prior betrat jetzt am Arm eines jungen, männlichen Akolythen den Raum. In seiner Gesellschaft befanden sich die Klimovs und sechs Spacer, die die Ankerwache der *Princess Cecile* gebildet hatten.

»Was in drei Teufels Namen wollen die denn hier?«, knurrte Woetjans. Sie setzte sich in Richtung auf die Neuankömmlinge in Bewegung. »Wenn die glauben, dass wir hier abheben, ehe wir den Kapitän gefunden haben, dann werden sie sich wundern.«

Adele stand auf und folgte ihr, teils um Woetjans daran zu hindern, etwas zu tun, was sie vielleicht später alle bedauern würden. Die Klimovs waren die Eigner der *Princess Cecile*, und die Gerichte von Cinnabar machten mit Meuterern kurzen Prozess – ganz gleich, wie viel Mitgefühl der jeweilige Richter vielleicht für den Anlass des Verbrechens aufbringen würde.

»Mistress Mundy!«, rief der Graf vergnügt. »Der Prior hat mir gerade gesagt, dass ich das Orakel jetzt doch befragen kann! Die werden mich jetzt darauf vorbereiten, und morgen weiß ich dann, wo der Erddiamant ist!«

Er wies auf die Couch. Im Laufe der Jahrtausende hatten Tausende von Fragestellern dort gelegen und das Holz glatt poliert und geschwärzt.

»Aber nicht ohne Wachen«, sagte Woetjans. In dem Augenblick, als sie erkannt hatte, dass die Klimovs nicht etwa vorhatten, von ihr etwas zu verlangen, was sie nicht tun wollte, waren sie wieder »wir« und nicht »sie«, was alle auf New Delphi einschloss, die nicht an Bord der *Princess Cecile* dort angekommen waren.

»Im Allgemeinen ist der Fragesteller während der Inkubation die einzige im Raum anwesende Person«, sagte der Prior zu Woetjans und Adele gewandt, »aber wenn Sie möchten, können wir die Couch ja abschirmen. Der Fragesteller sollte seine Intimsphäre haben, aber es besteht keine Notwendigkeit für irgendwelche Vorkehrungen, die Ihre Sicherheit oder Ihre weitere Arbeit in der Bibliothek beeinträchtigen würden.«

»Das haben Sie richtig erfasst«, murmelte Woetjans, wirkte aber doch besänftigt.

»Wir gehen jetzt in mein Arbeitszimmer ganz hinten am Korridor, um mit der Vorbereitung zu beginnen«, erklärte der Prior und nickte den Wachen zu. »Diese Angehörigen Ihrer Mannschaft sind natürlich willkommen.«

»Ja, nur zu«, sagte Adele, weil die Spacer sichtlich von ihr erwarteten, etwas zu sagen. Sie verbeugte sich knapp vor Klimov und hoffte damit seinen finsteren Blick auszulöschen, den er aufgesetzt hatte, als ihm klar geworden war, dass sie in dieser Krise seine gesamte Autorität usurpiert hatte. »Ich wünsche Ihnen viel Glück, Euer Exzellenz.«

Der Prior, Klimov und die Wachen gingen gemessenen Schritts zu einer Tür. Hilbride wartete neben der Konsole, einen Oktavband in der einen, die Waffe in der anderen Hand; er sah aus wie eine bizarre heraldische Gestalt. Adele wandte sich ihm zu und bemerkte erst jetzt, dass die Klimovna nicht mit ihrem Gatten den Raum verlassen hatte.

»Mistress?«, fragte Adele.

»Kann ich Ihnen irgendwie behilflich sein, Adele?«, fragte die Klimovna zurück.

Adele starrte sie an und überlegte kurz, ehe sie sagte: »Vielen Dank, Valentina, aber ich glaube nicht, dass Sie hier irgendetwas tun können. Trotzdem vielen Dank.«

Die Klimovna räusperte sich. »Sagen Sie, Adele, glauben Sie an die Kraft des Gebets?«

Adele sah sie groß an. »Nein«, sagte sie. »Nein, das tue ich nicht.«

»Dann werde ich vielleicht beten«, sagte Valentina mit einem bedrückten Lächeln. »Wissen Sie, damit nicht zwei das Gleiche tun und es sich damit vielleicht aufhebt.«

Sie drehte sich um und ging auf die Tür zu, durch die sie hereingekommen war. Die Wachen, die sie von der *Princess Cecile* in die Bibliothek begleitet hatten, waren mit dem Grafen und dem Prior hinausgegangen. Woetjans sah ihr nach und sagte dann: »Lamsoe und Griggs – geht mit ihr. Wer weiß, vielleicht hatte sie von uns allen bisher die beste Idee, und der Teufel soll mich holen, wenn ich möchte, dass ihr etwas zustößt.«

Adele ging zu ihrer Konsole und nahm stumm das Buch von Hilbride in Empfang; sie hatte ihn weggeschickt, um weitere Bände zu bringen, während sie dieses nach irgendetwas Nützlichem durchsuchte.

Innerlich war sie froh über das, was Woetjans gesagt hatte. Sie hatte das Gleiche gedacht, aber sie war ein viel zu starrsinniger, rational denkender Mensch, um es auch auszusprechen.

23

Da war ein Mann, der Daniel Leary hieß. Der Baum hatte Kenntnis von ihm, so wie er von all den vielen Milliarden seiner Spezies auf vielen tausend Welten Kenntnis hatte.

Der Baum wusste.

Gas dehnte sich aus und zog sich wieder zusammen, formte Sonnen und Planeten. Der Baum war präsent, weil das Bewusstsein des Baumes allgegenwärtig war.

Schleim formte sich in den warmen Meeren der Erde und unzähligen anderen Planeten. Der Schleim lebte eine Weile, aber als er anfing sich auszubreiten, brannten die Vulkane ihn zurück in die einzelnen Elemente, aus denen er sich zusammensetzte. Erneut entstand Leben, und diesmal scheuerte ein Regen aus Kometenschutt die Welt sauber. Ein drittes Mal, ein viertes Mal, eine Katastrophe folgte der anderen, aber schließlich überlebte auf der Erde und vielen anderen Welten das Leben. Es bedeckte die Oberfläche und zog dann hinaus über die Weiten des Weltraums in andere passende Umgebungen.

Gelegentlich traf Lebensform auf Lebensform. Konflikt zwischen den Spezies war selten, weil die Bedürfnisse und Wünsche fremder Rassen sich zu stark voneinander unterschieden. Aber innerhalb der Spezies erzeugte die schnelle Ausdehnung Anlässe zu schrecklichen Kriegen und manchmal zur völligen Vernichtung, wenn die zu extremen Gegensätze gegeneinander prallten und zur Mitte strebten.

Die Menschheit entging der endgültigen Vernichtung, freilich bestenfalls um Haaresbreite. Die tausendjährige Unterbrechung der interstellaren Weltraumfahrt, für die sich die Bezeichnung Interregnum eingebürgert hatte, hätte leicht die endgültige Auslöschung der menschlichen Rasse bedeuten können.

Alles wusste der Baum, aber nichts bedeutete ihm etwas.

Menschliche Flotten segelten zwischen den Sternen, fädelten sich durch die Blasen der Matrix, kehrten aber immer wieder in den Normalraum zurück, es sei denn, Katastrophen erfassten sie. Der Mann namens Daniel Leary hatte ein Gefühl für die Matrix, ihre Strömungen und ihre Drucke, aber der Baum *war* die Matrix und alle anderen Existenzen, dann und jetzt und morgen.

Auf dem Planeten, den Menschen New Delphi nannten, suchten die Menschen und mühten sich ab, und in ihren Gedanken kochten Zorn und Verzweiflung. Der Mann namens Daniel Leary spürte ihre Pein und hätte sie weggewaschen, wenn er das gekonnt hätte, aber Daniel Leary existierte nicht länger als handelndes Individuum, nur noch als Idee im Bewusstsein des Baumes, das Äquivalent der warmen Sonne auf den Blättern oder des ewigen Drucks des Windes auf dem vielstämmigen Baum.

Ein Mensch stellte eine Frage – und der Baum kannte die Antwort …

Adele wachte auf, ärgerte sich einen Augenblick lang, dass sie geschlafen hatte. Sie fuhr mit einem Ruck hoch, und die Spacer, die sie bewachten, waren plötzlich wieder hellwach. Während sie geschlafen hatte, hatte die Wache gewechselt, aber Hilbride lag zusammengerollt zu ihren Füßen auf dem Boden.

Die hellen Strahler zwischen den Regalen schalteten sich ein, wenn ein Mensch in der Nähe vorbeiging, aber jetzt waren sie alle ausgeschaltet. Adele war über ihrer Konsole zusammengesackt, hatte den Schirm abgedunkelt, weil ihr Kopf über einigen holografischen Projektoren lag.

Verärgert über die eigene Schwäche runzelte sie die Stirn und sah sich um. Tovera nickte ihr mit dem schwachen Lächeln zu, das sie meist im Gesicht trug; der Ausdruck verriet ebenso wenig Humor wie der Blick einer Kobra. »Guten Morgen, Mistress«, sagte sie. »Es ist null sechs vierzehn Schiffszeit.«

»Haben Sie geschlafen?«, wollte Adele wissen.

Tovera zuckte die Achseln, und ihr Lächeln weitete sich um Haaresbreite.

»Genug«, erwiderte sie; was die Frage, die Adele gestellt hatte, nicht beantwortete und doch eine Erwiderung war. »Ich kann funktionieren.«

Tovera konnte in jedem Zustand funktionieren, es sei denn, sie war tot, nahm Adele an, und was auch immer sie tötete, wie das irgendwie eines Tages zweifellos geschehen würde, würde gut daran tun, sie in den sechzig Sekunden, in denen das menschliche Gehirn noch genügend Sauerstoff besaß, um zu funktionieren, nicht als ausgezählt zu betrachten.

Adele stand auf und nahm das gewaltige Durcheinander von Büchern wahr, das den Zugang zu einigen Konsolen in ihrer Umgebung versperrte. Ein Akolyth – derselbe Mann, den sie schon vorher wahrgenommen hatte – saß am äußersten Ende der Reihe; er spürte ihren Blick, drehte sich zu ihr herum, nickte kurz und wandte sich dann wieder seiner Arbeit zu.

Du großer Gott, was für ein Chaos sie hier angerichtet hatte! Und ihrem Ziel, Daniel zu finden, war sie nicht näher gekommen, als sie das zu Anfang der Nacht gewesen war. Nun ja, sie war auch noch nicht tot.

Woetjans erhob sich; sie hatte auf einem Bücherstapel ein Stück weiter unten am Gang gesessen. Adele zuckte zusammen, als ihr bewusst wurde, was der Bootsmann sich als Sitzplatz gewählt hatte, aber sie sagte nichts.

»Mistress«, sagte Woetjans und nickte dazu. Sie wirkte mindestens zehn Jahre älter, als sie bei der Landung der *Princess Cecile* gewesen war.

»Ich habe mich schon gefragt, was wir tun, wenn, Sie wissen schon, wenn er nicht wieder auftaucht.«

Die Wachen musterten Adele eindringlich und stumm. Hilbride war aufgewacht; er war bereit, sich vom Boden hochzustemmen, bewegte sich aber jetzt, während er auf ihre Antwort wartete, nicht.

»Weitermachen, Bootsmann«, erklärte Adele knapp. »Wie es Ihre Pflicht erfordert. Und wie Sie auch wissen.«

Aber das war keine Antwort auf die Frage, was Signaloffizier Mundy tun würde. Adele selbst kannte die Antwort nicht. Es war unwahrscheinlich, dass ihre Anwesenheit auf New Delphi in den nächsten Jahren oder Jahrzehnten zur Auffindung Daniels führen würde, aber *vielleicht* würde das doch einen Unterschied machen … und vielleicht war das die Entscheidung, die sie getroffen hatte.

Für den Augenblick freilich gab es weitere Bände zu untersuchen, mehr als tausend. Sie sah sich die durcheinanderliegenden Bücher an, die sie bereits durchgesehen hatte – Sorgfältig genug? War ihr in ihrer Hast und Ermüdung vielleicht ein wichtiger Absatz entgangen? –, und dachte an die um ein Vielfaches größere Aufgabe, die noch vor ihr lag. Sie seufzte, reckte sich und schickte sich an, weiterzumachen.

Der Prior betrat den Saal in Begleitung von Valentina, einem halben Dutzend Akolythen und zwei Spacern. Sie gingen auf die Couch zu, die hinter Vorhängen verborgen war, grauen Kutten, die man über ein Gerüst aus Plastikrohren gehängt hatte. Die Spacer, die Graf Klimov bewachten, sahen grimmig zu.

»Gehen wir zu ihnen«, sagte Adele. Die Sissies um sie herum brummten zufrieden. Ein Orakel war einmal etwas Neues. Selbst wenn sie überzeugt waren, dass es notwendig war, Wache zu halten, so wie sie das getan hatten, war es doch lähmend langweilige Arbeit.

Adele hatte einen anderen Grund für ihre Entscheidung. Wenn der Graf die Antwort auf seine Frage bekommen hatte, würde er vermutlich sofort New Delphi verlassen wollen. Sie musste anwesend sein, um die Sissies zu vertreten und um sich selbst zu vertreten.

Der Prior wartete; die junge Frau, Margarida, stützte seinen Arm. Er verbeugte sich vor Adele und zog dann mit der anderen Hand den Vorhang weg; andere Akolythen machten sich daran, das Gerüst, das die Vorhänge trug, ganz zu entfernen. Valentina ging zu der Couch, wo ihr Mann lag, schlafend mit halb geöffnetem Mund. Adele konnte den Grafen leise schnarchen hören.

»Sprechen Sie leise«, wies der Prior sie an. »Sie dürfen ihn berühren, aber bitte nur ganz sanft.«

»Georgi?«, flüsterte Valentina. Sie beugte sich über die Couch und griff nach beiden Händen des Grafen, rieb sie leicht. »Wach auf, mein Lieber. Es ist Morgen.«

Der Graf schlug die Augen auf. Er schickte sich an, sich in die Höhe zu stemmen. Seine Frau legte den Arm um ihn, um ihm behilflich zu sein, aber er schien keine Hilfe zu brauchen.

»Ich habe geträumt«, sagte er in einem Tonfall, der frohe Verwunderung ausdrückte. »Ich erinnere mich. *Die Institutionen, Buch zehn, Kapitel drei.* Aber ich weiß nicht, was das bedeutet.«

»Das ist eine Stelle in einem Buch«, sagte Adele. Sie ging zu der Konsole zurück; sie hatte die Indexdateien auf ihren PDA downgeloadet, aber im Augenblick war es einfacher, die Konsole zu benutzen, auf der die Daten bereits dargestellt waren, statt sich mit dem kleinen Gerät auf dem Schoß auf den Boden zu setzen.

Sie scrollte, suchte und wiederholte die Suche. Zwölf Treffer, Titel, die das Wort *Institutionen* einschlossen, aber keiner davon mit irgendeinem Bezug zu dem Erddiamanten.

Sie sah den Prior an; er wäre beinahe hingefallen, als der Graf sprach. Margarida stand mit erschreckter Miene neben ihm und stützte ihn.

»Sir«, sagte Adele. »Auf welchem Regal stehen *Die Institutionen*?«

Ihre Stimme war nicht laut, nicht lauter als das Schnippen des Klappmessers, das in Hoggs Hand aufsprang. Er war vor einem Augenblick hereingekommen, sichtlich mitgenommen, weil er einen Tag und eine Nacht lang auf eigene Faust gesucht hatte. Sand und Staub hingen ihm in Haar und Kleidern.

»Mistress …«, sagte der Prior. Sein Gesicht war wachsbleich. Er deutete mit einer Kopfbewegung auf den Grafen, wandte aber den Blick nicht von Adele. »Euer Exzellenz. Da muss ein Fehler vorgekommen sein, ich weiß nicht, wie. Wir werden Ihnen Ihre Gebühr sofort zurückerstatten, Graf Klimov …«

»Wo ist das Buch, du fetter Hurensohn?«, schrie Hogg, packte den Prior an seinem dünnen, weißen Haar und zog ihm den Kopf etwas nach hinten, sodass die Messerspitze an seinem Hals dicht an der Schlagader lag.

Margarida stieß einen Schrei aus und versuchte Hogg die Augen auszukratzen. Tovera – wie hatte sie sich nur so schnell bewegen können? – hieb dem Mädchen den Kolben ihrer Maschinenpistole gegen die Schläfe und ließ sie zu Boden gehen. Als wäre das ein Signal gewesen, packten die Sissies die anderen im Raum anwesenden Akolythen oder schlugen sie nieder.

Der Mann an der Konsole ganz am Ende stand auf und rannte auf eine Tür zu. Ein Spacer feuerte seinen Impeller auf ihn ab, verfehlte den Mann, ließ aber seine Konsole krachend und funkensprühend in Stücke gehen. Der Mann schrie auf und warf sich auf den Boden.

»Feuer einstellen!«, befahl Adele halb taub vom *Whack!* der in einem geschlossenen Raum abgefeuerten Waffe. Ihre eigene Pistole lag in ihrer Hand und wies zur Decke, bis sie ein besseres Ziel hatte. »Sie! Prior! Wo sind *Die Institutionen*?«

»Das kann ich nicht!«, sagte der Prior in Hoggs mächtigen Pranken hängend und sichtlich verängstigt. »Bitte, die dürfen nur Senior-Akolythen lesen!«

Hogg warf den Mann auf den Boden und kauerte sich auf ihn nieder. »Ich krieg das schon aus ihm heraus, Mistress«, sagte er mit kehliger Stimme. »Vielleicht sollten Sie einen Augenblick lang wegschauen.«

»Nein«, sagte Adele, und dann, weil Hogg sein Messer jetzt

auf das linke Auge des Priors gerichtet hatte, *»Nein*, Hogg! Nicht, wenn ich das Buch nicht selbst finden kann!«

Bis sie das gesagt hatte, hatte sie nicht die leiseste Ahnung gehabt, wie sie es anstellen sollte, schnell ein Buch zu suchen, das nicht in dem Computerindex enthalten war. Aber als sie die Worte ausgesprochen hatte, wusste sie es.

Sie setzte sich an die Konsole. Diese besaß eine virtuelle Tastatur und einen Lightpen, vertraute und hinreichende Eingabegeräte, wenn auch nicht gerade das von Adele vorgezogene System. Sie rief den Index des entsprechenden Regals auf, schaltete dann auf grafische Darstellung und sortierte die Regale nach Ordnungszahlen in Zehnergruppen. Als sie mit dem ersten Regal fertig war – sie hatte jetzt eine Gruppe von Titeln, die von eins bis sieben durchnummeriert waren –, programmierte sie die Konsole so, dass sie den Rest der Sammlung selbstständig durchforschen konnte, und gab ihr für jedes Regal fünf Sekunden vor.

»Ma'am?« Hogg klang besorgt, hatte sich aber von dem Prior erhoben und sein Messer wieder zugeklappt. Adele konnte ihn aus dem Augenwinkel sehen, konzentrierte sich jedoch weiterhin auf ihr Display.

»Geben Sie mir fünf Minuten, Hogg«, sagte sie. Sie konnte verstehen, wie dem Diener zumute war – er war wütend und drängte darauf, irgendetwas *zu tun*; idealerweise etwas, das Daniel helfen würde, aber jedenfalls *etwas*. »Vielleicht auch zehn. Sie würden auf Ihre Weise auch nicht schneller etwas erfahren, jedenfalls nichts, worauf Sie sich verlassen könnten.«

Hogg gab einen Grunzlaut von sich, widersprach aber nicht offen. Zwei Spacer hielten den Prior an den Armen fest, ein weiterer hatte die Mündung seines Impellers auf das Gesicht der jungen Frau gerichtet, die immer noch bewusstlos auf dem Boden lag.

Reihen völlig gleichförmiger Bücherstapel scrollten, hielten inne und verschwanden und machten dem nächsten Regal Platz.

Adele war überzeugt, dass ihre Methode besser als die Hoggs war, aber sie wusste, dass Hoggs Methode funktionieren würde. Der Prior – alt und gebrechlich – würde möglicherweise sterben, ehe der Schmerz die Worte aus ihm herauspresste, aber es gab eine Menge jüngerer, kräftigerer Akolythen. Und einer von ihnen würde reden.

Aber Daniel würde das nicht gewollt haben. Oh, er würde durchaus die Folter eingesetzt haben, wenn die Sicherheit der Republik oder die seiner Mannschaft davon abhinge, aber es würde ihn plagen; und noch mehr würde es ihn plagen, wenn er wüsste, dass ein alter Mann für ihn gestorben war, dass ein hübsches Mädchen jetzt blind war, das man um Daniels willen Batteriesäure in ihre Augen hatte tropfen lassen.

Adele lächelte verhalten. Wenn ihre Methode versagte und sie die Angelegenheit Hogg überließ, würde sie Daniel eben belügen, ihm nicht sagen, was vorgefallen war. Das würde nicht schwer sein, und was waren schon ein paar augenlose Gesichter für Adele Mundy, in deren Träumen es schon so viele Besucher gab, die ihre Schüsse verstümmelt hatten?

»Ich wusste, dass wir auf Sie zählen können, Ma'am«, sagte Hogg jetzt wieder mit ruhiger Stimme. »Sie würden den jungen Master nie im Stich lassen.«

Er muss mein Lächeln falsch gedeutet haben, dachte Adele. Und dann dachte sie: *Oder vielleicht auch nicht.*

Und mit dieser Erkenntnis kam der Durchbruch, die Reihen von Folianten, von denen eine ein Zehntel kürzer als die Übrigen waren. Adele brachte das Display zum Stillstand und sagte dann: »Regal siebenundachtzig, Titel vierzig … zweiundvierzig. Zwischen *Prä-Interregnum Serien katalogisiert auf Stützpunkt Las Primas*, und *Eine Geschichte meiner Zeit von Vize-Admiral Beverly Coyne*.«

Hilbride, dessen Maschinenpistole vergessen auf einem Stapel bereits durchsuchter Bände lag, ging zu den Regalen. Woetjans wollte ihn begleiten. Wenn sie das getan hätte, wäre die

Hälfte der Sissies im Raum ihr gefolgt. Also befahl Adele: »Lassen Sie ihn allein! Hilbride wird das Buch finden.«

Fehlte ja gerade noch, dass ein halbes Dutzend Beinahe-Analphabeten das Buch zerfetzten, bloß um derjenige zu sein, der es ihr brachte …

Um die anderen mit etwas zu beschäftigen und zum Teil auch, weil sie ein Mensch und stolz auf das war, was sie geschafft hatte, fuhr Adele im Gesprächston fort: »Wir haben sonst nirgends im Kloster Bücher gesehen. Das wäre uns sonst aufgefallen. Und deshalb ist der beste Ort, um ein Buch zu verstecken, hier in der Bibliothek, eine Nadel zwischen hundertdreißigtausend anderen Nadeln … aber nicht im Index vermerkt.«

Sie grinste stolz und zufrieden; Hilbride kam mit einem dicken Quartband zurück, den er mit beiden Händen hielt. »Und deshalb habe ich nach einer Lücke im Index gesucht. Und eine gefunden.«

»Hier, Mistress«, sagte Hilbride und reichte Adele das Buch stolz wie eine Katze, die ihrem Besitzer eine tote Maus präsentiert. »Was tun wir jetzt?«

Adele öffnete den Band mit der ganzen Sorgfalt, die er verdiente. Er war mit dem gleichen durchsichtigen Pergament bedeckt, mit dem man auch viele andere Bücher in der Sammlung frisch gebunden hatte. In diesem Fall handelte es sich bei dem Einband vermutlich um ein Original, und das Werk selbst war ein Manuskript in einer klaren, kräftigen Handschrift, die elegant wirkte, ohne affektiert zu wirken. Sie klappte es auf und fing ein Viertel vor dem Ende an.

»Ich weiß nicht, was das alles soll«, sagte die Klimovna. »Georgi, du hast doch den Erddiamanten gesucht, nicht wahr? Nicht Kapitän Leary.«

Nicht gerade politisch klug, das unter den gegebenen Umständen zu sagen, dachte Adele, blätterte aber stumm weiter. Mit etwas Glück würde keiner der Sissies die Bemerkung zur Kenntnis nehmen.

»Natürlich den Erddiamanten«, sagte der Graf, und seine Züge verfinsterten sich. »Aber ich verstehe nicht, was das Orakel gemeint hat. Dieses Buch ist doch ganz sicherlich alt, es stammt aus der Zeit lange vor John Tsetzes' Flucht mit dem Diamanten?«

»Ich weiß bloß …«, sagte Hogg, ging zu dem Prior hinüber und sah auf dessen Angst verzerrtes Gesicht hinab. »… dass dieser Vogel hier bei Weitem nicht so besorgt wäre, weil die Mistress sein Buch liest, wenn er nicht etwas zu verbergen hätte. Und das Einzige, von dem *wir wissen*, dass es hier versteckt ist, ist der Master.«

»*Die Institutionen*, der Kodex selbst«, sagte der Prior stumpf, »ist beinahe dreitausend Jahre alt. Das ist sozusagen das Fundament unseres Ordens, von Senior-Wissenschaftler Arlan Melzoff selbst verfasst. Mistress Mundy, das ist ein geheiligtes Dokument. Sie müssen das verstehen.«

»Nun, eines kann ich Ihnen sagen«, erklärte Hogg. »Wenn die Mistress in diesem Schmöker nicht herausfindet, wo der junge Master ist, dann werde ich Ihnen bei lebendigem Leib die Haut abziehen, und dann können Ihre Freunde darauf ein anderes Buch schreiben. Damit finden wir ihn vielleicht auch nicht, aber ich werde mich besser fühlen, weil ich das getan habe, und im Augenblick drängt es mich mächtig, mich besser zu fühlen.«

»Amen«, erklärte Woetjans ernst.

»Wir begannen den Schacht im Sanktum«, zitierte Adele und las laut weiter, als sie die Stelle gefunden hatte, die Klimov beim Erwachen zitiert hatte. »›Zuerst benutzten wir Energiewerkzeuge, aber einige hatten Zweifel, ob das nicht ungehörig sein könnte. Der Baum sprach durch die Mehrheit des Ordens, und deshalb wurde der Rest des Schachts dem Ergebnis der Abstimmung entsprechend von Hand gegraben. In einer Tiefe von hundertfünfzig Meter stießen die Gräber auf den Raum, in dem, wie vorhergesagt, das Bewusstsein des Baums offengelegt war.‹«

Sie blickte auf, ohne das Buch zu schließen, und sagte: »Auf den ältesten Karten liegt der als Sanktum bezeichnete Bereich etwa hundert Meter nordwestlich von hier; also in Richtung auf das verrottete Innerste des Baums. Woetjans, ich denke, wir werden Grabwerkzeuge und Schneidestangen brauchen, um das Holz zu entfernen, das uns im Wege ist.«

»Warten Sie«, sagte der Prior, den Hogg immer noch auf den Boden drückte. »Ich werde Sie hinbringen. Und Sie sollten auch etwas Salzlösung mitnehmen.«

»Nein!«, schrie Margarida und griff sich dabei mit der rechten Hand an die Stelle an ihrem Kopf, wo Toveras Schlag mit dem Kolben sie getroffen hatte. »Sie dürfen nicht ...«

Hogg beugte sich auf sie zu, die nackte Klinge in der Hand. Sein Gesicht zeigte nicht mehr Empfindung, als würde er sich anschicken, einem Huhn fürs Abendessen den Hals umzudrehen.

»Hogg!«, herrschte Adele ihn an. »Das muss Daniel entscheiden!«

Hogg drehte sich zu ihr um und richtete sich auf. »Ma'am«, sagte er mit bebender Stimme. »Wenn der Master zurückkommt, wird er sie verschonen, weil er ein gutmütiger Bursche ist; und das ist auch sein Recht. Aber wenn er nicht zurückkommt, werde ich ihr das Herz aus dem Leib schneiden und diesem weißhaarigen Heuchler auch ...«

Er versetzte dem Prior einen Tritt, nicht besonders heftig, aber genug, um Spuren zu hinterlassen.

»... auch wenn Sie mich dafür erschießen.«

»Wenn wir Daniel nicht unversehrt zurückbekommen, Hogg«, sagte Adele und erhob sich von der Konsole, »dann werde *ich* die beiden nicht verteidigen.«

Sie sah zu den Männern hinüber, die den Prior festhielten. »Lassen Sie ihn aufstehen«, sagte sie. »Besser gesagt tragen Sie ihn. Er wird uns zu dem Raum führen, auf den sich diese Passage ...« Sie tippte auf das Buch, das sie in der Hand hielt. »... bezieht.«

»Ist der Kapitän dort, Mistress?«, erkundigte sich Woetjans. Sie hatte sich ein Rohrstück als Schlaginstrument in den Gürtel gesteckt; ihre rechte Hand öffnete und schloss sich um den mit Isolierband umwickelten Griff, während sie auf Antwort wartete.

»Ja«, sagte der Prior, als die Spacer ihn in die Höhe zogen, mit einer Stimme, die so klang, als stünde er kurz vor dem Tode. »Kapitän Leary ist in der Kammer des Baums. Ich werde Sie dorthin bringen, weil Sie dann weniger Schaden verursachen werden.«

Sie verließen die Bibliothek und Inkubationskammer durch einen der Gänge, die zum Zentrum des Baumes führten. Es war eine eigenartige Prozession, weil keiner der anwesenden Sissies zurückbleiben wollte. Das bedeutete, dass sie das runde Dutzend gefangen genommener Akolythen ebenfalls mitnehmen mussten, wozu sie ihnen vorher die Arme mit Draht auf den Rücken fesselten. Sie leisteten keinen Widerstand, aber gelegentlich versetzte ein Sissie einem einen Fußtritt, damit er sich schneller bewegte oder auch nur aus Prinzip.

»Sie müssen verstehen«, sagte einer der älteren Akolythen, »dass dies etwas viel Größeres ist als ein einzelner Mensch.«

Barnes hieb ihm dafür den Kolben seines Impellers in die Nieren. Der Mann stieß einen Schrei aus und sackte zusammen.

»Ich schätze, auf jeden Fall größer als du«, knurrte Barnes. Er und Dasi beugten sich vor, als ob sie das Manöver geübt hätten, packten die Ellbogen des Gestürzten und trugen ihn, wobei seine Füße und gelegentlich auch die Knie auf dem Boden schleiften und der Mann leise stöhnte.

»Dies ist das ursprüngliche Sanktum«, sagte Adele, als sie einen Raum von mäßiger Größe betraten, der diesmal nicht eine Ausweitung des Korridors darstellte, sondern durch einen Türbogen an der Seite zu betreten war. In diesem Abschnitt gab es keine Leuchtstreifen, aber einige der Spacer trugen Scheinwerfer. »Wie es scheint, verlassen.«

Auf dem Boden standen Schachteln und Küchengeräte herum, vermutlich defekt. Aus einer Wand hatte man aus dem abgestorbenen Holz eine Art Kleiderschrank herausgearbeitet; er war leer, aber mit einem Vorhang verschlossen.

»Wir sind schon einmal hier gewesen«, sagte einer der Männer, der mit Woetjans unterwegs gewesen war. »Wir haben den Raum gestern durchsucht, richtig?«

»Die Tür ist hinten im Schrank«, erklärte der Prior. »Sie lässt sich nach links schieben.«

Ein Spacer riss den Vorhang herunter. Adele tastete die Rückwand des Schranks ab, um den Schließmechanismus zu finden.

Woetjans schob sie zur Seite, sagte: »Vorsicht!« und trat mit dem linken Stiefelabsatz dagegen. Holz splitterte und ließ das Türblatt herausspringen. Woetjans trat ein zweites Mal zu, diesmal seitlich, und schob die Tür auf. Dahinter führte eine Treppe in die Tiefe.

Hogg ging mit einem Scheinwerfer in der linken Hand voraus, den Impeller mit der Mündung nach vorn umgehängt, sodass die Waffe unter dem rechten Arm hing. »Lassen Sie ein paar von Ihren Jungs oben, Woetjans«, rief er nach hinten. »Bloß für den Fall, dass unsere Freunde auf dumme Gedanken kommen.«

Ein paar Spacer murmelten halblaut Verwünschungen, als sie den Marsch über die lange Treppe in die Tiefe antraten. Adele lächelte kühl. Nur diejenigen, die nahe genug gestanden waren, um den Abschnitt aus *Die Institutionen* hören und verstehen zu können, würden wissen, wie lang diese Treppe *wirklich* war, aber sie wären trotzdem alle mitgekommen. Die Wachen, die Woetjans für den Treppenansatz oben gewählt hatte, beklagten sich bitterlich darüber, dass sie nicht mit zu dem Rettungstrupp gehören durften.

Und ein Rettungstrupp *war* es …

Adele sah sich über die Schulter um, an Tovera vorbei, die in den harten Schatten der Handscheinwerfer noch unheimlicher wirkte. Lamsoe und Claud schleppten den Prior zwischen sich und hatten sich je einen Arm über die Schulter gelegt. Er musste die Füße bewegen, um sich nicht die Zehen anzustoßen – keiner der beiden Sissies war besonders groß –, aber er brauchte sein eigenes Gewicht nicht zu tragen.

»Ist Kapitän Leary in guter Verfassung?«, fragte Adele.

»Das weiß ich nicht«, sagte der Prior, eine Antwort, die ebenso ungeschminkt wie die Frage war. »Körperlich sollte er das nach so kurzer Zeit sein. Mental …«

Er versuchte die Schultern zu zucken, konnte das aber nicht, und verzog daher bloß das Gesicht. »Bis jetzt ist noch nie einer freigegeben worden.«

Sie setzten den Weg in die Tiefe fort. In der Nähe der Oberfläche bestanden die Stufen aus Holz, man hatte in die Substanz des Baums Stücke eingelegt, wo die ursprünglichen Stufen konkav ausgetreten waren. Nach dem ersten Absatz waren die Treppen aus dem Felsgestein herausgehauen, aber selbst hier hatte man auf ausgetretene oder zerbröckelte Stufen Plastikabdeckungen geklebt.

»Wir hätten warten sollen«, sagte der Prior. Adele sah sich um. Sie konnte nicht erkennen, ob er mit ihr sprach oder nur für die Welt im Allgemeinen sein Gewissen erleichterte. »Er muss noch nicht völlig eins mit dem Baum gewesen sein. Er hat eine Botschaft gesandt, statt nur als Bindeglied zwischen dem Baum und dem Fragesteller zu agieren. Das war meine Schuld.«

»Aber wo *ist* der Erddiamant?«, rief Graf Klimov. Er und seine Frau gingen dicht genug hinter dem Prior, um seine Stimme trotz des Scharrens der Stiefel auf den Treppenstufen zu hören.

»Ich habe keine Ahnung«, sagte der Prior. »Auf New Delphi gibt es außer dem Baum und dem Orden nichts.«

»Ich würde an Ihrer Stelle nicht darauf bauen, dass es beides noch gibt, nachdem wir von hier gestartet sind«, knurrte ein

Mann aus dem Maschinenraum. »Ich denke, wenn die *Sissie* dicht über so viel Holz schweben würde, könnte das ein hübsches Feuerchen geben, stimmt's?«

Ein Akolyth begann zu schluchzen. Der Spacer, der seine mit Draht gefesselten Handgelenke hielt, hob seine Maschinenpistole, um ihm einen Schlag zu versetzen, ließ die Waffe dann aber wieder sinken und knurrte: »Das hättet ihr euch überlegen sollen, als ihr euch den Kapitän geschnappt habt.«

Adele sagte nichts. Es hatte wenig Sinn und Zweck, den Baum zu zerstören, aber wenn Daniel Schaden genommen haben sollte, wusste sie nicht, wie nachdrücklich sie sich dafür einsetzen würde, das zu verhindern.

»Hier ist eine Tür«, rief Hogg, und seine Stimme hallte hohl durch den Treppenschacht. Adele sah das verrostete Türblatt im Lichtschein seiner Lampe. »Ist sie abgesperrt?«

»Nein«, sagte der Prior. Er klang, als spräche er aus den Tiefen gequälten Schlafs. »Sie geht nach außen auf.«

Hogg hielt inne; er hatte beide Hände voll. Die Fläche am Fuß der Treppen war größer als der eigentliche Treppenabsatz, aber mehr als ein halbes Dutzend Erwachsene würden dort nicht Platz haben. Wenn sie die Tür nicht schnell öffneten, würde es gefährliches Gedränge geben.

»Ich mache das«, sagte Adele und trat an Hogg vorbei. Sie packte den Türgriff und zog; die Angeln ächzten und leisteten ihr Widerstand. Wütend zog sie ruckartig. Hogg rückte jetzt näher, die Lampe hoch und zur Seite haltend; sie war unmittelbar hinter ihm, und ihre Pistole sicherte die rechte Seite des Raums, während Hogg seine Maschinenpistole so hielt, dass er sie nach links schwenken konnte.

Im Lampenschein sahen sie die an der Seitenwand aufgereihten Mumien. Adele ging zwei Schritte an der Reihe entlang und fing dann zu laufen an. Sie wusste nicht, wann sie das letzte Mal gerannt war.

»Hölle und Teufel!«, schrie Hogg, drehte sich um und rammte

dem Prior den Kolben gegen die Kehle. »Welche davon ist er, du Mistkerl? Welche?«

Daniel *musste* am hinteren Ende sein. Die Reihe begann an der Tür und führte lückenlos weiter. »Hogg, Ihr Messer!«, sagte Adele und merkte, dass ihre Stimme schriller als sonst klang.

»Nicht schneiden, nehmen Sie die Salzlösung!«, ächzte der Prior. »Salz bewirkt, dass die Wurzelfasern ihn ohne Beschädigung loslassen. Bitte!«

Adele erreichte die letzte Gestalt in der Reihe. Das Namensschild über der Brusttasche von Daniels Uniform war sichtbar, aber Kopf und Hände bedeckten bereits haarfeine Wurzelfasern. Adele fühlte sich benommen; sie beugte sich vor, befürchtete einen Augenblick, sie müsse den Kopf zwischen die Beine stecken, um nicht in Ohnmacht zu fallen. Ein halbes Dutzend Sissies kamen zu ihr hingerannt.

»Hölle und Teufel, natürlich werde ich mein Messer benutzen«, sagte Hogg. Er hatte sich den Impeller umgehängt und hielt die blitzende Klinge in der rechten Hand.

»Nein, es könnte für Daniel weniger gefährlich sein!«, sagte Adele, die bereits wieder einen klaren Kopf hatte. Sie legte Hogg die Hand auf die Schulter. Vor ihrem inneren Auge sah sie ein Schreckensbild von Wurzelfasern, die in Zuckungen gerieten und das Gehirn ihres Freundes erfassten. Wie tief mochten sie bereits eingedrungen sein?

»Mistress?« Sun reichte Adele eine beschlagene Flasche. Weil die Mannschaft den Baum und die trockene Wüste in seiner Umgebung abgesucht hatten, trugen sie MRC-Schutzkleidung. »Ich habe ein halbes Dutzend Salztabletten hineingetan. Geht das?«

»Ja«, sagte Adele und steckte ihre Pistole in die Tasche zurück. Hogg zog sich das Halstuch herunter und gab es ihr. Sie spritzte Wasser darauf und wischte mit dem feuchten Tuch über die Wurzeln, die Daniels Gesicht bedeckten.

Einen Augenblick lang geschah gar nichts; dann spürte sie ein Zucken in der Pflanze, als würde jemand ein Stück groben

Stoff unter dem Halstuch wegziehen. Ein Gewirr feiner Wurzeln fiel herunter.

Daniel zitterte; seine Augen waren geschlossen, sein Gesicht sah aus wie das eines schlafenden Engels. Adele fuhr mit dem Halstuch über den Kopf ihres Freundes, goss neues Salzwasser darauf. Die Wurzeln zuckten zurück wie versengendes Haar, das einer offenen Flamme zu nahe gekommen ist. Daniels Hände öffneten sich; sein RückrufKomm fiel klappernd auf den Boden. Er wäre nach vorne auf das Gesicht gefallen, wenn Hogg den Impeller nicht losgelassen und ihn aufgefangen hätte.

Die Spacer und die Klimovs riefen wirr durcheinander, als sie durch die Tür in den Raum drängten. Es gab ein eigenartiges Echo. Die Kaverne musste sich wie eine gewaltige Orgelpfeife unvorstellbar tief in die Ferne erstrecken.

Und wie viele Fremde wären in Zukunft noch entführt worden, wenn die Sissies diesem Treiben nicht in dieser Nacht ein Ende gesetzt hätten?

Hogg kniete nieder und ließ Daniel auf den Boden sinken. Adele saß mit übereinandergeschlagenen Beinen da und hielt seinen Kopf im Schoß. Alle paar Zentimeter konnte man auf seiner bloßen Haut winzige rote Pusteln erkennen.

»Haben die den Kapitän umgebracht?«, rief ein Sissie. »Haben diese Schweinehunde ihn umgebracht?«

Daniel schlug die Augen auf. Adele wartete, ihr Gesicht war so starr wie die harten Metallkonturen der Pistole in ihrer Tasche.

Um Daniels Lippen spielte ein schwaches Lächeln. »Hallo, Adele«, sagte er. »Jetzt brauchen wir doch nicht nach Radiance zu segeln, um etwas über den Allianzstützpunkt zu erfahren. Der ist seit etwa einem Monat fertiggestellt. Vor sieben Stunden ist dort eine Allianz-Flotte aus acht Zerstörern, einem schweren Kreuzer und zwei Schlachtschiffen gelandet.«

24

Daniel setzte sich vorsichtig auf, sehr vorsichtig, weil er sich infolge seiner Euphorie von seiner Umgebung losgelöst fühlte. Alles Existierende kreiste durch sein Bewusstsein – jetzt nur mehr in Blitzen und Funken, aber auch das reichte noch aus, um ihn hoch über seine gegenwärtige Existenz hinauszuheben.

Er sah sich um, sah seine Freunde, seine Mitmenschen – jeden Einzelnen, nicht nur die Sissies und die Klimovs, sondern auch die Akolythen in ihren Kutten. Ihre Hände waren mit Draht gefesselt und ihr Gesichtsausdruck verängstigt, aber sie waren Daniels Freunde, weil das, was sie getan hatten, ihn hierhergebracht und ihm dieses Hochgefühl verschafft hatten. Aber es war auch gut, dass er zurückgekehrt war, weil er eine Pflicht zu erfüllen hatte.

Graf Klimov beugte sich vor und massierte sich die rechte Wade und betrachtete dabei die lange Reihe vom Wurzelgeflecht eingehüllter Mumien, Hunderte von Zwischenträgern vorangegangener Generationen. »Werden wir dann jemals den Erddiamanten finden?«, sagte er zu seiner Frau, und seine schmerzenden Beinmuskeln ließen seine Worte beleidigt, fast weinerlich klingen. *Er würde sich noch wundern, was er erst fühlen würde, wenn er diese achthundertfünfzehn Stufen wieder hinaufgeklettert war*, registrierte der pragmatisch menschliche Teil von Daniels Bewusstsein.

»Euer Exzellenz?« Daniel war von Spacern umringt; er sah zwischen ihren Beinen durch, um die drei Meter entfernten Klimovs zu sehen. »Ich gebe Ihnen den Erddiamanten, wenn Sie mir den Preis dafür bezahlen.«

Der Graf hörte ihn in dem allgemeinen Durcheinander nicht, und die ihn umgebenden Sissies achteten nicht auf seine Worte. Aber Adele verstand sie und sagte scharf: »Zurück vom Kapitän! Lasst ihm Platz! Woetjans, sorgen Sie dafür, dass der Kapitän um sich herum Platz bekommt!«

»Richtig, bewegt eure Ärsche hier weg!«, brüllte Woetjans, von Adeles Befehl ruckartig zum Handeln veranlasst. Als Lamsoe sich nicht schnell genug aufrichtete, packte sie ihn wie einen jungen Hund am Nacken und setzte ihn ein Stück weiter entfernt wieder ab.

»Graf Klimov!«, sagte Adele laut. Sie brüllte nicht, wie Woetjans das getan hatte, aber in dem scharfen Tonfall, mit dem sie sprach, konnte niemand die befehlsgewohnte Aristokratenstimme überhören. »Würden Sie bitte hierherkommen. Kapitän Leary hat angeboten, den Erddiamanten für Sie zu finden.«

»Was?«, rief Klimov. »Was haben Sie …?«

Er bewegte sich abrupt auf Daniel zu. Ein Muskel in Klimovs Schritt verkrampfte sich; er kippte nach vorn. Valentina packte ihren Mann, aber er wäre trotzdem zu Boden gegangen, wenn Lamsoe – der von Woetjans angestoßen in die richtige Richtung unterwegs war – ihn nicht aufgefangen hätte.

Daniel schloss kurz die Augen, und in diesem kurzen Moment flammte das Universum wieder mit beinahe derselben kristallinen Pracht in sein Bewusstsein zurück, wie er es empfunden hatte, als es und er und der Baum eins waren. Er schlug die Augen auf, sah die ihn Umgebenden lächelnd an und genoss sein Leben und seine Existenz.

Das KommGerät war auf den Boden gefallen, als Daniels Hände sich geöffnet hatten; es lag zwischen seinen Beinen. Er hob es auf und rieb es zwischen seinen Handflächen. Der körperliche Kontakt mit einem vertrauten Gegenstand war Teil des Vorgangs, der ein menschliches Wesen zum Zwischenträger machte, das Bindeglied, das sozusagen zwischen dem Baum und jedem menschlichen Fragesteller übersetzte.

Der Graf redete, aber es kam nur eine weitere Variation von »Was meinen Sie?« heraus. Daniel empfand es als Wunder, wieder Geräusche zu hören und nicht mehr selbst die Vibrationen zu *sein*.

»Graf Klimov«, sagte er; Klimov verstummte mit offen stehendem Mund. »Ich brauche ein Schiff, Ihr Schiff. Ich gebe Ihnen den Erddiamanten für die *Princess Cecile* und werde Sie und die Gräfin nach Todos Santos bringen. Dort können Sie ein Schiff an jeden Ort, den Sie wollen, finden. Zurück nach Novi Swerdlowsk mit Ihrem Schatz, nehme ich an. Nehmen Sie mein Angebot an?«

»Verdammt noch mal, der …«, setzte Hogg an, aber Adele tippte ihm mit dem rechten Zeigefinger auf die Lippen. Hogg schluckte den Rest der Drohung hinunter und verzog zerknirscht das Gesicht.

Klimov sah Daniel in die Augen. Das Lächeln schien ihn zu stören, aber Daniel konnte nichts dagegen tun. Das Leben in all seiner Fülle und all seinen Details war etwas Wunderbares, etwas Bezauberndes.

»Kapitän Leary«, sagte der Graf förmlich und wesentlich beeindruckender, als er die meiste Zeit gewesen war, seit Daniel seine Bekanntschaft gemacht hatte. »Sie wissen, dass ich dreihunderttausend Gulden für die *Princess Cecile* bezahlt habe. Sie ist ohne Zweifel ein schönes und gutes Schiff, aber der Erddiamant ist einmalig. Es gibt Leute, die zwanzig Mal so viel dafür bezahlen würden; ich würde das auch tun, wenn ich es könnte. Warum machen Sie mir dieses Angebot?«

Klimov war kein Narr. Er wusste, dass es in der Mannschaft der *Sissie* harte Männer gab und dass ein geflüsterter Befehl von Daniel Leary vielleicht das Letzte sein würde, was man je von zwei Adeligen von Novi Swerdlowsk gehört hatte. Trotzdem bewahrte er Haltung.

In der jüngsten Vergangenheit hatte Daniel *alles gewusst*, war *alles gewesen*, und einige Erinnerungen der seinem augenblicklichen Leben nächsten Dinge waren zurückgeblieben und glitzerten wie Staubkörnchen in der Sonne. *Dies war der Mann, der sich einem Bauern gegenübergestellt hatte, der mit der blutigen Sense herumgefuchtelt hatte, mit der er nur Augenblicke zuvor seine Frau und deren Liebhaber getötet hatte*, dachte er, und sein Lächeln wurde noch breiter.

»Das ist kein Trick, Euer Exzellenz«, sagte Daniel. Er dachte, er könne jetzt aufstehen, vielleicht würde er es gleich versuchen. »Meine Nation, Cinnabar, braucht ein Schiff. Geld dagegen ...«

Er lachte glucksend. »Ich habe nie mehr Geld gebraucht, als nötig war, um damit die nächste Runde Drinks zu bezahlen oder das Abendessen für eine Lady«, sagte er und registrierte Hoggs betrübten Gesichtsausdruck. »Außerdem kam der Erddiamant von Novi Swerdlowsk, also sollte er auch dorthin zurückkehren.«

Graf Klimov verbeugte sich steif aus der Hüfte und richtete sich dann wieder auf. »Kapitän Leary«, sagte er, »ich nehme Ihr Angebot an. Ich bin bereit, jedes beliebige Dokument zu unterzeichnen, das Sie wünschen.«

Er räusperte sich. »Also«, sagte er. »Wann erwarten Sie, dass Sie Ihren Teil des Tauschs erfüllen können?«

»Sofort«, erwiderte Daniel. Er versuchte sich zu erheben. Er konnte sich jede Muskelfaser, jede Nervenzelle visualisieren, aber für den Augenblick ersetzte dieses bewusste Erkennen die Reflexe, die sein Aufstehen bewirkt hätten. Er lachte wieder, als Hogg und Woetjans ihn aufhoben, und sah die Sorge, die tiefe Furchen in ihre Gesichter grub.

»Ich bin völlig in Ordnung«, sagte Daniel. »Sogar besser als das, aber es ist so, als wäre ich betrunken, sonst nichts.«

»Ich habe Sie verdammt noch mal schon betrunken gesehen, Master«, meinte Hogg grimmig und legte sich Daniels linken

Arm über die Schultern, während Woetjans den rechten nahm. »Aber so waren Sie nie!«

Daniel spürte, wie die Fülle der Existenzen in seinem Bewusstsein zu einem kleinen Kern einschrumpfte; sein Körper funktionierte wieder normal. »Alles in Ordnung«, wiederholte er und ging, um es zu beweisen, zu der Mumie, die dem Platz am nächsten war, wo die Akolythen ihn hingelegt hatten. Hogg und Woetjans ließen nicht los, ließen aber zu, dass seine Beine sein Gewicht trugen.

Daniel öffnete die rechte Hand. »Hogg«, sagte er und sah auf die von Wurzelgeflecht verhüllte ausgetrocknete Leiche des Mannes, der in den vorangegangenen sechs Jahrzehnten das Interface zwischen dem Baum und der Menschheit gewesen war. »Dein Messer, bitte.«

Hogg schnippte das Messer auf und drückte Daniel das Heft in die Hand. Er und Woetjans traten zurück. Die Dutzende in der großen Kaverne anwesenden Menschen warteten, und nur das Flüstern ihres Atems durchbrach die Stille.

Daniel schob die Messerspitze vorsichtig in die Wölbung in der Mitte der Mumie und zog das Messer in einem schnellen Bogen nach unten; der scharfe Stahl *tickte* auf dem Objekt darunter. Die Wurzeln waren abgestorben, als der Zwischenträger gestorben war; sie waren stark wie Seide, leisteten aber dem Messer keinen Widerstand.

Er trat zurück und klappte das Messer zu. »Euer Exzellenz«, sagte er zu Graf Klimov. »Wenn Sie da hineingreifen, denke ich, werden Sie den Erddiamanten finden. Mein Vorgänger an diesem Ort war John Tsetzes.«

»Das habe ich nicht gewusst«, flüsterte der Prior. Er ging mit der vorsichtigen Zielstrebigkeit eines sehr kranken Mannes auf die Mumie zu. »Wir sprechen nicht von den Personen, ehe sie Zwischenträger geworden sind. Die jüngste Erhebung fand statt, ehe ich in den Orden eintrat.«

Daniel gab Hogg das Messer zurück. Die Klimovs knieten

nebeneinander nieder und griffen in die jetzt aufgeschnittene Hülle. Die toten Wurzeln glitten zur Seite, während die beiden Klimovs Dankgebete plapperten. Und dann holten sie den Diamanten zum ersten Mal in sechzig Jahren ins Freie, hielten ihn beide mit den Händen.

Daniel erinnerte sich an das Flammen weiß glühender Sonnen; dann war er wieder in einer tiefen Kaverne, die von den Handlampen der Sissies beleuchtet wurde. Das riesige Juwel reflektierte und brach die Lichtkegel und erzeugte einen grellen Schein, heller als die Lampen das konnten. Auf der inneren Fläche des Globus waren nicht nur die Kontinente, sondern auch die physikalischen Eigenschaften des Terrains, Flüsse, Seen und Bergketten der alten Erde eingeätzt. Sie verteilten das Licht in tausend Regenbögen.

»Euer Exzellenz«, sagte Daniel. »Ich hoffe, Sie sind mit Ihrem Handel zufrieden; denn ich kann Ihnen sagen, ich und die MRC sind sehr damit zufrieden!«

Adele hörte die Signalhupe der Korvette, die lebenden Wände des Baums dämpften das Geräusch. Ihr KommHelm sagte mit der Stimme von Mister Chewning: *»Fünf an Schiff. Wir werden jetzt den Sand aus den Schubaggregaten blasen. Halten Sie mindestens fünfzig Meter Abstand, wenn Sie sich nicht eine neue Haut zulegen wollen. Fünf Ende.«*

»Sie werden uns vor meiner Erhebung verlassen haben, Kapitän Leary«, sagte der Prior und beugte sich dabei leicht nach vorn. Zwei vierschrötige männliche Akolythen warteten in der Nähe, um ihn aus der Bibliothek zu begleiten und ihn dann die vielen Stufen in die Tiefe zu tragen, wie Lamsoe und Claud das früher am Tag bereits einmal getan hatten. »Leben Sie also wohl, und möge auch Ihr künftiges Handeln vom Glück begleitet sein.«

Er hielt *Die Institutionen* in beiden Händen. Adele hatte das Buch eingescannt, um sich und dem Orden Kopien des Textes zu verschaffen, aber der Prior wollte den Kodex selbst mitnehmen.

»Ich wünsche Ihnen einen guten Tag, Sir«, sagte Daniel und senkte leicht den Kopf, eine Mischung zwischen einem Nicken und einer Verbeugung. »Ich bin froh, dass wir zu einer Übereinkunft gelangen konnten, die es Ihrem Orden erlaubt, weiter zu überleben.«

Adele registrierte bewundernd, wie Daniel damit verbal einen Handschuh über seine eiserne Faust zog. Der gegenwärtige Prior würde der nächste Zwischenträger werden, und dasselbe würde bei *seinem* Tod geschehen und weiterhin so in Zukunft, bis die Zeit oder der Orden ein Ende nahm.

Daniel hatte nicht offen gedroht, als er zu dem Prior und seinen versammelten Akolythen gesprochen hatte, aber sie hatten richtig begriffen, was er meinte, als er gesagt hatte: »Ich werde nicht zulassen, dass sich die augenblickliche Situation fortsetzt.«

Zwischenträger lebten länger als gewöhnliche Menschen; der Baum war ein kluger und zurückhaltender Meister. Vermutlich konnte man einen ähnlichen Vergleich zwischen Hauskatzen und ihren wild lebenden Verwandten anstellen, dachte Adele. Haustiere wirkten im Allgemeinen auch zufrieden …

Die meisten Sissies waren bereits an Bord und bereiteten das Schiff auf die Rückkehr nach Todos Santos vor, aber sechs bewaffnete Spacer bewachten Adele und Daniel, solange sie auf dem Boden waren. Der finstere Blick der Wachen und die Art und Weise, wie sie ihre Waffen hielten, ließ erkennen, dass sie ernsthaft annahmen, es könnte Ärger geben.

Adele glaubte das nicht – der Orden war völlig eingeschüchtert. Aber sie hatte ihre Pistole bei sich, und Hogg und Tovera bewachten die Zugänge beiderseits des langen Saals; nur für alle Fälle – und zumindest für Hogg voll Hoffnung.

Ein wartender Akolyth sagte mit schroff klingender Stimme: »Was einem Menschen widerfährt, ist im Vergleich zum Wohle der ganzen Menschheit von wenig Belang!«

Sein Partner versuchte, ihn mit angstvoller Miene zum

Schweigen zu bringen. »André, es ist entschieden worden«, sagte der Prior müde.

Adele sah den Akolythen an. »Sir«, sagte sie, »diese Wahl dürfen Sie hinsichtlich des Werts Ihres eigenen Lebens jederzeit treffen. Hinsichtlich des meinen würde ich das ohne Zögern tun. Aber Sie werden diese Entscheidung nicht für jemanden treffen, der mein Freund ist!«

Daniel sah sie an und lächelte. »Nein, das werden Sie nicht«, sagte er. Dann wandte er sich erneut dem Prior zu und wiederholte: »Guten Tag.«

Er ging auf den Korridor zu, der direkt zum Schiff führte. Hogg und vier Wachen begleiteten ihn.

Adele strich mit der Fingerspitze über den Pergamenteinband von *Ein Katalog der Bibliothek von Barnards Welt*, seufzte und folgte ihrem Freund – aber ganz langsam. Die Bibliothek von Barnards Welt, angeblich die beste existierende Sammlung terranischer Bücher, seit die Asteroiden die Erde und die Menschheit ins Interregnum gebombt hatten, war vor dreihundert Jahren verbrannt.

»Platz machen, Schlampe!«, schnarrte einer von Adeles Begleitern und hob seinen Impeller. »Sonst kannst du dir aussuchen, welches Ende von diesem Ding ich gegen dich einsetze!«

Adele hob den Kopf, unsanft aus einem Traum gerissen, in dem die junge Adele Mundy heranwuchs und Direktorin der Akademischen Sammlungen auf Bryce wurde, weithin verehrt ob ihres Wissens und ihres selbstsicheren Auftretens. Die Novizin, die Daniel in die Falle gelockt hatte, Margarida, wartete im Korridor.

»Mistress?«, sagte die junge Frau zu Adele. Man hatte ihr das Haar auf der rechten Seite abrasiert, um die Wunde verbinden zu können, die Tovera ihr mit ihrer Maschinenpistole zugefügt hatte. »Darf ich Sie begleiten?«

»Hab ich dir's nicht gesagt?«, schrie der Spacer und hob die Waffe, um ihr einen Kolbenschlag zu versetzen.

»Vincent!«, rief Adele tadelnd. »Wenn ich ihren Tod gewollt hätte, hätte ich sie getötet!«

Sie atmete tief durch, weil ein Teil von ihr tatsächlich den Tod des Mädchens wünschte, so sehr, dass ihr Arm zitterte, so viel Zurückhaltung kostete es sie, nicht die Pistole zu ziehen. Tovera feixte, es amüsierte sie offenbar, hier zuzusehen, wie ein Gewissen funktionierte. *Daniel würde es nicht zu erfahren brauchen ...*

»Ja, wenn Sie wollen«, sagte Adele, und ihre Stimme war so ruhig wie ein Teich, in dem ein großer Fleischfresser wartet. Bildete das Mädchen sich etwa ein, sie könnte Daniel an Bord der *Princess Cecile* folgen? »Bis zur Gangway und keinen Schritt weiter.«

Margarida schloss sich ihr an. Ohne Adele dabei anzusehen, sagte sie: »Der Orden ist eine Gemeinschaft, die ihre Daseinsberechtigung verloren hat. Ich nehme an, das ist Ihnen bewusst?«

»Ja.« Adele nickte. »Als Daniel ...«

Sie räusperte sich und fuhr dann fort: »Als Kapitän Leary sagte, dass dies hier unsere nächste Station sein würde, habe ich alles gelesen, was ich über die Geschichte von New Delphi finden konnte. Beeindruckend viel Information, muss ich sagen; aber ein paar entscheidende Punkte hat man herausgelassen.«

»Ja«, sagte Margarida, und ihre Wangen verfärbten sich, in dem gelbgrünen Licht erzeugte dies eine giftige Farbe. »Jetzt, wo Sie uns verlassen, werden Sie sicher darauf sehen, dass die Berichte korrigiert werden. Es wird zu Ausschreitungen gegen den Orden kommen, vermute ich.«

Adele sah die Frau stumm an, während einer ihrer Bewacher die Tür nach draußen entriegelte. Der Wind blies herein, winziges Sandkörner prickelten auf Adeles Gesicht und Händen.

»Wir werden ganz sicherlich dafür sorgen, dass das Universum über Sie und das, was hier geschieht, die ganze Wahrheit erfährt«, sagte sie, während sie und Margarida über den Sand auf das Schiff zu gingen. »Und da Menschen eben Menschen sind, wird es vermutlich einige Aufregung über eine Institution zur moralischen Erneuerung geben, wenn man erfährt, dass sie Menschenopfer praktiziert hat. Also muss ich auch den zweiten Teil Ihrer Frage bejahen.«

»Es war nicht …«, sagte das Mädchen zornig, wurde dann wieder rot und schluckte den Rest des Satzes hinunter. Sie war intelligent genug, um zu begreifen, dass Adeles Darstellung, auch wenn sie bewusst unfreundlich formuliert war, die Grenzen der Wahrheit nicht überschritt.

»Wir sehen die Dinge anders, das weiß ich«, sagte Margarida und presste sich die Arme an den Leib. »Tut mir leid, ich hätte das nicht anschneiden sollen.«

Sie sah Adele zum ersten Mal gerade in die Augen und fuhr fort: »Mistress, ich wollte Sie bitten …«

Sie hielt inne, musterte die männlichen Spacer unmittelbar vor ihnen, und wurde wieder rot. Dann fuhr sie fort: »… ich habe einen Brief an Kapitän Leary geschickt, ein Trick, damit wir ihn, nun ja, damit wir ihn zur Erhebung tragen konnten. Das wissen Sie?«

»Um ihn zu entführen«, sagte Adele mit gleichmäßiger Stimme. »Ja, das weiß ich.«

Und ich habe Sie leben lassen, weil das Daniels Wunsch ist, fügte sie lautlos hinzu. *Aber strapazieren Sie Ihr Glück nicht zu sehr.*

»Mistress«, stieß die junge Frau hervor. »Es war ein Trick. Aber ich bin erst dreiundzwanzig, ich bin eine *Frau*, ich habe meine zweiten Gelübde noch nicht abgelegt, ich bin immer noch eine Novizin, und ich denke … ich denke …«

Margarida schluckte, die Tränen waren ihr in die Augen getreten. »Mistress«, sagte sie, »der Orden tut viel Gutes, Gutes wie sonst niemand. Das habe ich auf meiner eigenen Welt, auf Regis, selbst erlebt, aber es ist auch auf Hunderten von Welten genauso. Nur, dass ich nicht sicher bin, ob ich stark genug bin, um zu sein, was ich sein möchte. Mistress, was soll ich tun? Ich *weiß*, dass Sie mich verstehen!«

Adele sah ihr in die Augen, versuchte eine befriedigende

Antwort zu formulieren; eine Antwort, die sie beide befriedigen würde.

»Schwester Margarida«, sagte sie. Sie hatte nur ein paar Sekunden gezögert, aber die Kluft zwischen ihnen schien viel tiefer. »Sie glauben, ich habe mich von der Welt losgesagt ...« – der Euphemismus ließ Adeles Lippen in einem kalten Lächeln zucken – »wie Sie das tun wollen. Das ist nicht der Fall. Ich brauchte nichts aufzugeben, was ich nicht von vorneherein hatte.«

Margarida starrte sie verständnislos an. Ebenso gut hätten sie zwei verschiedene Sprachen sprechen können, so wenig Kommunikation fand zwischen ihnen statt.

»Schwester«, sagte Adele, »ich wünschte, ich könnte Ihnen helfen. Aber das *kann ich nicht*. Ich habe weder Ihren Glauben noch Ihre Wünsche. Sie werden für sich selbst entscheiden müssen, was Sie mit Ihrem Leben anfangen wollen.«

Sie schmunzelte ohne Humor. »Das gilt natürlich für uns alle.«

Sie hatten den Steg erreicht. Die meisten Luken der *Sissie* waren bereits verschlossen, nur die große Klappe vor der Brücke war noch offen und die Hauptluke. Die Luft roch verbrannt, erinnerte an den letzten Probelauf der Plasmaaggregate.

Adele blieb stehen und legte Margarida die Hand auf die Schulter, drehte sie herum, sodass sie einander zum ersten Mal, seit sie sich vor der Bibliothek begegnet waren, in die Augen sahen. Die Spacer waren bereits auf der Gangway und sahen sich jetzt besorgt um.

»Schwester Margarida«, sagte Adele eindringlicher, als sie das beabsichtigt hatte. »Ich kann Ihnen nicht sagen, was Sie tun sollen, aber ich werde Ihnen sagen, was *ich* getan habe. Oh, nicht Sex – das bedeutet mir nichts, das habe ich Ihnen bereits gesagt, wohl aber die Welt in einem weiteren Sinne.«

Sie wies nach hinten auf den Baum. »Ihre Bibliothek ist interessant«, fuhr sie fort. »Dort gibt es viele ungewöhnliche

Stücke und vielleicht ein paar, die einmalig sind, aber ich habe in Sammlungen gearbeitet, die mit Leichtigkeit hundert Mal umfangreicher sind, und ich liebe sie. Ich liebe die Umgebung und könnte jetzt wieder dort sein – aber das bin ich nicht. Ich bin hier in einem Schiff, das erneut ein MRC-Kriegsschiff geworden ist, mit allem, was das mit sich bringt. Ich habe oft getötet, habe, seit ich diese Uniform angelegt habe, viele *Dutzende Male* getötet …«

Ihr rechter Daumen und Zeigefinger drückten den gefleckten Stoff des anderen Ärmels ihrer Arbeitsuniform zusammen.

»… und ich werde noch mehr Leute töten, das weiß ich, bis eines Tages jemand mich tötet, und auch das wird mit Sicherheit geschehen. Das ist meine ganz persönliche Entscheidung, Schwester, meine *Entscheidung*: Ich habe mich für die Welt entschieden!«

Adele ließ den Arm des Mädchens los und ging die Gangway hinauf. Sie sah sich nicht um, bis sie im Eingangsbereich stand und die Hauptluke bereits begonnen hatte sich zu schließen.

Margarida starrte ihr mit ausdrucksloser Miene nach. Und dann machte das Mädchen plötzlich auf dem Absatz kehrt und ging mit entschlossenen Schritten zurück zum Baum.

25

Die *Princess Cecile* befand sich im Orbit über Todos Santos, aber solange Adele zu arbeiten hatte, hatte sie die Gewichtslosigkeit überhaupt nicht zur Kenntnis genommen. Jetzt schaltete sie ihre Konsole auf Komplettierung der Berechnungen und sah zu den Klimovs im Raum hinter der Brücke hinüber.

Der Graf wirkte gereizt; Valentina machte einen bedrückten Eindruck. Bisher hatte man sie während der Landevorgänge umhätschelt; diesmal hatte man sie sich allein überlassen; sie waren nicht länger Eigner des Schiffes, auf dem sie reisten. Daniel verhandelte mit den Hafeninspektoren, während Adele mit ihrer eigenen Aufgabe, die sie sich selbst zugewiesen hatte, beschäftigt war.

Eigentlich gehören sie nirgendwohin, dachte Adele. *Ihr Reichtum verschafft ihnen Zugang zu allen möglichen Gesellschaftskreisen, aber eigentlich gehören sie ihnen nicht an. Alle anderen an Bord der Sissie gehören jedoch derselben Familie an.*

»Exzellenzen?«, sagte Adele, ohne das InterKomm zu benutzen, da die beiden ja nur drei Meter von ihr entfernt waren. Auf Orbit herrschte im Schiff zwar nicht gerade völlige Stille, aber die Systeme machten wenigstens nicht den Höllenlärm, wie wenn sie unter Antrieb unterwegs waren. »Ich stelle Ihnen eine Liste der Schiffe im Hafen San Juan zusammen, einschließlich der für steuerliche Belange aufgelisteten Werte und der Unterlagen über ihre Kapitäne, soweit sie verfügbar sind, sowie die Vorgeschichte der Schiffe – wiederum soweit verfügbar. Die Steuerwerte sind natürlich relativ.«

»Aber ich begreife nicht …?«, begann Klimov, immer noch mit gerunzelter Stirn, jetzt aber eher konfus als verstimmt. »Was wollen Sie uns damit sagen?«

»Nun, ich nehme doch an, dass Sie hier ein Schiff kaufen oder chartern werden«, sagte Adele. Valentinas Gesichtsausdruck ließ erkennen, dass ihr das klar war, aber Adele fuhr dennoch für ihren Gatten fort: »Ich glaube, diese Informationen werden Ihnen die Verhandlung erleichtern.«

Sie räusperte sich. »Ich habe auf Todos Santos einen Bekannten – genauer gesagt einen Verwandten. Wenn die Dinge anders lägen, würde ich vorschlagen, dass er seine guten Dienste für Sie einsetzt, aber die augenblickliche Notstandssituation schließt das aus. Aber es sollte für Sie kein Problem sein, eine akzeptable Reisegelegenheit nach Hause zu finden.«

Die *Princess Cecile* war etwa sechs Millionen Kilometer von Todos Santos entfernt in den Normalraum zurückgekehrt. Die meisten Astrogatoren waren schon zufrieden, wenn ihr erster Wiedereintritt innerhalb des Sonnensystems erfolgte, auf das sie zielten, aber sie wusste, dass Daniel gelegentlich noch wesentlich bessere Werte erzielt hatte. Als Allererstes alarmierte Adele die cinnabarischen Exilbürger über deren Notfallnetz. Sie und Daniel hatten in drei Stunden eine Besprechung in Adrian Purvis' Villa verabredet, möglicherweise auch später, wenn die Einreiseformalitäten länger dauern sollten.

»Ich nehme an, dass wir an Bord eines Handelsschiffes nach Cinnabar zurückkehren und dort ein cinnabarisches Schiff nach Novi Swerdlowsk chartern werden«, sagte der Graf. »Ohne viel über die Fundstücke zu sprechen, die wir unterwegs mitgenommen haben.«

Er runzelte kurz die Stirn und fuhr dann fort: »Aber, Mistress Mundy, weshalb machen Sie sich so viel Mühe mit uns? Sie haben Informationen über mehr als hundert Schiffe zusammengetragen, nicht wahr?«

Adele schob die Lippen vor. Eine schnelle Antwort hätte gelautet: »Das war kein Problem.« Nun, das entsprach zwar, soweit es sie betraf, der Wahrheit, aber es war nicht die richtige Antwort.

»Euer Exzellenz«, sagte sie, »Sie haben sich auf dieser Reise mir gegenüber wie ein Gentleman verhalten. Die Mundys of Chatsworth sind dafür bekannt, dass wir uns immer revanchieren, im Guten wie im Bösen.«

»Adele, dieser Verwandte, den Sie hier haben?«, fragte Valentina. »Auf die Weise haben Sie doch Georgi geholfen, als wir zum ersten Mal hier waren, ja?«

»Ja, das ist richtig«, sagte Adele. »Mein Vetter gehört einer Gruppe cinnabarischer Bürger an, die in der Marine des Sternhaufens dienen.«

Die Hafenbeamten waren gerade dabei, ihre Luftanzüge wieder zu schließen, um zu ihrem eigenen Schiff zurückzukehren. Adele hatte sich erboten, hinsichtlich des Schmiergelds behilflich zu sein, seit die Klimovs nicht mehr Schiffseigner waren, aber Daniel hatte ihr versichert, er würde auch selbst klarkommen.

»Und wenn wir landen, werden Sie Ihren Verwandten und seine Kollegen besuchen?«, fuhr Valentina fort. »Wegen der Notsituation, die Sie erwähnten.«

»Ja.« Adele nickte, jetzt noch vorsichtiger geworden, als sie das normalerweise war. Offenbar wusste die Klimovna mehr über die »cinnabarischen Bürger«, als Adele ihr gesagt hatte. »Weshalb fragen Sie?«

Valentina wandte sich dem Grafen zu. »Georgi«, sagte sie, »wir werden ihnen das AirCar leihen. Sie wollen sicher Eindruck machen und werden es wegen der Schwierigkeiten eilig haben. Sie sollten nicht diese verkommenen Fahrzeuge mieten müssen, die es hier gibt.«

»Was?« Der Graf zuckte die Achseln. »Ja, natürlich. Wenn du das möchtest, meine Liebe.«

Er rieb sich die Hände und lächelte versonnen. »Wir werden

ohnehin hier im Hafen zu tun haben«, sagte er. »Und wir haben es ebenfalls eilig. Ich denke, ich werde bei diesem Besuch nicht einmal sehen, ob ich ein Kartenspiel ausfindig machen kann.«

Daniels rechter Arm lag locker auf der Oberseite der Tür des AirCars, und er lächelte freundlich, aber das kostete ihn mehr Anstrengung, als dem Drachen mit dem Kolben seiner Waffe entgegenzutreten. Wenn Gefahr im Anzug war, war es einfacher zu handeln als bewusst *nicht* zu handeln. Und das Tempo des AirCars und die Art und Weise, wie Barnes den Steuerknüppel mit weiß hervortretenden Knöcheln festhielt, waren beinahe die Garantie für eine bevorstehende Katastrophe, falls Daniel je eine erlebt hatte.

»Vielleicht sollten wir auf der Straße landen, Barnes«, sagte Daniel und hoffte dabei positiv und aufmunternd zu klingen. »Der Hof im Palast von Fregattenkapitän Purvis ist wirklich nicht für Landungen gedacht …«

»Festhalten!«, schrie Barnes. Offenbar hörte er nicht zu. Daniel überlegte, dass es ja wahrscheinlich auch besser war, wenn der Fahrer sich ganz auf seine Aufgabe konzentrierte – insbesondere, wenn man bedachte, dass er trotz aller Konzentration so aussah, als würde er eine Bruchlandung hinlegen.

»Da haben Sie *verdammt recht*!«, ließ sich Hogg von ganz hinten vernehmen, wo er neben Dasi saß. »Ich schwör's bei Gott, Master, ich werde zu Fuß zurückgehen, wenn ich mir bei dieser Landung nicht vorher beide Beine breche!«

Daniel sah sich um; wenn Gefahr drohte, verlangte der Instinkt eines guten Offiziers Fürsorge für Untergebene. Adele und Tovera saßen auf dem mittleren Sitz. Toveras Gesichtsausdruck war kühl und distanziert, und Adele betrachtete etwas, was ihr KommHelm projizierte. Von Daniels Seite war das Bild nur verschwommen wahrzunehmen.

»Adele, Sie sollten sich …«, sagte Daniel mit lauter werdenden Stimme. Tovera streckte den Arm über ihre Herrin, packte den Handgriff und lächelte Daniel dabei zu.

Zum Teufel mit zuversichtlich aussehen! Daniel stemmte den rechten Arm gegen das Armaturenbrett und packte mit der linken Hand die Unterseite seines Sitzes. Das AirCar fegte über die Palastfassade weg, kippte wie eine Büroklammer zur Seite und plumpste mitten in den Hof. Die schreienden Kinder konnten rechtzeitig davonrennen, aber ein Büschel blutiger Federn beim Aufprallen des AirCar zeigte, dass eines der Hühner nicht so viel Glück gehabt hatte.

Daniel hatte den Mund weit geöffnet, damit ihm beim Aufprall nicht Zähne abbrachen, wurde aber hart gegen den Sitzgurt gepresst. Als das AirCar zum zweiten Mal auftraf, stellte er fest, dass die Sitzkissen der Aufgabe nicht gewachsen waren, den Sitzrahmen davon abzuhalten, ihm die Wirbelsäule in den Schädel zu treiben.

Das AirCar war immer noch in Drehbewegung und mähte deshalb diesmal die Stangen mit den Wäscheleinen im südlichen Bereich des Hofes einfach ab. Als sie schließlich zum Stillstand kamen, waren sie mit bunten Kleidungsstücken wie mit Festtagsschmuck behängt.

Barnes hob ein orange und gelb gestreiftes Hemd von seinem Gesicht und schaltete dann die Turbinen ab. Er sah Daniel mit strahlender Miene an.

»*Hölle und Teufel*, Sir«, sagte er vergnügt. »Einen Augenblick lang war ich beunruhigt, aber ich denke, wir sind gut reingekommen!«

Daniel öffnete den Verschluss seiner Tür, entwirrte die Pluderhose, die sich darin verhängt hatte und die Tür daran hinderte, ganz aufzugehen, und stieg aus. »Etwas Wäsche ist in die Turbineneinlässe geraten, Barnes«, sagte er. »Die sollten Sie entfernen, ehe wir wieder starten, ja, bitte? Für den heutigen Vormittag reicht mir die Aufregung.«

Adele nahm den KommHelm ab und vertauschte ihn gegen

die zu ihrer Uniform gehörende. Sie lächelte schwach, als sie sich von Daniel beim Aussteigen helfen ließ.

»Gewöhnliche Diplomaten«, meinte sie, »würden eine Besprechung wie diese einigermaßen belastend finden. Ich persönlich bin eigentlich recht entspannt, seit ich die Füße wieder auf festem Boden habe. Vielleicht sollten wir, wenn wir wieder in Cinnabar sind, dem Außenamt einen Vorschlag machen?«

»Ich kenne keine Diplomaten gut genug, um so schlecht auf sie zu sprechen zu sein«, sagte Daniel und zog sich den Uniformrock zurecht. Er fühlte sich gut – sehr gut sogar. Eine Fahrt wie diese zu überleben stimmte einen richtig fröhlich.

Eine Passage aus *»Das Atlas Sternhaufen-Geschwader«* vor sich hin pfeifend ging Daniel mit langen Schritten auf die Treppe zu, Adele ging an seiner Seite. Ein tätowierter weiblicher Bootsmann befehligte die Wachen. »Landet Ihr Fahrer immer so?«, fragte sie.

»Meistens schon«, meinte Daniel locker und stieg die Treppe hinauf. *Im Orbit über Thermidore nahmen wir eine schiffbrüchige Hure an Bord und …*

»Ich würde sagen, man gewöhnt sich daran«, meinte Adele über die Schulter gewandt. »Aber bis jetzt habe ich das noch nicht, muss ich leider sagen.«

Fregattenkapitän Purvis komplementierte sie in die durch handgeschnitzte Gitter vor der grellen Sonne geschützte Loggia. Admiral O'Quinn stand dicht hinter dem Eingang. Daniel hatte sie auf dem Dach des *Anyo Nuevo* kennengelernt, als die *Princess Cecile* das erste Mal in San Juan gelandet war, kannte aber die anderen vier Offiziere im Raum nur von ihren Bildern in den Akten.

Adele hatte ihn gewarnt, aber *du großer Gott!*, sahen die schlimm aus! Wenn die Uniformen nicht gewesen wären – auffällige vor Ort geschneiderte weiße Gala-Uniformen –, hätte Daniel nie geglaubt, dass sie mit der MRC oder irgendeiner anderen militärischen Organisation in Verbindung standen.

»Admiral«, sagte Daniel und salutierte. Er nickte den anderen zu. »Offizierskameraden. Ich bin froh, dass Sie Signaloffizier Mundy und mich so kurzfristig empfangen können. Wir haben nicht sehr viel Spielraum, aber das ist für die MRC ja nichts Neues …«

Er spürte, wie seine Mundwinkel zitterten, halb ein Lächeln, halb Zorn. Wenn der richtige Augenblick da war, würde er ruhig sein, das wusste er aus Erfahrung. Jetzt freilich malte er sich die bevorstehende Schlacht aus und konnte nicht verhindern, dass Emotionen, die älter als das menschliche Segment seines Gehirns waren, auch sichtbar wurden. Mochte die Allianz den Tanz beginnen, am Ende würde die MRC den Ton angeben …

»… aber ich denke, wenn wir schnell handeln, sollte es ausreichen.«

»Handeln?«, fragte Leutnant Estaing, der sich von allen Anwesenden am wenigsten verändert hatte. »Indem wir uns die Kehlen durchschneiden, meinen Sie, Leary? Denn eine andere Wahl haben wir doch nicht! Zwei Schlachtschiffe, *moderne* Schlachtschiffe, ein schwerer Kreuzer und eine Zerstörer-Flottille. Das ist doch ein hoffnungsloses Kräfteverhältnis!«

Daniel verschränkte die Hände hinter dem Rücken und sah Estaing an. Nicht körperlich verändert, aber … wenn man nach dem ging, was er in Adeles Unterlagen über den Mann gefunden hatte, war er vielleicht in moralischer Hinsicht doch noch der Mann, der er schon vor der Meuterei gewesen war.

»Ich glaube nicht, dass es so schlimm ist, Mister Estaing«, antwortete Daniel ruhig. »Der Allianzverband ist erst vor einer Woche auf Gehenna eingetroffen. Sie hatten von Pleasaunce dorthin eine ausnehmend schwierige Reise. Sie werden einen weiteren Monat brauchen, um ihre Schiffe zu überholen und sie werden nicht mit einem Angriff rechnen. Ich glaube …«

»Es wird auch keinen Angriff geben, Leary«, sagte Admiral O'Quinn mit Nachdruck. Daniel sah ihn erstaunt an. Der Admiral blickte einen Augenblick lang finster und sah dann zu Boden.

»Hören Sie, Sie sind noch ein junger Mann, voll Schwung und Elan – und das ist ja auch gut so, wenn man jung ist.«

»Wir waren ebenfalls jung«, sagte Leutnant Tetrey, eine geradezu grotesk fette Frau. Alle Offiziere der *Aristoxenos* hielten Gläser in der Hand, aber Tetrey stellte das ihre immer wieder ab, um sich glasierte Obstscheiben von einer Platte in den Mund zu stopfen. »Deshalb sind wir jetzt hier, im letzten Winkel des Universums.«

»Wir müssen die Dinge realistisch betrachten, Leary«, sagte O'Quinn. »In Wahrheit weiß ich nicht einmal, ob die *Zanie* überhaupt starten könnte, selbst wenn wir wirklich einen ganzen Monat hätten, wie die Allianz Ihrer Ansicht nach für Überholungsarbeiten benötigt. Sie war seit drei Jahren nicht mehr im Orbit, und es ist sieben Jahre her, dass wir zuletzt in der Matrix waren. Die Vorstellung, wir könnten zwei Schlachtschiffe angreifen, ist absolut hoffnungslos!«

Daniel räusperte sich.

»Ich vergesse ganz auf meine Manieren«, sagte Adrian Purvis. »Hier, Leary – und Sie, Cousine Adele. Möchten Sie gerne einen Schluck zu trinken haben? Oder zu essen? Der Wein ist wirklich sehr respektabel.«

»Versuchen Sie den Roten«, sagte Admiral O'Quinn mit leicht angeheitert klingender Stimme. »Er stammt von meinem Anwesen in den Dantas-Bergen.«

Zwei Diener traten mit einer Karaffe und einem silbernen Kelch heran und verbeugten sich vor Daniel. Ihr Lächeln wirkte kriecherisch.

Daniel machte mit der linken Hand eine abwehrende Bewegung, die beinahe angewidert wirkte. »*Nein*«, sagte er. »Nein, vielen Dank.«

Er verzog das Gesicht und – er hätte sich beherrschen können, sah aber dazu keinen Anlass –, herrschte O'Quinn und alle Anwesenden im Saal an: »Herrgott, Offizierskameraden, was reden Sie da? Ich habe doch nicht vorgeschlagen, zwei Schlachtschiffe frontal anzugreifen, selbst Schiffe wie diese, die für eine lange Reise konfiguriert sind und bei denen man die Hälfte der Torpedos durch Tanks mit Reaktionsmasse ersetzt hat. Nein, wir werden einen Blitzangriff auf Gehenna starten und das Allianzgeschwader am Boden zerstören.«

Daniel gestikulierte, hob beide Hände, als wäre er ein Prediger, der zu seiner Gemeinde spricht. Er hatte mit Einwänden gerechnet, mit Zweifeln, Widerständen gegen seine Strategie. Er war der dienstjüngste Offizier im Raum, die anderen hatten, als sie zur Zeit der Drei-Kreise-Verschwörung von Cinnabar geflohen waren, schon höhere Ränge bekleidet als er jetzt. Natürlich würden sie die von ihm vorgeschlagene Taktik nicht sofort akzeptieren, insbesondere da sie ja nicht die gleichen Informationen wie er hatten und damit auch nicht *alles* durch den Baum erfahren hatten.

Was Daniel nicht erwartet hatte, war die völlige Apathie und die Entschlossenheit, eine erschreckend düster wirkende Realität einfach zu ignorieren. Admiral O'Quinn und seine Offiziere hatten vor, den Kopf in den Sand zu stecken und über Weine zu reden, bis der Kommandeur des Allianzgeschwaders seine Schiffe in Gefechtsbereitschaft gebracht hatte und über Todos Santos auf Orbit ging und Tod und Vernichtung auf den Sternhaufen herunterregnen ließ – mit der *Aristoxenos* als erstem Ziel.

»Ein Torpedo für jedes ihrer Schiffe, und sie können ohne größere Reparaturen nicht mehr starten«, versuchte Daniel sie zu überreden. »Auch die Schlachtschiffe. Und Sie können sich vorstellen, wie lange es dauern wird, bis sie die Reparaturen durchführen können, wo sie doch nur auf die Ressourcen des Commonwealth zurückgreifen können, nicht wahr? Damit haben Sie mit einem Schlag den Sternhaufen gerettet, sich selbst gerettet, und die Republik Cinnabar steht in Ihrer Schuld!«

»Nun, Admiral, haben Sie dieses großzügige Angebot gehört?«, fragte Leutnant Estaing. Seine Wangen waren vom Wein und der Erregung gerötet. »Wir alle sollen posthum begnadigt werden.«

Er funkelte Daniel an, wütend und verängstigt zugleich. »Nur dass ich vermute, dass die Begnadigung davon abhängen wird, ob wir Erfolg haben«, fuhr er fort, und seine Stimme wurde dabei lauter, »und das ist unmöglich. Unmöglich!«

»Mister Estaing«, sagte Fregattenkapitän Purvis mit scharfer Stimme, »bitte denken Sie daran, dass Sie sich in meinem Haus befinden und zu meinem Gast sprechen.«

Purvis drehte sich zu Daniel um und hüstelte hinter vorgehaltener Hand. »Tatsache ist aber, Leary«, fuhr er fort, »dass Sie einfach nicht wissen, wie es hier im Norden zugeht. Die *Zanie* ist kein Kriegsschiff mehr, nicht bei der Wartung, die wir ihr an einem Ort wie diesem haben angedeihen lassen können. Ja, freilich, ein Geschwader der Flugboote, wie sie die Marine des Commonwealth einsetzt, könnten wir wahrscheinlich verjagen, aber doch keine *richtigen* Kriegsschiffe. Kein Elitegeschwader der Allianz. Das ist einfach nicht drin.«

»Offizierskameraden!« Daniel fragte sich, ob er so verzweifelt klang, wie ihm zumute war. »Wenn Sie mir gestatten, möchte ich Ihnen gerne eine Simulation zeigen …«

Leutnant Williams, die hagere Frauengestalt, erhob sich mit einem Ruck von dem Hocker, auf dem sie saß. Ihr Glas kippte in ihrer Hand. Sie trank Gin, nicht Wein. Jetzt riss sie mit erschreckter Miene den Mund auf – aber nicht um zu sprechen, nein, sie drehte sich um und übergab sich auf die Teppiche, die den Boden der Loggia bedeckten.

Diener eilten, fröhlich miteinander flüsternd, herbei. Sie hielten sich im gleichen Raum wie die Offiziere auf, blieben aber abseits, so wie die vogelartigen Geschöpfe, die um den Gouverneurspalast flatterten. Einer hielt ein Becken mit Wasser, ein anderer hatte ein paar Servietten über seinen Arm drapiert. Die anderen rollten die besudelten Teppiche zur Seite, taten das mit einer Geschicklichkeit, die auf lange Erfahrung schließen ließ, und schleppten sie weg.

Daniel drehte sich etwas zur Seite, um O'Quinn im Auge behalten zu können, und tat so, als würde er Williams nicht sehen. »Wie gesagt, eine Simulation ...«, fuhr er fort.

Bodo Williams drehte sich um, ohne sich zu erheben. Sie hatte sich mit einer Serviette über das Gesicht gewischt, sodass es jetzt nass, aber noch nicht ganz sauber war. »Um Himmels willen, verstehen Sie denn nicht?«, fragte sie. »Simulationen sind doch sinnlos; alles ist sinnlos! Wir können nicht gegen Schlachtschiffe kämpfen, wir können gegen niemanden kämpfen! Gehen Sie doch einfach und lassen Sie uns in Frieden. Wir haben Sie doch auch in Frieden gelassen, oder nicht?«

Williams presste sich beide Hände über die rachitische Brust und begann zu weinen, wobei nicht zu erkennen war, ob sie körperlich oder mental Schmerzen litt. Estaing starrte Daniel in stiller Wut an; sein Glas war nur halb voll, aber seine Hände zitterten so stark, dass der Inhalt trotzdem herausspritzte. Die anderen hatten die Augen abgewandt, starrten zu Boden.

»Offizierskameraden ...«, sagte Daniel. Und dann verstummte er, weil er nicht wusste, wie er weitermachen sollte.

Er wusste, dass es *irgendeinen* Weg geben musste. Er sah eine Möglichkeit – nun ja, Ansätze einer Möglichkeit, wie man das Allianzgeschwader besiegen konnte. Die Offiziere der *Aristoxenos* sahen das nicht. Sie waren nicht der Baum gewesen, und sie waren auch nicht Daniel Leary, der mit Glück, einer verschworenen Elitemannschaft und vielleicht noch etwas mehr in der Vergangenheit schon mehrmals gegen alle Erwartung gesiegt hatte.

All dies konnte Daniel verstehen. Was er *nicht* verstehen konnte, war, dass es MRC-Offiziere gab, die nicht bereit waren zu kämpfen. Die MRC hatte nie Mangel an Ignoranten und auch ausgesprochen dummem Personal gelitten, aber niemand wäre auch nur im Entferntesten auf den Gedanken gekommen, die MRC wäre eine Zuflucht für Feiglinge ...

Adrian Purvis sah O'Quinn an und wartete darauf, dass sein Vorgesetzter etwas sagte. Der Druck, der von den Augen des

Fregattenkapitäns ausging, brachte den Admiral schließlich dazu, das Wort zu ergreifen. »Sehen Sie, Leary, ich verstehe ja, was Sie hier tun wollen, aber Sie müssen auch unsere Situation begreifen. Ein paar Spacern von Cinnabar bei einer Prügelei hier in San Juan zu helfen ist eine Sache, aber jetzt verlangen Sie von uns, dass wir uns auf einen Krieg mit der Allianz einlassen. Als Sie das letzte Mal hier waren, hat Offizier Mundy …«

Er nickte Adele zu, und sein Gesichtsausdruck blieb trotz des nervösen Zuckens im linken Augenwinkel professionell streng.

»… uns eindeutig klargemacht, beleidigend klar, sollte ich vielleicht sagen, dass die Republik mit uns nichts im Sinn hat. Und Sie sagen jetzt, dass es nicht so wäre? Nun, ich fürchte, dafür ist es zu spät.«

»Admiral O'Quinn«, sagte Daniel. Er war so ruhig, wie er das in der Schlacht gewesen wäre, selbst in einer Schlacht, von der er wusste, dass er sie nicht gewinnen konnte. »Sie wissen, dass das Allererste, was ein Allianzgeschwader zur Unterstützung des Commonwealth tun wird: Es wird den ganzen Sternhaufen unterwerfen. Die *Aristoxenos* …«

»Wir wissen gar nichts!«, sagte Adrian Purvis. »Wir *wissen* nicht einmal, dass es auf Gehenna ein Geschwader der Allianz gibt. Das ist wahrscheinlich ein Trick, den Sie und das Commonwealth sich ausgedacht haben, um uns in einen Hinterhalt zu locken!«

Daniel sah ihn an. »Mister Purvis«, sagte er, »Sie haben das Wort eines Leary von Bantry, dass die Situation genauso ist, wie ich sie beschrieben habe.«

»Ja, und was ist das Wort eines …«, setzte Purvis an.

Adele schlug ihn mit der rechten Hand auf den Mund. Der Schlag hallte wie ein Pistolenschuss durch den Raum.

Daniel hob eine Weinkaraffe auf. Wenn es jetzt unangenehm wurde, war die Chance, hier lebend rauszukommen, sehr gering, obwohl immerhin Hogg und Tovera im Hof waren, und das steigerte ihre Chancen. Wenn man ein Offizier der MRC war, steckte man den Kopf nicht einfach in den Sand und wartete auf den Tod …

Fregattenkapitän Purvis trat einen Schritt zurück. Er griff sich an den Mund und ließ dann die Hand sinken, starrte Adele an. Niemand bewegte sich.

Admiral O'Quinn sagte: »Ich glaube nicht, dass hier noch viel zu bewegen ist. Ich will Ihnen nicht sagen, was Sie zu tun haben, Leary, aber ich schlage vor, dass Sie nach Cinnabar zurückkehren und die Angelegenheit den zuständigen Behörden übergeben. Wenn die nichts unternehmen oder nicht schnell genug handeln, nun, dann ist das nicht Ihre Schuld.«

»Vetter Adrian«, sagte Adele mit einer Stimme, die wie eine Glocke durch die Stille hallte. »Du bist eine Schande für eine Familie, die mehr als genug Narren hervorgebracht hat, aber keine Feiglinge, zumindest war mir das bis jetzt nicht bewusst.«

»Schön!«, stieß Purvis hervor. »Da du darauf bestehst, werden wir das jetzt in Ordnung bringen. Meine Sekundanten werden morgen bei dir vorsprechen.«

Adele lachte. »Spar dir die Mühe«, sagte sie. »Meine Kollegen und ich haben uns um Angelegenheiten des Staates zu kümmern. Aber lass mich sagen, dass ich den Angriff der *Princess Cecile* auf die Schiffe der Allianz einzig und allein deshalb bedauern werde, weil ich nicht überleben und somit auch nicht imstande sein werde, den Flecken auf der Ehre unserer Familie mit deinem Blut wegzuwischen!« Sie machte auf dem Absatz kehrt und stolzierte hinaus. Daniel verbeugte sich vor seinem Gastgeber und folgte ihr. Auf halbem Weg die Treppe hinunter wurde ihm bewusst, dass er die Karaffe immer noch trug; er reichte sie dem Bootsmann, der unten wartete.

»Zurück zur *Sissie*, Barnes«, rief Daniel seinen Leuten zu, die mit besorgter Miene auf ihn sahen. »Und versuchen Sie vielleicht, uns zuerst auf dreißig Meter Höhe zu bringen, ehe Sie auf Impuls schalten, ja?«

»Wir *werden* doch Gehenna selbst angreifen, nicht wahr, Daniel?«, fragte Adele halblaut, als sie das AirCar bestieg. »Einheiten von Cinnabar können unmöglich rechtzeitig in den Norden kommen, um unsere Händler vor einem Massaker zu beschützen.«

»Ja, ich denke schon, dass wir das tun werden«, sagte Daniel mit einem schwachen Lächeln, während bereits eine Fülle von Plänen durch seinen Kopf kreiste. Wenn es ihm nur gelang, die Richtigen und diese in richtiger Reihenfolge zu packen zu kriegen …

»Aber nicht direkt«, fuhr er fort. »Die *Sissie* kann sich nicht einfach einen Pfad durch die äußeren Verteidigungsanlagen bahnen, wie das vielleicht ein Schlachtschiff könnte, also werden wir auf Morzanga Zwischenstation einlegen.«

26

»An sämtliches Allianz-Personal!«, sagte Adele. »Hier spricht die RCS-*Termagant*. Im Namen von Admiral Arnold Plumly werden Sie hiermit angewiesen, sich sofort zu ergeben, andernfalls haben Sie mit Ihrer Vernichtung zu rechnen. Zwischen der Republik Cinnabar und der Allianz Freier Sterne ist der Kriegszustand erklärt worden.«

Möglicherweise verfügten die Schiffbrüchigen der Allianz über funktionierende Sensoren, und selbst ein gutes Teleskop konnte durchaus den Unterschied zwischen einer Korvette und einem Schlachtschiff auf Orbit erkennen. Daniel hatte jedoch entschieden, dass die *Princess Cecile* als leichter Kreuzer gelten konnte, der sich auf der Suche nach einem starken Geschwader befand. Sie strahlten die Nachricht auf vier unterschiedlichen Funkfrequenzen aus, die von der *Goldenfels* benutzt wurden oder benutzt worden waren. Mit etwas Glück würden einige der Schiffbrüchigen immer noch das Funkspektrum überwachen oder zumindest ihre KommHelme tragen. Schließlich mussten sie ja darauf hoffen, dass man sie retten würde.

»Sammeln Sie sich ohne Waffen in der Mitte des Eingeborenendorfs in der Nähe des Wracks der *Goldenfels*«, fuhr Adele fort. »Halten Sie Abstand zum eigentlichen Wrack: Wir werden es aus dem Orbit zerstören, ehe wir auf Morzanga landen, um Gefangene aufzunehmen. Wer sich nicht ergibt, wird getötet werden.«

Die *Princess Cecile* fegte auf niedrigem Orbit von dem namenlosen Dorf weg, in dem die *Goldenfels* auf der Seite lag, über den

Horizont. Adele beendete die Sendung, richtete sich in ihrer Couch auf und sah die auf der Brücke Versammelten an.

»Ich verstehe das nicht, Sir«, sagte Sun mit besorgt klingender Stimme zu Daniel. »Die müssen doch wissen, dass wir sie im Busch selbst dann niemals aufspüren könnten, wenn wir wirklich ein ganzes Geschwader von der Größe wären, dass ein Admiral das Kommando führt. Dazu würde man ein ganzes Regiment Bodentruppen mit Dschungelausbildung brauchen und nicht zweihundert Spacer im Landeinsatz. Die werden sich verstecken und ganz bestimmt nicht herauskommen, damit man sie in einen Käfig stecken kann. Oder sehe ich das falsch?«

Daniel drehte die KomKonsole herum, um den Geschützmaat mit einem Lächeln um die Lippen ansehen zu können, ohne dabei den Blick vom Kursanzeiger zu wenden, der ihm verriet, was sich in der unmittelbaren Umgebung von Morzanga abspielte. Im Augenblick gar nichts, aber das konnte sich schließlich während eines einzigen Herzschlags ändern.

»Völlig richtig, Sun«, sagte Daniel und sah, an Sun vorbei, grinsend zu Adele an der Signalkonsole hinüber. »Die werden tatsächlich wegrennen, jedenfalls die meisten von ihnen. Vermutlich wird es ein paar geben, die eine cinnabarische Gefängnishulk dem Leben in der Wildnis bei einem Eingeborenenstamm vorziehen werden.«

Adeles Sensoren erfassten undeutliche Signale auf drei der vier Allianzfrequenzen. Die Signale wurden mit geringer Energie abgestrahlt und waren hinter dem Horizont nicht verständlich; aber jedenfalls wusste sie, dass ihre Sendung die Schiffbrüchigen von der *Goldenfels* dazu veranlasst hatte, miteinander Verbindung aufzunehmen.

»Mein eigentliches Ziel ist ja, sie von dem Wrack wegzulocken«, fuhr Daniel fort. »Ob die sich im Dschungel verstecken oder mit hoch erhobenen Händen mitten im Dorf stehen, ist völlig unwichtig. Wir werden sie ohnehin hierlassen, wenn wir wieder starten.«

Er sah erneut zu Adele hinüber. »Offizier Mundy, wie viele Umkreisungen schlagen Sie vor, ehe wir runtergehen? Ich möchte ganz sicher sein, dass die die Warnung gehört haben.«

»Die reden jetzt miteinander«, sagte Adele. »Was sie sagen, werde ich erst feststellen können, wenn wir wieder über dem Horizont sind, Sie müssen sich also bitte gedulden, bis ich ihre Gespräche erfassen kann.«

Daniels sonniges Lächeln ließ die nackten Stahlwände der Brücke heller erscheinen. »Oh, ich denke, wir können davon ausgehen, dass sie sich nicht darauf einstellen, die *Goldenfels* zu verteidigen, weil sie ja vernünftigerweise annehmen müssen, dass wir das Wrack mit Plasmageschützen oder einem Nuke zerstören, glauben Sie nicht? Und wir haben es schließlich einigermaßen eilig.«

Er schaltete auf die Schiffssprechanlage und fuhr fort: »*Schiff, hier Sechs. Wir beginnen in sieben Minuten mit dem Bremsmanöver zur Landung. Dies wird wieder eine trockene Landung, und es besteht eine geringe Wahrscheinlichkeit, dass ein paar Allianzspacer mit Handfeuerwaffen auf uns ballern, während wir reinkommen, seien Sie also auf alles vorbereitet. Sechs Ende*.«

Daniel wandte sich wieder seiner Konsole zu. Adele schaltete ein Echo auf die ihre, für den Fall, dass sie schnell handeln musste. Aber da war nichts, was ihr persönlich Sorge bereitete.

Das KomDisplay hielt das Fenster mit der KI im linken oberen Quadranten, der Rest zeigte Daten aus dem technischen Bereich an – Plasmaaggregate, High Drive, Maschinenzustand und die Bestände an Reaktionsmasse in jedem der acht separaten Tanks. Sie hatten auf Todos Santos nachgetankt – und die Zeit auch genutzt, um sonstige Vorräte aufzunehmen, da sie seit dem Verlassen von Tegeli ausschließlich auf ihre Bordvorräte angewiesen gewesen waren.

»Es könnte recht aufregend werden, sie aus einem Bau von der Größe der *Goldenfels* auszuräuchern«, meinte Hogg, der auf der rechten Seite der Brückenluke stand, während Tovera links

Position bezogen hatte. Genau genommen hätten sie während der Landung angeschnallt in ihren Kojen liegen müssen, weil sie keinerlei mit dem Betrieb des Schiffes in Zusammenhang stehende Pflichten hatten – aber das war unwichtig, die beiden waren nicht Leute, denen irgendwelche unteren Chargen ohne Weiteres Befehle erteilten.

»Es ist schon lange nichts Aufregendes mehr passiert«, sagte Tovera und sah Hogg mit einem trägen Lächeln an. »Vielleicht zu lange.«

»Das hat etwas für sich.« Er nickte und schob sich den Gurt mit Munition für seinen schweren Impeller zurecht. »Das hat wirklich was für sich.«

Adele hörte den beiden zu, während sie ein letztes Mal ihre eigenen Obliegenheiten überprüfte. Sie verstand weder Hogg noch Tovera, aber dann verstand sie ja schließlich die meisten Leute nicht, nicht einmal sich selbst. Aber man konnte zumindest mit einiger Sicherheit vorhersagen, was Hogg und Tovera in einer gegebenen Situation tun würden. Wären mehr Leute so wie sie, wäre das Leben einfacher – wenn auch wesentlich gefährlicher.

Daniel hatte die Einzelheiten des Einsatzes während der brutalen fünf Tage dauernden Reise nach Morzanga mit seinen Offizieren geplant, einer Reise, die sie ausschließlich in der Matrix verbracht hatten, ohne, wie es üblich war, zwischendurch in den Normalraum zu tauchen, um ihre Position zu überprüfen und der Mannschaft einen kurzen Geschmack von normaler Umgebung zu verschaffen. Die Zeit war sehr knapp, ganz besonders, wenn es hier Schwierigkeiten gab – und damit war mit fast tödlicher Sicherheit zu rechnen.

Adeles Aufgabe bestand darin, das Bildmaterial der *Goldenfels* und des im Dschungel gekippten, abgeschossenen KonTiki auf den neuesten Stand zu bringen. Die *Princess Cecile* hatte den Planeten nur einmal auf niedrigem Orbit umkreist, aber dank Mistress Sand waren die Bilderfassungsgeräte der Korvette von noch höherer Qualität als das selbst für ein Kriegsschiff der MRC üblich war.

Sie verschob das neue Material in eine der ganzen Kommandogruppe zugängliche Schwebedatei. Daniel und Pasternak hatten alle Hände voll mit der Landung zu tun, aber Adele stellte fest, dass die Offiziere in der Gefechtsleitzentrale das Bildmaterial sofort öffneten. Sie standen als Ersatzleute für die Landung bereit, aber wenn Mister Leary das Steuer hatte, machte sich niemand größere Sorgen.

»Schiff, bereithalten für Bremsmanöver!«, befahl Daniel. Die Schubaggregate erwachten brüllend zum Leben und drückten die *Sissie* in die tiefere Atmosphäre.

Adele starrte das Bildmaterial an, während sie schaukelnd und vibrierend dem Boden entgegenrasten. Sie konnte zwischen den neuen Aufnahmen und den Archivbildern, die vor ein paar Wochen beim Start der *Princess Cecile* von Morzanga aufgenommen waren, keine Unterschiede feststellen, und das lag nur wenige Wochen zurück. Ihr kam es jedenfalls wesentlich länger vor …

Der Dschungel bedeckte das alte Wrack immer noch. Das war kein Beweis dafür, dass die Mannschaft der *Goldenfels* sich nicht daran zu schaffen gemacht hatte, aber es gab auch keine Hinweise darauf, dass sie das getan hatten. Aber wenn die Allianzspacer die High Drive-Aggregate bereits zu ihrem eigenen Schiff geschleppt hatten, würde das den Sissies einige Zeit ersparen.

Das war allerdings unwahrscheinlich. Vermutlich wussten sie nicht einmal, dass es das ältere Wrack gab.

»Bereithalten zur Landung!«, befahl Daniel. *»Bereithalten zur Landung!«*

Der Donner wurde lauter. Die Korvette tanzte wie ein Ball auf einem Wasserstrahl und setzte dann auf: die Heckausleger federleicht, der Bug einen Augenblick später und um eine Winzigkeit härter. Die Luken öffneten sich sofort.

»*Schießen Sperrfeuer!*«, verkündete Sun. Das Geschütz im Dorsalturm feuerte eine Salve von vier Hochintensitätsplasmaschüssen dicht vor den Bug der *Goldenfels*, die nur hundert Meter von der Landestelle der *Sissie* entfernt auf der Seite lag. Die gerichteten thermonuklearen Explosionen ließen die Korvette tönen wie ein Amboss, auf den ein schwerer Hammer heruntergekracht ist, und gruben feurige Furchen in die Erde. Verglaster Sand und flammender Humus spritzte gegen den Rumpf der *Goldenfels*.

Adele hatte unten auf ihrem Display ein Dreihundertsechzig-Grad-Panorama. Sie sah darin keine Allianzspacer, aber im Krachen der Plasmaentladungen, die das ganze Funkspektrum erfüllten, hörte sie auf den beiden Frequenzen, die die *Goldenfels* für den Nahverkehr benutzte, erschreckte Schreie.

»Daniel, die flüchten!«, sagte sie über die direkte Verbindung zu ihm. *Hätte sie den allgemeinen Kanal benutzen sollen? Und sie hätte ihn mit Kapitän oder Sechs oder so etwas ansprechen sollen. Aber sie überwachte schließlich mehrere gleichzeitige Sendungen, und das war anstrengend genug!* »Alle, die Funk haben, rennen in den Dschungel oder fordern andere auf, dorthin zu rennen.«

Ventile öffneten sich quietschend. Dampf brüllte unter der *Princess Cecile* vom Boden auf, als Mister Pasternak Reaktionsmasse abließ, um den vom Plasma erhitzten Boden abzukühlen. Schwer bewaffnete Sissies sprangen aus den Luken im D-Deck und taumelten blindlings auf die *Goldenfels* zu, bis sie weit genug von der Korvette entfernt waren, um die Augen wieder zu öffnen.

Daniel erhob sich von seiner Konsole und nahm die Maschinenpistole, die Hogg ihm reichte. Er trug bereits seinen Gerätegurt, an dem jetzt ein paar Bündel Handgranaten und eine Pistole im Halfter baumelten. »*Mister Chewning, Sie haben das Schiff!*«, befahl er, während er zur Tür ging. »*Sechs Ende.*«

Adele war ebenfalls aufgestanden. Als Daniel den Niedergang erreichte, war sie unmittelbar hinter ihm.

»Sie haben hier nichts verloren!«, rief Daniel über die Schulter. »Ich muss sehen, in welchem Zustand sich die Steuerkanzel des Frachters befindet!«

»Und ich muss deren Fernmeldeanlage sehen!«, erwiderte Adele spitz. »Und um das in die Tat umzusetzen, was wir hier vorhaben, dürfte das wichtiger sein als irgendetwas in der Steuerkanzel!«

Woetjans und fünfzig Mannschaftsangehörige der *Sissie* arbeiteten sich zwischen den von dem Geschütz gerade aufgerissenen rauchenden Kratern vor. Daniel hatte die Korvette neben dem Bauch der *Goldenfels* und nicht etwa der Dorsalpartie aufgesetzt. Der Ventralturm des Allianzschiffes war immer noch eingezogen, aber die schiffbrüchige Mannschaft hatte an der Unterseite des Wracks Zugangsplatten entfernt und dort aus Ästen zusammengeknüpfte Leitern angelegt. Adele nahm an, dass die Mannschaft zunächst an Seilen aus dem Schiff geklettert war, nachdem die Antimateriedetonationen den Frachter auf die Steuerbordseite gekippt hatten.

Eine Allianzspacerin erschien an einer Luke, sie trug ein in eine Plane gewickeltes Bündel, das zu schwer für sie wirkte. Sie ließ es auf den Boden fünf Meter unter ihr fallen und nahm, als sie sich umdrehte, um den Fuß auf die Leiter zu setzen, die anrückenden Sissies wahr.

»*Schiff, nicht schießen!*«, befahl Daniel. Adele hatte einen der Haupttransmitter der *Princess Cecile* so geschaltet, dass er die Signale von seinem Helm weiterleitete, aber das Landekommando wirkte ohnehin nicht sehr schießwütig.

Die Allianzspacerin versuchte, es sich anders zu überlegen, aber sie hatte sich bereits darauf festgelegt, herunterzuklettern. Ihre Hände lösten sich von der Leiter, und sie landete unweit ihres Bündels auf dem Boden. Sie zuckte, versuchte aber nicht aufzustehen.

An der Unterseite der *Goldenfels* waren zwölf High Drive-Aggregate montiert. Normalerweise wären die Ausleger mit den

Plasmaaggregaten eingezogen und gegen den Rumpf geklappt worden, ehe das Schiff auf Materie-/Antimaterieaggregate umschaltete. Aber da das Schiff sich diesmal im Landemodus befunden hatte, waren die Oberseiten der Ausleger leicht verschrammt – aber nur leicht, weil der High Drive fast sofort ausgefallen war und nicht nur die Motoren, sondern auch Teile der sie umgebenden Rumpfplatten geschmolzen hatte.

Sissies kletterten die steilen Leitern in die *Goldenfels* empor; sie benutzten dazu ausschließlich die Beine und hatten damit die Hände frei, um ihre Waffen nach vorn zu richten. Niemand schien sich ihnen als Ziel anzubieten, ehe sie an Bord des Frachters schwärmten. Zum größten Teil bestand der Entertrupp aus Riggern, da die sonstigen Mannschaftsmitglieder während der Landung benötigt wurden. Riggeranzüge wogen mehr als die Waffen und die Munition, die sie jetzt trugen, und alle waren bestens darin geübt, an Antennen emporzuklettern, um verklemmte Winschen oder Kabel freizumachen.

Adele hatte Mühe mit Daniel und Hogg Schritt zu halten, die jetzt mit langen Schritten über das Gelände rannten, das die *Princess Cecile* bei ihrer ersten Landung auf Morzanga kahl gebrannt hatte. Laufen gehörte nicht zu den Fertigkeiten, die sie in der Jugend gelernt hatte, und auch die Armut hatte ihr darin keine Ausbildung verschafft. Sie überlegte, wie kompliziert es wohl sein würde, in den Korridoren eines auf der Seite liegenden Schiffes klarzukommen. Den Spacern machte das vermutlich nichts aus; schließlich waren sie es gewöhnt, in der Gewichtslosigkeit zu manövrieren, wo alle Richtungen gleich waren.

»Sir, da sind ein paar aus den Dorsalluken gekommen!«, rief ein Spacer und benutzte dazu den Alarmkanal und nicht die allgemeine Frequenz, die mit sinnlosem, aufgeregten Geschnatter überladen war. *»Sie entkommen! Sie entkommen!«*

»Lassen Sie sie nur, Raymond!«, erwiderte Daniel. Adele hätte die Nummer seines Senders nachsehen können, aber Daniel brauchte das nicht. *»Wir wollen, dass die fliehen. Nicht schießen! Nicht ...«*

Ein paar Schüsse hallten aus dem Inneren der *Goldenfels*, das mehrfache Echo ließ es so klingen, als wäre im Schiff ein heftiges Gefecht im Gange. Eine einzelne Kugel, wie ein roter Feuertropfen, zischte aus der früheren Zugangsluke.

»... *schießen!*«

In den Bauch des Schiffes führten sechs Leitern. Barnes und Dasi warteten unten an der Leiter, an der Daniel jetzt hochzuklettern begann. Hogg folgte ihm und murmelte dabei halblaute Verwünschungen vor sich hin, aber das tat Hogg ja meistens. Er konnte nicht ernsthaft glauben, dass Daniel ernsthaft in Gefahr war, wo doch vor ihm fünfzig Sissies waren.

Adele griff nach der Leiter. Die Längsteile waren leicht gebogene, zehn Zentimeter durchmessende Aststücke, aber die Sprossen hatte man aus den Stämmen herausgeschlagen, aus einigen quoll noch eine Art Harz.

»Wir haben Sie, Mistress!«, rief Dasi. Er nahm ihre rechte Hand, legte sie sich über die Schulter und wandte ihr den Rücken zu. »Halten Sie sich einfach fest.«

»Woetjans hat gesagt, wir sollen warten«, sagte Barnes, packte sie unter den Armen und hob sie hoch, sodass sie die Beine instinktiv um Dasis Hüfte schlang. »Keine Sorge, die hält uns schon aus!«

Dasi hetzte die Leiter hoch und tat das in einem Tempo, das rekordverdächtig war. Barnes folgte dicht hinter ihm und drückte die Hände gegen Adeles Hosenboden, um damit wenigstens die Hälfte ihres Gewichts zu tragen. Sie war zu verblüfft, um ärgerlich zu sein, nicht, dass eine Schimpfkanonade einen Unterschied gemacht hätte.

Und außerdem hatte Woetjans recht, wie Adele sich klarmachte, als sie sich die Zeit nahm, über das Geschehen nachzudenken. Signaloffizier Mundy würde ihrem Kapitän nicht viel nützen, wenn sie zusammengekrümmt wie die Allianzspacerin am Fuß der Leiter lag.

Die beiden Rigger setzten Adele im Rumpf ab. Die Hilfsaggregate funktionierten noch, und deshalb waren die Systeme der *Goldenfels* noch in Betrieb, aber hier im Bauch des Frachters war es nie sonderlich hell gewesen. Drei Spacer, mit Überresten von Allianzuniformen, und eine vor Entsetzen zitternde Eingeborene lagen, mit den Händen hinter dem Kopf, auf dem Deck. Lamsoe bewachte sie mit finsterer Miene.

Improvisierte Stufen ermöglichten den Zugang zu den Luken in das Abteil auf dem nächsten Deck; Teile des Niedergangs führten von dort aus weiter. Zwei gepanzerte Rohre verliefen nahe genug bei dem Bereich, der jetzt das Deck bildete, sodass Adele keine Hilfe brauchte, um Daniel und Hogg zu folgen. Tovera bildete die Nachhut. Sie arbeiteten sich in der Horizontale weiter in Richtung auf die Brücke vor und krochen dabei am Rande der Treppenstufen dahin. Adele lächelte. Sie hatte zwischen Bücherregalen gearbeitet, wo die Raumverhältnisse wesentlich ungünstiger gewesen waren, und deshalb bereitete es ihr keine Schwierigkeiten, Schritt zu halten. Die Luken standen in allen Decks offen. Aus den Korridoren hallten aufgeregte Schreie, aber offenbar wurde nicht gekämpft. Obwohl die Luftverteilung funktionierte, roch es nach Rauch und Schweiß; in einem Schiff funktionieren, das in einem solchen Winkel dalag, würden weder die Kombüse noch die Toiletten, aber dennoch hatten einige Schiffbrüchige offenbar beschlossen, sich im Schiff häuslich niederzulassen.

Adele krabbelte auf Deck A hinaus. Die Riggerschleuse war hier zum Dschungel draußen geöffnet.

»Sir, wir haben alle wesentlichen Räume unter Kontrolle!«, sagte Woetjans zu Daniel. Sie hatte an einem Lukensüll eine Videocam angebracht und das Signal auf ihren Helm geschaltet. Das verwandelte das Stahlgerüst des Schiffes, das sonst als Faradaykäfig fungierte und den Helmfunk abblockte, in eine riesige Antenne. »Es hat keine Kämpfe gegeben, bloß einer von den Boys ist mit dem Finger am Abzug abgerutscht. Aber es hat keine Schäden gegeben, er hat bloß ein paar Splitter im Hintern, aber die wird ihm der MediComp schon wieder rausholen.«

Sie grinste verlegen. »Ein Abpraller, wissen Sie.«

»Schaffen Sie alle Gefangenen nach draußen, Woetjans«, sagte Daniel, der in Richtung Brücke unterwegs war. »Wir werden eine Art Sammelkäfig für die bauen müssen, denke ich. Verdammt, ich hatte gehofft, alle würden wegrennen, aber dazu waren die nicht organisiert genug.«

Adele versuchte die Luke zur Funkzentrale zu öffnen. Sie war verschlossen und deshalb auch automatisch versperrt. Sie tippte den Code aus zwölf Buchstaben ein, den sie sich beschafft hatte, als Leutnant Greiner ihr Zugang zum Computer der *Goldenfels* ermöglicht hatte. Der Mechanismus summte, als Hydraulikpumpen die Panzertür anhoben.

Adele kletterte hinein, musste sich ducken, um mit dem Kopf nicht links an der Lukensüll anzustoßen. Die Luft in dem Raum roch verbraucht. Die Wand, die jetzt das Deck bildete, war mit allem möglichen Kram übersät, der heruntergefallen war, als der Frachter auf die Seite gekippt war.

Adele schaltete die ihr am nächsten stehende Konsole ein, es war die, die sie schon einmal benutzt hatte. Statt zu versuchen mit einer Tastatur klarzukommen, die jetzt senkrecht stand, holte sie ihren PDA heraus und synchronisierte ihn mit dem Schiffssystem.

Bandeng, der Techniker, den sie bei ihrem ersten Besuch auf dem Schiff kennengelernt hatte, erhob sich hinter der zweiten Konsole, wo er sich versteckt hatte. Er richtete seine Pistole auf sie.

»Bei Gott, es gibt doch noch Gerechtigkeit auf der Welt!«, schnarrte er. »So, du Schlampe, du wirst mich jetzt hier rausbringen oder ich blas dir den Kopf runter!«

»Es wird mir eine Freude sein, Sie aus dem Schiff zu geleiten, Mister Bandeng«, sagte Adele. Sie wollte ihren kleinen PDA wegstecken, hatte aber Sorge, das könnte auf einen Mann bedrohlich wirken, der offensichtlich in blindem Entsetzen handelte. »Weder Sie noch irgendwelche Ihrer Mannschaftskameraden haben etwas von uns zu befürchten.«

»Sagst du!«, erregte sich Bandeng. »Sagst du! Ich weiß ganz genau, dass man auf dieser Nussschale von einer Korvette keine Gefangenen transportieren kann. Sie haben vor, uns alle umzubringen! Ich glaube, ich werde …«

Adele spürte Tovera mehr, als dass sie sie sah, hinter sich. Bandengs Augen huschten nach rechts, um der Bewegung zu folgen. Sechs Schuss aus Toveras Maschinenpistole zerfetzten sein Gesicht.

Adele drehte sich um. Die sechs blitzschnell hintereinander abgefeuerten Schüsse hallten in ihren Ohren. Die Mündung von Toveras kleiner Maschinenpistole flimmerte weiß.

Tovera lächelte. »Soll ich zwei Spacer holen, damit die hier sauber machen, Mistress?«, erkundigte sie sich und deutete mit einer Kinnbewegung auf die Überreste Bandengs.

»Ja.« Adele nickte. Sie setzte sich mit ihrem PDA auf dem Schoß aufs Deck und begann die Signal- und Code-Suiten der *Goldenfels* zu überprüfen. Ihre Arbeit war von kritischer Wichtigkeit, falls der Angriff auf Gehenna Erfolg haben sollte. Und auch wenn sie es schaffte, sich so total auf ihre Aufgabe zu konzentrieren, wie sie das gewöhnlich tat, würde sie vielleicht sogar für den Augenblick vergessen, wie Bandengs rechtes Auge aus seinem Schädel gespritzt war, als die erste Kugel es getroffen hatte.

»Der Truck ist zurück«, rief Hogg von der Dorsalluke herunter, wo er in den vier Tagen, die sie jetzt auf Morzanga waren, fast ständig Wache gehalten hatte. »Anscheinend ist Pasternak damit zurückgekommen.«

Daniel sah durch die Sichtluke der Brücke hinaus. Der Truck, den er in San Juan gekauft hatte, kam gerade mit dem sechsten und letzten High Drive-Motor, den sie aus dem Wrack des Kon-

Tiki ausgebaut hatten, aus dem Dschungel zurückgerollt. Der Chefingenieur und ein sechsköpfiges Team waren ebenfalls an Bord und kehrten zu ihren Pflichten im Maschinenraum der *Sissie* zurück.

Das Timing war perfekt. Es mussten noch an die zwanzig Leute im Dschungel sein, aber die konnte der Truck ja ohne Zeitdruck zurückholen. Sechs Techniker und der Chefingenieur waren die Minimalbesetzung, die es brauchte, um die Korvette unter eigener Kraft über sehr kurze Distanzen zu bewegen.

Daniel lächelte, weil er nachdachte, und ein Lächeln war der Standardausdruck, den sein Gesicht annahm, wenn er keine bewussten Gründe hatte, einen anderen Ausdruck zu zeigen. Mister Pasternak und sechs seiner Leute im Maschinenraum und Leutnant Daniel Leary an der KomKonsole …

Sein Grinsen wurde breiter. Und natürlich Hogg, weil er sich nicht vormachte, dass er Hogg dazu überreden könnte, aus Sicherheitsgründen auszusteigen.

Der Truck verschwand unter der Rumpfkrümmung, aber die von Dorst bei ihrem ersten Besuch dort angebrachte Kamera lieferte immer noch Bilder der versengten Wiese. Das Fahrzeug hielt an der Laderampe an, nachdem es sich äußerst vorsichtig durch das Gewirr von Kabeln gearbeitet hatte, die jetzt die *Princess Cecile* und die *Goldenfels* miteinander verbanden.

Die Maschinenraumcrew bestieg die Korvette, während ein Rigger den Truck an den Rand der Lichtung steuerte, wo die anderen Motoren abgeladen worden waren. Das Fahrzeug war geradezu steinzeitlich primitiv, obwohl es auf Todos Santos als Importgerät sicherlich nicht billig gewesen war. Es war Batterie betrieben und hatte eine offene Ladefläche und eine ebensolche Fahrerkabine, eine Sitzbank und vier Off-Road-Reifen. Die meisten Sissies hatten keine Probleme damit, es zu lenken – im Gegensatz zu einem AirCar –, und der Truck konnte auch risikolos wesentlich größere Gewichte befördern. Ein High Drive-Motor wog eine knappe halbe Tonne.

Die bereits geborgenen Motoren waren mit Planen abgedeckt. Das war vermutlich überflüssig, wenn man bedachte, dass sie die letzten sechzig Jahre oben am Rumpf des Wracks verbracht hatten, aber Daniel hielt nichts davon, irgendwelche Risiken einzugehen.

Woetjans kam jetzt von der Hülle herunter, sie trug Stiefel und Handschuhe ihres Riggeranzugs und dazu Arbeitsuniform. Ihre Stiefel hallten auf dem Deck und stellten sicher, dass Daniel ihre Anwesenheit zur Kenntnis nahm, ehe sie die Brücke betrat. Ein Dutzend ihrer Rigger war vor ein paar Minuten durch die Luftschleuse getrampelt, sodass ihre Ankunft keine Überraschung war.

»Saubere Arbeit, Woetjans«, sagte Daniel. »Ich hatte erwartet, dass Sie mindestens noch einen Tag zu tun haben würden.«

Woetjans blickte finster und zog sich die Handschuhe, Finger für Finger, herab, ehe sie sie ganz abstreifte. »Ich schätze, es wäre Zeitverschwendung, wenn ich Sie jetzt frage, ob Sie immer noch diese verrückte Idee umsetzen wollen«, sagte sie und konzentrierte sich dabei auf die Handschuhe.

»Das müssen wir, Woetjans«, sagte Daniel, ohne auf ihre Kritik einzugehen. »Da wir ja nicht gut ein Werftschiff von Cinnabar herholen können, ist das die einzige Möglichkeit, um die *Goldenfels* wieder einsatzfähig zu machen. Und Sie wissen, dass wir die *Goldenfels* brauchen.«

»Ich weiß nicht, was wir brauchen«, erwiderte Woetjans. »Ich glaube es Ihnen natürlich, Sir, aber sie hat doch *mit Leichtigkeit* die dreifache Masse der *Sissie*. Wenn Sie ein paar Kabel verlieren, und *Sie werden* ein paar Kabel verlieren, dann kippt sie zurück und dann liegt die *Sissie* auch auf dem Rücken. Wenn nicht Schlimmeres passiert!«

»*Sechs, hier Energiezentrale*«, verkündete Mister Pasternak über den KomKanal. Pasternak war ein humorloser und ehrgeiziger Mann, beides nicht gerade liebenswerte Wesenszüge, aber er verstand sich auf sein Geschäft und vergeudete keine Zeit.

Und mit diesen Tugenden war Pasternak in jedem Schiff willkommen, über das Daniel das Kommando führte. »*Die Tafel ist grün. Wir sind hier jederzeit, wenn Sie Energie brauchen, bereit. Ende.*«

»Roger, Mister Pasternak«, sagte Daniel. »Trennung. Schiff, hier Sechs. Die Crew in der Energiezentrale muss sofort das Schiff verlassen. Die Hauptluke wird nur zwei, wiederhole: zwei, Minuten offen bleiben. Aussteigen und auf Distanz gehen, Sissies. Und bitte beachten, dass diese Kabel sich an beiden Seiten lösen und weiß Gott wohin fliegen können, fühlen Sie sich also mit nur hundert Meter Distanz nicht zu sicher. Sechs Ende.«

Daniel rief auf seiner Konsole eine Hüllendarstellung auf und begann das Schiff zu schließen. Durch die Luken etwa eindringendes Plasma von den Schubaggregaten stellte keine Gefahr dar, aber das Risiko, dass sich eine Leine an einer offen stehenden Luke verhängte, war nicht zu unterschätzen. Was er vorhatte, würde nicht leicht sein und war möglicherweise überhaupt nicht durchführbar. Also traf er alle ihm möglichen Sicherheitsvorkehrungen.

Woetjans stand immer noch mit finsterer Miene neben der Konsole.

»Woetjans«, herrschte Daniel sie an, »sehen Sie zu, dass Sie *schleunigst* Ihren Arsch nach draußen bewegen. Haben Sie mich verstanden? An Bord gibt es nichts Nützliches für Sie zu tun, und möglicherweise lenken Sie mich sogar ab. Sie sollen verschwinden, habe ich gesagt!«

Das Gesicht des Bootsmanns erstarrte. Sie hatte Daniel schon früher wütend erlebt, aber nicht auf sie – und sie war durch und durch Spacer, und die Kommandokette war für sie zweite Natur. Bisher war sie davon ausgegangen, dass die Beziehung zu Daniel über die zwischen Kapitän und Deckoffizier hinausging, aber dieser schroffe Befehl riss sie mit aller Wucht in die MRC-Disziplin zurück.

»Aye, Aye, Sir!«, stieß sie hervor und fing schwerfällig zu rennen an, hastete von der Brücke und den Niedergang hinunter. Hogg, der gerade durch die Luftschleuse hereingekommen war, trat beiseite, um ihr Platz zu machen, und sah Daniel fragend an.

Der seufzte. »Ich bin nervös, Hogg«, gab er zu. »Ich hab ihr den Kopf abgerissen. Aber, wenn ich ihr das Leben gerettet habe, indem ich sie anbrülle, habe ich wenigstens eine Sache weniger auf dem Gewissen, wenn das hier zur Hölle geht.«

»Gar nichts geht zur Hölle«, sagte Hogg gleichmütig und setzte sich auf die Couch des Geschützmaaten. »Allenfalls in vielen Jahren.«

Er deutete mit einer Kopfbewegung auf die Niedergänge und fügte hinzu: »Mistress Mundy wird jetzt ziemlich bald hier erscheinen. Sie hat dort drüben das Wrack verlassen, als Pasternak eintraf.«

»Hölle und Teufel!«, sagte Daniel. »Sie hat hier nichts zu suchen. Und Sie genauso wenig, Hogg!«

»Ich habe hier sehr wohl etwas zu suchen«, erklärte Adele seelenruhig, als sie aus dem Niedergang heraufkam und die Brücke betrat. »Ich habe sämtliche Bildschirme an Bord der *Goldenfels* auf das SignalDisplay geschaltet, und das wird die Bilder …«

Sie nahm an ihrer eigenen Konsole Platz und rief ein Display mit über vierzig Segmenten auf.

»… zu mir übertragen, und ich kann sie dann bei Bedarf an Sie weiterleiten. Sie werden auf die Weise eine Echtzeitdarstellung des Geschehens an Bord der *Goldenfels* haben, während Sie sie aufrichten.«

Daniel starrte sie an. »Oh«, machte er. »Äh. Ja, das könnte tatsächlich nützlich sein. Mir war nicht klar, dass das möglich ist.«

Von diesem heftigen Manöver konnten sie im besten Falle erwarten, dass es die Hülle der *Goldenfels* einer Belastung aussetzte. Falls der Frachter tatsächlich anfing, sich in seine Bestandteile aufzulösen, während er angehoben wurde – und die

Sissies hatten nicht sämtliche Strukturverstärkungen überprüfen können, ohne Hüllenplatten zu entfernen, wofür sie weder die Zeit noch das Gerät hatten –, würde die *Princess Cecile* dabei ebenfalls in Mitleidenschaft gezogen werden, sofern Daniel die *Goldenfels* nicht sofort wieder absetzte. Und Bildmaterial aus dem Schiffsinneren könnte ihm möglicherweise eine rechtzeitige Warnung verschaffen, die er sonst nicht bekommen würde.

»Dafür haben Sie mich, Kapitän«, erklärte Adele seelenruhig. Sie sicherte ihren Beschleunigungsschutz und sah Daniel dann mit ihrem vertrauten, etwas verkniffenen Lächeln an.

Daniel warf einen Blick auf die Uhr und bemerkte in diesem Augenblick, dass etwas fehlte. Er mochte Tovera nicht, aber …

»Adele, wo ist Tovera?«, fragte er laut und runzelte dabei die Stirn.

»Sie hat gesagt, sie würde unten bleiben«, erklärte Adele mit unbewegter Miene.

»Sie hat sich überlegt, dass die Crew der *Goldenfels*, wenn sie überhaupt etwas unternehmen will, das jetzt tun wird«, bemerkte Hogg erläuternd. »Das hat einiges für sich, und wir haben überlegt, dass es reicht, wenn einer von uns beiden an Bord ist, um uns der Schiffsratten anzunehmen, falls die aus dem Laderaum ausbrechen.«

»Ja, ich denke, das ist richtig.« Daniel nickte. Hoggs Stimme klang irgendwie bedauernd. Nun, wir lernen schließlich alle, dass wir uns im Leben gelegentlich entscheiden müssen.

Daniels Lächeln breitete sich jetzt über seinem ganzen Gesicht aus, als er sein Display ansah. Die acht Schubaggregate zeigten grün, bereit, und die einzige Öffnung war die Hauptluke.

»Schiff, hier Sechs«, sagte er, und sein Finger tippte die virtuelle Tastatur an. »Schließe das Schiff.«

Er spürte, wie die *Sissie* vibrierte. Die Hauptluke war eine dicke Stahlplatte. Auch wenn die ganze *Sissie* ein Gegengewicht für die schwere Hydraulik war, die die Luke schloss, kam dabei doch der ganze Rumpf ins Wanken.

Die *Goldenfels* hingegen war viele Male schwerer als die Korvette. Nun, sie würden sie trotzdem bewegen, und mit etwas Glück und Gottes Hilfe würden sie bei dieser Prozedur nicht beide Schiffe in Wracks verwandeln.

»Zünde Schubaggregate«, sagte Daniel und leitete damit das Einsickern von Reaktionsmasse in die Brenner der Schubaggregate ein, wo die Elektronen abgestreift und die dichten Kerne mit hohem Tempo abgestrahlt wurden.

Wieder ging ein Zittern durch die *Sissie*, diesmal ein schwammiges Gefühl ohne jede Balance. Der augenblickliche Impuls war zu gering, um die Masse der Korvette anzuheben, entlastete aber das Schiff hinreichend, um es sich instabil anfühlen zu lassen.

Daniel grinste wieder. Es würde noch wesentlich schlimmer werden, ehe es besser wurde. Falls es tatsächlich besser wurde.

Das Display war immer noch grün. Oh, es gab Einzelheiten, die wichtig werden konnten – deshalb beobachteten sechs Techniker unter Aufsicht von Mister Pasternak in der Energiezentrale die Displays. Daniel musste sich um andere Dinge kümmern.

»Schiff, ich erhöhe den Schub«, sagte er. Er steigerte die Zufuhr von Reaktionsmasse auf zwanzig Prozent, schließlich dreiundzwanzig Prozent, bis die *Sissie* vom Boden abhob. Daniel schob die Korvette zur Seite, bis sie anfing, auf ihrer Achse zu kippen. Er hatte die Kabel straff gespannt, die sie mit der *Goldenfels* verbanden; jetzt …

»Festhalten, Sissies, es geht los!«, rief Daniel, als er zusätzliche drei Prozent auf die Steuerbordaggregate gab und sie damit gegen die von der Masse des Frachters ausgeübte Zugkraft einsetzte. Die beiden Schiffe waren durch ein Geflecht von Takelagekabeln miteinander verbunden, Beryllium-Monokristall von erheblicher Zugfestigkeit.

Große Festigkeit war nicht gleichbedeutend mit grenzenloser Stärke. Die Kabel waren nicht dafür gedacht, ein Sternenschiff zu heben, und so geschickt Daniel und Woetjans' Rigger auch waren, einige Kabel würden stärker belastet werden als die unmittelbar daneben.

Daniel steigerte die Energie der Backbordschubaggregate um ein weiteres Prozent, um zwei Prozent Richtung Steuerbord und ein zusätzliches Prozent auf Steuerbord Drei. Er hätte nicht sagen können, weshalb er mehr Energie auf Steuerbord Drei gab, hätte dazu nicht einmal eine Vermutung äußern können, aber die Korvette wurde plötzlich stabil, statt wie ein Schwein auf dem Eis herumzurutschen.

»*Sie kommt!*«, schrie jemand auf dem KomKanal. Jemand außerhalb des Schiffs, Chewning oder Dorst, sie waren immer noch im Netz. »*Sie* …« Und dann war das Netz wieder frei, nur ein kurzes Zucken von Adeles Kontrollstäben.

Das Drahtgitterbild des Frachters auf Daniels Display begann auf seiner Achse zu kippen. Eine Legende hätte die Drehung in Grad, Minuten und Sekunden angezeigt, wenn Daniel das gewollt hätte, aber er brauchte das nicht, er steuerte die ganze Prozedur nach Gefühl, weil es viel zu viele Variable gab, um es anders versuchen zu wollen.

Ein Hauch mehr Energie auf die Steuerbordaggregate, nicht um die *Goldenfels* zu ziehen, sondern um die *Princess Cecile* seitlich nach Backbord rutschen zu lassen. Die Rotation des Frachters bedeutete, dass die an ihren Dorsalmasten befestigten Kabel angefangen hatten durchzuhängen. Eines hatte einen Knick bekommen und war abgerissen, ein lang gezogener Knall, so wie wenn im Vakuum ein Plasmaschuss den Rumpf trifft.

»Komm schon, du fette Schlampe!«, knurrte Daniel, aber eigentlich sollte er die *Goldenfels* nicht beschimpfen; wenn sie den Frachter gut behandelten, würde er ihr Freund sein. Mehr Energie, und die *Princess Cecile* glitt merkbar nach Backbord. Die *Goldenfels* kam, Herrgott im Himmel, sie kam und kam, ja, sie kam …

Der Frachter fand sein Gleichgewicht und hing. Die *Princess*

Cecile tanzte an der Leine, schwebte, ruckte leicht zwischen dem Boden und drei Meter Höhe hin und her. Asymmetrische Belastungen versetzten sie in eine Art Taumelbewegung, Bug und Heck hoben und senkten sich abwechselnd. Wenn die *Goldenfels* zurückrutschte, würde ihre Masse die Korvette auf der anderen Seite zu Boden werfen, es sei denn, die Kabel rissen vorher, und das würden sie nicht, nicht alle.

Einer der Masten der *Goldenfels* wurde aus der Hülle gerissen und vom Zug zweier Kabel himmelwärts geschleudert. Der Frachter rotierte noch ein paar Grad, ehe sein ausgefahrener Ausleger mit wachsender Geschwindigkeit in Richtung Boden kreiste. Weil das Gewicht des Masts weggefallen war, war vielleicht auch Rückstoß von dem abgescherten Metall dabei, und vielleicht auch eine Portion Glück.

Hogg stieß einen Jubelruf aus, aber Daniel hatte dazu keine Zeit. Der Instinkt drängte ihn, seine Düsen abzuschalten, aber er hatte die ganze Situation jetzt über vier Tage gründlich durchdacht. Er gab Energie auf seine Backbordaggregate, hob diese Seite gegen die Trägheit der Steuerbordaggregate an. Sie versuchten die Korvette wieder auf den Rücken zu drehen, seit jetzt die Masse des Frachters sie nicht mehr mit den gespannten Kabeln gleichsam verankerte.

Die *Princess Cecile* hob sich sechs Meter, ehe Daniel sie wieder unter Kontrolle hatte, echter Kontrolle, und sie ins Gleichgewicht brachte. Er hatte angefangen, sie mit auf einundzwanzig Prozent reduziertem Schub herunterzusenken, als der Ausleger der *Goldenfels* mit einem lauten Krachen, als würde die Erde auseinanderplatzen, auf den Boden traf.

Der Frachter sprang wieder hoch, und eine ringförmige Wolke aus graugelbem Staub stieg um ihn herum auf, verursacht vom Schock und nicht etwa von der Berührung der stählernen Ausleger. Die Druckwelle versetzte der *Princess Cecile* einen Schlag, aber Daniel war auf der Hut, kompensierte nicht zu stark, sondern ließ das Schiff nur steigen und fallen; und im Fallen leicht den Boden berühren, um sein Gleichgewicht zu finden. Sie waren der *Goldenfels* zwanzig Meter näher, als sie das gewesen waren, als er die Schubaggregate gezündet hatte.

»Schalte ab«, sagte er automatisch und tat das, stoppte den Zufluss von Reaktionsmasse. In der zischenden Stille erinnerten sich seine Ohren immer noch an das Geräusch, wie die *Goldenfels* auftraf, abprallte und erneut auftraf. Hölle und Teufel, sie konnten von Glück reden, wenn sie nicht die Fusionsflasche in der Energiezentrale des Frachters aus ihrer Verankerung gerissen hatten …

Daniel atmete tief durch und weitete dann sein AußenDisplay aus. Die Kabel waren ein ineinander verknotetes Durcheinander und nicht mehr das saubere Gewebe, das Woetjans und ihre Rigger geschaffen hatten; die Ausleger lagen über verschlungenen Kabelenden. Am Ende würden sie die Hälfte des Materials zurücklassen, weil sie nicht Zeit hatten, jede einzelne Faser auszugraben und neu zu wickeln …

Adele hatte die Außen-Pick-ups eingeschaltet. Ringsum ertönten Jubelrufe. Die Leute jubelten Kapitän Leary zu.

Langsam schlich sich ein Lächeln in Daniels Züge.

27

Adele wirkte erschöpft, als sie um das hintere Ende des Auslegers herumkam, auf dem Daniel stand und zum Heck des Frachters aufblickte. Mister Pasternak war vor ein paar Minuten weggegangen und in die Energiezentrale der *Goldenfels* zurückgekehrt, wo er Änderungen bei der Installation der High Drive-Aggregate vornahm. Daniel war geblieben, um …

Er grinste. Dass er geblieben war, hatte keine besonderen Gründe, wenn man davon absah, dass er erschöpft war und im Augenblick niemand auf ihn einschrie und ihn zwang, sich auf ein neues Problem zu konzentrieren. Wenn Adele müde war, so war sie da nicht die Einzige. Die letzten … siebzehn Tage … waren äußerst anstrengend gewesen. Daniel empfand seltsame Genugtuung darüber, dass er sich daran erinnerte, wie lange sie schon auf Morzanga waren.

Adele folgte seinem Blick zum Schiffsrumpf über ihnen. »Sind diese Sprünge beunruhigend?«, meinte sie und runzelte dabei die Stirn. Dann schob sie die Lippen etwas vor und fügte hinzu: »Das heißt, das sind doch Sprünge, nicht wahr?«

»Ja, ich fürchte, ich habe mit meiner Methode, dieses Schiff aufzurichten, mehr Schaden angerichtet, als das bei dem ursprünglichen Absturz geschah«, sagte Daniel und blickte erneut nach oben, obwohl er ganz genau wusste, was er dort sehen würde. »Aber wie auch immer, es war nicht zu vermeiden.«

Die Auslegerstreben waren am Hüllenrahmen befestigt. Sie waren nicht abgebrochen, als das Schiff mit mehr Wucht aufgeprallt war, als die Stoßdämpfer ausgleichen konnten, aber sie hatten sich verbogen – und dabei waren die Hüllenplatten an den Ansätzen der jeweiligen Streben eingedrückt worden. Sie auszurichten war eine Aufgabe für eine Werft, sogar eine recht aufwändige.

»Etwa dreißig Prozent der Räume der *Goldenfels* sind nicht mehr luftdicht«, fuhr er fort. »Zum Glück sind die Hauptpassagen axial und luftdicht, also können wir ganze Abteile abschließen und das Schiff trotzdem vom Bug bis zum Heck nutzen. Da wir nur mit knapper Mannschaft fliegen werden, brauchen wir nicht einmal den verfügbaren Raum.«

Er grinste. »Wir sind sogar eine äußerst minimale Minimalbesatzung, fürchte ich.«

»Das ist nicht die *Goldenfels*«, sagte Adele abwesend und rieb sich dabei die Augen. »Das war nur ein Deckname. Dem Brückencomputer ist zu entnehmen, dass sie in Wirklichkeit die *HSK2 Atlantis* ist, eine Marineeinheit der Allianz.«

Sie sah Daniel an. »Es gibt da eine separate Brückeneinheit, die nicht mit den Schiffssystemen gekoppelt ist«, erklärte sie. »Deshalb hatte ich vorher keinen Zugang, als wir …«

Sie streckte die Hand aus und drehte sie dann zur Seite, um damit das Umkippen des Frachters nachzuahmen. Die Geste war eindeutig, aber Daniel musste lächeln, weil sie ihm klarmachte, wie ungemein müde sie beide doch waren, so müde, dass ihnen nicht einmal vertraute Begriffe einfielen.

»Pasternak wird bald mit dem High Drive fertig sein, wahrscheinlich innerhalb von vierundzwanzig Stunden«, sagte er und versuchte durch den Nebel zu schwimmen, der all seine Denkprozesse verhüllte. Er musste sich jetzt wirklich ausruhen und hatte nicht die leiseste Ahnung, wie er das schaffen sollte. Das Dilemma machte ihn lächeln, wenn auch müde. »Ich möchte wirklich von hier starten. Im Busch hier stecken Hunderte aus der Crew der *Goldenfels* und alle mit Impellern. Ich denke nicht, dass es ihnen gelingen könnte, die Schiffe zu stürmen, nicht solange die Plasmageschütze ständig besetzt sind, aber ich hatte immerhin mit ständigem Störfeuer gerechnet.«

Adele räusperte sich. Irgendetwas war ihr offenbar peinlich.

Daniel sah sie scharf an; allmählich begann sein Nebel sich zu lichten. »Los, sagen Sie es mir schon«, sagte er in schärferem Tonfall, als er das vorgehabt hatte.

»Ehe Tovera in meine Dienste trat«, sagte Adele und blickte dabei auf den Dschungel, »war sie für einen Offizier des Fünften Büros tätig, das ist das Sicherheitsbüro der Allianz, das unmittelbar Garantor Porra berichtet.«

»Weiter«, sagte Daniel. Die Details waren ihm nicht bekannt und interessierten ihn auch nicht sonderlich, aber das Ganze überraschte ihn auch nicht. Wenn Adele – und Hogg – Tovera vertrauten, dann genügte ihm das.

»Sie hatte Authentifizierungscodes, die der Signaloffizier der Allianz erkennen konnte, auch wenn er selbst nicht dem Fünften Büro angehört«, sagte Adele. »Eine ganze Anzahl der Schiffbrüchigen haben ihre KommHelme behalten, also konnte Tovera sie unmittelbar kontaktieren und damit rechnen, dass ihre Nachricht unter der Mannschaft verbreitet wurde. Sie hat mich um Hilfe gebeten, weil sie selbst die korrekten Frequenzen nicht hätte bestimmen können.«

»Ah«, sagte Daniel. »Natürlich hätten wir mit den Plasmageschützen auf Störfeuer reagiert, aber es hat mich doch überrascht, dass Toveras Drohung solche Zwischenfälle völlig verhindert hat. Ich nehme an, sie hat diese Drohung recht persönlich gestaltet?«

»Sie hat gesagt, wenn auch nur ein Cinnabar-Spacer verwundet würde, würde sie einen Gefangenen töten«, erklärte Adele. Sie schluckte und drehte sich herum, sodass ihr Blick dem Daniels begegnete. »Sie hat gesagt, wenn ein Cinnabar-Spacer getötet würde, würde sie fünf Gefangene töten. Und sie sagte auch, dass Kapitän Leary von alldem nichts wüsste: Sie gehöre dem Fünften Büro an, und gewöhnliches Flottenpersonal sei nicht befugt, die Wünsche des Garantors in Zweifel zu ziehen.«

Sie räusperte sich. »Und ich habe sie nicht daran gehindert, Daniel …«

»Tovera zu hindern …«, sagte Daniel, »oder übrigens auch Hogg, ist kein Vorgang, den man leichthin angehen sollte. Wir haben schon genügend Feinde, sodass ich wirklich nicht daran denke, mir angebotene Hilfe abzulehnen.«

Er rieb sich die Augen. Das hätte er besser nicht getan, jedenfalls noch nicht gleich, denn plötzlich sah er nicht mehr seine unmittelbare Umgebung, sondern eine Vision dessen, was hätte geschehen können: Hogg, der eine schreiende Gefangene an den Haaren festhielt – weil Hogg eingeschaltet war, das Ganze vielleicht sogar geplant hatte – und jetzt sein Messer zog; er würde sein Messer benützen und der Gefangenen über die Kehle ziehen.

»Aber ich bin froh, dass Sie es mir nicht vorher gesagt haben«, fuhr Daniel fort und merkte, dass seine Stimme dabei leicht ins Zittern geriet, »weil ich dann nämlich versucht hätte, es zu verhindern.«

Er grinste, aber diesmal wirkte es nicht freundlich, sondern hart.

»Und wenn man bedenkt, was für positive Folgen es doch offenbar hatte«, sagte er, »wäre das wirklich schade gewesen.«

Adele nickte. Ein Technikerteam, das Mister Pasternak persönlich leitete, justierte jetzt die improvisierten High Drive-Halterungen am Bug. Dann sagte sie, vermutlich um das Thema zu wechseln: »Das Schiff, von dem diese Aggregate stammen, war viel kleiner als dieses hier. Werden sie denn ausreichen, um damit abzuheben?«

»Nun ja, um das Abheben geht es nicht«, sagte Daniel und ging ein paar Schritte nach vorn, um die neu installierten Motoren besser sehen zu können. »Das werden die Plasmaschubaggregate besorgen; und die sind ja beim Ausfall des High Drive nicht beschädigt worden.«

Er grinste erneut. »Mister Pasternak und ich glauben nicht,

dass sie beschädigt wurden. Wir werden ja sehen. Aber der High Drive verschafft uns im Normalraum unseren Impuls. Da unsere Bewegung in der Matrix eine Funktion jenes ursprünglichen Impulses ist, wird die augenblicklich stark reduzierte Leistung auch unsere Ankunft auf Radiance stärker verzögern, als mir lieb ist.«

Jetzt, wo er wieder hellwach war, bemerkte Daniel Schösslinge, die aus dem Boden gewachsen waren, der beim Ausfall des High Drive der *Goldenfels* fast einen Meter tief verbrannt worden war. Sie ringelten sich um den Ausleger, wuchsen in aufgerissene Sprünge hinein. Und in demselben Ausleger gab es ein Nest von fünf Millimeter langen Insektenwesen! Du liebe Güte, wo es Leben gab, gab es auch Hoffnung.

Nicht, dass diese Lebewesen daraus sehr viel Hoffnung beziehen konnten, insbesondere die winzigen Insekten, es sei denn, sie konnten Vakuum atmen; aber es war jedenfalls ein gutes Prinzip, das im Sinn zu behalten. Es weiterhin im Sinn zu behalten.

»Ich dachte, die Segel würden uns in der Matrix bewegen«, sagte Adele. Sie sah dabei auf ein gähnendes Loch, das aus den Rumpfplatten am Bauch herausgeschmolzen war, als ein High Drive-Motor Antimaterie in eine normale Atmosphäre gespien hatte.

Der Schaden war beeindruckend genug, um Aufmerksamkeit auf sich zu ziehen, so viel stand fest. Die kreisförmige Öffnung durchmaß einen knappen Meter, und von den Rändern hingen »Eiszapfen« aus Nickelstahl. Ein Flicken aus rosa Strukturplastik klebte an der Innenfläche der Hülle und verschloss so das Loch. Der Flicken war widerstandsfähiger, als man ihm ansah, aber niemand, zuallerletzt Daniel Leary, war mit dieser Situation glücklich.

»Die Segel geben uns in der Matrix nur die Richtung«, erklärte Daniel und dachte dabei, dass eine Metallkappe für diesen Krater und die elf weiteren eine gute Investition gewesen wären, aber dafür war keine Zeit gewesen. Ein Plasmaschuss würde den Plastikflicken zu einem chemischen Sprengkörper machen … »Wir verfügen nur über den Schwung, mit dem wir beim Eintritt in andere Universen ankommen. Die Konstanten unterscheiden sich, sodass sich unser scheinbarer Standort in Relation zum normalen Universum sehr schnell verändern kann, aber solange wir uns in unserem eigenen Blasenuniversum befinden, können wir keine *echte* Geschwindigkeit hinzufügen.«

Er sah Adele an. »Ich möchte ja nicht defätistisch klingen«, sagte er. »Wenn ich nicht glauben würde, dass unser Plan Erfolgschancen hat, würde ich es nicht versuchen.«

Adele sah ihn amüsiert an. »Daniel«, sagte sie, »können Sie denn alles, was im Laufe dieses Einsatzes geschehen wird, mit Sicherheit vorhersagen?«

Er zuckte zurück, als ob sie ihm einen Schlag versetzt hätte. »Nein«, erklärte er reserviert. »Natürlich kann ich das nicht, nicht einmal einen Bruchteil dessen, was uns bevorsteht. Ich hoffe angemessen zu reagieren, mithilfe einer geschickten Mannschaft. Wobei natürlich zu bedenken ist, dass wir unterbesetzt sind.«

»Da vieles von dem, was uns bevorsteht, nicht vorhergesagt werden kann …«, fuhr Adele fort. Daniel hörte, wie sie innerlich lachte, hatte aber keine Ahnung weshalb. »Dann ist es doch durchaus möglich, dass das meiste davon, vielleicht sogar alles, sich zum Besseren wenden wird, oder nicht?«

»Nun, ja«, nickte Daniel. »Darauf hoffe ich natürlich, obwohl ich nicht behaupten möchte, dass ich damit rechne, dass die Dinge sich so entwickeln.«

»Daniel«, sagte Adele mit leiser Stimme, »jemand wie Sie wird nie glauben, dass ein Plan mit so vielen Variablen *mit Sicherheit* zum Scheitern verurteilt ist. Wenn ein Ziel genügend wichtig ist, werden Sie versuchen, es zu erreichen. Und jeder Einzelne von uns in der Mannschaft wird sich Ihnen bereitwillig anschließen, weil Sie unser Kapitän sind.«

Sie lächelte, obwohl die Krümmung ihres Mundes so hart wie die Mündung eines Schubaggregates war. »Und weil Sie Daniel Leary sind«, fügte sie hinzu.

Daniel lachte und schob den Arm unter den ihren. »Gehen wir zurück zur *Sissie*«, sagte er. »Ich möchte die ganze Operation noch einmal mit Mister Chewning durchgehen und ich möchte, dass Sie für das Codebriefing dabei sind.«

Und dann fing er an munter zu pfeifen, die ersten Töne von »Die Straßen von Balshazzar«, »*Als ich noch ein junger Mann war …*«

Aber der Mensch hofft eben, solange er lebt.

»*Das ist erstklassiges Gerät*«, erklärte Daniel Adele über ihren direkten Link. »*Keine Frage – und es entspricht dem Flottenstandard, das ist nicht bloß kommerzieller Mist. Na ja, ich behaupte ja nicht, dass kommerzielles Gerät der Allianz ausschließlich Mist wäre. Das Problem ist nur, dass ich nicht damit vertraut bin. Finden Sie nicht auch, Adele*?«

Adele schürzte die Lippen und überlegte, wie sie antworten sollte. Vermutlich wahrheitsgemäß; dafür entschied sie sich grundsätzlich, und Daniel gegenüber würde das auch keine nachteiligen Folgen haben. Trotzdem, sie sollte vielleicht vorsichtig sein …

»Also, mir ist das System natürlich neu«, sagte sie, »aber ich habe es so konfiguriert, dass es meinen PDA emuliert. Dafür hatte ich genügend Zeit. Und, äh, nochmals vielen Dank, dass ich eine Station hier auf der Brücke benutzen durfte. Ich nehme an, die Allianz hat den Signalraum aus Sicherheitsgründen separat gehalten, aber ich würde mich da nicht wohlfühlen.«

Wenn Adele arbeitete, nahm sie nichts von ihrer Umgebung wahr – auch, und das hatte sie in der Vergangenheit schon mehrfach unter Beweis gestellt, Kampfschäden nicht, die die *Princess Cecile* wie einen heulenden Derwisch tanzen ließen. Trotzdem zog sie es vor, hier auf der offenen Brücke tätig zu sein und nicht in der Funkkabine, obwohl sie den Großteil ihrer Erziehung und auch ihres frühen Arbeitslebens in Räumen oder besser gesagt Kabuffs verbracht hatte, wo sie völlig allein war.

Jetzt hatte sie Familie, ihre Spacerkameraden von der MRC. Sie war gern mit ihnen zusammen, besonders, wo sie doch alle jeden Augenblick tot sein konnten.

Die Brücke der *Goldenfels* war viel geräumiger als die der *Princess Cecile*. An jeder Primärkonsole war Rücken an Rücken eine zweite ihr untergeordnete angebracht, sodass ein niedrigerer Dienstgrad die Maßnahmen des jeweiligen Offiziers mitvollziehen konnte. Eine Ausnahme bildete nur die KomKonsole, die allein in der Mitte stand.

Es gab Brückenstationen für den Navigator, einen Dritten Leutnant und einen Techniker im Offiziersrang. In der Mannschaft der *Princess Cecile* gab es all diese Positionen nicht, geschweige denn in der Rumpfbesatzung, die Daniel auf die *Goldenfels* mitgenommen hatte. Adele saß an der Navigationskonsole. Sie hatte keine Probleme damit, die volle Kapazität der Signalsuite des Schiffes dort zu nutzen.

»Sechs, hier Sechs-Eins«, sagte Fähnrich Vesey aus der Gefechtszentrale. Sie benutzte den KomKanal und nicht die direkte Verbindung, obwohl das für Adele ohne Belang gewesen wäre, die auf der *Princess Cecile* den gesamten Verkehr überwachte und das auch jetzt auf der *Goldenfels* tat. *»Sämtliches Personal zur Stelle. Ende.«*

Unter den gegebenen Umständen bedeutete das wirklich »zur Stelle«, da aus der der *Goldenfels* zugeteilten Mannschaft niemand auf Urlaub, krank oder im Außeneinsatz war. Vesey ging ganz nach Vorschrift vor. Das war immer richtig und jetzt sogar unvermeidbar, wo sie de facto Erster Offizier eines Schiffes war, das wesentlich größer als die Korvette war, auf der sie angeheuert hatte.

Die gegenwärtige Mannschaft der *Goldenfels* bestand aus sechsundachtzig Personen, das schloss siebzehn ehemalige

Allianzrigger ein, die darum gebeten hatten, übernommen zu werden. Einige waren beim Eintreffen der *Princess Cecile* gefangen genommen worden, aber zehn waren freiwillig aus dem Busch gekommen, als sie die Situation begriffen hatten. Spacer waren per Definition nicht gerade ein sesshaftes Volk. Selbst Schiffe der Kriegsmarine hatten im Allgemeinen Besatzungen von einem Dutzend abhängigen Planeten, und die Bevölkerungen einiger Klientenstaaten der Allianz waren alles andere als erbaut davon, Garantor Porra zu dienen.

Dennoch war der Frachter unterbesetzt, aber Daniel sagte, die Situation sei befriedigend. Es würde schließlich keine lange Reise werden.

»Danke, Mistress Vesey«, sagte Daniel. *»Trennung. Energiezentrale, bitte melden.«*

»Energiezentrale meldet, alles im grünen Bereich«, erwiderte Pasternak. *»Ich kann jedenfalls nicht mehr tun, um dieses verkrüppelte Schwein in ein Sternenschiff zu verwandeln. Vier Ende.«*

»Roger, Mister Pasternak«, sagte Daniel. Von Adeles Platz aus konnte sie sehen, wie Daniels Finger über seine Tastatur tanzten und ein Display über das andere schalteten. Sein Gesicht wirkte so ruhig und gefasst wie die Statue eines Heiligen. *»Trennung.* Princess Cecile, *hier* Goldenfels *Sechs. Erbitte Zustandsmeldung, Ende?«*

Sun war an der Geschützstation und hatte es Dorst überlassen, sich um die Plasmageschütze der *Princess Cecile* zu kümmern. Das war keine schlechte Situation. Dem Fähnrich fehlte Suns Erfahrung, aber er besaß ein natürliches Talent für Waffen und – was vielleicht wichtiger war – hatte sich als jemand erwiesen, der nicht so leicht aus der Ruhe zu bringen war.

Chefkanonier Betts war an Bord der *Princess Cecile* geblieben. Daniel würde die Torpedos der *Goldenfels* selbst steuern. Die Alternative wäre gewesen, Chewning als Torpedo-Offizier der Korvette einzusetzen, und der war höchstens imstande, die Angriffsvorgaben des Computers zu bestätigen – und das war die fast hundertprozentige Garantie für das Fehlschlagen. Torpedos ins Ziel zu befördern war eine fast ebenso große Kunst wie Astrogation, das wusste Adele aus den Gesprächen der Mannschaft, die sie mitgehört hatte, und sie wusste auch, dass Betts selbst Daniel als einen Meister jener Kunst betrachtete.

Natürlich würde die *Princess Cecile*, wenn die Dinge so liefen, wie es geplant war, nicht in eine Lage kommen, in der sie ihre Torpedos benötigte, die Wahrscheinlichkeit, dass *das* geschah, war lachhaft gering. Adele musste schmunzeln, als sie über die Möglichkeit solcher Perfektion nachdachte.

»Goldenfels *Sechs, hier* Sissie *Sechs*«, sagte Mister Chewning. Er klang ernst und ein wenig nervös, wie ein Erstklässler, der zum ersten Mal vor der Klasse sprechen muss. *»Sir, die* Princess Cecile *ist bereit zu starten und auf Kurs zu unserem Treffpunkt zu gehen. Ende.*«

Daniel hatte die Mehrzahl der Rigger der Korvette in sein neues Kommando geholt, aber Chewning hatte die relativ leichte Aufgabe, die *Princess Cecile* auf Orbit über einen unbewohnten – aber marginal bewohnbaren – Planeten zu bringen, der eine knappe Tagesreise von Radiance entfernt war. Der High Drive der *Sissie* war unbeschädigt, und deshalb sollte die *Princess Cecile* selbst ohne Daniels Astrogationskünste und ohne Woetjans und ihr komplettes Team zur Ausführung der Details lange vor dem Eintreffen der *Goldenfels* bereits an Ort und Stelle sein.

»Roger, Sissie *Sechs*«, sagte Daniel. *»Ich hoffe, dass wir Sie in etwa zehn Tagen wiedersehen werden. Viel Glück Ihnen und Ihrer Mannschaft, Mister Chewning*. Goldenfels *Sechs Ende*.«

»Viel Glück und gute Jagd, Sir!«, erwiderte Chewning. »Sissie *Sechs Ende!*«

Daniel atmete tief durch und zwängte sich in seinen Andruckpanzer. Er sah, wie Adele ihn ansah, reckte beide Daumen nach oben und wandte sich dann wieder seinem Display zu.

»Schiff, hier Sechs«, sagte er über die Sprechanlage. *»Bereit-*

halten zum Abheben. Zünde Schubaggregate …«, sein Finger stach zu, »… *jetzt!*« Adele lehnte sich in ihre Beschleunigungscouch zurück, als die Plasmaschubaggregate mit einem bis in die Knochen gehenden Knurren zündeten. Sie würde keinen festen Boden mehr sehen, bis die *Goldenfels* das Radiance System erreicht hatte. Sie grinste wieder. *Falls sie ihn dann sah*.

28

Radiance zeigte sich als hell leuchtender Punkt in dem Sternenpanorama im oberen Bereich von Daniels Display; Gehenna war ein ähnlicher Lichtpunkt auf dreißig Grad im Uhrzeigersinn entlang der Ekliptik. Für das ungeschulte Auge hätten beide als ungewöhnlich helle Sterne gelten können, aber Daniel hatte den Planeten und seinen Satelliten mühelos in den siebenundneunzig Minuten, die er hatte warten müssen, bis das Wachboot die *Goldenfels* zur Landung freigegeben hatte, an ihrer leichten Eigenbewegung erkannt.

Das Regierungsschiff war gerade eingetroffen, ein 600-Tonnen-Fahrzeug, dessen Antennen man entfernt hatte. Aber anstatt das Schiff damit schlanker erscheinen zu lassen, fand Daniel das Resultat hässlich und entstellt, etwa wie ein Mann, dem man die Ohren zugestutzt hatte.

Obwohl das Wachboot unbewaffnet war, war es seine eigentliche Aufgabe, als eine Art Auslöser für die planetarische Verteidigungsphalanx zu fungieren, die auf Orbit nicht etwa um Radiance, sondern vielmehr dessen Satelliten Gehenna kreiste. Wenn es noch irgendwelche Zweifel daran gegeben hätte, dass auf Gehenna ein aktiver Stützpunkt eingerichtet worden war, dann hätte die Anwesenheit eines neu gelegten Minenfelds der Allianz diese Zweifel ausgeräumt. Die Zentralwelt des Commonwealth selbst wurde von der dem mehr als eine Million Kilometer von seinem Zentralgestirn entfernten Satelliten zugeordneten Phalanx nur sozusagen beiläufig geschützt.

»Vier Personen besteigen das Raumtaxi«, meldete Adele von

ihrer Konsole. Sie benutzte nicht das InterKomm, sondern verständigte sich in der Stille der Brücke mit normaler Akustik. Daniel wusste nicht, ob sie das aus Sicherheitsgründen tat – Adele belauschte mit schwacher Sendeenergie abgestrahlte Sendungen innerhalb des Wachboots – oder ob sie es nur vorzog, wann immer möglich normal zu sprechen. »Drei davon sind Commonwealthpersonal, ein Marineoffizier und zwei Spacer. Der Vierte ist Leutnant Caravaggio von der Allianzflotte und fungiert offiziell als Berater der örtlichen Behörden.«

Sie hustete und blickte weiter auf ihr Display, statt sich beim Sprechen zu den anderen auf der Brücke Anwesenden umzudrehen. »Das Wachschiff trägt den Namen *Haus des Friedens*, aber seine Mannschaft und die Vorgesetzten auf dem Stützpunkt auf Gehenna bezeichnen es als das *Scheißhaus*.«

Daniel schnallte seinen Beschleunigungsschutz ab, erhob sich aber noch nicht von seiner Couch. »Sun«, sagte er, »drehen Sie Ihre Zieloptik weg, ich möchte nicht, dass unsere Freunde sich bedroht fühlen, wenn sie in ein paar Minuten an Bord kommen.«

»Aber Sir!«, sagte Sun. »Und wenn die …«

»Wenn Sie die vaporisieren, was Sie sicherlich könnten, Sun«, sagte Daniel, »dann wird binnen zehn Sekunden eine von diesen Minen detonieren und einen Strahl geladener Partikel auf uns absetzen. Wir haben beide über Kostroma miterlebt, welche Folgen das hat. Ich persönlich würde es als keinen guten Tausch gegen diese orbitale Mülltonne betrachten.«

Die Minen waren thermonukleare Waffen, jede Einzelne mit einer simplen Magnetlinse ausgestattet. Wenn die Mine ein Ziel erfasste, detonierte sie, und die Linse lenkte in der letzten Mikrosekunde ihrer Existenz einen signifikanten Teil des Partikelschwalls auf das Ziel. Die Minen wurden entweder durch Kommandos ausgelöst oder weil ein Ziel zu nahe gekommen war, ohne korrekt auf das Fragesignal geantwortet zu haben oder weil das Ziel irgendeinen anderen Parameter verletzte. Und ein Wachschiff anzugreifen, würde mit Sicherheit eine solche Verletzung darstellen.

Der Geschützmaat verzog das Gesicht, tippte aber sofort auf eine Kontrollfläche, die dafür sorgte, dass die Zielkreise von seinem Display verschwanden. »Nein, Sir«, sagte er, »ich glaube, das möchte ich auch nicht.«

»Sie verlassen das Wachschiff«, sagte Adele. Das Raumtaxi war ein schlichter Käfig aus Streben und Draht, den man um einen Tank mit Reaktionsmasse gewickelt hatte, und besaß an beiden Enden je ein Plasmaschubaggregat. Daniel sah einen Regenbogen von Auspuffstrahlung hinten herauskommen. Das Bild schwoll schnell an, dann gab es einen Plasmarülpser aus dem Bug, und das Fahrzeug verlangsamte seine Bewegung auf Kriechtempo.

Daniel erhob sich von seiner Couch. Er wollte über das InterKomm noch ein paar aufmunternde Worte an die Mannschaft richten, aber Adeles Sicherheitsbedenken hinderten ihn daran. Stattdessen rief er mit einer Stimme, die das Dutzend Spacer auf der Brücke und im Korridor draußen hören konnten: »Also, Sissies. Wir brauchen uns bloß wie ein Rudel halb uniformierter Halsabschneider zu benehmen, die gewöhnlich auf eigene Faust handeln. Das sollte nicht zu viel Mühe kosten, oder?«

Weil die *Goldenfels* sich als Frachter getarnt hatte, hatte ihre Mannschaft nicht die Uniformen der Allianzflotte getragen. Außerdem pflegten Spacer im Dienst gewöhnlich lockere einfarbige Kombinationen zu tragen, ganz gleich, für wen sie tätig waren. Die augenblickliche Crew trug Kleidung sowohl aus Allianz- wie auch aus MRC-Beständen und dazu eine Mischung aus Zivilklamotten von einem Dutzend oder mehr Planeten, die sie im Laufe ihrer beruflichen Karriere besucht hatten. Tatsächlich sahen sie ganz genau wie die Mannschaft aus, die Kapitän Bertram befehligt hatte, und ähnelten auch *jedem beliebigen* Schiff in beiden Marine-Organisationen, das nicht gerade das

Flaggschiff eines Admirals war oder sonst mit Offizieren geplagt war, die Wert auf Äußerlichkeiten legten.

In dem allgemeinen Gelächter hörte Daniel das Klirren der Elektromagnete des Raumtaxis, das am Rumpf festmachte, dann etwas leiseres Poltern und Klappern, als die Besucher die Schleuse betraten. Er stieß sich von seiner Couch ab und schwebte in Richtung auf den vorderen Transferraum mit dem Niedergang und der Luftschleuse und wartete darauf, dass die Innenschleuse sich öffnete.

Adele, die immer noch an ihre Couch angeschnallt war, schüttelte den Kopf über das Geschick, mit dem Daniel und die anderen Spacer sich mit geradezu nachtwandlerischer Sicherheit im freien Fall bewegten; er grinste ihr jungenhaft zu. Soweit es ihn betraf, tat das ihren Fähigkeiten in der Informationsbeschaffung nicht den geringsten Abbruch. Es kam eben darauf an, woran man gewöhnt war, fand er.

Die Luftschleuse öffnete sich. Der Commonwealthoffizier und ein Spacer, dessen Vakuumanzug gefährlich fadenscheinig wirkte, kamen heraus, gefolgt von Caravaggio, dem Allianzberater, vor dem Adele gewarnt hatte. Er war ein junger Bursche, höchstens neunzehn, mit kurz gestutztem schwarzen Haar und herausfordernd wirkendem Blick.

Als Letzte kam Woetjans aus der Schleuse, eine hünenhafte Gestalt, die im Riggeranzug noch massiver wirkte. Die Besucher mussten den zweiten Spacer draußen auf der Hülle gelassen haben, um ihr Raumtaxi zu bewachen – ziemlich unvernünftige Paranoia, soweit Daniel das beurteilen konnte.

»HSK2 *Atlantis* erbittet Landegenehmigung auf Basis Lorenz«, sagte Daniel zu Caravaggio und ignorierte den Commonwealthoffizier, der nominal das Kommando führte. Letzterer war ein traurig blickender Mann um die fünfzig mit einem buschigen grauen Schnurrbart und bildete insoweit einen beträchtlichen Kontrast zu den auffälligen roten und silbernen Mustern auf seinem Vakuumanzug.

»Wo ist Kapitän Bertram?«, fragte Caravaggio, und seine Augen verengten sich. »Und was zum Teufel ist eigentlich mit euch passiert? Ihr seht ja aus wie ein Wrack auf dem Weg zum Schrotthaufen!«

»Bertram ist tot«, stieß Daniel abgehackt hervor und funkelte den Allianzleutnant an, als hätte er ihm am liebsten die Kehle herausgerissen. Weder er noch Caravaggio standen exakt im rechten Winkel – und sie waren in entgegengesetzte Richtung geneigt. Daniel war nicht sicher, ob man wirklich drohend wirken konnte, wenn man wie ein Schmierenkomödiant aussah, aber er gab sich jedenfalls Mühe.

»Und was die Frage betrifft, was mit der *Goldenfels* passiert ist«, fuhr er fort, »würden Sie nicht fragen müssen, wenn Sie dafür eine Freigabe hätten. Geben Sie uns schon die Codes, Jungchen, und gehen Sie dann wieder Windschutzscheiben polieren und verdienen Sie sich damit ein Trinkgeld.«

»Augenblick mal!«, erwiderte der junge Mann mit hochrotem Kopf, ehe er richtig begriffen hatte, wie die Lage wirklich war. Als ihm das klar war, verstummte er, und der Mund blieb ihm offen stehen.

Daniel lächelte geringschätzig, was ihm nicht viel Mühe kostete. Obwohl Caravaggio jung war, war er doch älter als Fähnrich Dorst. Dorst hätte sich zurückgehalten, bis er begriffen hatte, was hier vor sich ging – wenn er einmal zu dem Schluss gelangt war, dass es ein Problem gab, hatte er sich in der Vergangenheit immer als entschlossen und stark erwiesen.

»Hören Sie«, setzte Caravaggio weniger aggressiv erneut an, »ich muss melden, wer Sie sind. Ich meine, *wer auch immer Sie sind*, ich muss das melden, ehe man Sie durchlässt.«

Daniel gab einen Grunzlaut von sich. »Ich bin Kidd«, sagte er. »Ich war der Dritte Leutnant. Leutnant Boster war Erster, aber dem hat das gleiche Problem den Garaus gemacht wie dem Alten.«

Tatsächlich war Leutnant Kidd – den sie auf Morzanga gefangen genommen und dann mit den anderen Spacern freigelassen hatten, die nicht unter der neuen Führung des Frachters angeheuert hatten – ein schlaksiger Bursche, der eher Woetjans als Daniel ähnelte. Caravaggio und seine Vorgesetzten würden höchstwahrscheinlich die Mannschaftsliste der *Goldenfels* haben, aber dass der Allianzoffizier zufällig Kidd vom Sehen kannte, wäre ungewöhnliches Pech gewesen.

Das Entscheidende war, dass Kidd und Daniel etwa gleichaltrig waren. Ein Dreiundzwanzigjähriger konnte unmöglich als dienstältester Offizier eines Schiffes wie der *Goldenfels* auftreten.

»Und wenn Sie sich fragen, was mit Leutnant Greiner ist«, fuhr Daniel nach einer winzigen Pause fort, die ihm die Gewissheit verschafft hatte, dass er *nicht* ungewöhnliches Pech hatte, »dann sollten Sie das bleiben lassen, weil er nämlich nicht Teil der Kommandokette war, wenn Sie verstehen, was ich damit sagen will.«

Das tat Caravaggio und verzog das Gesicht, während der Commonwealthbeamte verblüfft zuerst seinen Berater, dann Daniel und dann erneut seinen Berater ansah. Die *Goldenfels* war ein Spionageschiff, und aus diesem Grund war der Signaloffizier ein Spezialist aus einer anderen Gruppe von Offizieren als denen der gewöhnlichen Flotte. Spione waren Leute, deren Gewerbe und deren Umgang kämpfende Offiziere dazu veranlassten, einen weiten Bogen um sie zu schlagen, damit nicht etwas von all dem Schmutz an ihnen kleben blieb.

Daniel lächelte nachdenklich. Er konnte durchaus begreifen, wie es Caravaggio zumute sein mochte. Wenn Adele nicht Adele gewesen wäre, wären seine Gefühle ihr gegenüber ziemlich genau dieselben gewesen.

»Na schön«, sagte Caravaggio. »Ich werde die Codes in unseren Hauptcomputer eingeben, aber seien Sie vorsichtig – sobald Sie sich in dem Minenfeld befinden, müssen Sie exakt dem programmierten Kurs folgen. Wenn Sie um mehr als ein paar Prozent in Geschwindigkeit oder Kurs abweichen, sind Sie tot. Es wird keine Warnung geben. Die Phalanx ist wie eine Mausefalle: Sie denkt nicht, sie handelt bloß.«

»Vielen Dank, Leutnant«, sagte Daniel ruhig, als würde ihn die Drohung nichts angehen. »Wenn ich bei der Landung die Kontrolle über das Schiff verlieren sollte, bohren wir uns so tief in den Boden, dass wir gar kein Minenfeld brauchen, um uns kaltzumachen. Folgen Sie mir bitte.«

Daniel griff nach hinten, nach der Lukensüll, und zog dann kräftig, um wieder Kurs auf die Brücke zu nehmen. Er verschaffte sich gerade genug Drehmoment, um seinen Körper so rotieren zu lassen, dass er nach vorne blickte, als er an seiner Konsole eintraf und dort stoppte. Caravaggio stieß sich von einem Schott ab und folgte ihm auf einer ähnlich eleganten Flugbahn.

Adele konzentrierte sich auf ihr Display, aber Daniel lächelte ihr im Vorbeischweben von hinten zu. Wenn man es sich richtig überlegte, war es tatsächlich recht erstaunlich, wie gut Spacer lernten, in der Gewichtslosigkeit zu manövrieren, aber normalerweise dachte er nicht darüber nach. Nun ja, man dachte ja auch normalerweise nicht darüber nach, wie man auf festem Boden ging, aber wenn man überlegte, wie viele Muskeln funktionieren mussten, bloß um zu verhindern, dass man auf die Nase fiel, war auch das recht bemerkenswert.

»Hier, Sie können sich an der KomKonsole ankoppeln«, sagte Daniel und machte eine weit ausholende Geste mit dem rechten Arm. »Oder, wenn Sie eine andere Konsole wollen, dann natürlich gerne. Wie Sie sehen können, sind wir seit unseren Problemen etwas knapp an Personal.«

Er sah Caravaggio mit einem zynischen Lächeln an. Die *Goldenfels* war in der Tat unterbesetzt. Daniel hatte in Erwägung gezogen, das dadurch zu vertuschen, dass er Techniker aus der Energiezentrale an die Konsolen setzte. Aber es gab so viele Möglichkeiten, wie das schiefgehen konnte, dass er beschlossen hatte, aus der Not eine Tugend zu machen und auf die schrecklichen Verluste anzuspielen, die auch dazu geführt hatten, dass der Bauch des Frachters aufgerissen war.

Caravaggio wirkte düster beeindruckt, als er an der Konsole Platz nahm. »Nein, Sir, ich komme schon mit der KomKonsole klar«, sagte er und zog eine Datenspritze aus der Tasche am linken Unterarm seines Vakuumanzugs. Er richtete die Spritze, ein kurzes Rohr mit einem Pistolengriff, auf den Eingabeport der Konsole und spritzte den Code in das Schiffsystem.

Als die Diode über dem Port grün zu blinzeln begann, stand Caravaggio auf und schob die Spritze in ihr Futteral zurück. »Das wär's dann, Leutnant Kidd«, sagte er. »Ihr Kennsignal wird sich in einer kontinuierlichen Sequenz ändern, die den Fragecodes der Verteidigungsphalanx entsprechen. Folgen Sie einfach dem Programm, das ich gerade eingegeben habe, dann ist alles in Ordnung.«

Er stieß sich in Richtung auf die Luftschleuse ab, wo das Commonwealthpersonal mürrisch auf ihn wartete. Über die Schulter rief er: »Aber brechen Sie um Gottes willen Ihre Landung nicht ab und versuchen wieder abzuheben. Sonst werden Sie in Atome zerfetzt, ehe Sie auf tausend Meter sind.«

»Danke, Leutnant«, wiederholte Daniel und blieb, wo er war, in der Mitte der Brücke.

Mit einigem Glück sollte Adele den Code, den Caravaggio in die KomKonsole downgeloadet hatte, entwirren und emulieren können; sie hatte ihm versichert, dass die Dechiffriersuite der *Goldenfels* ebenso leistungsfähig wie ihre eigene Einheit an Bord der *Princess Cecile* war. Wenn sie es schaffte, würde die Verteidigungsphalanx ihnen keine Sorgen mehr bereiten.

Wenn die Dechiffrierung freilich *nicht* funktionierte … nun, dann würde das die *Goldenfels* auch nicht daran hindern, der Basis Lorenz beträchtlichen Schaden zuzufügen. Aber in dem Fall war es dann höchst unwahrscheinlich, dass die *Goldenfels* und ihre Besatzung ihren Angriff um mehr als ein paar Sekunden überleben würden.

Die *Goldenfels* hatte wieder Fahrt aufgenommen. Vesey hatte das Steuer übernommen. Adele nahm an, dass der Anflug auf Basis Lorenz einfacher als die Aufgabe war, die Daniel sich selbst zugeteilt hatte: Er bereitete sich darauf vor, die ganze Leistung ihrer Waffensysteme gegen die Allianz einzusetzen.

Adele war so in ihre eigene Arbeit vertieft, dass sie die Beschleunigung ebenso wahrnahm wie das Atmen – nämlich praktisch überhaupt nicht. Was für eine Fülle, was für eine Schatzkammer von Informationen sie doch fand.

Der Schiffscomputer zermahlte den Code, der die planetarische Verteidigungsphalanx steuerte. Computer von Sternenschiffen mussten Kurse durch multiple Blasenuniversen projizieren können, von denen jedes Einzelne unterschiedliche Raum-Zeit-Konstanten hatte; da war es schlicht unmöglich, dass ein von Menschen geschaffenes Chiffriersystem komplizierter war.

Die Algorithmen, die es brauchte, um Chiffren anzugreifen, waren freilich von völlig anderer Art als diejenigen, die man für die Astrogation benötigte. Adele hatte ihre Software von der *Princess Cecile* mitgebracht. Das bereits an Bord befindliche System war speziell auf den Astrogationscomputer der *Goldenfels* konfiguriert, und deshalb benutzte sie die installierte Version und nicht ihre eigene.

Die Prozesse liefen selbstständig ab, sodass sie sich ganz auf Basis Lorenz konzentrieren konnte, die tief unter der Oberfläche des Mondes lag, der Radiance stets dieselbe Seite zuwandte. Die Anlagen waren fast völlig versteckt, aber indem sie die Dateien der Wartungsabteilung öffnete – die auch nicht besser geschützt waren als ähnliche Dateien der Stadtregierung von Xenos – hatte Adele die kompletten Pläne der Energie-, Abwasser-, Wasser- und Klimatisierungssysteme sämtlicher Räume der Basis geöffnet.

Einige davon sagten ihr gar nichts – die riesigen Gleisanlagen der Schwebebahn konnten für alles Mögliche gedacht sein, sei es nun den Transport von Lebensmitteln oder von Torpedos –, aber sie vertraute darauf, dass Daniel dazu etwas würde sagen können. Sie übertrug die Dateien an sämtliche Führungsoffiziere und versah sie so weit wie möglich mit Herkunftsangaben und Titeln.

Adele erkannte fast beiläufig, dass Basis Lorenz riesig groß war. Sie war in den Rand eines zehn Kilometer durchmessenden Asteroidenkraters gebaut, der die größte Landmarke auf dieser Seite von Gehenna darstellte. Auf Radiance nannte man den Krater »Das Auge der Finsternis«, und viele der gläubigeren Bewohner des Planeten weigerten sich, irgendwelche Geschäfte zu machen, wenn es so aussah, als würde das Auge im Licht der aufgehenden Sonne blinzeln.

Auf dem Teil von Radiance, wo der Mond jetzt sichtbar war, war die Sonne schon lange untergegangen. Adele nahm nicht an, dass das, was im Auge passieren würde, für die Menschen auf dem Zentralgestirn eine schlechte Nachricht wäre, aber für alle hier auf Gehenna würde es ganz sicherlich so aussehen.

Während Mister Pasternak damit beschäftigt gewesen war, die *Goldenfels* mit High Drive-Aggregaten aus dem Wrack aus Morzanga auszurüsten, hatte Adele sich die Zeit genommen, ihre Konsole nach ihren ganz persönlichen Vorstellungen zu konfigurieren. Jetzt konnte sie sie direkt mit ihren Stäben steuern und brauchte ihren PDA nicht als Interface zu benutzen.

Ihre Finger zuckten, rissen Daten aus banalen Dateien und kombinierten sie auf eine Art und Weise, wie das die Leute, die sie ursprünglich eingegeben hatten, wohl nie geahnt hatten. Indem sie Informationen aus einem Dutzend von Wartungsbereichen miteinander kombinierte, von denen die meisten von zivilen Auftragnehmern ausgeführt wurden, erzeugte sie die Zieldaten, die Daniel benötigte.

Die vierundzwanzig Hangars des Stützpunkts waren in Achtergruppen in den inneren Kraterwänden untergebracht. Jeder Hangar war siebenundfünfzig Meter breit und vierhundertzwölf

Meter lang, falls die Energieverbindungen mit den Wänden bündig waren. Zwei dieser Gruppierungen befanden sich in den nordwestlichen und südwestlichen Quadranten; die Dritte im Osten. Zwischen den Hangars einer Gruppe lagen jeweils neunzig Meter Felsgestein, zu dem nächst gelegenen im Westen betrug der Abstand vierhundertfünfzig Meter.

»Adele, können Sie feststellen, welche besetzt sind?«, fragte Daniels Stimme über ihre Konsole. *»Diese Hangars sind groß genug, dass jeder Einzelne die ganze Zerstörerflottille aufnehmen könnte. Ich möchte keine Zeit damit vergeuden, leere Hangars zu zerstören, wenn es nicht unbedingt sein muss!«*

Der Energieverbrauch lieferte hier keine schlüssige Antwort, aber mit Wasser sah es anders aus. Tausende Liter Wasser wurden zum Waschen, zum Trinken und insbesondere zum Befüllen der Reaktionsmassetanks der Schiffe benötigt, die monatelang in Transit gewesen waren und aus Sorge, man könne die Flottenbewegung sonst melden, auf Zwischenlandungen verzichtet hatten. Die Hangars Eins bis Fünf in der Südwestgruppierung wiesen in den letzten vierzehn Tagen einen wesentlich höheren Wasserverbrauch auf. Im Wasserzufluss zum Hangar Ost Eins gab es häufige Spitzen, aber die waren über die letzten drei Monate ziemlich gleichmäßig verteilt.

»Hier sind die aktiven Hangars, Sir«, sagte sie. »Sir« war die höfliche Antwort an einen Fragesteller, nicht die eines rangniedrigeren Offiziers an ihren Kommandeur. Sie übertrug Daniel eine Darstellung des Stützpunkts mit farbcodierten Gradienten des Wasserzuflusses. SW1-5 war hellrot, O1 war gelb; die anderen achtzehn Positionen reichten von Violett bis zu dunklem Indigo.

»Du liebe Zeit, das sind sie!«, rief Daniel. *»Heiliges Kanonenrohr!«*

Adele atmete tief ein und entspannte sich. Oben auf ihrem Display war eine Echtzeitdarstellung von Basis Lorenz, aber sie hatte sich nicht die Zeit genommen, sie zu betrachten. Jetzt tat sie das.

Die *Goldenfels* stach aus dem Westen schräg im steilen Winkel auf den Krater hinab. Wo die Sonnenstrahlen sie berührten, waren seine zackigen Wände ockerfarben und in den dunklen Partien purpur; Gehenna besaß keine Atmosphäre, die die Grenzpartien zwischen Licht und Nicht-Licht verwischten.

Ein paar an der Oberfläche befindliche Anlagen glitzerten, Liftstationen und Geschützpositionen. In der Nähe der Kratermitte lag ein schlankes Marineschiff, einer der acht Zerstörer, deren Anwesenheit Daniel vorhergesagt hatte, als der Baum aus New Delphi ihn aus seinem Bann entlassen hatte.

Adeles Konsole gab ein glucksendes Aufmerksamkeit heischendes Signal von sich; sie rief die Information auf, die die Konsole für wissenswert hielt.

Die Konsole hatte recht. »Der Computer hat den Code des Minenfelds geknackt«, sagte Adele, und ihre Stäbe bewegten sich in knappen Bögen und übermittelten neue Anweisungen an den Kontrollnodus der Verteidigungsphalanx. »Ich schalte den Kommandomodus jetzt so, dass er sämtliche Befehle, die *Goldenfels* anzugreifen, abweist. Das werde ich … so, das wäre erledigt.«

»Roger dazu!«, sagte Daniel. Und dann fuhr er mit einer Stimme, der man seine Genugtuung anmerkte, fort: »Schiff, hier spricht Sechs. Bereithalten zum Angriff auf den Feind!«

29

Daniel hatte nicht genügend Zeit gehabt, alles zu tun, was für einen wirksamen Angriff erforderlich war, und deshalb – *dem Himmel und Adele sei Dank dafür!* – nahm er sie sich jetzt, wo er das ohne Gefahr tun konnte. Er griff selbst ins Steuer und rief: »Schiff, ich übernehme das Steuer!«

Es tat ihm leid, Vesey gegenüber unhöflich sein zu müssen, schließlich hatte sie ihre Aufgabe wie gewöhnlich mit großem Geschick versehen. Ihr einziger Fehler war, dass sie nicht Daniels Gedanken lesen konnte – aber das war jetzt entscheidend, weil er ihr all das, was sofort geschehen *musste*, nicht erklären konnte. Er würde sich nachher bei ihr entschuldigen, falls es ein Nachher gab.

Daniel fuhr die Schubaggregate von den vierzig Prozent, mit denen sie gerade in Vorbereitung einer Landung liefen, auf fünfundneunzig Prozent hoch, nicht ganz die normale Maximalleistung und ganz sicherlich nicht Überlastung. So dringend brauchte er im Augenblick den Schub nicht, und bei Höchstwerten – selbst wenn die Aggregate richtig angewärmt waren, was ja der Fall war – bestand immer das Risiko, dass dabei eine Düse riss und das Schiff in gefährliche Schwingungen geriet.

Trotzdem hallte die mehr auf das Doppelte hochgefahrene Energie durch die *Goldenfels*, als ob Daniel das Schiff in den Boden gerammt hätte. Da sie schräg nach unten gerichtet waren, überwand der zusätzliche Schub die nach vorne gerichtete Trägheit, ohne gleich hinreichend stark zu sein, um das Schiff gegen die Schwerkraft des Mondes anzuheben. Ihr Schrägkurs wurde vertikal, und die *Goldenfels* fiel kurz vor dem Kraterrand und nicht in dessen Innenseite auf die Oberfläche.

»*Goldenfels* an Basis!«, schrie er und hoffte, dass das Adrenalin in seiner Stimme auf Panik und nicht etwa das Triumphgefühl deutete, das er in Wirklichkeit empfand. *Es würde klappen, weiß der Himmel, es würde klappen!* »Wir haben ein Problem! Wir haben ein Problem!«

Der Himmel allein wusste, was Lorenz-Kontrolle annahm, als das anfliegende Schiff in einem Schwall sich verbreitenden Plasmas dem Boden entgegentaumelte. Ihre Optik-Pick-ups dürften den Schaden an der Unterseite der *Goldenfels* gezeigt haben, selbst durch den Auspuffnebel, als das Schiff jetzt zu bremsen begann. Das Feuer in allen Farben des Regenbogens war so hell, die Vermutung nahezulegen, dass die Schubaggregate des Schiffs explodiert waren, aber alles war so plötzlich abgelaufen, dass das Stützpunktpersonal Mühe haben würde, *irgendetwas* zu denken.

Die *Goldenfels* war als Spionageschiff und Hilfskreuzer konfiguriert. Ihre Geschützbestückung stand der eines schweren Kreuzers mit der mehrfachen Tonnage nicht nach. Diese Konfiguration war dafür gedacht, dass sie sich in Normalraum anderen Schiffen näherte und sich dabei als Handelsschiff ausgab. Genügend nahe herangekommen würde sie dann ihre Batterien ausfahren und die Antennen und Takelage der anderen Schiffe zerstören, sodass sie bewegungsunfähig wurden.

Dagegen erwartete man von der *Goldenfels* nicht, dass sie sich auf Raumschlachten mit anderen Kriegsschiffen auf große Distanz einließ. Sie verfügte nur über zwei an Backbord und Steuerbord angebrachte Torpedorohre, und die zwanzig Torpedos in den Magazinen waren nicht mehr als die *Princess Cecile*, viel kleiner, aber ein echtes Kriegsschiff, im MRC-Einsatz mit sich führte. Die Torpedos waren für Verteidigungsmaßnahmen in letzter Not gedacht, falls etwa der Hilfskreuzer von überlegenen Einheiten gestellt wurde; die Wahrscheinlichkeit, dass sie einen Feind vernichten würden, war gering, aber vielleicht würden sie einen stärkeren Gegner zum Manövrieren zwingen und der *Goldenfels* damit eine Chance liefern, in die Matrix zu entkommen.

Wenn Adele die planetarische Verteidigungsphalanx nicht ausgeschaltet hätte, hätte eine der Minen in dem Augenblick, als die *Goldenfels* vom vorgeschriebenen Kurs abgewichen war, einen Hagel von Ionen auf sie niedergehen lassen. Der Ionenstrahl hätte ein drei Meter großes Loch in die Schiffshülle geschmolzen, und falls er die Energiezentrale getroffen hätte, wäre in diesem Augenblick die Fusionsflasche kritisch geworden und hätte die Aufgabe erledigt.

Die Minen detonierten nicht. Mit genügend Zeit würde jemand in Lorenz-Kontrolle sich fragen, weshalb das nicht geschehen war. Aber Daniel hatte nicht vor, ihnen so viel Zeit zu lassen.

»Vesey, halten Sie uns auf Schwebeflug!«, befahl er und setzte dabei den Fähnrich ein, als wäre sie nicht mehr als ein zusätzliches Paar Hände. »Und, wenn Ihnen Ihr Leben lieb ist, sorgen Sie dafür, dass wir unter dem Kraterrand bleiben! Trennung. Sun, 15-Zentimeter-Kanonen klarmachen. Programmieren Sie sie so, dass Sie damit die Verteidigungsanlagen außer Gefecht setzen, wenn wir wieder über den Kraterrand aufsteigen.«

Die Türme mit den 10-Zentimeter-Plasmageschützen waren ausgefahren, um im Schiffsinneren mehr Platz zu schaffen. Das war Routine; die Geschütze wurden lediglich beim Eintritt in eine Atmosphäre eingefahren. Aber die vier lateralen Zwillingstürme des Hilfskreuzers waren verborgen. Sich einem geheimen Stützpunkt mit diesen feuerbereiten Geschützen zu nähern würde Verdacht erregen und wahrscheinlich zu einer Salve aus den Stützpunktgeschützen führen.

»Adele«, fuhr Daniel fort, »schicken Sie Sun eine Zielmatrize. Sun, behalten Sie die 10-Zentimeter-Geschütze schussbereit und setzen Sie sie nach Ermessen ein. Ich empfehle Ihnen besonders diesen Zerstörer! Ende!«

Während Daniel das sagte, hämmerten seine Finger auf die virtuelle Tastatur, um den Gefechtsbildschirm aufzurufen und Daten einzugeben. Das würde recht kompliziert werden, aber mit ein wenig Glück …

Die Jalousien, hinter denen sich die beiden Fünfzehn-Zentimeter-Geschütze verbargen, öffneten sich kreischend. Die Hülle der *Goldenfels* hatte sich verzogen, als der High Drive das Schiff umgekippt hatte. Woetjans und ihre Rigger hatten die Schienen ausgerichtet, so gut das mit Vorschlaghämmern und Bordwerkzeug möglich war, sich aber nicht die Zeit genommen, auf Feinheiten zu achten.

»*Matrize übermittelt*«, bestätigte Adele knapp. Ein Icon oben in Daniels Display pulsierte und machte so auf sich aufmerksam. Erst jetzt wurde ihm bewusst, dass es schon ein paar Minuten darauf gewartet hatte, zur Kenntnis genommen zu werden.

Die *Goldenfels* tänzelte auf und ab, als Vesey sich bemühte, das Schiff unter Kontrolle zu bekommen. Daniel hatte die Schubaggregate auf sechzig Prozent zurückgefahren, als er ihr das Schiff übergab, aber es begann bereits anzusteigen. Die Aufwärtsbewegung setzte es, dem Impuls folgend ein paar Sekunden fort; und Vesey schickte sich an, was fast unvermeidbar war, zu überkorrigieren.

Das hatte zur Folge, dass die *Goldenfels* nach unten sackte und dreihundert Meter auf und ab tanzte, ehe Vesey sich und das Schiff wieder in den Griff bekam. Dann dämpfte sie die Fallbewegung ab und begann langsam wieder höher zu steigen, wobei sie den Schub in Ein-Prozent-Schritten reduzierte.

»*Zielprogrammierung abgeschlossen!*«, meldete Sun. »*Sir, wir sind schussbereit! Wir sind bereit!*«

»Mistress Vesey«, befahl Daniel, »bringen Sie uns dreihundert Meter über dem Kraterboden über den Stützpunkt …«

Der Rand erhob sich im Durchschnitt etwa zweihundertfünfzig Meter über den Kraterboden, aber es gab Spitzen, die gute fünfzig Meter höher ragten.

»… auf Kurs drei-vier-neun Grad, Bodengeschwindigkeit fünfzig Meter pro Sekunde. Ende.«

»*Roger*«, bestätigte Vesey. Die *Goldenfels* war nach ihrem ursprünglichen Taumelflug auf leichtem Vorwärtskurs geblieben. Jetzt begann sie zu beschleunigen und sich dabei anzuheben. Der äußere Kraterrand war tausendfünfhundert Meter vor ihnen gewesen. Jetzt schwoll er in dem EchtzeitDisplay unten in Daniels Gefechtsschirm an, auf dem ein Gewirr von Vektoren und farbcodierten Zeitwerten zu lesen waren.

Die *Goldenfels* würde den Kraterrand einigermaßen exakt auf Süd-Nord-Kurs überqueren. Daniel hatte wegen der ungewöhnlichen lateralen Anordnung seiner Torpedorohre keine Wahl, aber diese Situation war alles andere als ideal. Bei den normalerweise Tausende von Kilometern entfernten Zielen in einer Raumschlacht war es gleichgültig, in welche Richtung ein Torpedo beim Verlassen der Rohre gerichtet war, aber die *Goldenfels* würde ihre Torpedos ja aus nächster Nähe abfeuern. Sie würden auftreffen, ehe Daniel eine Kurskorrektur vornehmen konnte.

»*Schiff, wir überqueren den Rand in fünf Sekunden*«, warnte Vesey. »*Jetzt!*«

Kurz darauf hoben sich die vorderen 15-Zentimeter-Geschütze über den Kraterrand und eröffneten gemäß dem von Sun vorbereiteten Programm das Feuer. Der Rückstoß ließ die *Goldenfels* erzittern. *Hölle und Teufel! Diese Geschütze waren für das Schiff viel zu schwer!*

Die *Goldenfels* war alles andere als klein, aber ihre Stützrahmen waren die eines Frachters, nicht die eines Kriegsschiffs. Bei jedem Schuss zuckten die Säume, und als dann auch noch die hinteren Geschütztürme zu feuern begannen, rasselte und klapperte das ganze Schiff wie ein Tambourin.

Aber unten auf dem Stützpunkt, wo die Schüsse auftrafen, brachten Blitze und vulkanische Sekundäreruptionen Brocken der Kraterwände zum Einsturz. Basis Lorenz wurde mit Plasma und kinetischen Waffen verteidigt – Hypergeschwindigkeitsraketen und elektromagnetische Geschütze, die kiloschwere Geschosse beschleunigten. Ein Sternenschiff konnte seine Segel als einmaligen Schutz gegen Plasmaschüsse benutzen, aber ein schweres Osmiumgeschoss würde das moleküldünne Gewebe passieren, als wäre es nicht vorhanden und ähnlich große Löcher in die Schiffswand reißen, gleichgültig, wie dick die auch war.

Die 15-Zentimeter-Geschütze des Hilfskreuzers waren für den Einsatz gegen Tausende von Kilometern entfernte Ziele gedacht. Jetzt, auf Nahkampfdistanz, verwandelten die Plasmablitze die Verteidigungsanlagen des Stützpunkts, ihre Schilde und Tonnen von umliegenden Felsgestein in Geysire aus geladenem Gas. Wenn die *Goldenfels* dabei vom Rückstoß in Stücke gerissen wurde, war das ein Preis, den Daniel, wenn nötig, zu zahlen bereit war.

Die Rohre der *Goldenfels* jagten jetzt ihr erstes Paar Torpedos hinaus und ließen das Schiff noch heftiger erzittern, als das die schweren Geschütze getan hatten. Schiffe, die ihre Torpedos intern trugen – einige leichte Schiffe trugen sie in Außengestellen –, mussten sie zuerst aus dem Rumpf ausstoßen, ehe der High Drive zündete. Die *Goldenfels* benutzte das übliche System, erhitzte also in einem geschlossenen Gefäß Wasser und leitete dann den heißen Dampf in das Torpedorohr, um die Lenkwaffe aus dem Schiff zu schleudern. Da die Torpedos mehrere Tonnen wogen, erforderte das einen Energieaufwand, der das 400-Tonnen-Schiff nachhaltig erbeben ließ.

Den Gleisanlagen nach zu schließen, waren die Tore dieser Hangars mehr als einen Meter dick und somit von Plasmapulsen nicht zu durchdringen. Der Torpedo aus dem Steuerbordrohr der *Goldenfels* zündete ein paar Meter nach Verlassen des Schiffs und schoss vor einem blendend weißen Strahl, der typischen Signatur von Materie-Antimaterie-Reaktion, auf Hangar E1 zu.

Die Neigung von Daniels Display machte ihn einen Augenblick lang besorgt, der Kurs des Torpedos würde ihn durch das kombinierte Feuer aus Suns dorsalen und ventralen Geschütztürmen führen, das nach wie vor auf den Allianzzerstörer herunterprasselte. Aber das war nicht der Fall, der Torpedo raste ungehindert weiter, bis er den Hangar wie ein mächtiger Hammer traf.

Das Hangartor, eine Sandwichkonstruktion aus Beton und Stahlplatten, verwarf sich nach innen. Teile des pulverisierten Kerns platzten heraus. Luft schoss aus dem Hangarinneren, berührte das von der Reibung aufgeheizte Metall und explodierte in einem weißen Ball von der Helligkeit einer Bogenlampe.

Der Torpedo durchdrang das Innere des Hangars. Der Rest des Hangartors ließ nicht erkennen, welchen Schaden das Projektil innen anrichtete, aber aus dem Loch sprühten über hundert Meter weit Funken auf den Kraterboden hinaus. Der Himmel allein wusste, was drinnen gewesen war – vermutlich Wartungsfahrzeuge des Stützpunkts –, aber der Allianz würde dieser Hangar in Zukunft jedenfalls nicht mehr nützen.

Der Torpedo aus dem Backbordrohr sackte beinahe hundert Meter mit stotternder Strahlung ab, ehe sein Antrieb volle Leistung erreichte; eine oder vielleicht auch beide High Drive-Zuleitungen waren verstopft gewesen. Auch das wäre auf astronomische Distanzen kein Problem gewesen, aber hier hatte es zur Folge, dass der Torpedo sich nicht rechtzeitig stabilisierte. Er bewegte sich auf einer Sinuskurve mit einer Amplitude von fünfzehn Metern, bis er schließlich knapp über dem Tor zu Hangar SW1 die Kraterwand traf.

Felsbrocken splitterten ab, als der Torpedo über der Tür und der Klippenwand auftraf. Noch im Konverter befindliche Antimaterie erzeugte einen schwarzen Blitz, der eine ausgezackte Pockennarbe hinterließ.

Die Geschütze hämmerten weiter. Die Rucke von den 10-Zentimeter-Türmen waren kaum wahrnehmbar, aber die 15-Zentimeter-Waffe ließ die *Goldenfels* heftig zittern. Torpedos rollten aus dem Magazin in beide Rohre, doch nur das Backbordrohr war auf besetzte Hangars gerichtet.

Das Nachladen nahm endlose fünfundsiebzig Sekunden in Anspruch, aber das ließ sich nicht vermeiden. Torpedos waren schwere Brocken, ebenso dicht wie schwer, und ließen sich einfach nicht wie Fußbälle herumwerfen.

Die *Goldenfels* glitt wie eine Schlange, vom Rückstoß ihrer Lateralgeschütztürme hin- und hergerissen über den Krater. Bei dem Absturz auf Morzanga hatte sich ihr Rahmen verzogen, vermutlich in einem Ausmaß, das selbst eine Werft nicht mehr korrigieren konnte, aber die Belastung, der diese Plasmageschütze sie jetzt aussetzten, ging weit über das hinaus, was sie vermutlich seit dem Tag hatte erdulden müssen, an dem sie das erste Mal die Werft verlassen hatte. Eine Bauchplatte fiel ab und glitzerte im Widerschein der großen Geschütze.

Die Luftverlustalarme tönten; die Mannschaft trug bereits die die für Noteinsätze vorgeschriebenen leichten Vakuumanzüge, aber Daniel wusste aus Erfahrung, dass einige der Spacer jetzt ihre Gesichtsplatten zuklappen würden. Er selbst hatte dafür keine Zeit, und es bestand auch keine Notwendigkeit dafür – noch nicht.

Das Icon für das Steuerbordrohr leuchtete grün, und sein Torpedo wurde automatisch abgefeuert, weil Daniel die schon vorprogrammierte Angriffssequenz nicht widerrufen hatte. Diesmal zündete das Projektil sofort, so dicht am Rohr, dass Daniel das wie das Brutzeln von Schinkenspeck in der Pfanne klingende Geräusch förmlich spüren konnte, als die Antimaterie ihre Wut am Rumpf der *Goldenfels* ausließ.

Die Flugbahn des Torpedos war nur so wenig gekrümmt, dass sie auf Daniels Display wie eine gerade Linie aussah. Sie traf mitten auf Hangartor SW3 auf und durchschlug es. Einen Augenblick lang war dann nichts zu sehen, dann wurde das Hangartor in den Krater geschleudert, und eine zweite Explosion spie Feuer und Schutt bis zu dem Wrack des Zerstörers hinüber, mit dem Sun noch beschäftigt war.

Eine Welle von Gas und Plasma ließ die *Goldenfels* nach Steuerbord gieren. Die 15-Zentimeter-Geschütze konnten nicht schnell genug korrigieren und rissen den Kraterboden an der Steuerbordseite des Zerstörers und den Klippenrand an der Backbordseite auf, gruben tiefe Furchen hinein. Daniels Geschirr fing ihn auf; sonst hätte der Schock ihn aus seinem Sitz an der Konsole geschleudert.

Icons pulsierten wie eine Tiara aus Rubinen über die Oberseite des KomDisplays. Ein Dutzend Abteile waren aufgeplatzt und ließen Vakuum ins Schiff. Daniel knallte seine Gesichtsplatte herunter; ein paar von den luftdichten Schottentüren hatten sich geschlossen, andere waren in ihren Schienen verklemmt. Man konnte es ihnen nicht verübeln … die backbordseitigen 15-Zentimeter-Türme hatten das Feuer eingestellt, und die Gleitbahn, die den nächsten Torpedo zum Backbordrohr trug, hatte sich verbogen, als das Projektil aus der Bahn sprang und herunterfiel.

»Belknap, Werfer Eins neu laden!«, befahl Daniel. »Woetjans, Sie helfen ihm dabei. Mir ist ganz egal, was dazu nötig ist – reißen Sie meinetwegen ein Loch in die Hülle, aber sorgen Sie dafür, dass ich wieder Torpedos bekomme!«

Belknap, ein Geschützmaat zweiter Klasse, war der höchstrangige Vertreter seiner Fakultät an Bord der *Goldenfels*. Er war für den mechanischen Betrieb der Projektile zuständig, während Daniel persönlich die Programmierung ihrer Flugbahnen übernommen hatte. Belknap hatte zwei Geschützmaate Drei unter sich, aber das Klarmachen der Gleitbahn erforderte brutale Gewalt. Die Rigger hatten augenblicklich keinen Dienst und waren *in hohem Maße* mit brutaler Gewalt vertraut.

Vesey hatte inzwischen den Frachter wieder auf gleichmäßigen Kurs gebracht und ihn dann gemäß Daniels ursprünglichem Befehl auf 349 Grad gebracht – die Explosion hatte sie ein gutes Stück nach Steuerbord gedrückt. Auf einem atmosphärelosen Satelliten erwartet man keinen plötzlichen Windstoß, und schon gar nicht einen weiß glühenden Mini-Orkan mit dem Höllenfeuer, das ihn hervorgerufen hat.

Sie hatten drei Viertel des Weges quer über den breiten Krater zurückgelegt und hielten die Geschwindigkeit mit fünfzig Metern pro Sekunde – das wäre perfekt gewesen, um die Zerstörung von Basis Lorenz bei einem Durchgang zu erledigen, wenn alles so gelaufen wäre, wie Daniel es geplant hatte.

Aber es war nicht so gelaufen. Nun, in der MRC war das keine neue Erkenntnis und keineswegs eine Entschuldigung dafür, das Nötige nur zur Hälfte zu erledigen und dann Leine zu ziehen.

»Mistress Vesey«, befahl Daniel, »bitte wenden Sie. Wir werden auf Reziprokkurs fliegen und die Sache zu Ende bringen.«

Und dann fügte er mit einem Lächeln, das man unter seiner Gesichtsplatte kaum wahrnehmen konnte, hinzu: »Bei Gott, Sissies, davon wird man noch reden, solange es eine MRC gibt – und es wird eine MRC geben, solange sie Spacer wie euch findet!«

Die werden nur dann über uns reden, wenn jemand überlebt, um ihnen zu berichten!, dachte Adele spitz, aber ihr kam es nicht zu, das zu sagen.

Außerdem stimmte es nicht. Es würde Allianzüberlebende geben, und die würden die Geschichte erzählen. Sie würden Worte wie »Narren« und »glücklich« verwenden, aber verborgen würde eine solche Geschichte jedenfalls nicht bleiben.

Tatsächlich hatte Glück mit der ganzen Sache nicht sehr viel zu tun gehabt. Aber gegen den Begriff »Narren« würde Adele nichts einzuwenden haben. Nicht, dass es ihr etwas bedeutete.

Alle plapperten gleichzeitig über die Sprechanlage; Adele ignorierte das Geschnatter, vergewisserte sich lediglich, dass von all dem Unsinn nichts zu Daniel gelangte. Sie hatte die Leitungen so geschaltet, dass die ganze Mannschaft das Geschehen draußen beobachten konnte, falls sie dafür Zeit hatten. Die hatten sie vermutlich nicht – alle, die nicht direkt mit dem Kampfgeschehen beschäftigt waren, sollten mit Schadensbeseitigung beschäftigt sein –, aber es war zumindest Teil ihrer Aufgabe.

Adele hatte zum gesamten Funkverkehr auf Basis Lorenz Zugang, weil sie die Basiskontrolle vermittels der Signalsuite der *Goldenfels* davon überzeugt hatte, dass der Schiffscomputer die Backupinstallation des Stützpunkts war. Diese Leistung hatte ihr gewisse Befriedigung verschafft, aber es erwies sich nicht als so nützlich, wie sie ursprünglich gehofft hatte. Die Allianzleute plapperten denselben Unsinn wie die Sissies, nur dass bei ihnen Angst und Panik durchzuhören waren.

Sun schoss mit beiden Geschütztürmen, aber zum Glück waren die Geschütze an den Seiten verstummt. Als sie zu feuern begonnen hatten, hatte Adele gedacht, die *Goldenfels* würde in die Luft fliegen. Wenn zwei oder mehr Geschütze gleichzeitig feuerten, verlor ihr Display einen Augenblick lang die Auflösung; sie hatte jedes Mal befürchtet, ihre Konsole selbst würde ausfallen, aber zum Glück hatten sich nur die Hologrammprojektoren dejustiert.

Vor dem Sterben hatte Adele keine Angst, war aber entsetzt bei dem Gedanken, sie könne Daniel und die anderen, die sich auf sie verließen im Stich lassen. Und ohne Zugang zu ihrem Computer würde sie sie im Stich lassen.

Sie lächelte kühl. Es gab natürlich andere Konsolen. Und im schlimmsten Fall würde sie vermutlich ihren PDA an den Haupttransceiver des Schiffes anklinken und die Offiziere der *Goldenfels* in ausreichendem Maße mit Informationen versorgen können.

Tovera saß auf der Couch, Rücken an Rücken mit Adeles gekoppelter Konsole; diese Schaltung sollte es einem nachgeordneten Offizier ermöglichen, seinem Vorgesetzten an der Haupteinheit zu emulieren. Falls die Elektronik oder der Offizier im Kampf in irgendeiner Weise zu Schaden kam, würde der niedrigere Dienstgrad dann eingreifen können.

Tovera hatte die Konsole nicht eingeschaltet; sie benutzte die Couch einfach als Sitzgelegenheit, während sie darauf wartete, dass irgendetwas geschah, was ihre Talente erforderte. In

Kampfhandlungen dieser Art konnte man sich das kaum vorstellen, aber als ein massiver Brocken das Schiff traf, war sie aufgesprungen und hatte eine Maske über Adeles Gesicht geklappt.

Daniels Konsole hatte keine untergeordnete Station, deshalb teilte sich Hogg die Couch mit Tovera. Er hielt einen Impeller in der Hand und hatte die Füße um die schräge Stütze der Couch geschlungen.

Adele konnte sich im Augenblick nicht vorstellen, wozu Hoggs schwere Schulterwaffe gut sein sollte, aber wenn er sie halten wollte, so war das seine Sache. Gelegentlich sah Adele sein Gesicht zwischen Kaskaden holografischer Daten; sein Ausdruck war wachsam und sorglos. Tovera sah wie üblich aus wie eine lächelnde Totenmaske.

Entweder manövrierte die *Goldenfels* heftig oder sie waren getroffen worden und außer Kontrolle. Adele ging das nichts an, also versuchte sie auch gar nicht zu erfahren, welche der beiden Diagnosen zutraf. Sie teilte ihr Display, sodass auf der unteren Hälfte das Bild des Stützpunkts mit markierten Radiosendern einnahm. Auf dem höchsten Gipfel der Kraterwand war ein Mehrfrequenzmast zu sehen, und Adele hoffte, dass Sun ihn ungeschoren lassen würde: Er war ihr Zugangspunkt zu den Systemen von Basis Lorenz.

Drei Gestalten rannten, über UKW miteinander schnatternd, über den Kraterboden. Die schnatterten wirklich nur planlos, es waren mit Luftanzügen bekleidete Überlebende aus dem funkensprühenden Wrack des Zerstörers, vielleicht die einzigen Überlebenden, die für den Fall, dass die Fusionsflasche ihres Schiffs ausfiel, Deckung suchten. Sie waren unwichtig, aber …

Das Felsgestein, in das man die Hangars gegraben hatte, und dicken Tore davor waren für Radiofrequenzen völlig undurchlässig. Dass Adele starke Signale von SW5 bekam, bedeutete, dass das Tor dort sich öffnete.

Die *Goldenfels* setzte einen weiteren Torpedo ab. Der Frachter überquerte den Stützpunkt jetzt auf Gegenkurs; Daniel musste das unbeschädigt gebliebene Rohr benutzen und hatte damit auf SW4 gezielt, das nächste Ziel auf seiner Liste. Das Tor dort war geschlossen und deshalb harmlos, aber SW5 war keines von beidem.

»Ziel!«, schrie Adele. Dies war jetzt ein Augenblick, in dem es nützlich gewesen wäre, besser mit den Kommunikationsgepflogenheiten der MRC vertraut zu sein. Sie markierte das Hangartor in Rot. Auf dem kleinen Maßstab ihres Displays konnte sie zwischen den beiden Torflügeln keinen Spalt erkennen, aber das Radiosignal konnte nicht lügen. »Daniel, Sun, der Hangar ist offen ...«

Da der Zerstörer am Schmelzen war und Sun kein besseres Ziel zur Verfügung hatte, hatte er sich eine Wartungsbucht auf dem Kraterboden zwischen den südwestlichen und südöstlichen Hangargruppen vorgenommen. Als Adele die Markierung vornahm, fing er an, seine Geschütze zu drehen, aber die schiere Masse der gepanzerten Batterien erforderte selbst auf reibungslosen Magnetbahnen Zeit. Ein 13-Zentimeter-Plasmaschuss fegte aus dem Hangar und traf den Dorsalturm der *Goldenfels* mittig.

Adele dachte, der Blitz hätte sie geblendet, aber in Wirklichkeit fluoreszierte nur die dünne verbliebene Atmosphäre der Brücke. Jetzt flammte die normale Beleuchtung wieder auf, aber zwischen Adele und Daniels Konsole hing ein Kugelblitz. Ein transparentes, blaues Leuchten flackerte über dem bösartigen Gelb, ehe das kugelförmige Phänomen zischend und ganz langsam in die Höhe stieg und schließlich durch die Decke verschwand.

Der Schuss verzog die Platten und Rahmenteile unter dem vaporisierten Geschützturm. Die Brückenluke, die bei Beginn der Kampfhandlungen geschlossen war, flog auf, als sich die sie umgebenden Platten verbogen. Die Notbeleuchtung im Korridor wirkte flach, weil keine Atmosphäre das Licht zerstreute. Vier

Sissies rannten mit einer Rolle Segelgewebe und Klebepistolen auf den Riss zu, um ihn zu flicken; der zurückkehrende Luftdruck würde den Film andrücken, bis eine etwas dauerhaftere Reparatur möglich war.

Aber das würde natürlich erfordern, dass die *Goldenfels* noch eine Weile überlebte.

Adele hatte das KomDisplay in eine Ecke ihres Bildschirms eingefügt, um Daniels Wünsche vorhersehen zu können. Demzufolge wusste er, dass er auf ein GeschützDisplay umgeschaltet und die manuelle Kontrolle über die Geschütze in den Seitenbatterien übernommen hatte. Seit diese die von Sun vorgegebenen Ziele zerstört hatten, waren sie verstummt. Adele konnte sehen, was Daniel getan *hatte*, konnte sich aber wirklich nicht vorstellen, wie er es geschafft hatte, geistig und körperlich so schnell umzuschalten. Es war so, wie wenn man Tovera beim Schießen zusah …

Der zweite Schuss des Kriegsschiffs fegte um höchstens den Betrag über die *Goldenfels* hinweg, um den der erste Schuss den Frachter nach unten gedrückt hatte. Der in einen Feuerball aus Stahl und Iridium verwandelte Turm hatte den Bug nach unten gedrückt. Zu einem dritten Schuss kam es nicht, weil Daniel die Geschütze an der Steuerbordseite der *Goldenfels* abfeuerte. Sie fügten dem Schiff selbst großen Schaden zu, aber als sie im Inneren des Hangars auftrafen …

Adeles Anlage verriet ihr, dass die Radiosignale von drei Allianzzerstörern kamen, der *Max Schultze*, *Richard Beitzen* und *Paul Jacobi*. Die Information erschien automatisch, weil sie ihr System so eingestellt hatte, dass es Namen und entsprechende Daten lieferte, sobald es einen Identifikationstransponder mit einer bestimmten Einheit der Allianzflotte korrelieren konnte. Ihre Konsole gab das Ergebnis an Daniel und die Gefechtsleitzentrale weiter.

Auf das Kampfgeschehen hatte das freilich keinen Einfluss, weil die ersten beiden 15-Zentimeter-Schüsse, die Daniel auf den Hangar abgegeben hatte, dort ihr Werk der Zerstörung verrichtet hatten. Die sechs, die darauf folgten, ehe die *Goldenfels* an der schmalen Öffnung vorbeigetragen wurde, waren vermutlich Munitionsverschwendung, da mindestens eine Fusionsflasche fast sofort aufgerissen war.

Ein Schwall von Strahlung, nicht etwa Licht, sondern ionisierter Dampf, blitzte aus dem Hangar. Diesmal wurden die Türen nicht weggerissen, vielmehr wölbte sich die Klippenwand, zerfetzt von glühenden Gasen, nach oben und donnerte dann wieder auf den Kraterboden herunter. Und in genau diesem Augenblick traf der Torpedo mitten in SW4 auf. Die Explosionen im Inneren jenes Hangars begannen gerade, als die Felslawine in einem Tanz von Felsgestein und Staub und den funkelnden Plasmalichtern, die hindurchschimmerten, über die Tore beider niederging.

»*Werfer Eins ist wieder geladen, Sir!*«, schnarrte eine Stimme über den KomKanal, das war Woetjans anstelle von Belknap. Das Dröhnen der schweren Torpedos pflegte das Schiff in unverkennbarer Art zum Zittern zu bringen, aber diesmal hatte Adele es nicht bemerkt.

»*Danke, Woetjans*«, erwiderte Daniel mit heiserer Stimme. »*Sun, Feuer einstellen. Alle nicht in der Energiezentrale Benötigten unterstellen sich dem Bootsmann. Woetjans übernimmt das Kommando für Schadenskontrolle.*«

Er hielt kurz inne, sog die Luft mit einem Keuchen ein, das sein HelmMikro für Sprache hielt und an alle übertrug. »*Mistress Vesey*«, fuhr Daniel fort, »*bringen Sie uns hier so schnell Sie können raus. Ich werde uns einen Kurs in die Matrix errechnen, aber im Augenblick bin ich noch nicht so weit.*«

Die *Goldenfels* beschleunigte hart und presste Adele in ihre Couch. Sie erinnerte sich daran, wie sie den Hilfskreuzer das erste Mal gesehen hatte, ein Heiligenschein von Plasmaaggregaten, die über der *Princess Cecile* flammten. Das war das Bild, das die Überlebenden von Basis Lorenz jetzt von ihr hatten.

Sie sah auf die KomKonsole. Daniel bemerkte ihren Blick, grinste und reckte grüßend den Daumen hoch.

Dann wurde sein Gesicht etwas ernster und er fuhr fort: *»Schiff, hier Sechs. Spacer, vor einer Stunde hat ein Allianzgeschwader aus zwei Schlachtschiffen, einem schweren Kreuzer und acht Zerstörern, den gesamten Galaktischen Norden beherrscht. Eurem Mut und eurem Geschick ist es zu verdanken, dass die Elemente dieses Geschwaders jetzt entweder vernichtet oder so stark beschädigt sind, dass es ein Jahr dauern wird, die Überreste und Überlebenden auszugraben und wieder einsatzfähig zu machen. Wenn die MRC es nicht innerhalb eines Jahres schafft, ein Geschwader hierherzubringen, um diese Aufgabe zu Ende zu führen, dann – bei Gott! – werden Sie und ich hierher zurückkehren und das für sie erledigen!«*

Daniel hielt inne und wartete das Gelächter ab, von dem er wusste, dass es kommen würde. Adele lächelte schwach und fragte sich, ob sie Daniel wieder auf den allgemeinen Kanal zurückschalten sollte, damit er die begeisterten Gratulationen seiner Crew hören konnte. Aber bei einiger Überlegung – nein; er hatte Wichtigeres zu tun, hatte er gesagt, er musste einen Kurs berechnen.

»Sir!«, meldete sich unerwartet Vesey. *»Ein Schiff ist gerade auf sechshunderttausend Kilometer Distanz in den Normalraum zurückgekehrt. Sie rufen Basis Lorenz im Code, Ende.«*

Adeles Gesicht verlor jeden Ausdruck, als sie ihre Couch hochkippte, um besser an ihre Konsole zu kommen. Sie würden in Kürze auf High Drive umschalten, aber der würde beim augenblicklichen Zustand der *Goldenfels* allerhöchstens 1 *g* Beschleunigung schaffen. Ihre Stäbe zuckten.

Sun, Belknap, Vesey und Pasternak redeten alle über den KomKanal. Daniel nicht: Er hatte den Navigationsschirm aufgerufen. In ihm war der Kursindikator eingefügt.

Statt zu sprechen ließ Adele an der Unterseite eines jeden aktiven Displays eine Textnachricht aufblitzen:

DAS SCHIFF, DAS GERADE AUFGETAUCHT IST, IST DER SCHWERE ALLIANZKREUZER *BLUECHER*, DER NACH EINEM KURZEN ERPROBUNGSFLUG AUF BASIS LORENZ ZURÜCKKEHRT.

Sie fügte der knappen Aussage keinen Kommentar bei. Ihr schien es offensichtlich, dass der Kommandant der *Bluecher*, Raumkapitän Rafael Semmes, zwar eine Weile brauchen würde, um sich darüber klar zu werden, was auf dem Stützpunkt geschehen war und dann zur Verfolgung der *Goldenfels* anzusetzen, aber es würde nur eine *kurze* Weile sein.

Daniel musste das Gleiche gedacht haben, denn er arbeitete mit der Konzentration eines Dämons daran, ihren Fluchtkurs in die Matrix zu bestimmen.

30

Die *Goldenfels* war für die Landung betakelt, die Segel gerefft und die Antennen eingezogen und angeklappt. Daniels erster Gedanke war, sofort in die Matrix zu gehen und dort die Segel zu setzen; viele Astrogatoren konnten ein anderes Schiff, nachdem es den Normalraum verlassen hatte, nicht aufspüren, und manche würden es nicht einmal versuchen.

Die Allianz verfügte freilich über mehr als genug fähige Kapitäne. Wenn die *Bluecher* von einem solchen befehligt wurde, würde der schwere Kreuzer kurz nach dem ersten Eintritt der *Goldenfels* in den Normalraum dort auftauchen. Daniel hielt es für klug, davon auszugehen, dass sein Feind ebenso kompetent wie er selbst war.

»Woetjans, beide Wachen«, befahl Daniel. Es war ihm zutiefst zuwider, Rigger auf die Hülle zu schicken, während das Schiff beschleunigte, aber manchmal hat man keine Wahl. »Hauptsegel von Dorsal A und Steuerbord A takeln, beide mit neunundzwanzig Grad Steuerbordneigung. Beeilung, Spacer!«

Die Rigger waren zwar über das ganze Schiff verteilt und mit der Behebung der Schäden beschäftigt, aber zumindest trugen sie bereits ihre Raumanzüge. Woetjans würde die Segel binnen Minuten gesetzt haben, und damit würde die *Goldenfels* von dem Augenblick an manövrierfähig sein, in dem sie in die Matrix eintrat. Die *Bluecher* verfügte über optische Sensoren nach Flottennorm, die ebenso gut wie die der MRC waren, aber auf sechshunderttausend Kilometer Distanz konnte niemand unterscheiden, ob ein Winkel neunundzwanzig, einunddreißig oder siebenundzwanzig Grad betrug. Die Abweichung war ausreichend, um den schweren Kreuzer dazu zu zwingen, die Region zu durchforschen, statt direkt auf seiner wild schlingernden Beute zu landen, und nur die allerbesten Astrogatoren konnten hoffen, einer mehrere Stunden alten Spur durch die Matrix folgen zu können.

Natürlich gab es Piratenkapitäne, die diesen Trick regelmäßig schafften. Für Onkel Stacey wäre es ein Kinderspiel gewesen, und Leutnant Daniel Leary hatte ihn ebenfalls bereits praktiziert. Wenn die *Bluecher* einen Kommandeur von diesem Kaliber hatte, würde die *Goldenfels* nicht entkommen – und die Chance, gegen einen schweren Kreuzer im Gefecht zu bestehen, war gleich null.

Daniel lächelte, während seine Finger zusätzliche Berechnungen in den Computer hämmerten. Was natürlich nicht bedeutete, dass sie nicht kämpfen würden. Sobald er die dafür erforderliche Muße hatte, würde er sich vom Zustand der Bewaffnung der *Goldenfels* überzeugen; nicht, dass er damit rechnete, von dem Ergebnis sehr erbaut zu sein.

Adele gab einen weiteren Text an der Unterseite seines Displays ein:

KOMMANDEUR DER *BLUECHER* IST KAPITÄN RAFAEL SEMMES. WOLLEN SIE EINZELHEITEN AUS SEINER DIENSTAKTE?

»Danke, Adele«, sagte Daniel über die nur ihnen beiden zugängliche Verbindung. Er tippte weiter; er war mit dieser Region nicht vertraut. Den Kurs zurück zum geplanten Treffpunkt mit der *Princess Cecile* hatte er studiert, aber den wollte er für den Fall, dass sie verfolgt wurden, nicht einschlagen. »Die Identifizierung reicht aus. Ich bin mit dem Gentleman vertraut.«

Jetzt war er ganz sicher, dass sie verfolgt werden würden. Daniel konnte sich nicht an den Namen eines jeden einzelnen Allianzoffiziers erinnern, den er einmal beiläufig gehört hatte, aber als Oliver Semmes bei der Beisetzung erwähnt hatte, dass er und sein Bruder Rafael Onkel Stacey kennengelernt hatten, als sie unter dem großen Kapitän Lorenz gedient hatten – hatte Daniel sich das gemerkt. Lorenz war jemand, der den unter ihm dienenden Offizieren die Chance gab, erstklassige Astrogatoren zu werden …

Wenn sie das nicht schafften, sorgte Lorenz dafür, dass sie die Flotte verließen. Rafael Semmes hatte überlebt.

Nun, vielleicht würde Daniel mit einem Torpedo Glück haben. Und die *Goldenfels* hatte schließlich auch schwere Geschütze. Vielleicht gab es einen Weg.

Einer roter Text blitzte auf Daniels Display.

SA HAUPT FERTIG.

Adele hatte das Signal von Woetjans draußen auf der Hülle weitergeleitet und markiert. Sobald das Dorsalsegel –

Ein weiterer Text, diesmal eine Mitteilung von Pasternak:

REAKTIONSMASSETANKS BEI SIEBENUNDVIERZIG PROZENT. AUF HIGH DRIVE SCHALTEN?

Offenbar filterte Adele seine gesamte Kommunikation. Das war nicht MRC-Routine, aber durchaus zweckmäßig, solange Adele Mundy die Wahl traf und nicht genug Zeit war, auch nur die Hälfte von dem zu tun, was getan werden musste …

Normalerweise schaltete ein Schiff von den Plasmaaggregaten auf den wesentlich effizienteren High Drive, sobald es die Atmosphäre hinter sich hatte. Gehenna war zwar ein großer Satellit, seine Atmosphäre aber so dünn, dass man sie praktisch als Hoch-Vakuum bezeichnen konnte, aber die eingeschränkte Energie, die der improvisierte High Drive lieferte, und die augenblickliche Notlage ließen Daniel zögern.

Woetjans signalisierte DAS HAUPTSEGEL GESETZT.

»Schiff, hier Sechs«, sagte Daniel und schaltete die Schubaggregate ab. »Bereithalten zum Eintritt in die Matrix. Treten in Matrix ein …«

Er hatte die Schalter schon Minuten vorher gestellt, eine ganze Ewigkeit war das her; er hatte sie gestellt, als der schwere Allianzkreuzer in den Normalraum zurückgestürzt war. Jetzt drückte er den EXECUTE-Knopf mit beiden Fingerspitzen, so hart, dass der Druck ausgereicht hätte, um eine Luke zu schließen. Eine virtuelle Tastatur kümmerte sich nicht um Druck, aber Daniel Leary war kein Mann für halbe Maßnahmen.

»… jetzt!«

Daniel spürte das Vibrieren des Schiffes, das in eine Blase aus normalem Raum glitt und durch Raum-Zeiten fuhr, die fremder waren als das Herz einer Sonne. Inzwischen war ihm dieses Gefühl wohl vertraut, aber angenehm war es nicht und würde es wahrscheinlich auch niemals werden. Die Physiker sagten, dass sich nichts änderte – die *Goldenfels* selbst und das von den Spitzen ihrer Antennen umschriebene Raumvolumen blieben Teil des Universums, in dem das Schiff gebaut und seine Mannschaft geboren war.

Die Physiker hatten unrecht. Wer auch nur ein einziges Mal Passagier auf einem Sternenschiff gewesen war, hätte ihnen das sagen können, ganz zu schweigen von Veteranen des Weltraums, mit Hunderten oder gar Tausenden Stunden in der Matrix. Das Schiff mochte Teil des Normalraums bleiben, aber etwas durchdrang es. Man konnte den Unterschied spüren, ein kratzendes Gefühl, als würde man die Haut eines anderen Menschen unter seiner eigenen tragen, und manchmal sah man Dinge …

Einmal hatte Daniel eine Gruppe Menschen durch einen Korridor schlurfen sehen, der mit dem der *Swiftsure* identisch war, dem Schiff, auf dem er seine Ausbildung absolviert hatte. Sie waren nackt und hatten glasige Augen. Hinter ihnen schlenderte ein gefiedertes, zweibeiniges Wesen mit Facettenaugen; es starrte Daniel entsetzt und erschreckt an, ehe es ebenso plötzlich mit seinen Schützlingen verschwand, wie ein Bild in einem Spiegel wegkippt.

Manchmal sah man Dinge, die nicht real waren. Dinge, von denen Daniel sich sagte, dass sie nie real gewesen sein konnten.

»Schiff, hier Sechs«, sagte er. Seine Gesichtszüge hatten bei der Erinnerung an jene Vision ein mechanisches Lächeln erzeugt – jene *unechte* Erinnerung. Als ihm das bewusst wurde, verzogen sich seine Mundwinkel, und sein Ausdruck wirkte jetzt amüsiert. »Ich habe unseren Kurs programmiert. Ich werde jetzt auf die Hülle gehen, um die Takelage zu überwachen. In sieben Stunden werden wir zurückfallen, um eine Sternsichtung vorzunehmen und anschließend auf Kurs zum Treffen mit der *Princess Cecile* gehen. Ich schätze, das wird weitere achtzehneinhalb Stunden in Anspruch nehmen.«

Er atmete tief durch und fügte dann hinzu: »Sissies, es besteht die Möglichkeit, dass wir mit Kämpfen noch nicht ganz fertig sind. Ihr habt euch die Chance zum Ausruhen verdient, aber wir alle wissen, dass das Leben nicht gerade fair ist. Wenn die Dinge sich so entwickeln, wie es trotz all meiner Bemühungen möglich ist, vertraue ich darauf, jener Allianzkreuzer wird nachher wissen, dass er ein Gefecht hinter sich hat. Sechs Ende.«

Er würde sich die Bewaffnung ansehen, aber noch nicht gleich …

Daniel schickte sich an, sich von seiner Couch zu erheben; aber das Andruckgeschirr hielt ihn noch fest. Er tippte an den Knopf, der das Geschirr löste, und richtete sich erneut auf, lächelte über sich selbst. Er war müde, ausgepumpt – mehr, als er angenommen hatte. Nun, er würde sich ausruhen, sobald dazu Gelegenheit war, aber das würde erst sein, wenn sie in sieben Stunden ihre Sternsichtung vorgenommen hatten … und vielleicht noch nicht einmal dann.

»Mistress Vesey, Sie haben das Steuer«, sagte Daniel und ging zur Luftschleuse. Er würde nicht lange auf der Hülle sein, deshalb würde er sich die Mühe sparen, einen Riggeranzug anzulegen.

Der Segelstoffflicken in der Korridordecke flatterte leicht; nun, die Crew der Energiezentrale konnte sich ja um Schadensbehebung kümmern, da das Schiff jetzt in der Matrix war. Vesey würde das erledigen, ohne dass man es ihr zu sagen brauchte.

Er trat in die Schleuse. Adele war bei ihm. Daniel sah sie überrascht an. *Sie* hatte draußen auf der Hülle nichts verloren.

Aber ehrlich gesagt er auch nicht. Woetjans würde mit der Takelage zurechtkommen, ohne dass der Kapitän ihr dabei zusah. Daniels Anwesenheit war eine Sache der moralischen Unterstützung, sonst nichts. Und das Gleiche galt natürlich für Adele.

Daniel strahlte und nickte ihr zu. Er hatte ein gutes Team. Die *Goldenfels* mochte ja unterbesetzt sein, aber sie hatte die beste Crew, die sie seit ihrer Indienststellung an Bord gehabt hatte, das stand für ihn fest.

Und wenn die *Bluecher* sie erwischte, was durchaus im Bereich des Möglichen lag – dann würde es so sein, wie er das gerade seiner Mannschaft gesagt hatte: Wenn alles vorbei war, würden sie wissen, dass sie ein Gefecht hinter sich hatten.

Als Adele darüber nachdachte, wurde ihr bewusst, dass diese kurze Reise von Gehenna eine der physisch unbequemsten Reisen war, die sie je gemacht hatte. Wenn sie nicht darüber nachdachte freilich – und sie hatte das eigentlich nur flüchtig getan –, hatte ihr die Unbequemlichkeit eigentlich nichts ausgemacht. Sie war voll damit beschäftigt gewesen, die gewaltige Datenflut zu verarbeiten, die sie aus den Systemen von Basis Lorenz geschöpft hatte, als die Allianzstreitkräfte während des Gefechts auf Kommunikationssicherungen verzichtet hatten.

Das meiste davon war nicht auf den ersten Blick nützlich, aber wenn Daniel je wissen wollte – nur beispielsweise –, wie der erste Rigger der Steuerbordwache der *Bluecher* hieß, würde sie ihm diese Information in Sekundenschnelle liefern können. Und man wusste nie, was Daniel plötzlich brauchen würde.

Riggeranzüge waren für längeren Einsatz gebaut, aber der Großteil der Crew – Adele eingeschlossen – trugen stattdessen normale Luftanzüge. Zum Glück hatten die Schadenbeseitigungstrupps es geschafft, den Druck in einer der Toiletten zu halten, wenn sie auch dazu eine Segeltuchschleuse hatten improvisieren müssen. Und wenn sie das nicht getan hätten –

Wenn sie das nicht getan hätten, dann gab es in Kriegszeiten Schlimmeres. Das war eines der vielen Klischees, von denen Adele inzwischen wusste, dass sie zu den Grundbegriffen jeder kompetenten militärischen Einheit gehörten: Die Fähigkeit nämlich, eine Situation zu sehen und sie beim richtigen Namen zu nennen und trotzdem weiterhin zu funktionieren.

Adele lächelte, während ihre Stäbe tanzten und Dateien sortierten, in denen es um Allianzkontakte mit Mitgliedern der Commonwealthregierung und der zugehörigen Bürokratie ging. Mistress Sand würde diese Dinge wissen wollen, aber wahrscheinlich war es nicht in ihrem Sinne, dass ganz Cinnabar oder auch nur die ganze MRC davon erfuhr. Häufig war Information dann am wirksamsten, wenn sie nicht benutzt wurde. Das Gleiche galt übrigens für jede andere Waffe auch.

»*Schiff, hier Sechs*«, sagte Daniel. Er klang wachsam, aber seine Stimme wirkte ein wenig ausgefranst, wie ein Stück Stahl, dem man mit einer stumpfen Säge zugesetzt hatte. »*Wir werden im Orbit auf die* Princess Cecile *umsteigen, Sissies. Zuerst werden die Rigger das tun und Leinen spannen und dann wir anderen. Diejenigen, die mit dem Vakuum nicht so vertraut sind …*«

Adele verzog das Gesicht. Sie zählte zu den »nicht so Vertrauten« und war außerdem ungeschickt, aber einige Leute aus der Energiezentrale waren außerhalb der Atmosphäre nie auf der Außenseite eines Schiffs gewesen.

»*… werden an erfahreneres Personal gebunden werden. Lassen Sie mich eines klarmachen: Wir haben nicht sehr viel Zeit, und des-*

halb steigen wir im Orbit um und nicht auf dem Boden, wie ich das vorhatte und womit auch Mister Chewning rechnet. Aber niemand wird zurückgelassen, Sissies. Wir sind so weit gekommen und lassen keinen zurück. Sechs Ende.«

Als Adele den Korridor hinuntersah, entdeckte sie eine Technikerin Zwei aus der Energiezentrale, die die anderen sechs Personen von der Backbordwache in Reih und Glied aufstellte. Die Steuerbordwache hatte Dienst, und deshalb würden diese zurzeit nicht benötigten Mannschaftsmitglieder die Ersten sein, die den Riggern durch das Vakuum zur *Princess Cecile* folgen würden.

»*Sechs, hier Sechs-Eins*«, sagte Vesey über den KomKanal. »*Wir werden planmäßig in einer Minute in den Normalraum zurückkehren. Haben Sie weitere Befehle für mich, Ende?*«

»*Bringen Sie uns in Richtung auf die* Princess Cecile *mit Schubaggregaten auf 1* g *Beschleunigung, Mistress Vesey*«, sagte Daniel. Seine Stimme klang allmählich wieder normal, wie eine Tür, die nicht mehr so laut quietscht, nachdem sie ein paar Mal bewegt worden ist und der Rost von den Scharnieren abgefallen ist. »*Ich übernehme das Steuer für den Endanflug. Wenn ich das tue, gehen Sie mit Ihren Leuten zum Umsteigen auf die Hülle. Trennung.*«

Adele sah sich über die Schulter nach Daniel um. Wegen seines Riggeranzugs konnte sie sein Gesicht nicht sehen, sich aber das Lächeln ausmalen, mit dem er der Zukunft entgegenblickte. Es kam ihr seltsam vor, dass Daniel echt damit rechnete, dass jeder auch noch so riskante Plan, den er sich vornahm, auch glücken würde, und dass dieser Glauben an den Erfolg sich auf alle übertrug, die ihm folgten – selbst auf misstrauische, ewig pessimistische Zyniker wie Signaloffizier Adele Mundy.

Dieser allgemeinen und völlig unlogischen Erwartung war es zumindest teilweise zuzuschreiben, dass Daniel und die Leute unter seinem Kommando im Allgemeinen *tatsächlich* ihre Pläne in die Tat umsetzten, wenn nicht auf dem Weg, den er gewählt hatte, dann eben auf einem anderen, der sich ihnen eröffnete.

Weil sie klaren Kopf behielten, wenn um sie herum die Hölle losbrach.

»Schiff, hier Sechs«, sagte Daniel. *»Wir kehren in den Normalraum zurück …«*

Adele spürte, wie jedes einzelne Atom in ihrem Körper von innen nach außen gekehrt wurde. Es war ein schreckliches Gefühl, schlimmer als jeder Schmerz und fast so schlimm wie das, was sie beim *Verlassen* des Normalraums empfand.

»… jetzt!«

Nun, sie hatte ihre Arbeit, und das lenkte Adele sofort von ihrer Desorientierung ab. Gelegentlich fragte sie sich, wie Menschen das schafften, die sich *nicht* in ihrer Arbeit verloren; aber ein Teil von ihr stellte fest, dass sie es eben nicht sonderlich gut schafften, und der andere Teil tat jene Leute als der Aufmerksamkeit jeder vernünftigen Person unwürdig ab.

Es gab verschiedene Möglichkeiten, ein Sternenschiff zu finden, das im Orbit um einen unbewohnten Planeten kreiste wie dem, über dem die *Goldenfels* in den Normalraum zurückkehrte. Weil Adele Signaloffizier war und die *Goldenfels* ein Spionageschiff, mit ebenso empfindlichen Sensoren ausgestattet, wie die Leute von Mistress Sand sie auf der *Princess Cecile* eingebaut hatten, suchte sie einfach nach Radiofrequenzen.

Ein Schiff emittiert selbst dann im gesamten Radiospektrum, wenn sein Haupttransmitter abgeschaltet ist. Jeder Elektromotor, jeder Dynamo, jeder Strom führende Draht und selbst die Halbwatt-Empfänger in den KommHelmen der Mannschaft sendeten stark genug, dass Adeles Geräte das erfassen konnten.

Sie fand ein Schiff, das über dem Rand des namenlosen ockerfarbenen Planeten gerade wahrzunehmen war, sandte mit einem modulierten Laser einen Ping an dessen Transponder, um sich zu vergewissern, dass es die *Princess Cecile* und nicht etwa irgendeine unangenehme Überraschung war, und meldete über den KomKanal, während sie ihr LaserKomm mit dem Ziel koppelte: »Kapitän, hier Signale. Ich habe einen Kanal zur *Princess Cecile* offen, falls Sie mit ihr sprechen wollen. Ende.«

Sun drehte sich an seiner Konsole herum, starrte sie an, und sie hörte, wie Vesey verblüfft aufstöhnte. Tovera, die auf der anderen Seite des holografischen Displays saß, grinste breit. Adele hatte dieses Grinsen noch nie an ihr gesehen.

Was ein wenig peinlich war, denn Adele musste zugeben, dass sie genau das bezweckt hatte. Sie hatte ihre Suchprotokolle lange vor dem Austritt der *Goldenfels* aus der Matrix vorbereitet. Dann hatte sie sie so schnell wie möglich ausgeführt, nicht weil das Schiff in Gefahr gewesen wäre, sondern weil sie ganz bewusst und absichtlich alle mit ihrer Kompetenz hatte verblüffen wollen.

»Goldenfels *Sechs an RCS* Princess Cecile«, rief Daniel über den Sender, ohne damit Zeit zu vergeuden, dass er auf Adeles Prahlerei einging. *»Halten Sie Ihren Orbit, Mister Chewning, wir werden unsere Geschwindigkeit an die Ihre in dreizehn, wiederhole eins-drei, Minuten anpassen, und Mister Chewning – fahren Sie Ihre Antennen aus. Wir werden Personal im Vakuum transferieren und nicht landen, und ich möchte, dass Sie unmittelbar nach Abschluss dieses Manövers die Region verlassen können.* Goldenfels *Ende.*«

Adele spürte, wie das Schiff sich bewegte, sich unter dem Schub der Plasmaaggregate leicht aufbäumte. Normalerweise wäre das beunruhigend gewesen, aber nach dem allgegenwärtigen *Druck* der Matrix empfand sie es als seltsam beruhigend.

Eine nach Adeles Gefühl ungewöhnlich lange Pause trat ein. Dann wurde ihr bewusst, dass sie keine Ahnung hatte, wie weit die Korvette von ihnen entfernt war oder in welcher Richtung sie den Planeten umkreiste – obwohl sie – ihre Geräte – die *Princess Cecile* angepeilt hatte. Befand sich die Korvette hinter …? Nein, da war die Markierung, die Signalquelle auf ihrem Display.

»Du großer Gott, Sir!«, tönte Chewnings Stimme. *»Ich meine,* Sissie *Sechs an* Goldenfels *Sechs, halten Orbit wie befohlen und fahren Antennen aus. Äh, willkommen zurück,* Sissie, *Ende.*«

Er sendete über einen Mikrowellentransmitter, vermutlich, weil niemand auf der *Princess Cecile* imstande gewesen war, Laserkontakt mit der *Goldenfels* herzustellen, um auf diese wesentlich verlässlichere Weise zu antworten. Adele schürzte die Lippen; sie würde sich, sobald sie wieder an Bord der Korvette war, etwas um die Ausbildung der zuständigen Leute kümmern müssen.

Hinter ihr herrschte ziemliche Unruhe. Die Techniker aus der Energiezentrale gingen durch die Luftschleuse auf die Hülle.

Tovera war aufgestanden, eine Maschinenpistole quer vor der Brust. Adele fragte sich, ob sie in einem Luftanzug die Waffe wirksam würde einsetzen können, und entschied für sich, dass sie das wahrscheinlich konnte, weil sie eben Tovera war. Tovera war so seelenlos wie eine Maschine, aber sie besaß auch die Tugenden einer Maschine. Die Dinge, auf die sie programmiert war, erledigte sie mit hervorragender Präzision, wie auch immer die Dinge lagen …

Adele arbeitete weiter, lud die auf der *Goldenfels* gesammelten Informationen auf den Computer der *Princess Cecile*. Sie hatte seit dem Verlassen des Radiance Systems nur einen Bruchteil davon persönlich in Augenschein nehmen können, aber sobald sie wieder an Bord der *Princess Cecile* war, würde sie reichlich Zeit für intensivere Studien haben.

Die Korvette würde noch überfüllter als gewöhnlich sein, nahm sie an; die ehemaligen Allianzspacer waren hinzugekommen und ein paar Eingeborene von Morzanga, die auf der *Sissie* einfache Aufgaben verrichteten. Nun, das hatte nichts zu bedeuten.

»*Signale*«, sagte die ruhige Stimme von Leutnant Leary an der KomKonsole. »*Ein Schiff ist gerade in fünfhunderttausend Kilometer Distanz in den Normalraum eingetreten. Werden Sie sie befragen und feststellen, wer das wirklich ist, Ende?*«

Wenn ein Schiff sich zwischen dem Normalraum und der Matrix bewegte, erzeugte das kurzzeitige Verwerfungen im Raum-

Zeit-Gefüge. Die Sensoren der *Goldenfels* erkannten und meldeten diese Verzerrung auf dem KI-Monitor – und vermutlich auch auf den Gefechts- und GeschützDisplays. Auf Adeles SignalDisplay war davon nichts wahrzunehmen gewesen, und deshalb importierte sie das Signal jetzt mit einem Zucken ihrer Stäbe.

Ihr Gesicht zeigte nicht viel Ausdruck, was ihrer Ansicht nach für sie normal war. Der Transponder des Schiffes meldete, dass es der Frachter *Citoyen* mit Heimathafen Kostroma war, aber die Ortungsbake – die normalerweise nur ansprach, wenn das Schiff beschädigt oder ein Wrack war – meldete, dass es sich, wie sie befürchtet und erwartet hatten, um das Allianzschiff *Bluecher* handelte.

»Es ist die *Bluecher*«, sagte Adele über das Link, das sie mit Daniel verband. Wenn der wollte, dass der Rest der Mannschaft über die Situation ins Bild gesetzt wurde, würde er es ihnen sagen. Im Hintergrund veränderte sich der Klang der Schubaggregate, sie verschluckten sich ein paar Mal, ehe sie mit hohem Output aufbrüllten.

»*Citoyen*, dies ist die *Parsifal* mit Heimathafen Bryce«, verkündete Adele ruhig über den Hauptsender und in ihrem Bryce Oberklasse-Akzent. »Sind Sie anderen Allianzschiffen begegnet? Wir sollten uns hier mit der *Goldenfels* aus Pleasaunce treffen. Ende.«

Wenn die *Bluecher* ihnen einen Ping sandte, würde ihr Identifikationstransponder melden, dass sie die *Parsifal* waren. Wenn der Signaloffizier der *Bluecher* ebenso geschickt war, wie das Kapitän Semmes offenbar war, und sich darauf verstand, die Ortungsbake auszulösen, würde dieser ihm dasselbe sagen. Obsessives Verhalten ist ein wünschenswerter Wesenszug von Bibliothekaren – und Spionen.

Mit der eintretenden Pause hatte Adele gerechnet. Schließlich sagte eine weibliche Stimme: »*Frachter* Parsifal, *hier spricht die* Citoyen. *Was ist das für ein Schiff, das mit Ihnen auf Orbit steht? Wir können ein zweites Schiff wahrnehmen. Antworten Sie sofort, Ende!*«

Eine Textnachricht von Daniel kroch unten über Adeles Display.

KÖNNEN SIE ÜBER HELME FERNSTEUERN, DAMIT WIR SCHNELLSTENS HIER VERSCHWINDEN KÖNNEN: HÖCHST DRINGEND.

Die Buchstaben waren lila, wenn auch Adele keine Ahnung hatte, wie Daniel das geschafft hatte. Jedenfalls war es geschickt von ihm, eine Textnachricht zu senden, um nicht den kritischen Funkverkehr zu stören.

Adele nahm ein paar Einstellungen am KommSystem vor und steuerte die Konsole mit ihren Stäben. Ihr PDA steckte bereits in einer Tasche an ihrem Gerätegurt. Jetzt verwahrte sie die Stäbe in ihren Halterungen und sagte: »*Citoyen*, es sieht aus wie das Wrack eines Kriegsschiffs. Kapitän Vanness ist jetzt an Bord und sieht sich um. Er wird erst berichten können, wenn er wieder an Bord ist. Wir haben keine Anzugradios. Ende.«

Überzeugt, dass das Link funktionieren würde, löste sie ihr Andruckgeschirr. Sie wäre weggeschwebt, wenn Daniel sie nicht gepackt und in Richtung auf die Luftschleuse geschoben hätte. Hogg und Tovera hatten sie, wie gewöhnlich, zwischen sich genommen. Sonst war niemand auf der Brücke der *Goldenfels* oder in Korridor von Deck A geblieben.

Seit nur mehr das primitive Helmlink Adele mit der Außenwelt verband, fühlte sie sich blind und taub. Sie konnte zwar zwischen den einzelnen Verbindungsmöglichkeiten hin und her schalten, war aber nicht gleichzeitig mit *sämtlichen* Bereichen des elektrooptischen Spektrums in Verbindung. In einem Augenblick, in dem sie und ihre Gefährten nur um Haaresbreite von der Vernichtung entfernt waren, wünschte sie sich diese Verbindung sehnsüchtig als Sicherheit. Nur sie gab ihr die Hoffnung, dass sie *vielleicht* etwas würde tun können, um zu helfen.

Adele versuchte gar nicht erst ihre Bewegungen selbst zu

steuern, sondern ließ sich von Daniel wie ein Sack Mehl durch die Luken schieben. Ob gewichtslos oder nicht, ihr in einem Anzug steckender Körper hatte ansehnliche Masse. Daniel packte den Gerätegurt an ihrem Rücken und schubste sie dann einfach. Sie bewegten sich ebenso schnell wie der durch nichts belastete Hogg das tat, der sich an der Spitze befand.

Die Luftschleuse stand offen, innen wie außen, sodass sie zum Durchgang geworden war. Das machte Sinn, da sie ja die *Goldenfels* aufgaben, dennoch störte es Adeles Ordnungsgefühl.

»Parsifal, *hier spricht AFS* Bluecher«, ließ sich plötzlich eine Männerstimme vernehmen. *»Schalten Sie mit Ausnahme Ihrer Hilfsaggregate alles ab. Zünden Sie weder Ihre Schubaggregate noch den High Drive. Wenn Sie diese Anweisungen nicht buchstabengenau erfüllen, werden Sie zerstört. Haben Sie verstanden, Ende?«*

Die Sonne des Systems war ein winziger Punkt am schwarzen Himmel, aber so strahlend hell, dass Adeles Gesichtsschild sich automatisch abdunkelte, um ihre Netzhaut zu schützen. Wo das Licht auf die Antennen und Takelage traf, verwandelte es alles in scharfe Kanten, aber wenn sie im Schatten lagen und keine Atmosphäre die Konturen verschwimmen ließ, waren sie wie bodenlose Abgründe in der Existenz. Adele hatte im Normalraum nur wenig Zeit auf der Hülle verbracht, die in der Matrix wie ein fließendes, sich ständig änderndes Ding wirkte, völlig anders als diese Härte.

»Du lieber Gott, *Bluecher*!«, rief Adele, während Daniel sie zu einer Leine zerrte, die sie nicht gesehen hätte, wenn er nicht ihre Arme um sie gelegt hätte. »Sind Sie verrückt geworden? Wir sind ein Handelsschiff der Allianz, wir kommen von Bryce! Was soll das, uns bedrohen, Ende?«

Da war die *Princess Cecile*! Adele nahm jedenfalls an, dass es die *Princess Cecile* war, aber genau konnte sie die Konturen nicht ausmachen. Das Schiff war halb strahlend hell, halb schwärzer als der Weltraum zwischen den Welten; dort glühten wenigstens weit auseinanderliegende Atome mit der Energie ihrer

Schöpfung. Das Schiff war mindestens einen halben Kilometer entfernt, aber auch das war bei den augenblicklichen Lichtverhältnissen nur schwer zu beurteilen.

Daniel klickte das Ende einer kurzen Sicherheitsleine an Adeles Gerätegurt; das andere Ende war bereits an seinem eigenen befestigt. Hogg zog sich in Richtung auf die Korvette, seine Beine überkreuzten sich über der Leine, die die beiden Schiffe verband, und seine Arme zogen ihn mit langen, kräftigen Bewegungen auf die Korvette zu.

Daniel segelte an Adele vorbei, packte die Leine und tat das Gleiche. Als er nach drei Metern das Ende der Sicherheitsleine erreicht hatte, zog er Adele mit einem Ruck hinter sich her. Sie schlang die Finger ineinander, bildete mit den Armen einen Kreis und versuchte die Leine nicht zu berühren, als sie hinter ihm hertaumelte.

»Parsifal, *zerbrechen Sie sich nicht den Kopf über das, was ich meine!*«, schnarrte das Signal von dem schweren Kreuzer. »*Tun Sie einfach, was man Ihnen sagt, oder Sie können sich das Ganze in der Hölle zusammenreimen! Schalten Sie sämtliche Systeme bis auf ein Minimum ab, bis unsere Pinasse angedockt hat, oder nehmen Sie die Konsequenzen auf sich.* Bluecher *Ende!*«

Weil es keinen Luftwiderstand gab und sie gegen die Trägheit und nicht etwa die Schwerkraft ankämpften, fuhr Daniel fort, sich und Adele zu beschleunigen, während sie sich der *Princess Cecile* näherten. Die Masten der Korvette waren voll ausgefahren, reckten sich stolz von der Schiffsachse aus in alle vier Richtungen, aber die gerefften Segel ließen ihre Rahen fleischig und unangenehm wirken.

Adele hörte beide Seiten der Diskussion als ein Echo von Daniels Empfänger, aber er konnte nur über InterKomm sprechen, sofern sie nicht seine Einheit entriegelte. Sie hatte nicht genug Zeit gehabt, um zu erklären, was sie tat, aber sie durften unter keinen Umständen riskieren, dass Daniel etwas sagte, was ihr Täuschungsmanöver auffliegen ließ. Sie würde sich bei ihm entschuldigen, sobald sie dafür Zeit hatten, aber ihre erste Priorität bestand jetzt darin, die nächsten paar Minuten zu überleben.

»*Bluecher*«, sagte Adele in gespielter Verzweiflung, »wir werden Ihnen selbstverständlich gehorchen, aber ich müsste lügen, wenn ich behauptete, dass ich das verstehe. Sobald Kapitän Vanness zurückkommt, können Sie das ja mit ihm klären. *Parsifal* Ende.«

Sie hatte einmal einen Mann namens Vanness gekannt. Er hatte nicht viel Talent für die Arbeit in einer Bibliothek an den Tag gelegt, sich aber nach besten Kräften bemüht, und seine blutige Ermordung war eine der Szenen, die sie gelegentlich nachts peinigte. Eine von vielen Szenen inzwischen, aber sie hatte sich selbst für dieses Leben entschieden.

Ein Blick an Daniels Beinen vorbei: Sie schossen wirklich in hohem Tempo auf den Rumpf der Korvette zu. Was, wenn sie –

Hogg, dicht vor ihnen, tauchte in einen Bausch von Segelgewebe ein, das zwischen zwei Trägern gespannt war. Zwei wartende Rigger zogen ihn weg.

Daniel knickte wie ein geschickter Turner ab, schaffte dies trotz seines schwerfälligen Riggeranzugs; seine Stiefel trafen auf den linken Träger. Er absorbierte den Schock, indem er die Knie beugte, sodass die Mitte der Stoffbarriere Adele vorbehalten blieb.

Mit dem Gesicht voran schoss sie hinein. Sie hatte versucht, die Arme auszubreiten, jedoch die Entfernung falsch eingeschätzt, und taumelte deshalb, als sie mit einer Wucht auftraf, die ihren Kopf auf unangenehme Weise nach hinten riss. Sie würde von Glück reden können, wenn ihr das nicht mehr als nur Kopfschmerzen eintrug.

»*Ablegen!*«, schrie Daniel über das Interkomm, als zwei Paar Hände Adele packten. Statt die schwachen Permanentmagneten in ihren Stiefelsohlen auf die Stahlhülle klicken zu lassen, hielten zwei Rigger sie an den Armen und folgten Daniel. Adele war immer noch mit ihm verbunden, wurde ihr plötzlich bewusst, war sich aber nicht sicher, ob er sich daran erinnerte. »*Und Mister Chewning, nehmen Sie Fahrt auf! Sofort!*«

»*Sir, die setzen ab!*«, schrie Chewning, und seine Stimme wirkte plötzlich nicht mehr quälend stumpf. »*Die setzen Torpedos ab!*«

Die Leine von der *Goldenfels* zur *Princess Cecile* war an einer Klampe nahe bei der offenen Dorsalluftschleuse der *Sissie* verankert. Daniel tauchte über Hogg in die Schleuse, und die Rigger schleppten Adele unmittelbar vor Tovera hinein. Als die Außenschleuse sich zu schließen begann, spürte sie das unregelmäßige Dröhnen der anlaufenden High Drive-Motoren. Ihre Vibration war in einer viel höheren Frequenz als die der Plasmaaggregate.

»*Umso mehr Grund, Fahrt aufzunehmen, Chewning*«, sagte Daniel mit vergnügter Stimme. Er grinste Adele zu, als die nach dem Schalter griff, um die Innenluke zu öffnen. Und dann fügte er über das nur für sie vernehmbare Link hinzu: »*Es hofft der Mensch, solang er lebt, nicht wahr, Adele?*«

Sie erwiderte sein Lächeln. Er schaffte es wirklich, das Absurde möglich erscheinen zu lassen. Und deshalb war es das vielleicht auch.

31

Daniel wünschte sich genug Zeit, um seinen Riggeranzug abzulegen, aber im Augenblick reichte ihm die Zeit gerade dazu, den Helm zu entriegeln, während er sich auf seinen Platz an der KomKonsole fallen ließ. Ein schneller Blick auf die diversen Displays zeigte ihm, dass alles so gut stand, wie den Umständen nach zu erwarten war: Sie beschleunigten mit 1,4 *g*, dem höchsten Wert, den der High Drive bei so schwerer Belastung der Korvette schaffen konnte. Woetjans' Rigger hatten angefangen, die Segel nach Plan zu setzen, seit die *Princess Cecile* jetzt als voll einsatzfähig demaskiert war.

Die *Bluecher* hatte einen Fächer von zwölf Torpedos abgesetzt, eine volle Salve, die Daniel als Kompliment auffasste. Kapitän Semmes hatte eine so hohe Meinung vom Kommandanten der *Goldenfels*, dass er sein ganzes Arsenal einsetzte, um das praktisch waidwund geschlagene Überbleibsel eines schon vorher schwachen Gegners zu vernichten. Wenn das alles vorbei war, würde das bei Daniel vielleicht ein Gefühl der Genugtuung hervorrufen; jetzt sah er nur die mit 12 *g* Beschleunigung auf sie zu rasende sichere Vernichtung. Daniel tippte drei Befehle in seine Tastatur und löste damit das komplizierte Programm von Kommandos aus, die er bereits an Bord der *Goldenfels* ausgearbeitet hatte, ehe er den Frachter aufgegeben hatte. Beide Rohre des Frachters setzten Torpedos ab, ihre Schubaggregate zündeten bei voller Energie. Die Torpedobahnen stellten vage Annäherungen dar, aber das würde die *Bluecher* erst dann mit Sicherheit erkennen, wenn die Torpedos ausgebrannt waren.

Er bezweifelte, Semmes damit hinters Licht führen zu können, aber immerhin waren das zusätzliche Faktoren, mit denen sich der Allianzkapitän auseinandersetzen musste. Obwohl es von Daniels Platz auf der anderen Seite des Tisches so aussah, als hätte Semmes sämtliche Karten in der Hand, wusste er auch, dass die Dinge auf der Brücke der *Bluecher* anders aussehen würden.

Betts war allein auf der Brücke der *Sissie* gewesen, bis die reguläre Mannschaft von der *Goldenfels* zurückgekehrt war; Chewning und Dorst hatten die Geschütze von ihrer üblichen Station in der Gefechtszentrale aus gesteuert und die allgemeinen Kommandofunktionen wahrgenommen.

Sun saß jetzt, immer noch mit seinem Luftanzug bekleidet, an der Geschützkonsole, aber die vier 10-Zentimeter-Plasmageschütze der *Sissie* konnten gegen die heranrasenden Torpedos nichts Nennenswertes ausrichten. Hoffnung auf Entkommen gab es keine, außer in die Matrix, und die bot nur kurzzeitig Zuflucht. Die Korvette machte nicht genügend Fahrt, um sich nennenswert von ihrem gegenwärtigen Standort zu entfernen, so sehr sie jetzt auch ihre relative Geschwindigkeit steigerte.

»Schiff, hier Sechs«, sagte Daniel. »Wir treten in die Matrix ein …«

Seine linke Hand schaltete den High Drive ab, die rechte drückte mit zwei Fingern hart herunter, um die Eintrittssequenz auszulösen. Auf der Hülle der *Princess Cecile* baute sich eine komplizierte Ladung auf, die zugleich als Druck und gleichsam als Gleitmittel fungierte und das Schiff aus dem Normalraum in den Komplex anderer Raumzeiten drückte.

»… jetzt.«

Für die Besatzung der *Princess Cecile* war das, als würde sich die Zeit zu einem qualvollen Kriechtempo verlangsamen, in dem die einzelnen Atome ihres Wesens von innen nach außen gekehrt wurden. Tatsächlich lief die Zeit ebenso schnell ab, wie sie das immer tat, aber in der Blase aus spezieller Raumzeit verlangsamte sich die Bewegung. Der tatsächliche Vorgang des Eindringens in die Matrix oder des Verlassens jener anderen Welt dauerte je nach den vorliegenden Energiegradienten zwischen dreißig Sekunden und einer Minute.

Und auf die Torpedos der *Bluecher* hatte dieser Prozess keinen Einfluss. Daniel hatte entweder eine Matrix-Halluzination oder einen Flashback in die Zeit, als er mit dem Baum auf New Delphi eins gewesen war: Eine Vision von ursprünglich divergierenden Zielen, dann aber wieder einem gemeinsamen Schnittpunkt zustrebenden Torpedos, deren Zwillings-High-Drive-Motoren in dem Augenblick Brennschluss hatten und abschalteten, in dem jedes Projektil in drei Segmente zersprang, die mit null Komma sechs C durchs All rasten und so viel kinetische Energie besaßen, dass ein thermonuklearer Gefechtskopf alles nur komplizierter gemacht, aber die Wirkung eines Treffers nicht gesteigert hätte; dann die Segmente, die kreuz und quer durch das Raumvolumen rasten, in dem sich die *Goldenfels* und die *Princess Cecile* befanden.

Er hatte gehofft, dass die *Goldenfels* die Transition in die Matrix schaffen würde, wo ihre Spur zumindest Kapitän Semmes ablenken würde, wenn er ihr auf der Jagd nach der *Sissie* in die Matrix folgte. Der Frachter hatte die programmierte Sequenz im gleichen Augenblick wie die Korvette begonnen, aber das größere Schiff befand sich immer noch im Normalraum, als es von Segmenten von zwei Allianztorpedos getroffen wurde.

Einen Augenblick lang sah die *Goldenfels* aus wie eine Hantel, mittschiffs unverändert, während Bug und Heck vom Aufprall ionisiert wurden und sich in kugelförmige Wolken aus weißglühender vergaster Materie verwandelten. Dann trafen sich die Schockwellen in der Mitte und hinterließen nichts als einen einzigen sich schnell ausdehnenden Feuerball.

Die Vision verblasste, oder die Halluzination. Daniel blinzelte. Einen Augenblick lang konnte er die in Kaskaden über sein Display strömenden Zahlenwerte nicht sehen, die die Ergebnisse seiner Kurskalkulationen darstellten.

Ein Schiff ist nur ein Werkzeug, das man benützt, und wenn es im Einsatz zerbricht, nun, dann ist das eben Teil des Lebens. Außerdem war die *Goldenfels* ein Allianzschiff, das nie formal im Dienst der MRC gestanden hatte.

Aber eine kurze Weile hatte Leutnant Daniel Leary sie befehligt, sie hatte ihm und Cinnabar in der Zeit gute Dienste geleistet, und deshalb bedauerte er gegen alle Logik ihren Verlust. Obwohl es vielleicht nur eine Halluzination war …

Daniel atmete tief durch. Er hatte gesehen – gefühlt – sich eingebildet, dass ein Torpedosegment durch die *Princess Cecile* gegangen war, ein gnädiger Durchschuss, der auf Steuerbord aufgetroffen hatte und am Backbordbug wieder ausgetreten war. Der Torpedo und die Korvette existierten nicht gleichzeitig in exakt derselben Raumzeit, aber die Beinahe-Berührung hatte Daniel aus nicht ausschließlich psychologischen Gründen frösteln lassen.

Er konzentrierte sich auf sein Display. Der Astrogationscomputer hatte berechnet, wo sich die *Princess Cecile* im Normalraum befand. Daniel seufzte. Er war gute eineinhalb Minuten früher, als er das beabsichtigt hatte, in die Matrix eingetreten. Einer plötzlichen Eingebung folgend, vermutete er; und das war richtig gewesen, denn wenn er sich auch nur ein paar Sekunden länger Zeit gelassen hätte, hätte jener Torpedo mit tödlicher Sicherheit die Korvette in einen leuchtenden Feuerball verwandelt. Trotzdem, um auch nur den Hauch einer Hoffnung auf Entkommen zu haben, würde die *Sissie* sehr bald in den Normalraum zurückkehren müssen, um dort vernünftige Geschwindigkeit aufzubauen.

In Wahrheit war Kapitän Semmes ebenso gut wie Daniel Leary, und die *Bluecher* war der *Princess Cecile* in jeder Hinsicht überlegen. Daniel konnte nicht so recht erkennen, wie das Duell positiv enden konnte, aber selbst die besten Kommandanten machen Fehler. Wenn Semmes das als Erster tat, würde die *Sissie* den Fehler ausnutzen, um zu entkommen. Und wenn Daniel Leary den Fehler machte, nun …

Er grinste, als er seinen Helm wieder verriegelte und sich von der Konsole erhob.

Es war schwer vorstellbar, dass ein solcher Fehler ihre augenblickliche Lage noch verschlimmern konnte. Wahrscheinlich war es befreiend zu wissen, dass er sich für ein schlechtes Ergebnis nicht die Schuld zu geben brauchte. Aber wenn man bedachte, mit welcher Geschwindigkeit Torpedos durch den Raum rasten, würde er natürlich ohnehin nicht viel Zeit haben, um sich an die Brust zu klopfen,.

»Schiff, hier Sechs«, sagte er und setzte sich in Richtung Luftschleuse in Bewegung. »Ich gehe hinaus, um die Matrix zu betrachten und unseren berechneten Kurs von der Hülle aus anzupassen. Mister Chewning, Sie haben das Kommando über das Schiff, aber ich werde uns über das Semaphorsystem steuern. Irgendwelche Fragen, Ende?«

Daniel wollte sich die Augen reiben, aber dafür war es zu spät – er hatte seinen Helm bereits geschlossen. Er war so schrecklich müde, so müde, dass er sich irgendwie von seinem Körper losgelöst fühlte, aber das war insgesamt betrachtet gar nicht so schlecht. Die Matrix würde ihm näher erscheinen, wenn sein Bewusstsein darin frei treiben konnte.

»Aye, Aye, Sir«, sagte Chewning, wieder solide und fröhlich phlegmatisch wie eh und je. *»Ich wünsche gute Jagd, Ende.«*

»Meine Jagd, Mister Chewning«, sagte Daniel, während er die Schleusenluke schloss, »gilt einem Weg aus diesem Schlamassel heraus. Ende.«

»Roger, Sir«, sagte Chewning. *»Und ich spreche für die ganze Mannschaft, wenn ich sage: gute Jagd. Ende.«*

Daniel hörte allgemeines Gelächter, als er sein InterKomm abschaltete, um auf die Hülle hinauszugehen. Dann hörte er nur noch sein eigenes Lachen.

Wenn man in der Matrix auf der Hülle eines Schiffs arbeitet, ist die große Gefahr die, dass man den Halt verliert und in fremde

Raumzeiten davonsegelt, für alle Ewigkeit allein. Das war die größte Angst der Rigger, eine Angst, über die sie nur dann redeten, wenn sie sehr betrunken waren.

Adele ging mit der linken Hand an der Sicherheitsleine über die Hülle, und ihre Stiefel machten *Klick-Klick-Klick*, wenn die kleinen Magnete in den Sohlen Kontakt zu den stählernen Hüllenplatten hatten. Sie war vorsichtig, weil sie stets vorsichtig war, wenn sie Dinge tat, auf die sie sich nicht sonderlich gut verstand, aber besondere Angst hatte sie nicht.

Der Tod hatte Adele seit dem Tag keine Angst mehr gemacht, an dem sie erfahren hatte, dass man ihre ganze Familie exekutiert hatte. Was die Art ihres Todes anging, etwas, das andere Leute besonders zu quälen schien – nun, Adele hatte sich stets von den Leuten um sie herum losgelöst gefühlt. Die Ironie, dass aus Adele Mundy ein eigenes Blasenuniversum werden könnte, amüsierte sie. Nicht, dass sie den *Wunsch* gehabt hätte, dass das passierte.

Daniel stand an einer Semaphorplattform zwischen der ersten und zweiten Antenne der Dorsalreihe. Beide Hauptsegel dieser Antennen waren gerefft, aber die Toppsegel und die Segel darüber – Adele griff instinktiv nach ihrem PDA, um die Namen dieser Segel nachzusehen, erinnerte sich dann aber, dass sie ihn hier nicht bei sich hatte und das auch nicht wagte – spannten sich unter dem Druck der auf sie einströmenden Casimirstrahlung. Darüber, alles jenseits der Blase um die *Princess Cecile* und ihrer Mannschaft ausfüllend, wölbte sich die pulsierende, mürrische Großartigkeit der Matrix – aller Welten und aller Zeiten, die auf das Sternenschiff drückten, das für diesen kurzen Augenblick in sie eingedrungen war.

Daniels behandschuhte Finger bewegten sich über die Semaphorhebel, während sein Gesicht dem Muster über ihm zugewandt war. Ein Rigger trat an den vordersten Mast und begann schnell Hand über Hand hinaufzuklettern. Ein Scharnier war hängen geblieben oder ein Kabel hatte sich verwirrt; ein menschliches Wesen stieg in die Höhe, um das in Ordnung zu bringen, damit sich ein weiteres Segel aufblähen und es jenen anderen gleichtun konnte, die Adele oben an den fünf Masten dahinter in der Reihe ausgebreitet sehen konnte.

Sie trat vor und stellte sich ein Stück abseits von der Semaphorstation, so, dass Daniel sie sehen konnte, sie ihm aber nicht im Wege war. Entweder bemerkte er die Bewegung, oder er spürte das Zittern ihrer Stiefel auf der Hülle, jedenfalls sah er zu Adele hinüber und grinste durch die dicke Gesichtsplatte seines Riggeranzugs.

Er winkte sie zu sich her, berührte ihren Helm dann mit dem seinen und wies mit dem rechten Arm in den Himmel. »Dort ist eine Diskontinuität, der wir folgen«, sagte er.« Seine Stimme kam aus weiter Ferne, hallte aber sehr klar durch die beiden Helme. »Ich nehme nicht an, dass Sie sie sehen …?«

Aber offensichtlich hoffte er das. Nun, Adele dachte, sie würde aus Daniel einen Bibliothekar machen können, aber die Wahrscheinlichkeit, dass er aus ihr eine Astrogatorin machte, lag ein gutes Stück unter der Wahrscheinlichkeit, dass man sie zum Speaker des Senats von Cinnabar wählen würde.

Dennoch blickte sie nach oben und versuchte Daniels Arm zu folgen. In die Matrix zu blicken war für sie, als starrte sie in einen gut gerührten Vanillepudding – der zu allem Überfluss noch hell leuchtete.

»Leider nein, Daniel«, sagte sie, als müsse sie sich dafür entschuldigen. Für ihn war das sehr wichtig, und er bedauerte zweifellos, dass die Szenerie ihr gar nichts sagte. »Bringt uns das schneller nach Hause als ein anderer Weg?«

»Hä?«, machte er verblüfft. »Oh, ich verstehe, was Sie meinen. Es ist übrigens eine gute Passage, besser in dieser Richtung als der anderen, ehrlich gesagt. Aber tatsächlich fahren wir auf der Route zurück, auf der wir von Radiance zum Treffpunkt kamen. Dort werden wir zum ersten Mal in den Normalraum eintreten, Geschwindigkeit aufbauen und dann Kurs auf Todos Santos setzen.«

Er hielt inne und betrachtete stumm einen Augenblick lang die wabernde Pracht. Dann beugte er sich wieder vor, um erneut Helmkontakt mit Adele herzustellen, und fuhr fort: »Ich hoffe, dass Kapitän Semmes unseren neuen Kurs in unserer Kielstrahlung verlieren wird. Der Verkehr nach Radiance ist so dicht, dass uns nur der Herrgott selbst auf einer kalten Spur nach außen folgen könnte.«

Er hustete und fügte hinzu: »Und Gott steht natürlich auf der Seite von Cinnabar.«

»Natürlich«, sagte Adele ohne Ausdruck. Sie nahm an, dass Daniel scherzte – Religion war in der MRC zwar kein akzeptables Gesprächsthema und sie hatte auch nie erlebt, dass Daniel einen Tempel aufgesucht hätte –, aber seine Überzeugung, dass die MRC *im Recht* war, kam religiöser Gläubigkeit zumindest sehr nahe. Daniel war in vieler Hinsicht gebildet und kultiviert, aber es gab auch Züge an ihm, die offen gestanden kindisch waren.

Wenn natürlich der Gott, an den Adele nicht glaubte, der MRC-Kommandanten wie Daniel Leary gegeben hatte, dann war sein Glaube berechtigt.

»Ich würde ja wirklich gerne auf Radiance Reaktionsmasse bunkern«, fuhr er fort, »aber in der augenblicklichen Situation würde die Commonwealthregierung mir vermutlich nicht glauben, dass die *Sissie* eine Privatjacht ist.«

Er schmunzelte; Adele vernahm das Geräusch als ein Grunzen aus weiter Ferne.

»Obwohl wir das, wie Sie wissen, ja sind.«

Während Daniel redete, fuhr er fort, die Matrix zu beobachten. Er nahm eine winzige Anpassung am Semaphor vor. Adele konnte von ihrem Platz aus keine Veränderungen an den Segeln wahrnehmen, aber der leuchtende Pudding über ihr begann langsam um die Achse der Korvette zu rotieren, eine Bewegung, die sich ganz deutlich von den sich scheinbar in Längsrichtung bewegenden Streifen unterschied.

»Werden wir es schaffen?«, fragte Adele. Sie hoffte nicht verängstigt zu klingen, das war sie schließlich nicht, bloß neugierig. Was würde passieren, wenn ihnen die Reaktionsmasse ausging?

»Oh, Himmel, ja«, sagte Daniel. »Nur, dass wir auf achtundfünfzig Prozent runter sind, und das bedeutet, dass wir mindestens einmal Station machen müssen, ehe wir Todos Santos erreichen.«

Er hustete und fuhr etwas reserviert fort. »Chewning hat saubere Arbeit geleistet, sehr professionell, aber statt am Treffpunkt nur auf Orbit zu gehen, hat er den Antrieb eingeschaltet gelassen, um künstliche Schwerkraft zu behalten. Er ist erfahren, aber er hat noch nie eine Raumschlacht erlebt. Ich glaube nicht, dass ich ihm genügend klargemacht habe, dass man sich im Krieg nur auf das verlassen kann, was man in der Hand hält.«

»Daniel?« Adele hatte das selbst aufs Tapet gebracht, indem er feststellte, dass die *Sissie* eine Privatjacht war. »Haben Sie sich überlegt, was geschehen wird, falls die Commonwealthregierung sich formell beklagt? Wir befinden uns nicht im Krieg mit der Allianz, nicht offiziell, und höchstwahrscheinlich wurden auf Basis Lorenz auch Commonwealthbürger getötet.«

Das war etwas, worüber sie eigentlich nicht reden wollte, aber sie hatte das Gefühl, es zu müssen. In einem Sternenschiff gab es keine Geheimnisse, besonders in einem kleinen Schiff wie der *Princess Cecile*, die über ihre planmäßige Besatzung hinaus dreißig zusätzliche Personen an Bord hatte. Aber hier draußen auf der Hülle konnte niemand mithören, was sie zu sagen hatte.

»Ja«, sagte Daniel. »Sie meinen, was wir getan haben, war streng genommen Piraterie?«

Er schnaubte kurz und fuhr fort: »Nennen wir die Dinge beim richtigen Namen – *natürlich* war es Piraterie. Ich habe darüber nachgedacht, dass ja die *Goldenfels* und nicht ein auf Cinnabar registriertes Schiff den Angriff gemacht hat, aber nachdem wir angedockt haben, wird die Wahrheit bekannt werden. Angenommen, die Dinge laufen so, wie wir das hoffen, zunächst im Radiancesystem, und natürlich auch später.«

Daniel blickte zum Himmel, griff nach der Semaphorsteuerung und zog die Hand dann wieder zurück, ohne den Hebel zu berühren. Er lehnte seinen Helm an den ihren und sagte: »Adele, ich hatte nie etwas für Politik übrig, aber der Sohn von Speaker Leary wächst schließlich nicht heran, ohne zu wissen, wie das Spiel läuft. Mir ist sehr wohl bewusst, dass es aus der Sicht der Regierung von Cinnabar die beste Lösung wäre, wenn die *Princess Cecile* spurlos verschwinden würde und der Angriff auf Basis Lorenz ein ungelöstes Geheimnis bliebe. Garantor Porra würde mehr als glücklich sein, die Nachricht zu unterdrücken, davon bin ich überzeugt, aber ...«

Er wandte das Gesicht wieder nach oben, aber diesmal war Adele sich keineswegs sicher, dass Daniel etwas in der Matrix suchte. Er berührte erneut ihren Helm und sagte: »Adele, jede Menschenseele an Bord der *Princess Cecile* vertraut mir, dass ich sie nach Hause bringen werde. Ich weiß nicht, ob ich es schaffen werde – mit unserem Trick, auf dem ursprünglichen Kurs zurückzukehren, hätte man mich nicht täuschen können, und deshalb rechne ich auch nicht damit, dass er Kapitän Semmes täuschen wird. Aber ich schulde den Sissies mehr, als ich Cinnabar schulde, und, bei Gott, wenn ich die enttäusche, dann nicht, weil ich mich nicht genügend bemüht habe.«

»Nein«, sagte Adele. »Niemand, der Sie kennt, würde etwas anderes annehmen, Daniel.«

Und vielleicht, *vielleicht*, stand Gott tatsächlich auf der Seite von Cinnabar.

32

»Jetzt!«, ließ sich Daniels Stimme über den allgemeinen Kanal vernehmen, und alles, mit Ausnahme von Adeles innerstem Bewusstsein, verschwamm auf eine inzwischen vertraute, aber schreckliche Weise. Transitionen waren wesentlich schlimmer als das Reisen in der Matrix, und das war schon unbequem genug.

Adele dachte einen Augenblick lang über die Phasen ihres Lebens nach, in denen sie sich nicht unbehaglich gefühlt hatte. Eigentlich waren es eine ganze Menge gewesen, längere Perioden sogar, aber das hatte jedes Mal damit zu tun gehabt, dass sie sich ganz in ihren Studien oder ihrer Arbeit verloren hatte. Während sich das Sternenschiff in Transition befand, war es schwierig, zu arbeiten, aber vielleicht sollte sie sich einfach in Zukunft mehr Mühe geben.

Die *Princess Cecile* war vom Treffpunkt – Salmson Katalog 115A3, aber ansonsten ohne Namen – nach Radiance drei Tage unterwegs gewesen, eine Distanz, die die *Goldenfels* in etwas mehr als einem Tag zurückgelegt hatte. Der Unterschied lag an der Geschwindigkeit des Schiffes zum Zeitpunkt des Eintritts in die Matrix. Sie hätten in den Normalraum zurückfallen können, um die Geschwindigkeit zu steigern, sobald sie sich von der *Bluecher* gelöst hatten – Dorst hatte sich nach dieser Möglichkeit erkundigt –, aber Daniel hatte die längere, weniger exponierte Route vorgezogen.

Wie Adele aus Vier-Augen-Gesprächen wusste, glaubte Daniel nicht, dass sie die *Bluecher* hatten abschütteln können. Während die *Princess Cecile* sich in der Matrix befand, konnte kein Feind ihr etwas anhaben, da er sich ja, ganz gleich, wie geschickt er auch sein mochte, buchstäblich in einem anderen Universum befand.

Das normale Universum mit seinen Gestirnen kehrte zurück, als hätte jemand den Teppich zurückgerollt, der Adeles Existenz bedeckte. Alles war wieder heller, schärfer, und auf dem Kom-Display wimmelte es plötzlich von Radiosendern. Adele hatte wieder Ziel und Zweck, und deshalb war sie zufrieden.

Sie waren dreihundertachtzigtausend Kilometer von Radiance entfernt in den Normalraum zurückgekehrt und fast dreimal so weit von Gehenna auf der Sonnenseite seines Zentralgestirns entfernt. In dem Bereich, den Adele sich zur näheren Betrachtung ausgewählt hatte, einer Sphäre von eineinhalb Millionen Kilometer Durchmesser mit dem Mittelpunkt zwischen Radiance und dem Mond, befanden sich siebenunddreißig Schiffe. Viele davon umkreisten Radiance auf niedrigerem Orbit und bereiteten sich entweder gerade auf die Landung vor oder schickten sich an, vor dem Eintritt in die Matrix ihre High Drives zu zünden. Der normale Verkehr eines belebten Handelshafens.

Und eines der Schiffe war die *Bluecher*, innerhalb der planetarischen Verteidigungsphalanx auf Orbit um Gehenna.

»*Unidentifiziertes Schiff, das aus der Matrix austritt*«, sagte eine männliche Stimme, die über Mikrowelle von dem Kreuzer kam. »*Hier spricht die AFS* Bluecher. *Identifizieren Sie sich unverzüglich oder wir zerstören Sie, Ende*.«

»Daniel«, sagte Adele, während ihre Stäbe die anderen sechsunddreißig Schiffe nach Typ am Rand ihres Displays arrangierten. »Die rufen uns auf Richtstrahl, und das bedeutet, dass sie unsere Rückkehr in den Normalraum beobachtet haben.«

Zehn der Schiffe im Orbit um Radiance waren Einheiten der Commonwealthflotte. Es handelte sich um 600-Tonnen-Schiffe, im Raumfahrerjargon als KonTikis bezeichnet, die sich nicht sehr von denen unterschieden, die überall im Galaktischen Norden Handel oder Piraterie betrieben, mit dem einen Unterschied, dass ihre Mannschaften vom Staat – gelegentlich – bezahlt wurden und dass sie mit Batterien mit Kurzstreckenraketen ausgestattet waren. Kein Kriegsschiff des Commonwealth war im Weltraum gewesen, als die *Goldenfels* vor vier Tagen Basis Lorenz angegriffen hatte. Diese Katastrophe hatte die Commonwealthregierung offenbar aufwachen lassen und ihr klargemacht, dass es vernünftig war, die Scheunentore zu schließen, da die Pferde jetzt ja gestohlen waren.

»*Roger*«, sagte Daniel ungerührt. »*Und vermutlich haben sie uns auch schon als Ziel erfasst. In Kürze werden sie eine visuelle Identifizierung haben, aber halten Sie sie noch ein bisschen hin, wenn das geht.*«

Adele klappte den Mund auf, um der *Bluecher* zu antworten, und erstarrte. *Du lieber Gott, würden die ihre Stimme erkennen können?* Sie schaltete ihre Sendung auf das obere Sideband, damit ihre Stimme durch die Kompression für die meisten Ohren getarnt wurde – und sagte: »Bluecher, *hier spricht AFS* Nymphe *unter dem Kommando von Leutnant Archimbault. Admiral Raeder hat uns vorausgeschickt, um sicherzustellen, dass die Lorenz-Basis darauf vorbereitet ist, in dreißig Stunden seinen Verband aufzunehmen, Ende.*«

Wenn die *Bluecher* sie optisch beobachtete, würden sie nicht als KonTiki durchgehen – Adeles erste Wahl –, nicht einmal als Handelsschiff der Allianz oder einer der neutralen Welten außerhalb der beiden Machtblöcke. Die schlanken Linien der *Princess Cecile* und ihre Takelage, die eine große Mannschaft erforderte, ließen sie zweifelsfrei als Kriegsschiff erkennen. Also hatte sie keine andere Wahl, als vorzugeben, ein Kriegsschiff der Allianz zu sein.

»Nymphe, *High Drive abschalten*«, befahl die Stimme nach einer Pause, die länger war, als sich allein aus der großen Distanz zwischen den beiden Schiffen erklären ließ. Auf den Umstand, dass die »Nymphe« – eine echte Sloop in der Flottenliste, eine aus einer ganzen Sammlung falscher Identitäten, die Adele für Notfälle bereithielt – auf einem Sideband im 20-Meter-Bereich antwortete, ging die Stimme überhaupt nicht ein. »*Unser Kutter wird bei Ihnen längsseits gehen und, nachdem Sie im Orbit sind, Verbindung aufnehmen, Ende.*«

Die *Bluecher* musste ein ausnehmend geschicktes Team an ihren Sensoren haben, um die vom Eintreffen der *Sissie* verursachte Raumverwerfung wahrnehmen zu können. Trotzdem schien es so, als hätte Adele sie täuschen können –

»*Sir, die setzen Torpedos ab!*«, schrie Sun über das Kommandonetz.

Daniels Hände bewegten sich. Die Schubaggregate und der High Drive zündeten gleichzeitig und bremsten die *Princess Cecile* heftiger ab, als Adele das bisher erlebt hatte.

»*Mister Betts, Rohr Eins Feuer!*«, schrie Daniel und versuchte Gleichgewicht zwischen den Antriebsaggregaten herzustellen. Das massive KLANNG! verdampfter Reaktionsmasse, die den dreißig Tonnen schweren Torpedo ausstieß, übertönte das Summen und Dröhnen der Aggregate. »*Rohr Zwei, Feuer!*«

Adele hatte nicht die Muße, um ein EchtzeitDisplay aufzurufen, aber die relativen Positionen der Schiffe auf ihrem Signal-Display zeigten an, dass die *Princess Cecile* zum Sturzflug auf Radiance ansetzte. Sie vertraute darauf, dass Daniel wusste, was er tat, und hatte ganz davon abgesehen genügend um die Ohren, um voll beschäftigt zu sein.

Fünfzehn separate Lichtleiter bildeten den Emitter des LaserKomm. Sie konnten gleichzeitig, in Gruppen oder als individuelle Linsen operieren und in fünfzehn Richtungen gleichzeitig auf Richtstrahl ein Signal absetzen.

Adele spaltete die Emitter-Phalanx und zielte auf die zehn Commonwealth-Kriegsschiffe. »Pfauenthron« – sagte sie, das Rufzeichen der Kontrollstation im Delegiertenpalast auf dem Planeten, »– an alle Commonwealthschiffe. Die Allianz Freier Sterne startet einen Überraschungsangriff auf das Commonwealth. Zerstören Sie den Kreuzer *Bluecher* um jeden Preis! Er schickt sich an, Torpedos auf den Raumhafen und den Palast abzufeuern. Zerstören Sie den Kreuzer sofort!«

Sie benutzte den für diesen Monat vorgeschriebenen Zerhackercode der Commonwealthmarine. Die automatisierte Antwort der Empfänger ließ erkennen, dass drei der Schiffe den Code nicht geladen hatten, also sendete sie ihr Signal abwechselnd über Zerhacker und in Klartext. *Idioten! Konnte denn keiner seine Arbeit ordentlich tun?*

Suns Buggeschütze hämmerten, versuchten einen auf sie zu rasenden Torpedo durch direkte Treffer zur Seite zu drängen. Ein massives, mehrere Tonnen schweres Projektil zu zerstören war unmöglich, aber mit Glück und ausreichend Zeit konnten die Plasmageschütze es möglicherweise ablenken. Aber die dafür zur Verfügung stehende Strecke war vermutlich selbst dafür zu kurz.

»Heiliger Gott und Heiland!«, schrie jemand, der offenbar Bildmaterial des Gefechts beobachtet hatte. Fast gleichzeitig damit riss ein vibrierendes WHANNG die *Princess Cecile* heftig nach Steuerbord. Ein Torpedo hatte eine Antenne oder eine Hauptrahe abgerissen, dickes Stahlrohr, dessen strukturelle Stärke dem Treffer eines auf einen nennenswerten Bruchteil der Lichtgeschwindigkeit beschleunigten Projektils keinen Widerstand leisten konnte.

Die *Sissie* setzte hintereinander zwei weitere Torpedos ab und wurde jedes Mal vom Rückstoß ins Taumeln versetzt. Adele hatte die Daten ihres Gegners studiert, während sie sie der Kommandogruppe lieferte. Der schwere Kreuzer hatte zwölf Torpedorohre und verfügte in seinen Magazinen über einhundertzwanzig Ladungen. Daniel würden diese Details mehr bedeuten als ihr, aber selbst einem Kind würde klar sein, dass ein schlichter Schusswechsel zwischen einem Kreuzer und einer Korvette mit nur der Hälfte ihrer normalen zwanzig Torpedos nur auf eine Weise enden konnte. »Bluecher, *was in Gottes Namen soll das!«*, schrie Adele in ihren Sender. »Admiral Raeder wird euch alle in die Antimateriekonverter stecken, ihr Idioten! Hört auf zu schießen!«

Sie rechnete nicht damit, mit ihrer gespielten Panik die *Bluecher* zur Feuereinstellung bewegen zu können, aber es war ja immerhin möglich. Wie mochte die *Bluecher* ihre Maskerade durchschaut haben? Wahrscheinlich hatten sie eine solide visuelle Identifizierung bekommen und danach gehandelt; Kapitän Semmes war offensichtlich nicht nur ein geschickter, sondern auch ein entschlussfreudiger Kapitän.

Adele richtete eine Mikrowellenantenne auf das Netz der Radiance umkreisenden Fernmeldesatelliten. Sie koppelte die Kanäle der Commonwealthmarine, der Regierung und auch des staatlichen zivilen Rundfunksystems, das sich *Das Wort Gottes* nannte, an. »Kriegsschiffe der Allianz greifen Schiffe des Commonwealth an!«, sagte sie. »Starten Sie sofort alle Schiffe, sonst werden sie auf dem Boden zerstört! Der Kreuzer *Bluecher* greift Commonwealthschiffe an!«

Das Durcheinander Dutzender zusätzlich über Radiance herumwimmelnder Schiffe würde die Berechnungen der *Bluecher* erschweren. Viel würde es wahrscheinlich nicht bringen, aber es würde jedenfalls helfen, und im Übrigen war Adele während der heftigen Manöver der *Princess Cecile* beschäftigt.

Andere Leute mochten ihren Glauben auf Gott stützen, aber Adele würde mit dem Glauben an Dinge, die sie anfassen konnte, besser fahren.

Semmes war geschickt, aber er war nicht so gut wie Daniel Leary.

Die Spacer der *Bluecher* waren nicht so gut wie die Sissies.

Und wer auch immer Semmes' Signaloffizier sein mochte – er oder sie würde Adele Mundy nicht gewachsen sein.

»Allianzkriegsschiffe greifen das Commonwealth an!«, schrie sie, als sie spürte, wie zwei weitere Torpedos aus den Rohren rasten. Das ständige Feuer der Plasmageschütze ließ die Hülle dröhnen, und ein heftiger Stoß drehte die Korvette zur Seite, als etwas einen Teil ihrer Besegelung wegriss.

»Sofort alle Schiffe starten und den Kreuzer *Bluecher* bekämpfen!«

Die Antennen der *Sissie* waren ausgeklappt, und deshalb konnte Daniel nicht auf Radiance landen, selbst wenn er bereit gewesen wäre, die Rigger draußen auf der Hülle zu opfern. Selbst mit eingeklappten Antennen und Rahen und gerefften Segeln würden die Windböen ihnen beim Anflug durch die Atmosphäre mächtig zusetzen. Wenn das Schiff mit voll ausgefahrenen Antennen unten aufsetzte, würden sie bestenfalls alle abgerissen werden. Und wenn das durch ein Wunder nicht geschah, würden sie dennoch nicht auf der ventralen Antennenreihe aufsetzen können.

Woetjans hatte beide Wachen draußen und hielt sie bereit, um unverzüglich die Segel nach Daniels Wunsch zu setzen. Sie nahm an, dass sie nicht länger als unbedingt nötig im Radiance-System bleiben wollten, sobald Daniel, basierend auf seinen Erkenntnissen beim Austritt aus der Matrix, die beste Fluchtroute kalkuliert hatte. Dies wäre ihre erste Sternsichtung gewesen, seit sie von Salmson 115A3 geflohen waren.

Woetjans hatte in dem Punkt recht, dass sie nicht viel Zeit hatten, aber unglücklicherweise hatten sie sogar noch weniger Zeit. Die *Bluecher* war so nahe und so wachsam, dass die Korvette nicht die leiseste Chance hatte, in die Matrix zurückzukehren, ehe eine Torpedosalve eintraf.

Aber wenn Radiance schon keine Zuflucht war, war es immerhin groß genug, um Allianztorpedos aufzuhalten und eine direkte Beobachtung zu verhindern. Daniel jagte im Sturzflug auf den Planeten zu, weil dies die einzige Chance war, dass die *Princess Cecile* die nächsten fünf Minuten überlebte. Und nachher – nun, zunächst einmal die fünf Minuten …

»Betts, nach eigenem Ermessen feuern!«, schrie Daniel über den KomKanal, während er versuchte, drei Dinge gleichzeitig zu tun. Die Verlockung, den geringen Torpedobestand der *Princess Cecile* zu schonen, war groß, aber wenn sie es nicht schafften, die Pläne der *Bluecher* zu durchkreuzen, würde die Korvette binnen Kurzem einen direkten Treffer abbekommen, der das Torpedomagazin zusammen mit allem anderen in einen Feuerball verwandeln würde.

Nicht einmal der kaltschnäuzigste Offizier mag es, wenn feindliche Torpedos über sein AngriffsDisplay auf ihn zurasen. Die geringe Chance, die Kommandogruppe des Kreuzers abzulenken und aus dem Konzept zu bringen, war viel mehr wert als der fragwürdige Nutzen von für später aufbewahrter Munition.

Daniel hatte die beiden ersten Torpedos programmiert, aber den Rest würde Betts zielen müssen. Schließlich war das seine Aufgabe, und er war auch durchaus fähig – wäre er das nicht gewesen, befände er sich schließlich jetzt nicht an Bord der *Princess Cecile*. Aber Daniels Gedanken konnte er nicht lesen. In einem perfekten Universum wären die Torpedobahnen und die Manöver der *Sissie* Teile eines perfekt choreografierten Ganzen.

Nun ja, in einem perfekten Universum wäre die *Sissie* auch nicht von einem schweren Kreuzer gestellt worden, den ein Mann befehligte, der rückhaltlos Daniels Stimme als bester Kapitän der Allianz-Flotte bekommen würde. Und so betrachtet würde ein perfektes Universum weder Kriegsschiffe noch Offiziere brauchen, die sie kommandierten. Also würde Daniel die Karten ausspielen, die er in der Hand hielt.

Es gab nur sehr wenig, was er tun konnte. Semmes hatte nicht erwartet, dass sein Opfer einen Sturzflug auf den Planeten riskieren würde, aber seine als Salve abgesetzten zwölf Torpedos hatten ihm da Rückversicherung geliefert. Der Weltraum mochte unendlich sein, aber aus menschlicher Sicht deckte eine Korvette mit auf zwanzig Meter ausgefahrenen, nach allen Richtungen weisenden Antennen ein beträchtliches Raumvolumen ab.

Daniels Kursindikator war dreidimensional und vielfarbig. Die Bahnen der auf sie zurasenden Torpedos waren blau, ihre Zielprojektionen dunkelrot. Eine dunkelrote Bahn schien die gelbe Linie zu schneiden, die den Kurs der *Princess Cecile* darstellte. Daniel weitete jenes winzige Segment der KI aus, bis die

Korvette mit ihren siebzig Metern Länge das ganze Display füllte. Die dunkelrote Linie war immer noch da, selbst bei diesem größeren Maßstab lediglich ein dünner Faden.

Hölle und Teufel, der Torpedo würde …

Daniel konnte die Energiezufuhr nicht *steigern*, also schaltete er stattdessen die Schubaggregate ab. Der High Drive brauchte dreißig Sekunden, um hochzufahren oder abzubauen, also griff er dort gar nicht ein. Die Auswirkung der reduzierten Bremsbeschleunigung war, dass die *Sissie* ein wenig höher über Radiance geschoben wurde und zugleich ein Stück vor die Bahnposition wanderte, die der Astrogationscomputer vorhergesagt hatte.

Die Torpedobahn glitt unter der Hülle der *Sissie* durch. Wenn sie Glück gehabt hätten, hätte der Torpedo sie völlig verfehlt, aber er streifte Antenne Ventral B. Der Aufprall verwandelte sechs Meter Mast in Metalldampf, der die Segel von VA und VC zerfetzte. Die sich ausdehnenden Gase ließen die Hülle wie eine Stahltrommel dröhnen.

Daniel zündete die Schubaggregate erneut, wohl wissend, dass er damit die Korvette über das Maß hinaus belastete, für das ihr Rahmen gedacht war. Er liebte die *Princess Cecile* so, wie ein Mensch überhaupt eine Maschine lieben konnte, aber wenn sie es schaffte, ihre Mannschaft hier rauszuholen und nach Cinnabar zurückzubefördern, dann konnten sie sie seinethalben auch verschrotten. *Lieber Gott, bring die Sissies zurück nach Cinnabar!*

Er schaltete auf den Standardmaßstab des KI-Monitors zurück. Sein Instinkt zeigte ihm die Chance, die die Software unmöglich hätte berechnen können. Er fuhr die Schubaggregate auf siebzig Prozent zurück, eine leichte, aber berechenbare Reduzierung. Die Sensoren der *Bluecher* registrierten die Veränderung und gaben sie in den Angriffscomputer ein. Drei Sekunden später setzte der Kreuzer eine weitere Torpedosalve ab.

Angetriebene Torpedos konnten eine gekrümmte Bahn beschreiben. Die *Princess Cecile* duckte sich in den ballistischen Schatten von Radiance, aber der Angriffscomputer des Kreuzers konnte Torpedos an ihre vorhergesagte Position schicken, obwohl zwischen der *Bluecher* und ihrem Opfer kein Sichtkontakt bestand.

»Chewning, holen Sie die Rigger rein!«, befahl Daniel und wünschte, er hätte das schon gesagt, ehe sie auf Ventral B Leute verloren hatten – was fast mit Sicherheit der Fall war. So, wie die Dinge jetzt standen, konnten die Rigger draußen nichts bewirken. Wenn die *Sissie* in die Matrix entkam, konnten sie wieder hinausgehen, aber solange sie die *Bluecher* auf den Fersen hatten, würden sie nicht versuchen, in die Matrix einzutreten.

Der Kreuzer hatte antriebslos im Orbit gewartet, würde also einige Zeit brauchen, um Fahrt aufzunehmen, doch die Beschleunigung seiner Torpedos war so hoch, dass die Geschwindigkeit des die Torpedos absetzenden Schiffs ohne Belang war. Für den Augenblick konnte die *Sissie* Radiance zwischen sich und der *Bluecher* lassen, den Planeten also quasi als Schutzschild benutzen, aber sie konnte nicht entkommen, und sobald der Kreuzer einmal Fahrt aufgenommen hatte, konnte die Korvette sich auch nicht mehr verstecken.

Daniel beobachtete gerade den Kursindikator, als eine gekrümmte Torpedobahn von Dunkelrot auf Blau wechselte – und dann abrupt anhielt, als sie sich mit einem Kriegsschiff des Commonwealth schnitt. Daniel hatte die anderen Schiffe mit ins Kalkül gezogen, aber der Geschützmaat der Allianz hatte das nicht getan. Das Opfer blühte auf wie ein vielfarbiger Feuerball, in dem nicht nur Metall verdampfte, sondern auch Antriebsmasse und die Gefechtsköpfe seiner Raketen explodierten.

Ein anderes Commonwealthschiff setzte drei Salven mit je achtundvierzig Raketen auf die *Bluecher* ab. Für den primitiven Zielcomputer war die Distanz zu groß, aber die Schwärme winziger Projektile veranlassten drei weitere Commonwealthschiffe, ebenfalls das Feuer zu eröffnen. Und sobald sie ihre außen angebrachten Raketenmagazine geleert hatten, stießen sie wieder im Sturzflug auf die Oberfläche von Radiance hinunter.

Daniel fuhr fort zu manövrieren, stets bedacht, den Planeten zwischen der *Princess Cecile* und dem Kreuzer zu behalten. Zugleich tauchte er tiefer in den Schwerkrafttrichter des Planeten ein, sodass die gekrümmte Oberfläche von Radiance auf seinem Display anschwoll. Das half nur kurzzeitig, da sie in nur fünfzehntausend Kilometer Höhe über der Planetenoberfläche dahinrasten.

Er hatte damit gerechnet, das Echtzeitbildmaterial der *Bluecher* zu verlieren, sobald er die *Sissie* hinter den Planeten steuerte, aber der Kreuzer blieb nach wie vor als dunklerer Fleck inmitten seiner ionisierten Triebwerksstrahlung sichtbar. Adele importierte ein Signal, wahrscheinlich von Basis Lorenz. Beobachtungssatelliten des Commonwealth, falls es sie überhaupt gab, würden wahrscheinlich kein so klares Bild liefern. Wie sie das nur geschafft haben mochte?

Aber jedenfalls *hatte* sie es Gott sei Dank geschafft.

Semmes hatte mit High Drive beschleunigt; als die *Bluecher* jedoch zum Ziel Hunderter ungelenkte Raketen wurde, hatte er seine Plasmaaggregate dazugeschaltet. Daniel schätzte den neuen Kurs seines Gegners ab und lenkte die *Sissie* so, dass sie bei diesem tödlichen Versteckspiel im Schatten des Planeten blieb.

Drei Commonwealthschiffe feuerten ihre Raketen auf den Kreuzer ab, dann zwei weitere. Du großer Gott, Daniel hatte nicht mit einer auch nur annähernd so günstigen Reaktion gerechnet, als er die *Bluecher* trickreich dazu veranlasst hatte, ein KonTiki zu zerstören! Er hatte in seinen kühnsten Träumen nicht damit gerechnet, dass die Commonwealthschiffe so schnell reagieren könnten, selbst wenn sie das wollten. Es war, als hätten sie geradezu auf einen Vorwand gewartet, das Feuer auf ein fremdes Schiff zu eröffnen!

Weitere Schiffe stiegen von Radiance auf. Daniel konnte

nicht erkennen, ob es zivile Schiffe oder Einheiten der Marine waren; äußerlich bestand der einzige Unterschied in den Raketenbündeln auf Marineschiffen, die man aber unter der eingeklappten Takelage leicht übersehen konnte. Kapitän Semmes musste ebenfalls im Unklaren geblieben sein, denn die *Bluecher* eröffnete plötzlich mit ihren 15-Zentimeter-Plasmageschützen das Feuer auf sie.

Daniel vermutete, dass ihnen Semmes auf die Weise einfach die Lust nehmen wollte, weitere lästige Raketensalven auf ihn abzufeuern, da man ja nicht ernsthaft damit rechnen konnte, mit Plasmageschützen auf eine Distanz von ein paar hunderttausend Kilometern etwas zu bewirken. Die Geschütze waren für Verteidigungszwecke gedacht, in erster Linie um Torpedos abzulenken, denen man nicht ausweichen konnte. Aber die KonTikis waren so zerbrechlich, dass der konzentrierte Beschuss aus sechs Geschützen – nur drei Türme des Kreuzers waren auf sie gerichtet – die Opfer ins Taumeln brachten und sie wieder in die Atmosphäre zurückjagten.

Plötzlich detonierte dicht bei der *Bluecher* eine Handvoll Commonwealthraketen. Das Bild des Kreuzers blitzte und funkelte, wie wenn der Flügel eines Schmetterlings Schuppen abwirft. Die kleinen Sprengköpfe der Raketen waren dafür gedacht, Masten und Takelage eines feindlichen Schiffes zu zerstören, um es so an der Flucht zu hindern – oder an der Verfolgung, je nachdem, wer in einem Gefecht der Pirat und wer das Opfer war. Der Hülle eines KonTiki, ganz zu schweigen von den dicken Platten eines schweren Allianz-Kreuzers, konnten sie keine ernsthaften Schäden zufügen.

Aber niemand mag es, wenn man auf ihn schießt und der einen umgebende Stahl von den Treffern dröhnt und dann Splitter durch die Takelage schwirren. Vielleicht war das der Grund, dass der Geschützoffizier der *Bluecher* sich eines der aus der Atmosphäre aufsteigenden Commonwealthschiffe zum Ziel nahm, statt das konzentrierte Feuer seiner Geschütze auf ein

Projektil von der *Princess Cecile* zu richten, wie er das eigentlich hätte tun sollen.

Das Segment traf eine eingeklappte Dorsalantenne, die in einer weiß glühenden Fontäne in die Höhe schoss, wie der Schweif eines sich der Sonne nähernden Kometen. Es war kein ernsthafter Schaden, aber alle an Bord der *Bluecher* wussten, dass es das sehr wohl hätte sein können: dass ein nur um ein paar Meter versetzter Kurs das Ende des Kreuzers hätte bedeuten können, ein Ende, das ihn durch den Weltraum treiben ließ, bis die Bergungsteams ihn schließlich abwrackten.

Die *Princess Cecile* hatte jetzt wenigstens den Hauch einer Chance. Der Kreuzer hatte eine weitere Salve abgesetzt, nachdem er das Commonwealthschiff in einen Feuerball verwandelt hatte, aber jene Torpedos hatten ihr Ziel um einige Kilometer verfehlt. Daniel hatte jetzt die *Sissie* wieder hinter der Masse von Radiance in Sicherheit gebracht und nahm mit beiden Aggregaten erneut Beschleunigung auf. Semmes' Geschützmannschaften konnten die *Princess Cecile* nicht direkt beobachten, wie das Daniel – dank Adele – mit der *Bluecher* konnte.

»*Sechs, ein schweres Schiff tritt außerhalb des Orbit von Radiance in den Normalraum ein, Ende*«, sagte Vesey. Sie hatte sich ganz auf ihre Pflichten konzentriert und die SensorikDisplays beobachtet, während um sie herum das Gefecht tobte. Viele Offiziere mit wesentlich mehr Erfahrung als sie wären dazu nicht imstande gewesen.

Aber das hatte jetzt nichts zu bedeuten: Die *Princess Cecile* würde entkommen oder zerstört sein, ehe der neue Gegner sich hinreichend organisiert hatte, um einzugreifen. Die Beschreibung »schweres Schiff« basierte auf dem Maß an Verzerrung, das Veseys Instrumente beim Wiedereintritt des Neuankömmlings in das normale Raum-Zeit-Gefüge aufzeichneten. In dem Allianz Geschwader war kein weiterer Kreuzer gewesen, das bedeutete daher vermutlich, dass ein weiteres Schlachtschiff unterwegs gewesen war, als die *Goldenfels* die auf Basis Lorenz im Hangar liegenden Schiffe zerstört hatte.

»Schiff, hier Sechs«, sagte Daniel, während seine Finger neue Anweisungen in seine virtuelle Tastatur hämmerten. »Wir werden in die Matrix eintreten …«

Auf seinem Display blitzten orangefarbene Buchstaben, jeder so groß wie seine ganze Hand:

TRENNUNG TRENNUNG TRENNUNG

»*RCS* Aristoxenos, *hier spricht RCS* Princess Cecile«, sagte Adeles Stimme über die Schiffssprechanlage. »*Wir haben ein Ziel für Sie, Admiral O'Quinn – einen Allianz-Kreuzer. Alle anderen Schiffe sind freundlich. Ich wiederhole, alle Schiffe, mit Ausnahme des Allianz-Kreuzers, sind freundlich.* Princess Cecile *Ende.*«

Daniel verspürte den Ruck, als die letzten beiden Torpedos der *Sissie* in die Rohre glitten. Sie waren jetzt bereit zum Abfeuern. »Mister Betts, Feuer einstellen!«, befahl er und nahm instinktiv auf seiner Konsole eine Sperre vor. »Angriffslösungen für die *Aristoxenos* vorbereiten und schnellstmöglich übermitteln. Ich habe weder Vertrauen zu deren Computern noch zu deren Leuten, aber ich bin weiß Gott froh, dass sie uns Gesellschaft leisten, Ende.«

Betts hatte saubere Arbeit geleistet, würde aber vielleicht nicht begreifen, weshalb es plötzlich notwendig war, die letzten Torpedos der *Sissie* in Reserve zu haben. Daniel würde ihm das erklären, sobald dazu Gelegenheit war, aber erste Priorität war, den Geschützoffizier daran zu hindern, eine möglicherweise später bestehende Chance zu vertun, den Allianz-Kreuzer in eine Falle zu locken.

Adele hatte Sprechverbindung mit der *Aristoxenos*. Sie hatte Daniel mit in den Kanal eingeschaltet, aber er war zu sehr damit beschäftigt, die *Princess Cecile* zu steuern, um sich um das zu kümmern, was da gesprochen wurde.

Als der Torpedo die *Bluecher* gestreift hatte, hatte der Kreuzer seinen vorhergesagten Kurs verlassen und die Schubaggregate abgeschaltet. Daniel musste die *Sissie* schleunigst in den Schattenkegel von Radiance zurücklenken. Praktisch betrachtet bedeutete das, näher an den Planeten heranzugehen; dabei waren sie bereits tief genug, sodass die obere Stratosphäre in winzigem Maße, aber immerhin spürbar an ihnen zerrte. Die Korvette war erst dann sicher, wenn das letzte Allianzprojektil auf harmlosem Kurs systemauswärts unterwegs war, und selbst dann war da immer noch das Problem, mit einem möglicherweise nicht wahrgenommenen Schaden zu landen.

Der Kreuzer hatte nach der vierten Salve den Torpedobeschuss eingestellt. Er beschleunigte jetzt mit 1,5 *g*, mehr schaffte er vermutlich allein mit dem High Drive auf dem Kurs nicht, den Semmes in dem Bemühen gesetzt hatte, die *Princess Cecile* aus ihrem Versteck zu locken. Damit würde die *Bluecher* an Radiance vorbei – und was vermutlich jetzt der entscheidende Faktor war – von der *Aristoxenos* wegfliegen.

Semmes weiß nicht, was da vorgeht, wurde Daniel bewusst. Er musste sich ziemlich sicher sein, dass das neu eingetroffene Schiff kein Freund war, konnte aber auch nicht sicher sein, dass es ein Feind war. Da er es geschafft hatte, seine Verbündeten vom Commonwealth zu Kampfhandlungen gegen ihn zu veranlassen, würde er besonders vorsichtig sein, diesen Fehler nicht ein zweites Mal zu machen …

Die *Aristoxenos* setzte vier Torpedos auf die *Bluecher* ab. Einer davon beschrieb einen engen Bogen, zurück auf das Schlachtschiff zu, als einer oder auch beide High Drive-Motoren aussetzten und der Torpedo sich in einer kugelförmigen Wolke geschmolzener Tröpfchen auflöste.

Die *Bluecher* reagierte mit einer Salve, die sie zwischen der *Aristoxenos* und der *Princess Cecile* aufteilte. Der Kreuzer fuhr seine Antennen aus. Ein großes Stück trieb davon, das war die von dem Torpedo der *Sissie* beschädigte Rahe, die der Segelmeister entweder abgestoßen hatte oder die durch die Beschleunigung abgerissen war.

Das Schlachtschiff verfügte über sechsunddreißig Torpedorohre: Davon feuerten einunddreißig auf die *Bluecher*. Das zweiunddreißigste Rohr explodierte, ein weißes Krebsgeschwür am Bug des Schiffes; es brauchte fünfzehn Sekunden, bis es ausgebrannt war. Daniel tastete seine letzten Korrekturen ein, wartete einen Herzschlag lang, bis ein grünes Icon ihm anzeigte, dass der Feuerleitcomputer mit ihm übereinstimmte, und setzte die verbliebenen zwei Torpedos der *Sissie* ab.

Dann steigerte er den Schub des High Drive. Die *Sissie* war jetzt wesentlich beweglicher; selbst das halb gefüllte Magazin mit Torpedos, die sie auf dieser Reise mitgeführt hatte, machte insgesamt ein gutes Viertel des Leergewichts der Korvette aus. Die sechs Torpedos, die die *Bluecher* gerade blindlings auf sie abgesetzt hatte, stellten keine ernsthafte Bedrohung dar. Der Torpedo-Offizier des Kreuzers wäre klüger gewesen, wenn er die ganze Salve auf das Schlachtschiff abgefeuert hätte, für das er komplette Kurs- und Geschwindigkeitsinformationen besaß.

Daniel steuerte die *Princess Cecile* hinter Radiance heraus und korrigierte ihren Kurs so, dass sie fast entgegengesetzt zur *Bluecher* steuerte. Er tippte das Backbordplasmaaggregat an, konterte den Schub aber sofort, indem er den gleichen Schub an Steuerbord ansetzte und auf die Weise das Schiff um dreißig Grad auf ihrer Achse drehte, sodass sowohl die dorsalen wie die ventralen Geschütztürme auf den Kreuzer zielten.

»Sun«, befahl er, »stauben Sie sie ab! Ich möchte, dass die neben ihrer eigentlichen Aufgabe genug zum Denken haben!«

»*Roger, Roger!*«, bestätigte der Geschützoffizier entzückt und schwang seine Geschütze herum, um das unerwartete Ziel zu nutzen. Es gab keinen praktischen Grund, mit 10-Zentimeter-Plasmageschützen auf einen knapp eine halbe Million Kilometer entfernten Kreuzer zu feuern, die 15-Zentimeter-Waffen der *Bluecher* hätten auf diese Distanz der Korvette keinen nennenswerten Schaden zufügen können. Aber die psychologische Auswirkung von Plasmaschüssen, die die Hülle des Kreuzers blitzartig aufheizten – auch wenn sie auf diese Entfernung kaum nachhaltige Wirkung zeigen würden –, könnte jemanden dazu veranlassen, einen Fehler zu machen, so wie die Raketensalven der Commonwealthschiffe einen Geschützoffizier abgelenkt hatten, der sich eigentlich wegen des anfliegenden Projektils keine Sorgen hätte zu machen brauchen.

Der ventrale Geschützturm scharrte heftig genug, um ein quietschendes Geräusch durch das ganze Schiff zu jagen und es zum Zittern zu bringen. Eigentlich sollte der Turm auf einem Magnetfeld frei über dem Turmring schweben. In Anbetracht der Belastung, der die Korvette ausgesetzt worden war, fand Daniel allerdings, dass sie eigentlich dankbar sein sollten, dass der Turm überhaupt rotierte.

Die *Princess Cecile* könnte vermutlich entkommen, während der Kreuzer mit seinem neuen Feind beschäftigt war, aber diese Alternative ging Daniel mit Sicherheit ebenso wenig durch den Kopf, wie die Wahrscheinlichkeit, auf Radiance zu landen. Beides waren keine echten Optionen: Letzteres, weil die Korvette nicht für eine Landung getakelt war, Ersteres, weil Daniel Leary ein MRC-Offizier war und die MRC nie vor einem Gefecht ausriss. Selbst Meuterer erinnerten sich offenbar daran, sobald sie Gelegenheit gehabt hatten, darüber nachzudenken.

Die Antennen der *Aristoxenos* waren ausgefahren, und viele davon trugen Segel. O'Quinn hatte sich nicht die Zeit genommen – verfügte vielleicht auch nicht über die dafür erforderliche Mannschaft –, um das Schiff gefechtsbereit zu machen, ehe er in den Normalraum gegangen war, vermutlich mit dem Ziel, Basis Lorenz anzugreifen. Die *Aristoxenos* hätte von außerhalb der planetarischen Verteidigungsphalanx einen schnellen Durchflug machen, eine Salve Torpedos auf die Hangars absetzen und dann – wenn alles klappte – wieder in die Matrix entkommen können, ehe die Überlebenden des Allianzgeschwaders reagieren konnten.

Das war ein durchaus guter Plan, im Grunde das, was Daniel beabsichtigt hatte, als er nach Todos Santos gegangen war. Wenn die auf Todos Santos emigrierten Spacer freilich damals zugestimmt hätten, hätte Adele ihnen mit ihren Tricks helfen und damit die Aufgabe leichter und wesentlich ungefährlicher machen können.

Daniel musste zugeben, dass die *Aristoxenos* über einen Monat gebraucht hatte, um das Radiancesystem zu erreichen. Wäre der frühere Angriff der *Sissie* nicht gewesen, dann wäre das vermutlich zu spät gewesen.

Nicht, dass er sich über die Entwicklung der Dinge beklagt hätte. Weder »leicht« noch »ungefährlich« waren Begriffe, die mit dem Sieg der MRC zu tun hatten, wie auch immer der ausfallen mochte.

Als die Halbsalve der *Bluecher* sich der *Aristoxenos* näherte, begannen die 20-Zentimeter-Plasmageschütze des Schlachtschiffs aus zwei nicht von der Takelage des Schiffs verdeckten Türmen zu feuern. Ein Doppelpuls erwischte einen der Torpedos, ehe dieser sich in Segmente aufgelöst hatte, und verwandelte ihn in eine kugelförmige Wolke aus leuchtendem Gas, die sich mit der Geschwindigkeit einer Kernexplosion ausbreitete. Andere Schüsse vaporisierten Torpedosegmente mit solcher Wucht, dass die verbliebenen Fragmente davon erfasst und von ihrem Kurs abgedrängt wurden.

Ein 20-Zentimeter-Geschützturm detonierte in einem weißen Blitz. Ein Teil der Laserphalanx, die das Tritium-Pellet komprimierte, hatte nicht ausgelöst, aber die anderen Linsen reichten aus, um die Ladung zur Detonation zu bringen. Die Explosion riss eine Furche in den Bauch des Schlachtschiffs und schnitt zwei Antennen der Ventralreihe ab.

Das gab das Schussfeld für den anderen Ventralturm frei, der sofort zu feuern begann. Schlachtschiffe verfügten über unabhängige Feuerleitsysteme, und die Turmkommandanten hatten offenbar ihre Ziele bereits prophylaktisch erfasst, obwohl sie so lange nicht feuern konnten, bis diese Ziele nicht außerhalb der Takelage des Schiffes auftauchten. Keiner der Torpedos des Kreuzers schaffte es durch das Sperrfeuer, wenn auch ein Segment nahe genug bei seinem Ziel vaporisierte, dass ein Paar Bramsegel weggerissen wurde, als die *Aristoxenos* durch die sich immer noch ausweitende Gaswolke glitt.

Das Gewicht der Torpedos der *Aristoxenos* war für jede denkbare Verteidigungsbatterie zu groß, um ihm widerstehen zu können, selbst der eines anderen Schlachtschiffs. Semmes reagierte auf die einzige Weise, die seinem Schiff den Hauch einer Überlebenschance bot, und gab im rechten Winkel zu dem heranrasenden Torpedofächer volle Kraft auf High Drive und Plasmaaggregate. Der Rahmen der *Bluecher* verzog sich bei dieser gewaltigen Überlastung sichtlich, doch die Beschleunigung trug sie fast aus dem Kegel der Geschossbahnen heraus.

Die acht schweren Plasmageschütze des Kreuzers konzentrierten sich auf die Segmente am Kegelrand, die immer noch eine potenzielle Gefahr darstellten. Schuss für Schuss hatten die 15-Zentimeter-Geschütze nur die halbe Wucht der 20-Zentimeter-Kanonen des Schlachtschiffs, aber die *Bluecher* war auf neuestem Stand gerüstet und ihre Geschützbesatzungen hervorragend ausgebildet. So schafften es die Kanoniere, einen Teil der tonnenschweren Torpedosegmente in Gas zu verwandeln, das den Rest harmlos an dem Kreuzer vorbeitrieb.

Daniel wusste exakt, welche Beschleunigungswerte der Kreuzer im Notfall erreichen konnte, weil er gesehen hatte, wie die *Bluecher* reagiert hatte, um den Raketen der Commonwealthschiffe auszuweichen. Er überlegte, für welchen Winkel er sich als Kapitän der *Bluecher* entschieden hätte, falls das Schlachtschiff Torpedos auf ihn abgefeuert hätte, und setzte darauf, dass Semmes ähnlich denken und handeln würde. Das letzte Paar Torpedos der *Princess Cecile* stach unbemerkt in diesen Bahnkegel hinein, bis der Steuerbordgeschützturm des Kreuzers eine Sekunde vor dem Aufprall in letzter Verzweiflung darauf zu feuern begann.

Ein Segment traf den Bug der *Bluecher* als eine so dichte Gaswolke, dass die Panzerplatten der Hülle zerdrückt und alle vorderen dorsalen, ventralen und Steuerbordantennen weggerissen wurden. Mikrosekunden später traf ein weiteres Segment mittig am Bug auf. Die gewaltige kinetische Energie hüllte die letzten zwanzig Meter des Schiffes in einen Feuerball, hinter dem, als er sich schließlich auflöste, nur Vakuum zurückblieb.

Die *Bluecher* hatte in dem Augenblick, als sie getroffen wurde, gerade Torpedos absetzen wollen. Einige davon verließen die Rohre noch, gerieten aber ins Taumeln; der Computer, der ihren Kurs bis zum Brennschluss hätte aktualisieren sollen, setzte aus, als der Kreuzer seitwärts geschleudert wurde.

»*Sissie* Sechs an Flaggschiff.« Daniel schaltete auf den Alarmkanal, damit die Mannschaft der Korvette ihn hören konnte. Das hatten sie sich verdient, weiß Gott! »Admiral, ich schlage vor, wir stellen das Feuer ein, bis Sie der *Bluecher* Gelegenheit zur Kapitulation gegeben haben. Ihr Kapitän heißt Semmes, und ich möchte nicht leichtfertig am Exitus eines so fähigen Mannes beteiligt sein. *Sissie* Ende.«

»*Sir?*« Betts wandte sich dabei Daniel zu, sprach aber über den KomKanal. Auf der Brücke war zu viel Lärm, als dass man seine Stimme unverstärkt hätte hören können. »*Das Schlachtschiff muss das Feuer einstellen. Die Förderbänder von den Magazinen zu den Torpedorohren sind alle blockiert. Sie hatten beim Start von Todos Santos nur, was in ihren Rohren lag.*«

»Sissie *Sechs, hier* Zanie *Sechs*«, sagte Admiral O'Quinn mit hörbar angespannter Stimme. Beide Schiffe hatten Videokapazität, aber die Standardvorschrift der MRC ließ nur Stimmkontakt zu. Im Gefecht konnte Bandbreite ein zu wertvolles Gut sein, um es mit Äußerlichkeiten zu vergeuden. »*Nehmen Sie ihre Kapitulation entgegen, Leary. Schließlich haben Sie sie k.o. geschlagen.*«

O'Quinn schnaubte und fuhr fort: »*Ihr Torpedo-Offizier hat sogar unsere Torpedos abgesetzt. Der Teufel soll mich holen, wenn ich weiß, wie er es geschafft hat, unser System unter seine Kontrolle zu bekommen. Ich hatte das bisher nicht für möglich gehalten! Ende.*«

Ah. Daniel hätte das auch nicht für möglich gehalten, aber offenbar wusste Adele es besser. Offenbar hatte sie ihre Zeit nicht vergeudet, als die *Princess Cecile* im Hafen von San Juan neben dem Schlachtschiff gelegen hatte. Das erklärte, weshalb die Salve so schnell gekommen war. Daniel hatte damit gerechnet, dass Minuten verstreichen würden, bis die *Aristoxenos* schussbereit war, und das, obwohl Betts Lösungen an das Feuerleitsystem des Schlachtschiffs übermittelt hatte.

»Admiral«, sagte Daniel, »die *Princess Cecile* war vor Ihrem hochwillkommenen Eintreffen nicht viel mehr als eine Zielscheibe. Wenn Sie den Sieg, den Sie ganz sicherlich verdient haben, für sich beanspruchen, wird das meine Aufgabe wesentlich einfacher machen, wenn ich nach meiner Rückkehr nach Xenos mit Leuten darüber spreche, was die Republik Ihnen schuldet. Und das werde ich mit Sicherheit tun, Ende.«

Es dauerte länger als die durch Entfernung bedingte Sendeverzögerung, bis O'Quinn antwortete: »*Glauben Sie mir, Leary, wenn ich nur halb so viel Respekt für Ihren Vater hätte, wie ich ihn für Sie habe, wären wir jetzt nicht hier. Trennung. AFS* Bluecher, *hier spricht Admiral O'Quinn, MRC. Kapitulieren Sie oder ziehen Sie es vor, uns als Übungsziel zu dienen, das, wie ich zugebe, meine Mannschaft gut gebrauchen könnte, Ende?*«

Ausschließlich über die Schiffssprechanlage sagte Daniel: »Persönlich, Kameraden von der *Sissie*, bin ich einfach froh, dass die jetzt hier sind.«

Adele ließ zu, dass die Jubelrufe über den allgemeinen Kanal tönten, obwohl sie die gemurmelten Worte von Kapitän Semmes fast übertönten, der bedingungslos kapitulierte.

33

Schiff«, sagte Daniel, »hier Sechs. Wir werden in wenigen Minuten über Todos Santos aus der Matrix austreten.«

Adele schirmte ihn von dem Geschnatter ab, das über die allgemeine Sprechanlage hereinkam, aber weil in der *Sissie* an diesem Punkt einer Reise stets gebannte Stille herrschte, hörte er Spacer aufgeregt »Hurra!« und »Schnaps und Weiber!« schreien, und einen Augenblick später Maginnes' Stimme. Sie rief: »Eure Weiber könnt ihr behalten – ich wünsch mir einen hübschen, kleinen Jungen mit einem Gehänge wie ein Pony!«

Maginnes, ein weiblicher Rigger, wartete in ihrem Anzug mit dem Rest der Steuerbordwache an der Luftschleuse, für den Fall, dass Woetjans und die Backbordwache beim Einziehen der minimalen Besegelung, mit der die Korvette diese letzte Etappe ihrer Reise zurückgelegt hatte, plötzlich Hilfe brauchen sollten. Daniel malte sie sich aus, eine kleine, breite Frau mit einem Mopsgesicht und stellte sich dazu den hübschen Jungen vor, den sie sich wünschte. Aber Maginnes war Spacer und hatte Geld in der Tasche und würde, solange das Geld reichte, alles bekommen, was sie sich wünschte.

»Alle mal herhören, Sissies«, sagte Daniel und lächelte im Wissen, dass er diese Crew zwar befehligte, sie aber auch seine Familie waren, und zwar ebenso sicher, wie er der ihren angehörte. »Als wir Todos Santos verließen, waren wir mit allen gut Freund, ausgenommen ein paar Leute von Pleasaunce. Diese Leute sind jetzt nicht mehr da.«

Er hielt kurz inne und wartete das allgemeine Gelächter ab.

»Aber in einem Monat kann sich eine Menge ändern«, fuhr er fort. »Wenn ihr mir nicht glaubt, braucht ihr bloß die Garnison von Basis Lorenz zu fragen.«

Wieder Gelächter. Sie hatten auf dieser Reise eine Menge durchgemacht. Die Sissies hatten nie Zweifel daran, dass Daniel der Kapitän war, aber dies war ein guter Augenblick für ihn, um sie daran zu erinnern, dass er *ihr* Kapitän war, der Mann, der sie nirgends hinschicken würde, wo er nicht auch selbst hingehen würde.

»Möglicherweise hat es hier politische Veränderungen gegeben«, fuhr er fort. Ein paar riefen irgendetwas bezüglich Kanaken, aber darauf achtete er nicht. »Und es ist gut möglich, dass ein Allianzschiff im Hafen liegt. In dem Fall werden wir nicht länger verweilen, als bis ich die Kursdaten eingegeben habe, die ich bereits vorbereitet habe.«

Sicherer wären sie gewesen, wenn sie mit der *Aristoxenos* zusammengeblieben wären. Kriegsschiffe der Allianz könnten durchaus auf die Idee kommen, einen Augenblick lang zu vergessen, dass der Sternhaufen eine Regierung hatte und in der Zeit einer MRC-Korvette den Garaus machen, aber nicht in Anwesenheit eines Schlachtschiffs des Sternhaufens. Und obwohl die *Zanie* durch die Belastungen in der Matrix und ein paar Explosionen an Bord ernsthaft mitgenommen war, blieb sie immer noch ein beeindruckender Anblick.

Daniel war allein gekommen, weil die *Aristoxenos* von den ursprünglich achtundvierzig nur noch über sechs funktionierende High Drive-Motoren verfügte. Ihrer Tonnage und den Waffensystemen nach hätte sie eine Besatzung von beinahe tausend Köpfen haben müssen, aber im Augenblick bestand die Crew lediglich aus zweihundertfünfzig ehemaligen MRC-Angehörigen und dazu der etwa gleichen Zahl ihrer Bediensteten, die aber keinerlei Erfahrung *off-planet* hatten. Der Ten Stars-Sternhaufen litt keineswegs Mangel an erfahrenen Spacern, aber nur eine Handvoll davon war bereit gewesen, auf dem heruntergekommenen Schlachtschiff anzuheuern. Und nicht einmal die wären an Bord gegangen, wenn man ihnen Einzelheiten eines Plans geschildert hätte, den sie mit Sicherheit für verrückt gehalten hätten.

Die *Aristoxenos* hatte Glück gehabt, so schnell vor Radiance aufzutauchen; die Rückreise nach Hause würde wesentlich mehr Zeit in Anspruch nehmen. Für die *Princess Cecile* hätte es eine Verlängerung ihrer Reise um mindestens neun Tage bedeutet, gemeinsam mit dem Schlachtschiff nach Todos Santos zurückzukehren.

»Wir sind auf dieser Reise genügend Risiken eingegangen, Sissies«, sagte Daniel. »Ich möchte nicht noch weitere hinzufügen.«

»*Sechs, hier Fünf*«, ließ sich Chewning aus der Gefechtszentrale in einem Tonfall, der Bedauern erkennen ließ, vernehmen. »*Wir werden in den Normalraum in – einer Minute – eintreten. Ende.*«

»Roger, Mister Chewning«, sagte Daniel. »Trennung. Schiff, bereithalten zum Eintritt in den Normalraum …«

Er betätigte den Schalter.

»… jetzt!«

Die *Princess Cecile* zitterte in den Normalraum wie ein Fisch, der nicht im Wasser, sondern in durchsichtigem Glycerin schwimmt. Daniel machte sich über das, was über Todos Santos geschehen würde, keine echten Sorgen, es sei denn, kolossales Pech hätte sie in Steinwurfweite eines Allianzkriegsschiffs aus der Matrix auftauchen lassen.

Eigentlich sollte hier niemand nach ihnen suchen. Man würde das Eintreffen der Korvette bemerken, und einige Leute mochten durchaus feindliche Absichten haben, aber Daniel hatte volles Vertrauen zu Adeles Fähigkeit, ein Problem rechtzeitig zu identifizieren, um der *Sissie* Zeit zum Entkommen zu lassen. Sie hatten vor einem Tag auf einer unbewohnten Welt ihre Tanks mit Reaktionsmasse aufgefüllt. Wenn es sein musste, konnten sie damit die Reise nach Cinnabar schaffen, aber das würde bedeuten, dass sie bis dahin mit knappen Rationen vorliebnehmen mussten.

Die Realität kehrte mit kristallklarer Plötzlichkeit zurück und ließ die in der Matrix verbrachte Zeit wie einen nur undeutlich erinnerten Albtraum erscheinen. Solange man drinnen war, war es eigentlich gar nicht so schlimm, aber wenn man herauskam, verspürte man irgendwie ein Jucken an der Seele, so wie sich die Haut nach Schwimmen in Salzwasser anfühlte.

Die *Princess Cecile* stand hundertzwanzigtausend Kilometer über Todos Santos. Der Kursindikator wimmelte von Schiffen. Zu Daniels Schrecken sagte eine Stimme über ein LaserKomm – und das bewies, dass die *Sissie* nicht nur bemerkt, sondern auch mit hinreichender Genauigkeit für die Zielerfassung lokalisiert worden war: »*RCS* Melampus *an unidentifiziertes Schiff. Identifizieren Sie sich sofort.*«

In der rechten unteren Ecke von Daniels Display erschien eine rot umrandete Textmitteilung von Adele:

DREIZEHN KONTIKIS
RCS MELAMPUS DIANA SEAHORSE CLYDE KAPILA.

Darüber hinaus erhielt der Kasten Einzelheiten über Größe, Bewaffnung und Mannschaftsstärke, aber Daniel wusste all das oder wusste jedenfalls für seine Zwecke genug. Die ersten vier cinnabarischen Schiffe waren Zerstörer; die Kapila war ein Schlachtschiff, das im Hafen Drei gelegen hatte, als die *Princess Cecile* als Privatjacht der Klimovs gestartet war.

»*Melampus*, wir sind das Sternenschiff *Princess Cecile* von Xenos mit einer ehemaligen MRC-Crew an Bord«, sagte Daniel. Er war darauf bedacht, *nicht* zu behaupten, eine Marineschiff zu sein, wie er das ohne Zögern getan hätte, wenn seine Nachricht für jemand anderen bestimmt gewesen wäre. »Wir sind hier angekommen, um Vorräte für die Fahrt nach Hause aufzunehmen, aber da wir Sie hier vorfinden, würde ich gerne jemanden im Stab Ihres Kommandeurs berichten, falls das möglich ist. *Sissie* Ende.«

Einen Augenblick lang herrschte Stille. Daniel wandte sich seinem Geschützoffizier zu. Er rief quer durch die Brücke, weil er nicht das Risiko eingehen wollte, versehentlich an Schiffe zu senden, deren Torpedo-Offiziere schussbereit waren. Er sagte: »Sun, sperren Sie jetzt Ihre Geschütze. *Sofort*. Wir können uns keinen Fehler leisten. Diesen Leuten könnte es leidtun, uns getötet zu haben, sobald sie sich Klarheit verschafft haben, aber verfehlen werden sie uns ganz sicherlich *nicht*!«

»Princess Cecile, *ist Ihr Kapitän Leutnant Leary, Ende?*«, kam es schließlich von dem Zerstörer.

Daniel hörte, wie die 10-Zentimeter-Geschütztürme in die Parallelposition einrasteten, die verhinderte, dass sie sich verschoben, wenn das Schiff Fahrt machte. Er schürzte die Lippen und sagte dann: »Roger, *Melampus*, hier spricht der ehemalige Leutnant Leary. Äh, *Melampus*? Wir befinden uns auf ballistischem Orbit und warten auf Anweisung, wie wir weiterfliegen sollen. Ende.«

Nach einer längeren Pause sagte eine andere Stimme – Adeles Textmeldung sagte VON RCS *KAPILA*: »Princess Cecile, *hier Bewegungskontrolle. Sie sollen unverzüglich auf Liegeplatz A-12 San Juan Hafen landen. Ein Fahrzeug wird dort warten, um Leutnant Leary und Signaloffizier Mundy zum Hauptquartier des Landungstrupps der MRC zu befördern. Haben Sie verstanden, Ende?*«

»Bewegungskontrolle«, sagte Daniel mit gerunzelter Stirn, aber bemüht, mit neutraler Stimme zu sprechen, »brauchen wir auch eine Freigabe der Behörden des Sternhaufens, Ende?«

»Princess Cecile, *soweit das den Weltraumverkehr angeht, gibt es keine Behörden des Sternhaufens mehr*«, sagte die Stimme von der *Kapila*. *»Das hier ist MRC-Territorium, also führen Sie Ihre Befehle aus! Ende.«*

Daniel sah zu Adele hinüber. Die nickte und zeigte das, was bei ihr als breites Grinsen galt.

»Roger, Bewegungskontrolle«, bestätigte Daniel. »*Sissie* Ende.«

Er sah auf sein Display. Die Gefechtszentrale – vermutlich war das Vesey, da Chewning dafür einfach nicht schnell genug war – bot eine Landelösung an, die sie nach eineinhalb Orbits nach San Juan bringen würde.

Daniel grinste. »Mister Chewning?«, sagte er. »Fühlen Sie sich wohl dabei, uns jetzt zu landen, Ende?«

»Ja, Sir«, sagte Chewning. *»Ich meine, es ist ja ziemlich eindeutig, nicht wahr, Sir? Ich meine, für mich sieht es ziemlich eindeutig aus. Ende.«*

»Und für mich auch, Chewning«, sagte Daniel und löste das Gurtschloss seines Andruckgeschirrs. »Sie haben das Steuer. Trennung. Offizier Mundy, ich weiß, Sie sollten zur Landung angeschnallt sein, aber Sie und ich müssen jetzt schleunigst unsere weißen Gala-Uniformen anlegen, und das heißt, dass wir jetzt schon damit anfangen müssen. Sechs Ende.«

Die Hauptluke fuhr mit einem asthmatischen Seufzer herunter und ließ einen Schwall der Luft von Todos Santos ins Schiff. Heißer Dampf, in den sich alle möglichen Abfälle und Schmierstoffe mischten, war aus dem Hafen aufgestiegen, und man konnte auch Ozon riechen.

Adele lächelte. Diese Geruchsmischung war für sie inzwischen zu einem Symbol für eine sichere Landung geworden. Sie wieder zu riechen, das ließ nostalgische Wärme in ihr aufsteigen.

Rigger waren dabei, die *Princess Cecile* an Bug und Heck zu vertäuen. Hier im Eingangsbereich klappten ein paar Spacer unter einem Bootsmann die Gangway statt auf das Hydrauliksystem zu warten von Hand aus und ließen sie auf den Kai krachen. Zwei von ihnen rannten hinüber und befestigten den landseitigen Teil. Der Horizont hob und senkte sich leicht, während die Korvette auf den von ihr bei der Landung erzeugten Wellen schaukelte.

Durch den sich verziehenden Dampf konnte Adele ein geländegängiges Bodenfahrzeug sehen, eine käferartige Karosserie auf vier gewaltigen Rädern aus Drahtgeflecht, das am Kai wartete. Die vordere Bank war offen, wenn man von einem Käfig mit einem automatischen Impeller absah, aber der rückwärtige Teil war geschlossen, und die Kotflügel trugen in Schablonenschrift aufgetragene cinnabarische Markierungen.

»Bereit, Master?«, fragte Hogg in der vollen Pracht weiter Pluderhosen, eines Rüschenhemds und einer breiten Seidenschärpe in kontrastierenden Farben. Er trug offen keine Waffe – sie trafen sich schließlich mit Beamten von Cinnabar und nicht mit unbedarften Einheimischen. Für Adele war allerdings klar, dass Hogg sie insgeheim eher als »beschissene Kanaken« bezeichnete.

Tovera trug einen Hosenanzug in gebrochenem Weiß. Das klang auffällig, aber der cremige Stoff leuchtete nicht einmal in der hellen Sonne und sah im Schatten eher wie eine fleckige Wand aus. Sie trug ihr Aktenköfferchen mit der gleichen Selbstverständlichkeit wie Daniel sich vergewisserte, dass seine Schildmütze richtig saß; man tat das eben, wenn man das Schiff verließ.

»Ja, ich denke schon«, sagte Daniel und sah grinsend zu Adele hinüber. Hogg stolzierte die Gangway hinunter.

Sie hatten im Norden Großartiges geleistet, aber das war Vergangenheit; jetzt hatten sie sich mit der Gegenwart auseinanderzusetzen. Die Bürokratie der MRC interessierte sich dafür, wie die Dinge zustande kamen und wie sie lagen. Hogg war sich trotz seines großspurigen Auftretens sehr wohl des Unterschieds bewusst: Wenn das nicht der Fall gewesen wäre, hätte man ihn schon lange gehängt.

Daniel schritt, wie es seinem Rang zukam, vor Adele auf den Kai zu. Tovera war die Letzte, die Sekretärin, zu selbstverständlich, um aufzufallen – ganz besonders, da ja Hogg voranging, um alle Aufmerksamkeit auf sich zu ziehen. Die beiden gaben ein gutes Team ab, in etwa so, wie Daniel und Adele das auf eine ganze andere Art taten.

Tovera begriff ebenso gut wie Adele, wie riskant es war, das Richtige auf die falsche Weise zu tun, aber beiden war das eigene Leben viel zu unwichtig, als dass das eine große Bedeutung für sie gehabt hätte. Daniel, andererseits, liebte das Leben und sein Vergnügen ebenso sehr wie jede andere Seele an Bord der *Princess Cecile*. Wenn alles gut ging, würde er sich heute Abend ebenso wie seine Spacer mit so viel Alkohol entspannen, dass die Korvette darin schwimmen konnte, und es würde ganz sicherlich eine oder mehr leichtlebige Bimbos geben, die ihm dabei halfen.

Aber auch wenn Daniel mit absoluter Sicherheit gewusst hätte, dass seine eigene Regierung ihn exekutieren würde, weil er das Notwendige und Richtige getan hatte, würde er dennoch genau das tun, was richtig und notwendig war. Hogg würde an seiner Seite stehen und dabei murmeln, dass der Master ein verdammter Narr sei, und alle Sissies würden ihm dabei folgen.

Der Fahrer des Wagens stieg aus, als Adele und Daniel die Gangway betraten. Als sie sich dem Fahrzeug näherten, öffnete er die Tür zum hinteren Abteil.

Hogg drehte sich um und sah Daniel mit hochgeschobenen Augenbrauen an. Der Fahrer sagte: »Ihre Dienstboten können ja vorne bei mir sitzen, wie?«

»Wie wär's, wenn du die Klappe halten würdest, bis wir gehört haben, was der Master möchte, was, Boy?«, sagte Hogg. Sein Tonfall war dabei wesentlich freundlicher als seine Formulierung.

Adele blickte in den hinteren Bereich des Fahrzeugs. Je zwei gepolsterte Sitze waren einander gegenüber angebracht; Leutnant Wilsing saß in der Mitte und beugte sich jetzt vor.

»Kommen Sie mit mir nach vorn, Hogg«, sagte Tovera mit für

sie ungewöhnlich lauter Stimme. »Ich kenne den Gentleman. Mistress Mundy kommt mit jedem Problem klar, das er möglicherweise verursachen könnte.«

Daniel nickte Hogg lächelnd zu, war dann Adele beim Einsteigen behilflich und ging um das Fahrzeug herum. Als er die Tür hinter sich geschlossen hatte, setzte sich der Wagen in Bewegung. Die Reifen summten metallisch auf dem Pflaster.

»Kapitän«, sagte Adele, »das ist Leutnant Wilsing. Sie erinnern sich möglicherweise an ihn, als die *Princess Cecile* in Hafen Eins hergerichtet wurde.«

Adele hatte einen verschlüsselten Bericht an die *Kapila* gesandt, als sie dort einen mit ihrem Gerät kompatiblen Empfänger gefunden hatte. Bis zu diesem Augenblick war sie nicht sicher gewesen, dass die Organisation von Mistress Sand an dieser Operation beteiligt war, aber es überraschte sie keineswegs, dass das der Fall war. Dies war ganz offensichtlich mehr als eine reine Initiative der MRC.

»Ja, in der Tat«, sagte Daniel distanziert und ließ Adele damit erkennen, dass er sich nicht nur erinnerte, sondern auch verstand. »Guten Morgen, Wilsing.«

»Ich bin Adjutant von Kapitän Carnolets, der den MRC-Landungstrupp hier leitet«, erklärte Wilsing. »Wir sind erst seit zwei Tagen hier, und deshalb sind wir noch damit beschäftigt, die Dinge etwas auseinanderzusortieren. Graf Klimov ist auf einem cinnabarischen Frachter von Todos Santos auf Xenos eingetroffen und hat berichtet, dass Sie auf Radiance ein Allianzgeschwader ausgemacht haben. Der Graf hatte hier im Norden den Erddiamanten geborgen, und das hat uns bewiesen, dass er einigermaßen ernst zu nehmen war.«

Wilsing spreizte mit einem hochnäsig wirkenden Lächeln die Hände. »Admiral Anston hat den Bericht so ernst genommen, dass er sofort ein Geschwader zusammengekratzt hat, um auf Todos Santos einen Stützpunkt zu errichten«, fuhr er fort. »Und ein ziviler Berater …«

Offenbar Mistress Sand.

»... hat einige wichtige Senatoren davon überzeugt, dass eine beratende Mission zweckmäßig wäre, um Gouverneur Sakama in der augenblicklich etwas schwierigen Situation zur Seite zu stehen. Er behält natürlich die Kontrolle über den Ten Stars-Sternhaufen, aber, nun ja, wir konnten schließlich nicht zulassen, dass die Allianz hier und auf Radiance einen Stützpunkt errichtet, nicht wahr?«

»Dem Allianzgeschwader haben wir einen ziemlichen Strich durch die Rechnung gemacht«, sagte Daniel. Er räusperte sich. »Aber der Stützpunkt auf Gehenna ist immer noch zu gebrauchen, zumindest größtenteils. Darum wird Admiral Keith sich kümmern müssen. Äh, ich meine, ich gehe davon aus, dass der Admiral die Allianz daran hindern möchte, den Stützpunkt wieder zu besetzen.«

»Strich durch die Rechnung?«, wiederholte Wilsing in einem Tonfall, der Adele zugleich wütend und verlegen machte. »Also, du meine Güte. Wenn das zutrifft, ist das sehr günstig. Man hat sich einigermaßen Sorgen gemacht, wie die *Kapila* mit zwei modernen Schlachtschiffen der Allianz zurande kommen würde. Sie war bereits für den orbitalen Wachdienst eingeteilt, müssen Sie wissen.«

»Was der Leutnant gesagt hat, ist völlig richtig«, sagte Adele. »Das gilt natürlich für alles, was ein Leary von Bantry sagt.«

Wilsings Zunge zuckte zu seinem Mundwinkel. »Natürlich«, sagte er. »Ich ...«

»Und was die Sorgen angeht, die man sich gemacht hat, Wilsing«, sagte Daniel und lächelte, wobei ein Muskel an seinem Kinn verräterisch zuckte, »so bezweifle ich, dass die irgendein *echter* MRC-Offizier geteilt hat. An dem Tag, an dem ein MRC-Schlachtschiff nicht mit zwei Kanaken fertig wird, trete ich in den Priesterstand ein. Was, Mundy?«

»In einer Soutane würden Sie höchst albern aussehen, Kapitän«, sagte Adele und lächelte dabei. »Aber ich bezweifle, dass wir beide das erleben werden.«

Das Fahrzeug verlangsamte seine Fahrt, und das Reifengeräusch wurde tiefer. Die Straße war mit Stacheldraht und Betonsperren abgeriegelt, an beiden Enden stand ein gepanzertes Fahrzeug mit einer Plasmakanone und einer Gruppe der Landstreitkräfte der Republik.

Wilsing nickte und lächelte dabei starr. »Gouverneur Sakama hat diese Gebäude dem Landungstrupp überlassen«, sagte er. »Wenn es Ihnen nichts ausmacht, gehen wir den Rest der Strecke zu Fuß.«

Daniel lachte und verließ das Fahrzeug durch die Tür, die Hogg für ihn öffnete. »Nun, Mundy«, sagte er. »Das sieht doch wesentlich besser aus als einige der Orte, an denen wir zuletzt waren, nicht wahr?«

Arm in Arm und von ihren Bediensteten geleitet, folgten sie einem sich sichtlich unbehaglich fühlenden Leutnant Wilsing durch den schmalen Eingang zum Hauptquartier der neuen Regierung des Ten Stars-Sternhaufens.

34

Das Hauptquartier des Landungstrupps war ein Palast, ähnlich dem ihres Vetters Adrian, und war ganz sicherlich nicht verlassen gewesen, ehe das Geschwader von Cinnabar vor ein paar Tagen eingetroffen war. Jemand war dabei gewesen, die Fresken an der Decke der Eingangshalle zu restaurieren. Die Gerüste standen noch, aber man hatte die Arbeiten eingestellt.

Adele fragte sich, wer wohl die Eigentümer gewesen waren und was sie angestellt hatten, um so abrupt ihr Zuhause zu verlieren. Vermutlich hatten sie nicht nur das, sondern auch ihre Köpfe verloren, und das rief in ihr unwillkürlich Erinnerungen an die Drei-Kreise-Verschwörung wach.

»Adele«, sagte Daniel. Sie war sofort wieder bei der Sache und spürte ein heißes Jucken dicht unter der Haut. Irgendein Büroangestellter stand da und wartete, dass Daniel ihm folgte, aber der sah Adele besorgt an. »Die sagen, ich soll da vor einem Ausschuss aussagen.«

»Entschuldigung«, sagte Adele. Das Lächeln um ihre Lippen gehörte nicht ihr; nichts gehörte ihr, sie war vor einer halben Ewigkeit gestorben, als sie von dem Massaker an ihrer Familie gehört hatte. »Ich war gerade weggetreten.«

»Wenn Sie bitte mitkommen würden, Mistress«, sagte Leutnant Wilsing, »Kapitän Carnolets erwartet Sie.«

Er klang besorgt, wirkte aber jetzt nicht mehr hochnäsig. Adeles Lächeln wurde echt. Wilsing hatte während der Fahrt hierher etwas gelernt. Und sie war nicht tot. Sie gehörte zur

MRC und zur *Princess Cecile*, und sie gehörte wieder sich selbst, weil sie den Respekt von Männern und Frauen besaß, die sie selbst respektierte.

»Viel Glück mit Ihrem Ausschuss, Kapitän«, sagte sie und nickte Daniel zu. Sie hatte keine Ahnung, was ihm da bevorstand – sie hatte einfach noch nicht die Zeit gehabt, sich mit den Unterlagen hier zu befassen. »Ich kann Ihnen natürlich alles Dokumentenmaterial besorgen, das Sie brauchen.«

»Vielen Dank, Mundy«, erwiderte Daniel. »Und auch Ihnen viel Glück. MRC über alles, wie?«

Der Angestellte führte ihn und Hogg an der Wache in einem Zimmer im Erdgeschoss vorbei. Wilsing führte Adele, nachdem er festgestellt hatte, dass sie jetzt bereit war, ihm zu folgen, in die entgegengesetzte Richtung und drei Stockwerke nach oben. Tovera folgte den beiden stumm.

Aus den Räumen, an denen sie vorbeigingen, hörte Adele Stimmen und die Geräusche von Büromaschinen, aber in der Suite ganz oben in einem Turmgeschoss herrschte Stille. Ein Sekretär erwartete Adele an der Tür. Er verbeugte sich vor ihr und blieb mit Wilsing und Tovera draußen, als er die Tür schloss.

Den Boden des Raums bedeckten mehrere übereinandergelegte Läufer, einen Meter breit und drei Meter lang, die vermutlich zum Palast gehörten. Der Schreibtisch bestand aus mit Hammerschlaglack bedecktem Stahlblech, und die Arbeitsfläche war glatt emailliert – MRC-Standard. Er war groß, aber nur, weil man drei identische Module aneinandergestellt hatte.

Der Mann, der dahinter saß, tippte in eine Tastatur und betrachtete ein holografisches Display. Gleichzeitig sprach er in ein Mikrofon mit aktiver Stummschaltung. Adele sah, wie seine Lippen sich bewegten, konnte aber außer dem leisen Summen des Displays nichts hören, während sie auf den Schreibtisch zuging. Der Mann bedeutete ihr mit einem Kopfnicken, auf einem üppig gepolsterten Sessel Platz zu nehmen, offenbar Teil des ursprünglichen Mobiliars, und redete für sie unhörbar weiter.

Adele holte ihren PDA heraus und suchte im Landkartenspeicher, um in Erfahrung zu bringen, wem der Palast vor dem Einzug der MRC gehört hatte. Teils interessierte sie die Antwort, nicht, dass sie ihr sehr viel bedeuten würde, aber zugleich hatte sie auch keine Lust, Däumchen zu drehen, während jemand anderer seinen eigenen Geschäften nachging. Carnolets war hier Militärgouverneur, das war offenkundig; aber sie war Mundy von Chatsworth.

Kapitän Carnolets: ein hochgewachsener, breitschultriger Mann, der, obwohl Ende der sechzig oder älter, gut in Form geblieben war. Er trug eine Paradeuniform Erster Klasse mit einer beträchtlichen Anzahl von Ordensbändern auf der linken und rechten Brustseite. Adele verstand nicht viel von solchen Dingen, aber die unterschiedliche Größe der Bänder deutete darauf hin, dass viele davon nicht von der Republik selbst, sondern von ausländischen Regierungen stammten.

Als Eigentümerin des Palasts war immer noch die Herzogin Ayesha Ramos eingetragen, eine Angehörige des Inneren Rats des Gouverneurs. Vermutlich hatte die Herzogin in letzter Zeit einen falschen Rat erteilt, möglicherweise hatte auch Gouverneur Sakama einen Sündenbock benötigt, um die Schuld für irgendetwas auf sich zu nehmen, als ein Geschwader der MRC auf Todos Santos eintraf.

Adele sah sich mit ausdrucksloser Miene im Raum um und registrierte die in Wandnischen stehenden Statuen und das geometrische Parkettmuster der Decke. Das Leben von Herzogin Ramos war, solange es angedauert hatte, angenehm gewesen. Lucius Mundy hätte gut dasselbe von sich sagen können.

»Also, Mundy«, sagte Carnolets, schaltete sein Display ab und sah sie jetzt ohne den holografischen Schleier, der bisher zwischen ihnen gestanden hatte, an. Sein Ausdruck wirkte vermutlich auf die meisten Leute, mit denen er sprach, einschüchternd. »Ihr Bericht war eine interessante Lektüre.«

Adele zuckte die Achseln. Wenn man einmal 15-Zentimeter-Plasmageschützen gegenübergestanden hatte, bot ein finster blickender Mensch wenig Anlass zur Angst. »Auch das Beschaffen der Informationen war interessant«, sagte sie. »Ich meine, jetzt, nachdem ich genügend Zeit hatte, alles zu verarbeiten. Während ich damit beschäftigt war, habe ich nicht sehr viel empfunden.«

Carnolets runzelte die Stirn, lächelte dann plötzlich und hieb mit der rechten Hand krachend auf den Tisch. »Bernis Sand hat gesagt, Sie würden nicht viel hermachen, aber ich sollte mich nicht täuschen lassen«, sagte er. »Das stimmt doch, oder?«

»Ich kenne Mistress Sand nicht so gut, wie das bei Ihnen offenbar der Fall ist, Kapitän«, sagte Adele, »aber ich würde mich in der Regel auf das verlassen, was sie sagt.«

Carnolets nickte. »Ja«, sagte er, »und das gilt wohl für jeden im Senat, der dort etwas bedeutet. Die Leute sagen, dass die Republik deshalb so gesund ist. *Ich* sage das.«

Adele nickte stumm und wartete darauf, dass ihr Gegenüber zur Sache kam. Dieses Gespräch musste einen Sinn haben, oder er würde nicht Mistress Sand vertreten.

Carnolets trommelte mit zwei Fingern der rechten Hand auf seiner Schreibtischplatte. »Also schön, Mundy, ich habe Ihren Bericht, aber ein Bericht ist nicht dasselbe, als wenn man vor Ort ist. Sagen sie mir – sagen Sie uns –, wie Sie die Wahrscheinlichkeit einschätzen, dass die Allianz auf Gehenna bleibt. Und wenn Sie sich täuschen, wird Ihnen niemand Ihren Job wegnehmen.«

Adele sah Carnolets mit einem Lächeln an, das dem ähnelte, mit dem sie Leutnant Wilsing in dem Wagen bedacht hatte. »Bei allem gebotenen Respekt, Kapitän«, sagte sie, »mein *Job* ist Signaloffizier der *Princess Cecile*. Falls Mistress Sand es für richtig hält, mich von den zusätzlichen Aufgaben zu entbinden, die ich als Bürgerin der Republik für sie wahrnehme, dann liegt das ganz in ihrem Ermessen.«

Sie hielt sich die Hand vor und hustete leicht. Sie begriff, weshalb Sand uniformiertes Personal als Verbindungsleute einsetzte, aber es hatte auch seine Nachteile. Die meisten Marineoffiziere waren nicht dumm, aber sie waren wirklich engstirnig und dachten dementsprechend. Selbst als Kind hatte Adele Mundy sich nicht auf Bahnen bewegt, die ein Mann wie Carnolets verstehen konnte, dabei war sie eigentlich ein ganz schlichtes Gemüt.

»Was Basis Lorenz angeht«, fuhr sie fort, »kann man die beiden Schlachtschiffe vermutlich reparieren, aber das wird einige Zeit in Anspruch nehmen. Vielleicht haben bis zu vier Zerstörer überlebt, möglicherweise sogar unbeschädigt. Aber die Wahrscheinlichkeit, dass alle zerstört wurden, ist ebenso groß.«

Die Erinnerung ließ sie lächeln. »Der schwere Kreuzer ist zerstört worden«, sagte sie. »In dem Punkt bin ich mir sicher.«

»Wie groß ist dann das Risiko von Verstärkungen der Allianz?«, erkundigte sich Carnolets.

Adele zuckte die Achseln. »Der Stützpunkt hat keine erwartet«, sagte sie. »Ich habe das Material, das ich aus deren Unterlagen geholt habe, hinreichend genau studiert, um das mit Bestimmtheit sagen zu können, und wir haben auch Offiziere von der *Bluecher* verhört, ehe wir sie auf einer bewohnbaren Welt abgesetzt haben.«

Carnolets rief wieder sein Display auf und fing an zu tippen. »Gut«, sagte er. »Ausgezeichnet. Ich werde Keith empfehlen, dass er seinen Vorteil nutzt, obwohl die Dinge hier im Sternenhaufen noch nicht völlig geklärt sind. Sie haben gute Arbeit geleistet, Mundy, wirklich gute Arbeit.«

»Ich habe das Glück, der Mannschaft des leistungsfähigsten Schiffes in der MRC anzugehören, Kapitän«, sagte Adele. Plötzlich stellte sie zu ihrem Entsetzen fest, dass ihr die Tränen in die Augen traten. Bemüht, sich nichts anmerken zu lassen, fuhr sie fort: »Selbst wenn die *Sissie* formal gesehen nicht mehr der MRC angehört. *Verdammt!*«

Die letzte Bemerkung war nur für sie selbst bestimmt, ein wildes Flüstern, wütend über die eigene Schwäche. Carnolets musste es gehört haben, denn er blickte plötzlich auf und sah Adele verblüfft an. »Gibt es da noch etwas, was Sie erwähnen sollten, Mundy? Wenn nicht ...?«

»Ja, da ist noch etwas«, sagte Adele. Was sie bewegte, war viel komplizierter als die Aufwallung von Liebe und Stolz, die sie kurz aufgewühlt hatte. Sie grinste innerlich: Liebe und Stolz hatten sie einen Augenblick lang *entmannt*. »Da wäre noch die Mannschaft der *Aristoxenos*. Sie waren in hohem Maße für den Erfolg der Operation verantwortlich. Es ist Zeit, dass man ihnen das Bürgerrecht von Cinnabar zurückgibt.«

»Da ist ein Vetter von Ihnen darunter, nicht wahr?«, fragte Carnolets und funkelte sie durch sein holografisches Display an.

»Mein Vetter Adrian Purvis ist an Bord der *Aristoxenos* gefallen, als bei dem kürzlichen Gefecht ein Torpedo im Rohr explodierte, falls Sie das meinen«, sagte Adele. Ihre Stimme klang kontrolliert, aber ihr Ausdruck veranlasste den Mann auf der anderen Seite des Schreibtischs, sein Display erneut abzuschalten. »Wenn Sie damit etwas anderes gemeint haben, dann sprechen Sie es aus.«

»Ich bitte um Verzeihung, Mistress Mundy«, sagte Carnolets. »Das war eine unglückliche Formulierung. Niemand, der Ihre Akte kennt, könnte sich vorstellen, dass Sie die Interessen Ihrer Familie vor die Bedürfnisse der Republik stellen würden.«

Er stand auf, verbeugte sich vor ihr, setzte sich dann wieder und fuhr fort: »Was die Meuterer betrifft – die MRC befasst sich nicht mit Politik. Ich will nicht behaupten, dass ich Sympathien für Offiziere empfinde, die diese Regel vergessen. Andererseits ist es lange her, und außerdem hat mich Bernis gebeten ...«

Er hielt inne und korrigierte sich so verlegen, dass das seine Zerknirschung besser erkennen ließ, als seine letzten Worte das getan hatten, »Mistress Sand hat mich *angewiesen*, sollte ich besser sagen, Ihnen, falls wir uns begegnen sollten, in jeder Hinsicht entgegenzukommen. Ich nehme an, dass Ihr Wunsch in diese Kategorie fällt.«

Carnolets hob Nachsicht heischend einen Finger und rief wieder sein Display auf. Er tippte einen Augenblick lang und schaltete es dann ab.

»So«, sagte er und sah sie mit strahlender Miene an, »ich habe die überlebenden Offiziere und die Mannschaft der *Aristoxenos* als Marinemiliz in Dienst gestellt, mit einer Löhnung von einem Gulden pro Jahr und vollen cinnabarischen Bürgerrechten. Falls sie hierbleiben wollen, wird sie das vor den Einheimischen schützen und falls sie das vorziehen, erlaubt es ihnen auch, nach Hause zurückzukehren. Zufrieden?«

Adele stand auf. »Ja, das ist durchaus zufriedenstellend, Kapitän«, sagte sie. »Vielen Dank. Ich werde jetzt gehen, damit Sie sich wieder Ihren wichtigen Arbeiten widmen können, aber ich stehe natürlich zur Verfügung, falls Sie mich vor dem Start der *Princess Cecile* noch einmal benötigen sollten.«

Sie ging über die dicken Teppiche, in denen sie fast versank, zur Tür. *Und wann werden wir starten und wohin?* Aber eines nach dem anderen, und was sie hier erreicht hatte, war wirklich gut.

Das war das Ende der Drei-Kreise-Verschwörung gewesen!

Der Spacer führte Daniel und Hogg zu einer Tür gleich hinter dem Vestibül des Palasts. Er klopfte zweimal, hob dann die schwere Stange, die die Tür wie ein Riegel schützte, und rief durch den Türspalt: »Mister Leary ist hier, Fregattenkapitän.«

»Dann schicken Sie ihn verdammt nochmal rein!« knurrte eine Stimme von drinnen. Der Mann öffnete die Tür weit und nickte Daniel zu.

Mitten im Raum stand ein langer Tisch mit einer Platte aus farbigem Marmor. Die Lehnen der mit grünem Samt gepolsterten Stühle, die den Tisch auf beiden Seiten säumten, waren kunstvoll geschnitzt und vergoldet. Die hohe Decke des Raums zierten vergoldete Stuckaturen, und die Wände waren bis hinauf zu einem Fries mit mythologischen Szenen im Pfauenaugenmuster tapeziert.

Seltsamerweise ließen die Aktenschränke aus Stahlblech und die vier Datenkonsolen unter dem Spiegel an der anderen Seite des Saals das ursprüngliche Mobiliar deplatziert wirken, wo man doch eigentlich das Umgekehrte erwartet hätte. Uniformierte arbeiteten an den Konsolen.

Auf der anderen Seite des Tisches saßen drei MRC-Offiziere – ein Fregattenkapitän in der Mitte, ein weiblicher Leutnant zu seiner Rechten, beide in Uniformen der Klasse Zwei, und ein grauhaariger Mann zu seiner Linken, der eine so abgetragene und verschmierte Arbeitsuniform trug, dass man seinen Rang nicht erkennen konnte. Vermutlich war er ebenfalls ein Leutnant aus dem technischen Bereich, den man erst vor Kurzem befördert hatte. Beide Leutnants hatten PDAs vor sich, und der Techniker war voll und ganz mit seinem Display beschäftigt.

»Setzen Sie sich, Leary«, sagte der Fregattenkapitän und wies auf die Sessel auf Daniels Tischseite. »Wir haben die Daten gerade vor zwanzig Minuten bekommen. Das ist natürlich nicht die Art und Weise, wie so etwas laufen sollte, aber das lässt sich manchmal eben nicht vermeiden, wie?«

Daniel nahm vorsichtig Platz, Hogg blieb hinter ihm an der Wand stehen und musterte die drei Offiziere erwartungsvoll grimmig. Die Sessel waren genauso unbequem, wie Daniel das erwartet hatte. Die Sitzfläche war so nach hinten geneigt und so tief, dass er größte Schwierigkeiten haben würde, plötzlich aufzuspringen.

Das würde er ja auch wirklich nicht müssen, aber sein Körper war von Jahrmillionen vormenschlicher Existenz dazu trainiert, alle Bedrohungen nach den Kategorien Kampf oder Flucht zu sortieren. Der Sessel eignete sich weder für das eine noch für das andere, und die Situation *war* bedrohlich.

»Äh, Fregattenkapitän ...?«, meldete sich Daniel. Der Vorsitzende des Ausschusses war ihm unbekannt, und sein Namensschild war halb versteckt. Brit- noch etwas, lautete es, Britton oder Britling, aber es wäre nicht gut, falsch zu vermuten. »Hätte ich einen Anwalt mitbringen sollen?«

»Reden Sie keinen Unsinn, Leary«, sagte der Vorsitzende und breitete drei Blätter vor sich aus. Bei der Bewegung konnte Daniel erkennen, dass er tatsächlich Britten hieß. »Wir sind der Bewertungsausschuss, der sich mit der *Princess Cecile* befasst. Der Senat hat Admiral Keith bevollmächtigt, Schiffe zu kaufen, die sein Geschwader unterstützen sollen. Wie Sie sich vorstellen können, sind wir in aller Eile abgesegelt, in *verdammter* Eile.«

»Ihre Korvette ist ein Geschenk des Himmels«, sagte der weibliche Leutnant, Feininger, falls Daniel den Namen in der schlechten Beleuchtung nicht falsch gelesen hatte. »Im besten Zustand, vor Kurzem überholt und mit einer ausgebildeten Mannschaft.«

»Einen Teil dieser Mannschaft werden wir natürlich abziehen müssen«, sagte Britten und schob mit angewiderter Miene ein paar weitere Blätter auf dem Tisch hin und her. »Tut mir leid, Leary, aber so ist das eben. Marinebedarf, wissen Sie.«

»Äh«, machte Daniel und ordnete seine Gedanken, um sich mit einer Situation auseinanderzusetzen, die völlig anders war, als er das erwartet hatte. »Sir, ich denke, auf zwanzig Leute könnten wir ohne zu große Probleme verzichten, aber Sie dürfen nicht vergessen, dass wir im Gefecht mit Allianzschiffen Verluste hatten.«

Das entsprach den Tatsachen: Sieben Rigger waren getötet worden, als der Torpedo der *Bluecher* eine Rumpfsektion in weiß glühendes Gas verwandelt hatte. Die *Sissie* und die *Goldenfels* hatten zusammen vierzig zusätzliche Personen an Bord gehabt, Deserteure der Allianz und Eingeborene von Morzanga, die freilich nicht ganz begriffen hatten, worauf sie sich einließen.

»Zwanzig?«, fragte Leutnant Feininger. »Machen Sie keine

Witze. Sie werden dreißig ausgebildete Spacer zur *Kapila* schicken, und Gott sei Dank brauchen wir eine Korvette für Fernaufklärung noch dringender als die anderen achtzig Seelen Ihrer Crew!«

»Sirs?« Daniel hob seine Stimme an. Sie schienen gar nicht sonderlich an ihm interessiert, aber es gab doch Dinge, die er zur Sprache bringen musste. »Ich sollte erwähnen, dass nichts von dem, was auf Basis Lorenz vorgefallen ist, also im Radiance-System, etwas mit einem cinnabarischen Schiff zu tun hatte – keinem Schiff, das jemals im Dienste der MRC gestanden hatte, meine ich. Und das Gefecht bei Salmson 115 begann mit einem völlig unprovozierten Angriff seitens eines Allianz-Kreuzers, und deshalb hatte die *Princess Cecile* jedes Recht, das Feuer zu erwidern. In aller Form.«

Fregattenkapitän Britten blickte verärgert auf. »Zum Teufel mit Formsachen, Leary!«, sagte er. »Sind Sie ein Offizier oder ein verdammter Advokat? Das hier ist Krieg, oder ich weiß nicht, wovon ich rede! Ich will Ihr Geschwätz über verdammte juristische Spitzfindigkeiten nicht hören. Haben Sie mich verstanden?«

»Yes, Sir.« Daniel saß ganz steif am Rand dieses *verdammten* weichen Sessels.

»Die waren im Begriff, den Krieg zu erklären, als wir aus Hafen Drei gestartet sind, Leary«, sagte Leutnant Feininger. »Speaker Leary hat Senator Jarre vor dem ganzen Senat mächtig runtergeputzt. Wir haben den Waffenstillstandsvertrag auf der Basis des *status quo ante* unterzeichnet, und die Allianz verlegt ein Geschwader nach Radiance, wo sie mit Sicherheit vor dem Beginn des letzten Krieges nicht waren.«

»Speaker Leary ...«, begann Britten, dem plötzlich ein neuer Gedanke durch den Kopf ging. Er runzelte die Stirn. »Mit Ihnen verwandt, Leary?«

»Ich denke schon«, sagte Daniel. »Aber wir verkehren nicht gesellschaftlich miteinander, falls Sie das meinen.«

Das entsprach buchstäblich der Wahrheit: Er und Corder Leary hatten seit sieben Jahren nicht mehr miteinander gesprochen, und ihr letztes Gespräch war von einer Art gewesen, das, wären sie nicht Vater und Sohn gewesen, vermutlich zu einem Treffen mit Pistolen im Morgengrauen geführt hätte.

Daniel zog es vor, wenn die Beziehung zwischen ihm und Speaker Leary bei Gesprächen mit Offizierskameraden nicht erwähnt wurde. Um Missverständnisse zu vermeiden, müsste er sonst wesentlich mehr über sein Privatleben sagen, als er das als Gentleman wollte.

Feininger beugte sich zu Britten hinüber und flüsterte ihm etwas ins Ohr, ohne dabei Daniel aus den Augen zu lassen. Britten gab einen Grunzlaut von sich und sagte: »Richtig, ich würde meinen Kopf vergessen, wenn er nicht festgeschraubt wäre. Das ist einfach zu viel Arbeit für ein ganzes Jahr, und die geben uns gerade mal zwei Wochen!«

Er hob den Aktenkoffer, der neben ihm auf dem Boden stand, und knallte ihn auf die bereits auf dem Tisch liegenden Papiere, klappte den Deckel auf, wühlte im Inhalt des Koffers herum und brachte ein Dokument auf Pergament mit Bändern und einem roten Wachssiegel zum Vorschein.

»Also, Leary«, sagte er und reichte ihm das Dokument über den Tisch. »Wie Sie sich wahrscheinlich vorstellen können, haben wir ein ganzes Bündel Blankopatente, aber für Sie hat Admiral Anston persönlich eines unterzeichnet. Sie befinden sich wieder im aktiven Dienst ...«

Britten drehte das Dokument um und las das Datum ab.

»Seit siebzehn Tagen, soweit ich feststellen kann. Wenn Sie zu Ihrem Kommando zurückkehren, sollten Sie Ihre Mannschaft vereidigen, ja?«

»Ich, äh ...«, sagte Daniel. Sein Mund war plötzlich ausgetrocknet. »Yes, Sir.«

»In welchem Zustand sind Rahen und die Takelage, Leary?«, erkundigte sich der Offizier in Arbeitsuniform. Sein Namensschild war unlesbar, von den Chemikalien ausgebleicht, die allerdings die Flecken auf dem Stoff nicht hatten säubern können. »Ihrem Logbuch nach haben Sie im Gefecht drei Antennen verloren.«

»Äh, yes, Sir«, sagte Daniel. »Und wir haben eine Menge Kabel verloren, in einer Situation, die eine Bergung unmöglich gemacht hat. Aber wir konnten alle fehlenden Rahen, Segel und Takelage von der *Bluecher* ersetzen, ehe wir das Wrack auf Gehenna haben fallen lassen.«

Der Offizier nickte, wandte sich dann Britten zu und sagte: »Wir haben ja keine Wahl, Fregattenkapitän, aber mir scheint, dass wir die *Princess Cecile* dennoch brauchen können. Sie ist vor zwei Jahren als Prise auf eine Million vierhundertfünfundsiebzig geschätzt worden, und ich sehe keinen Grund, uns zu Hause irgendwelchen Einsprüchen auszusetzen, wenn wir jetzt weniger anbieten.«

»Leutnant Feininger?« Britten blickte nach rechts. Sie nickte.

Er holte ein Formular aus seinem Aktenkoffer, kritzelte ein paar Zeilen darauf und unterschrieb, ehe er es dem Technikoffizier zur Gegenzeichnung reichte. »Das wär's!«

»Damit es keine Missverständnisse gibt, Mister Leary ...«, warnte Feininger, als auch sie unterzeichnete. »Wir haben kein Geld mitgebracht. Das ist ein Wechsel auf das Schatzamt, aber das bedeutet noch lange nicht Geld in Ihrer Tasche, so lange nicht, bis weiß Gott wie viele gesichtslose Schreiber auf Xenos die entsprechenden Dokumente gegengezeichnet haben. Vermutlich werden Sie Jahre warten müssen, bis Sie Ihr Geld zu sehen bekommen, es sei denn, Sie gehen zu einem Pfandleiher.«

»Ich habe schon Erfahrungen mit Prisengeldern gemacht, Leutnant«, sagte Daniel, über die Belehrung leicht verstimmt, aber wohl wissend, dass sie gut gemeint war. Schließlich hatten die meisten Offiziere *keine* Erfahrung in Prisengeldern. »Das bringt mich auch auf eine Frage, falls es Ihnen nichts ausmacht.

Ist es zulässig, dass ich dieses Geld unter meiner Mannschaft aufteile, als ob es Prisengeld *wäre*?«

»Das ist *keine* Prise«, sagte der namenlose Offizier. »Sie haben die *Princess Cecile* nicht gekapert, sondern gekauft. So steht es jedenfalls im Kaufvertrag. Oder nicht?«

»Ja, aber …«, sagte Daniel und verstummte dann, weil er nicht weiterwusste.

Fregattenkapitän Britten schnaubte. »Sie können mit Ihrem Geld verdammt noch mal tun, was Sie wollen, Leary – das ist es doch, was Spacer im Allgemeinen tun, ihr Geld mit vollen Händen ausgeben, wie verdammte Narren. Aber Sie brauchen nicht drei Viertel von etwas wegzugeben, was Ihnen gehört.«

Er machte eine weit ausholende Handbewegung. »Gehen Sie, verschwinden Sie hier«, sagte er. »Schließlich haben wir weiß Gott heute Nachmittag noch mehr zu tun, als uns mit Ihnen rumzuschlagen.«

»Bei allem Respekt, Fregattenkapitän …«, sagte Daniel, erhob sich und hielt dabei mit beiden Händen das Dokument, das ihn um knapp eineinhalb Millionen Gulden reicher machte. Es würde elektronische Äquivalente geben, aber das Dokument hatte doch etwas physisch Reales an sich, das ihm den Atem nahm. »Ich glaube doch, dass ich das Geld aufteilen muss. Die Learys von Bantry haben über die Jahre schlimme Dinge getan, aber niemand hat uns je vorgeworfen, wir hätten die Leute in unseren Diensten betrogen.«

Hogg, der in einem völlig missglückten Versuch, würdevoll zu erscheinen, ungewöhnlich steif dastand, riss die Tür auf. Daniel ging hinaus. Adele kam über den Flur auf sie zu.

Daniel atmete tief ein und blickte erneut auf den Wechsel, um sich zu vergewissern, dass dort wirklich das stand, was er annahm. Er klappte den Mund auf und wollte sagen: »Adele, etwas höchst Erstaunliches ist passiert!«

Aber Adele kam ihm zuvor und sagte strahlend wie ein glückliches Kind: »Daniel, auch ich habe herrliche Neuigkeiten!«

DANKSAGUNG

Dan Breen ist weiterhin mein erster Lektor und macht meine Prosa besser, als sie ohne ihn wäre.

Dorothy Day und Evan Ladouceur haben sich in diesem Buch um spezielle Probleme der Continuity gekümmert, und mein Webmaster, Karen Zimmerman, hat mir, hilfsbereit, wie sie nun einmal ist, nicht nur damit geholfen, dass sie meine Entwürfe gelesen hat, sondern sie auch archiviert. (Wenn man mitten in der Arbeit so vielen Computern den Garaus gemacht hat wie ich, lernt man es, keine Risiken mehr einzugehen.)

Übrigens hat mein Sohn Jonathan mich einmal wieder flott gemacht, als ich einen Computer abgemurkst hatte. Ich kann nicht behaupten, dass ich mir bewusst einen Technikfreak in der Familie herangezogen hätte, aber anscheinend funktioniert das ganz gut, wenn man sich die nötige Zeit nimmt. Mich erinnert das an die Jäger in der Steinzeit, die ihre Axtkeile in lebende Äste zwängten, die sie dazu spalteten, damit das Holz beim Nachwachsen den Stein wirklich perfekt hielt.

Clyde Howard war mir bei Recherchen nach bestimmten Informationen behilflich, von denen ich zwar wusste, dass ich sie besaß, sie aber erst dann zu packen bekam, als er sie mir geliefert hat.

Mein Freund Mark Van Name hat eine Feststellung getroffen, die es mir ermöglicht hat, dieses Buch (und hoffentlich auch weitere Bücher) in einem Zustand größerer Zufriedenheit zu schreiben, als das je zuvor der Fall war. Ich glaube nicht, dass meine Prosa davon besser geworden ist, aber für mich selbst stellte es zweifellos eine große Verbesserung dar.

Mit Schriftstellern zu leben ist nicht leicht, und ich bin vielleicht sogar schwieriger als die meisten. Meine Frau Jo kommt damit klar und sorgt außerdem vortrefflich dafür, dass ich nicht vom Fleisch falle.

Mein Dank an euch alle.